F. I. Thomas
Glühender Zorn

PIPER

Zu diesem Buch

Jahrhunderte sind vergangen, seit sich die Bewohner der Jungen Königreiche von der Schreckensherrschaft der Drachen befreit haben. Sechs Magier gebieten nun über das kostbare Vermächtnis der Drachen, die Zauberei. Doch dieser Orden der Stäbe hegt nicht nur gute Absichten ... Denn noch während sie sich auf ihre Große Weihe vorbereiten, finden die Novizen der Ordensmagier Erschreckendes heraus: Statt Tandurin, Dania, Geron, Kyrell, Boltan und Ambra zu vollwertigen Magiern zu machen, wollen ihre skrupellosen Lehrmeister sie töten, um selbst unsterblich zu werden. Gejagt von den mächtigsten Zauberern der Welt, kann den jungen Magiern auf ihrer Flucht nur noch eines helfen: Wissen. Doch je mehr Geheimnisse der Zauberei sie ergründen, desto näher kommen sie einer furchtbaren Wahrheit, die hinter der Magie steckt – und deren Entdeckung die alten Zauberer um jeden Preis zu verhindern suchen. Ein magischer Krieg voller Verrat und Intrigen beginnt. Werden Tandurin, Dania, Geron, Kyrell, Boltan und Ambra ihn gewinnen?

F. I. Thomas ist ein norddeutscher Autor und liebt die Fantasy in all ihren Facetten. Dabei schätzt er spannende Geschichten mehr als guten Wein. Seine ersten Erzählungen entstanden bereits in der Teenagerzeit und aus einem Hobby wurde so eine Leidenschaft, der er später sogar Ausbildung und Studium unterordnete. Von ihm stammen mehrere verfilmte Drehbücher und Theaterstücke. Entspannung findet er bei Spiel, Sport und Breakdance.

F. I. Thomas

Glühender Zorn

Krieg der Drachen 1

Mit einer Karte

PIPER

FSC
www.fsc.org
MIX
Papier aus verantwortungsvollen Quellen
FSC® C083411

Originalausgabe
November 2017
ISBN 978-3-492-28135-5

Umschlaggestaltung und -motiv: www.buerosued.de
Karte: Daniel Jödemann
Satz: Satz für Satz, Wangen im Allgäu
Gesetzt aus der Minion
Druck und Bindung: CPI books GmbH, Leck
Printed in Germany

Für Philipp, Astrid, Jasmin und Loki,
ein jeder von ihnen auf seine Weise ein Magier.

Die jungen Königreiche
0
150
Meilen
Walskar
Waldaleth
Goldheim
Wolkenkamm
Albenhain
Trollwasser
Wyverhaven
Westmeer
Lindwurmhöhen
Harveth
Drachenklippen
N
Kap der Stürme

FACKELBERGE
DRACHENSTEPPE
Sil'Bariath
Drachenpforte
Eresor
Kaltensee
Großer Fluss
Telavar
SCHATTENBERGE
GRAUWALD
Kesselfurt
Mondspiegel
Silbersteig
Adlerstedt
SCHLANGENMEER
BLAUE ZINNEN
Großer Fluss
Gaalstrutz
Kronberg
Flutburg
Siebenbrücken
Toresund
Kranichinseln
WOGENSEE
Harashim
SULTANAT HARASHIM

Inhalt

Einen auf die Grausamkeit der Drachen,
möge die Sonne ihre Gebeine bleichen.
Einen auf die Arroganz der Elfen,
mögen die Feiglinge in ihrem Exil verrotten.
Einen auf die Verschlagenheit der Zauberer,
mögen sie an ihrem Eigennutz ersticken.
Und einen auf die Tapferkeit all der Recken,
denen du deine Freiheit verdankst!

– *Trinkspruch aus Kesselfurt* –

Prolog

Das Schlachtfeld war übersät mit verbrannten Leichen.

Es waren Hunderte. Aberhunderte.

Jene, die das Drachenfeuer am schlimmsten erwischt hatte, waren zu unkenntlichen schwarzen Gestalten verkohlt, die hilflos nach dem Himmel zu greifen schienen. Dazwischen lagen aufgeblähte Leiber, deren verschmortes Fleisch die Luft mit einem unerträglichen Geruch erfüllte. Noch immer krampften sich ihre Hände um Waffen, die sie nicht mehr einsetzen konnten.

Inmitten der Rauchschwaden, die von zahllosen Brandherden aufstiegen und träge über das Schlachtfeld wehten, hielten einzelne Reiter zwischen den Leichen nach Verletzten Ausschau. Andere stachen mit ihren Lanzen auf überlebende Drachendiener ein.

Der Zauberer trat vor, denn auch zwei ihrer eigentlichen Feinde waren dort unten im Tal.

Drachen. Tote Drachen.

Unweit dreier zerrissener Pferde und ihrer Reiter lag ein blau geschupptes Monstrum von der Größe eines kleinen Segelschiffs. Cundrath.

Noch bis vor wenigen Wochen hatte der Lindwurm grausam über ein Gebiet am Oberlauf des Großen Flusses geherrscht. Jetzt war sein Leib übersät von Pfeilen, Bolzen und Katapultspeeren, und der Zauberer erkannte, dass es den Männern gelungen war, ihm eine seiner gewaltigen Schwingen abzuschlagen. Ein weiterer Drachenleib lag weiter hinten zwischen den Bäumen. Die geflügelte Kreatur hatte bei ihrem Absturz eine tiefe Schneise in den Wald geschlagen.

Die Drachen waren zwar schon lange nicht mehr so zahlreich wie in den ganz alten Tagen, doch vor 200 Jahren – während des Zweiten Drachenkrieges – war es ihnen gelungen, abermals Teile des Nordens zu unterwerfen. In den beiden zurückliegenden Jahrhunderten hatte Drachenkönig Yolsulgur weniger mit Gewalt, dafür mit List und Magie versucht, die standhaften freien Reiche gegeneinander auszuspielen. Er und die anderen Drachen hatten mit ihrer Magie das Wetter verändert, so die Ernten ganzer Jahre vernichtet und für Hunger und ausbrechende Krankheiten gesorgt. Sie hatten die Menschen gezwungen, in den Bergen Gold für sie abzubauen und ihnen als Tribut Sklaven zu überlassen. Das Schicksal dieser Unglücklichen hatte sich selbst den Zauberern vom Orden der Stäbe erst allmählich offenbart. Die menschlichen Diener der Drachen hatten Revolten gesät und versucht, die Reiche von Innen her zu stürzen.

Trotz all der Verluste würde die heutige Schlacht daher in die Annalen der Jungen Königreiche eingehen. Die Kunde vom Sieg über den Drachenkönig würde sich rasch verbreiten. Boten überall im Land würden das Ende des Dritten Drachenkrieges verkünden.

Die Völker lechzten nach Frieden.

Doch zu welchem Preis?

Vom Schlachtfeld aus näherten sich drei Reiter in schimmerndem Kürass dem zurückeroberten Drachenthron. Sie mussten weiter unten am Berg absteigen, um auf der von Geröll und Leichen übersäten Anhöhe nicht ihre Reittiere zu gefährden. Ihre grün-gelben Wappenröcke verrieten dem Zauberer, dass die Ritter aus dem Königreich Waldaleth stammten.

Ihre Rüstungen waren kunstvoll mit Rankenornamenten verziert und auch der Stahl ihrer Waffen war härter als jener der anderen Verbündeten. Der Magier verzog geringschätzig die Lippen. Die Waldalether entstammten dem einzigen der Jungen Königreiche, das ihren einstigen Gönnern noch die Treue hielt: den Elfen.

Vermutlich würde sich die Menschheit auch heute noch in Höhlen und dunklen Wäldern verkriechen, wären nicht vor 600 Jahren aus dem fernen Westen die Schiffe des Alten Volkes an den Küsten erschienen. Die Legenden kündeten von einem nicht näher beschriebenem Unglück, das ihre einstige Heimat verheert hatte. Für ihrer aller Vorfahren hatte ihr Erscheinen einen Wendepunkt markiert, denn ebenso wie die Drachen beherrschten die geheimnisvollen Neuankömmlinge die Zauberei.

Die Elfen hatten die geknechteten Bewohner des Landes zum Widerstand ermutigt, sie im Ersten Drachenkrieg gegen ihre Unterdrücker angeführt und es tatsächlich geschafft, die Drachen zu vertreiben. Gleich hier, unmittelbar am Drachenthron, hatten sie daraufhin ihre Stadt Sil'Bariath errichtet, die im ganzen Land die Strahlende genannt wurde.

In ihrem Schutz waren bis hinunter zur Wogensee neue Reiche und Stadtstaaten entstanden. Auch die Magier vom Orden der Stäbe verdankten ihre arkane Kunst den Unterweisungen und Hinterlassenschaften des Alten Volkes.

Und doch empfand der Zauberer den Elfen gegenüber nur wenig Dankbarkeit.

400 Jahre nach dem erstmaligen Sieg über Yolsulgur war der Drachenkönig wiedergekehrt und hatte im Zweiten Drachenkrieg den Drachenthron von den Elfen zurückerobert. Die Drachen hatten die Vulkane in den nahen Bergen geweckt und Feuer und Asche auf Sil'Bariath niederregnen lassen. Die Elfen waren daraufhin feige ins Unbekannte geflohen und hatten die übrigen freien Völker von einem Tag auf den anderen sich selbst überlassen.

Heute waren sie nicht mehr als eine verblassende Erinnerung.

Allein die Waldalether, die sich stets als vom Alten Volk auserwählt betrachtet hatten, wollten trotz ihrer Enttäuschung nicht von ihnen lassen.

Die drei Ritter erreichten das Plateau vor der Drachenhöhle, und ihr Anführer nahm schwer atmend seinen Helm ab. Man sah dem jungen Mann die Anstrengungen der zurückliegenden Schlacht an, dennoch wirkte sein Blick klar und wach.

»Meister!« Er und seine Begleiter verbeugten sich.

Der Zauberer nickte den Rittern zu. »Ihr seid?«

»Mein Name ist Kaleth von Blauquell. Ich bin die rechte Hand von Hauptmann Barion. Barion ist im Drachenfeuer umgekommen, und so führe ich jetzt die Männer an.«

»Wie viele von ihnen haben überlebt?«

»Etwa siebenhundert – von viertausend.« Der Ritter senkte niedergeschlagen den Blick. »Es liegt jetzt an mir, König Belegius über den Schlachtausgang zu unterrichten. Unter den Männern kursiert das Gerücht, dass der Sieg diesmal endgültig sei. Ist das wirklich wahr?«

Hinter sich hörte der Zauberer Schritte und als er über die Schulter schaute, sah er zwei seiner Ordenskollegen aus der Drachenhöhle treten. Einen Mann und eine Frau. Beide stützten sich auf schlanke Stäbe. Letztere war für ihre Schönheit bekannt, doch jetzt war sie ebenso von dem Kampf gegen Yolsulgur gezeichnet wie die übrigen. Ihr langen Haare waren von grauen Strähnen durchsetzt und ihr Gesicht von tiefen Falten durchzogen.

Die Ritter verbeugten sich auch vor ihnen.

Der Zauberer wandte sich Kaleth von Blauquell zu. »Richtet Seiner Königlichen Majestät aus, dass wir die Drachen ausgelöscht haben. Diesmal endgültig.«

Die Männer schauten ihn ungläubig an und erstmals erlaubten sie sich ein Lächeln.

»Wir werden dem mit Freude nachkommen«, sprach Kaleth von Blauquell. »Mehr noch: Wir werden dafür sorgen, dass sich die Nachricht überall in den Jungen Königreichen verbreitet.«

Abermals verneigten sie sich, dann machten sie sich an den Abstieg.

Die beiden Magier traten neben ihn.

»Wie viele von uns sind noch übrig?«, fragte der Zauberer.

»Es haben sich noch nicht alle gemeldet«, meinte sein Kollege zögernd. »Ich befürchte, kaum ein Dutzend. Auch unser Blutzoll ist hoch. Ganz zu schweigen von den anderen Opfern, die wir erbracht haben.«

»Niemand darf wissen, was dort drinnen vorgefallen ist«,

sagte der Zauberer beschwörend, »noch, was wir dort gefunden haben.«

Seine Kollegin nickte in düsterem Einvernehmen. »Was schlägst du vor, was wir jetzt tun sollen?«

»Wir werden den Einstieg in den Berg versiegeln. Danach müssen wir einen Weg finden, um das Tor weiterhin geschlossen zu halten.«

»Unmöglich«, widersprach der Magier neben ihm. »Sieh uns doch an. Du weißt selbst, dass uns dafür zu wenig Zeit bleibt.«

»Dann werden wir es eben wie die Drachen halten«, sagte der Zauberer ungehalten. »Wir werden uns der Magie Yolsulgurs bedienen.«

»Drachenmagie!?« Entgeistert blickte sein Kollege ihn an. »Du willst …? Niemals! Ist dir nicht klar, was das bedeutet? Das würde mit all unseren Traditionen –«

»Welche Traditionen?«, unterbrach ihn seine Kollegin bissig. »Wir haben uns doch nur zusammengeschlossen, um gegen die Drachen zu bestehen. Ein Zweckbündnis. Mehr nicht. Und jetzt gibt es nur noch uns. Skrupel können wir uns nicht leisten.«

»Nein, da mache ich nicht mit!«, antwortete der Magier wütend.

»Es ist aber notwendig!«, widersprach der Zauberer.

»Das ist mir egal. Dann trennen sich unsere Wege eben. Und ich werde die anderen –«

Die Hand des Zauberers schnellte vor, packte seinen überraschten Kollegen am Hals und hinderte ihn so am Weitersprechen. Der versuchte sich noch zu wehren, doch statt eines Zaubers entstieg seiner Kehle bloß ein verzweifeltes Röcheln, während er erstarrte und sich seine Haut steingrau färbte.

Der Zauberer ließ den Verwandelten los. Steif wie eine Statue kippte er neben sie auf das Plateau und sein Körper zerbrach rumpelnd in drei Einzelteile.

Die Magierin trat einen Schritt zurück und betrachtete den Toten ungerührt. Dann sah sie sich argwöhnisch zur Drachenhöhle um. »Was, wenn von den anderen auch nicht alle mitmachen wollen?«

Der Zauberer verengte die Augen. »Die, die sich weigern, werden wir ebenfalls beiseiteräumen. Eine kleine Gruppe reicht.«

Seine Kollegin ließ ihren Blick über das Schlachtfeld wandern und lächelte böse. »Nein, wir werden sie nicht einfach nur beiseiteräumen. Ich denke, fortan wissen wir etwas Besseres mit ihnen anzufangen …«

420 Jahre später

Sechs Leben

Tandurin

»Ich hoffe, du weißt, was du zu tun hast?«

»Ja, Magistra.« Tandurin und seine Lehrmeisterin ritten auf klappernden Hufen durch die engen Gassen Silbersteigs. Die einfachen Holz- und Fachwerkbauten waren edleren Steinhäusern gewichen, doch die Straßen der alten Bergbaustadt waren auch in der Innenstadt steil und unwegsam. Immerhin würden sie ihr Ziel bald erreicht haben, denn es war kühl und in der Ferne kündigte sich grollend ein Gewitter an.

»Den neugierigen Blicken der Magistratsbediensteten zu entgehen«, fuhr Tandurin fort, »sollte kein Problem sein. Auch mit der Tür zur Schatzkammer werde ich wohl leicht fertig. Aber was, wenn das Horn wirklich durch Zauberei geschützt wird?«

»Du bist bald selbst ein richtiger Zauberer. Improvisiere!« Magistra Escalia Rotdrud maß ihn hochmütig mit ihren grünen Augen. »Jeder Schutzzauber ist nur so gut wie der Magier, der ihn einst wirkte. Sollten sich die Gerüchte als wahr erweisen, dann denke daran, dass Schutz-Sigillen nur unter fest vorgegebenen Bedingungen ausgelöst werden. In diesem Fall lass dir etwas einfallen. Versuch, die Lücke zu finden. Zwar bist du jetzt etwas Besseres, aber du entstammst immerhin dem fahrenden Volk. Mach ihm keine Schande. Denn was Diebstähle betrifft, sind die deinen ja sonst auch nicht gerade auf den Kopf gefallen.«

Verärgert fasste Tandurin seinen Falben am Zügel und führte

das Pferd an einer überfüllten Abfalltonne vorbei, auf deren Unrat unzählige Mäuse herumturnten. Er mochte es nicht, wenn seine Lehrmeisterin so über seine Leute sprach. Ihre Worte würdigten sie zu einer Schar vagabundierender Diebe und Gauner herab. Sicher, die Lebensart seines über die Jungen Königreiche versprengten Volkes, deren Sippen von Reich zu Reich zogen, um sich ein Auskommen als Kesselflicker, Löffelschnitzer, Schausteller und Pferdehändler zu sichern, brachte es mit sich, dass der Respekt vor dem Besitz jener, die ein festes Heim besaßen, nicht besonders hoch war. Andererseits war sein Volk auch wie kein anderes der Willkür und den Vorurteilen jener ausgesetzt, die nicht wussten, wie es war, seit über 400 Jahren ohne Heimat zu sein.

Nur würden Widerworte nichts nutzen.

Nicht bei Magistra Rotdrud, die mit dem stolzen Habitus einer Königin durch die schmutzigen Gassen des Bergwerkstädtchens ritt – und die selbst keine Gelegenheit ausließ, sich zu bereichern. Sie war eine ebenso gefährliche wie schöne Frau mit kühlen, alterslosen Gesichtszügen und schräg stehenden Augen, in deren Blick sich meist Spott und das überlegene Wissen von Jahrhunderten die Waage hielten. Ihr langes schwarzes Haar verbarg sie heute unter einer mit Hermelinfell besetzten Gugel, und auch ihr vornehmes grünes Reisegewand erweckte Aufsehen. Unvorsichtige übersahen dabei gern den langen Zauberstab aus dunklem Ebenholz, der klarstellte, dass sie keine gewöhnliche Adlige war. Doch Zauberer waren selten geworden. Dass man sie nicht erwartete, war in den letzten sechs Jahren, die Tandurin bereits Magistra Rotdruds Adept war, schon drei Gruppen von Strauchdieben zum Verhängnis geworden.

Und die Zauberin genoss die Zurschaustellung von Macht und Magie.

Ebenso, wie sie es genoss, ihn hart zu betrafen, wenn er nicht spurte. Er hatte es sich daher angewöhnt, seine wahren Gefühle hinter einer Maske der Gleichmut zu verbergen. Ende des Monats, nach der Großen Weihe, aus der er als vollwertiger Zauberer hervorgehend würde, würde er eh eigene Wege gehen. Und dann würde er mit seiner Zaubermacht dazu beitragen, das Los seines

Volkes zu verbessern. Bis dahin würde er die Zähne zusammenbeißen und durchhalten.

Natürlich war ihre Ankunft nicht unbemerkt geblieben. Aus Fenstern und Gassen schauten ihnen blasse Gestalten entgegen, deren Gesichter von einem harten arbeitsreichen Leben zeugten. Mägde, Handwerker, Tagelöhner. Der einzige Lichtblick, der sich ihnen hier trotz der aufziehenden Regenwolken in der Innenstadt bot, war die schroffe, majestätische Silhouette der Blauen Zinnen, die hinter den schiefen Dächern der Stadt aufragten. Ein Gebirge, mit dem das Schicksal der Stadt untrennbar verbunden war.

Die Vorfahren der heutigen Bürger Silbersteigs waren Sklaven gewesen, die in den Bergen Gold und Silber für die Drachen hatten abbauen müssen. Und sie waren geblieben, als die Drachen im Dritten Drachenkrieg vor etwas über 400 Jahren endgültig ausgerottet worden waren. Als freie Bürger, die hofften, durch das Edelmetall selbst zu Wohlstand zu gelangen. Einige Zeit war ihnen dies gelungen, doch inzwischen fand man kaum noch Gold und auch die Silberadern waren zunehmend erschöpft, obgleich die Bergleute immer tiefer und verzweifelter gruben. Kurz: die Stadt dämmerte dem Niedergang entgegen, nur wollte das hier niemand wahrhaben.

Umso härter traf die Bewohner die Mäuseplage, die den Ort schon seit Wochen heimsuchte. Man musste nicht lange suchen, um die frechen Nager zu finden. Sie tummelten sich überall in den Straßen und Gassen, wuselten auf Hinterhöfen herum, hüpften über Kellerstiegen und knabberten an Säcken und Kisten, die die Stadtbewohner leichtfertig hatten stehen lassen. Einen Nager erspähte Tandurin sogar direkt über sich, an einer der Wäscheleinen, die über die Straße gespannt waren.

Vor ihnen kam der große, kopfsteingepflasterte Marktplatz mit dem Brunnen in Sicht, dessen Blickfang das Rathaus mit den hohen Butzenglasfenstern war. Die Fassade des Gebäudes wurde von Balkonen geziert, außerdem befanden sich dort Nischen mit bunten Figuren aus der Stadtgeschichte, darunter Bergleute, Ratsherren, Krieger und – unmittelbar unter dem Giebel – *Radulf aus den Blauen Zinnen.*

Er war der größte Held der Stadt und die Ruhmestaten, die er im Dritten Drachenkrieg vollbracht hatte, lieferten den Bänkelsängern noch heute Stoff für Geschichten. Es hieß, dass er für den Tod des Drachen Wyrfeuer verantwortlich war, den er auf einzigartige Weise zum Zweikampf herausgefordert hatte: auf dem Rücken eines Gipfelalks.

Der Künstler der Skulptur hatte den berühmten Sohn der Stadt daher als Ritter mit Lanze auf dem Rücken eines dieser Riesenvögel dargestellt, die selbst schon lange ausgestorben waren.

Magistra Rotdrud interessierte sich weniger für die alten Legenden, sondern vielmehr für ein altes Kriegshorn, das Radulf angeblich mit Zauberkräften ausgestattet hatte. Seine Lehrmeisterin hatte Tandurin nicht verraten, welcher Art die Kräfte dieses Horns waren, doch seit sie von seinem Verbleib erfahren hatte, war sie wie besessen davon.

Bis heute hüteten es die Bürger dieser Stadt. Und die würden sich angesichts der legendären Abstammung des Blasinstruments keinesfalls freiwillig von ihm trennen. Magistra Rotdrud hatte daher beschlossen, das Horn durch Diebstahl an sich zu bringen, und es kümmerte sie nicht, dass das Artefakt in einer speziell versiegelten Schatzkammer im Obergeschoss des Rathauses verwahrt wurde.

Mit dem Gebäude hatte es eine eigentümliche Bewandtnis. Um die Schätze Silbersteigs zu schützen, hatten die Stadtgründer einst einen der Zauberer vom Orden der Stäbe dazu gebracht, einen Bann um das Rathaus zu ziehen. Die Schwelle konnten nur jene übertreten, die vom Stadtrat eine spezielle Einladung erhielten. Und das galt leider auch für Zauberer.

Der Hilferuf des Magistrats, der Stadt bei einer Mäuseplage beizustehen, war Magistra Rotdrud daher mehr als gelegen gekommen. Wie massiv die Plage jedoch ausfiel, war auch für Tandurin überraschend.

Vor den Treppen des Rathaus warteten bereits drei Vertreter des Stadtrates in vollem Ornat auf sie. Ihre prächtigen Schürzen erinnerten an Bergmannkittel, und ein jeder von ihnen trug vor der Brust ein silbernes, handtellergroßes Siegel mit dem Stadtwappen: ein Berggipfel, vor dem Lanze und Pickel gekreuzt waren.

»Es geht los«, murmelte die Magierin mit falschem Lächeln. »Betrachte deine heutige Aufgabe gewissermaßen als Gesellenprüfung.«

Tandurin seufzte innerlich und nickte.

Stadtdiener halfen ihnen beim Absteigen und sogleich kam der Mittlere der Männer auf sie zu. Er trug einen dichten Vollbart und verneigte sich höflich. »Magistra Rotdrud. Wir fühlen uns geehrt, dass Ihr unserer Bitte nachgekommen seid.«

»Oberster Ratsherr, es ist mir ebenfalls eine Ehre.« Huldvoll hielt die Magierin dem Mann ihre beringte Rechte hin, auf die dieser einen Kuss hauchte. »Die Probleme Eurer Stadt sind mehr als offensichtlich.«

»Ja, sind sie.« Der Bärtige sah sich gequält zum Rande des Marktplatzes um, wo sich längst ein Ring an Schaulustigen eingefunden hatte. Zwischen ihren Füßen waren hin und wieder huschende Schatten zu erahnen – und plötzlich dämmerte Tandurin, dass die Mäuseplage vielleicht nicht ganz zufällig über den Ort hereingebrochen war.

»Wir haben alle Ratschläge befolgt, die uns die hiesigen Ratten- und Mäusefänger genannt haben«, führte der Mann weiter aus. »Aber wir werden der Plage nicht Herr. Inzwischen bedrohen die Nager auch unsere Kornspeicher. Wir sind also etwas verzweifelt.«

»Nun, ich bin mir sicher, es wird Wege geben, um dem Problem beizukommen. Am besten, Ihr führt mich gleich ins Rathaus und gebt mir einen detaillierten Überblick, wo das Ungeziefer am schlimmsten wütet.«

»Ja, sicher … äh …« Der Mann beäugte misstrauisch die bunt geflochtenen Zöpfe, die Tandurins hageres Gesicht umrahmten. Mit seiner praktischen ledernen Reisekleidung unterschied er sich zwar nur wenig von anderen Reisenden, aber durch diese spezielle Haartracht war er unschwer als Angehöriger des fahrenden Volkes zu erkennen. Und eben das schien bei den Herren einen gewissen Argwohn zu wecken. Tandurin kannte solche Reaktionen von anderen Orten. Und so zwinkerte er dem obersten Ratsherrn frech zu.

»Und das ist?«, fragte der Mann die Magistra verschnupft.

»Mein Adept.«

»Ah, verstehe. Nun, ich befürchte, er wird hier draußen warten müssen.«

»Oberster Ratsherr, ich bitte Euch.« Magistra Rotdrud warf ihre Kaputze zurück, enthüllte ihr langes schwarzes Haar und verzog kummervoll ihre vollen Lippen. Sie *war* eine hübsche Frau. Und sie wusste das zu nutzen. »Wir haben eine lange Reise hinter uns. Die Unterredung führen wir selbstverständlich in aller Verschwiegenheit.« Sie nickte den übrigen Amtsmännern freundlich zu. »Aber es ist kühl geworden. Und ich denke, es ist ein Gebot der Höflichkeit, auch meinen Zögling nicht von Eurer Gastfreundschaft auszunehmen. Allzumal ich ihn vielleicht benötige.«

»Natürlich. Ja …« Der Mann warf seinen Kollegen einen gequälten Blick zu. »Euer Adept soll natürlich nicht im Kalten stehen.« Er trat beiseite und beschrieb eine einladende Geste in Richtung Eingang. »Seid willkommen! Für eine Stunde …«

Das erste Hindernis war genommen.

Magistra Rotdrud und Tandurin folgten den Ratsleuten über die Schwelle der großen Doppeltür ins Innere des Gebäudes. Sie gelangten in eine getäfelte Eingangshalle mit Ölgemälden einstiger Krieger und gewichtig dreinblickenden Ratsherren, aus der eine geschwungene Treppe hinauf ins Obergeschoss führte. Nahe der Treppe standen zwei Stadtwachen mit Lederharnischen und Schwertern.

Die Ratsherren führten seine Lehrmeisterin bereits die Treppe hinauf, als Tandurin eine vergitterte Nische bemerkte, in der eine Sammlung alter, schwarz angelaufener Waffen ausgestellt war. Speere mit Widerhaken, seltsam gebogene Sichelschwerter und Äxte mit Klingen wie Halbmonde.

»Ich sehe, Ihr erkennt sie?«, fragte ihn ein Ratsheer, der ebenfalls zurückgeblieben war. Ein Mann mit Backenbart und verständigem Blick.

Aufgeregt trat Tandurin an das Gitter heran. »Das sind Waffen der Gaale.«

»In der Tat. Radulf hat das Drachengezücht Zeit seines Lebens bekämpft.«

»Radulf hat gegen Gaale gekämpft?« Tandurin wandte sich dem Mann erstaunt zu. »Ich dachte, er habe damals bloß einen Drachen vom Himmel geholt?«

»Bloß?« Der Mann verzog belustigt die Lippen, wurde aber schnell wieder ernst. »Nein, er kämpfte damals sogar an vorderster Front gegen die Armee dieser Unholde. Angesichts seines Zweikampfes gegen den Lindwurm Wyrfeuer ist dies weniger bekannt. Bedauerlicherweise konnte auch er nicht verhindern, dass das Drachengezücht die Heimat Eures Volkes verheerte.« Er seufzte. »Die heutigen Aschetäler in den Fackelbergen, richtig? Wie man hört, sind die Hochebenen bis heute ein Ort der Ödnis und des Todes.«

»Ihr wisst davon?«

»Natürlich wissen wir davon. Auch unsere Vorfahren haben schwer unter den Drachen und ihren Heerscharen gelitten.«

Tandurin schenkte dem Ratsherrn einen traurigen Blick. Es gab nicht viele, die das Schicksal des fahrendes Volkes scherte. Umso mehr bedauerte er, dazu gezwungen zu sein, ihn zu hintergehen.

»Und nun kommt. Eure Lehrmeisterin erweckt nicht den Eindruck, eine geduldige Frau zu sein.«

Das war sie in der Tat nicht.

Tandurin folgte dem Ratsheren nach oben zu einer im Schatten liegenden Galerie, von der Türen und Gänge abzweigten. Von hier aus musste er irgendwie noch weiter nach oben gelangen, denn ihren Informationen zufolge lag der Zugang zur Schatzkammer im zweiten Stockwerk.

Die Wachen folgten ihnen. Eine bezog vor einer reich mit Bergwerkszenen verzierten Säule Aufstellung, die andere blieb auf der Mitte der Treppe zum Untergeschoss stehen.

Magistra Rotdrud wurde jetzt von den Ratsherren in eine Art Sitzungssaal geführt. Bevor sie verschwand, wandte sie sich ihm noch einmal zu. »Du bleibst hier, bis ich dich rufe. Kann etwas dauern.«

»Wie Ihr wünscht, Magistra.« Tandurin nickte ergeben und wartete, bis sich die Türen hinter den vieren geschlossen hatten.

Er trat an die hohen Butzenscheiben heran, durch die man hinaus auf den Marktplatz sehen konnte. Die Menge dort unten hatte sich verlaufen und die Wolken am Himmel sorgten dafür, dass es zunehmend dunkler wurde. Für sein Vorhaben war dies von Vorteil. Die Einladung ins Rathaus galt offenbar nur für eine Stunde, dann würde der magische Bann greifen, und Tandurin hatte nicht vor herauszufinden, wie sich dieser genau auf einen Missliebigen auswirkte. Von dieser einen Stunde waren bereits einige wertvolle Minuten verstrichen. Er musste sich also beeilen. Er kramte in seiner Umhängetasche nach einer Schreibkladde und gab vor zu lesen.

Als er sicher war, dass die Wache an der Säule das Interesse an ihm allmählich verlor, konzentrierte er sich auf die Macht, legte ein Abbild seiner Selbst um sich und trat dann mit einem raschen Schritt aus dem heraufbeschworenen Gaukelbild heraus, hinter eine zweite Säule. Die Illusion seiner Selbst stand weiterhin reglos da und flackerte nicht einmal.

Die Deckung der Säule nutzend, wirkte er einen chamäleonhaften Tarnzauber, der ihn mit dem Hintergrund verschmelzen ließ, schlich zu einer nahen Tür und schlüpfte ungesehen in ein Schreiberzimmer, das glücklicherweise leer stand. Sofort öffnete er die Fensterläden und betrat einen der Balkone, die er bei seiner Ankunft bemerkt hatte. Draußen regnete es mittlerweile leicht, was auch die letzten Silbersteiger ins Trockene getrieben hatte. Tandurin verknotete seine bunten Haarzöpfe am Hinterkopf, zog Handschuhe aus den Taschen seiner Jacke und fasste dann die Nischen an der Außenfassade ins Auge, in denen die bunten Figuren standen. Hoffentlich waren diese fest verankert.

Er erklomm die Brüstung, sprang – und packte einen Bergmann mit Hammer und Stemmeisen. Der Bergmann stand fest. Rasch hangelte sich Tandurin von dort zu einer weiteren Nische und hielt nur kurz inne, um zum Marktplatz hinabzuschielen.

Niemand bemerkte ihn, obwohl er seinen Tarnzauber vor Anstrengung hatte abbrechen müssen. Allein eine vollgefressene Katze neben dem Brunnen stierte zu ihm empor.

Er und sein Bruder waren seit frühester Jugend als Artisten tätig gewesen. Und Magistra Rotdrud hatte in den sechs Jahren, seit sie ihn unter ihre Fittiche genommen hatte, dafür gesorgt, dass er nichts verlernte. Im Gegenteil: Sie hatte ihm überdies so manchen magischen Trick beigebracht, der es ihm gestattete, noch erfolgreicher auf Diebestour zu gehen. So dauerte es nicht lange, bis er einen der Balkone am gegenüberliegenden Flügel des Rathauses erreichte, der ein Stockwerk höher lag. Die Fenster des Raumes rechts des Balkons waren als einzige vergittert.

Das musste die Kammer sein, in der das Horn lag.

Rasch kramte Tandurin einen von drei Mistelzweigen hervor, die es ihm ermöglichten, jedes Schloss zu öffnen. Doch dann zögerte er. Keinesfalls durfte er diese magischen Hilfsmittel verschwenden.

Er brach die Tür daher mit dem Stemmeisen auf und gelangte in ein kahles, allein von einem mannshohen Berggemälde geziertes Balkonzimmer, von dem zwei Türen abgingen. Die eine führte vermutlich hinaus auf einen Gang, die andere, deutlich massivere, war mit zwei schweren Eisenbändern versehen. Hinter ihr lag die Schatzkammer des Ratshauses.

Er nahm wieder einen der Mistelzweige zur Hand, als er etwas Eigenartiges entdeckte. Er bemerkte es nur, weil das diffuse Licht hinter ihm schräg auf den Boden fiel. Die Dielen des Zimmers waren lediglich in einem schmalen Bereich ausgetreten. Von der Tür zum Gang bis hin … zum Gemälde.

Tandurin trat misstrauisch an das Bild, ruckelte daran und stellte fest, dass es sich nicht abnehmen ließ. Vielmehr war es fest in der Wand verankert. Er grinste. Fast wäre er auf eine Tricktür hereingefallen. Er ginge jede Wette ein, dass die Tür mit den Eisenbändern mit einem Alarm oder einer Falle ausgestattet war. Das Bild war die eigentliche Pforte.

Er berührte es mit dem Mistelzweig, der sofort in Rauch aufging, und mit einem Klicken klappte ihm das Gemälde entgegen.

Unmittelbar dahinter führte eine schmale Steintreppe schräg hinunter in die Tiefe. Ihm blieb vielleicht noch eine knappe halbe Stunde. Er musste sich beeilen.

Tandurin beschwor eine Lichtkugel herauf und eilte die Stufen vorsichtig nach unten.

Er hätte sich denken können, dass ein Volk von Bergleuten seine Schätze nicht in luftiger Höhe, sondern irgendwo in der Tiefe versteckte. Etwas später stieß er abermals auf eine Tür mit Eisenbändern. Er seufzte. Noch eine Finte? Er musste es darauf ankommen lassen. Auch der zweite Mistelzweig verging zu Rauch, es klickte und rasselte – und knarrend öffnete sich auch diese Pforte.

Tandurin ließ die magische Lichtkugel emporsteigen – und ihm blieb angesichts all des Gleißens, dem er jetzt gegenüberstand, der Mund offen stehen.

Vor ihm erstrecke sich ein großes Gewölbe, das über und über mit Goldschmuck, Silberpokalen und -tellern, Juwelen, kostbarem Geschmeide und sogar einigen mit bunten Edelsteinen verzierten Büchern gefüllt war. Offenbar lagerten die Silbersteiger hier die Besitztümer anderer Adliger und reicher Kaufleute. Oder sie waren Räuber. Anders war die schiere Masse an Reichtümern hier unten kaum zu erklären. Und so schwer es ihm auch fiel, seinen Blick von all den Kostbarkeiten abzuwenden, sah er doch sofort, was er eigentlich suchte.

In einer Nische, ganz hinten im Gewölbe, erhob sich ein breiter, oben abgeplatteter Granitblock, in den ringsum silberne Zauberglyphen eingelassen waren. Über der Granitfläche lag eine unterarmhohe, silbrig blitzende Lichtsphäre, die gleich zwei Gegenstände wie eine Haube umschloss. Das eine war ein geschwungenes, fast armlanges Horn aus Drachengebein. Es war mit ledernen Bändern umwickelt und mit einem Trageband ausgestattet, mit dem es sich um den Hals hängen ließe. Tandurin hatte nicht den leisesten Zweifel, dass es das gesuchte Instrument war. Direkt daneben lag ein schlichtes ovales Amulett aus Gold – und auch in dieses waren Zaubersymbole eingeritzt.

Tandurin trat an den Granitblock heran und wollte nach dem Horn greifen, zögerte jedoch. Dann nahm er sein Stemmeisen zur

Hand, um das Horn zu sich zu schieben. Doch kaum berührte das Eisen die Lichtsphäre, zischte es und das Metall verbrannte rückstandslos in einem grellen weißen Feuer. Entsetzt riss Tandurin das Eisen zurück und blinzelte. Sein Einbruchswerkzeug war bei dem Vorgang nicht einmal heiß geworden. Doch er begriff sofort, was passiert wäre, hätte er unbedacht seine Finger in die verdammte Sphäre geschoben.

Was jetzt? Er sah sich um und probierte es mit einer wertvollen silbernen Spange, dann mit einem reich ornamentierten Holzlöffel. Alle Objekte verbrannten sofort in dem weißen Feuer.

Ein Schwebezauber? Er beherrschte keinen. Vielleicht ein magisches Passwort? Doch wie sollte er das je herausfinden? Tandurin wurde zunehmend verzweifelt. Er konnte hier höchstens noch einige Minuten verbleiben, dann musste er zurück. Die Zeit rannte ihm davon. Was hatte ihm die Magistra eingeschärft? Schutzsigillen besaßen Lücken. Nur vernichtete die von ihnen erzeugte Sphäre einfach alles, was in sie hineingeschoben wurde.

Wirklich alles?

Tandurin musterte die beiden Gegenstände im Innern genauer. Was, wenn das, was es umhüllte, davon ausgenommen war? Drachenknochen? Hier unten lagen keine weiteren Gegenstände aus dem kostbaren Material. Granit? Wie sollte er einen hinreichend langen Brocken aus dem Gestein finden? Es blieb also das Leder des Tragebands. Tandurin nahm seinen Gürtel ab und tauchte eines seiner Enden in das Licht.

Er hätte vor Freude schreien mögen, denn es geschah … nichts.

Der Gürtel war zu weich und elastisch, um damit etwas zu verschieben. Dann anders. Er führte den Gürtel wie eine Peitsche und hieb damit vorsichtig nach dem Horn. Mit jedem Schlag rutschte es ein Stück weiter über die Granitfläche nach hinten, bis das Mundstück endlich aus der Lichtsphäre herausragte. Der Rest war schlichtes Geschick.

Tandurin verstaute seine Beute in der Umhängetasche, dann machte er, dass er aus dem Gewölbe herauskam und wieder nach oben gelangte.

Er hatte längst jedes Zeitgefühl verloren. Dennoch schloss er sorgsam die Gemäldetür hinter sich, kraxelte über den Balkon zurück zum gegenüberliegenden Flügel des Rathauses und erreichte die Galerie mit seinem illusionären Ebenbild in dem Moment, als sich die Tür des Besprechungssaals öffnete und Magistra Rotdrud in Begleitung der drei Ratsherren heraustrat. Tandurin nutzte die kurze Ablenkung der Wache, um die llusion seiner Selbst aufzulösen, arglos vorzutreten und die Schar nach unten, vor die Stufen des Rathauses zu begleiten, wo sich die ehrwürdigen Herren euphorisch von der schönen Zauberin verabschiedeten. Niemand hatte Augen für die leicht durchfeuchtete Kleidung ihres Adepten. Und niemand bemerkte sein erhitztes Gesicht.

Tandurin war froh, als sie endlich in Richtung Stadtor ritten.

»Und, hast du, was ich dich zu besorgen beauftragt hatte?«, fragte die Magierin.

Tandurin reichte ihr wortlos die Tasche und sie spähte hinein. Zufrieden lächelte sie. »Gut gemacht. Gesellenstück bestanden.« Sie spornte ihren Rappen an und ritt voraus.

Eine betrogene Betrügerin.

Denn da war auch noch das zweite Objekt.

Tandurin berührte grinsend das goldene Amulett in seinem Rockschoß und ritt ihr nach.

Dania

Das Baldachinbett knarrte rhythmisch in der alten Kemenate und Dania biss die Zähne zusammen. Ganz so, wie es Meister Goltar liebte, lag sie bäuchlings und mit den Händen magisch an den Bettpfosten gefesselt auf der alten Matratze, während er zwischen ihre Schenkel drängte und sie *pfählte*, wie er es nannte. Der Magier keuchte und schnaubte wie ein altersmüder Ackergaul, während er sie von hinten nahm und trotz seiner Fettleibigkeit versuchte ihre Brüste zu umfassen. Es gelang ihm nicht.

»Los, du kleines Flittchen, konzentriere dich«, stöhnte er, während er sein Tempo steigerte. »Dein kleiner Hurenzauber fängt an nachzulassen.«

Dania versuchte sich auf das Trugbild zu konzentrieren, das sie ihm schon seit einer halben Stunde vorgaukelte. Die Illusion eines unschuldigen jungen Elfenmädchens, wie sie es auf einem alten Gemälde in dem Bordell in Kesselfurt erblickt hatte, aus dem Goltar vom Grauwald sie ausgelöst hatte.

»Ja, ja, ja …« Begeistert steigerte der Zauberer sein Tempo. »Du dreckige Elfendirne, Meister Goltar besorgt es dir jetzt gründlich!« Dann, endlich, röhrte er auf und kam in ihr. Im nächsten Moment sank er erschöpft auf Dania nieder und drückte sie mit seinem ganzen Gewicht in die Matratze.

Dania wurde schlecht, denn jetzt stieg ihr der säuerliche Geruch seines Schweißes in die Nase, den auch das schwere süßliche Parfum nicht überdecken konnte, mit dem er sich eingenebelt hatte.

»Meister, Ihr erdrückt mich«, klagte sie.

Der fette Zauberer murmelte etwas Unverständliches und rollte sich von ihrem geschundenen Leib herunter. Mit einiger Verzögerung löste er die magischen Fesseln und blieb schweratmend neben ihr liegen.

»Du bist wirklich das beste Stück Weib, das ich je hatte. Und glaube mir, ich hatte viele Weiber. Sehr viele.«

»Ein Mädchen wie ich merkt, wenn sie es mit einem erfahrenen Liebhaber zu tun hat«, schmeichelte ihm Dania gewohnheitsmäßig und richtete sich gequält auf. Ihr Schoß brannte und ihr Hinterteil war derart mit roten Striemen bedeckt, dass jede Bewegung schmerzte.

»Genug Erfahrung hast du ja, um das zu beurteilen.« Goltar vom Grauwald lag wie ein rosafarbenes Hausschwein neben ihr und lachte dreckig. Das fettige rote Haar klebte ihm schweißnass über der Stirn, und Dania stellte einmal mehr fest, dass es keine Region an seinem teigig-blassen Körper gab, die nicht abstoßend war. Angefangen bei dem feisten Gesicht, über die speckigen Lippen bis hin zu der wabbeligen, weit überhängenden Wampe.

Er grinste beim Anblick ihres mit Striemen übersäten Hinterteils. »Aber ich muss zugeben, dass ich heute gut in Form war.« Er ließ sich wieder zurückfallen. »Was für ein Glück, dass du vom besten Heilmagier des Landes bestiegen wirst. Ich hab dir ja beigebracht, wie du solche Wunden beseitigst.«

»Ja, habt Ihr, Meister.«

Erschöpft von dem Zauber, mit dem sie Goltar die Sinne vernebelt hatte, und darauf bedacht, die beanspruchten Körperregionen nicht zu belasten, verließ sie das Baldachinbett und humpelte am alten Kamin vorbei in Richtung des Erkers, wo sie den großen Waschzuber und die Heilsalben bereitgestellt hatte. Zunächst konzentrierte sie sich auf den Heilzauber, den Goltar sie gelehrt hatte. Wärme durchströmte ihren Unterleib und die Schmerzen verebbten fast unverzüglich. Dann stieg sie in den Zuber, griff zur Wasserkanne und wusch sich ausgiebig Goltars Säfte vom Leib. Am liebsten hätte sie sich mit Siebenbrückener Seife abgeschrubbt, doch um den Ekel loszuwerden, würde nicht einmal ein Bad im Großen Fluss genügen. Für den Moment reichte es, dass sie seinen Gestank loswurde. All das würde eh bald enden.

»Eigentlich traurig«, schwadronierte der Zauberer drüben im Bett. »Trotz meiner langen Erfahrung habe ich bis heute nicht herausfinden können, wie du das hinkriegst. Also mich vergessen zu lassen, wie gewöhnlich du eigentlich bist.«

»Ihr sagtet es doch selbst.« Dania erhob sich, um sich abzutrocknen. »Ich bin eine Wilde.«

»Oh ja, das bist du.« Ihr fetter Meister stemmte sich schwerfällig in die Höhe, griff nach einem Tuch und wischte sich den Schweiß von der fleischigen Stirn. Dann zog er sein grünes protziges, mit arkanen Glyphen besticktes Zaubergewand zu sich.

Goltar vom Grauwald war trotz oder vielleicht gerade wegen seiner enormen Körperfülle ein eitler Geck, der viel Wert auf kostbare Kleider legte. Für seine Gewänder gab er ein kleines Vermögen bei den Schneidern in den großen Städten aus. Gold besaß er genug, doch in seinem Haushalt, einem heruntergekommenen Rittergut inmitten des weitläufigen Grauwaldes, geizte er. Schon seiner Vergnügungssucht wegen hielt er sich hier nur auf, wenn er neue Elixiere und Heiltinkturen herstellte. Bewirtschaftet wurde das Gut in der Zwischenzeit von einem unterwürfigen

Verwalterehepaar aus dem nahen Dorf, deren drei Töchter Goltar ebenfalls nach Belieben hernahm.

»Dennoch«, fuhr Goltar vom Grauwald fort, während er sich in die kostbare Magierrobe zwängte, »deine außergewöhnliche kleine Gabe muss sich doch irgendwie in eine Formel pressen lassen? Ich habe schon Königinnen und Prinzessinnen gehabt, aber selbst der Spaß, sich eine dieser Blaublütigen vorzunehmen, verblasst dagegen.«

»Ihr schmeichelt mir, Meister.« Dania drehte ihm den Rücken zu, während sie ihr einfaches braunes Bauernkleid überstreifte. Der Kerl widerte sie an. Sie wusste nur zu gut, wie sich der Fettsack seine arkanen Dienste als Heiler am liebsten bezahlen ließ. Vor Krankheiten und Seuchen war nicht einmal der Adel gefeit, und wo die herkömmliche Medizin versagte und die Lage besonders verzweifelt war, da ließen sich auch hochwohlgeborene Damen überreden.

Dania hatte wenig Mitleid mit ihnen.

Da draußen in den Jungen Königreichen gab es Tausende Mädchen wie sie, die sich für einen Kanten Brot prostituieren mussten. Wenn es mal eins dieser arroganten reichen Weiber traf, dann war das nur gerecht. Als Tochter armer Tagelöhner aus der Vagantenstadt Kesselfurt war sie schon ihr ganzes Leben lang männlicher Willkür ausgesetzt. Mit zwölf Jahren hatten ihre Eltern sie und ihre Zwillingsschwester Vala an ein Bordell im ewig dunklen Stadtviertel unterhalb des großen Kataraktes der Stadt verkauft. Dorthin, wo es immer kalt und feucht war und die ärgsten Schlägerbanden der Stadt regierten. Zahllose Männer hatten sich dort an ihnen vergangen. Schmutzige und derbe Männer. Männer ohne Bildung, von denen viele selbst nicht wussten, wie sie den kommenden Tag überstehen sollten. Viele Mädchen aus dem Bordell waren schon lange nicht mehr am Leben. Gestorben an Geschlechtskrankheiten, Auszehrung und nackter Gewalt.

Ihr Schicksal wäre vermutlich ähnlich verlaufen, wenn sich bei ihr und ihrer Schwester nicht *die Gabe* gezeigt hätte. Im Gegensatz zu den anderen Mädchen war es ihnen möglich gewesen, die Sinne ihrer Freier derart zu vernebeln, dass diese mit ihnen besonders zufrieden waren. Vala hatte die Gabe zuerst entdeckt und sie Dania beigebracht. Doch im Gegensatz zu ihrer Schwester, die es sogar schaffte, dass sich die Freier nur noch mit einem Gaukelbild ihrer Lust vergnügten, brachte es Dania lediglich fertig, ihren eigenen Leib mit einem trügerischen Abbild zu überziehen.

Natürlich hatten die Bordellbesitzer die *Gabe* rasch in klingende Münze umgesetzt und beide irgendwann nur noch an solvente Kunden verkauft, wodurch vor zweieinhalb Jahren Meister Goltar auf Dania aufmerksam geworden war.

Zu jenem Zeitpunkt war nur noch sie im Geschäft gewesen. Ihre Schwester hatte sich in dem schrecklichen, nasskalten Klima unterhalb des ewigen Wasserschleiers Alt-Kesselfurts am Ende doch mit einer Sieche infiziert, die sie zunehmend auszehrte, die Haut dünn und die Haare fahl werden ließ. Ihre Besitzer hatten zunächst alles dafür getan, um ihr bestes Pferdchen im Stall wieder aufzupäppeln, doch die Mühen waren umsonst gewesen. Valas Gestalt glich zunehmend einer jener abgehalfterten Straßendirnen Kesselfurts, die in den Gassen dahinvegetierten und ihren halben Hurenlohn für Rauschpilze ausgaben, um ihr Elend erträglicher zu machen. Aus Angst sich anzustecken, hatten die Bordellbetreiber sie schließlich auf die Straße geworfen. Vala hauste vermutlich noch heute in einer armseligen Unterkunft und hoffte auf ein Wunder.

Dania hatte beschlossen, ihr dieses Wunder zu ermöglichen. Denn niemals würde sie ihre geliebte Schwester aufgeben.

Bei diesem Gedanken trat Dania energisch vor den prachtvoll mit mythischen Wesen umrankten Raumspiegel und steckte sich das feuchte Haar mit einem Holzstift zusammen. Die zurückliegenen Jahre hatten auch sie gezeichnet. Früher war sie mit ihrer schlanken Figur, der Stupsnase und den großen braunen Augen vermutlich hübsch gewesen, doch ihre Züge waren längst hart geworden und ihre Brüste begannen bereits ihre Straffheit zu verlieren. Auch sonst war an ihr nichts Kindliches mehr. Niemand würde ihr die siebzehn Lenze abnehmen. Die Augen ihres schmalen Gesichts waren leicht eingesunken und bildeten Schatten, die sie mit schwarzem Kohl-Pulver zu ihrem Vorteil zu verändern wusste. Ihre langen schwarzen Haare ergrauten frühzeitig. Sie wirkte mindestens zehn Jahre älter, was in ihrem Gewerbe das Zeichen für den baldigen Abstieg war. Nur war sie jetzt keine Hure mehr. Zumindest keine gewöhnliche.

Sie war eine Adeptin.

Und in wenigen Tagen sogar eine richtige Zauberin – auch wenn Goltars Unterweisungen in den zurückliegenden zweieinhalb Jahren lausig gewesen waren. Wollte sie, dass er ihr etwas von Wert beibrachte, dann musste sie das mit Schmeicheleien und sexuellen Gefälligkeiten einfordern. Dabei war es gerade seine spezielle Kunst, auf die sie setzte. Die Heilmagie.

Mit diesen Fähigkeiten wollte sie nach Kesselfurt zurückkehren, um Vala zu heilen. Und wenn sie hier nicht finden würde, was sie für ihre Heilung benötigte, dann vielleicht bei jenen Zauberern, die sie schon bald bei ihrer Großen Weihe traf. Gelehrte Männer.

Alle Männer hatten Begierden. Und Dania besaß die Mittel, um diese Begierden zu stillen.

»Fast bedauere ich es, künftig auf dich verzichten zu müssen«, murmelte Goltar ungewöhnlich ernst. »Du wirst schwer zu ersetzen sein.«

Dania zwang sich zu jenem koketten Augenaufschlag, mit dem sie die Männer üblicherweise umgarnte, und die Lüge kam ihr glatt über die Lippen. »Selbst nach meiner Weihe werde ich Euch sicher häufig besuchen kommen, um weiter von Eurem Wissen zu profitieren.«

Goltar stierte sie eine Weile schweigend an, dann kippte er sich den Inhalt eines Weinpokals in den Rachen, der auf einer alten Kommode stand.

»Wir werden sehen«, grunzte er. »Auf jeden Fall werden wir heute Abend noch einmal Spaß haben.« Schmierig grinsend fasste er sich erst an den Schritt und dann an den weit überhängenden Bauch. »Jetzt habe ich Hunger. Geh in die Küche und sieh nach, ob das Essen fertig ist. Anschließend überprüfe, ob Vicor die Kutsche repariert hat. Für die Reise hinauf ins Fackelgebirge benötigen wir mindestens zwei Wochen.«

Froh, endlich aus dem Zimmer herauszukommen, eilte Dania

die Treppe hinab ins Untergeschoss, betrat den gepflasterten Innenhof des Ritterguts und genoß die frische Luft, die ihr entgegenwehte. Hühner gackerten und es roch nach Pferdemist. Die Sonne war bereits hinter den windschiefen Anbauten der alten Burg untergegangen und beleuchtete die Wolken am Himmel mit ihrem roten Schein. Sie wirkten wie in Blut getaucht. Kurz betrachtete Dania die Mauern und Flügelbauten der alten Burg, die bis hinauf zu den Fenstern dicht mit Efeu bewachsen waren, und entschied, den Stall auszulassen. Vicor befolgte eh stoisch jede von Goltars Weisungen. Er nahm es ja sogar hin, dass sich der fette Magier an den Frauen seiner Familie vergriff.

Stattdessen ging sie hinüber zur Burgküche, von wo ihr der Geruch von gebratenen Hähnchen, köchelnden Suppen und frisch gebackenem Apfelkuchen entgegenwehte. Ihr lief das Wasser im Munde zusammen. Als sie die Küche betrat, verstummten Vicors dralle Frau und deren drei Töchter, die soeben Platten mit Fleisch, Beilagen und Süßspeisen belegten.

»Er hat Hunger. Beeilt euch besser!«

»Ja, Adeptin«, antwortete Lenne, die jüngste und hübscheste von ihnen.

»Und vergiss nicht, ihm seinen … Wein zu kredenzen.« Dania deutete abfällig zu einem Regal, auf dem mehrere verkorkte Flaschen lagen.

»Ganz sicher nicht.« Die junge Frau hob eine Braue, und die Frauen warfen Dania dankbare Blicke zu. Tatsächlich war es Danias Idee gewesen, den Gewürzwein mit Schlafpulver zu versetzen, das den genusssüchtigen Zauberer stets für eine ganze Nacht außer Gefecht setzte. In dieser Zeit hatten sie alle Ruhe vor ihm. Dania griff nach einigen Stücken Bratfleisch und schlang sie hinunter. Jetzt galt es, ihr eigentliches Vorhaben in die Tat umzusetzen.

Sie verließ den Küchentrakt und eilte zu dem windschiefen und ebenfalls von Efeu umrankten Torhaus der Burg mit dem schlanken Glockenturm. Dort schloss sie eine Tür auf, spähte vorsichtig hinüber zum Rittersaal, in dem Goltar gleich sein Essen in sich hineinschlingen würde, und betrat eine Kellerflucht, in der es leicht nach Schimmel roch. Sie entzündete mit Feuerstein und Zunder ein Talglicht und folgte im Schein der Lampe den ausgetretenen Stufen in die Tiefe. Die Luft wurde rasch kühler. Wenig später stand sie in einem Gang, von dem aus mehrere große Gewölbe abzweigten. Die großzügig angelegten Kellerräume der Burg dienten als Speicher für Nahrungsmittel und Baumaterialien, doch Danias Ziel lag hinter einer dicken Tür mit drei rostigen Eisenbändern am Ende des Ganges, auf denen neben verschnörkelten Zauberrunen grässliche, mit Zähnen und langen Zungen versehene Dämonenfratzen prangten. Jedes der Bänder war mit einem dicken Schloss gesichert. Hinter der Tür lag Goltars alchimistisches Laboratorium.

Dort braute er seine Arzneien, Zaubertinkturen und Wunderelixiere zusammen. Die Fratzen dienten der Abschreckung, und Goltar hatte Dania, als sie zum ersten Mal hier unten gewesen waren, davor gewarnt, die Tür je ohne ihn zu öffnen, da sie dann fürchterliche magische Sicherungen auslösen würde.

Inzwischen wusste sie, dass das Mumpitz war. Die Schutzzauber mochten vielleicht einst existiert haben, doch sie waren lange ausgebrannt. Goltar hatte das Rittergut und alles, was darauf war, von seinem eigenen Lehrmeister geerbt – dem vormaligen Meister vom Grauwald. Dania war dahintergekommen, weil sie in einem versteckten Raum der Burg verstaubte Zaubergewänder und andere Kleidungsstücke entdeckt hatte, die unmöglich zu Goltars Statur passten. Daraufhin hatte sie so lange die Frauen der Verwalterfamilie ausgequetscht, bis diese erzählten, dass ihre Vorfahren noch vor etwa einundeinhalb Jahrhunderten einem anderen Meister vom Grauwald gedient hatten. Einem Magier, der sogar das Ende des Dritten Drachenkrieges vor 420 Jahren und damit den Aufstieg der Jungen Königreiche miterlebt hatte. Goltar hatte verboten, über ihn zu sprechen, denn der einstige Herr der Burg war während einer seiner magischen Beschwörungen oben auf dem Bergfried von einem Blitz erschlagen worden. Die Burg hatte daraufhin Besuch von einer Gruppe anderer Zauberer erhalten, die dessen Lehrling mitgenommen hatte – und das war Goltar gewesen. Mehrere Monate später brachten sie ihn wieder zurück, und seitdem hatte er hier das Sagen und spielte sich auf, als habe er hier schon immer gelebt. Wenn Dania den Berichten traute, war sie sein zweiter Lehrling. Vor 60 Jahren hatte es offenbar schon einmal einen jungen Mann gegeben, den er unterrichtet hatte.

Dania hätte zu gern gewusst, was aus ihm geworden war.

Die drei Schlüssel, die man für die Tür benötigte, hatte sie dem schlaftrunkenen Goltar eines Nachts abgenommen und beim Schmied in einer nahen Ortschaft nachmachen lassen. Wann immer Goltar auf Reisen war, nutzte sie die Zeit, um in dem alten Labor ihr eigenes Wissen zu mehren.

Dania fischte die drei Nachschlüssel unter einem nahebei stehenden Fass hervor und öffnete die Tür. Vor ihr lag ein Gewölbe, von dessen Decke getrocknete Kräuter baumelten, die den Raum mit einem aromatischen Geruch erfüllten. Die Wände waren voller Nischen für unzählige alchimistische Bücher, Flaschen, Dosen und Schachteln. Darunter standen dickbauchige Gefäße mit gelblich-klaren Flüssigkeiten, in denen Dinge wie Rabenaugen, die Finger Gehenkter und Katzenpfoten eingelegt waren. Auf langen Tischen davor standen und lagen Brenner, Glaskolben, Retorten und Keramikschalen. Hier unten gab es auch einen Ofen.

Danias Herz klopfte vor Genugtuung, wie immer wenn sie verbotenerweise das Gewölbe betrat. Gern hätte sie auch heute einige der mit bunten Abbildungen versehenen Bücher studiert. Die meisten waren ihr unverständlich, da sie in Elfenschrift abgefasst waren. Doch jene, die sie dank eines solventen Freiers, der ihr das Lesen beigebracht hatte, verstand, hatte sie umso eifriger studiert. Zauber beherrschte sie nicht viele, aber sie hatte in der Zeit, seit sie hier lebte, ein gutes Verständnis für die Zubereitung magischer Heilmittel entwickelt. Dies war das einzige Gebiet, auf das Goltar während seiner Ausbildung Wert legte. Ihm kam es offenbar gelegen, wenn sie gewisse Sachen für ihn vorbereitete, die er sonst selbst hätte aufwändig herstellen müssen. Doch die Rezepturen seiner besten Heiltoniken hütete er eifersüchtig. Dabei war sie seinem größten Geheimnis längst auf die Spur gekommen.

Und das rein zufällig. Beim Saubermachen. Nachdem ihr während einer ihrer heimlichen Aktivitäten hier unten eine Tonschale mit Schweinegalle umgekippt war.

Dania eilte an den langen Tischen mit den Glasgeräten vorbei und blieb schließlich neben dem Ofen stehen. Rasch räumte sie einen Schemel beiseite, beäugte die steinernen Bodenplatten und wischte in einer eingeübten Bewegung über die Fliesen. Unvermittelt wurden diese transparent und vor ihr erschien eine massive Bodenluke aus Holz samt Zugring. Sie zog die Luke kurzerhand auf und betrat die knarrenden Holzstiegen, über die man in ein tiefer liegendes Gewölbe gelangte.

Schlagartig sank die Temperatur und ihr Atem wurde zu kleinen Wölkchen. Doch trotz der Kälte faszinierte sie der Anblick dessen, was sie hier unten erwartete, immer wieder aufs Neue. Denn inmitten des Geheimgewölbes, ruhend auf einem riesigen Dreifuß aus Gusseisen, thronte ein gewaltiges … Drachenei.

Es reichte ihr bis zur Brust. Die dicke Außenschale war seltsam verkrustet und besaß einen Stich ins Bräunliche. Das mochte daran liegen, dass es seit mindestens 420 Jahren hier unten ruhte, denn so lange lag die Ausrottung der Drachen zurück. Aus diesem Ei würde kein neuer Drache entspringen, denn das obere Drittel der Schale war schon vor Langem aufgebrochen worden, um an den Inhalt zu gelangen. Diesen hatte die Kälte – oder die Magie, die hier unten wirkte – bis heute konserviert. Dania trat bewundernd an das gewaltige Objekt heran und spähte über den Rand der dicken Kalkschale auf einen etwa knietiefen Rest weißlichen Dotters sowie Überbleibseln von Eigelb.

An den Überresten der Drachen galt fast alles als magisch. Alchimisten, Kunsthandwerker und Schmiede zahlten viel Gold, um an Schuppen, Zähne und Drachengebein heranzukommen. Der Inhalt von Dracheneiern galt gewissermaßen als die Königszutat der Alchimie. Es potenzierte die Heilwirkung aller Arzneien, verstärkte Elixiere – und verwandelte schleichende Gifte in heimtückische Substanzen, die einen Menschen im Handumdrehen umzubringen vermochten.

Oben auf dem Burghof, nahe dem Hühnerstall, wuchsen Purpurhäublinge. Geschmacklose Giftpilze, die für Ratten tödlich waren und Menschen schwere Krämpfe bescherten. Gefährlich wurden sie, wenn man sie mit Alkohol zu sich nahm. In der Kombination mit Drachenei jedoch sollte daraus ein derart hoch potentes Gift entstehen, dass nicht einmal mehr Goltar Zeit bliebe, dagegen mit seiner Heilzauberei anzugehen.

Dania würde das Gift in seinen geliebten Gewürzwein mischen und die Flasche in der Küche deponieren. Sie wusste, dass er gleich nach seiner Rückkehr von der Großen Weihe, in der sie zur Zauberin erhoben werden würde, ein großes Mahl zelebrieren würde.

Nach seinem Tod würde sie auf der Burg Einzug halten, ihn beerben und alle Geheimnisse erforschen, die er bislang vor ihr verborgen gehalten hatte. Geheimnisse, die sie dazu nutzen würde, nach einem Heilmittel für ihre Schwester zu forschen.

Denn dann war sie die neue Meisterin von Grauwald.

Geron

Der Hieb kam völlig unerwartet. Die Klinge aus nachtblauem Waldalether Stahl fegte Gerons Schwertarm beiseite, dann folgte ein brutaler Tritt gegen seinen Brustharnisch, der ihn stolpern ließ und bis zur Turmzinne zurücktrieb. Hart schlug er mit dem Rücken gegen das Gestein. Rasch stieß er das Schwert nach vorn, um zu verhindern, dass seine Gegnerin nachsetzte. Doch die narrte ihn ein weiteres Mal. Mit einer Drehung wich sie dem Stich aus, deutete einen Hieb gegen seine Brust an, um dann ihr Schwert über den Kopf zu reißen und ihm die Klinge mit einer schnellen Drehung des Unterarms gegen den Helm zu prellen. Es schepperte laut, Gerons Kopf flog zur Seite, und er ging mit dröhnendem Schädel zu Boden. Schon stand seine Kontrahentin über ihm und schlug ihm das Schwert aus der Hand, das mit kratzendem Geräusch hinüber zur Turmluke schlitterte. Geron spürte die Spitze der gegnerischen Klinge an seiner Kehle.

»Besiegt, Brüderchen!« Shira lachte unter ihrem Helm.

Geron packte ihre Klinge mit seinem Panzerhandschuh und konzentrierte sich auf die Macht. Sogleich glühte das Metall der

Waffe bis zum Griff rot auf. Seine Schwester stieß einen Schmerzenschrei aus und ließ das sengend heiße Schwert los. Klirrend fiel auch ihre Waffe zu Boden, wo sie rasch abkühlte.

»Magie! Das ist unfair!«

»Jeder eben so, wie er kann.« Das Grinsen verging ihm, als er bemerkte, dass der Zauber auch seinen Panzerhandschuh derart erhitzt hatte, dass ihm nichts anderes übrig blieb, als diesen abzustreifen und zu Boden zu schleudern. Fluchend starrte er die Brandblasen an seinen Fingern an.

»Wirklich beeindruckend.« Shira löste belustigt die Gurte ihres Helms, zog ihn vom Kopf, und schweißnasses, dunkles Haar fiel bis auf den Stoßkragen ihrer Rüstung. Der Wind, der schräg hinter ihnen die gelb-grüne Fahne Waldaleths mit den Königswappen – einer Krone, umrahmt von zwei weißen Pferdeköpfen – zum Flattern brachte, hob die Strähnen leicht an und ermöglichte Geron so den Blick auf ein ausdrucksstarkes schmales Gesicht mit energischem Kinn und dunklen, spöttisch dreinblickenden braunen Augen. Leicht wäre es als Ebenbild seiner Selbst durchgegangen, nur dass sein Gesicht etwas breiter war und Shira an Oberlippe und Kinn keinen Bart trug.

Sie hatten sich schon immer ähnlich gesehen. Daran hatten auch die letzten fünf Jahre seiner Abwesenheit nichts verändert. Doch aus seiner drei Jahre jüngeren Schwester war inzwischen eine gut aussehende junge Frau geworden. Und eine verdammt gute Kämpferin.

Geron erhob sich ächzend, lockerte die durch die Rüstung verspannte Muskulatur und nahm ebenfalls den Helm ab. Auch ihm fiel das dunkle Haar bis auf die Schulterplatten. Missmutig rieb er sich die schmerzende Stelle am Kopf. »Ich gebe zu, deine artistische Einlage eben war nicht von schlechten Eltern.«

»Du hingegen scheinst während deiner Zeit als Zauberlehrling vieles verlernt zu haben.« Seine Schwester schüttelte mitleidlos den Kopf, bevor sie ihre Waffe vom Boden auflas.

»Es heißt Adept und nicht Zauberlehrling«, erklärte Geron gereizt. »Herzogin Alruna von Greifenfels setzt bei ihrer arkanen Ausbildung eben andere Schwerpunkte.«

»Und dann passiert dir so was?« Shira schob ihre Klinge ins Schwertgehänge zurück und deutete auf die Brandblasen an seinen Fingern. »Was nützt dir die Zauberei, wenn du dich mit ihr am Ende bloß selbst verletzt?« Sie lachte auf. »Und jetzt sag schon: Was hast du noch drauf? Kannst du dich unsichtbar machen? Ein Unwetter herbeihexen? Oder eine Mauer zum Einsturz bringen?«

»Nein, kann ich nicht. Noch nicht.« Zerknirscht hob Geron Schwert und Handschuh auf, trat vor die Turmzinnen und blickte auf die unter ihm liegenden Anbauten, Arkaden und Innenhöfe des Königspalastes.

Die Weiße Burg seiner Familie thronte auf einem Hügel über der Stadt und beeindruckte bereits aus der Ferne. Das lag nicht nur an der einzigartigen Architektur der wehrhaften Anlage, die so wirkte, als habe ein Maler eine Phantasie aus luftig wirkenden Türmen und Erkern mit leichter Hand in die Wirklichkeit versetzt, sondern auch an den Außenfassaden, die allesamt mit weißem Marmor verkleidet waren. Eindrucksvoll brach sich auf ihnen das Licht der Mittagssonne.

Geron hatte den vertrauten Anblick in den Jahren seiner Abwesenheit vermisst. Die verspielten Blattornamente an den Fenstergiebeln und Simsen erinnerten an die Blütezeit der Elfen und damit an die weit zurückreichende Geschichte des Königreichs. Die Annalen berichteten, dass das stolze Volk der Wälder und Auen nach dem Ersten Drachenkrieg vor gut 1000 Jahren selbst am Bau der Burg mitgewirkt hatte, um den versprengten Menschen des Nordens eine Heimat zu schaffen. Auch heute mochten sich allenfalls die reichen Stadtstaaten im Süden mit der Schönheit seiner Heimat messen. Zumindest, soweit Geron wusste. Selbst bereist hatte er die Küste noch nicht.

»Aber du wirst es nach dieser Zauberweihe in wenigen Tagen können?« Shira trat neben ihn und beäugte ihn neugierig.

»Na, ich hoffe es doch.« Geron versuchte selbstbewusster zu klingen, als er sich fühlte. »In den letzten Jahren ging es eher darum, meinen Geist und Verstand für den Gebrauch der Zaubermacht zu öffnen. Unmittelbar nach der Großen Weihe, wenn ich formell zum Zauberer erhoben werde, erhalte ich dann mein eigenes Zauberbuch. Und damit verrate ich dir gerade Geheimnisse, über die ich eigentlich nicht sprechen darf.«

»Sieh an!« Shira musterte ihn beeindruckt.

Geron mied ihren Blick, denn in Wahrheit war er ein lausiger Magier. Die Zauber, die er nach all den Jahren sicher beherrschte, konnte er an einer Hand abzählen. Selbst der kleine Trick von eben beruhte auf reiner Improvisation. Der Zauber diente eigentlich dazu, die Schmelztiegel im Laboratorium der Herzogin zu erhitzen. So, wie er die letzten fünf Jahre überhaupt mehr damit zugebracht hatte, seiner Lehrmeisterin bei ihren langweiligen alchimistischen Versuchen zur Hand zu gehen, als die Zauberei zu studieren.

Dabei hatte er das Angebot der Magierin, ihn zu unterrichten, als diese vor etwas mehr als fünf Jahren auf seine magische Begabung aufmerksam geworden war, begeistert angenommen. Magie! Das bedeutete nichts Geringeres, als dazu fähig zu sein, die Welt aus den Angeln zu heben.

Heute hörte man zwar kaum noch von Zauberern und ihrem Wirken, aber er erinnerte sich noch gut daran, wie er in seiner Kindheit fasziniert den alten Legenden um Drachenjäger, Elfen und Zauberer gelauscht hatte. Etwa um *Radulf aus den Blauen Zinnen*, *Gelionde Silberhaar* oder *Juniper dem Schatten*. Keine der alten Geschichten kam ohne Zauberei aus. Wie real das alles gewesen war! Man musste sich bloß in der Weißen Burg umsehen, in der bis heute genug Zeugnisse aus den zurückliegenden Drachenkriegen und den magischen Schlachten lagerten.

Umso enttäuschender hatten sich die letzten Jahre für Geron gestaltet. Der magische Unterricht bei der Herzogin war schlicht ernüchternd gewesen.

Nur, wie sollte er das seiner Schwester erklären? Er war früher kein Musterbeispiel für Disziplin und Pflichterfüllung gewesen, hatte sich dem Unterricht ihrer Lehrer stets gekonnt entzogen und sich lieber auf Jagden oder bei Waffenübungen amüsiert.

»Weiß Vater eigentlich, wie gut du mit der Klinge umgehen kannst?« Er wechselte das Thema. »Dir ist schon bewusst, dass die

Schwertkunst nicht gerade als eine jener Tugenden gilt, die sich für eine Prinzessin von Waldaleth geziemt.«

Shira schnaubte abfällig. »Na und? Du bist ja auch der erste Prinz des Reichs, der sich zum Magier ausbilden lässt.«

»Ganz unrecht hast du nicht. Und Vater? Was sagt der dazu?«

Sie schenkte ihm einen gequälten Seitenblick. »Er weiß von meinen Übungen, aber er nimmt sie nicht ernst. Dabei übe ich jeden Tag unten im Park. Du weißt schon, im Irrgarten. Da sieht mich keiner.«

»Allein?«

»Nein. Jedenfalls anfangs nicht.« Shira seufzte. »Bis letzten Sommer hat mich Yendrick von der Burgwache unterrichtet.«

Geron lachte. »Der alte Zausel hat auch mich früher in die Mangel genommen. Ich hoffe, ich sehe ihn noch.«

»Das wird schwierig, denn er ist zum Jahreswechsel gestorben. Seitdem übe ich allein. Und solange ich nur hübsch Harfe spiele und fleißig Elfisch lerne, ist es Vater offenbar egal. In den fünf Jahren, da du fort warst, ist überhaupt viel passiert. Du weißt, dass er meine Hand dem ältesten Sohn von König Sirin versprochen hat?«

Überrascht sah Geron auf. »Harald von Schwalbensee? Der Thronerbe? Schon in einigen Jahren würdest du zur Königin Schwalbensees werden. Nicht die schlechteste Partie.«

»Der Kerl ist ein primitiver Säufer!«, sagte Shira aufgebracht. »Ich habe mich erkundigt. Er und seine sauberen Freunde treiben sich mehr in den Bordellen und Wirtshäusern Goldheims herum, als dass sie ihren Pflichten nachkommen. Erst jüngst, beim Turnier in Albenhain, hat er einen seiner Kontrahenten halb tot geschlagen.«

»Na ja, das passiert während eines Turnier schon –«

»Nicht *während* des Turniers. Danach! Der Ritter hatte ihn beim Tjost besiegt und so lauerte ihm Harald nachts vor einem Wirtshaus auf, um ihn sich vorzunehmen.«

Geron betrachtete seine Schwester hilflos. »Du musst Vater verstehen. Er versucht, einen Krieg zwischen unseren Königreichen abzuwenden. Du weißt doch, wie häufig es in den letzten

Jahren zu Streitigkeiten wegen der Goldfunde in den Bussardshöhen gekommen ist. Das Gebiet wird sowohl von uns als auch von Schwalbensee bean–«

»Geron!«, zürnte Shira. »Vater will allen Ernstes, dass ich mit diesem Widerling mein Bett teile. Mein Leben lang – und das der Staatsräson zuliebe.« Sie formulierte den Begriff so, als wollte sie ihn ausspucken. »Du musst mit ihm sprechen. Du bist jetzt Mitte zwanzig. Und Vater ist alt. Ich glaube, er will dir nach deiner Rückkehr die Königswürde übertragen. Und auf dich hört er.«

»Nur werde ich nicht so schnell zurückkehren.« Geron sah verzagt auf seine Brandblasen. »Alruna von Greifenfels hat angekündigt, dass ich nach meiner Erhebung zum Magier verpflichtet bin, für sieben Jahre auf Reisen zu gehen.«

»Du wirst sieben weitere Jahre fort sein?« Shira sah ihn entgeistert an. »Ich dachte, du wärst zu Vaters fünfzigstem Krönungsjubiläum zurück? Das ist doch schon bald.«

»Nein, ich muss mich in dieser Zeit von Waldaleth fernhalten. Ich bin verpflichtet, einer mir selbst gestellten Aufgabe nachzugehen.«

»Und … was soll das bitte für eine Aufgabe sein?«

»Ich habe mir vorgenommen herauszufinden, warum die Elfen verschwunden sind.«

»Die Elfen?« Seine Schwester schüttelte ungläubig den Kopf. »Ihr Verrat ist jetzt fast sechshundert Jahre her. Länger als die Drachen tot sind. Wen interessiert es noch, was aus ihnen wurde?«

»Du willst es nicht wissen? Und das, obwohl du aus Waldaleth stammst?« Geron deutete hinunter zu dem prächtigen Schlosspark, der sich südlich der Weißen Burg wie ein Halbmond erstreckte. Er war einst von den Elfen angelegt worden und dort wuchsen Pflanzen, die man nirgendwo sonst in den Jungen Königreichen bestaunen konnte. Auch in der Stadt selbst hatten viele Zeugnisse der elfischen Kultur überdauert. Es reichte ein Blick auf das grüne Dächermeer, das sich hinter dem Park bis zur fernen Stadtmauer erstreckte. Da war die schnurgerade und von Ahornbäumen flankierte Königsallee, auf der früher der Einzug siegreicher Elfen- und Menschenheere gefeiert wurde, das alte elfische Aquädukt, das die Stadt mit Wasser aus dem nahen Kupfergebirge versorgte, die großen Statuen der Elfen, die beim Aufbau der Stadt geholfen hatten, und nicht zuletzt die königlich elfische Bibliothek mit der Philosophenschule, deren verspielte und ebenfalls weißmarmornen Türme und Erker sich über das umgebende Dächermeer erhoben.

»Wir alle sind doch gewissermaßen Erben Sil'Bariaths«, erklärte er, indem er der zerstörten Elfenstadt nahe des einstigen Drachenthrons gedachte. »Unsere ganze Kultur gäbe es ohne die Elfen nicht. Warum genießt wohl Waldaleths Philosophenschule so einen guten Ruf? Weil unser Wissen von den Elfen stammt. Warum lassen sich Heiler aus fernen Reichen bei uns zum Medicus ausbilden? Weil bei uns die alte elfische Arzneikunst gelehrt wird. Denk an unsere Musik, an unsere Malerei oder unsere Architektur.« Geron hob sein Schwert. »Selbst den berühmten Waldalether Stahl, der bis heute zum Reichtum unseres Königreichs beiträgt, würde es ohne sie nicht geben. Und das, obwohl wir beide nur zu gut wissen, dass er nicht einmal annähernd an die echte Schmiedekunst der Elfen heranreicht. Und davon ab … nicht einmal uns Zauberer würde es ohne sie geben.«

»Du bist kein richtiger Zauberer.«

»Ja, aber schon bald.«

Shira schnaubte. »Du lebst in der Vergangenheit. Und du sprichst so, wie nur ein Mann sprechen kann. Du musst Harald ja nicht ehelichen.«

»Ach, komm.« Geron legte seiner Schwester eine Hand auf die Schulter. »Ich werde bei der Wahl meiner Braut ebenfalls nicht frei sein.«

Shira wischte seine Hand weg. »Nur wette ich, dass Vater dich zuvor um deine Meinung fragen wird, statt dich so einfach zu verschachern.«

Geron atmete tief ein. »Gut, ich werde mit ihm sprechen. Und jetzt lass uns runtergehen. Mein Aufenthalt hier in der Weißen Burg ist schließlich nicht von Dauer. Und ich will nicht mit dir streiten.«

Gemeinsam verließen sie die Turmplattform, um sich einige

Stockwerke tiefer in einer der Ausrüstungskammern zu waschen, umzuziehen und zum Thronsaal zu gehen. Erst als sie die große Galerie mit den riesigen Gemälden ihrer Ahnen erreichten, brach Shira ihr Schweigen. »Wie lange bist du noch hier?«

»Ich war selbst überrascht, dass wir auf dem Weg zu meiner Großen Weihe einen Abstecher nach Waldaleth machen«, antwortete er. »Aber die Herzogin hofft, Vater überreden zu können, uns zwei der Eoberi-Rösser zu überlassen. Unser Ziel liegt irgendwo im Norden, in den Fackelbergen. Eine Strecke, die wir mit normalen Pferden kaum bis zum Monatsende schaffen werden.«

»Na, dann hoffe ich mal, dass sie Glück hat«, sagte Shira spöttisch.

Geron lachte, denn er wusste, was sie meinte. Die Eoberi-Rössern waren eine stolze Pferderasse, die einst von den Elfen gezüchtet worden war. Ihr Fell war von reinstem Weiß, und sie waren nicht nur größer als normale Pferde, sondern auch ausdauernder und fast doppelt so schnell. Die Elfen hatten ihre Eoberi-Rösser mitgenommen, und nur einige wenige Exemplare waren damals in Waldaleth zurückgeblieben. Die königlichen Gestütmeister taten seitdem alles, um sie zu erhalten, doch hatte ihre Zahl mit den Jahren abgenommen. Gerons Vater war sicher nicht bereit, sich von ihnen zu trennen.

Die große Doppeltür zum Thronsaal kam bereits in Sicht, als ihn Shira noch einmal stoppte. »Und du sprichst mit Vater?«

»Ja, tue ich.« Geron wusste, dass es schwer werden würde, seinen Vater von den Heiratsplänen abzubringen.

Die Wachen an der Tür traten zurück und öffneten die Türflügel.

Geron und Shira betraten den großen Thronsaal: eine lichtdurchflutete Halle mit hohen schlanken Marmorsäulen, faszinierend bunten Glasfenstern und dem gewaltigen Skelett des Drachen Reißzahn unter der Decke.

Das Knochenungetüm war gute vier Schritt über ihren Köpfen an dicken Seilen aufgehängt, und maß mit Schwanz fast fünfzehn Schritt in der Länge. Der tückische Lindwurm hatte sich angeblich in Menschengestalt Einlass in die Burg verschafft, um Belegius, den einstigen König Waldaleths, zu töten. Von den zwanzig tapferen Rittern der Garde hatten nur drei überlebt.

Überall im Schloss gab es alte Gemälde, die den Drachen im Kampf mit der Königsgarde zeigten. Sein Schuppenkleid war von blauer Färbung gewesen und seine Augen hatten angeblich gelb gefunkelt. Zwei komplette Flügel der Burg waren in seinem Feuer abgebrannt, und es war den Rittern nur mit einem speziellen Geschoss mit Widerhaken gelungen, den Drachen zu Boden zu ziehen, um ihn schließlich im großen Innenhof zu erschlagen.

Trotz der imposanten Überreste dieser Kreatur fiel es Geron schwer, sich vorzustellen, dass ein solches Monster einst gelebt hatte. Von Reißzahns leibhaftiger Existenz zeugten jedoch nicht nur dessen Knochen, sondern auch die Erbeutung des Drakensteins: ein von drachischer Macht erfüllter Zauberring, den das Monstrum an einer seiner Klauen getragen hatte. Bis heute sorgte dieser Ring durch seine schiere Präsenz dafür, dass nur wenige Reiche es wagten Waldaleth herauszufordern.

Der riesige Ring aus geläutertem Gold hatte den Durchmesser eines kleinen Weinfässchens und trug an seiner Spitze einen facettenreich geschliffenen Bergkristall von der Größe einer menschlichen Faust – den namensgebenden Drakenstein. Wann immer sich Licht in ihm brach, schimmerte er rötlich. Mit dem gewaltigen Zauberring war es möglich, über einem Gebiet von den Ausmaßen mehrerer Getreidefelder einen tödlichen Regen aus Feuer niedergehen zu lassen. Seit König Belegius ihn Reißzahn von den Klauen geschnitten hatte, gebot allein das gekrönte Haupt Waldaleths über seine Macht.

Früher hatte der Ring deutlich sichtbar über dem schlanken Thron am Ende des Saals gehangen, doch seit einem raffinierten Diebstahlsversuch vor 170 Jahren, der nur am Gewicht des Kolosses gescheitert war, befand sich das Artefakt gut bewacht in der Schatzkammer der Weißen Burg.

Geron und Shira hielten irritiert inne, denn statt der Höflinge, die sie hier erwartet hatten, lagen Thron und Saal verwaist vor ihnen. Im Saal standen nur zwei Wachen mit Hellebarden sowie ihr Haushofmeister, der erregt mit einem jungen Diener sprach. Als er ihr Eintreten bemerkte, hob er erleichtert die Hände.

»Königliche Hoheiten!« Er verbeugte sich formvollendet und seine Fistelstimme hallte von den Wänden wider. »Wo wart Ihr nur? Euer Vater lässt schon im ganzen Schloss nach Euch suchen.«

»Wieso?« Misstrauisch beäugte ihn Geron.

»Nun, Herzogin von Greifenfels gedenkt das gute Wetter zu nutzen und weiterzuziehen. Natürlich nicht ohne Euch. Sie und Euer Vater erwarten Euch daher bereits im Hof.«

»Jetzt schon?« Shira sah ihn bestürzt an.

»Aber ich muss noch packen.« Geron hatte gehofft, dass seine Lehrmeisterin ihm nach der langen Abwesenheit von Zuhause wenigstens eine Nacht in Waldaleth gönnen würde.

»Alles schon erledigt, mein Prinz«, erklärte der Haushofmeister untertänig. »Wenn Ihr mir folgen würdet?«

Er eilte an Geron und Shira vorbei zum Eingang und den beiden blieb nichts anderes übrig, als ihm nach draußen auf die Galerie zu folgen. Von dort war es nicht weit bis zum großen Innenhof der weißen Burg, der zu ihrer Überraschung mit einer großen Schar Menschen gefüllt war. Neben den in Gelb-Grün gekleideten Rittern der königlichen Garde, die Treppe und Seiten flankierten, und die aus der Masse hervorstachen, entdeckte Geron den Kämmerer der Burg, den obersten Palastgärtner, die beiden obersten Palastschreiber sowie zahllose Edelmänner und -frauen.

Geron wechselte einen unglücklichen Blick mit Shira. Offenbar waren sie alle zusammengeströmt, um ihn zu verabschieden. Sein Lächeln fiel verkniffen aus, als sich die Menschenmenge vor ihnen verbeugte.

Aufrecht blieben die beiden Personen, die ihn inmitten des Hofs erwarten: sein Vater, König Almerdin, sowie Gerons arkane Lehrmeisterin Herzogin Alruna von Greifenfels.

Der König war ein großer Mann, der die Umstehenden um ein halbes Haupt überragte. Er trug das königliche Zeremonialgewand aus grün-braun gemustertem Elfendamast, wie es ausschließlich hier in Waldaleth gewebt wurde, und das er nur zu besonderen Anlässen anlegte. Sein weißes Haar wurde von einem goldenen und mit funkelnden Smaragden geschmückten Reif zusammengehalten, dessen Stirnkranz kunstvollem Blattwerk nachempfunden war. Er lächelte ihm stolz entgegen.

Geron lächelte ebenfalls, und doch schmerzte ihn der Anblick des vertrauten, faltigen Gesichts. Seinem Vater waren die 82 Lebensjahre anzusehen. Er hatte spät geheiratet und trotzdem Gerons und Shiras Mutter um mittlerweile neun Jahre überlebt. Sein Blick war jedoch noch immer wach und aufmerksam.

»Geron, mein Sohn!« König Almerdin kam ihm entgegen und umfasste seine Hände. Shira bedachte er mit einem kurzen Nicken. »Ich hoffe, du weißt, wie stolz das Königreich auf dich ist.«

»Danke, Vater. Nur hatte ich gehofft, uns bliebe noch etwas Zeit.« Grimmig spähte er an ihm vorbei, hinüber zur Herzogin. Die Zauberin war eine hochgewachsene schlanke Frau mit glatten, fast asketischen Gesichtszügen, deren auffallendstes Kennzeichen – neben dem harten, unbestechlichen Blick – eine scharfe gebogene Nase war, die Geron an den Schnabel eines Habichts erinnerte. Ihre hohe Stirn wurde von einer kunstvollen ledernen Gelehrtenhaube überragt, deren Seiten schwungvoll nach oben aufragten. Wie immer trug sie ihren langen, nach oben in einer goldenen Kugel auslaufenden Zauberstab, sowie ihre blaue, mit Greifenmotiven bestickte Magierrobe, über die sie einen offenen Kaputzenmantel angelegt hatte.

»Ja, so war es ursprünglich wohl auch gedacht«, sagte sein Vater nicht ohne Bedauern, während er ihn zur Herzogin führte. »Aber Ihre Durchlaucht ist der Ansicht, dass ihr keinen Tag verschwenden solltet. Wie ich hörte, ist das Ziel eurer Reise der einstige Drachenthron in den Fackelbergen. Diese Reise ist lang und das Wetter vermutlich wechselhaft. Und wir wollen doch nicht, dass du deine Große Weihe am Ende noch verpasst.« Er lachte und seine gute Laune steckte die Umstehenden an, die in das Gelächter einfielen und Geron wohlwollend zunickten.

Natürlich bemerkte die Zauberin seinen Blick. Sie hob streng eine Augenbraue. »Es ist so, wie dein Vater sagte: Man weiß nie, welche Überraschungen uns erwarten. Wir werden daher keine weitere Zeit verlieren.«

»Und das müsst Ihr auch nicht«, versicherte König Almerdin und klatschte in die Hände. Am nahen Tor erklang das Klappern von Hufen. Die umstehende Menge teilte sich, um den königlichen Stallmeister mit den beiden weißen Eoberi-Stuten durchzulassen. Die beeindruckend großen Tiere mit ihren geraden Köpfen und dem eleganten Erscheinungsbild waren fertig gesattelt und mit dicken Packtaschen ausgestattet, über denen eingerollte Decken festgeschnallt waren.

»Abendrot und Marmorfell«, erklärte der hagere Mann zufrieden. »Mögen sie Euch Eurem Ziel rasch näher bringen.«

Alruna von Greifenfels nahm die Zügel Abendrots entgegen, doch die Eoberi-Stute schnaubte und tänzelte unruhig. Die Magierin wob mit herrischer Geste einen Zauber und sogleich senkte die Stute demütig ihr Haupt. Voller Genugtuung schwang sie sich in den Sattel.

Geron wollte sich bereits Marmorfell zuwenden, die er bereits früher geritten hatte, doch sein Vater hielt ihn zurück. »Warte. Ich möchte dir noch etwas mitgeben.«

Er winkte einen Diener heran, der eine längliche Truhe in den Armen hielt. »Ihre Durchlaucht hat mir berichtet, dass ihr Adepten nach der Großen Weihe für sieben lange Jahre die Welt bereist, um so euren Verstand zu schärfen.« In seiner Stimme schwang Trauer mit. »Und das ist noch einmal eine lange Zeit des Abschiedes. Du wirst zwar bald ein richtiger Zauberer sein, dennoch möchte ich dir gern etwas mitgeben, das dich – abgesehen von deiner Zauberei – auf dieser Reise beschützt.«

Er öffnete den Kasten, und Geron riss die Augen auf. In ihm, gebettet auf grünem Damast, lag ein eleganter, fast unterarmlanger, scharf geschliffener Dolch aus silbrig blitzendem Elfenstahl, dessen Griff und Parierstange Rankenwerk nachempfunden waren.

»Vater, aber das ist Ceredril! Die Klinge, mit der Belegius Reißzahn einst den Drakenstein von der Klaue geschnitten hat.«

»Ja, das ist sie!« König Almerdin gürtete seinen Sohn feierlich mit einer Dolchscheide aus dunklem Leder und reichte ihm die Waffe mit beiden Händen. »Die Elfen selbst haben diese Waffe vor über achthundert Jahren geschmiedet. Sie war ebenso wie die königliche Rüstung ein Geschenk des damaligen Elfenherrschers an das neu gegründete Königreich Waldaleth. Es heißt, der Dolch schnitt durch Drachenhaut wie durch Butter. Und noch immer liegt ein Zauber auf ihm, denn in den vergangenen Jahrhunderten hat die Klinge nichts von ihrer Schärfe eingebüßt.«

Geron nahm Ceredril ergriffen entgegen, hielt die Klinge unter dem Raunen der Anwesenden ins Sonnenlicht und steckte sie vorsichtig in die Waffenscheide. »Ich weiß nicht, was ich –«

»Du musst nichts sagen. Komm einfach heil zurück.« Sein Vater umfasste seine Schultern, dann zog er ihn an sich. Sein Blick schimmerte wehmütig, als er ihn losließ. Geron wurde erstmals bewusst, dass ungewiss war, ob sie sich je wiedersehen würden. Sein Vater war alt.

»Und jetzt mach mich stolz, Sohn. Werde ein Zauberer. Und nach deiner Rückkehr ein besserer König, als ich es je zu sein vermochte.«

Geron bemerkte den Blick von Alruna von Greifenfels, doch die Züge seiner Lehrmeisterin ließen nicht erahnen, ob sie etwas gegen das Geschenk einzuwenden hatte. Vermutlich war es ihr egal. Bei der bevorstehenden Prüfung kam es allein auf seinen Verstand an. Er wandte sich Shira zu, die wie versteinert hinter ihm stand, und drückte auch sie zum Abschied.

»Ich wünsche dir Erfolg«, flüsterte sie mit tonloser Stimme.

»Ich schreibe, Vater. Versprochen!«, erwiderte er leise.

Er trat an Marmorfell heran, und die weiße Stute schnaubte freudig, als sie ihn erkannte. Liebevoll strich er über ihre Stirn, dann saß er schwungvoll auf und nickte seinem Vater und allen Umstehenden zum Abschied zu. Anschließend wendete er das stolze Ross und folgte seiner Lehrmeisterin, die grußlos lospreschte, zwei weitere Innenhöfe querte, um dann durch das große Burgtor und mit wehendem Mantel auf den königlichen Park zuzureiten. Auf diesem Weg erreichte man am bequemsten das Nordtor Waldaleths. Geron blickte noch einige Male über die Schulter und glaubte, weit oben, auf dem höchsten Turm der Weißen Burg, dort, wo die Fahne des Königreiches wehte, eine kleine Gestalt ausmachen zu können.

Je weiter sie sich von der Stadt mit ihren grünen Dächern entfernten, desto größer wurde sein schlechtes Gewissen. Ein Gefühl der Unruhe beschlich ihn. Eine Empfindung, die von seiner Leibesmitte aufstieg.

Geron griff nach dem Waffengurt, den ihm sein Vater angelegt hatte, und plötzlich dämmerte ihm, dass es für das eigentümliche Gefühl einen Grund gab.

Ceredril vibrierte leicht in seiner Scheide.

Kyrell

»Alles umsonst. Dabei war ich mir so sicher, dass ich diesmal am richtigen Ort suche«, sagte Kyrells Lehrmeisterin Valeska gereizt.

Mutter Valeska, wie sie von ihr genannt werden wollte.

Dies gehörte zu den Traditionen der Karjaten, dem zähen alten Volk des Nordens, dem die Magierin entstammte und bei dem der Begriff *Mutter* für eine weise Frau stand. Mutter Valeska war jedoch alles andere als ein treusorgendes Mütterchen. Tatsächlich erweckte die uralte Zauberin mit ihrer gebückten Haltung, ihrer knollenförmigen Nase und dem abgetragenen, gern nach Urin stinkenden Flickenmantel überall rasch Argwohn.

Zu recht, denn ihr war nicht zu trauen.

Kyrells magische Lehrmeisterin war egoistisch, selbstsüchtig und nur daran interessiert, mächtiger zu werden. Sie tat nichts lieber, als nach den arkanen Hinterlassenschaften von Drachen, Elfen und verstorbenen Magiern zu suchen. Einzig aus diesem Grund bequemte sie sich hin und wieder doch zu guten Werken – nämlich dann, wenn es galt, das Vertrauen der Landbevölkerung zu gewinnen, um ihre lokalen Sagen und Erzählungen aus den Zeiten der Drachenkriege in Erfahrung zu bringen. Den Hinweisen, die sie diesen entnahm, ging sie dann mit großer Ausdauer nach.

Zweimal in den vergangen vier Jahren, seit sich Kyrell unter ihre Fittiche begeben hatte, hatte die Alte mit der Methode Erfolg gehabt. Am spektakulärsten war der Fund vor drei Jahren gewesen. Damals waren sie in den Blauen Zinnen nichts Geringerem als einem verborgenen Drachenhort mit viel Gold und Silber auf die Spur gekommen. Noch mehr hatte die Alte der Fund einer alten elfischen Kleiderspange ein knappes Jahr später entzückt. Sie ließ ihren Träger auf magische Weise hübsch und jung erscheinen. Mutter Valeska hatte daraufhin für mehrere Wochen ihre einsame Wohnstatt verlassen, vermutlich, um sich in den großen Städten zu vergnügen. Enttäuscht war sie zurückgekehrt, als die Magie der Spange ausgebrannt war.

Und das waren nur die beiden Funde, von denen Kyrell wusste.

Eine der Triebfedern ihrer Lehrmeisterin war ohne Zweifel die Rivalität zu anderen Vertretern ihrer Zunft. Sie machte keinen Hehl daraus, dass sie in der ständigen Angst davor lebte, dass ihr einer *der anderen* zuvorkommen könnte. Auch heute schien sie diese Befürchtung zu hegen.

»Vielleicht haben die anderen sein altes Versteck bereits vor mir entdeckt«, klagte sie. »Würde mich nicht wundern. *Juniper der Schatten* war damals, nach dem Zweiten Drachenkrieg, einer der ersten menschlichen Zauberer überhaupt, der die arkane Kunst gemeistert hat. Man weiß zwar nicht, was aus ihm wurde, aber viele von uns sind später hinter seinen Besitztümern hergewesen.«

Sie standen mit ihrem Marschgepäck auf einer moosbewachsenen und von großen Findlingen beherrschten Anhöhe, die den Blick auf eine von Kiefern bewaldete Landschaft bot. Nichts deutete dort unten auf eine menschliche Hinterlassenschaft hin. Und doch …

Kyrell blies sich eine ihrer blonden Strähnen aus dem Gesicht, sah zum Himmel auf und musterte den von weißen Schäfchenwolken erfüllten Himmel. Dort oben kreiste ein Adler mit schiefergrauem Gefieder.

»Vielleicht haben Euch Eure Hinweise doch nicht getrogen, Mutter.« Sie schirmte ihre Augen gegen die Sonne ab. »Seht Ihr den Adler?«

»Ja, ich sehe den verdammten Vogel. Und?«

»Ich erkenne ihn an seinem Gefieder. Das ist ein Nachtadler.

Die jagen bevorzugt Dachsratten. Und Dachsratten leben fast immer in Höhlen. Das Gelände da unten ist jedoch nicht sehr hügelig. Und ich erkenne nicht einen Felsen ... was natürlich nichts bedeuten muss.«

»Komm zur Sache, Täubchen.«

»Dachsratten nisten sich auch gern in Kellern und alten Gewölben ein.«

Von neuem Interesse erfüllt trat Mutter Valeska einen Schritt vor. »Sieh an. Weißt du das von deinem Vater? Hat der Jagd auf diese Ratten gemacht?«

»Nein.« Kyrell nahm die Hand herab. »Nachtadler gibt es in Adlerstedt nicht. Der Graf und seine Familie machen traditionell mit Gerfalken Jagd auf Fasane und Rebhühner. Aber als Tochter eines Falkners habe ich natürlich einiges mitbekommen.«

»Alte Gewölbe also ... Nun, warum solltest du dich nicht noch einmal als nützlich erweisen, jetzt, da sich deine Lehrzeit unwiderruflich dem Ende entgegenneigt?« Mutter Valeska taxierte sie mit einem Blick, als schätze sie den Wert eines Schmuckstücks ab. Und noch ein anderer Ausdruck lag darin. Er war flüchtig, doch gerade deswegen befremdlich.

Missgunst und ... Gier.

Kyrell hatte diesen Blick schon einmal an der Alten bemerkt. Damals, als sie nach der Sache mit der Elfenspange zu ihrem Versteck nahe des Kaltensees zurückgekehrt war.

War es ihre Jugend, um die sie sie beneidete? Mutter Valeska hatte unglaubliche 400 Jahre auf dem Buckel, sie selbst lediglich zweiundzwanzig Sommer. Auch wenn die anstrengende Zeit mit der Zauberin sie hatte reifer werden lassen, wusste Kyrell, dass sie mit ihrem blonden langen Haar, ihrer schlanken Figur, den hohen Wangenknochen und den hellblauen Augen wie das komplette Gegenbild der alten Zauberin wirkte.

Mutter Valeska wusste das natürlich ebenfalls, denn sie schickte sie gern als eine Art Lockvogel vor, wenn sie bei misstrauischen Bauern nicht weiterkam. Kyrell war das stets unangenehm, doch fügte sie sich, weil die Laune ihrer Lehrmeisterin ansonsten für viele Tage kaum zu ertragen war. Sie war froh, dass die Zeit mit ihr bald zu Ende war und sie wieder nach Hause konnte. Ihre Lieben erwarteten sie dort sicher schon.

Mutter Valeska stützte sich auf ihren Zauberstecken und starrte grübelnd die waldige Landschaft an. »Junipers alter Turm könnte natürlich längst eingestürzt sein«, brummte sie. »In diesem Fall wäre die Ruine vermutlich überwachsen und deswegen nicht zu sehen. Aber Überreste könnten erhalten geblieben sein.«

»Das meinte ich«, sagte Kyrell.

»Nur sind es bis zu der Stelle da hinten, über die der Adler kreist, mindestens vier Stunden Fußmarsch.« Mutter Valeska schnaubte. »Also gut, bring dein elfisches Blut in Wallung. Streng dich an und finde heraus, ob es dort wirklich etwas gibt, das den Weg lohnt.«

Kyrell seufzte. Mutter Valeska wusste nur zu gut um die alten Überlieferungen in ihrer Familie, nach denen ihre Vorfahrin Gwendolyn vor etwas mehr als 600 Jahren eine Liebelei mit einem Elfen gehabt hatte. Dieser Verbindung war eine Tochter entsprungen. Und diese Tochter hatte auch eine Tochter zur Welt gebracht. Und diese ebenso, und so fort. Die Frauen ihrer Familie brachten überhaupt nur Töchter zur Welt. Und stets nur eine.

Hinzu kam, dass viele von Kyrells Ahninnen wundersame Kräfte besaßen. Gaben, die meist mit Tieren und Pflanzen zu tun hatten. Sie übersprangen manchmal eine Generation, etwa die ihrer Mutter, aber sie kamen immer wieder zum Vorschein. Kyrell konnte ebenfalls gut mit Tieren umgehen. Sie waren ihr gegenüber besonders zutraulich.

Mutter Valeska hatte von der erstaunlichen Geschichte auf einer ihrer Reisen erfahren und Kyrells Familie kurzerhand einen Besuch abgestattet. Ein Besuch, der damit endete, dass die junge Frau die Zauberin fortan als Schülerin begleitete. Noch immer wusste Kyrell nicht so recht, ob sie diesen Schritt bereute oder nicht. Immerhin, sie hatte in den zurückliegenden vier Jahren viel von der Welt gesehen und mehr über sich selbst erfahren, als es ihr daheim möglich gewesen wäre. Das betraf speziell die Zauberei, denn sie schien wie geschaffen dafür. Das dünne Elfenblut in ihren Adern ermöglichte ihr hin und wieder Dinge, zu denen nicht einmal Mutter Valeska fähig war. Dies weckte zwar den Neid der Alten, zugleich war sie pragmatisch genug, all das stets zu ihrem Vorteil zu nutzen. So auch heute.

Kyrell fasste den Nachtadler am Himmel ins Auge und schätzte die Entfernung ein. Er war ziemlich weit weg. Ohne Hilfe ihres Erbstückes würde das schwierig werden: ein goldener Anhänger, von Elfenhand gefertigt und ohne Zweifel magischer Natur. Seit Generationen wurde das Schmuckstück von der Mutter an die Tochter weitergegeben. Stets mit der eindringlichen Mahnung, es nie in fremde Hände gelangen zu lassen und es nur in Zeiten der Not anzulegen. Warum, wusste keine so recht zu sagen, und auch der Zauber, der vermeintlich auf dem Schmuckstück lag, war lange vergessen. Kyrell hatte rein zufällig herausgefunden, dass die Berührung des Schmuckstücks ihre Konzentration stärkte. Mutter Valeska durfte nichts davon erfahren. Die Alte würde ihr das Erbstück ohne Zögern wegnehmen.

»Ich werde mein Bestes geben, Mutter.« Kyrell nahm ihren Rucksack ab und setzte sich wie bei einer der häufigen Meditationsübungen, auf die ihre Meisterin Wert legte, im Schneidersitz vor sie. Unweit einer abschüssigen Felskante, und so, dass sie ihrer Lehrmeisterin den Rücken zukehrte. Sie fasste den Adler fest ins Auge, ließ die Finger ihrer linken Hand in den Stiefelschaft gleiten, wo sie das alte, in einen Lappen eingewickelte Schmuckstück verborgen hielt und tastete so lange, bis sie das kühle Metall des Anhängers an ihrer Fingerspitze spürte. Sogleich straffte sich ihr Geist. Der Wind um sie herum schien lauter, die Gerüche eindringlicher zu werden. Sie flüsterte den Zauber, dessen Zweck es eigentlich war, wilde Tiere zu besänftigen, der sich bei ihr aber so anders auswirkte.

Im nächsten Moment kippte sie vornüber …

… und spürte jäh den Wind in ihrem Federkleid, während sie weit über der Waldlandschaft kreiste. Aufgewühlt krächzte sie und angesichts der großen Höhe schlug sie panisch mit den Flügeln. Doch wie immer gewöhnte sie sich rasch an den ungewohnten Tierleib. Ihr Geist gewann zunehmend die Kontrolle über ihn und sie begann die unglaubliche Erfahrung zu genießen. Ihr Vogelkopf ruckte nach unten, um die Stelle zu fixieren, über der sie ihre Bahnen zog.

Da unten, auf einer überwachsenen Lichtung zwischen den Bäumen, war tatsächlich etwas. Eingefallene, dennoch auffällige Erhebungen, die sich dunkel vor der Grasnarbe abzeichneten. Wie die Fundamente eines Turms samt einstigen Anbauten.

Sie wollte gerade tiefer fliegen, als sie unvermittelt ein Flüstern vernahm, das ihren Geist streichelte.

Was war das?

Das Säuseln des Windes? Nein, das war nicht der Wind. Das war etwas völlig anders.

Aus dem Flüstern wurden allmählich Stimmen. Sie wurden lauter, schwollen zu einem lauten Getöse an, das in ihren Geist drängte und …

… Kyrell mit lautem Keuchen wieder in ihrem Körper erwachen ließ.

»Was ist?« Argwöhnend trat Mutter Valeska neben sie.

Kyrell war so verwirrt, dass sie fast vergaß, ihre Hand aus dem Stiefel zu ziehen. Sie schaute die Zauberin aufgewühlt an, dann blickte sie zu dem Nachtadler hinauf, der jetzt verwirrt gen Norden flog.

»Ich weiß nicht«, flüsterte sie heiser. »Aber … da waren plötzlich Stimmen. Ich hab so etwas noch nie erlebt.«

»Stimmen?« Die Alte verengte ihre Augen. »Was für Stimmen?«

»Ich weiß es nicht, Mutter. Vielleicht war es auch der Wind da oben, aber …« Sie schluckte. »Auf jeden Fall ist da hinten etwas. Eine Ruine, wenn ich mich nicht irre.«

»Eine Ruine!« Die Zauberin verlor schlagartig das Interesse an ihr und den Stimmen. »Dann war meine lange Suche also doch nicht umsonst? Gut gemacht, Mädchen. Gut gemacht. Und jetzt auf! Wir haben keine Zeit zu verlieren.«

Sie kraxelte mithilfe ihres Zaubersteckens aufgeregt die abschüssige Halde zum Waldrand hinunter, und Kyrell erhob sich langsam. Sie fasste sich an die Schläfen, denn ihr war schwindelig. Was war da oben nur passiert?

Es bereitete ihr ein unbehagliches Gefühl, doch blieb ihr keine Zeit zum Grübeln. Sie musste ihrer Lehrmeisterin folgen.

Die Sonne stand bereits als roter Ball am Himmel, als sie ihr Ziel endlich erreichten: eine Lichtung mit sanftem Erdhügel, auf der sich die von Farnen, dichtem Gestrüpp und vereinzelten Bäumen überwachsenen Grundmauern eines einstigen Wohnturms abzeichneten. Der runde Grundriss ließ auch aus der Nähe betrachtet keine andere Vermutung zu. Verrottete Balken und Bohlen, die aus dem Erdreich hervorragten, sowie verstreuter und größtenteils von Gras überwucherte Schutt verrieten, dass lediglich die untere Etage des Turms gemauert gewesen war. Der Aufbau schien aus Holz bestanden zu haben. Er war wohl irgendwann unter der Last von Wind, Wetter und Zeit eingestürzt.

Ein Dutzend Schritt entfernt plätscherte ein kleiner Bachlauf an der Ruine vorbei, der sich seinen Weg durch das waldige Erdreich grub.

Mutter Valeska klatschte bei dem Anblick verzückt mit den Händen. »Ja, das sieht mir doch ganz nach dem Heim eines Zauberers aus!« Sie kicherte und legte mit ihrem Stab einen vermoosten Steinquader frei, in den Teile einer unterarmgroßen Zauberglyphe eingeritzt waren. »Also, Kindchen, hurtig! Lass uns das restliche Tageslicht nutzen.«

Kyrell suchte die Ruine nach auffälligen Fundstücken ab. Eine nicht ungefährliche Arbeit, da manche der aus dem Hügel hervorragenden Balken und Steine den Eindruck erweckten, leicht ins Rutschen zu geraten. Mutter Valeska schien davor wenig Angst zu haben, denn dreimal bediente sie sich vorwarnungslos eines Zaubers, mittels dem sie alte Pfeiler brachial aus dem Untergrund herausriss und in den nahen Wald schleuderte. Jedesmal rutschte in die so entstandenen Mulden Schutt und Erdreich. Auf diese Weise kamen zertrümmerte Möbelstücke und ein verbogener Kupferkessel zum Vorschein.

»Mistvieh!« Jäh zischte es, und aus den Augenwinkeln sah Kyrell eine helle Stichflamme aus dem Boden schießen. Unter schrillem Quieken wurde ein hundsgroßer Tierkörper gen Himmel geschleudert, der mit qualmendem Fell neben Kyrell auf dem Boden aufschlug. Angeekelt wich sie vor dem Kadaver zurück. Eine tote Dachsratte. Mit ihren spitzen Nagezähnen und den tückischen schwarzen Augen sah sie noch immer gefährlich aus.

»Ich hasse Ratten«, fauchte Mutter Valeska. »Speziell, wenn sie so groß werden.«

Sie stand auf der gegenüberliegenden Seite des Schutthügels und stierte in das Loch, das sie gesprengt hatte. »Hierher, Mädchen. Und bring die Schaufel mit. Ich glaube, ich habe gefunden, was wir suchen.«

Kyrell spürte ein gewisses Entdeckerfieber in sich auflodern. Sie lief zu ihrem Rucksack, den sie neben dem plätschernden Bachlauf abgestellt hatte, und holte die Schaufel, die sie auf all ihren Expeditionen mit sich herumschleppen musste. Tatsächlich hatte die Explosion alte Kellerstiegen freigelegt. Zwar war Erdreich in den Einlass gerutscht, doch das würde sich leicht entfernen lassen.

Keine halbe Stunde später war der Treppenzugang von Wurzeln und Trümmern befreit.

Mutter Valeska schob Kyrell unsanft beiseite, ließ eine Lichtkugel über ihrer Handfläche entflammen und quetschte sich durch den engen Durchlass nach unten. Da ihr die Magierin den nützlichen Lichtzauber nie beigebracht hatte, griff sich Kyrell einen trockenen Ast, murmelte eine Formel und blies über die Zweige. Sogleich entzündeten sich sich. Die improvisierte Fackel vor sich haltend, schritt auch sie in die Tiefe, senkte ihr Haupt und betrat ebenfalls das alte Tonnengewölbe, das sich unter dem Hügel auftat. Die Luft hier unten stank nach Schimmel und Exkrementen, die sich stellenweise knöchelhoch auftürmten. Der Boden war übersät mit Fell- und Knochenresten kleinerer Tiere, die die großen Ratten hierher verschleppt hatten. An zwei Stellen in den Wänden klafften kniehohe Löcher, hinten denen sich Grabegänge abzeichneten. Wenn es hier noch weitere Dachsratten gab, dann hatten diese die Flucht ergriffen.

Interessanter waren die zusammengesunkenen Regale ringsum an den Wänden. Inmitten der Überreste machte Kyrell zerbrochene Tonkrüge, geborstene Flaschen und sogar einige alte Bücher aus.

Mutter Valeska war längst dabei, sie zu sichten. Doch von den meisten war nicht mehr übrig als eine faulige stinkende Masse.

»Das kann doch nicht wahr sein!«, fluchte die alte Zauberin und wandte sich einer Truhe zu, die in einer Gewölbeecke stand. »All die Jahren der Mühe – und das ist alles?«

Sie versuchte erfolglos, den Deckel aufzustemmen, trat schließlich wüst dagegen und öffnete die Truhe auf diese Weise. Was auch immer sich darin befand, ihr Inhalt schien sie ebenso zu enttäuschen.

Kyrell schwenkte die knisternde Fackel und bemühte sich, nicht in Kothaufen und auf Knochen zu treten. Da erfasste ihr Blick eine verbogene alte Lederhülle samt rundem Verschluss, die unbeachtet in einer Raumecke lehnte. Sie nahm sie an sich, öffnete den Deckel und fand im Innern eine zusammengerollte Leinwand.

Vorsichtig zog sie sie heraus und rollte sie auf. Ein Gemälde.

Es zeigte eine schlanke Zitadelle mit schroffen, hoch aufragenden Türmen und Erkern vor dem Hintergrund eines umwölkten Gebirges. Keine Burg im eigentlichen Sinne, und auch kein Schloss, dafür wirkte das Gemäuer zu abweisend. Und doch faszinierte der Anblick auf düstere Weise.

»Was hast du da?«, erschallte Mutter Valeskas Schnarrstimme. Sie nahm ihr die Leinwand ab und grunzte unwillig.

»Was ist das für ein Ort?«, fragte Kyrell.

Ihre Lehrmeisterin schien zu überlegen, ob sie ihr antworten wollte. »Helgrinshall«, brummte sie schließlich. »Die Halle des Wissens. Die einstige Zitadelle des Ordens der Stäbe.«

»Ihr Ordenszauberer habt damals in einer eigenen Zitadelle residiert?« Staunend sah Kyrell die Alte an.

»Lange her. Heute lasten Tod und Schatten auf ihr. Nur schade um all das verlorene Wissen …« Sie schüttelte unwillig den Kopf. »Aber von alledem erfährst du noch früh genug.« Sie ließ die

Leinwand fallen, sah sich mithilfe ihres Zauberlichts noch einmal im Gewölbe um und wies enttäuscht zum Ausgang. »Hier unten ist nichts. Besser wir versuchen oben unser Glück, bevor die Sonne endgültig untergeht.« Sie marschierte zur Stiege und Kyrell folgte ihr nachdenklich.

Helgrinshall. Das war ein Ausdruck aus der Gelehrtensprache. Ein elfischer Begriff. Die Zauberer bedienten sich für alles Bedeutende der Sprache des alten Volkes. Die Zauberformeln waren elfischer Natur, die meisten arkanen Abhandlungen waren in ihrer Sprache verfasst und selbst einfache, nicht der Zauberei mächtige Gelehrte bedienten sich bis heute des Elfischen. Mutter Valeska hatte ihr zwar nur das Notwendigste beigebracht, doch dieses Grundverständnis hatte ausgereicht, dass sich Kyrell die komplizierte alte Sprache selbst anzueignen vermochte. Vielleicht half ihr dabei ebenfalls ihre Abstammung? Manchmal erschlossen sich ihr die fremden Ausdrücke intuitiv.

Die Sonne stand so tief am Himmel, dass die Bäume lange Schatten warfen.

Mutter Valeska war wieder dabei, die Ruine nach wertvollen Hinterlassenschaften abzusuchen. Offenbar erfolglos, wie ihr leises Schimpfen zeigte.

Kyrell löschte den Zweig und griff nach der Schaufel, um diese zurück zu ihrem Rucksack nahe dem Bächlein zu tragen. Sie war erschöpft, außerdem war ihr die Lust an der Schatzsuche vergangen.

Sie trat an den noch immer munter vor sich hin plätschernden Bach heran. Die Strahlen der untergehenden Sonne blitzten auf den von der Strömung bewegten Wellenbergen und tauchten die nahen Bäume in milden roten Schein. Lächelnd ging sie in die Hocke und schöpfte mit den Händen etwas klares Wasser, um sich zu erfrischen. Es war köstlich. Sie wollte ihre Hände abermals in den Wasserlauf tauchen, als ihr etwas Seltsames auffiel. Das Wasser sprudelte rechterhand von ihr weg, doch auf seiner Oberfläche trieb ein Blatt auf rätselhafte Weise gegen den Strom. Es tänzelte auf den kleinen Wellenbergen und verschwand schließlich links hinter einer überspülten Wurzel. Kyrell blinzelte verwirrt, und entdeckte dann den kleinen, grün gepunkteten Käfer, der auf der Rinde der Wurzel hockte. Fast so, als habe er sie bemerkt, huschte er davon – und zwar rückwärts. Und als Kyrell aufblickte, sah sie, dass die gegenüberliegenden Bäume nicht einen Schatten warfen, sondern zwei.

»Mutter! Hier stimmt etwas nicht!« Staunend beäugte sie Flusslauf und Vegetation, bis sie die Schritte ihrer Lehrmeisterin hinter sich vernahm.

»Was?«

»Seht doch. Die Natur hier ist irgendwie … merkwürdig.«

Mutter Valeska musterte die Umgebung argwöhnisch, dann hellte sich ihre Miene auf. »Juniper, du alter Fuchs!« Sie lachte. »Er hat sein Domizil an einem Knoten der Macht erbaut. Hier kreuzen sich alte Elfenpfade, die vermutlich bis hinauf nach Sil'Bariath führten – zumindest damals, bevor die Elfenstadt vom Feuer der Berge ausradiert wurde.«

»Elfenpfade?« Kyrell sah irritiert auf.

»Rätselhafte magische Zauberpfade, die einst von den Elfen angelegt wurden, um mit ihrer Hilfe in kurzer Zeit große Distanzen zu überwinden. Leider ist es uns nahezu unmöglich, sie zu nutzen.«

Kyrell bemerkte einen kurzen, goldenen Lichtreflex im Wasser. Was war das? Ohne weiter nachzudenken, tauchte sie ihre Hand ins sandige Bachbett. Und riss die Augen auf. Denn ihre Finger fischten einen flachen Gegenstand aus dem Wasser, der ihr nur zu vertraut war: ein filigranes, komplett aus Gold gefertigtes Ahornblatt mit drei abgespreizten Blättchen. Sie hatte es kaum berührt, als wieder die Flüsterstimmen in ihrem Kopf erschallten. Rasch wurden sie lauter, drängten gegen ihren Geist, wurden klarer, deutlicher …

»Gib das her!«

Wie in einem Traum vernahm Kyrell die aufgeschreckte Stimme ihrer Lehrmeisterin und im nächsten Augenblick wurde ihr das goldene Blatt aus den Händen gerissen.

Mutter Valeska starrte den Fund an und begann wie hysterisch zu lachen.

»Walmar hat eines. Und Rasgath vermutlich ebenfalls. Aber ich jetzt auch. Ich jetzt auch!« Sie drückte das Blatt gegen ihre Brust und drehte sich im Kreis, als habe sie den Verstand verloren. Unvermittelt blieb sie stehen, beäugte den Schatz in ihren Händen voller Gier und grinste. »Ich schätze, Täubchen, wir können uns bis zu deiner Weihe Ende des Monats etwas Zeit lassen. Denn fortan werden wir ebenfalls auf den kurzen Wegen reisen.«

Ohne sie weiter zu beachten, trabte die Alte zurück zur Ruine, wo sie das Blatt eingehend untersuchte. Kyrell hingegen hockte wie paralysiert da.

Nicht nur, weil sie selbst ein solches Blatt bei sich trug.

Nicht nur, weil sie jetzt den Beweis dafür hatte, wie bedeutend ihr Erbstück war. Sondern vor allem, weil sie endlich begriff, was das für Stimmen waren.

Elfische Stimmen. Ihre Sprachmelodie klang völlig anders als die Buchsprache, wie sie die Magier benutzten. Weicher. Wohlklingender.

Und Kyrell wusste jetzt auch, was sie sagten:

Du bist in Gefahr!

Boltan

»Ich bedaure, aber der Preis für meine Dienste ist nicht verhandelbar.« Walmar der Weise hob die Hände, strich sich über seinen standesgemäßen langen Bart und lehnte sich ruhig in seinem Lehnstuhl aus teurem Nakri-Nussbaum-Holz zurück. Eine Geste, die die beiden Kaufleute am Tisch gegenüber mit gequältem Blick quittierten. »Die Zauberei ist eben eine exakte Wissenschaft, die Zeit, Hingabe und teure Ingredienzien verlangt«, fuhr der Magier fort. »Und Ihr wisst ja selbst nur zu gut, dass mit den Jahren alles teurer geworden ist.« Seelenruhig griff er nach seiner Tabakpfeife, stopfte sie und ließ mit einem Schnippen ein Flämmchen über seiner Daumenspitze entspringen. Sie bog sich deutlich sichtbar dem Pfeifenkopf entgegen, als er am Mundstück sog. Es knisterte, und aromatischer Tabakrauch erfüllte das mit maritimen Gemälden geschmückte Verhandlungszimmer.

Boltan stand still in einer Raumecke und ihm taten die Füße weh. Schmerzen, die nicht allein davon herrührten, dass er stehen musste, während alle anderen saßen, sondern die vermutlich auch mit seiner Leibesfülle zu tun hatten. Er hatte erst vor drei Stunden etwas gegessen, doch hatte er schon wieder Hunger. Immerhin würden die Verhandlungen bald ihr Ende finden, denn natürlich würde diese beiläufige Demonstration arkaner Macht ihre Wirkung nicht verfehlen.

Das tat sie nie.

Verhandlungen wie diese hatte Boltan in den letzten neun Jahren seiner magischen Ausbildung bei dem See- und Wettermagier so häufig miterlebt, dass er wusste, wie die Reaktion von Walmars Bittstellern ausfallen würde. Es war wie ein Theaterstück, deren drei Akte auf immer die gleiche Weise aufgeführt wurden. Erst steckten sie ihre Köpfe zusammen und beratschlagten leise, ob die arkane Versicherung gegen Sturm, Hagelschlag und Piraterie nicht zu teuer sei. Dann würden sie versuchen, Mitleid zu erregen, um doch noch finanzielle Zugeständnisse herauszuschlagen. Am Ende würden sie nachgeben.

Akt eins hatte bereits begonnen. Die beiden Kaufleute flüsterten miteinander. Es handelte sich um Vater und Sohn, die hier aus Siebenbrücken stammten, der größten Hafenstadt in den Jungen Königreichen. Ihre blaugrauen Kaufmannsgewänder wirkten gepflegt, hatten aber schon bessere Tage gesehen.

Boltan richtete seinen Blick auf das große Panoramafenster im Osten, durch das heimeliges rotes Abendlicht in den Raum fiel. Walmar der Weise besaß eine prächtige Villa, die leicht erhöht in Drachenbeingrund stand, dem vornehmsten Viertel der Stadt, von dem man eine hervorragende Aussicht auf die im Hafen der Stadt vor Anker liegenden Karavellen genoß. Ihre Masten ragten wie ein Wald in die Höhe, während sich hinter ihnen hohe Speicher, Kontore sowie die große geeichte Waage der Stadt abzeichneten. Trotz der vorgerückten Stunde gingen dort noch viele Bürger emsig ihrem Tagwerk nach. Ein Anblick, der Boltan daran erinnerte, dass er sich bald entscheiden musste, wie sein zukünftiger Lebensweg aussehen sollte. Bald war er selbst ein richtiger Zauberer, und irgendwie hatte er bislang nicht die Gelegenheit gefunden, mit seinem Meister darüber zu sprechen, welche Möglichkeiten ihm künftig offenstanden. Nur eines war ihm klar: Meister Walmar würde es nicht gutheißen, wenn sich in der Stadt ein zweiter Zauberer ansiedelte.

»Es ist so, hochverehrter Zauberer« – der Ältere der beiden Kaufleute schreckte Boltan aus den Gedanken und eröffnete wenig überraschend den zweiten Akt – »dass wir bei den letzten Winterstürmen unser vorletztes Schiff verloren haben.«

»Ja, ich hörte von dem Unglück. Es ist am Kap der Stürme untergegangen.« Boltans Lehrmeister zog ungerührt an seiner Pfeife. »Es wäre wohl besser gewesen, wenn Ihr mich damals schon um magischen Schutz ersucht hättet, statt bei einer solch riskanten Passage an falscher Stelle zu sparen.«

»Ja, vermutlich.« Der Kaufmann presste unglücklich die Lippen aufeinander. »Das Problem ist, dass wir mit dem Verlust des Schiffes den Großteil unseres Vermögens verloren haben. Wir mussten bereits einen Kredit aufnehmen, um unser letztes Schiff ausrüsten zu können. Der Preis für Eure magische Absicherung übersteigt die Gewinne, die wir nach Abzug aller Kosten erwarten.«

»Tatsächlich?« Der bärtige Magier beugte sich vor und überflog die Frachtliste, die vor ihm auf dem Tisch lag. »Und das, obwohl Ihr drei Klafter Drachengebein außer Landes schaffen wollt? Oh …« In gespielter Theatralik sah er auf. »Gerade sehe ich, dass diese Fracht gar nicht auf der Liste vermerkt ist. Dabei bemisst sich der Preis für meine Arbeit am Wert der beförderten Waren. Da frage ich mich doch, ob Ihr die Fracht deswegen unerwähnt gelassen habt, weil die Ausfuhr von Drachengebein schon seit über zweihundert Jahren verboten ist – oder ob Ihr mich schlicht hintergehen wolltet?«

Vater und Sohn sahen den Magier schockiert an, und auch Boltan hob überrascht eine Augenbraue. Drachenknochen?

Das Gebein der ausgerotteten Drachen war wertvoller als Gold. Aus dieser Substanz wurden nur die edelsten Schmuckgegenstände und Artefakte gefertigt. Es blieb jahrhundertelang strahlend weiß, ließ sich wunderbar verzaubern, und es hieß, dass es mit der Zeit die Wirkung jener Kunstwerke verstärkte, die aus oder mit diesem Material gefertigt wurden. Der Klang von Musikinstrumenten wurde harmonischer, Waffen behielten dauerhaft ihre Schärfe, und Arzneien in Gefäßen aus dem edlen Material potenzierten im Laufe der Zeit ihre Wirkung.

Zugleich erinnerte das kostbare Material an den großartigen Sieg, den die freien Völker unter Führung der Zauberer vom Orden der Stäbe errungen hatten. Walmar der Weise gehörte zu diesen Zauberern, die dem Grauen standgehalten und über den Drachenkönig Yolsuldur triumphiert hatten.

Boltan fühlte sich geehrt, dass er bei einem Magier von solchem Alter und solcher Erfahrung in die Zauberlehre gehen durfte. Soweit er wusste, war diese Ehre zuvor erst einer Talentierten widerfahren. Einer jungen Tuchweberin aus dem Hafenviertel. Das war bereits sechzig bis siebzig Jahre her und nur noch die Ältesten erinnerten sich an sie. Sie hatte ihr Glück später jenseits der Wogensee, im Sultanat Harashim gesucht, wo sie schließlich durch einen Zauberunfall ums Leben kam. Mehr hatte er von Meister Walmar nicht erfahren. Er sprach überhaupt nur selten über die Vergangenheit.

Die Bürger Siebenbrückens wussten selbstverständlich um Walmars Wirken. Einige fürchteten ihn deswegen, andere brüsteten sich mit ihrer Bekanntschaft zu ihm – andere hingegen schienen schlicht zu ignorieren, mit wem sie es zu tun hatten. Und dazu zählten offenbar die beiden Männer vor ihm.

»Bitte, ehrwürdiger Zauberer!« Der Ältere der Kaufleute wirkte hilflos. »In Euren Händen haltet Ihr natürlich bloß die offizielle Frachtliste. Ein … bedauerliches Missverständnis, denn natürlich wären wir –«

»Wir haben den Kredit überhaupt nur erhalten, weil wir behaupteten, bereits über Eure magischen Schutzvorkehrungen zu verfügen«, beendete der Jüngere das Gestammel. Sein Vater sah ihn entsetzt an, doch sein Sohn schien beschlossen zu haben, dass es klüger war, dem Magier reinen Wein einzuschenken. »Ich schwöre, dass dies nicht die übliche Art ist, wie unser Handelshaus Geschäfte tätigt. Aber unsere Lage ist verzweifelt. Wenn wir die Passage nicht noch einmal mit lohnenderer Fracht wagen – erfolgreich wagen, wohlgemerkt –, dann ist unsere Familie ruiniert. Endgültig.«

Walmar der Weise fixierte den jungen Kaufmann lauernd, und Boltan atmete tief ein. Niemand versuchte ungestraft einen Zauberer zu hintergehen. Doch unvermittelt kräuselte ein Lächeln die Lippen des Magiers, das die Augen nicht erreichte. Er nahm einen weiteren Zug aus seiner Pfeife. »Da wir uns jetzt alle dazu entschlossen haben, die Karten auf den Tisch zu legen, gäbe es vielleicht … doch noch eine andere Lösung.«

»Eine andere Lösung?« Der Ältere blickte hoffnungsvoll auf.

Der Zauberer deutete mit der Pfeife auf ihn. »In den vielen Jahrhunderten, in denen ich nun in Siebenbrücken weile, habe ich mitverfolgen können, wie sich Eure Familie von armen Flusshändlern zu einer der angeseheneren Kaufmannsfamilien der Stadt entwickelt hat. Da wäre es doch bedauerlich, wenn ich zuließe, dass Ihr Eure Familie durch schiere Dummheit wieder in die Armut treibt.« Die beiden Kaufleute rutschten unbehaglich auf ihren Schemeln hin und her. »Ich wäre daher bereit, Eure kühne Unternehmung gewissermaßen mit einem arkanen Vorschuss zu unterstützen. Alles, was Ihr als Gegenleistung zu erbringen habt, ist … eine Gefälligkeit. Einzulösen zu einem Zeitpunkt meiner Wahl.«

»Wie dürfen wir das verstehen?«, fragte der Jüngere argwöhnisch.

»Das ist doch klar«, meinte sein Vater leise. »Unsere Familie verfügt seit zwei Generationen über eine Stimme im Magistrat der Stadt. Der ehrwürdige Zauberer wird sich ihrer bedienen, wenn er es für richtig hält.«

»Ihr wollt uns zu einer Marionette Eures Wil–«

»Ihr habt mich nicht einmal annähernd richtig verstanden«, unterbrach ihn Walmar der Weise. »Wenn Ihr in meine Bedingungen einwilligt, könnte ich auch verlangen, dass Ihr Euch ins Schwert stürzt. Und Ihr würdet es tun.«

Der junge Kaufmann wurde bleich, dann, plötzlich, glomm Wut in seinen Augen. Der Ältere packte seinen Sohn rasch am Arm und hinderte ihn so daran, etwas Unbedachtes zu tun. Boltan sah dabei zu, wie der Alte leise aber energisch auf seinen Sohn einwirkte. Schließlich versickerte dessen Widerstand.

»Also gut«, sagte der Jüngere verbittert. »Ihr habt uns in der Hand.«

»Nicht so verzagt, junger Mann. Ihr solltet bloß wissen, auf was Ihr Euch einlasst.« Walmar lächelte wölfisch und wandte sich an seinen Adepten. »Boltan, Pergament und Feder. Außerdem die Schwurtinte.«

Boltan eilte los, um die gewünschten Utensilien aus einem alten Sekretär mit Elfenschnitzereien zu kramen. Die magische Schwurtinte hatte er selbst in dreiwöchiger alchimistischer Arbeit zusammengebraut. Verträge, die mir ihr aufgesetzt wurden, mussten von allen unterzeichnenden Parteien zwingend eingehalten werden – ansonsten drohte jener Partei, die sich nicht an die Abmachung hielt, furchtbares Siechtum bis zum Tod. Ein Vorgang, der der hiesigen Kaufmannschaft bekannt war. Doch einen Gefallen als Gegenleistung, das hatte auch Boltan in seiner neunjährigen Adeptenzeit noch nicht erlebt.

Er brachte das Gewünschte zum Tisch, und sein Lehrmeister begann ohne Zögern den Vertragstext aufzusetzen. Eine Weile war das Kratzen der Feder über Pergament zu hören. Der Ältere der beiden Kaufleute sah kurz zu Boltan auf, runzelte die Stirn und nahm einen Zwicker zur Hand. »Du musst Boltan sein, der Sohn von Lampert Kandelgießer.«

»Richtig, mein Herr«, antwortete Boltan erstaunt.

»Sieh an. Wie alt bist du jetzt? Zwanzig? Einundzwanzig?«

»Ich bin neunzehn.«

»Du wirkst reifer.«

»Danke.« Boltan lächelte geschmeichelt. »Ihr kanntet meinen Vater?«

»Ja, tat ich. Lampert war in der Stadt als Kaufmann von tadellosem Ruf bekannt. Dieses Gewand« – der alte Kaufmann tippte auf einen der Ärmelaufschläge – »wurde noch aus einem der Tuche gefertigt, mit denen er damals handelte. Es tut mir sehr leid, was ihm und deiner Mutter widerfuhr.«

Boltan senkte den Blick. »Danke. Aber wie Ihr seht, war Meister Walmar so gütig, mich vor dem Waisenhaus zu bewahren. Ende des Monats lege ich selbst meine Große Weihe zum Zauberer ab und dann –«

»Du schwatzt!«, unterbrach ihn der Magier ungehalten. Er fuhr sich zufrieden über den langen Bart, drehte das Pergament und schob es den Kaufleuten zu. Der Ältere wollte sogleich nach der Feder greifen, doch Walmar entzog sie ihm.

»Nicht Ihr. Euer Sohn. Der hat sein ganzes Leben noch vor sich.« Er reichte dem Jüngeren das Schreibgerät.

Der Angesprochene zögerte, dann – nach einem Blick zu seinem Vater – unterzeichnete er das Dokument mit Todesverachtung. Kaum hatte er die Feder abgesetzt, kräuselte Rauch über dem Vertragswerk und der komplette Text brannte sich in das Pergament ein.

»Seht Ihr, war doch gar nicht so schwer.« Meister Walmar griff in eine Tasche seines Gewands, enthüllte ein weißes Siegel aus Drachenbein, das auch Boltan zum ersten Mal sah, ließ rotes Siegelwachs auf das Dokument tropfen und hinterließ darin eine Prägung, die einen heulenden Wolfskopf zeigte. Zu Boltans Erstaunen verblasste die Schrift unvermittelt und machte einem neuen Text Platz, in dem es sich, soweit er das erkennen konnte, um den Ankauf einer Kutsche drehte.

»Nur eine Absicherung für den Fall, dass unser kleiner Vertrag irgendwie in falsche Hände gerät.« Meister Walmar rollte das Pergament zusammen und reichte es Boltan. »Ins Archiv damit. Und räume anschließend das Laboratorium auf. Danach hast du frei. Heute Abend will ich nicht mehr gestört werden.«

»Ja, Meister.« Boltan verstaute die Pergamentrolle unter seiner Kleidung, nickte den beiden Kaufleuten höflich zu, dann machte er, dass er aus dem Raum kam.

Er eilte durch den mit exotischen Pflanzen bewachsenen Innenhof der Magiervilla bis zu der steilen Turmtreppe, die hinauf zum Archiv führte. Schnaufend stieg er sie nach oben und bereute einmal mehr, dass er nicht in der Lage war, den Köstlichkeiten der Küche zu entsagen. Zugleich gingen ihm die Worte dieses Kaufmanns, dessen Sohn sich auf Gedeih und Verderb seinem Lehrmeister unterworfen hatte, ungewöhnlich nahe.

Er hätte nicht gedacht, dass sich außer ihm überhaupt noch jemand an seine Eltern erinnerte. Er war zehn Jahre alt gewesen, als die Nachricht ihres gewaltsamen Todes bei ihm eintraf. Ein Unglück, dem nur wenige Tage darauf das nächste folgte. Denn die Vermögenswerte, die seine Eltern ihm hinterlassen hatten, waren flugs von diebischen Hausangestellten aus der Stadt geschafft worden. Wie dankbar und glücklich war er gewesen, als Walmar der Weise plötzlich vor ihm stand, um ausgerechnet ihm, dem dicklichen und von bitterer Armut bedrohten Jungen, eine Lehrstelle als Zauberlehrling anzutragen.

Doch bei aller Dankbarkeit erschien es ihm nicht richtig, die Verzweiflung anderer so auszunutzen.

Boltan schüttelte den unangenehmen Gedanken ab, konzentrierte sich und sprach die Losformel, die die gut gesicherte Tür zum Archiv öffnete. Er war der Einzige, der das Vertrauen des Meisters genoss.

Der Raum hier oben war durch drei Zauber-Sigillen gesichert, die einen diebischen Eindringling wahlweise erstickten, die Knochen zertrümmerten oder ihm die Haut abzogen. Zum Glück hatte er dergleichen nie miterleben müssen, aber wer wagte es auch schon, einen Magier zu bestehlen?

Das Portal zu dem hohen Turmzimmer öffnete sich und ihm schlug trockene, nach Staub, Papier und altem Pergament schmeckende Luft entgegen. Boltan beschwor eine magische Lichtkugel herauf und stapfte in ihrem Schein an hohen, durchgebogenen Regalen vorbei, auf denen sich schwere Folianten und alte Schriftrollen türmten. Geschäftsunterlagen und Verträge der vergangenen vier Jahrhunderte, die Walmar der Weise bereits in Siebenbrücken wirkte. Ganze zwei Jahre seiner Ausbildungszeit hatte Boltan damit verbringen müssen, hier oben für Ordnung zu sorgen – und dadurch erfahren, dass sein Meister ein schier unermesslich es Vermögen zusammengetragen hatte. Und doch fragte sich Boltan in ruhigen Stunden, ob das Streben nach Gold und arkaner Macht einem derart langen Leben Sinn verlieh.

Er marschierte zu dem Regal, in dem die Schriftwechsel dieses Jahres lagen, legte die Dokumentenrolle ab und verzeichnete Eingang und Standort in einem dicken Buch, das auf einem Pult am Ende des Hauptgangs lag.

Das Laboratorium im Keller hatte er längst aufgeräumt und damit genug Zeit herausgeschlagen, um nun ein paar Stunden seinen geheimen Schatz zu studieren. Bei den Aufräumarbeiten vor drei Jahren war ihm ein altes, in Leder gebundenes Zauberbuch in die Hände gefallen, das ganz eindeutig nicht ins Archiv gehörte, sondern irgendwie aus dem privaten Bestand des Magiers hierhergelangt war. Boltan hatte lange mit sich gehadert, ob er es seinem Lehrmeister zurückgeben sollte. Doch schließlich hatte seine Neugier gesiegt. Walmar der Weise schätzte es nicht, wenn Boltan vom Lehrplan abwich, der mager genug war. Und so hatte er das Buch zwischen einigen alten Kassenbüchern versteckt, um sich heimlich die Kenntnisse und Formeln der Zauber anzueignen. Darunter gab es Schwebezauber, Formeln, mit der sich die magische Natur von Objekten überprüfen ließ, Anrufungen, die Pflanzen auf wundersame Weise zum Wachsen brachten, und sogar eine, mit der man einen Kugelblitz heraufbeschwören konnte.

Boltan hatte sich in den letzten Monaten ausgiebig an einigen von ihnen erprobt. Schließlich wollte er die Große Weihe vor der versammelte Magierschaft mit einem glanzvollen Ergebnis abschließen. Überhaupt – die anderen Magier. Da das Talent zur Zauberei offensichtlich selten war, fielen ihm neben seinem Lehrmeister nur zwei weitere bekannte Zauberer ein. Zum einem Herzogin Alruna von Greifenfels aus dem nordwestlich gelegenen Waldaleth, die der dortigen Königsfamilie schon seit Jahrhunderten als Ratgeberin diente, und Rasgath Tiefwasser, ein unheimlicher Gelehrter, der sie hier in Siebenbrücken im dritten Jahr seiner Ausbildung besucht hatte. Boltan erinnerte sich noch, wie eindringlich ihn der Zauberer damals beäugt hatte. Eine Erinnerung, die ihm heute noch Schauer über den Rücken laufen ließ.

Erstmals kam ihm ein weiterer Gedanke: Ob es neben ihm noch andere Adepten gab? Boltan stand einen Moment lang unschlüssig da und dachte nach. Der Gedanke war aufregend, änderte aber nichts an seiner Situation.

Einer Eingebung folgend trat er an das schmale Turmfenster zum beleuchteten Innenhof der Villa und spähte nach unten. Die Sonne schickte sich endgültig an unterzugehen, und doch hatte sein Meister neuerlichen Besuch erhalten. Soeben begleitete er einen Fremden in Richtung des Verhandlungszimmers.

»Nein, mein Bester«, schallte die leise Stimme des Magiers zu ihm nach oben. »Ihr wisst doch: Vertrauen ist eine Sache, die ich mir schon seit Jahrhunderten nicht mehr leiste. Wir werden das wie immer regeln: mit Schwurtinte.«

Boltan erkannte Walmars Begleiter am abgetragenen Dreispitz. Kapitän Drazahr. Er mochte den Mann nicht, der alle paar Monate hier auftauchte. Er war anmaßend und wirkte verschlagen. Lange hatte er sich gefragt, was Meister Walmar mit ihm zu schaffen hatte, bis er erfuhr, dass Drazahr und dessen Mannschaft in Walmars Auftrag die Ladungen untergegangener Schiffe vom Meeresgrund bargen. Ein Unterfangen, das ohne die Zauberkunst des Magiers völlig unmöglich war.

Boltan war beruhigt, dass sein Meister beschäftigt war. Er eilte zum Versteck des Zauberbuchs, setzte sich schwer auf einen Schemel und widmete sich den Formeln.

Nach nur wenigen Zeilen sah er wieder auf. Ihm fehlte die rechte Konzentration. Noch immer beschäftigte ihn das Erlebnis vorhin im Verhandlungsraum. Irgendwie war ihm, als habe er bei alledem etwas übersehen.

Nur was?

Natürlich. Das eigentümliche Wolfssiegel!

Üblicherweise siegelte sein Meister Verträge mit einem Ring, der sein Hauswappen zeigte: zwei gekreuzte Stäbe unter einer dickbauchigen Kogge. Doch auch das Wolfssiegel hatte er schon erblickt. Hier, in diesem Raum. Boltan klappte das Buch zu, stellte es weg und schritt die hohen Regale ab. Zielsicher griff er nach einer Pergamentrolle, die vor drei Jahren aufgesetzt worden war, und öffnete sie. Ein schlichter Reisebericht aus der Umgebung des Grauwaldes. Unterschrieben von einem Ratsherren Siebenbrückens – und ebenfalls mit dem eigentümlichen Siegel versehen.

Boltan fand nach einiger Suche drei weitere Pergamente, die auf diese Weise gesiegelt waren. Eine Schenkungsurkunde, unbedeutende Briefe und mehr. Mittlerweile war er sich sicher, dass hier im Archiv noch viele weitere Dokumente dieser Art verstaut waren. Was, wenn sie alle in Wahrheit einen anderen Text trugen?

Unvermittelt waren auf der Treppe vor dem Archiv Schritte zu hören. Boltan schob die Rollen aufgeschreckt zurück ins Regal und löschte ohne weiter nachzudenken die magische Lichtkugel. Keinen Augenblick zu spät, denn im nächsten Moment schwang die Tür auf und sein Meister erschien im Turmzimmer. Über seiner Linken schwebte eine Lichtkugel, in der anderen trug er eine Pergamentrolle. Mit großen Schritten durchmaß er den Raum – und blieb unvermittelt stehen. Misstrauisch ging er einige Schritte zurück, hob das Zauberlicht und spähte in jene Regalflucht, in der Boltan hockte. Panisch wob dieser einen Zauber, der die Schatten um ihn herum verlängerte, um ihn zu umhüllen. Sein Meister schnaubte und setzte seinen Weg fort, bis er weiter hinten am Regal mit den Dokumenten dieses Jahres anlangte. Boltan biss sich vor Aufregung auf die Lippen und sein Herz hämmerte wie verrückt.

Er hinterging gerade seinen Meister – was gar nicht möglich wäre, würde er sich nicht eben eines Zaubers bedienen, den er heimlich studiert hatte. War er denn verrückt geworden? Eine einfache Ausrede, warum er noch im Archiv steckte, hätte doch ausgereicht.

Jetzt war es dafür zu spät.

Walmar der Weise verstaute die Rolle, trat an ein Nachbarregal heran und suchte dort nach einem anderen Dokument, das er ausrollte.

»Nun, Baron«, sagte er mit kratziger Stimme, »jetzt, da Euer Vater abgetreten ist, wird es Zeit, dass Ihr mir Euer hübsches Erbstück überschreibt.« Er spreizte die Finger der rechten Hand und hielt diese über das Dokument. »Wesidha dur lunaor!«

Ein leises Knistern war zu hören und mit zufriedenem Lächen verließ der Zauberer das Archiv.

Boltan hockte wie erschlagen zwischen den Regalen und der Angstschweiß lief ihm über das Gesicht. Erst als die Schritte auf der Treppe lange verklungen waren, wagte er es, das Schattengewebe aufzulösen und sich zu erheben. Was tat er hier nur?

Und was hatte er da belauscht? Er wischte sich mit dem Ärmelaufschlag seines Gewandes den Schweiß von den Wangen, stapfte hinüber zu dem Reisebericht, den er als Erstes in Händen gehalten hatte und musterte das Wolfssiegel.

Sein Meister hatte elfische Worte benutzt. Sie lauteten übersetzt: Möge der Vollmond im Westen aufgehen.

Vollmond. Und ein heulender Wolf. War es das?

Boltan zögerte, doch seine Neugier war zu stark. Vorsichtig spreizte er die Finger seiner Rechten und probierte es. »Wesidha dur lunaor!«

Der Pergamentbogen in seiner Hand knisterte, und vor seinem staunenden Blick eröffnete sich ihm ein gänzlich anderer Text. Auch das war ein Vertrag in Schwurtinte. Und darin ging es um einen Gefallen. Unterschrieben war er von einem der bedeutendsten Patrizier Siebenbrückens. Boltan suchte nach der Schenkungsurkunde und sprach abermals die Worte. Ebenfalls ein Gefallen.

Das gleiche bei den übrigen Rollen. Und von diesen gab es im Archiv zahllose. Dutzende. Vielleicht Hunderte.

Viele der Pergamente waren uralt, aber die meisten Vertragspartner lebten noch. Offenbar hatte sich Meister Walmar hier unten im Süden der Jungen Königreiche über die Jahre ein Heer von Abhängigen in verantwortlichen Positionen geschaffen, die alle eines einte: Sie waren ihm einen Gefallen schuldig.

Aber wozu?

Boltan erinnerte sich an die Pergamentrolle, die sein Meister eben im Regal deponiert hatte. Auch sie war magisch versiegelt und wie befürchtet von Kapitän Drazahr unterzeichnet worden. Er enthüllte den wahren Text und schluckte. Es ging um die Aufteilung von Beute aus einem geplanten Überfall auf ein Handelsschiff aus Toresund, das in zehn Tagen in Richtung des Sultanats Harashim auslaufen würde. Drazahr versicherte darin, dass er Walmar dem Weisen für dessen Tipp die Hälfte aller Vermögenswerte und alle erbeuteten magischen Gegenstände an Bord überlassen würde.

Also war dieser Kapitän das, für das Boltan ihn insgeheim schon immer gehalten hatte: ein Pirat!

Boltan wurde flau im Magen. Er lief zum Regal, das die Dokumente und Schriftstücke Walmar des Weisen von vor neun Jahren barg, durchsuchte die vielen dort abgelegten Schriftrollen nach dem Wolfssiegel und fand drei weitere, die von Drazahr unterzeichnet worden waren. Bereits das erste Dokument bestätigte seinen fürchterlichen Verdacht.

Der Pirat hatte auch die *Albatross* überfallen. Das Schiff, auf dem seine Eltern brutal ermordet worden waren. Und niemand Geringeres als Meister Walmar hatte ihm dazu den Auftrag erteilt.

Erschüttert stand Boltan da – dann sank er auf die Knie und begann hemmungslos zu weinen.

Ambra

Die Fackeln verbreiteten ein unruhiges Licht in der alten Grotte. Die Luft roch nach Meersalz und Algen und vom Eingang her war leise das Auf und Ab der Brandung zu hören.

Ambra stand still da und spürte die leichte Brise auf ihrer nackten Kopfhaut, die der Nachtwind bis tief in die Höhle hineinwehte. Ein Windzug, der die Fackeln flackern ließ, die auf den umgebenden Felswänden ein beunruhigendes Spiel aus Licht und Schatten zeichneten.

Licht. Und Schatten.

Doch die Finsternis überwog.

Dabei war die Grotte einst Ausdruck des Lebens gewesen. In früheren Jahrhunderten hatten die Vorfahren der heutigen Toresunder hier Zuflucht vor den Drachen gefunden. Damals gab es die große Hafenstadt hier unten an der Wogensee noch nicht, nur einige armselige Fischerdörfer, deren Bewohner in ebenso großer Furcht vor den Herren der Lüfte lebten wie alle Bewohner in den heutigen Jungen Königreichen. Seitdem war die Grotte vergessen worden. Dabei gab kaum ein besseres Versteck. Schon damals versiegelte die Flut den Eingang zweimal am Tag für viele Stunden und schuf so ein Refugium, das wie geschaffen dafür war, sich vor den Feuerechsen zu verstecken. Aber die Drachen gab es nicht mehr. Und so war es vielleicht nur konsequent, dass dieser Ort heute zu einer Stätte des Todes würde.

Steine polterten und vor dem Höhlenzugang waren jetzt Schritte zu hören. Das Licht einer Laterne füllte den Zugang und mit ihm verschafften sich vier Männer Einlass in die Kaverne. Zwei von ihnen schleppten eine Bahre mit sich, auf der ein in dreckige Tücher eingewickelter Körper lag, ein dritter hatte einen länglichen, zusammengerollten Gegenstand geschultert. Sie folgten ihrem Anführer über die glitschigen Steine am Boden, stapften geradewegs auf Ambra zu – und blieben entsetzt stehen, als der Schein ihrer Laterne sie erfasste.

Ihr Anführer, ein grobknochiger Mann in Söldnerkleidung, fasste unwillkürlich nach dem Griff seines Säbels, während er sie von oben bis unten musterte. »Ich hoffe, du gehörst zu dem Magister?«

Ambra legte den Kopf schief, starrte den Mann eine Weile an, was die Männer unruhig werden ließ, und wandte sich wortlos ab, um sie tiefer in die Höhle hineinzuführen. Unwillig folgten ihr die vier.

Bald darauf erreichten sie eine große Kaverne, die von dunklem, terrassenförmig angeordnetem Felsgestein eingenommen wurde. Einst hatten hier bis zu hundert Menschen Platz gefunden, doch heute lag die Höhle verlassen vor ihnen. Verlassen bis auf Magister Rasgath Tiefwasser, der mit einer rußenden Fackel in der einen und einem Zwicker in der anderen Hand dastand und den großen, mit verschlungenen Zaubersymbolen versehenen Beschwörungskreis beäugte, den er dort mit Kreide auf den Boden gemalt hatte.

Beäugt wurde er auch von der kleinen vierköpfigen Familie weiter oben in der Höhle, dort wo die Schatten dicht waren. Vater, Mutter, zwei Kinder.

Still stand die Gruppe da und starrte zu ihnen herab.

Magister Tiefwasser ließ das Brillengestell sinken und lächelte geschäftstüchtig, als er Ambra und die Männer in ihrem Gefolge bemerkte. Wie immer war er mit Hemd und Hose bekleidet, über die er eine knielange dunkle Weste aus Schafwolle trug. Seine Erscheinung ähnelte eher einem der zupackenden Kaufleute aus der nahen Hafenstadt als einem Zauberer.

»Ah, Farkin!«, hallte seine hohe Fistelstimme von den Felswänden wider. Magister Tiefwasser steckte die Augengläser zurück in die Weste, klemmte die Fackel zwischen zwei Felsen und strich sich sorgfältig über das dünne Haar, das wie Rinnsale an seinem Kopf klebte. »Ich dachte, Euer Ehrgeiz sei höher. Ihr seid eine halbe Stunde überfällig.«

»Und? Ist doch egal. Jetzt sind wir hier.« Der Anführer der Truppe musterte den Kreidekreis am Boden der Höhle, dann den Zauberer. »Und es heißt Hauptmann Farkin. Ich bin jetzt der Anführer unseres Söldnerhaufens.«

»Natürlich. Hauptmann. Wie konnte ich das nur vergessen?« Die dürren Lippen des Magiers zuckten unmerklich. »Das da hinten dürfte dann wohl … Euer Vorgänger sein: Hauptmann Barkan.« Er nickte in Richtung des Toten, den Farkins Gefolgsleute zwischen sich trugen.

Hauptmann Farkin schnaubte abfällig. »Ja. Mausetot. Wie Ihr bereits wisst.« Der Bärtige warf Ambra noch einen misstrauischen Blick zu, dann winkte er seinen Untergebenen heran, der den langen, zusammengerollten Gegenstand auf der Schulter trug. »Und hier der merkwürdige Wandbehang, den wir damals gefunden haben. Kann nicht genau sagen, aus was der gemacht ist. Aber ich sage es gleich: Der ist so vermodert, dass kaum noch etwas von den Motiven darauf erkennbar ist.«

»Bitte, lasst mich sehen.« Gespannt trat Magister Tiefwasser vor.

Der Träger, ein hartgesottener Kerl mit Augenklappe, der wie seine beiden Kumpane einige Jahre jünger war als ihr Anführer, trat ein Stück zur Seite, ließ das zusammengerollte Bündel erleichtert zu Boden fallen und rollte es halb mit dem Fuß auf. Zum Vorschein kam eine Art Flickenteppich mit ledernen Applikationen, ausgefransten Rändern und Löchern im Gewebe, der komplett ausgerollt etwa so groß wie eine Saaltür war.

Das ausgeblichene Gewebe war einst mit Motiven verziert gewesen, die kaum noch erkennbar waren. Doch es waren genug schwarze und vor allem rote Farbpigmente übrig geblieben, um vage die Umrisse einer geflügelten Kreatur auszumachen.

Ein Drache?

Nein, etwas anderes. Es besaß einen löwenartigen Leib und den Kopf eines Raubvogels. Ein Greif.

»Oh, ich bin zufrieden, Hauptmann. Sehr sogar.« Magister Tiefwasser zückte erneut seine Augengläser.

»Dann wisst Ihr, was das ist?«

»Aber sicher.« Der Magier lächelte triumphierend. »Dieses gute Stück entstammt ohne Zweifel der Zauberwerkstatt eines einstigen Kollegen: Hasraban el Sayed. Er lebte bis vor gut vierhundert Jahren im heutigen Sultanat Harashim südlich der Wogensee, und ich darf sagen, dass seine arkanen Forschungen ebenso unerschrocken waren wie die meinen. Ein Wegbereiter, ohne Zweifel. Sein Forschereifer verbot ihm, sich lediglich an den Grenzen der ... konventionellen Zauberei zu orientieren. Leider kam er am Ende des Dritten Drachenkrieges im Feuer der Echsen um. Und doch« – liebevoll strich er über die Applikationen – »allein das gewählte Material spricht Bände. Denn das hier ist Greifenleder.« Der Magister beugte sich interessiert vor, um eine Naht genauer zu begutachten. »Garn und übriger Webstoff dürften demzufolge aus Greifenfell gemacht sein. Ja ... man erkennt an dieser Stelle sogar noch Reste von Federn. Sehr kunstvoll verflochten mit menschlichen Haaren, will ich meinen. Das Haupthaar toter Mädchen vermutlich. Keine älter als sieben Jahre. Aber das erklärt sich von selbst, denn alles an diesem alten Werkstück ist aus Leichenteilen gefertigt. Und natürlich eingefärbt mit Drachenblut.«

Die Söldner starrten den Flickenteppich mehr als beunruhigt an. Ambra verengte die Augen. Wenn sie sich konzentrierte, dann konnte auch sie es fühlen. In dem Gewebe steckte ein unbändiger Wille. Das lag weniger an den starken Zaubern, die in das Material eingewoben waren, sondern vielmehr an der gepeinigten Seele, die in das Gewebe eingekerkert war.

Sie konnte ihre Schreie hören.

Sie klangen wie die eines Raubvogels.

»Greifen und … Drachenblut?«, wiederholte Farkin lahm. »Das heißt, das verrottete Ding ist wertvoll? Ich meine, für Drachengebein zahlt man ja auch stolze Preise.«

»Oh, sogar un-er-messlich wertvoll«, antwortete der Magier mit seiner hohen Stimme. »Jedenfalls für einen Zauberer.« Er stand auf und rollte das Bündel zusammen. »Ansonsten könnte jemand wie Ihr sich meine Dienste auch kaum leisten. Und nun« – er klatschte frohgemut in die Hände – »frisch ans Werk!«

Er winkte Farkins Männer heran und bedeutete ihnen, die Bahre samt eingewickeltem Körper im großen Kreis abzustellen. Die Söldner kamen der Aufforderung nach, rollten zögernd das Tuch ab und enthüllten die Leiche eines bärtigen Mannes mit trübem, starr zur Höhlendecke gerichtetem Blick. Sein Mund stand halb offen und er trug nichts außer einem fleckigen, bis zu den Knien reichenden Leinenhemd. Ambra sah auf der fahlweißen Haut des Toten zahlreiche Narben, die von den vielen Kämpfen zeugten, die der Mann zu Lebzeiten ausgefochten hatte. Die Hände waren grob und schwielig, doch am auffälligsten war die tiefe Stichverletzung auf Höhe des Herzens. Das Leinenhemd war dort eingerissen und bis zum Bauch mit geronnenem Blut durchtränkt.

Ambra sah kurz zu der kleinen Familie auf, die weit oben zwischen den Schatten stand und das Geschehen reglos mitansah. Dann lauschte sie in sich. Es war wie immer. Der Anblick des Leichnams löste keinerlei Empfindungen in ihr aus. Vor ihnen lag eine vergängliche Hülle aus Fleisch und Blut, die bald verwesen und dann endgültig vergehen würde.

Und doch … spürte sie ein gewisses Bedauern.

Nicht des ermordeten Söldnerhauptmanns wegen, der seinen Tod sicher verdient gehabt hatte, sondern weil sie wusste, dass ihr im Austausch für das Leben, das sie heute führte, etwas anderes unwiderruflich genommen worden war. Ihre Unschuld.

Doch die vage Erinnerung daran verblasste von Jahr zu Jahr.

»Barkan ist unvorsichtig gewesen und in sein Messer gestürzt«, höhnte der Kerl mit der Augenklappe.

»Ja, solche Unfälle passieren immer mal.« Magister Tiefwasser setzte den Zwicker wieder auf und begutachtete den Leichnam.

»Dummerweise«, grollte Farkin, »konnte er uns zuvor nicht mehr verraten, wo er seine Ersparnisse versteckt hat. Darunter den Sold von vier Monaten.«

»Ich weiß«, kommentierte der Magier das Gehörte, während er seine Untersuchung fortsetzte. »Deswegen seid Ihr schließlich hier. Nun gut. Was ich jetzt noch benötige, ist ein persönlicher Gegenstand des Toten.«

»Und warum?«

Rasgath Tiefwasser blickte auf und sprach zu ihm wie zu einem trotzigen Kind. »Ganz einfach, Hauptmann. Weil es jenseits der Schwelle des Lebens zahlreiche andere Seelen gibt, die den Weg ins Totenreich noch nicht gefunden haben. Neidische Seelen. Rachsüchtige Seelen. Seelen voller Mordlust, Gier und dunklem Verlangen, die es ebenfalls gelüstet, sich dieses Körpers zu bemächtigen. Sie alle eint der brennende Wunsch, von der Fülle des Lebens noch einmal zu kosten. Und sei es auch nur für einen einzigen schmerzhaften Augenblick. Und das wollen wir doch vermeiden, richtig?«

Hauptmann Farkin grunzte unwillig, wechselte einen Blick mit seinen Getreuen und zog schließlich einen protzigen Goldring vom Finger, den er dem Magier reichte. »Hier, der Ring weist den Anführer unseres Haufens aus. Er bringt uns Glück. Barkan trug ihn neun viel zu lange Jahre.«

»Gebt ihn meiner Adeptin. Sie wird überprüfen, ob noch ein Rest Lebenskraft des Toten in ihm steckt.« Tiefwasser deutete mit dem Zwicker zu Ambra.

»Dieser kahlköpfigen kleinen Missgeburt?« Der Söldnerführer

sah Ambra mit offener Abscheu an. »Wie alt ist sie? Vierzehn? Fünfzehn? Mit Verlaub, aber Eure kleine Schülerin sieht selbst aus wie eine wandelnde Leiche. Was, wenn es Unglück bringt, dass sie unseren Talisman berührt?«

»Besser Ihr verderbt es Euch nicht mit ihr«, erwiderte der Magier ruhig. »Sie besitzt das beklemmende Talent zu spüren, wie viel Lebenszeit einem Menschen verbleibt. Wollt Ihr, dass sie es Euch verrät?«

Ungläubig glotzte der Mann Ambra an.

»Meine Schülerin vermag durch den Schleier zu blicken. Denn sie war selbst schon einmal tot. Erschlagen zusammen mit ihrer ganzen Sippe. Walfänger, oben im Norden.« Rasgath Tiefwasser maß Ambra mit einem Blick, in dem kühler Forschereifer lag. »Nur gut, dass ich mich damals gerade auf dem Weg dorthin befand. Denn so konnte ich sie mit meinen Kräften gerade noch rechtzeitig zurück ins Leben holen.« Er lächelte frostig. »Sie hat meine Hoffnungen zwar nicht ganz erfüllt, doch seit diesem Zwischenfall vermag sie die Signatur der Toten in ihren alten Besitztümern zu erkennen – und das ganz ohne verlorene Zeit, Mühen und weitere kostspielige Zauber.« Sein Blick heftete sich auf den Söldner. »Und ich bin mir sicher, Ihr wollt für keine zusätzlichen Kosten aufkommen.«

Hauptmann Farkin presste wütend die Lippen aufeinander, dann reichte er Ambra den Ring. »Aber den kriege ich wieder.«

Sie nahm ihn in ihre blassen Mädchenhände, schloss ihre Augen und konzentrierte sich auf das Schmuckstück. Sogleich spürte sie … Wut. Kampfeslust und Raffgier. Für einen Moment erhaschte sie Bilder eines Schlachtgetümmels, dann die eines Wirtshauses mit leicht bekleideten Frauen. Schließlich Münzen. Viele Münzen. Türme aus Münzen. Überhaupt schien ihr, dass das Leben des Verstorbenen allein um diese drei Dinge gekreist hatte. Sie atmete tief ein, öffnete die Augen und nickte, während sie den Ring an Magister Tiefwasser weiterreichte.

»Spricht sie auch mal?«, murrte der Söldnerhauptmann.

»Nein. Sie ist so still wie der Tod selbst.« Der Magier lächte sein maskenhaftes Lächeln und trat mit dem Ring in der Hand an den

Leichnam heran. »Immerhin, dem Ring haftet noch genug von der alten Persönlichkeit Eures Vorgängers an, sodass er für unsere Zwecke dienlich ist. Und jetzt« – er bedeutete dem Söldnerführer, sich ihm gegenüber zu stellen – »bitte ich Euch und Eure Männer still zu sein und die Fassung zu bewahren. Völlig egal, was im Folgenden geschieht.«

Hauptmann Farkin warf seinen drei Kameraden einen mahnenden Blick zu, doch Ambra konnte fühlen, dass die Söldnern längst bereuten, überhaupt hergekommen zu sein. Magister Tiefwasser krempelte seinen linken Ärmelaufschlag hoch, zückte ein kleines Messer, ritzte sich eine Ader an und ließ etwas Blut auf die Herzwunde der Leiche tropfen. Geübt stoppte er die Blutung mittels eines kleinen Verbandes, spreizte die Finger und begann einen kehligen Zaubergesang zu intonieren, der seiner eigentlich hohen Fistelstimme spottete. Die Anrufung war, soweit Ambra wusste, in elfische Worte gekleidet, und doch wirkten die Worte bis zur Unkenntlichkeit verzerrt.

Der Gesang hallte zunehmend dunkler von den Wänden der Kaverne wider, steigerte sich zu einer grässlichen Kakophonie, die nichts Natürliches mehr an sich hatte.

Je länger der Magier sang, desto dichter ballten sich die Schatten in der Kaverne zusammen und desto kühler wurde es um sie herum. Die aufgestellten Fackeln flackerten und schlagartig verloren sie einen Großteil ihrer Leuchtkraft.

Ambra sah aus den Augenwinkeln, wie sich die Söldner entsetzt umsahen und zu ihren Waffen griffen. Sie waren unwichtig. Ambra spürte jetzt den unheimlichen Sog, der von dem Mittelpunkt des Beschwörungskreises ausging. Wie ein großer Klumpen Magneteisen, der alles Metall der Umgebung anzog. Die kleine Familie oben auf der Felsgalerie rückte deutlich näher zum Mittelpunkt der Höhle und starrte blass auf den Leichnam. Und dann sah Ambra den Schatten. Er stieg unter dem kehligen Zaubergesang des Magiers aus dem Boden auf, nahm vage menschliche Konturen an, nur um sich jäh mittels einer wirbelnden und zuckenden Bewegung durch die Mundöffnung des Toten in dessen Körper zu zwängen.

Magister Tiefwassers unheimlicher Gesang verebbte, als sich der tote Söldner aufbäumte. Ein rasselnder Atemlaut erfüllte die Höhle.

Hauptmann Farkin und seine Männer sprangen entsetzt zurück.

Rasgath Tiefwasser hingegen lächelte. »Hauptmann Barkan!« Er klappte dreimal laut mit den Händen.

Der Kehle des Toten entwich ein dunkler Seufzer und die Leiche rollte wüst mit den Augäpfeln. Dann entspannte sich der Körper und in den trüben Blick der Leiche schlich sich irrlichterndes Unleben. Dann Begreifen.

»Hauptmann Barkan«, wiederholte Tiefwasser seine Worte. »Versteht Ihr mich?«

»Ich … lebe!« Die Lippen des Toten verzogen sich zu einem blutleeren Lächeln. »Aber, mir ist … so kalt. Mein Herz … es schlägt nicht.«

»Wie auch?« In Tiefwassers Fistelstimme lag unverhohlener Spott. »Es ist durchbohrt. Ihr seid allein zurück, um meine Fragen zu beantworten.«

»Ich … ich …« Was auch immer der Tote entgegnen wollte, es ging unter in rasselnden Atemgeräuschen, die ebenso wütend wie hilflos klangen. Ambra kannte das bereits von zurückliegenden Totenbeschwörungen. Die Toten wurden alle zornig, sobald sie begriffen, dass ihre Wiederkehr nur Mittel zum Zweck war.

»Wo habt Ihr Euren Schatz versteckt? All das Geld, das Ihr Euren Leuten schuldet.«

Die Leiche rollte mit den Augen und ihr Blick erfasste Farkin, der fassungslos dastand und den Körper anstarrte. Unbändige Wut stahl sich in den Ausdruck des Toten. »Du … elender … Verräter. Du hast mich –«

»Antwortet! Ich befehle es Euch!«

Als habe der Tote einen unsichtbaren Schlag erhalten, bäumte er sich abermals auf – und plötzlich lachte er. Kehlig. Rau. »Ich hab … all das Gold verprasst. Hab meine Schulden bezahlt und den Rest mit Weinbrand und Huren durchgebracht. Es ist … nichts mehr übrig.«

Der Tote lachte noch immer, als Hauptmann Farkin vorsprang und ihn zornig am Saum des Leinengewands packte. »Du elender Bastard! Sag, dass das nicht wahr ist. Wo ist das Gold? Los, sag es!«

Unvermittelt erschlaffte der Tote, das Feuer der Fackeln wurde heller und schlagartig wich die Düsternis in der Höhle. Es wurde sogar etwas wärmer.

»Das war leider etwas voreilig«, tönte die hohe Stimme des Zauberers. »Ein oder zwei Minuten hätten wir vielleicht noch gehabt, wenn Ihr die Prozedur nicht auf so unsanfte Weise unterbrochen hättet.«

»Hat er die Wahrheit gesagt?«, zürnte der Söldner. »Los, sagt schon. Hat er gelogen?«

»Nein, dazu war er nicht fähig.« Magister Tiefwasser zuckte bedauernd mit den Schultern. »Ich befürchte, Ihr und Eure Männer steht gänzlich mit leeren Händen dar.«

»Wusstet Ihr das?«

»Ich? Nein, woher?« Magister Tiefwasser machte eine entschuldigende Geste. »Aber ich will ehrlich sein: Angesichts der Gepflogenheiten in Eurer Truppe überrascht mich die Auskunft nicht sonderlich.«

»Ihr … Ihr sagtet, ich wäre ein reicher Mann, wenn wir mit dem hier fertig wären.« Zornig sah Hauptmann Farkin hinüber zu dem Teppich aus Leichenteilen. »Doch in Wahrheit habt Ihr mich bloß dazu bringen wollen, Euch dieses … Ding auszuhändigen.«

Mit einem Satz sprang er über den Leichnam hinweg, packte den überraschten Zauberer am Kragen und hielt ihm ein scharfes Messer an die Kehle. »Wenn dieser elende Flickenteppich so wertvoll ist, wie Ihr sagt, dann werde ich eben ihn zu Gold machen. Und Ihr sagt mir jetzt, wer noch daran Interesse hat.«

»Ich glaube kaum, dass Ihr dazu noch kommen werdet«, meinte der Zauberer ungerührt. »Fühlt Ihr es noch nicht?«

Der Söldnerhauptmann versteifte sich. »Was … juckt da so?«

Mit einem Aufschrei schleuderte er den Zauberer zu Boden und fasste sich entsetzt an den Unterarm. In rasender Geschwindigkeit breitete sich ein weißlichgrüner Schimmelpilz über die Haut aus.

»Beendet das! Sofort!«, brüllte Farkin panisch und warf seinen Kumpanen einen wilden Blick zu. Die zückten nun ebenfalls ihre Klingen, doch mit einer herrischen Zaubergeste sorgte Tiefwasser dafür, dass den Männern die Waffen aus den Händen gerissen wurden und irgendwo hinter ihnen auf den Felsboden polterten.

»Weg! Macht das weg!«, brüllte der Söldnerführer, während er sein Hemd aufriss und sich verzweifelt blutig kratzte.

Rasgath Tiefwasser erhob sich und in seinem Blick loderte Zorn. »Kompliment, Farkin. Schon seit über einem Jahrhundert hat es niemand mehr geschafft, mich zu überraschen. Meine Nachlässigkeit wird mir eine Lehre sein. Nur werdet Ihr jetzt erfahren, wie dumm es ist, sich mit einem Zauberer anzulegen.«

Der Söldnerführer schrie und kreischte, stürzte und wand sich dann hustend und wimmernd am Boden, bis er irgendwann leiser wurde, nur noch zuckte, entgültig verstummte. Es wurde still in der Kaverne.

Ambra trat vor und sah, dass der komplette Körper des Hauptmann über und über mit einer dicken Lage grünlich weißem Leichenschimmels bedeckt war. Der Schimmel drang ihm aus Mund und Kehle, aus Nasenlöchern und Ohrmuscheln, hatte Augen und Gesicht überwuchert und begann sich nun auch über der Kleidung auszubreiten.

Rasgath Tiefwasser kramte den Zwicker hervor, um sein Werk zu begutachten. Er lächelte selbstzufrieden. Dann erst wandte er sich den verbliebenen Söldnern zu, die ihn kreidebleich anstarrten.

»Nun«, erhob er seine dünne Fistelstimme, »das ist das Gute am Tod. Einer im Leben profitiert immer davon.« Er warf dem Kerl mit der Augenklappe den Ring zu. »Ihr lebt nur noch, weil ihr mir vielleicht noch dienlich seid. Und jetzt fort mit euch.«

Die drei sahen sich entsetzt an, machten auf dem Absatz kehrt und rannten zum Eingang der Grotte.

Rasgath Tiefwasser taxierte Ambra. »Ich bin mir sicher, du

wärst mir zur Hilfe geeilt, wenn es hart auf hart gekommen wäre.« Er lächelte hintergründig.

Die kleine Familie drängte sich jetzt unmittelbar hinter ihm zusammen, den Blick aus ihren schwarzen Augen allein auf Ambra geheftet.

»Wie auch immer«, fuhr der Zauberer fort. »Sieh zu, dass die Flut die Leichen wegspült. Du weißt ja, wo du mich später findest.« Er schritt zum eingerollten Flickenteppich und wuchtete ihn unter Mühen auf die Schulter. Dann marschierte er mit seiner Last direkt durch die kleine Gruppe hindurch.

Vater. Mutter. Bruder. Schwester.

Blass. Bleich. Transparent.

Magister Tiefwasser konnte sie nicht sehen. Das konnte er nie.

Und manchmal wünschte sich Ambra, auch sie wäre für sie blind. Denn eine jede der geisterhaften Gestalten wies schwere Wunden und Entstellungen auf, die Zeugnis von ihrem gewaltsamen Ableben gaben. Stiche. Brustverletzungen. Eingeschlagene Schädel.

Ambra streckte zitternd ihre Rechte aus und fühlte erstmals den Schmerz. Er ballte sich tief in ihrem Leib zusammen, stieg auf und schien ihre Brust zu zerreißen. Doch der einzige Laut, der ihrer Kehle entfuhr, war ein hilfloses Krächzen.

Ihre tote Mutter stand neben dem Leichnam Barkans und berührte ihn mit ihren fahlen Händen an der Stirn. Der Tote öffnete abermals die Augen.

»Ambra«, sprach er eindringlich. »Wappne dich. Die Finsternis kommt!«

Der Drachenthron

Die Welt erschien Kyrell so unwirklich wie in einem Fiebertraum. Schon eine ganze Weile folgte sie Mutter Valeska durch ein eigentümliches Waldgebiet, in dem die Schatten der Bäume mal seltsam lang und dann auf einmal verkürzt wie zur Mittagszeit fielen. Die Sonne war nirgendwo zwischen den Baumwipfeln auszumachen. In dem seltsamen Zwischenreich, durch das die Elfenpfade führten, war alles in ein herbstlich goldenes Dämmerlicht gehüllt. Kyrell entdeckte am Rande des Weges eigentümliche Blumen und Ranken, deren Köpfe und Blätter sich ihnen beim Vorübergehen zuneigten. Und erst gestern hatte sich direkt vor ihren Augen eine Raupe innerhalb von Sekunden verpuppt und dann in einen grünen Schmetterling verwandelt. Oder war das erst vor wenigen Stunden geschehen?

Kyrell hatte längst jedes Zeitgefühl verloren. Sie hatten zweimal gerastet und geschlafen, obgleich es hier nicht dunkel wurde.

Mutter Valeska hatte für die wundersame Umgebung kaum Blicke übrig. Sie hielt das goldene Ahornblatt glücklich umklammert und blieb nur ab und an stehen, als müsse sie sich neu orientieren. Wenn Kyrell sie darauf ansprach, winkte sie energisch ab, bis sie ihren Weg fortsetzte.

Die Zauberin hatte sich die letzten Wochen über fast nur noch mit dem goldenen Ahornblatt beschäftigt, das sie nahe Junipers einstiger Behausung entdeckt hatten. Sie wollte Kyrell nicht verraten, was es mit dessen Magie auf sich hatte, doch sie versicherte ihr, dass ihnen die kurzen Wege gestatten würden, die Reise hinauf ins Fackelgebirge in nur drei Tagen zu bewältigen – statt in drei Wochen. Wenn das stimmte, dann war das hier vermutlich das größte magische Rätsel, mit dem Kyrell in ihrer gesamten Lehrzeit konfrontiert worden war.

Ihr eigenes Blatt hervorzukramen, verbot sich von selbst. Kyrell war inzwischen davon überzeugt, das es eine ähnliche Funktion erfüllte wie ein Kompass. Und wie Mutter Valeska entwickelte sie allmählich ein Gespür für die gelegentlichen Abzweigungen, die vom jeweiligen Pfad abwichen. Einige dieser Wege waren recht offensichtlich als solche zu erkennen, etwa der tunnelförmige Pfad ganz zu Anfang ihrer Reise, der wie ein Laubengang von Ranken überwuchert wurde. Andere waren leicht zu übersehen. Darunter ein Wasserlauf, dessen Uferböschung sie bis zur letzten Rast gefolgt waren, und dessen plätschernder Strom im Rhythmus eines langsamen Herzschlages immerzu an- und wieder abschwoll.

Es erschloss sich Kyrell nicht, warum Mutter Valeska mal dieser und dann jener Richtung folgte. Hinzu kam, dass die Elfenpfade alles andere als ungefährlich waren. Nur ein Fehltritt und sie betraten urplötzlich Areale, in denen die alte Elfenmagie nach all der langen Zeit entweder zusammengefallen war oder sich in ihr Gegenteil verkehrt hatte. Mutter Valeska nannte diese Gebiete die *verheerten Regionen.*

Kurz nach ihrem Aufbruch waren sie unabsichtlich in ein solches Gebiet hineingeraten: eine stinkende Moorfläche mit verkrüppelten Baumleichen, deren Morast sich an ihren Stiefeln wie zäher Schleim festsaugte. Kyrell war froh gewesen, dort nicht zu stolpern, denn auch Mutter Valeska schien Furcht vor diesem Gebiet zu hegen. Auch sie hatte erleichtert gewirkt, als sie aus dem unheimlichen Moor heil wieder herausgefunden hatten.

Kyrell drängte gerade die Gedanken an das unheimliche Moor beseite, als Mutter Valeska und sie durch das herabhängende Geäst einer Trauerweide hindurchschritten – und jäh inmitten einer weiteren verheerten Region standen.

Unmittelbar vor ihnen, unter einem von dunklen Wolken verhangenen Himmel, ragte ein gewaltiger und von grauweißem Geröll bedeckter Gebirgskamm schräg in die Höhe, auf dem lediglich einige wenige verdorrte Bäume und zähe Sträucher wuchsen. Hinter dem großen Berg zeichneten sich die Zacken, Grate und Gipfel weiterer hoher Berge ab und ein kühler, leicht nach Asche riechender Wind wehte ihnen ins Gesicht. Die Kulisse war so majestätisch wie trostlos.

Dass sie die geheimnisvollen Elfenpfade hinter sich gelassen hatten, begriff Kyrell erst, als die rote Abendsonne zwischen den Wolken hervorlugte. Dies war keine verheerte Region, sondern sie hatten ihr Ziel erreicht. Vor ihnen lagen die Fackelberge.

Neugierig wandte sich Kyrell um. Der Berg fiel hinter ihnen weiter ab. Sie standen nur wenige Schritte von einer schief wachsenden Baumgruppe entfernt, die zu den Ausläufern eines urwüchsigen, von steilen Felsen und großen Geröllflächen durchbrochen Mischwaldes gehörte. Der Wald hüllte den Fuß des Berges gleichsam wie in einen grünen Kokon ein und sein Wipfelmeer ersteckte sich einige Meilen weiter talwärts.

»Der Drachenthron!« Mutter Valeska fuhr sich selbstzufrieden über die warzenbedeckte Nase. »Ich würde mal sagen, so kurz war die Reise in den Norden noch nie.«

»Hier lag der einstige Drachenthron?« Kyrell wischte sich eine blonde Strähne aus dem Gesicht und sah wieder bergauf. Gute zweihundert Schritte über sich entdeckte sie eine große, überhängende Felsnase, die sie zuvor übersehen hatte, da einer der Bäume im Weg gestanden hatte. Hinter dem Plateau schimmerte etwas in der Bergwand wie Bronze.

Ein Portal? Es musste gewaltig sein, wenn man es sogar von hier aus erblicken konnte.

»Ja, und wie es aussieht, sind wir nicht die Ersten.« Die Alte wies mit ihrem knorrigen Zauberstecken auf eine Stelle gut fünfhundert Schritte unter ihnen. Zu Kyrells Verwunderung stand dort, verborgen zwischen den Bäumen, eine dunkel lackierte Prunkkutsche mit gewaltigen Rädern, deren vier Kaltblüter von einer hageren Person versorgt wurden. Nahe der Kutsche waren zwei stolze weiße Pferde angebunden, deren Schulterhöhe jene der vier Kaltblüter überragte.

»Meine Güte!« Kyrell riss in jähem Erkennen die Augen auf. »Sind das Eoberi-Rösser? Ich dachte, die gäbe es seit der Flucht der Elfen nicht mehr.«

»Schätze mal, mit den Elfengäulen ist Alruna von Greifenfels angereist«, sagte Mutter Valeska. »Wie man hört, hat sie den Prinz von Waldaleth unter ihre Fittiche genommen. Dort gibt es noch ein paar von den Viechern. Die Kutsche hingehen« – sie spuckte abfällig aus – »die gehört Goltar. Der fette Kerl hat offenbar immer noch keine Transportmöglichkeit gefunden, die eines Zauberers würdig ist. Vermutlich sind beide schon oben. Falls Goltar beim Aufstieg nicht der Schlag getroffen hat.« Sie lachte dreckig. »Folge mir!«

Kyrell schulterte ihren Rucksack und mühte sich gemeinsam mir ihrer Lehrmeisterin den steilen Weg hinauf zu der großen Plattform, die aus der Flanke des Berges ragte. Jetzt erkannte sie, welcherart das Geröll war, das überall herumlag: Bimsstein.

Handwerker nutzen ihn zum Abschleifen von Holz und es hieß, dass die Vulkane hier in den Fackelbergen es in den Himmel geschleudert hatten. Kurz vor dem Verschwinden der Elfen vor über 600 Jahren. Das düstere Gebirge wirkte noch immer unnahbar, doch nirgendwo am Himmel war Rauch zu sehen. Nur musste das nichts bedeuten.

Sehr viel beeindruckender war das große bronzene Doppelportal unmittelbar hinter dem lang gestreckten Plateau, das mit jedem bewältigten Höhenschritt besser erkennbar wurde. Links und rechts des Zugangs war die Bergwand mit mehrfach gestuften Gewänden versehen, die von mächtigen, eingegliederten Steinsäulen eingenommen wurden. Auf ihren Kapitellen trugen sie den mächtigen Rundbogen, der dem Tor seine charakteristische Form verlieh. Das Bergtor war schlicht gewaltig und sicher doppelt so groß wie das prächtige Stadttor Siebenbrückens im Süden der Jungen Königreiche. Kyrell hatte es einmal in ihrer Kindheit gesehen und meinte, dass es weniger prächtig verziert war als dieses. Sie erblickte leicht verwitterte Fresken, die Krieger im Kampf gegen Drachen zeigten, sowie kunstvolle silberne Ornamente in Form verschlungener Ranken, die die Portalflügel auf ganzer Höhe zierten. Die siegreichen Magier mussten dieses Tor vor etwa 400 Jahren in den Berg geschlagen haben – denn wenn das hier der Drachenthron war, dann hatte hier bis zu seiner Vernichtung Yosuldur, der sagenumwobene Drachenkönig, geherrscht.

Kurz bevor sie die ausladende Felsnase erreichten, trat auf der Plattform über ihnen eine hochmütig dreinschauende Frau mit lederner Gelehrtenhaube in ihr Blickfeld, bekleidet mit vornehmen Kaputzenmantel und einer blauen, mit Greifenmotiven bestickten Magierrobe. In der Rechten hielt sie einen schwarzen Zauberstab, dessen Ende in einer goldenen Kugel auslief.

»Sieh an, Valeska. Etwas später als sonst.«

»Ach, tatsächlich?« Mutter Valeska schnaufte geringschätzig, als sie die Plattform endlich erreichten. »Dafür war die Anreise ebenso kurz wie bequem. Aber woher sollst du das wissen? Die alten Elfenpfade sind dir ja bis heute versperrt geblieben.«

Die fremde Zauberin hob interessiert eine Augenbraue, davon ab blieben ihre Züge unbewegt.

Sie musterte Kyrell von oben bis unten.

»Herzogin Alruna von Greifenfels. Meine Adeptin Kyrell«, stellte Mutter Valeska die beiden Frauen einander kurz vor. Kyrell verneigte sich höflich und sah nun, dass hier oben noch drei weitere Personen zugegen waren.

Da war zunächst einmal ein Magier. Es musste sich bei diesem um den Zauberer Goltar handeln, denn der Mann war überaus schwabbelig, besaß fettige rote Haare, die sich farblich nur wenig von seinem erhitzten Gesicht abhoben, und wirkte trotz der grünen, prachtvoll bestickten Zauberrobe, in die er sich gezwängt hatte, ungepflegt. Erschöpft saß er auf einem Felsen und hielt ein Tuch in der Hand, mit dem er sich immer wieder über Gesicht und Nacken wischte. Als er Kyrell bemerkte, funkelte es in seinen Augen interessiert.

Kyrell kannte diesen Blick von anderen Männern. Und er war ihr unangenehm.

Nicht weit von ihm entfernt stand eine schlanke junge Frau mit langem, hinter dem Kopf zusammengesteckten schwarzem

Haar, die hübsch und irgendwie berechnend aussah. Seine Adeptin?

Sie war vielleicht einen halben Kopf kleiner als Kyrell und ähnelte eher einer Dirne denn einer angehenden Magierin. Sie trug ein schlichtes braunes Bauerngewand mit viel zu tiefem Ausschnitt, außerdem war sie aufreizend geschminkt. Augen und Wimpern hatte sie dunkel nachgezogen, was ihren Blick anzüglich wirken ließ. Vielleicht tat sie ihr unrecht, aber Kyrell war sich sicher, dass diese Adeptin um ihre Wirkung auf Männer wusste.

Bei dem jungen Mann, der auf der gegenüberliegenden Seite des Plateaus stand und sich jetzt zu ihr umdrehte, musste es sich um den Adepten der Herzogin handeln. Der Mittzwanziger trug ein vornehmes, ihm auf den Leib geschneidertes ledernes Reisegewand und war von durchaus einnehmender Gestalt. Das halblange dunkle Haar fiel ihm bis auf die Schultern und seine Linke ruhte auf dem Griff einer teuren Klinge, die nach Art der Elfen verziert war. Sollte es sich bei ihm tatsächlich um den Prinzen handeln, dann stand sie Geron von Waldaleth gegenüber. König Almerdin besaß ihres Wissens nach nur einen Sohn, und der trug diesen Namen.

Der Prinz betrachtete sie aus irgendeinem Grund erstaunt, dann – als schrecke er aus einem Gedanken – nickte er ihr und Mutter Valeska freundlich zu.

»Da du schon da bist, Alruna, auf ein Wort.« Mutter Valeska scheuchte Kyrell fort und zog die hochgewachsene Zauberin zu Seite, um sich leise mit ihr zu besprechen.

Kyrell entfernte sich wie gewünscht und näherte sich unsicher Geron von Waldaleth, der ebenfalls allein da stand.

»Du bist also der Sohn von König Almerdin?«, sprach sie ihn an.

»Oje. Entweder mein schlechter Ruf eilt mir voraus oder der gute Ruf meines Vaters färbt auf mich ab. Ich gehe jetzt besser mal von Zweiterem aus.«

Kyrell musste unwillkürlich lachen. »Wer weiß, vielleicht beides? Ich bin Kyrell.«

»Ja, habe ich gehört.« Er lächelte. »Ein schöner Name mit alter elfischer Herkunft. Zufällig auch Spross von gekrönten Häuptern? Nicht, dass das hier von irgendeinem Belang wäre.«

»Nein. Mein Vater ist lediglich der Falkner des Grafen von Adlerstedt.«

»Ein sehr ehrwürdiger Beruf, der auch bei uns in Waldaleth in hohem Ansehen steht.« Er betrachtete sie stirnrunzelnd.

»Was?«

»Entschuldige.« Verlegen winkte er ab. »In, äh, Waldaleth jagen wir hauptsächlich Hochwild. Aber die Falknerei wird natürlich ebenfalls betrieben.«

»Verstehe.«

Sie beide schwiegen eine Weile, doch ganz so, als wolle er vermeiden, dass das Gespräch abriss, wandte er sich ihr wieder zu. »Hast du das da unten schon gesehen?«

»Nein, was?«

Geron trat zur Seite, sodass auch sie an die Felskante herantreten konnte. Der Ausblick war niederschmetternd. Unmittelbar hinter dem Plateau fiel der Berg schroff und fast einhundert Schritte weit in eine breite Schlucht ab, die bis tief ins Gebirge hineinreichte und auf einer Breite von fast einer Meile mit einem Strom weißlich schwarzen Gerölls gefüllt war. Bimsstein. Und Asche.

Inmitten all des Gesteins klafften in unregelmäßigen Abständen Trichter, die keinen Zweifel daran ließen, dass unter den Gesteinsmassen vor langer Zeit Hohlräume eingestürzt waren.

Einstige Gebäude. Eine komplette Stadt.

Kyrell konnte sogar vereinzelte Ruinen an den Hängen der gegenüberliegenden Schluchtseite erkennen. Dort ragten graue und vom Regen frei gewaschene Mauerstümpfe und Säulenreste in die Höhe, die angesichts des trostlosen Anblicks, den die übrige Senke bot, besonders hervorstachen.

»Sil'Bariath, die Strahlende«, murmelte Geron von Waldaleth. »Die einstige Hauptstadt des Elfenreichs Draganor. Errichtet vor über eintausend Jahren am Ende des Ersten Drachenkrieges. Und vernichtet im Zweiten Drachenkrieg vor gut sechshundert Jahren.«

»Ich sehe, du kennst dich aus, Junge.« Hinter sich vernahmen sie eine schnaufende Stimme. Der fette Zauberer hatte sich in die Höhe gewuchtet und sich den beiden genähert. Er stank schwer nach süßlichem Parfum.

»Sil'Bariath erstrahlte einst in hellem Weiß. Und es heißt, die Sonne brach sich trotz der versteckten Lage der Stadt stets milde an den Felswänden und hüllte die komplette Stadt und ihre immergrünen Gärten in einen freundlichen Schein. Einen Winter gab es hier nicht. Und nachts« – er grinste Kyrell anzüglich an – »da leuchteten angeblich überall in den Gärten und Parks bunte Lichter. Lauschige Parks … und Gärten, die zu einem kleinen Stelldichein einluden, wenn ihr versteht. Man weiß ja, wie lebensfroh die Elfen waren.« Der dicke Magier zwinkerte zweideutig, wobei er Geron geflissentlich ignorierte. »Aber darf ich mich vorstellen: Meister Goltar. Und meine Adeptin hört auf den schönen Namen Dania.«

Er reichte Kyrell die fleischige Hand, während Goltars Adeptin im Hintergrund verächtlich die Lippen schürzte. Kyrell wich angeekelt vor dem dicken Magier zurück und nickte nur.

»Ich denke, wir sollten unsere Zeit nicht mit Geschwätz vertändeln.« Mutter Valeska löste sich von Alruna von Greifenfels und stiefelte ebenfalls zu ihnen herrüber. Misstrauisch funkelte sie Goltar an. »Ich hoffe, du hast deiner Kleinen alles beigebracht, was nötig ist?«

»Aber sicher.« Der Dicke betrachtete sie verärgert. »Eigentlich wollten wir gestern schon hier sein, aber –«

»Es interessiert hier niemanden, wie deine Anreiseplanung aussah«, fiel ihm die Herzogin ins Wort und wies zum Himmel. »Hauptsache, es kommen alle.«

Unmittelbar unter den Wolken war jetzt ein kleiner quadratischer Fleck auszumachen, der zunehmend größer wurde und rasch tiefer sank. Ein fliegender Teppich?

Seine Fransen flatterten leicht im Wind und gelegentlich durchliefen ihn kleine Wellen. Je näher er der Plattform kam, desto deutlicher wurde, dass das Gewebe Risse und Löcher wie von Mottenfraß aufwies. Überhaupt schien das fliegende Gefährt mehr durch Flicken und grobe Nähte zusammengehalten zu werden als durch edle Teppichknüpferkunst. Kyrell schauderte bei dem Anblick des Fluggefährts. Es wirkte, als sei es einer Gruft entrissen worden.

Davon ab schwebte es nahezu lautlos vom Himmel, bis es sanft auf der Felsnase aufsetzte.

Auf ihm saßen zwei Personen im Schneidersitz, die sich jetzt erhoben. Ein gedrungener Mann mit Zwicker, der recht unauffällig mit Hemd, Hose und Weste bekleidet war und einen Zauberstab aus gedrechseltem Drachengebein in Händen hielt. Außerdem eine zierliche Gestalt in schwarzem Kaputzengewand. Der Zauberer nickte seinen drei Kollegen förmlich zu und musterte Kyrell und die beiden anderen Zöglinge.

»Magister Rasgath Tiefwasser«, sprach er mit überraschend hoher Fistelstimme. »Und das hier ist Ambra, meine Adeptin.«

Das Mädchen schlug die Kaputze zurück und Kyrell holte überrascht Luft. Tiefwassers Adeptin schien sehr jung zu sein, höchsten vierzehn oder fünfzehn Jahre. Doch das eigentlich Befremdliche an ihr war die leichenblasse Haut, der kahlgeschorene Kopf und die tiefliegenden, schockierend roten Augen, mit denen sie ihre Blicke erwiderte.

Geron runzelte die Stirn.

»Was ist das für ein Gefährt?«, grunzte Goltar, der neidisch den fliegenden Untersatz betrachtete.

»Wenn ich mich nicht irre, der fliegende Teppich, den Hasraban damals benutzt hat.« Mutter Valeska drängte sich neben ihn. »Sag schon, Rasgath, wo hast du ihn entdeckt? Ich dachte, er sei schon lange zerstört.«

»Ach, dachtest du das?« Magister Tiefwasser putzte ungerührt seine Augengläser, lächelte spöttisch und rollte den Teppich seelenruhig zusammen, um die Rolle dann mit einer lässigen Fingerbewegung bis zur Felswand schweben zu lassen, wo er sie mit seinen Zauberkräften ablegte.

In diesem Augenblick erfüllte ein schriller, lang gezogener Raubvogelschrei das Gebirge. Magier und Adepten sahen gleichermaßen erschrocken auf, dann fiel ihr Blick auf das bewaldete Tal, das sich vor der Felsnase erstreckte. Rechterhand, aus einer Klamm, schoss ein gewaltiger Raubvogel mit schiefergrauem Gefieder. Er beschrieb mit seinen ausladenden Schwingen einen Bogen und jagte dicht über den Baumwipfeln auf den Berg zu.

Der Vogel war so riesig, dass er mit ausgebreiteten Flügeln locker die halben Stallungen des Grafen von Adlerstedt ausgefüllt hätte. Sowohl seine Krallen als auch der scharfe Schnabel ließen keine Zweifel aufkommen, für welche Beute sie gemacht waren: Bergziegen und Kühe. Und hin und wieder vielleicht ein unvorsichtiger Wanderer.

Das beeindruckende Geschöpf gewann an Höhe und schickte sich mit wuchtigen Flügelschlägen an, auf dem Plateau zu landen. Rasch machten alle Platz und das Ungetüm setzte überraschend sanft auf dem Gestein auf.

Kyrells Erstaunen hätte nicht größer sein können, denn als Tochter eines Falkners wusste sie sofort, welchem Wesen sie gegenüberstand: einem Gipfelalk.

Einem Geschöpf der Legenden!

Die Riesenvögel galten neben den ebenfalls verschwundenen Greifen, die die Elfen einst aus dem fernen Westen mitgebracht hatten, als die einzigen natürlichen Feinde der Drachen. Niemals hätte sie es für möglich gehalten, dass noch Exemplare von ihnen existierten.

Und dieser Riesenvogel war sogar mit Reitgeschirr ausgestattet.

Der Gipfelalk fixierte die vor ihm stehenden Menschen mit kaltem Raubvogelblick, legte die gewaltigen Schwingen an, dann fielen linkerhand Seile in die Tiefe, und nacheinander ließen sich die beiden Personen herab, die auf seinem Rücken angereist waren. Zunächst eine auffallend schöne Zauberin mit schwarzer, lockiger Haarpracht und alterslosen Gesichtszügen, die in einen kostbaren Hermelinmantel gehüllt war. Neben ihrem Zauberstab fiel vor allem ein großes geschwungenes Signalhorn auf, das sie über der Schulter trug. Eine Elfenarbeit?

Ihr folgte ein drahtiger junger Mann mit hervorstechendem

Kehlkopf und großen, hellwachen Augen, die spöttisch dreinblickten. Er trug ein praktisches Reisegewand und seine langen, zu bunten Zöpfen verdrehten Haare ließen keinen Zweifel daran, dass er dem fahrenden Volk entstammte.

Er nickte Kyrell und Geron interessiert zu und beide erwiderten den Gruß freundlich. Am längsten blieb sein Blick an Ambra und schließlich an Dania haften. Erstere schien von der Ankunft des gewaltigen Raubvogels wenig beeindruckt zu sein. Sie hielt den Kopf leicht schräg und sah mit ihren roten Augen zu dem riesigen Raubvogel auf, als wäre im Zweifel nicht sie, sondern das riesige Geschöpf das Opfer. Dania hingegen stand mit offenem Mund da und hatte erstmals jede Haltung verloren. Sie schien nicht so recht zu wissen, ob sie stehen bleiben oder die Flucht ergreifen sollte.

Die schöne Zauberin genoß ihren gelungenen Auftritt, begrüßte ihre Kollegen kühl und stellte sich und ihren Zögling vor. Magistra Rotdrud, wie Kyrell vernahm. Ihr drahtiger Adept hörte auf den Namen Tandurin.

»Wenn ich das richtig überblicke«, stellte die Magistra mit wohlklingender Stimme fest, »fehlt jetzt nur noch Walmar.«

»Da hinten kommt er«, widersprach Alruna von Greifenfels, die als Einzige völlig beherrscht wirkte.

Ein leises Grollen wie von einem fernen Gewitter war zu hören. Kyrell blickte an dem Gipfelalk vorbei gen Süden, doch alles, was sie sah, war eine klar umrissene Schlechtwetterfront am fernen Horizont. Sie blinzelte zweimal, dann begriff sie. Das waren keine Regenwolken. Dort nahte ein düsteres Wolkengebirge, unter dem sich ein dunkler, rotierender Schlauch in die Tiefe zog. Eine Windhose!

Als das beeindruckende Naturschauspiel die fernen Ausläufer des Waldes erreichte, schlug die Windhose eine Schneise der Verwüstung in das Blattwerk und rückte rasch näher. Selbst hier beim einstigen Drachenthron schwoll der Wind zu einem lauten Heulen an. Der Gipfelalk bewegte unruhig die Flügel und stieß einen krächzenden Vogelschrei aus. Er ging fast unter im Orkangetöse, das die Plattform jetzt erfüllte.

Ebenso wie die anderen zog Kyrell den Kopf ein und suchte nach einer Möglichkeit sich festzuhalten, denn schlagartig wurde die Welt dunkel und Blätter, kleine Äste und Regentropfen schlugen ihr hart ins Gesicht. Doch von einem Moment zum anderen verstummte das laute Tosen um sie herum und die Wolken über ihnen klarten wieder auf.

Kyrell vernahm leise Flüche, dann erhob sie sich und wischte sich ein feuchtes Blatt aus dem hellen Haar. Am Ende der Felszunge standen zwei Neuankömmlinge, von denen einer einen knorrigen Zauberstab in der Rechten hielt. Der großgewachsene Zauberer war ein Mann mit grauem Haar und einem langen, bis zur Brust reichendem Bart. Offenbar Walmar der Weise. Mutter Valeska hatte den Zauberer so häufig erwähnt, dass Kyrell wusste, dass er einst eine hohe Funktion im Orden der Stäbe eingenommen hatte. Über einer blau eingefärbten Zauberrobe aus kostbaren Tuchen trug er eine lederne Umhängetasche, und Kyrell musste zugeben, dass sein Erscheinungsbild noch immer Macht und Würde ausstrahlte.

Neben ihm stand sein molliger Adept. Der junge Mann war fast einundeinhalb Köpfe kleiner als sein Lehrmeister und seine braunen Haare waren zu einem Pagenschnitt geschnitten, der die roten Wangen unvorteilhaft betonte. Sein Blick strahlte Güte, Neugier und eine gewisse Aufregung aus. Anders als Walmar der Weise war er mit blaugrauen Pumphosen bekleidet, wie sie in den Stadtstaaten des Südens beliebt waren. Über einem weißen Hemd trug er einen vorn offenen, bis zu den Knien reichenden Kaufmannsmantel, der aus dem gleichen Stoff wie die Hose gefertigt worden war. Auch er hatte sich eine schwere Umhängetasche umgeworfen.

»Allem Anschein nach sind wir vollständig«, hob Walmar der Weise ohne Umschweife an. Unbeeindruckt marschierte er an dem riesigen Gipfelalk vorbei, der sein Gefieder putzte. Er nickte seinen Kollegen zu und begutachtete jeden Adepten. »Lasst uns also keine Zeit verlieren.«

Sein molliger Begleiter sah fasziniert zu dem Riesenvogel auf und reihte sich dann rasch in den Kreis der Umstehenden ein, während Walmar der Weise wie selbstverständlich vor das große Bronzetor trat und sich der versammelten Zaubererschaft zuwandte.

»Adepten, der Zeitpunkt ist gekommen, auf den ihr lange vorbereitet wurdet. Das Talent zur Zauberei ist wahrlich nicht jedem in die Wiege gelegt, und es gibt nur wenige, die die arkane Kunst meistern. Tatsächlich scheint es gar, als würde die Magie allmählich aus den Jungen Königreichen schwinden. In früheren Zeiten, als der Orden der Stäbe gegründet wurde, waren wir deutlich zahlreicher. Heute aber sind wir, die wir uns hier versammelt haben, die letzten Wissenden. Umso mehr setzen wir unsere Hoffnung in euch. Auf dass ihr dazu beitragt, dass die Zauberei zu neuer Blüte gelangt.« Die Mundwinkel unter dem langen Bart verzogen sich zu einem milden Lächeln. »Auf einen jeden von euch wartet an diesem Ort eine Prüfung des Geistes. Eure magischen Vorkenntnisse mögen unterschiedlich sein, doch das wird sich nach eurer Großen Weihe ändern. Was zählt, ist allein eure Hingabe. Denn die Zauberei meistert nur, wer in der Lage ist, seinen Geist zu weiten und für die Strömungen der Kraft zu öffnen. Wer das nicht schafft, den verzehrt die Magie irgendwann – und ihn oder sie erwartet ein fürchterliches Ende. Preist euch also glücklich, dass wir eure Begabung rechtzeitig entdeckt und euch unterrichtet haben. Denn ohne diese Unterweisungen wärt ihr alle dem Tode geweiht.«

Kyrell blickte zu den übrigen Adepten, die ähnlich beunruhigt wirkten wie sie selbst. Auch für sie schien diese Eröffnung neu zu sein.

»Doch habt keine Angst. Mit der Großen Weihe wird euch das Rüstzeug verliehen, euren Geist gegen derartige Unbilden zu wappnen. Wenn es also so weit ist, denkt daran, allen Prüfungsanweisungen mit Demut Folge zu leisten. Wir werden euch jetzt zu euren Schlafräumen führen, wo ihr euch von der anstrengenden Anreise ausruhen dürft. Und ich kann nur einem jeden von euch raten, die Zeit der Stille zur Kontemplation, zur inneren Einkehr und Meditation zu nutzen. Wir werden in der Zwischenzeit alle nötigen Vorbereitungen treffen und euch dann einen nach dem anderen zu uns bitten, um ihn und sie zu prüfen. Habe ich mich verständlich gemacht?«

Kyrell nickte zögernd und sah, dass die anderen ihrem Beispiel folgten.

»Habt ihr noch Fragen?«

Zu Kyrells Überraschung hob Dania die Hand. Walmar musterte Goltars Adeptin kurz und nickte.

»Was geschieht, wenn wir die Prüfung nicht schaffen?«

»Dann erwartet dich ein langsames und qualvolles Siechtum. Besser also, du strengst dich an.«

Eine Weile war nur das leise Säuseln des Bergwindes und ein gelegentliches Kratzen zu hören, wenn der Gipfelalk mit seinen Krallen über das Gestein schrammte.

»Alruna. Escalia.« Walmar der Weise sprach seine beiden Kolleginnen an und brachte etwas Abstand zwischen sich und das Bronzetor.

Herzogin von Greifenfels und Magistra Rotdrud schritten jeweils vor einen Flügel des riesigen Bergportals, berührten es und traten wieder zurück.

Ein gewaltiges Rumpeln ertönte, und unter knarrenden Lauten schwangen die Torflügel auf. Die Magier warteten ab, bis der Zugang in den Berg weit und offen vor ihnen lag. Dann entzündeten sie über ihren Handflächen strahlende Lichtkugeln und eilten voraus ins Dunkle.

Dania folgte den anderen Adepten und den Magiern hastig, und sie war nur froh, dass sie von diesem gewaltigen Raubvogel wegkam. Wann immer das Monster sie mit seinen Raubvogelaugen anstarrte, durchrieselte es sie eiskalt. Ein Gefühl, das sie auch beim Anblick des blassen kahlköpfigen Mädchens beschlich, die der selbstgefällige Magier mit der Brille mitgebracht hatte: Ambra.

Irgendetwas stimmt mit der Kleinen nicht, das konnte sie fühlen. Nicht nur, dass sie mit ihren Blutaugen bis auf den Grund ihrer Seele zu blicken schien, ihre Züge waren starr. Fast wie die einer Toten.

Aber hier entwickelte sich eh alles anders, als sie gehofft hatte.

Unter den versammelten Zauberern waren für ihren Geschmack viel zu viele Frauen, und die übrigen Magier wirkten alles andere als von Gelüsten getrieben. Was sie von ihren fünf Schicksalsgefährten halten sollte, wusste sie noch nicht. Der Königssohn und diese blonde Hilfselfe hielten sich vermutlich eh für etwas Besseres. Blieben der dickliche Zögling des bärtigen Magiers und der Kerl aus dem fahrenden Volk. Ersterer schien noch Jungfrau zu sein. Wann immer sein Blick sie streifte, wanderte dieser hinunter zu ihrem Ausschnitt. Er wirkte dann jedesmal ebenso hilflos wie ertappt. Dieser Tandurin schien hingegen mehr von ihrem Schlag zu sein. In seinem spöttischen Blick lag die gleiche Respektlosigkeit, wie sie sie von den Männern aus der Unterwelt Kesselfurts kannte. Er war in Wahrheit ein Taugenichts. Ein Dieb. Ohne Zweifel. Mit dem Ruf des fahrenden Volkes stand es eh nicht zum Besten. Und das konnte ihr im Zweifel noch nützlich sein. Denn völlig egal, ob sie die Große Weihe bestand oder nicht, sie würde hier nicht mit leeren Händen weggehen.

Zwielicht umfing sie, als sie das Tor durchschritten hatten. Es wurde rasch kühler und ihnen schlug eine Luft entgegen, die intensiv nach Stein und Kalk roch. Der Felsenzugang weitete sich hinter den Portalflügeln noch einmal und es dauerte nicht lange, und sie erreichten eine gewaltige Höhle, die Platz für ein ganzes Dorf bot.

Staunend sah sich Dania um, während jeder ihrer Schritte leise von den Felswänden widerhallte. Am Ende der gewaltigen Höhle erstreckten sich Felsterrassen, die weiter in die Höhe führten. Vor den übrigen Höhlenwänden ragten mannshohe schlanke Stalakmiten auf, denen an der Höhlendecke etwa fünfzehn Schritt über ihnen ebenso lange Stalaktiten entgegenwuchsen. Der Boden dazwischen war fast eben, jedoch mit Fels und Geröll übersät. Erst auf dem zweiten Blick erkannte Dania, dass es sich dabei um die Überreste weiterer Stalakmiten handelte. Offenbar waren sie zertrümmert und beiseitegeräumt worden, um … ja, warum?

Um Platz zu schaffen?

Für einen gewaltigen Drachenleib, der hier einst gelegen hatte?

Dass hier ehedem ein Drache geruht hatte, zeigten die tiefen

Kratzer und Furchen im Höhlenboden, die ohne Zweifel von großen Krallen stammten.

Tiefer im Berg erschallte ein Horn. Der lang gezogene Laut dröhnte dumpf und klagend von den Felswänden wider, und unvermittelt tauchten in einiger Entfernung, auf einer der steinernen Galerien weiter oben, dunkle Gestalten mit Fackeln auf.

Dania und Tandurin warfen sich überraschte Blicke zu.

An diesem Ort gab es Wächter?

Auch die übrigen Gefährten blickten verwundert zu den Gestalten auf.

Die Zauberer schienen sich an dem Geschehen nicht zu stören. Selbst Goltar setzte seinen Weg schnaufend, aber unbeirrt in Richtung der Felsterrassen fort, wo künstliche Treppenstufen in Sicht kamen.

Sie passierten die Stufen und im Schein der Zauberlichter zeichnete sich der zerklüftete Zugang eines Felstunnels ab, der tiefer in den Berg führte. Auch er war mit Kratzern und Furchen übersät, die zeigten, dass sich hier einst Drachen bewegt hatten. Doch etwas hier war anders. Dania erkannte weiter oben an den Felswänden, rechts und links entlang des Ganges, die Überreste gewaltiger Reliefs.

Krallen hatten sie schon vor langer Zeit zerstört, und doch wurde deutlich, dass die Bildhauer dort oben ein Schlachtengemälde verewigt hatten. Sie zeigten Elfenkrieger in kunstvollen Rüstungen, die auf Greifen und Pferden in den Kampf gegen Drachen und andere Wesen zogen.

Natürlich. Die Abbildungen dort oben mussten bereits 1000 Jahre alt sein und stammten aus jener Zeit, als es den Elfen gelungen war, diesen Ort zu erobern und den Drachenkönig Yolsuldur zu vertreiben. Und vermutlich war es kein Geringerer als Yolsuldur selbst gewesen, der die Bildnisse dort oben zerstört hatte, als es dem Drachengezücht 400 Jahre später gelang, die Höhlen wieder einzunehmen und die benachbarte Elfenstadt zu zerstören.

Weiter hinten, am Ende des großen Tunnels, machte Dania Lichtschein wie von großen Feuerschalen aus. Eine weitere Höhle? Das Licht schimmerte golden, als würden die Flammen einen großen Schatz beleuchten. Yolsuldurs einstiger Drachenhort?

Bei dem Gedanken an die unermessliche Schätze des alten Drachen beschleunigte sich ihr Herzschlag. Vielleicht bekamen sie etwas von dem Gold ab, wenn sie die Große Weihe hinter sich gebracht hatten? Gewissermaßen als Startvermögen für ihr künftiges Leben? Sie kamen der jenseitigen Höhle immer näher – als der bärtige Magier plötzlich seinen Zauberstab hob und innehielt.

»Hier trennen sich unsere Wege.« Seine Stimme hallte von den Wänden wider. Er deutete auf einen deutlich schmaleren Felsgang, der von dem großen Tunnel abzweigte. Stufen führten dort nach oben. »Valeska und Goltar bringen euch jetzt zu euren Quartieren. Alle übrigen folgen mir.«

»Könnte ich nicht …?«, hob Goltar angesichts der Stufen unglücklich an, doch Walmar fuhr ihm scharf über den Mund.

»Hast du irgendetwas nicht verstanden?«

»Nein. Schon gut.« Der fette Magier sah kleinlaut zu Boden, dann herrschte er die Adepten an. »Na los! Ihr habt es gehört. Rauf da!«

Dania grinste. Es wurde deutlich, dass die anderen Zauberer nicht viel von ihrem Lehrmeister hielten. Mit etwas Glück stürzte er und brach sich das Genick.

Der Prinz verzog angesichts des Tonfalls empört das Gesicht, doch auch er folgte der Anweisung. Diese Valeska schritt voran und Goltar bildete das Ende ihrer kleinen Kolonne.

Dania wusste nicht, wie hoch sie bereits gestiegen waren, als sich vor ihnen im Dämmerlicht eine prächtige Säulenhalle auftat. Die Wände waren mit bunten Mosaiken verkleidet, die Wälder und Seen zeigten, die Säulen hingegen waren nach Art von Lilien gestaltet, deren steinerne Blütenkelche ein blau bemaltes Himmelsgewöbe trugen. Weitere Zugänge zweigten von der Halle ab, doch Valeska marschierte zielstrebig auf einen gegenüberliegenden Portalbogen zu.

Geron, Boltan und Tandurin beschworen der Reihe nach Zauberlichter herauf, und staunend eilten sie hinter der Zauberin her.

Es folgten weitere Gänge, Säle und Aufgänge. Marmorne Statuen von Elfen in unterschiedlichen Posen säumten ihren Weg, zwischen denen prachtvolle Wandbilder Elfen beim Tanz und Lautenspiel zeigten, aber auch bei der Jagd, beim Kampf und beim Studium von Büchern und Pergamentrollen.

Wohin der Schein ihrer Lichter auch fiel, alles wirkte rein. Und licht.

Und schrecklich verlassen.

Eine der größeren Hallen war an den Wänden mit schmalen Balkonen bestückt, deren Geländer stilisierten Pflanzen nachempfunden waren. Sie ähnelten übergroßen Schwalbennestern. Hatten dort einst Gewächse den Saal begrünt? Doch wie wäre das möglich gewesen, ohne Sonnenlicht? Sie durchquerten einen breiten Kreuzgang, in dessen Mitte ein beeindruckender marmorner Brunnen mit Schwanenskulpturen ihre Blicke auf sich zog. Dann wieder schritten sie durch Säle, deren Wände mit unzähligen Aussparungen versehen waren. Sie waren alle leer.

Dania war so in den Anblick einer der vielen Fresken vertieft, dass sie nicht bemerkte, dass die Gruppe vor ihr unvermittelt stehen blieb. Sie stieß mit Tandurin zusammen, der sie spöttisch angrinste. Sie hatten ein Kuppelgewölbe erreicht, in dessen Zentrum die grauweiße, gut zweieinhalb Schritt große Statue eines Wesens stand, wie es Dania noch nie zuvor erblickt hatte.

Die massige Gestalt war humanoid, wirkte im Zwielicht aber so, als besäße sie ein Haupt mit Hörnern. Arme und Finger waren seltsam proportioniert, viel zu lang und reichten fast bis zum Boden. Die Beine hingegen machten einen knorrigen Eindruck.

»Was ist?« Valeska hielt ebenfalls inne.

Der mollige Adept trat mit seinem Zauberlicht an die Statue heran und stieß einen ungläubigen Laut aus. »Ist das etwa ein Eichenknecht?«

Walmars Zögling hatte recht. Das war keine gewöhnliche Statue. Das Standbild bestand vielmehr aus Holz. Große Teile der Gestalt waren von einer dünnen, grauweißen Kalkschicht überzogen, die vermutlich von der Feuchtigkeit des Berges herrührte, die von oben in den Raum sickerte. Was sie für Hörner und überlange Finger gehalten hatte, waren in Wahrheit Äste. Auch die Beine des Wesens sahen bei näheren Hinsehen wie starke, in sich verdrehte Wurzeln aus. Trotz der starken Kalkverkrustungen konnte sie vage Gesichtszüge ausmachen: einen borkigen Mund, eine knollförmige Nase und geschlossene Astaugen.

War das etwa ein lebendes Wesen? Schlief es? Oder war es tot?

»Sieh an. Kluger Junge.« Die alte Zauberin kam zurück und blickte zu der baumartigen Gestalt auf. »Ja, du stehst tatsächlich vor einem Eichenknecht. Hat Walmar dir von ihnen erzählt?«

»Na ja … nicht direkt.« Verlegen sah sie der Dicke an. »Ich habe in einem Buch von ihnen gelesen. Die Elfen haben sie damals angeblich mithilfe von Magie gezüchtet. Für den Kampf.«

»Für den Kampf und für Wachdienste«, ergänzte der Königssohn fasziniert.

Geron trat neben Boltan und sah ebenfalls zu dem Wesen auf. »Aber ich gestehe, diesen Teil der alten Legenden habe ich … tatsächlich bloß für Legenden gehalten. Ich hätte niemals gedacht, dass daran auch nur ein Funken Wahrheit sein könnte.«

»Lebt dieses Wesen?«, wollte Valeskas blonde Adeptin wissen.

»Wer weiß das schon so genau?« Die Zauberin schnaubte. »Als die Drachen und ihr Gefolge die Höhlen überrannten, ist er ganz offensichtlich nicht erwacht. Auch einige von uns haben später große Anstrengungen unternommen, ihn zu wecken. Gelang aber keinem. Seitdem dient er diesem Saal als Zierrat.«

»Wo sind wir hier überhaupt?«, meldete sich Dania zu Wort.

Valeska spähte missmutig zum Gang zurück, durch den sich Goltar zu ihnen quälte. Der fette Magier hatte längst den Anschluss verloren.

»Die Elfen«, bequemte sich die Alte zu einer Antwort, »haben hier nach ihrem Triumph im Ersten Drachenkrieg vor tausend Jahren einen Hort des Wissens, aber auch der arkanen wie profanen Kostbarkeiten errichtet. Davon ist kaum etwas übrig geblieben. Das meiste hat sich später der Drachenkönig geschnappt, als er sich seinen Hort zurückholte.«

Goltar betrat endlich den Saal und stützte sich keuchend auf seinen Stecken.

»Und jetzt genug der Geschichtsstunde, wir sollten keine weitere Zeit verlieren.« Valeska sah abfällig zu Goltar. »Und du, Fettsack, mach eine Pause. Keine einhundertfünfzig, das ist ja erbärmlich. Ich bin mehr als dreimal so alt. Ich bring die Adepten in der Zwischenzeit zu ihren Quartieren.«

Dania lächelte schadenfroh. Die Alte gefiel ihr.

Goltar hob erschöpft eine Hand und wischte sich den Schweiß von der Stirn. Er murmelte etwas, aber es war nicht zu verstehen.

Valeska schnalzte und führte die Adepten durch einen von zwei breiten Gängen zu einer kreisrunden Halle, die über und über mit zur Gewölbedecke hin dunkler werdenden Mosaiksteinen ausgekleidet war. Ergriffen blickte Dania auf. Über ihnen war ein Nachthimmel mit seinen Sternen dargestellt und in der Mitte des Raums gab es eine kreisrunde Vertiefung, in deren Zentrum eine steinerne Feuerschale entzündet war.

Die Wächter des Berges hatten offenbar alles für ihre Ankunft vorbereitet.

Zum ersten Mal entdeckte Dania richtige Türen. Sechs an der Zahl. Sie befanden sich etwas weiter oben, auf einer Rundgalerie unterhalb der Gewölbedecke mit den Sternen. Sie standen halb offen, und hinter ihnen zeichneten sich kleinere Kammern ab.

»Geht nach oben und wählt eine Ruhekammer.« Die Zauberin wies zu einer Treppe, die zur Galerie hinaufführte. »Ihr findet in den Räumen etwas zu essen. Und dann übt euch noch einmal in den Meditationen, die wir euch beigebracht haben. Gegen Mitternacht beginnt die Große Weihe.«

Dania schritt die Treppe zur Rundgalerie hinauf und wählte die Tür gleich rechts über dem Hauptzugang. Seufzend betrat sie die Kammer und stellte ihr Gepäck ab. In dem Raum befanden sich eine schlichte Holzpritsche sowie ein einfacher Tisch, auf dem ein Tonteller mit einem Kanten Brot und ein Becher mit Wasser standen.

Sie näherte sich dem Teller und betastete die Speise.

Das Brot war hart und ausgetrocknet.

Hinter ihr klappte die Tür zu und von außen wurde ein Riegel vorgeschoben.

Dania setzte sich auf die Pritsche und starrte die verschlossene Tür an. Dann die steinernen Wände. Sie fühlte sich wie damals in diesem Bordell, in das die Männer sie und ihre Schwester verschleppt hatten.

Die Kammer wirkte wie ein Kerker.

Tandurin lag auf seiner Pritsche und betrachtete nachdenklich das ovale Goldamulett mit den Zaubersymbolen. Magistra Rotdrud war so auf das Horn fixiert gewesen, dass sie nicht auf den Gedanken gekommen war, die Silbersteiger könnten weitere Zauberartefakte in ihrem Schatzverlies hüten. Allerdings konnte er die Begeisterung seiner Lehrmeisterin für das Horn nachvollziehen, denn auch er würde die Anreise niemals im Leben vergessen.

Ein lebender Gipfelalk.

Im Nachhinein schalt er sich einen Narren. Er hätte selbst darauf kommen können, dass Radulfs Zauberhorn dafür gemacht war, einen solchen Vogel herbeizurufen. Wie die Zauberin eindrücklich bewiesen hatte, waren die scheuen Riesenvögel nicht etwa ausgestorben, sondern bloß selten geworden.

Der Flug auf dem Rücken des Riesenvogels war so spektakulär gewesen, dass er ihn für alle Mühen der letzten Jahre entschädigt hatte. Mit dem Ritt auf dem Gipfelalk hatte er ein Gefühl von Freiheit erlebt, wie er es bisher nicht gekannt hatte. Ob Radulf aus den Blauen Zinnen damals ähnlich gefühlt hatte?

Und ob ihm auch der schwere Goldklunker gehört hatte? Immerhin hatten die Silbersteiger ihn zusammen mit dem Horn verwahrt. Doch Tandurin konnte weder die Zaubersymbole auf dem Edelmetall zuordnen, noch machte das Ding anderweitig Anstalten, seine Geheimnisse preiszugeben.

Seufzend steckte er das Amulett ein und sah zur kahlen Felsdecke der Kammer auf. Er sollte sich besser über die bevorstehende Prüfung Gedanken machen. Denn wenn es stimmte, dass die Magie all jene umbrachte, die die Große Weihe nicht bestanden, dann war sein Goldschatz das Geringste seiner Probleme.

Andererseits, warum sollte er die verdammte Prüfung *nicht* schaffen? Er hatte in Gesellschaft seiner umtriebigen Lehrmeisterin Situationen überlebt, die ihm deutlich gefährlicher erschienen.

Ob die anderen mehr wussten?

Tandurin blickte zur verriegelten Tür.

Was sollte das überhaupt, sie alle hier einzuschließen? Wollten ihre Lehrmeister nicht, dass sie sich untereinander austauschten?

Tandurin lächelte verschlagen. Wenn er eines gelernt hatte, dann, dass Regeln dafür da waren, gebrochen zu werden.

Er kramte gerade in seiner Tasche, als an der Tür ein leises Klacken ertönte.

Wie ein Riegel, der sich zur Seite bewegte.

Überrascht richtete er sich auf. Wurde er bereits abgeholt? Es konnte doch unmöglich schon Mitternacht sein?

Doch die Tür öffnete sich nicht.

Misstrauisch erhob er sich, schlich zur Tür und presste ein Ohr gegen das Holz. Auf der anderen Seite war nichts zu hören. Tandurin versuchte sich am Griff und … konnte die Tür problemlos aufziehen.

In der seltsamen Sternenhalle waberten die Flammen in der Feuerschale, doch weit und breit konnte er keinen ihrer Lehrmeister ausmachen. Das Gewölbe lag verlassen vor ihm.

Auf der Galerie gegenüber wurde eine weitere Tür aufgezogen und der vornehme Goldjunge streckte seinen Kopf ins Freie. Tandurin kannte bislang keinen der anderen namentlich, doch dass sein Schicksalsgefährte von hohem Stand war, verriet die elegante Kleidung und das Gebaren. Vermutlich galt das gleiche für die blonde Schönheit, die jetzt ebenfalls die Galerie betrat.

Verwundert blickten sie sich an, dann öffneten sich zwei weitere Türen.

Die unheimliche Kleine mit den roten Augen trat auf die Galerie, ebenso die verführerische Schwarzhaarige mit dem tiefen Ausschnitt. Allein eine Tür blieb geschlossen. Dort musste sich ihr Dickerchen befinden.

Tandurin trat an die Brüstung, spähte noch einmal nach unten zur Feuerschale, doch der Eindruck blieb. Hier war niemand.

»Wer hat die Türen geöffnet?«, fragte er leise.

»Keine Ahnung«, antwortet der Goldjunge. »Ich dachte, ich würde abgeholt.«

»Ist jedenfalls besser, als in dem Loch zu versauern«, ergänzte die Schwarzhaarige neben ihm.

Tandurin lächelte schmal und marschierte unter den Blicken der anderen auf die letzte der Türen zu. Der Riegel stand offen. Er klopfte, dann zog er die Tür auf. Die Kammer dahinter war nicht viel größer als die seine. Der Dicke mit dem Pagenschnitt hockte tatsächlich mit geschlossenen Augen und angezogenen Beinen auf der Pritsche und meditierte.

Von dem Geräusch aufgeschreckt, sah er Tandurin erstaunt an. »Äh … wie kommst du denn hier rein?«

»Die Türen sind gerade alle aufgegangen«, antwortete Tandurin belustigt. »So, wie es aussieht, bist du der Einzige, der nichts davon mitbekommen hat.«

»Wirklich?« Sein korpulentes Gegenüber mühte sich auf die Beine. »Ich dachte –«

»Ja, das dachten wir offenbar alle«, unterbrach ihn Tandurin. »Ich schlag vor, du kommst raus und dann tauschen wir uns aus. Ich denke, wir bekommen es rechtzeitig mit, wenn die Zauberer zurückkehren.«

Das Dickerchen schien unschlüssig, folgte ihm dann aber zögernd über die Galerie nach unten zur Feuerschale, wo sich die anderen bereits versammelt hatten.

»Ich bin jetzt seit vier Jahren bei Mutter Valeska«, erzählte die Blonde gerade.

»Seit vier Jahren?« Die Schwarzhaarige blickte sie erstaunt an. »Mich hat Meister Goltar erst vor zweieinhalb Jahren zu sich geholt.«

»Das ist wirklich kurz«, stellte der Goldjunge fest. »Ich befinde mich jetzt seit fünf Jahren bei Herzogin von Greifenfels. Sie wurde damals auf mich aufmerksam, weil ich auf einem der Bankette meines Vaters irgendwie alle Bierkrüge zum Überkochen gebracht habe.«

»Biersuppe mit Brot und Kümmel schmeckt durchaus köstlich«, kommentierte Tandurin den Bericht und reihte sich in den

Kreis ein. »Bei mir sind es sechs Jahre. Aber wie wäre es, wenn wir einander erst einmal vorstellen? Ich kenne nicht einmal eure Namen.«

Die Adepten folgten seiner Aufforderung.

»Du bist tatsächlich der Thronerbe von Waldaleth?« Tandurin grinste Geron unverschämt an. »Ich hoffe, du erwartest nicht, dass wir uns vor dir verbeugen?«

»Nein. Aber es lohnt natürlich, sich gut mit mir zu stellen.« Geron grinste herausfordernd.

Kyrell wandte sich dem kahlköpfigen Mädchen zu, das als Einzige schwieg.

»Wenn ich das vorhin richtig verstanden habe, ist dein Name Ambra?«

Die Kleine nickte zögernd. Sie tippte auf Mund und Hals und beschrieb mit den Fingern ihrer Rechten rasche Zeichen, die die anderen ratlos betrachteten.

Nicht so Tandurin. Er erkannte sofort die Femzinken. Ein einhändiges Fingeralphabet, das für gewöhnlich nur in der Halbwelt gebräuchlich war und eine Verständigung ohne Worte ermöglichte.

»Offenbar ist sie stumm«, erklärte Tandurin.

Ambra schenkte ihm einen Blick aus ihren roten Augen und beschrieb weitere Fingerzeichen.

»Sie stammt ursprünglich aus dem Norden. Walfänger. Heute …« Tandurin wartete bis sie endete. »… lebt sie mit ihrem Lehrmeister unten an der Wogensee.«

»Faszinierend!« Boltan betrachtete Ambra und Tandurin ergriffen. »Dieses Fingerspiel ist eine eigene Sprache? Das müsst ihr mir bei Gelegenheit beibringen.« Völlig unbefangen sah er die Kleine an. »Wie lange befindest du dich schon bei deinem Meister?«

Ambra hob sieben Finger.

»Ehrlich?« Boltan sah sich verwundert zu den anderen um. »Ich bin jetzt schon seit neun Jahren bei Walmar dem Weisen, was dann wohl bedeutet, dass ich am längsten von uns allen ausgebildet wurde. Darf ich fragen, was ihr so könnt?«

Misstrauisch sahen sie einander an und Boltan räusperte sich. »Verstehe. Ich, äh, will auch gar nicht eure Geheimnisse erfahren.« Sein verlegener Blick strafte ihn Lügen. »Aber es schien mir all die Jahre über bloß so, als ob, na ja, als ob Walmar meinem Lerneifer eher skeptisch gegenüberstünde. Ich meine … wenn es stimmt, was er vorhin gesagt hat, dann war das vielleicht auch gut so. Äh … Wusstet ihr davon? Also wie gefährlich die Magie ist, wenn wir die Prüfung nicht schaffen?«

»Nein.« Dania runzelte die Stirn. »Du ebenfalls nicht? Walmar ist immerhin dein Lehrmeister.«

»Nein. Er hat nie etwas gesagt. Auch nichts davon, dass ihr euch alle viel kürzer in der Obhut eurer Lehrmeister befindet. Ich dachte, dafür gäbe es Regeln.« Er sah Dania an. »Nur zweieinhalb Jahre? Ernsthaft?«

»Ja.«

»Wie hast du in dieser kurzen Zeit Elfisch gelernt? Ich war erst nach fünf Jahren so weit, dass ich die Sprache flüssig lesen konnte.«

»Gar nicht.«

»Wie bitte?«

Auch Geron und Kyrell sahen die Schwarzhaarige verwundert an.

»Und ich dachte immer, *ich* hätte wenig gelernt …« Boltan sah verwirrt in die Runde.

»Wie kommst du darauf?«, wollte Tandurin wissen. »Du bist jetzt nach eigener Aussage seit neun langen Jahren bei diesem Walmar. Du wirst vermutlich sogar mehr über die Zauberei wissen, als wir anderen zusammen.«

»Ganz ehrlich?« Boltan blickte verlegen drein. »Also … das meiste, was ich über die Zauberei weiß, habe ich mir über die Jahre heimlich selbst beigebracht. Walmar ist …« Seine Augen blitzten, doch er unterbrach sich sogleich und wirkte nun mehr als schuldbewusst. »Tut mir leid. Ich rede dummes Zeug. Das mache ich immer, wenn ich aufgeregt bin. Aber ich habe so viele Fragen. Und ihr seid die Einzigen, die mich vielleicht verstehen.

Ich … ich dachte wirklich die ganze Zeit über, ich könnte nicht genug, um die Große Weihe zu bestehen.«

»Schon gut«, sagte Kyrell. »Wenn *ich* ehrlich bin, geht es mir nicht viel anders. Auch ich hatte all die Jahre über das Gefühl, dass mir Mutter Valeska bloß die notwendigsten Brocken hingeworfen hat. Aber was wolltest du gerade sagen? Was ist mit deinem Lehrmeister?«

Boltan presste die Lippen aufeinander und schien mit sich zu ringen. »Ich möchte nicht, dass ihr mich für undankbar haltet. Meister Walmar ist immerhin ein Held des Dritten Drachenkrieges. Und seine Zaubermacht ist gewaltig. Aber« – er sprach nun sehr leise – »er ist auch ein zutiefst schlechter Mensch.«

»Wie kommst du darauf?«, fragte Geron.

Boltan sah ihn unglücklich an. »Ich habe erst vor Kurzem herausgefunden, dass er für den Tod meiner Eltern verantwortlich ist. Er arbeitet insgeheim mit Piraten zusammen und macht sich mit seiner Magie wichtige Rats- und Handelsherren überall im Süden gefällig.«

»Hoppla.« Tandurin sah erstaunt in die Runde. »Dann ist Magistra Rotdrud also nicht die Einzige, die bloß ihre eigenen zweifelhaften Interessen folgt?«

»O nein.« Kyrell schüttelte verächtlich den Kopf. »Sei nur froh, dass du Mutter Valeska nicht kennst.«

Boltan seufzte schwer. »Ich dachte insgeheim schon, dass Walmar gar nicht will, dass aus mir ein guter Zauberer wird.« Er wurde puterrot. »Ich weiß, das klingt völlig vermessen. Ausgerechnet mich müsste er als, na ja, als Konkurrenz sicher nicht fürchten.«

»Nun«, ergriff Tandurin das Wort, »meine Ausbildung bei Magistra Rotdrud war zumindest etwas speziell. Sie hat mir vieles beigebracht, was man … sagen wir mal, vor allem dann benötigt, wenn es darum geht, Dinge zu bekommen, die einem eigentlich nicht gehören.«

»Wusste ich es doch«, sagte Dania bissig. »Du bist ein gemeiner Dieb!«

»Ach ja?« Tandurin sah sie verärgert an. »Und ich erkenne eine Hure, wenn sie vor mir steht.«

In Danias Augen blitzte es auf, und so ging Kyrell dazwischen. »Hört auf, ihr beiden. Streitet nicht. Seid dankbar dafür, dass Boltan so offen ist.« Sie strich sich eine helle Strähne aus der Stirn. »Was machen wir jetzt mit der Erkenntnis, dass uns unsere Lehrmeister allem Anschein nach nur das Notwendigste beigebracht haben?«

»Vielleicht nehmen wir das als Mahnung, wenn wir selbst so weit sind, Zöglinge auszubilden.« Geron lächelte schief. »Immerhin erhalten wir nach der Großen Weihe ein eigenes Zauberbuch. Dann liegt es an uns, was wir daraus machen.«

»Ein persönliches Zauberbuch?« Boltan sah ihn aufgeregt an. »Das wäre natürlich … Walmar hat mir auch davon nie etwas erzählt.«

»Höre ich auch zum ersten Mal.« Tandurin schüttelte den Kopf.

»Kommt schon, davon müsst ihr doch wissen?« Geron runzelte die Stirn. »Und was ist mit der Reise? Wisst ihr schon, was ihr tun wollt?«

»Welche Reise?«, fragte Dania.

»Na, die, bei der uns einer selbst gewählten Aufgabe stellen müssen?«

»Ich weiß von keiner Reise«, erklärte Kyrell.

»Ich auch nicht«, meinte Boltan.

Tandurin schüttelte ebenfalls den Kopf. »Du kannst dich gern auf irgendeine Reise begeben, aber ich habe vor, zu meiner Sippe zurückzukehren.«

Geron sah die Fünf verdutzt an.

»Also gut.« Tandurin zwinkerte den anderen zu. »Viel entscheidender ist doch, ob ihr Details zur Großen Weihe kennt? Wenn wir klug sind, teilen wir unser Wissen. Das gibt uns für nachher einen gewissen … Vorteil.«

»Vielleicht *ist* das hier bereits die Prüfung?«, wandte Dania ein. Wie beiläufig zog sie die Verschnürungen ihres Ausschnitts zusammen und deutete dann hinauf zu den offen stehenden Türen. »Ich habe den Riegel meines kleinen Verlieses nicht selbst geöffnet. Und ihr anderen offenbar auch nicht.«

Tandurin und die anderen sahen fragend auf.

Dania lächelte geringschätzig. »Wenn das also kein magisches Missgeschick war, dann hatte das vielleicht einen Grund? Es hieß immer, die Große Weihe sei eine Prüfung des Geistes. Also« – sie tippte sich an die Stirn – »bemühen wir ihn und finden heraus, warum wir jetzt alle hier stehen.«

»Ja, du hast recht.« Geron nickte ihr anerkennend zu. »Also kommt, sehen wir uns um. Vielleicht finden wir hier irgendeinen Hinweis, worum es bei alledem gehen könnte.«

Die Adepten schwärmten aus und untersuchten die Feuerschale, die schwachen Mosaike auf dem Boden und die Galerie – nur Ambra blieb stehen. Den Kopf leicht schräg gelegt beäugte sie mit ihren roten Augen interessiert eine Stelle am künstlichen Nachthimmel des Gewölbes. Tandurin folgte ihrem Blick und sah es ebenfalls: Einer der aufgemalten Sterne dort oben, auf Kopfhöhe des Rundgangs, blitzte im Feuerschein silbern.

Auch Kyrell war auf Ambras Blick aufmerksam geworden und so eilten sie gemeinsam die Stufen hinauf und untersuchten die Stelle an der unteren Kuppeldecke näher. Boltan näherte sich ihnen neugierig, als Tandurin auf eine silberne Agraffe stieß, die im Gestein steckte und im Feuerschein leicht funkelte. Wäre er nicht vorhin mit Boltan beschäftigt gewesen, hätte er die Schmuckspange vermutlich sofort bemerkt.

Er zog sie aus der Wand – und alarmiert sprangen die vier zurück.

Jäh flackerte vor ihnen eine geisterhafte Erscheinung auf.

Nein, kein Geist, sondern das durchscheinende Abbild einer jungen Frau von vielleicht zwanzig Jahren. Sie trug eine Robe, kurzgeschnitte Haare und ihr Gesicht war verquollen. Ihr Blick ging durch sie hindurch und doch irrlichterte er panisch umher, als wähnte sie sich verfolgt. Entschlossen riss sie ihre Schmuckspange vom Gewand – es war genau die, die Tandurin soeben aus der Wand gezogen hatte – und schob sie nach vorn. Dann flüsterte sie.

»Ich bin Bela. Bela Kehrbrook. Ich stamme aus Siebenbrücken. Ich bin die Letzte von uns sechs. Wenn das hier je ein Adept nach uns findet, dann flieht!« Sie schluchzte herzzerreißend, zwang sich aber dazu, weiterzusprechen. »Es gibt keine Weihe. Wir wurden alle betrogen. Ich hab es mit eigenen Augen gesehen. Die Zauberer schaffen uns allein aus dem Grund her, um uns umzubringen.« Ihre Stimme zitterte. »Sie pressen die Lebenskraft aus uns raus und verjüngen sich damit. Und jetzt suchen sie nach mir. Ich befürchte … ich werde es ebenfalls nicht schaffen, denn ich weiß einfach nicht, wie ich hier rauskommen soll. Ich habe solche Angst und weiß nicht mehr, wo ich mich noch verstecken kann. Flieht, wenn ihr nicht das gleiche Schicksal wie wir erleiden wollt. Ihr müsst … o nein …«

Das illusionäre Abbild flackerte einmal und verging.

Dann herrschte Stille.

Tandurin stand nur da und glotzte bestürzt die Stelle an, an der eben noch die junge Frau zu sehen gewesen war. Hinter ihm waren Geräusche zu hören, die von Geron und Dania stammten. Auch sie hatten den Weg nach oben gefunden und ihren schockierten Mienen war anzusehen, dass sie die Botschaft ebenfalls gehört hatten.

»Was war das?«, wisperte Geron entsetzt. »Ein Geist?«

»Nein.« Tandurin musterte die Silberspange. »Ein magisch erzeugtes Abbild. Ganz offensichtlich mit Zauberkraft in dieses Schmuckstück eingewoben. Und es wurde mit meiner Berührung ausgelöst.«

»Und wenn das ebenfalls Teil unserer … Prüfung ist?«, hob Boltan hilflos an.

Ambra schob sich entschlossen an Geron und Dania vorbei. Sie nahm Tandurin die Silberspange ab, umfasste sie mit ihren Händen und schloss die Augen. Dann sah sie ernst zu ihm auf und verständigte sich wieder mit Fingerzeichen.

»Ambra meint, dass die Spange tatsächlich dieser Bela gehörte«, übersetzte er tonlos. »Und … sie ist tot. Wohl schon vor langer Zeit verstorben.«

»Woher weißt sie das so genau?«, wollte Dania wissen.

Ambra sah sie ausdruckslos an.

»Wir sollten besser auf sie hören«, meinte Kyrell zögernd. »Bitte fragt mich jetzt nicht wie, aber ich glaube, ich wurde schon vor ein paar Wochen vor genau dem hier gewarnt.«

»Gewarnt?« Geron musterte sie verwirrt. »Von wem?«

»Ich sagte doch: Fragt nicht. Das alles war ziemlich mysteriös.«

Geron wandte sich mit einem Seufzer an Boltan. »Siebenbrücken? Das ist doch die Stadt aus der Walmar der Weise stammt. Weißt du irgendetwas über eine Bela?«

»Ich?« Boltans rundem Gesicht fehlte noch immer jede Farbe. »Nein, ich meine … Vor sechzig oder siebzig Jahren, da soll Walmar wohl schon einmal eine Adeptin gehabt haben. Angeblich hat sie ihr Glück südlich der Wogensee gesucht, im Sultanat Harashim. Dort ist sie dann aber angeblich umgekommen.«

»Im Sultanat Harashim?« Tandurin runzelte die Stirn. »Geht es noch weiter weg?«

»Ich kenne ihren Namen leider nicht. Theoretisch könnte diese Bela auch noch früher von Walmar ausgebildet worden sein. Ich meine, er lebt bereits seit seit vierhundertfünfzig Jahren oder noch länger. Ich könnte zahlreiche Vorgänger gehabt haben. Und ihr ebenfalls.«

»Goltar ist einer von diesen Adepten, von denen wir nichts wissen«, sagte Dania finster. »Ich hab es eher zufällig herausgefunden. Der eigentliche Herr seiner Besitzung war ein Zauberer, der vor etwa hundertfünfzig Jahren bei einer Beschwörung ums Leben kam. Die anderen Zauberer sollen Goltar daraufhin an dessen Position gesetzt haben.«

»Wenn dieser Goltar ein ehemaliger Adept ist«, wandte Boltan beschwichtigend ein, »dann geben wir uns gerade einer ziemlich verrückten Verschwörungstheorie hin.«

»Weiß sonst noch jemand etwas von irgendwelchen Adepten vor uns?«, fragte Kyrell besorgt. »Ehrlich gesagt, ist es doch ziemlich seltsam, dass wir von keinen anderen Zauberern wissen als unseren Lehrmeistern.«

»Nicht, wenn die Botschaft von dieser Bela echt ist«, grübelte Geron laut. »Denn dann hat, vielleicht abgesehen von diesem Goltar, keiner von ihnen diese sogenannte Weihe überlebt.«

»Noch mal«, wandte Boltan leicht verzweifelt ein. »Was, wenn

Dania recht hat? Was, wenn das hier in Wahrheit bereits Teil unserer Prüfung ist? Alles andere wäre doch mehr als verrückt.«

»Und was, wenn nicht?«, gab Geron leicht verärgert zurück. »Ich habe mich immer gefragt, wie die Zauberer es schaffen, so lange zu leben. Wenn die wirklich über eine Technik verfügen, mit dem man Menschen die Lebenskraft abzapfen kann, erklärt das einiges. Und das intrigante Biest von Herzogin hat ganz nebenbei dafür gesorgt, dass in den nächsten sieben Jahren niemand nach mir fragen wird.«

Tandurin blickte zweifelnd zu den anderen, die ebenfalls unschlüssig waren.

»Ambra, du bist dir sicher, dass die Nachricht von dieser Bela stammt?«, fragte Tandurin die kahlköpfige Kleine.

Sie nickte.

»Verdammt.« Geron umfasste nachdenklich seine Klinge, ein ausgemacht schöner und wertvoller langer Dolch nach Art der Elfen, wie Tandurin feststellte.

Sein Blick glitt von der Waffe zurück zu dem Spalt, in dem die Silberfibel gesteckt hatte – und er stutzte. Er beugte sich vor und zupfte einen gefalteten Zettel hervor, der etwas tiefer in dem Riss steckte. Neugierig faltete er ihn auf und erblickte eine rasch hingekritzelte Zeichnung von Gängen und Kammern.

»Schaut euch das an.« Er präsentierte den fünf einen groben Plan, der offensichtlich einen Weg aus dem Berg zeigte. »Wenn diese Zeichnung das ist, für das ich sie halte, dann gibt es einen verborgenen Abstieg, der an der Bergflanke hinab in das Aschetal führt. Seht ihr?« Er tippte auf eine Stelle. »Das hier sieht aus wie eine steile Treppe, die vom Drachenthron aus in die Tiefe hinabführt.«

Ambra nahm ihm den Zettel ab und betrachtete die Zeichnung eingehend.

»Na gut.« Geron warf sein halblanges Haar zurück. »Streng genommen ist es egal, ob das hier nun bereits Teil der Prüfung ist, oder nicht. Falls ja, dann besteht unsere Aufgabe offenbar darin, unbemerkt aus dem Berg rauszukommen. Falls nicht, ebenfalls. Packt eure Sachen und dann nichts wie weg. Wenn wir zusammenhalten, dann schaffen wir das. Und falls an dem Ganzen auch nur ein Funken Wahrheit ist, schlagen wir uns anschließend nach Waldaleth durch. Glaubt mir, mein Vater wird für den Verrat der Herzogin die richtige Antwort finden.«

Boltan fühlte sich wie betäubt, während er hinter seinen fünf Gefährten durch das Labyrinth aus Gängen und Hallen stolperte. War ihre Flucht nun Teil der Prüfung – oder war sie es nicht?

Je länger er über das Geschehene nachdachte, desto seltsamer erschien es ihm. Die anderen hatten es vielleicht nicht gesehen, aber allmählich war er sich sicher, dass mit der geisterhaften Erscheinung etwas nicht gestimmt hatte. Das wäre zwar kein Beweis, aber vielleicht ein Hinweis darauf, dass er recht hatte, dass all das bereits Teil der Prüfung war. Denn falls nicht, dann warf das nur noch mehr Fragen auf.

Aus Furcht vor Entdeckung hatte allein Tandurin ein Zauberlicht entzündet, und ihr schlaksiger Mitstreiter versuchte nun, sie mithilfe des zerknitterten Plans zur Flanke des Berges zu führen.

Boltan fühlte sich wie gelähmt vor Angst.

Sollte die Warnung doch echt sein, dann waren sie längst tot.

Sie hatten es hier immerhin mit Zauberern zu tun. Richtigen Zauberern! Keinen armseligen Adepten, wie sie es waren. Wie sollten sie gegen eine solche Macht bestehen?

Tandurin und auch diesen Geron schien das nicht zu kümmern. Immer wieder spornten sie die übrige Gruppe an und führten sie durch ebenso einsame wie verlassene Gewölbe, Hallen und Treppenaufgänge. Zweimal mussten sie umkehren, da sie irgendwo falsch abgebogen waren. Und doch erschienen sie zuversichtlich.

Sie hatten soeben eine düstere Halle mit hohen Statuen erreicht, die Elfen bei sportlichen Aktivitäten zeigten, als Tandurin sie urplötzlich anherrschte und aufforderte, sich gegen die Gangwand zu pressen. Rasch löschte er sein Zauberlicht und auch Boltan konnte nun sehen, dass weiter hinten in der Halle aus einem Torbogen Feuerschein drang.

Furchtsam warten sie darauf, dass dort einige Wächter des Berges auftauchen würden, doch es blieb ruhig.

Auch der Feuerschein änderte sich nicht.

Tandurin entzündete wieder sein magisches Licht und eilte, der Zeichnung folgend, hinüber zu einem schmalen, dunklen Gang, der zwischen zwei Statuen abzweigte.

»Warte!«, wisperte Geron.

»Was?« Tandurin drehte sich um.

»Interessiert es dich nicht, was da hinten ist?«

»Ehrlich gesagt will ich hier bloß raus. Es dürfte jetzt nicht mehr weit sein.«

»Aber da hinten scheint irgendetwas Wichtiges zu sein, sonst wäre es nicht beleuchtet.«

»Du hast es wohl darauf abgesehen, einem der Zauberer über den Weg zu laufen.«

»Hast du bisher einen der Zauberer mit einer Fackel herumlaufen sehen?«, meinte Dania. »Ich nicht.«

»Sehe ich ähnlich«, erklärte Geron. »Der Ort könnte vielmehr zu den Quartieren dieser Bergwächter gehören. Eventuell finden wir dort Vorräte? Wenn wir wirklich fliehen müssen, haben wir bis Waldaleth eine mehrwöchige Flucht vor uns und müssen uns unbedingt mit Lebensmitteln eindecken. Mit dem bisschen Brot aus den Zellen werden wir nicht weit kommen.«

Tandurin seufzte. »Na gut. Kann einer von euch einen nützlichen Zauber, der dafür sorgt, dass wir unentdeckt bleiben?«

Boltan hob zögernd die Hand. »Ich, äh, könnte die Schatten so verdichten, dass man von ihnen eingehüllt wird. Aber nicht für so viele Leute. Also … nicht, dass ich das schon einmal versucht hätte. Vielleicht zwei oder so. Nur müsste man die Formel dazu so verändern, dass …«

»Schon gut, du Musterschüler«, stoppte Tandurin seinen Redefluss. »Ich kann mich zwar selbst tarnen, nur ist der Zauber schwierig aufrechtzuhalten, wenn ich mich dabei bewege. Ich werde dich trotzdem begleiten.«

»Mich begleiten?« Boltan starrte die anderen panisch an. »Ihr wollt, dass *ich* da drüben nach dem Rechten schaue? Und was mache ich, wenn ich da hinten in das Schlafquartier dieser Wächter stolpere? Seht mich doch an. Die schlitzen mich schneller auf, als ich ›Überraschung!‹ sagen kann.«

»Boltan, beruhige dich.« Kyrell legte ihm eine Hand auf die Schulter und blickte ihm fest in die Augen. »Vertraue auf deine Magie. Konzentriere dich, dann kriegst du das hin. Wenn wir hier wirklich Lebensmittel finden können, dann müssen wir uns die holen. Wir würden dich ja begleiten, aber keiner von uns kann einen solchen Zauber. Außerdem ist Tandurin bei dir. Wenn es stimmt, was er vorhin gesagt hat« – sie sah kurz zu ihrem drahtigen Begleiter mit den bunten Zöpfen auf – »dann kennt er sich mit so etwas gut aus.«

»Mach einfach, was ich dir sage.« Tandurin zwinkerte ihm zu.

Boltan seufzte. »Na gut. Lasst es mich versuchen.«

Er konzentrierte sich auf die Formel, die ihn bereits vor drei Wochen in Walmars Archiv gerettet hatte, sprach die elfischen Worte und ballte die erhobene Faust – und mit ihr ballte sich um ihn herum die Dunkelheit zusammen. Ermutigt knüpfte er einige zusätzliche Fäden in das magische Gewebe und veränderte es so, dass es ihm machtvoller erschien.

Um ihn herum drangen Laute des Staunens an sein Gehör.

»Donnerwetter«, hörte er Gerons Stimme. »Wenn du so weitermachst, sehen wir gleich selbst nichts mehr. Gut gemacht.«

Boltan blinzelte, denn um ihn herum war nur noch Schwärze. »Äh, wie groß ist die Schattenzone?«, fragte er verzagt. »Ich stehe völlig im Dunkeln.«

Kyrell lachte ungläubig, dann fühlte er ihre Hand. »So groß, dass sie uns alle verhüllt, wenn wir dicht bei dir bleiben. Am Rand ist sie durchlässiger. Los, nehmt euch bei den Händen. Tandurin, du führst uns.«

»Das bringst du mir bei Gelegenheit bei«, hörte Boltan dessen Stimme.

Seine Gefährten drängten sich dicht um ihn, dann zog Tandurin sie langsam mit sich durch die Halle. Boltan ängstigte sich noch immer, doch zugleich war er von einem Hochgefühl erfüllt, wie er es selten erlebt hatte.

Er war von dem engen Korsett der Formel, die er kannte, abgewichen. Er hatte sie selbsttätig verändert und dennoch hatte sich ihm der Zauber gefügt. Mehr noch, er hatte es geschafft, ihn zu verstärken.

Was, wenn das bei anderen Zaubern ebenfalls möglich war?

Inmitten der Finsternis verlor er jedes Raum- und Zeitgefühl. Offenbar schlichen sie unmittelbar an einer der Wände hinter den Statuen entlang. Hin und wieder blieben seine Kameraden stehen, dann zerrten sie ihn weiter mit sich.

»Wir sind da«, flüsterte Tandurin. »Die Luft ist rein.«

Boltan löste das Gewebe erleichtert auf, denn je länger er den Schattenzauber aufrecht erhielt, desto unangenehmer wurde der Druck in seinem Kopf. Licht drang an seine schmerzenden Augen und er sah nun ebenfalls, dass sie in einem sechs oder sieben Schritt langen Gangabschnitt standen, der von vier brennenden Fackeln in schwarz angelaufenen Eisenhalterungen beleuchtet wurde.

Hier befand sich kein Wächterquartier. Der Gang endete an einem zwei Schritt hohen Portalbogen, hinter dem eine Zugbrücke wie eine lange Zunge in die Schwärze führte. Hölzerne Kurbeln an den Gangwänden verrieten, wie sie heruntergelassen worden war.

Ein schwacher Luftzug wehte ihnen entgegen.

»Ist da hinten eine weitere Halle?«, fragte Dania. »Dann muss die ziemlich groß sein.«

»Finden wir es heraus«, meinte Geron forsch. Er entzündete eine magische Lichtkugel, eilte voraus, und sie folgten ihm durch den Torbogen hinaus auf die hölzerne Zugbrücke. Sie knarrte unter ihrem Gewicht.

Am äußeren Rand des Lichtkreises sah Boltan schroffe Felswände aufragen. Eine weitere Höhle. Sie war ziemlich groß und eindeutig natürlichen Ursprungs.

»Und?«, fragte Kyrell.

»Keine Ahnung, was das hier sein soll«, hallte Gerons Stimme zu ihnen. Er erhielt am Ende der Zugbrücke Gesellschaft von Ambra und Tandurin, der sein Zauberlicht ebenfalls entzündete.

»Die nächste Felswand ist mindestens zehn Schritt entfernt und ich sehe nicht, dass es hier irgendwo weitergeht.«

»Dafür scheint es unter uns ziemlich tief zu sein«, ergänzte Tandurin. »Trotz unseres Lichtscheins ist da unten nichts als Finsternis.«

Ambra starrte ebenso wie er in den Abgrund. Dann drängte sie an ihnen vorbei zurück in den Gang, zog zwei der Fackeln aus den Halterungen und kehrte zur Spitze der Zugbrücke zurück, um sie dort in die Tiefe fallen zu lassen.

Kyrell, Dania und Boltan traten ebenfalls an den Rand der Zugbrücke heran und Boltan griff angesichts der unheimlichen Schwärze vor ihm nach einer der straff gespannten Ketten. Unter ihnen klackerte es – und im nächsten Moment war er froh, sich irgendwo festzuhalten.

Auch die anderen ächzten entsetzt.

Die Fackeln stoben beim Aufprall auf und sie konnten jetzt sehen, dass die Zugbrücke einen gut zehn Schritt tiefen Abgrund überspannte, dessen Boden über und über mit bizarr verrenkten Skeletten und Knochen bedeckt war. Boltan wurde kalt vor Grausen. Da unten lagen die Überreste aberdutzender Toter, und es war offensichtlich, dass ihre Körper von hier oben aus in die Tiefe geworfen worden waren. Inmitten der kleinen Lichtinseln unter ihnen waren sogar vage Kleidungsreste zu erkennen. Vermoderte Roben und Gewänder.

Adeptenkleidung.

»Das ist keine Prüfung«, stellte Geron mit vor Wut zitternder Stimme fest. »Sie entsorgen sie hier wie Abfall.«

»Raus hier, sofort!« Dania zog Boltan und Kyrell mit sich zurück in den Gang und auch die anderen folgten ihr.

Sie hatten die Halle fast erreicht – als jäh eine dunkle Gestalt um die Ecke trat. Einer der Kuttenträger. Und er war mit einem Speer bewaffnet. Boltan stieß einen erschrockenen Laut aus und die Gestalt fauchte überrascht.

Sofort riss ihr Gegenüber den Speer nach vorn, doch dicht neben Boltans Ohr sauste etwas vorbei, dass die Gestalt hart am Kopf traf und zurückwanken ließ.

»Geron!« Tandurin, eine Schleuder in der Rechten, stürmte vor, unterlief den Speer und sprang den Kaputzenträger an. Der rammte ihn kraftvoll mit dem Schaft der langen Waffe gegen die Gangwand. Dann stieß er ein alarmiertes Heulen aus – das sich flugs in ein überraschtes Röcheln verwandelte. Denn auch Geron war nach vorn geschnellt und zog nun das Heft seiner Klinge aus dem Leib der Gestalt. Erstaunt sah der Königssohn dabei zu, wie sein Gegner zu Boden sank.

»Ich wusste nicht … dass die Klinge so scharf ist.«

Tandurin war längst wieder auf den Beinen, musterte den mit Widerhaken versehenen Speer und stürzte sich auf den Toten, um ihm die Kaputze vom Gesicht zu ziehen.

»Ein Gaal!«, keuchte er.

Unter dem Stoff kam ein geschupptes Antlitz mit dunklen, fast schwarzen Augen zum Vorschein. Die Züge der Kreatur wirkten zwar vage menschlich, doch besaß das Wesen anstelle einer Nase wulstige Luftschlitze. Im offen stehenden Maul klafften viel zu lange Zähne.

»Was ist das für eine grässliche Kreatur?«, fragte Dania entsetzt.

»Die Drachen haben sie gezüchtet«, antwortete Geron. Sein Blick irrlichterte zwischen dem toten Wesen und der blutigen Klinge hin und her, und Boltan war sich sicher, dass sein Begleiter zum ersten Mal jemanden getötet hatte. »Es heißt, dass einige der Drachen früher ihre Gestalt wechseln konnten. Sie haben sich angeblich mit menschlichen Sklaven gepaart, und auf diese Weise eine Dienerrasse geschaffen, die auch Orte erreichte, die den Drachen nicht zugänglich waren.«

»Die Gaale haben hier oben im Norden ganze Regionen verheert«, sagte Tandurin zornig. »Auf diese Weise hat mein Volk seine Heimat verloren.«

»Ja. Nur dachte ich, dass auch die Gaale Geschichte seien.« Geron wischte den langen Dolch an der Kutte der toten Kreatur ab. »Allmählich frage ich mich, was unsere Lehrmeister noch alles vor uns verborgen gehalten haben?«

Ambra kniete sich neben die Leiche und berührte sie am Kopf.

Sie schloss die Augen, dann sah sie zu Tandurin auf und machte eine Reihe von Fingerzeichen.

Der spuckte verächtlich zu Boden. »Dieser hier hat zuletzt Befehle von Walmar und Alruna von Greifenfels angenommen. Ambra meint, dass es von den Missgeburten noch mehr gibt. Offenbar graben sie sich im Auftrag der Magier durch die Ruinen des versunkenen Sil'Bariaths, um für sie Elfenschätze zu bergen.«

»Ambra«, meinte Boltan erstaunt. »Was ist das eigentlich für eine Magie, die du ausübst?«

»Können wir das später klären?«, sagte Kyrell, die nicht weniger befremdet wirkte. »Der Kampf eben war nicht gerade leise. Hier könnte jederzeit Verstärkung eintreffen.«

Geron las den tödlich gezackten Speer auf und drückte ihn Kyrell in die Hand. »Hier. Jeder von uns braucht eine Waffe.«

Dania suchte den Waffengürtel des Wesens ab und schnappte sich einen scharfen Krummdolch, dann zogen Geron und Tandurin den Toten tiefer in den Gang.

Unmittelbar darauf stürmten sie zurück in die Statuenhalle, um jenen Tunnel zu erreichen, in den Tandurin sie ursprünglich führen wollte – als aus jener Richtung Fackelschein nahte, aus der sie erst Minuten zuvor gekommen waren.

Wer auch immer von dort kam, er war bereits so nahe, dass sie den Gang in die Freiheit nicht mehr erreichen würden.

»Schnell, dorthin!«, zischte Tandurin und hastete zum nächstbesten Durchgang, der aus der Halle herausführte. Gerade noch rechtzeitig, denn Augenblicke später betraten vier weitere Gaale die Statuenhalle.

Boltan wurde schlecht vor Angst, denn die Eindringlinge konnten jederzeit die Leiche ihres Kameraden finden.

»Und wohin jetzt?«, flüsterte Kyrell, während Tandurin tiefer in die Dunkelheit eilte.

»Hauptsache weg von hier«, antwortete er leise.

Unvermittelt bog er links ab und führte sie Stufen hinab. Der schlacksige Adept entzündete endlich eines seiner Zauberlichter und sie erreichten über den Treppenschacht zwei große miteinander verbundene Hallen, deren Wände wie so viele der Gewölbe im Berg mit unzähligen leeren Aussparungen übersät waren. Die zweite der Hallen lag nicht gänzlich im Dunkeln, durch einen Torbogen weiter hinten fiel ein dämmriger goldener Lichtschein.

»Kommt euch das Licht da hinten nicht irgendwie bekannt vor?«, flüsterte Boltan.

»O ja«, meinte Dania. »Wirkt so wie der Lichtschein vorhin. Weiter hinten im Berg. Kurz bevor wir zu den Zellen hochgeführt wurden.«

»Na gut, sehen wir uns an, worum es sich dabei handelt«, murrte Tandurin. »Im Augenblick ist jeder Weg so gut wie der andere.«

Sie hasteten zu dem schwach beleuchteten Torbogen, der sich als Zugang zu einer steinernen Galerie entpuppte, die in eine große und von zahlreichen Feuerschalen beleuchtete Tropfsteinhöhle ragte. Weitere Stufen führten von hier aus bis zum Höhlenboden hinab.

Die Kaverne selbst ähnelte jener Höhle, die sie als Erstes betreten hatten. Auch sie beherbergte lange Tropfsteine und war so groß, dass problemlos mehrere Drachen darin Platz gefunden hätten. Und doch unterschied sie sich von dem Einstiegsbereich in den Berg, denn die mächtigen Wände waren einstmals mit gewaltigen Basreliefs geschmückt, die irgendwann zerschlagen worden waren.

All der Zierrat verblasste jedoch gegenüber dem eindrucksvollen Gebilde in der Mitte der Höhle, auf das nicht nur Boltan staunend herabblickte.

Dort, auf einem runden Sockel aus Granit, thronte eine gewaltige, sicher fünf oder sechs Schritt hohe Monstrosität aus purem Gold. Sie ähnelte mit den zahlreichen und zunehmend feiner werdenden Verästelungen einer großen, aufrecht stehenden Koralle, wie sie die Fischer Siebenbrückens gelegentlich auf den Märkten der Hafenstadt feilboten. Boltan vermochte nicht zu sagen, wie viel Gold in diesem Kunstwerk verarbeitet worden war, aber es musste sich um mindestens zwei Quader handeln, wenn das Gebilde nicht bloß vergoldet war. Und Boltans Bauchgefühl sagte ihm, dass das unmöglich bloß Blattgold war. Eingeschmolzen war das Ding vermutlich so viel wert wie ein ganzes Königreich.

Die Feuerschalen waren so gruppiert, dass sich ihr Lichtschein an dem Edelmetall brach und überall in der Höhle goldene Lichtreflexe aufblitzten. Ein warmes, heimeliges Licht, das nicht über die Gefahr hinwegtäuschen konnte, die dort unten lauerte.

Nicht weit von dem riesigen Goldkonstrukt entfernt standen Walmar der Weise, die Zauberin Valeska und Alruna von Greifenfels, die über eine weitere Merkwürdigkeit am hinteren Ende der Höhle debattierten. Dort, unmittelbar unter einigen Tropfsteinen, flirrte eine seltsame lang gestreckte Erscheinung in der Luft, die das Licht brach wie sommerliche Hitze.

Nein, genau genommen schluckte sie es.

Das Phänomen ähnelte einem frei schwebenden gezackten Blitz, der schräg von einem der Stalaktiten herabreichte und etwa zwei Schritt über dem Felsboden endete.

Was, bei allen Schicksalsmächten, war das?

Ambras Lehrmeister Rasgath Tiefwasser hatte unweit der Erscheinung eine Art Astrolabium aus Silber aufgebaut und führte einige Messungen durch. Gerade drehte er sich zu seinen Kollegen um – als ein tiefer durchdringender Ton wie von einem Signalhorn durch den Berg schallte.

Das Signal wurde sogleich aufgegriffen und von weiteren dumpfen Hörnern beantwortet.

Boltan wusste, was das bedeutete: Die Gaale hatten die Leiche entdeckt!

Sofort zogen er und seine Mitstreiter ihre Köpfe ein, denn unten in der Höhle brach Hektik aus. Verärgert wandten sich die Zauberer einem Tunnel zu, den die Adepten nicht einsehen konnten. Dort waren leise Laufgeräusche, dann kehlige Stimmen zu hören, die offenbar Meldung erstatteten.

»Wo genau?«, hallte Walmars wütende Frage von den Felswänden wider.

Eine der kehligen Stimmen antwortete, was den Zauberer noch zorniger machte.

»Wie es aussieht versuchen sie, über die enge Außentreppe

runter nach Sil'Bariath zu gelangen. Los, folgt mir!« Er winkte seine Kollegen zu sich und die Zauberer eilten ihm aufgebracht hinterher.

»So ein Dreck! Wie kommen wir jetzt hier raus?« Geron sah sich nach weiteren Fluchtmöglichkeiten um, als ihn Tandurin an der Schulter berührte.

»Wie wäre es mit dem Weg, den wir reingekommen sind?« Er zwinkerte. »Da unten ist jetzt keiner mehr. Wir müssen bloß schnell sein.«

Eindringlich sah er seine Schicksalsgenossen an, und als niemand widersprach, lief er die enge Steintreppe von der Galerie zum Höhlengrund hinunter.

Boltan folgte seinen Kameraden und seine Furcht wuchs ins Unermessliche.

Tatsächlich war die Höhle mit dem massiven Goldkonstrukt jetzt vollkommen leer und er konnte im Licht der vielen Feuerschalen sehen, dass außer der Treppe hinauf zu der Galerie zwei Wege aus der großen Felsenbasilika hinausführten. Den kleineren der Tunnel hatten wahrscheinlich die Zauberer genommen, doch wie erhofft gab es da noch den großen Felstunnel, der zurück in die Eingangshöhle führte.

Zügig hasteten sie den zerklüfteten Tunnel in Richtung Eingangsportal entlang, vorbei an dem Treppenaufgang, der nach oben in die Hallen der Elfen führten – und standen plötzlich Goltar gegenüber, der sich aus dem Zugang drängte und ihnen mit seinem fetten Leib den Weg versperrte.

Sein Blick war wutverzerrt. »Wusste ich doch, dass ihr diesen Weg nehmt! Hier, das solltest du kennen.«

Seine dicken Finger woben flink einen Zauber und Dania schrie auf, da ihre Fußgelenke von unsichtbaren Fesseln zusammengezogen wurden. Mit einem Schrei stürzte sie zu Boden.

Tandurin ließ seine Schleuder wirbeln, doch auch er geriet ins Straucheln und fiel auf die Seite.

Boltan war so empört, dass er kaum darüber nachdachte, was er tat. Schon bildete sich unterhalb der Tunneldecke ein faustgroßer, funkensprühender Kugelblitz, der im Zickzack auf den überraschten Zauberer zujagte und vor seiner Brust explodierte.

Mit einem schmerzhaften Aufschrei krachte der dicke Magier gegen die Felswand, schlug sich den Kopf an und ging ebenfalls zu Boden. Ganz so, als verlöre er mit seiner Benommenheit die Kontrolle über seine Zauber, kamen Dania und Tandurin wieder auf die Füße. Geron und Kyrell sprangen den Magier an und versuchten, ihn am Boden niederzuhalten.

Goltar wehrte sich verzweifelt. Mit dem Zauberstab fegte er Kyrells Speer beiseite, sodass die blonde Adeptin mit Geron zusammenstieß. Gerade wollte er die beiden mit seinen unsichtbaren Strängen fesseln – als Dania heran war.

Mit einem zornigen Aufschrei trat sie ihrem Lehrmeister zwischen die Beine.

Goltar heulte schmerzerfüllt auf, und Boltan schien es, als würden dem fetten Zauberer die Augen aus dem Kopf treten. Dann war seine Adeptin über ihm, schlug ihm ihre Fingernägel ins Gesicht, riss dem Schreienden blutige Striemen, packte ihn an den Ohren und rammte seinen Kopf mehrfach auf den Felsboden.

Goltar schrie und quiekte gepeinigt, dann verstummte er.

Schon riss Dania das lange Krummmesser des Gaals über den Kopf – und wurde von Kyrell aufgehalten.

»Nicht! Was tust du? Er ist längst bewusstlos. Wir sind nicht so wie sie!«

»Lass mich!« Dania versuchte ihrem Griff zu entkommen. »Ich will dieses Dreckschwein umbringen. Ich will ihm die Kehle aufschlitzen. Ich will, dass er in seinem eigenen Blut ersäuft, diese widerliche Missgeburt!« Nur langsam beruhigte sie sich, doch in ihrem Blick loderte ein dunkles, alles verzehrendes Feuer.

Boltan starrte sie mit offenem Mund an, denn er hatte noch nie so viel Hass gesehen.

Tandurin zog Dania von dem Zauberer herunter. »Kyrell hat recht. Wir sind nicht wie die. Schnell, lass uns weiter.«

»Ihr werdet es bereuen.« Dania spuckte dem Bewusstlosen voller Abscheu ins blutig gekratzte Gesicht, dann folgte sie ihnen.

Geron klopfte Boltan anerkennend auf die Schulter und sie liefen, bis sie die große Eingangshöhle endlich erreichten. Dort war es stockfinster – und sie trauten sich nicht, hier ein Licht zu entzünden. Verzweifelt hasteten sie los und so dauerte es nicht lange, bis Boltan gegen einen herumliegenden Fels stieß und schwer zu Boden stürzte. Auch Kyrell schien Schwierigkeiten zu haben, denn nicht weit entfernt hörte er ihren unterdrückten Fluch. Boltan rappelte sich erschöpft auf und ermahnte sich, trotz der körperlichen Anstrengung nicht aufzugeben.

Weiter stolperte er durch die Dunkelheit – als schräg hinter ihnen, auf den terrassierten Felsen Fackelschein aufflammte. Zwei Kuttengestalten drangen aus einem der höher gelegenen Felstunnel in die Höhle vor. Panisch blieb Boltan stehen, duckte sich hinter einen Stalakmiten, während sich die Gaale lauernd umsahen.

Einer von ihnen schleuderte seine Fackel weit in die Höhle hinein, sie landete ein gutes Stück von Boltan entfernt auf dem Felsboden. Ihr Schein erreichte ihn nicht. Noch drei bewaffnete Gestalten erschienen hinter ihnen und zu allem Unglück tauchte nun auch Magistra Escalia Rotdrud in der Felsöffnung auf. Eine strahlende Lichtkugel schwebte über der Hand der schönen Zauberin und auch sie sah sich um.

Sie hob den Zauberstab und plötzlich teilte sich die Lichtkugel in drei hell strahlende Silberlichter. Sie fächerten weit über ihren Köpfen auf und blieben zwischen den Tropfsteinen hängen, von wo aus sie die komplette Höhle beleuchteten.

»Da! Da sind sie!«, schrie die Magistra.

Sie deutete auf die Umrisse Danias, die sich bar jeder Deckung auf dem Felsboden zusammengekauert hatte.

»Lauft!«, tönte Gerons Stimme.

Sie rannten um ihr Leben.

Hinter ihnen hallte das Triumphgeheul ihrer Verfolger von den Felswänden wider und Boltan konnte aus den Augenwinkeln erkennen, wie die Kreaturen über die Felsterrassen hinweg und mit großen Sprüngen zu ihnen hinunter in die riesige Tropfsteinhöhle stürmten. Waffen blitzten im Zauberlicht und eine der Gestalten hob ihren Bogen. Im nächsten Augenblick zischte dicht an seinem Kopf ein Pfeil vorbei.

»Ich will sie lebend!«, schrillte die herrschsüchtige Stimme der Zauberin durch die Höhle. Sie thronte weit oben auf einem der Felsen und gleich einer düsteren Feldherrin wob sie von dort aus ihre Zauber, während ihre Untergebenen ausschwärmten und sie jagten.

Vor ihnen, an der Höhlendecke, knackte unvermittelt das Felsgestein, und keine fünfzehn Schritt entfernt stürzte plötzlich einer der langen Tropfsteine lotrecht von der Höhlendecke und zerbarst unter lautem Krachen auf dem felsigen Untergrund.

Ambra, Kyrell und Dania schrieen auf, warfen sich zur Seite und vermochten dennoch nicht zu verhindern, dass sie von scharfkantigen Gesteinssplittern getroffen wurden.

Panisch beschwor Boltan einen seiner Kugelblitze herauf und schickte ihn im Zickzack hinauf zu jener Stelle, an der die Zauberin stand.

Mit einer abfälligen Bewegung wischte sie die Feuerkugel beiseite und der Kugelblitz explodierte harmlos an der Felswand.

Die Antwort kam sofort. Wie aus dem Nichts wirbelte aus dem Zwielicht ein Netz aus seilartigen Strängen auf Boltan zu, das ihn straff umwickelte und zu Boden schleuderte.

Boltan heulte auf vor Schreck und Schmerzen, doch vermochte er gegen die überlegene Machtdemonstration nichts auszurichten. Er blieb gefesselt. Die Magierin hob abermals ihre Hände, als sich jäh ein Bollwerk aufeinandergestapelter Bierfässer zwischen ihnen auftürmte, das die Höhle wie eine gewaltige Wand teilte.

»Weiter! Holt sie euch«, schrie die Zauberin verärgert. »Das Hindernis ist nicht wirklich!«

Natürlich. Bei der seltsamen Fässerwand musste es sich um eine Illusion handeln.

»Wenn sie uns nicht sieht, kann sie hoffentlich auch nicht zaubern!« Offenbar war Tandurin für das große Trugbild verantwortlich, denn plötzlich hockte der Zauberdieb neben Boltan und versuchte mühsam, ihn aus dem Netz zu befreien. Es gelang ihm erst, als auch Geron zur Stelle war, der die Stränge mit seiner scharfen Klinge durchtrennte. Der Königssohn zog Boltan auf die Beine. Gerade rechtzeitig, denn nur wenige Handbreit von ihnen entfernt rauschte ein weiteres Netz durch die trügerische Fässerwand und wickelte sich fest um einen Stalakmiten.

Das Gebrüll ihrer Verfolger wurde lauter.

Alarmiert rannten sie weiter, bis sie ihre drei Begleiterinnen eingeholt hatten, die vor dem großen Bronzetor standen, das sie von der Freiheit trennte.

Doch es war zum Verzweifeln.

Das gewaltige Doppelportal war verschlossen.

Natürlich war es verschlossen. Was hatten sie sich nur gedacht?

Die jungen Frauen hämmerten verbittert mit ihren Fäusten dagegen und versuchten sich an nutzlosen Zaubern. Doch das massive Hindernis vibrierte nicht einmal.

Kyrell wandte sich verzweifelt zu ihnen um, und ihre Augen schimmerten feucht.

»Jetzt sind wir verloren!«

»Nein, sind wir nicht! Das habe ich vorausgesehen.«

Geron sah, wie Tandurin hektisch in seine Umhängetasche griff und einen grünen Mistelzeig hervorkramte.

»Was wird das?«, fragte Geron.

»Der stammt von der Schlange da hinten persönlich«, antwortete Tandurin und drängte zum Bronzetor. »Nur weiß sie nicht, dass ich noch einen übrig habe.«

Er berühte den rechten Torflügel mit dem Zweig und dieser löste sich sogleich in Rauch auf. Durch den Torflügel lief ein mächtiges Rumpeln und unter lautem Knarren schwang es zurück.

»Tor ist eben Tor!«

Geron runzelte ob dieser Äußerung die Stirn – als plötzlich einer der Gaale hinter ihnen durch die illusionäre Fässerwand stürzte, sich verwirrt umsah und sogleich von einer Feuerkugel getroffen wurde, die Boltan heraufbeschworen hatte. Der Kugelblitz explodierte mit lautem Knall, und die Gestalt flog unter schmerzerfülltem Kreischen aus ihrem Blickfeld.

Sogleich brachen die übrigen Gaale durch das Trugbild. Und weiter hinten in der großen Höhle ertönten neuerliche Hörnerstöße, die das Eintreffen weiterer Gegner ankündigten.

»Raus, raus, raus!«, ermahnte Geron seine Weggefährten. Dania quetschte sich als Erste durch den zunehmend breiter werdenden Torspalt. Ihr folgte Kyrell, die Ambra mit sich zog, dann Tandurin.

Boltan schien wie verändert. Ganz so, als habe er endlich seinen Mut gefunden, beschwor er einen Kugelblitz nach dem anderen herauf und schickte die funkensprühenden Bälle den Gaalen entgegen. Er erwischte eine weitere Kreatur am Kopf, die mit schmauchender Kutte stürzte und liegen blieb. Die beiden übrigen Kugelblitze jagten schlecht gezielt an den Geschuppten vorbei und explodierten irgendwo weiter hinten ohne eine sichtbare Wirkung.

Gereizt hoben zwei der Gaale ihre Bögen und antworteten mit Pfeilen.

Sie zielten auf ihre Beine.

Geron packte Boltan und zog ihn mit sich durch den Spalt nach draußen. Auf Höhe ihrer Knie hämmerten die Geschosse gegen die Bronzeplatten.

Da bemerkte er die monströse Vogelkreatur, die sich schwarz und dunkel vor dem Nachthimmel abzeichnete.

Geron hatte den Gipfelalk völlig vergessen.

Der Riesenvogel sträubte angesichts ihrer hektischen Bewegungen das Gefieder und stieß einen schrillen, gefährlich klingenden Raubvogelschrei aus, der selbst das laute Knarren des Tors übertönte. Einen kühnen Moment lang dachte Geron darüber nach, ob es möglich war, auf dem Rücken des Vogels in die Nacht zu entfliehen. Doch selbst dieses große Geschöpf konnte unmöglich mehr als zwei Personen befördern. Außerdem schien nicht einmal Tandurin den Gipfelalk beruhigen zu können. Er stand mit seinem Zauberlicht da und versuchte besänftigend auf das Monster einzuwirken. Seine Bemühungen brachten wenig.

Da entdeckte er Kyrell und Ambra. Die beiden schleiften einen schweren Gegenstand hinter sich her und rollten ihn nur wenige Schritte von dem Gipfelalk entfernt aus.

Der Flickenteppich dieses Magister Tiefwassers!

Natürlich. Vermochte Ambra ihn zum Fliegen zu bringen?

Lautes Kampfgeschrei erklang hinter Geron, und als er sich umdrehte, sah er durch den immer breiter werdenden Torspalt, dass die Gaale mit gezogenen Waffen heranstürmten.

Er packte Ceredril fester. »Boltan! Tandurin!«, brüllte er. »An meine Seite!«

Tandurin löste sich von dem Riesenvogel, fing den Speer Kyrells auf und auch Boltan machte sich kampfbereit. Dania presste sich mit dem scharfen Gaaldolch in der Hand gegen den geschlossenen Torflügel, legte einen Finger an ihre Lippen – und veränderte plötzlich ihre Gestalt.

Sie glich jetzt einem Gaal!

Im nächsten Augenblick stürmten ihre fünf Verfolger aus dem Tor.

Tandurin preschte mit dem Speer vor und Boltan beschwor einen Kugelblitz herauf, dann flog auch Geron einer der Gaale entgegen. Seinem Gegner schien es egal zu sein, ob er den Kampf überlebte, denn er hieb ungestüm mit einem gezackten Schwert auf ihn ein. Statt auszuweichen, sprang Geron vor, verkürzte so die Distanz, und Ceredril und das Gaalschwert schrammten funkensprühend gegeneinander.

Es begann ein zähes Ringen, das Geron nur deswegen nicht gewann, weil ihn unvermittelt ein zweiter Gaal attackierte. Schräg vor ihm explodierte einer von Boltans Kugelblitzen, während er selbst wütend mit der Elfenklinge zustach. Es gelang ihm, einen der Angreifer zu verwunden, doch die verdammten Kreaturen trugen metallische Rüstungen unter ihren Kutten. Einen Lidschlag später wurde er von seinem zweiten Gegner mit einem gezielten Sichelhieb seines Speeres zu Fall gebracht.

Schon stürzte sich der Verletzte auf ihn und packte seinen Waffenarm.

Geron griff durch den Riss der Kutte nach dem Brustharnisch der Kreatur und beschwor seine Magie herauf. Hell glühte der Panzer auf, und sofort stank es nach verbranntem Fleisch und Horn. Der Gaal kreischte wie verrückt. Erfolglos sprang der Geschuppte auf und versuchte den glühenden Panzer abzustreifen. Geron gab ihm einen Tritt, der ihn bis zum Tor zurücktrieb, dann rollte er sich herum und rammte dem überrascht dastehenden Speerträger Ceredril in den Unterleib.

Die Klinge summte und vibrierte.

Der Gaal im glühenden Panzer verendete jaulend neben einer zweiten toten Kreatur, die mit zerschlitzter Kehle inmitten einer großen Blutlache vor dem Tor lag.

Das Werk Danias.

Boltan gab seinem Gegner mit einem weiteren Kugelblitz den Rest, nur Tandurin lieferte sich mit seinem Speer noch immer einen heftigen Kampf. Er blutete aus einer Wunde am Arm und sein Gegner war flink. Der Gaal verstand es, Tandurins Speerstößen geschickt auszuweichen – bis auch er hinterrücks von Dania in Gaalsgestalt angesprungen wurde. Mit nur einem Schnitt schlitzte sie ihm die Kehle auf und Blut spritzte hervor.

Ambra und Kyrell hatten den Teppich ausgerollt und Ambra fuhr mit ihren Fingern suchend über die Flicken. Unvermittelt schwebte der Teppich eine Handbreit über dem Fels.

»Schnell, kommt rüber!« Kyrell winkte ihnen zu, als Geron neuerliches Kampfgebrüll vernahm.

»O nein!«

Der linke Torflügel des Bronzetors stand jetzt weit offen und er konnte bereits den nächsten Trupp Gaale erkennen. Es waren mehr als ein halbes Dutzend und zu seinem Entsetzen wurden sie nicht nur von dieser Magistra Rotdrud, sondern auch von dem schwergewichtigen Zauberer Goltar begleitet. Letzterer gab beim Laufen ein unwürdiges Bild ab, was ihn jedoch nicht daran hinderte, schäumend vor Wut auf das Tor zuzuhetzen. Von seinen Wunden war keine mehr zu sehen.

»Ich wusste, ich würde es bereuen!«, zürnte Dania, die ihre falsche Hülle abgestreift hatte.

Geron hob rasch eines der Gaalschwerter auf und nahm Ceredril in die Linke. Dania setzte sich in Richtung Teppich ab.

Nicht so Boltan. Trunken von seinen bisherigen Erfolgen trat er direkt vor das Tor und schickte abermals einen seiner Kugelblitze auf die Reise. Er zielte auf Goltar, doch dieser packte einen der Gaale und schleuderte ihn wütend in die Flugbahn des feurigen Geschosses. Der Blitz explodierte, die Kreatur kreischte auf, dann brachen grelle Flammenzungen aus dem Zauberstab des fetten Zauberers hervor.

»Bist du wahnsinnig!«, schrie die Zauberin.

Entweder war es zu spät, um den Zauber zu korrigieren, oder Goltars Rachsucht war übermächtig. Eine breite Feuerwalze jagte auf das Tor zu.

Die Gaale vor ihm kreischten entsetzt auf und sprangen beiseite. Für eine der Kreaturen kam jede Rettung zu spät. Sie wurde von dem Feuer umhüllt und verbrannte qualvoll, während die Flammenwalze auf das Tor zurollte.

»Boltan!«

Tandurin, der schräg vor Geron stand, versuchte den kämpfenden Adepten mit einem gewaltigen Sprung aus der Bahn des Feuers zu stoßen. Im gleichen Moment stob die Feuerwalze wie sengender Drachenodem aus dem Tor und rollte über die beiden hinweg.

Geron spürte die Hitze, doch er hatte bloß Augen für seine beiden Kameraden, die gellend aufschrien, während sie von Tandurins Schwung getrieben bis zum Rand der Felsplattform rollten. Tandurins Leib stand lichterloh in Flammen und auf Höhe von Boltans rechtem Hosenbein war nur noch rotes verbranntes Fleisch zu sehen.

Geron war so geschockt, dass er erst jetzt die Gefahr begriff, der er selbst ausgesetzt war. Die Schreie der beiden gingen im Wutgebrüll der Gaale unter, die jetzt aus dem Tor drängten. Ihnen folgten die beiden Zauberer.

Geron sah noch, wie sich Tandurin wankend aufrichtete, verzweifelt auf die Flammen auf seinem Körper einschlug, einen Schritt zurücktrat – und wie eine lebende Fackel hinunter in die Ascheschlucht stürzte.

Goltars Zauberstab ruckte abermals vor, doch diesmal stoppte ihn Escalia Rotdrud, indem sie den Magier wütend mit ihrem eigenen Zauberstab niederschlug. »Lebend, du Narr!«

Kyrell und Dania zerrten den wimmernden Boltan hinüber zum fliegenden Teppich, dann waren die Gaale heran.

Geron wehrte ihre Schläge mit zwei Klingen ab und gab sich ganz seinem Zorn hin. Wütend hieb und stach er auf die Überzahl seiner Gegner ein, unterlief ihre Schläge, spürte schmerzhaft, wie er an der Hüfte getroffen wurde, und durchbohrte eine der geschuppten Kreaturen mit Ceredril. Magistra Rotdrud fixierte ihn zornig und hob zu einem Zauber an – als unmittelbar hinter ihm der ohrenbetäubende Raubvogelschrei des Gipfelalks die Nacht zerriss.

Ebenso wie Escalia Rotdrud und die Gaale sah Geron überrascht zu dem Riesenvogel auf, der jetzt in den Kampf eingriff. Schwer stampfte das Monstrum heran und sein scharfer Schnabel hackte wie ein Hammerwerk auf die Geschuppten ein. Auch die entsetzte Magierin wurde von einem Schnabelhieb getroffen und bis zum Tor zurückgeschleudert, wo sie stöhnend neben dem bewusstlosen Goltar aufschlug.

Geron wich erschrocken vor dem Vogel zurück, doch er schien nicht dessen Ziel zu sein. Stattdessen wütete das Ungetüm unter den Gaalen, die verzweifelt versuchten, den Attacken zu entgehen.

Tandurins Lehrmeisterin kam benommen auf die Beine und wob einen flirrenden Schild aus reiner Energie um sich, als der Gipfelalk herumruckte und gezielt auf sie einhackte.

Geron rammte einem der Gaale, der ihm in der Dunkelheit entgegenstolperte, die Elfenklinge in den Leib, dann wirbelte er herum und rannte zu dem fliegenden Teppich. Er schwebte unmittelbar vor der Spitze der Felszunge in der Luft und auf ihm hockten Ambra, Dania und Boltan, der sich wimmernd sein Bein hielt. Da entdeckte er Kyrell.

Seine blonde Schicksalsgefährtin stand gute drei Schritt von den anderen entfernt auf der Felsplattform und wirkte wie weggetreten.

Was war mit ihr?

Er änderte die Richtung und rannte zu ihr hinüber. Ihre Pupillen waren so weit nach oben gedreht, dass nur noch das Weiß ihrer Augäpfel zu sehen war. Das Werk Magistra Rotdruds? Ohne weiter nachzudenken, wuchtete er sich ihren schlanken Körper auf die Schulter … und spürte den Wind.

Geron stöhnte auf. Über dem Berg zog sich rasend schnell ein Sturmtief zusammen, dessen Böen einige der brennenden Fackeln über die Felskante kollern ließ.

Walmar der Weise!

»Ambra! Haut ab!«, brüllte er der kahlköpfigen Adeptin Magister Tiefwassers zu. »Zu fünft sind wir auf dem Ding zu langsam. Ich versuche es anders!«

Boltan protestierte trotz seiner Schmerzen, doch Ambra nickte lediglich und der Flickenteppich sackte hinter der Felsnase ab und war nicht mehr zu sehen.

Die Felsplattform war längst mit zerhackten Gaalkörpern übersät, doch Magistra Rotdrud schien sich nicht überwinden zu können, dem großen Vogel ernsthaft Schaden zuzufügen. Geron nutzte die Gelegenheit und ergriff die Flucht. Während der Gipfelalk weiter auf die Zauberin unter ihrem Schutzschirm losging, lief er mit Kyrell auf den Schultern auf den nahen Abhang links des Bronzetores zu, und stolperte dort inmitten des Basaltgerölls in die Tiefe.

Die Lichtverhältnisse wurden noch schlechter, dennoch sah er weiter unten schemenhaft die Ausläufer des Mischwaldes. Er musste die Eoberi-Rösser erreichen. Gelang ihm das, hatten sie vielleicht eine Chance.

Unter ihm rutschte das Gestein weg und fast stürzte er den Hang hinunter, doch Geron fing sich trotz seiner Last und rannte weiter. Das Heulen und Brausen hinter ihm war inzwischen so laut geworden, dass es sogar die Raubvogelschreie übertönte.

Die Magier kamen.

Und Kyrell wurde nicht leichter.

Geron ignorierte seine müden Beine, mühte sich keuchend den dunklen Abhang hinunter und erreichte endlich die Stelle, an der die Kutsche und die beiden Elfenrösser standen. Goltars Kutscher schaute ihn aufgeschreckt an, doch Geron beachtete ihn nicht, sondern eilte hinüber zu Marmorfell. Mit letzter Kraft warf er Kyrell über den Sattel, dann nahm er die Zügel, saß schwer atmend auf und ritt los.

Oben am Drachenthron erklang ein silberheller Hörnerklang.

Der schmetternde Ton klang so anders als die Hörner, mit denen sich die Gaale verständigt hatten. Licht und hell. Das Horn dieser Magistra Rotdrud?

Seine Wirkung war frappierend. Die krächzenden Raubvogelschreie verhallten augenblicklich, und laut japsend erwachte Kyrell, als habe sie der Hornstoß unsanft aus einem Traum gerissen. Geron musste seine Gefährtin festhalten, damit sie nicht von Pferd rutschte.

Dem seltsamen Klang folgte krachender Donnerhall. Ein mehrfach gezackter Blitz flammte unterhalb der nahen Wolkendecke auf, der jedoch nicht verging, sondern wie ein grell leuchtendes Adergeflecht am Nachthimmel hängen blieb und Felsnase, Berghang und selbst die Ausläufer des Waldes in taghelles Licht tauchte.

Fünf Gestalten mit Stäben traten an die Spitze des Plateaus.

Die Zauberer.

Es war zum Verzweifeln.

»Geron, da rüber!« Kyrell richtete sich benommen auf und deutete mit einem goldenen Gegenstand in der Hand in Richtung einer Baumgruppe, die ihnen keinen Schutz bot. Nirgendwo hier gab es noch Verstecke für sie.

Geron beschloss, ihr einfach zu vertrauen, spornte Marmorfell an und preschte auf die Stelle zu.

Getrennte Wege

Boltan erwachte wie aus einem Fiebertraum. Über ihm erhob sich ein Meer aus Blättern und Zweigen und er konnte vereinzelte Sonnenstrahlen ausmachen, die schräg durch die Baumwipfel fielen, vorüberschwebende Pollen zum Leuchten brachen und die Umgebung bis hinunter zu seiner Liegestatt in ein mildes grünliches Licht tauchten. Es roch würzig nach Farnen, Gras, feuchtem Waldboden und … gebratenem Fleisch.

Offensichtlich befanden sie sich in einem Wald. Tief in einem Wald, denn die Bäume um sie herum waren mächtig und ihre Borken mit Moosen und Pilzen überzogen.

Mühsam hob er den Kopf und sah, dass nicht weit von ihm entfernt ein kleines Lagerfeuer knisterte, neben dem Ambra und Dania hockten.

Dania wandte sich ihm zu. »Er ist wach geworden.«

Ambra starrte ihn auf unheimliche Weise mit ihren roten Augen an.

Die schwarzhaarige Adeptin kam zu ihm und befühlte seine Stirn. »Wie geht es dir?«

»Weiß nicht.« Boltan schluckte, denn ihre Hand fühlte sich erschreckend kalt an – und das, obwohl er leicht fror.

Offenbar hatte er Fieber.

Sie reichte ihm eine Feldflasche und Boltan trank begierig. Obwohl es seinen Durst zunehmend stillte, fühlte er sich hundeelend. Allmählich kamen die Erinnerungen zurück. Nur wusste er nicht so genau, was davon wahr und was bloß Hirngespinste waren. Zumindest die ersten Bilder, die hinter seiner erhitzten Stirn aufstiegen, schienen ihm eigentümlich klar.

Echt war der Schrecken, den die von Goltar heraufbeschwore Feuerwand ausgelöst hatte. Er wusste noch, dass Tandurin ihn zur Seite gestoßen und damit vermutlich gerettet hatte. Ebenso wie er sich an dessen grässliches Schicksal erinnerte und auch daran, wie schlimm das Feuer auf seinem eigenen Fleisch gebrannt hatte. Was genau danach passiert war, lag hinter einem grauen Schleier verborgen. Anscheinend hatten ihn Kyrell und Dania zu dem fliegenden Flickenteppich gezerrt, auf dem sie dann in die Nacht entflohen waren.

Und er erinnerte sich an eine Flucht am Himmel und dicht über nächtlich verdunkelte Felsen und Baumwipfeln hinweg. Sie waren durch feuchten Nebel geflogen. Oder war das eine Wolke gewesen? Und sie hatten vor dem Gipfelalk Reißaus nehmen müssen.

Danach war es schwarz um ihn geworden.

»Wir sind ihnen also entkommen?«, fragte er schwach.

»Ja, sind wir«, antwortete Dania.

»Und Kyrell und Geron?«

»Keine Ahnung. Wir mussten sie zurücklassen.«

»Und Tandurin?«

»Verbrannt in Goltars Feuer.«

Boltan kamen die Tränen und er sank zurück. »Ich bin für sein Schicksal verantwortlich. Ich allein. Wäre ich nicht so dumm gewesen, dann … Ich weiß selbst nicht, was da oben mit mir los war. Ich kam mir plötzlich unbesiegbar vor. Ich war solch ein Narr.«

Boltan blinzelte traurig und ihm war, als sei da noch etwas gewesen. Etwas Wichtiges. Doch es wollte ihm nicht einfallen.

»Dein Lehrmeister hat einen Sturm heraufbeschworen«, sagte Dania, ohne auf seine Worte einzugehen. »Aber die dichten Wolken, die mit ihm heraufgezogen sind, haben uns letztlich gerettet. Sie gaben uns Deckung. Danach bekamen wir es noch mit dieser Magistra Rotdrud zu tun, die auf ihrem geflügelten Monster hinter uns her ist. Aber Ambra war schlau, sie hat den Teppich zwischen die Bäume gesteuert, wo wir uns einige Zeit verstecken konnten. Danach ging es nur noch nachts weiter und das auch meist im Tiefflug.«

»Nur noch nachts?« Boltan blickte ihr in die dunkel umrandeten Augen. »Wie lange ist das jetzt alles her?«

»Sechs Tage.«

»Sechs Tage?« Boltan fuhr entgeistert hoch – und bemerkte erstmals, wie taub sich sein rechtes Bein anfühlte. Richtig, dieser elende, alles verzehrende Schmerz, der ihm die Besinnung geraubt hatte. Was war damit?

Er schaute an sich herab und erkannte, dass er auf einem grob zusammengeflochtenem hölzernen Gestell lag. Seine Begleiterinnen hatten ihn von der Hüfte abwärts mit Stricken darauf gefesselt. Sein rechtes Bein war vom Knie an in dreckige Lumpen gewickelt. »Was ist mit meinem Bein? Ich spüre nichts. Und was soll das hier?«

»Auf ihm liegt ein Zauber, der dir den Schmerz nimmt.« Dania atmete tief ein. »Dein Bein ist vom Knie abwärts völlig verbrannt. Die Fesseln dienen dazu, dich ruhigzustellen.«

»Es ist … verbrannt?« Boltan sah sie entsetzt an.

»Du hast Glück«, fuhr Dania fort. »Goltar, so widerlich er auch ist, ist ein bekannter Heilmagier. Zumindest habe ich ein paar Dinge bei ihm gelernt. Und dazu gehört auch ein Zauber, der dir für eine Weile den Schmerz nimmt.«

»Du bist also eine Heilerin?«

Dania seufzte. »Schön wär's. Er hat mir nur das Notwendigste beigebracht.«

Ambra stiefelte ebenfalls zu ihm herüber. Sie sah mit schräg gelegtem Kopf und unbewegter Miene auf ihn herab, dann reichte sie ihm einen Stock, an dem dicke Speckringe brutzelten.

Boltan nahm ihn trotz seiner unbequemen Position entgegen und irgendwo fühlte er jetzt auch Hunger. Bohrenden Hunger. Aber er hatte keinen Appetit.

»Kannst du mich retten?«, fragte er Dania hoffnungsvoll.

Sie nickte zögernd. »Ich habe getan, was ich konnte, um dich zu stabilisieren. Dein Bein hat sich schlimm entzündet. Jetzt wütet der Wundbrand in deinen Adern. Leider beherrsche ich bloß

Zauber für oberflächliche Verletzungen. Wir haben deshalb den Plan gefasst, Goltars Burg einen Besuch abzustatten. In seinem Kellerversteck hütet er nämlich einen kostbaren Schatz: ein Drachenei. Mit seiner Hilfe vermag ich dir einen Trank zu brauen, der dich gesund werden lässt. Ohne ihn hingegen … nun, besser wir denken nicht darüber nach.«

Boltan wollte sich gerade zurücklegen, als er den menschlichen Umriss hinter dem Lagerfeuer bemerkte. Aufgeschreckt fuhr er wieder hoch. »Passt auf, da ist –«

»Alles gut.« Dania sah sich ruhig um. »Das ist bloß einer von den Versteinerten.«

»Einer von den … Was bitte?« Boltan sah genauer hin, blinzelte, weil er glaubte, das Fieber würde ihn narren, doch seine schwarzhaarige Begleiterin hatte recht.

Dort hinten im Wald stand, statuenhaft und leicht schief, ein Bewaffneter mit Helm und lederner Rüstung. Jedenfalls wirkte die Machart des Schutzpanzers wie aus Leder. Tatsächlich bestand die komplette Gestalt aus Stein. Granit? Die leblosen Augen waren nach oben gerichtet und furchtsam geweitet. Die Hand lag am Griff eines Schwertes. Der Kämpfer schien erstarrt zu sein, als er es ziehen wollte.

Moos und Gestrüpp umrankten die Statue, was den unheimlichen Eindruck untermalte. Und der Krieger war nicht allein. Als Boltan den Kopf drehte, entdeckte er im Dämmerlicht zwischen den Bäumen zahllose weitere erstarrte Gestalten. Einige von ihnen ragten schief aus dem Waldboden, andere steckten bis zu den Oberschenkeln im Erdreich.

»Meine Güte, wo sind wir hier eigentlich?«

»Im Grauwald«, erklärte Dania. »*Irgendwo* im Grauwald, aber zumindest nahe des Großen Flusses. Goltar lebt hier.«

»Und was hat es mit diesen … Versteinerten auf sich? Wo kommen die her?«

»Das beantwortet dir besser Ambra.« Dania führte ihm den Spieß mit dem Fleisch an den Mund. »Aber nur, wenn du isst. Du musst unbedingt essen. Dass du noch lebst, verdankst du bloß deiner stattlichen Konstitution.« Sie sah missgünstig auf seinen dicken Bauch. »Wir haben in den letzten Tagen kaum etwas in dich hineinbekommen. Du bist vermutlich bald so entkräftet, dass du uns krepierst, bevor wir dir helfen können.«

Widerwillig würgte Boltan das gebratene Fleisch hinunter. Sein verletztes Bein pochte leicht und er spürte ein leises Ziehen.

Die Stricke machten es nicht besser.

Und wieder war ihm, dass da etwas Wichtiges gewesen war.

Ein flüchtiger Gedanke, der ihm bei ihrer Flucht vor sechs Tagen aus dem Berg gekommen war. Nur was?

Ambra nahm sich die Umhängetasche ab. *Seine* Umhängetasche.

Daraus hervor zog sie eine der beiden Pergamentrollen, das Tintenfläschchen und die Schreibfeder, die er mit zum Drachenthron genommen hatte.

Im Nachhinein kam ihm die Idee unglaublich dumm vor. Was hätte er bei der Großen Weihe – hätte diese wie erwartet stattgefunden – schon mit dem Schriftzeug anfangen sollen? Hatte er wirklich geglaubt, die Zauberer würden ihn schriftlich abprüfen? Immerhin, jetzt erwies sich das Schreibzeug als nützlich, denn Ambra tunkte die Feder in das Fässchen und schrieb etwas auf den Pergamentbogen.

Dieser war schon recht vollgekritzelt. Die beiden Frauen hatten sich in der Zeit seiner Bewusstlosigkeit offenbar damit verständigt. Ambra knickte den Bogen in der Mitte um, sodass er nicht sah, was sie zuvor darauf notiert hatten. Stattdessen wies sie auf die neuen Worte.

Zweiter Drachenkrieg. 500 Freiwillige aus dem Osten. Opfer eines Fluchs von Yolsulgur.

»Der Drachenkönig hat das angerichtet? Fünfhundert Mann auf einmal?« Boltan sah zu dem Versteinerten und ihm wurde flau zumute.

Ambra nickte und schrieb wieder etwas. *Rasgath hat mich vor drei Jahren hierher mitgenommen.*

»Du warst mit ihm schon mal hier? Warum?«

»Sei einfach froh, dass sie den Ort kannte«, sagte Dania an Ambras Stelle. Sie war zum Feuer zurückgekehrt und stocherte mit irgendetwas in der Glut herum. »Wenn sie den Ort nicht gekannt hätte, hätten wir nicht so zügig hergefunden. Und vermutlich gibt es für unsere Zwecke keinen besseren Platz.« Sie lächelte schadenfroh. »Die Einheimischen haben nämlich Angst vor den Versteinerten. Sie glauben, auf dem Waldstück liegt ein Fluch.«

Boltan riss mit den Zähnen ein Stück Fleisch ab, kaute und schluckte es herunter. War das Hase?

»Ich dachte«, sprach er, »du und dein Meister stammen von hier?«

»Hast du eine Ahnung, wie groß der Grauwald ist?« Dania verzog geringschätzig die Lippen. »Ich sage es dir: Er ist riesig. Ich habe keine Ahnung, wo genau sich das Rittergut befindet. Um zum Drachenthron zu gelangen, waren wir mit der Kutsche gute zwei Wochen unterwegs. Und auf der Hälfte des Weges habe ich bloß Bäume gesehen. Und noch mehr Bäume. Die Landschaft sah überall gleich aus.« Sie lachte freudlos. »Zum Glück kannte Ambra den Weg hierher.«

»Und wie?« Boltan sah ihre kahlköpfige Gefährtin an. »Hast du eine Karte?«

Ambra legte den Kopf schief und starrte ihn an.

»Sie meint, sie habe Freunde, die sie überall hinführen können, wo sie schon einmal war«, antwortete Dania düster. »Frag sie besser nicht, was das für Freunde sein sollen. Sie verrät es nicht. Aber sei ihr dankbar, denn nur eine Tagesreise von hier ist ein Fischerdörfchen. Ein kleiner Handelsflecken mit dem hochtrabenden Namen Flussstadt. Und von *dem* Ort habe ich schon einmal gehört. Goltars Leibeigene treiben dort ab und an Handel.« Sie stocherte wieder im Feuer herum. »Ich war bereits dort und habe uns einen Führer besorgt, der weiß, wie wir zu Goltars kleiner Burg gelangen.«

»Und womit bezahlen wir ihn?«, fragte Boltan. »Ich hab leider kein Geld.«

»Ich kümmere mich schon um die Entlohnung«, meinte Dania.

Boltan wollte gerade nachfragen, was sie damit meinte, als ihm Tandurins Bemerkung einfiel. *Hure.*

Jetzt fühlte er sich noch mieser. Denn wenn sie getan hatte, von dem er dachte, dass sie es getan hatte, dann hatte sie das allein für ihn gemacht. Mehr um ihr zu gefallen, denn aus Überzeugung, verspeiste er den Rest des Fleisches.

»Das heißt, er fliegt mit uns?«, fragte er müde.

Dania antwortete nicht.

Unvermittelt wurde sein Körper von einer Hitzewelle überflutet, die ihn zum Schwitzen und zum Frieren zugleich brachte. Auch sein Bein pochte wieder. Diesmal unerbittlicher. Auch der Schmerz wollte nicht vergehen.

»Dania« – unter ihm knarrte das Gestell – »vielleicht … könntest du deinen Zauber noch einmal erneuern? Mein Bein schmerzt allmählich.«

Ambra kritzelte etwas auf das Pergament. *Wir können nicht fliegen.*

»Wieso?«, ächzte Boltan. »Was ist mit dem Teppich?«

»Funktioniert nicht mehr.« Dania erhob sich und deutete auf den eingerollten Flickenteppich, den Boltan halb verborgen zwischen hohen Farnen entdeckte. »Er hat uns bis hierher getragen und das war es. Ambra hat ihn schon mehrfach untersucht, aber bislang nicht herausfinden können, warum er seine Zauberkraft eingebüßt hat.«

Boltan sah zu Ambra, die abermals zur Feder griff. *Greif ist noch in ihm. Weiß nicht, was er für seinen Dienst verlangt.*

»Der Greif?« Ungläubig schaute Boltan den Teppich an. Er erinnerte sich an Federn und eigentümliche Lederflicken im Gewebe, doch erst jetzt begriff er. »Das … war mal ein Greif?«

Seine Seele ist noch da.

»Eingewoben in dieses … Ding? Wer macht so etwas Entsetzliches?«

Ambra sah ihn eine Weile an und Boltan war in diesem Moment, als wäre Ambra älter als er. Sehr viel älter. In ihrem roten, eindringlichen Blick lag ein Ausdruck von Kummer. Und Qual. Aber auch Hoffnung.

Plötzlich fiel ihm ein, was er vergessen geglaubt hatte.

»Euch ist klar, dass wir im Berg Hilfe hatten?«

Dania sah sich stirnrunzelnd zu ihm um. »Wie kommst du darauf?«

»Habt ihr die Zellen unserer Türen vergessen? Wie kommt es, dass sie sich alle geöffnet haben?«

Dania sah ihn nachdenklich an.

»Und das ist nicht alles.« Boltan fror und zog seine Jacke fester um sich. »Ihr habt dieses Trugbild vielleicht nicht alle gesehen, aber da war noch etwas Merkwürdiges. Diese Bela, also die junge Frau … als sie sich vorbeugte, um die Silberspange in die Wand zu stecken – ihr Hand glitt zu eine Stelle viel weiter unten. Also unterhalb der Stelle, aus der Tandurin die Spange herauszog.«

»Und?«

»Was, wenn die Spange ursprünglich woanders steckte und sie erst später in der Sternenhalle platziert wurde? Also dort, wo wir sie fanden? Ebenso wie der Plan.«

Dania und Ambra wechselten Blicke, und die Stumme schrieb wieder etwas.

Mir erschien die Karte aus dem Berg jünger.

Boltan blickte das Geschriebene an. »Jünger als was?«

Jünger als die Frau tot ist.

»Und was folgern wir daraus?«, wollte Dania wissen.

»Keine Ahnung«, sagte Boltan. »Dass es da vielleicht noch eine dritte Partei gibt? Eine, von der wir nichts wissen.«

»Einer der Gaale?«

»Die?« Boltan machte ein verächtliches Geräusch. »Glaube kaum. Dieses Berglabyrinth ist groß. Theoretisch könnte sich da auch noch jemand anderes versteckt gehalten haben.«

Eine Schmerzwelle überrollte sein Bein. Boltan ächzte.

Ambra schrieb erneut. *Woher hast du das?*

Sie zog aus seiner Umhängetasche sein geheimes Zauberbuch.

»Ach, das.« Boltan ließ sich schwer zurücksinken. »Ich hab es Walmar gestohlen. Ich wollte mich damit für den Mord an meinen Eltern rächen.«

Dania trat hinter Ambra, blickte das Buch verwundert an und nahm ihr den Lederband aus den Händen. »Du wolltest dich mit dem Diebstahl eines Buches für den Tod deiner Eltern rächen?« Sie lachte ungläubig. »Du hättest das Schwein umbringen sollen!«

»Diesem Buch verdanke ich die meisten Zauber, die ich kenne«, widersprach Boltan. »Nur habe ich bislang erst einen Teil der Formeln gemeistert.«

»Was? Das ist ein Zauberbuch?« Dania war wie ausgewechselt und blätterte es aufgeregt durch. »Holla, es ist sogar in verständlicher Sprache verfasst!« Fassungslos sah sie Ambra an. »Wie lange weißt du schon, dass Boltan diesen Schatz mit sich herumträgt?«

Ambra hob vier Finger.

»Vier Tage? Bist du übergeschnappt?« Wütend blätterte sie durch die Seiten. »Das … das verändert alles. Begreifst du das nicht, du dummes Ding? Wir werden von machtvollen Zauberern gejagt und du enthältst mir die einzige Möglichkeit vor, ihnen entsprechend entgegenzutreten!«

Ungerührt setzte Ambra die Feder an und ließ sie beide sehen, was sie geschrieben hatte. *Es ist Boltans Zauberbuch. Es gehört uns nicht.*

»Hört auf«, stöhnte Boltan. »Dania hat vollkommen recht. Studiert es. Wenn wir schon niemand anderen mehr haben, müssen wir uns gegenseitig alles beibringen, was wir wissen.«

»Dieser magische Pflanzenwuchs funktioniert?«, fragte Dania angesichts einer Formel weiter hinten.

»Keine Ahnung«, antwortete Boltan. »Bei der Formel war ich noch nicht. Mich an ihr zu erproben, wäre im Garten Walmars vermutlich aufgefallen.«

Dania sah ihn schief an. »Und wann hast du bitte deinen Kugelblitz geübt?«

»Na, immer, wenn Gewitter war, natürlich. Es ist …« Er biss die Zähne zusammen, da sein Bein nun derart pochte, dass es nicht mehr zu ignorieren war. »Es ist sogar möglich, die Formeln zu verändern. Ich habe es am Drachenthron bemerkt. Die magische Dunkelheit. Ich glaube, es ist mehr der Wille, der die Zauberei beeinflusst, als die Worte selbst.«

Dania runzelte die Stirn.

»Und es wäre wirklich nett, wenn du noch einmal deinen

Schmerzzauber wirken könntest«, wiederholte Boltan seine Bitte. »Er lässt immer mehr nach.«

»Ja, wir warten nur noch«, meinte sie, während sie das Buch weiter durchblätterte.

»Worauf?«

»Auf unseren Führer. Er ist Schreiner und leider schon etwas älter, aber er sollte jeden Moment hier sein.«

»Mir egal.« Boltan fasste sich ans Bein und zuckte sofort zurück. »Hauptsache, du tust etwas gegen den Schmerz.«

Unvermittelt waren am Lichtungsrand Geräusche zu hören; umknickende Äste und ein lautes Rascheln von Laub und Gestrüpp. Im Wald tauchte ein älterer Mann mit grauem Haar und hageren Gesichtszügen auf, dessen auffallendstes Kennzeichen ein trübes Auge war. Er trug einen Rucksack mit Werkzeug auf dem Rücken und umrundete mit misstrauischem Blick eine der statuenhaften Gestalten zwischen den Bäumen, bevor er die Lichtung betrat.

»Hier bin ich, Kleine.« Er grinste Dania schief an, doch als er Ambra erblicke, verging ihm das Lächeln.

Ambra schrieb etwas und zeigte es Dania.

»Vier Tage Fußmarsch«, sagte die schwarzhaarige Adeptin. »Oder hat sich daran etwas geändert?«

»Nein, vier Tage«, antwortete der Alte grinsend. »Ich hoffe, es bleibt bei meiner Entlohnung. Natürlich auch auf dem Rückweg.«

»Du wirst zufrieden sein, alter Mann. Vertraue mir.«

Vier Tage? Etwa zu Fuß?

»Leute, das werde ich unmöglich schaffen«, ächzte Boltan.

Erst jetzt erfasste der Blick des Alten auch ihn. »Das ist er? Ich dachte, ihr seid schon fertig.«

»Nein.« Dania warf Ambra einen gequälten Blick zu.

»Womit fertig?«, fragte Boltan, der sich wieder auf seinem Gestell erhob.

Dania und Ambra kamen zu ihm und ihr Blick war ernst. »Wir werden dich so leider nicht mitnehmen können, Boltan.«

»Ihr wollt mich zurücklassen?«

»Nein, natürlich nicht.« Dania seufzte schwer. »Ließen wir dich hier allein zurück, würdest du in spätestens zwei Tagen an Wundfieber krepieren. Dass du im Augenblick überhaupt mit uns reden kannst, liegt allein an der« – sie sah sich kurz zu dem Fremden um – »*speziellen Medizin*, mit der ich dich versorgt habe.«

Der Alte ließ nun seinen Rucksack fallen und kramte Lederstücke, Feilen, Hammer, Hobel und eine Säge hervor.

»Mir bleiben nur zwei Tage?« Boltan sah sie fiebrig an. »Ich denke, bis zu dem Domizil deines Meisters benötigen wir vier Tage?«

»Ja, mindestens. Wir müssen daher etwas gegen die Quelle des Wundbrandes tun, um dir mehr Zeit zu verschaffen.« Sie bückte sich und hob den Gegenstand aus dem Feuer, mit dem sie die ganze Zeit über in der Glut gestochert hatte. Es handelte sich um den scharfen Gaaldolch, der jetzt glühend heiß war. »Wir werden dir dein Bein abnehmen müssen.«

»Ihr wollt mir mein Bein amputieren?«, kreischte Boltan. Endlich begriff er, warum die beiden ihn auf dem verdammten Gestell fixiert hatten. »Bitte, es muss doch eine andere Lösung geben. Irgendeine?«

Ambra und der Alte traten hinter seine Schultern und pressten ihn mit ihrem Gewicht auf den Boden.

»Dania!«, flehte Boltan und versuchte sich erfolglos gegen Ambra und den Alten aufzulehnen. »Bitte! Mach wenigstens etwas gegen den Schmerz!«

»Das habe ich schon.« Dania hockte sich mit der langen Klinge neben sein verbranntes Bein und schenkte ihm einen bedauernden Blick. »Leider beherrsche ich ihn nicht besser. Bei zu großem Schmerz versagt er.«

Der Alte schob ihm grob ein Beißholz zwischen die Zähne, das er mit einem Stoffstreifen um den Hinterkopf fixierte. »Sei tapfer, Junge. Wenn du Glück hast, wirst du gleich bewusstlos.«

Auf Höhe seines Beins zischte es – und Boltan schrie.

Kyrell erwachte aus ihrer Trance und blinzelte, um sich in der Wirklichkeit zurechtzufinden. Es war beruhigend, dass sich an dieser nichts verändert hatte.

Sie saß im Schneidersitz vor dem breiten Bach, der ruhig gen Südosten strömte und der hügeligen Landschaft mit den kleinen Baumgruppen um sie herum einen fast heimeligen Anstrich verlieh. Das gelegentliche Säuseln des Windes und das Rauschen des Wassers wurden allein von dem flappenden Geräusch neben ihr an der Uferböschung übertönt. Dort lagen vier Forellen, die sie mittels ihrer Magie dazu gebracht hatte, an Land zu springen.

Bei ihrem Anblick hatte sie ein schlechtes Gewissen. Irgendwie war es nicht richtig, die Magie auf diese Weise einzusetzen. Doch nachdem Geron und sie mangels Angelzeug fast den ganzen Vormittag lang vergeblich mit Händen und angespitzten Stöcken gefischt hatten, hatte am Ende der Hunger gesiegt.

Sie packte die Fische bei den Schwänzen, schlug sie mit den Köpfen mehrmals hart auf einen Stein und nahm sie mit Messer und Fingern aus. Anschließend band sie die Tiere zusammen und machte sich mit ihrem Fang auf den Rückweg über die Hügelkette in ihrem Rücken.

Kurz darauf erreichte sie die kleine Schäferhütte am Rande des Wäldchens, bei der sie lagerten. Die Hütte war schon seit Jahrzehnten verlassen. Das Dach war löchrig, die Wände standen schief, und doch sie war groß genug, um Marmorfell darin unterzustellen und so das weiße Elfenpferd gegen den Himmel abzuschirmen. Noch immer befürchteten sie, dass dort plötzlich Magistra Escalia Rotdrud auf ihrem Gipfelalk auftauchen könnte, um nach zwei Reitern auf einem Elfenross Ausschau zu halten.

Bislang war nichts dergleichen geschehen.

Zwischen den nahen Bäumen brannte ein kleines Lagerfeuer, und als Geron sie bemerkte, lachte er. »Siehst du das? Der Zauber, den du mir beigebracht hast, funktioniert! Du bist eine verdammt gute Lehrerin.«

Kyrell lächelte angesichts der offenen Begeisterung des Königssohns.

Sie wussten nicht, wie viele Tage verstrichen waren, seit sie es mithilfe des goldenen Ahornblattes geschafft hatten, über die geheimen Elfenpfade ihren Häschern zu entfliehen, denn auf den kurzen Wegen verging die Zeit anders. Da sich Kyrell in der geheimnisvollen Zwischenwelt nicht auskannte und sie Angst hatte, unversehens in eine der verheerten Regionen zu stolpern, hatte sie die erstmögliche Gelegenheit ergriffen, um wieder in die wirkliche Welt zu gelangen. Sie waren bei einer Felswand herausgekommen, aus dem sich ein Wasserfall in einen kleinen See ergoss, und sie hatten keine Ahnung, wo in den Jungen Königreichen sich der Ort befand. Sie waren daher dem Bachlauf, der von dem See gespeist wurde, mehrere Tage nach Südwesten gefolgt. Die Hütte war das erste Zeichen, dass sie inzwischen zivilisierte Gebiete erreicht hatten.

Aus Angst vor Entdeckung reisten sie nur nachts und schliefen tagsüber. Die Eoberi-Stute war erstaunlich schnell. Sehr viel schneller als jedes andere Pferd, das sie kannte. Das vermochte nicht über den Umstand hinwegzutrösten, dass sie sich verirrt hatten. Waldaleth konnte Tage, aber auch Wochen entfernt sein. Und vielleicht stimmte nicht einmal die Richtung, die sie eingeschlagen hatten. Kyrell wusste nicht einmal, wie sie es überhaupt geschafft hatte, die kurzen Wege mittels ihres goldenen Blattes zu öffnen.

Vermutlich war ihre Angst die treibende Kraft gewesen. Vielleicht aber auch etwas anderes. Einmal mehr wurde ihr bewusst, wie beschränkt ihr Wissen um die Zauberei war.

Geron teilte ihre Zweifel nicht. Er hielt sie offenbar für sehr begabt. Seit sie ihn auf die Elfenpfade geführt hatte, spätestens aber, als er erfuhr, wie sie den Gipfelalk dazu gebracht hatte, auf ihre Häscher loszugehen, wurde er der lobenden Worte einfach nicht müde. Seitdem dachte er unentwegt darüber nach, wie sich die wenigen Formeln, die sie beherrschten, auf zweckdienliche Weise nutzen ließen. Und meistens drehten sich diese Überlegungen um Kampf.

Es war sinnvoll, dass sie sich gegenseitig beibrachten, was sie wussten. Angefangen hatte sie mit ihrem Feuerzauber, und er hatte versuchte, ihr beizubringen, wie sich diese magischen Lichtkugeln heraufbeschwören ließen. Ein Kunststück, mit dem sie letzte Nacht erstmals Erfolg gehabt hatte, während Geron bislang an dem Versuch, Feuer zu machen, gescheitert war. Umso mehr freute sie sich für ihn, dass auch er Fortschritte machte.

»Ich hab es doch gesagt«, meinte sie. »Es lag nicht an dir, sondern an deiner Lehrmeisterin, dass du so wenig kannst.«

»Ja, nur muss das erst einmal in meinen Kopf rein.« Er strich sich das halblange Haar aus der Stirn, erhob sich und nahm ihr die Fische ab. »All die Jahre über habe ich gedacht, mein Talent sei nicht besonders ausgeprägt. Und Alruna von Greifenfels hat mich in dem Glauben gelassen.« Galant deutete er zu der Pferdedecke, die er zu einem bequemen Sitzplatz zurechtgerollt hatte. »Und allmählich frage ich mich, ob ein System dahintersteckt. Wollten sie verhindern, dass wir uns wehren, wenn wir ihnen auf die Schliche kommen? Oder hatte das andere Gründe? Wieso haben sie uns überhaupt etwas beigebracht, wenn sie eh vorhatten, uns da oben am Drachenthron zu opfern?«

»Du weißt, dass du das nicht tun musst?« Kyrell blickte die Pferdedecke skeptisch an. »Ich bin über Jahre mit Mutter Valeska durch die Lande gezogen. Ich kann ebenso wie du auf dem Boden sitzen.«

»Ja, aber jetzt bist du mit mir unterwegs.« Geron zwinkerte charmant. »Meine Mutter würde sich im Grabe umdrehen, wenn ich meine gute Erziehung vergäße. Also, ruh dich aus und lass mich den Rest machen. Ach so« – er deutete auf eine Holzschale, die bis zum Rand mit grünen, stacheligen Beeren gefüllt war – »ich habe hinter der Hütte einige Sträucher mit Klettbeeren gefunden. Bitte nimm. Sie sehen zwar nicht so aus, aber sie sind köstlich!«

Kyrell setzte sich – und musste lächeln. Sie besaßen nur diese eine Decke und Geron bot sie ihr bereits zum Schlafen an, während er bei der Tagesruhe mit seiner Kleidung und dem harten Untergrund vorlieb nahm. Speziell für einen Vertreter des Hochadels, der es gewohnt sein dürfte, dass ihm jeder Wunsch von den Lippen abgelesen wurde, benahm er sich auffallend rücksichtsvoll. Er hatte sogar angespitzte Stöcke vorbereitet, um die Fische aufspießen und übers Feuer legen zu können.

»Ich schätze« sagte sie, während sie sich eine der merkwürdigen Beeren nahm, »dass für das, was sie mit uns vorhatten, eine gewisse Ausbildung notwendig war. Sie sprachen vielleicht nicht ohne Grund von einer Prüfung des Geistes?«

»Ja, gut möglich«, meinte Geron nachdenklich. Er spießte die Forellen auf und rammte die Stöcke so in den Boden, dass die Fische in der Hitze der Flammen schmorten. »Zumindest scheinen sie für ihren Verjüngungsprozess Opfer zu benötigen, die eine arkane Begabung aufweisen. Ansonsten hätten sie vermutlich auch einfache Bauern in den Berg entführen können. Warum sollten sie sich jahrelang mit uns abmühen, wenn das keinen Grund hatte?«

Kyrell nickte, aß von den Beeren, die süß und saftig waren, und eine Weile saßen sie sich schweigend gegenüber, während vor ihnen das Feuer knisterte und im Hintergrund gelegentlich Marmorfell schnaubte. Wie schon zu Beginn ihres Kennenlernens blickte Geron immer wieder interessiert zu ihr auf, wenn er glaubte, dass sie es nicht bemerkte.

»Was ist?« Verlegen strich sich Kyrell die hellen Haare aus dem Gesicht. »Du siehst mich manchmal so an, als wäre ich ein Phantom.«

»Tatsächlich?« Geron räusperte sich. »Ich will ehrlich sein. Ich hab dir ja schon einiges über Waldaleths Geschichte erzählt, und vermutlich ist die Weiße Burg jener Ort in den Jungen Königreichen, an dem die meisten Gemälde des Alten Volkes überhaupt hängen. Also, echte Gemälde aus früheren Zeiten.« Er schmunzelte. »Du siehst haargenauso aus wie die Elfenfrauen, die dort abgebildet sind. Also … jedenfalls so, wie ich mir immer eine leibhaftige Elfe vorgestellt habe. Nur, dass deine Ohrmuscheln weniger spitz zulaufen.«

Kyrell lachte. »Soll das jetzt ein Kompliment sein, oder darf ich das als Makel verstehen?«

»Nein, bitte …« Geron wurde rot. »Das ist überhaupt kein Makel. Du bist wirklich, äh, hübsch. Also, nicht, dass du mich missverstehst. Aber wenn wir erst in Waldaleth sind, dann wirst du sehen, was ich meine.«

Kyrell betrachtete ihn. »Durch meine Adern fließt tatsächlich etwas Elfenblut.«

»Ernsthaft?« Geron schaute sie ungläubig an.

»Ja, Ururur… was weiß ich, wie viele ur-großväterlichseits.«

Kyrell offenbarte ihm ihre familiären Hintergründe und berichtete ihm, wie sich ihre elfische Abkunft auf die Frauen ihrer Familie auswirkte. Geron hörte verblüfft zu.

»Das ist wirklich erstaunlich«, sprach er, als sie geendet hatte. »Ich habe zwar schon davon gehört, dass es früher die eine oder andere Liaison zwischen Elfen und Menschen gab, aber nicht, dass ihre Liebe Folgen hatte. Weißt du, wer dein elfischer Urgroßvater war?«

Kyrell schüttelte bedauernd ihr Haupt. »Sein Name ist nicht überliefert. Aber das hier« – sie zog das goldene Ahornblatt aus ihrer Tasche – »das soll von ihm stammen. Wie du ja weißt, besitzt es Kräfte.«

»Ja, ohne Zweifel Elfenwerk.« Geron sah das goldene Blatt nachdenklich an, dann zog er vorsichtig seine Elfenklinge aus der Waffenscheide. »Ebenso wie diese Klinge. Ihr Name ist Ceredril. Schuppenschneider. Sie entstammt den Elfenschmieden und gehört zu einer ganzen Rüstung, die die Elfen dem ersten König Waldaleths vermachten.«

Kyrell betrachtete die Klinge interessiert.

»Ich bin mir inzwischen sicher, dass auch ihr Zauberkräfte innewohnen. Drachen gibt es zwar keine mehr, aber sie schnitt durch die Haut der Gaale wie durch Schmalz. Und ich glaube fast, Ceredril warnt mich vor drohenden Gefahren.«

»Wie das?«

»Während der Anreise zum Drachenthron vibrierte die Klinge leicht«, erklärte er. »Und während des Kampfes am Tor hatte ich fast das Gefühl, als suche sie sich selbst ihr Ziel.«

»Und jetzt?«

»Nein. Sie ist absolut still.« Geron fuhr mit den Fingern über die bläulich schimmernde Schneide. »Ich denke daher, dass wir im Augenblick in Sicherheit sind.«

»Eine Warnung also?«

»Ja.« Er sah auf. »Hast du nicht ebenfalls behauptet, dass du vor deiner Ankunft in den Fackelbergen irgendwie gewarnt worden bist? Du hast uns nicht verraten, wer oder was das war.«

»Das waren Stimmen«, sagte Kyrell und betrachtete das goldene Blatt. »Elfische Stimmen. Sie waren es, die mir sagten, ich sei in Gefahr.«

»Elfische Stimmen?« Geron war sichtlich beeindruckt. »Meine Güte. Die Elfen sind jetzt seit sechshundert Jahren verschwunden – und du sagst, sie haben zu dir gesprochen?«

»Nein, das habe ich nicht behauptet. Ich sagte nur, dass die Stimmen elfisch mit mir redeten.«

»Aber es wäre möglich? Schließlich wissen wir nicht, was damals aus ihnen wurde. Es heißt zwar überall, sie hätten uns damals verraten und im Stich gelassen, aber was, wenn ihr Verschwinden einen ganz anderen Grund hatte?«

Kyrell zuckte mit den Schultern. »Selbst wenn dem so ist: Ich kenne ihn nicht.«

»Und mehr als diese Warnung haben die Stimmen dir nicht mitgeteilt?«

»Nein.« Kyrell steckte das goldene Blatt weg. »Sollte das noch einmal passieren, werde ich besser hinhören. Nur bringen uns Warnungen allein nichts. Wir müssen uns vielmehr überlegen, was wir jetzt tun sollen.«

Geron erhob sich und drehte die Fischspieße. »Ich hoffe, meinem Vater wird etwas einfallen.«

»Dein Vater mag König sein, ein Zauberer ist er nicht. Und wir werden nur mit Zaubermacht gegen die sechs ankommen.«

»Das ist leider richtig.« Er seufzte. »Wir sollten außerdem versuchen herauszufinden, wo die anderen jetzt sind.«

»Falls sie die Flucht überlebt haben«, wandte Kyrell skeptisch ein.

»Frag mich nicht, wieso«, meinte ihr Gegenüber ernst. »Aber mein Bauchgefühl sagt mir, dass sie es geschafft haben. Die Kleine mit den roten Augen … diese Ambra. Ich bin mir sicher, sie weiß ganz genau, was sie tut. Und sie war es, die diesen Flickenteppich gesteuert hat.«

»Hoffentlich. Nur für Tandurin kam all das zu spät.« Kyrell senkte den Blick.

»Ja. Es ist wirklich schade um ihn.« Geron hielt eine Weile inne und starrte in die Flammen. »Ich hatte gerade begonnen, den

Kerl zu mögen. Aber zum Trauern ist hoffentlich später Zeit. Also, wenn du andere Vorschläge hast, außer dass wir bloß meinen Vater um Hilfe bitten, dann heraus damit.«

»Die Zauberer werden uns weiterhin jagen«, überlegte Kyrell laut. »Das schließe ich aus dem Aufwand, den sie um uns getrieben haben. Und das bedeutet, dass wir ihnen früher oder später wiederbegegnen werden. Wenn wir ihnen also standhalten wollen, müssen wir uns unbedingt besser in der Magie schulen.«

»Unser Wissen ist sehr begrenzt.« Geron klang bedauernd. »Die besten Sachen haben sie uns offensichtlich ganz bewusst vorenthalten. Wir könnten natürlich versuchen, uns zum Herzogtum Greifenfels durchzuschlagen, aber Alruna von Greifenfels hat ihren Herrschersitz ziemlich gut gegen Eindringlinge gesichert. Und zwar mit magischen Sicherungen, die sie auch mir nicht verraten hat. Wie steht es um dein Mütterchen?«

»Valeska? Ich wüsste nicht, wie ich ihr Domizil überhaupt finden soll«, antwortete Kyrell. »Sie hat mich stets über verschlungene Pfade dorthin gebracht oder daraus weggeführt. Die Wochen, die wir dort verbrachten, kann ich an wenigen Händen abzählen.«

»Dann bliebe dieser Walmar. Er soll ganz offiziell in Siebenbrücken residieren.«

»Unten, an der Wogensee?« Kyrell schüttelte den Kopf. »Nein. Das ist aussichtslos. Die Reise runter zum Meer braucht Wochen. Auf mich machte er außerdem den Eindruck, als wäre er der Mächtigste der sechs. Auch er wird sein Heim abgesichert haben. Vermutlich würde es uns nicht einmal mit Boltans Hilfe gelingen, bei ihm einzusteigen. Aber …« Hinter ihrer Stirn nahm ein Plan Gestalt an, der womöglich aussichtslos, mindestens aber gefährlich war. »Was, wenn wir unser Glück an einem ganz anderen Ort versuchen?«

»Und was soll das für ein Ort sein?«, fragte Geron.

»Hast du schon einmal von einer Zitadelle namens Helgrinshall gehört?«

»Helgrinshall? Nein.«

»Helgrinshall ist die Bezeichnung für die Halle des Wissens. Die einstige Zitadelle des Ordens der Stäbe.«

»Der Orden der Stäbe besaß eine eigene Zitadelle?« Verblüfft sah Geron sie an. »Ehrlich, ich habe noch nie davon gehört – und ich kenne viele Legenden von früher. Aber es ergibt durchaus Sinn, dass sich die Magier damals einen Rückzugsort eingerichtet hatten, um die Zauberei dort in Ruhe zu studieren. Und wo ist dieses Helgrinshall?«

»Das ist das Problem: Ich weiß es nicht. Und da ist noch etwas: Mutter Valeska deutete an, dass heutzutage Tod und Schatten auf dem Gemäuer lasten. Selbst die sechs trauen sich dort offenbar nicht mehr hin.«

»Aber wir sollen das wagen?«

»Haben wir irgendetwas zu verlieren?«, fragte Kyrell. »Mutter Valeska bedauerte *all das verlorene Wissen dort* – das sind ihre Worte. Da ich hinreichend Zeit mit ihr verbracht habe, kann das nur bedeuten, dass Helgrinshall auch heute noch existiert und dass wir dort vielleicht all das finden, was wir benötigen.«

Der Prinz dachte nach.

»Die große Bibliothek von Waldaleth«, meinte er dann.

»Was?«

»Hast du nie von der berühmten Gelehrtenschule unseres Königreiches gehört?«, fragte er erstaunt. »Zu ihr zählt die vermutlich bedeutendste Bibliothek in den Jungen Königreichen. Die Schriftsammlungen im Bibliotheksturm reichen fast neunhundert Jahre zurück. Medizin. Geschichte. Wissenschaften. Philosophie. Und vermutlich auch Magie. Zumindest einer der Bibliothekare dort war einst selbst ein Ordensmagier. Dort gibt es überdies das Königsarchiv, in dem die ältesten Dokumente überhaupt liegen und zu dem nur mein Vater und der Hohe Bibliothekar selbst Zutritt haben. Dort liegen sogar Schriften, die noch von den Elfen selbst angefertigt wurden.« Er lächelte grimmig. »Wenn es also einen Ort gibt, der uns mehr über dieses Helgrinshall verraten kann, dann dieser.«

»Na gut. Dann haben wir in Waldaleth viel zu tun – falls wir deine Heimat je finden.«

»Oh, ich denke, wir finden sie.« Geron zog einen der Spieße aus dem Boden, prüfte das Fleisch und deutete auf die Schale mit den Beeren. »Ich kenne nur einen Ort, an dem Klettbeeren von dieser Größe wachsen. Und das ist die Markgrafschaft Bärengras im Osten des Königreichs. Und das bedeutet, dass wir einen ganz schönen Umweg eingelegt haben. Als ich mit der Herzogin gen Fackelberge ritt, haben wir auf den Eoberi-Rössern nur zehn Tagesreisen benötigt. Wenn ich also richtig liege, dann müssen wir von jetzt an streng weiter nach Westen ziehen. Etwa vier Tagesreisen. Dann sollten wir die Hauptstadt erreicht haben.«

Kyrell sah erstaunt in Richtung Hügelkette.

»Und da ist noch etwas.« Geron blickte seltsam ernst drein. »Ist dir nichts am Drachenthron aufgefallen?«

»Was sollte mir dort aufgefallen sein?«

»Na, das kunstvolle goldene Gebilde, das dort in der hinteren Höhle stand.«

»Natürlich. Was ist damit?«

»Wenn wir schon die Bibliothek aufsuchen, dann sollten wir auch versuchen, mehr darüber in Erfahrung zu bringen. Denn wenn du mich fragst, dann handelt es sich dabei um keine Hinterlassenschaft der Drachen, sondern um eine der Elfen.«

»Ja, und?«

»Vielleicht bin ich mit meinem Eindruck ja allein, aber mich erinnerte Gestalt und Größe dieses gewaltigen Dings an einen Baum. Einen Baum im Winter. Wenn alle Blätter abgefallen sind.« Er deutete zögernd zu ihrer Tasche. »Was, wenn du eines seiner Blätter bei dir trägst? Was, wenn es davon noch viele weitere gibt?«

Das Auge

Ambra beäugte Dania regungslos dabei, wie diese etwas Dracheneidotter in den Glaskolben füllte, den Docht des Brenners hochdrehte und die Mixtur samt den anderen Ingredienzien mit einem Glasstab umrührte. Der Dotter zog in dem Gemisch rötliche Schlieren, dann murmelte Goltars einstige Adeptin einen Zauber, trat zurück – und vor ihren Augen nahm das Gebräu erst eine bräunliche, dann eine blaue Färbung an.

Dania löschte sofort die Flamme, ergriff den heißen Kolben vorsichtig mit einer Holzklammer und stellte das Gefäß zum Abkühlen in eine Holzschale mit kaltem Wasser.

»So, gleich kannst du das Elixier trinken. Und zwar möglichst in einem Zug.«

Boltan saß blass und elend in einer Ecke von Goltars Kellerlabor, und obwohl er in eine Decke gehüllt war, schüttelte es ihn hin und wieder. Die Strapazen der zurückliegenden Tage hatten ihn schwer gezeichnet. Seine Haut war faltig und die Augen in den Höhlen zurückgesunken. Außerdem war er sichtlich abgemagert.

Teilnahmslos starrte er den Glaskolben an.

Er hatte längst einen Zustand erreicht, in dem ihm alles egal war.

Dabei war der Durchhaltewillen des jungen Siebenbrückeners faszinierend. Als Dania ihm den rechten Unterschenkel bis knapp hinauf zum Knie amputiert hatte, hatte Boltan die Qualen für genau siebzehn lange Atemzüge ausgehalten – erst danach war er in die Bewusstlosigkeit gefallen. Ambra hatte nicht nur genau mitgezählt, sie hatte auch auf Tonhöhe und Länge seiner Schreie geachtet, denn dadurch vermochte sie auf den Lebenswillen des Betreffenden zu schließen. Boltans Schreie waren schrill, zugleich lang gezogen und kräftig gewesen. Kein abgehacktes Quieken wie bei einem Schwein, das beim Schlachter unter dem Beil landete. Oder das kraftlose Jaulen jener, denen man ein Messer in den Bauch rammte und die bereits durch den reinen Gewaltakt ihren Lebensmut verloren. Nein, Boltans Schreie zeugten von einem Lebenswillen, der weit stärker war als der vieler anderer, deren Qualen Ambra studiert hatte.

Und sie hatte viele Qualen mitangesehen.

In Toresund gab es viele Hinrichtungen. Und wann immer Rasgath Tiefwasser es ihr gestattet hatte, war sie hingegangen. Der Tod war das einzige Faszinosum, das ihr Interesse wirklich zu wecken verstand. Speziell jener flüchtige Moment, an dem das Leben der Deliquenten endete – und der Übergang ihrer Seelen ins Reich des Todes begann. Doch so sehr sie dem Zeitpunkt des Übergangs auch immer entgegenfieberte, so sehr sie im verzerrten Antlitz der Sterbenden auch nach Antworten gesucht hatte – sie war nicht dahintergekommen, was das Leben so wertvoll machte, an das sich all die Todgeweihten bis zuletzt klammerten.

Auch auf der Reise zum Rittergut hatte sich Boltan wacker geschlagen. Da Dania die offene Wunde mittels ihrer Magie verschließen konnte, hatte ihm der alte Schreiner unmittelbar nach der Amputation eine einfache hölzerne Prothese sowie eine Krücke anzufertigen vermocht. Dabei war der Marsch selbst für Ambra strapaziös gewesen. So weit sie derlei überhaupt verspürte. Seit damals, als Rasgath Tiefwasser ihren sterbenden Geist in die fleischliche Hülle zurückgedrängt hatte, waren ihr tiefere Empfindungen fast unmöglich geworden.

Oft spürte sie nicht einmal Hunger und Durst. Sie achtete daher peinlich genau darauf, dass sie regelmäßig Nahrungsmittel zu sich nahm, damit ihr Körper nicht auszehrte.

Boltans Auszehrungen hingegen hatte sie unterschätzt. Hinzu kam Tiefwassers fluguntüchtiger Greifenteppich, den sie keinesfalls zurücklassen wollte. All dies hatte dafür gesorgt, dass sie nicht etwa vier, sondern sogar sechs Tage unterwegs gewesen waren. Zwei Tage länger als vorgesehen. Zugleich aber auch zwei Tage, die Boltan länger durchgehalten hatte, als ursprünglich gedacht. Das zeugte von Boltans innerer Stärke – auch wenn er selbst sich dessen nicht bewusst war. Ambra nahm sich vor, ihn später detailliert über seine Empfindungen zu befragen.

»Und wenn wir damit durch sind«, fuhr Dania fort, während sie den Kolben so im Wasserbad schwenkte, dass sein Inhalt schneller abkühlte, »gibt es auch ein kräftigendes Mahl. Ich habe Lenne bereits angewiesen, dass sie und die anderen Frauen uns etwas Gutes zubereiten.«

Boltan starrte ins Nichts.

Einer spontanen Regung folgend trat Ambra vor, berührte ihn vorsichtig an der Wange und versuchte sich an einem Lächeln. Sie wusste nicht warum, aber sie hatte hinreichend oft beobachtet, dass leidenden Menschen eine solche Geste guttat.

»Was ziehst du da für eine fürchterliche Grimasse?«, fuhr Dania sie an. Kopfschüttelnd schob sie Ambra beiseite und drückte Boltan den Glaskolben in die Hand. »Und jetzt runter damit.«

Boltan betrachtete das bläuliche Elixier ohne Interesse, dann hob er den Stutzen müde an die Lippen und trank die Flüssigkeit.

Er ächzte schwer – und unvermittelt richtete er sich auf seinem Schemel auf und atmete tief ein. Sein Gesicht bekam fast schlagartig Farbe. Seine Züge kräftigten sich und auch sein durch Fieber getrübter Blick wurde innerhalb weniger Augenblicke klar und wach.

Ungläubig schaute ihr Schicksalsgefährte den leeren Glaskolben an, dann Dania. »Das war … was war das?«

»Das beste Heiltonikum gegen Gift und Fieber, das ich kenne.« Die junge Frau strich sich eine schwarze Haarsträhne hinter die Ohren. »Ohne die Drachenei-Zutat hätte das Mittel aber nicht so rasch angeschlagen. Und jetzt versuche, dich zu bewegen.«

Boltan sah zu ihnen beiden auf, dann erhob er sich langsam von seinem Stuhl und belastete testweise den Holzstumpf. Abermals atmete er tief ein, dann, als könne er seinen verbesserten Zustand noch nicht fassen, humpelte er einmal rund um den großen

Arbeitstisch, vorbei an der Retorte, dem Brenner und den vielen Glas- und Tonbehältern. Wann immer er den Holzstumpen aufsetzte, machte es leise klack.

Schließlich stand er wieder vor ihnen.

»Und?« Dania schaute ihn prüfend aus ihren dunkel geschminkten Augen an.

»Besser.« Boltan atmete tief ein. »Sehr viel besser sogar. Als habe deine Medizin die Winterkälte aus mir getrieben.« Er sah an sich herab und musterte den Holzstumpf, als bemerke er ihn zum ersten Mal.

Plötzlich kamen ihm die Tränen.

»Es tut mir leid«, schluchzte er. Er versuchte den Tränenfluss zu unterbinden, doch es gelang ihm nicht. Dania ließ ihm Zeit. »Die ganzen letzten Tage über war mir so elend zumute, dass ich zu keinem klaren Gedanken fähig war. Abgesehen davon, ob es nicht besser für uns alle wäre, wenn ich einfach stürbe. Aber … ich danke euch. Ohne euch wäre ich nicht mehr am Leben.«

Er wandte sich Dania zu und fuhr mit einem fast feierlichen Ernst fort. »Ich weiß, was du jede verdammte Nacht in der letzten Woche getan hast, damit der Alte uns weiter hierherführt. Ich …« Seine Lippen zitterten. »Das werde ich dir nie in meinem Leben vergessen. Nie. Ebenso wenig wie das, was du heute für mich getan hast. Ich schwöre dir beim Andenken meiner verstorbenen Eltern, sollte es je so weit kommen, dass ich mein Leben oder meine eigene Ehre für dich in die Waagschale werfen muss, dann werde ich das ohne zu zögern tun.«

In Danias Gesichtszüge schlich sich ein Ausdruck, den einzuordnen Ambra nicht gelang. Staunen? Überraschung? Rührung?

»Jeder von uns muss Opfer bringen«, erklärte ihre Begleiterin kurzangebunden. »Deines war sicherlich das größere. Ich hoffe, du weißt, dass wir dir dein Bein nicht abgenommen hätten, wenn es nicht unbedingt nötig gewesen wäre?«

Boltan nickte und wischte sich die Feuchtigkeit von den Wangen. Unvermittelt grinste er schief. »Immerhin bin ich jetzt so schmal, dass ich meine Oberschenkel sehe, ohne dass ich meinen Bauch einziehen muss.«

Dania lachte zu Ambras Überraschung. Doch der Anflug von Milde auf ihrem Gesicht verschwand rasch wieder.

»Und jetzt habe ich einen solchen Hunger, das könnt ihr euch kaum vorstellen.« Boltan fasste sich an den Bauch und blickte sehnsüchtig zur Gewölbetür. »Ich glaube, du sprachst von Essen?«

»Nimm einstweilen das hier.« Dania reichte ihm einen Kanten Brot aus ihrer Schürze. »Ist zwar von gestern, aber das mit dem Essen dauert noch etwas. Ich verspreche dir: Gleich werden wir so speisen wie sonst bloß dieser Fettsack, wenn er von einer seiner Reisen zurückkommt.«

Boltan griff zu dem Brot und verschlang es gierig.

»Was«, sprach er kauend, »macht dich eigentlich so sicher, dass Goltar der Burg nicht ebenfalls einen Besuch abstattet?«

»Ehrlich gesagt, nichts.« Dania wechselte einen kurzen Blick mit Ambra. »Ich habe daher Lennes älteste Schwester angewiesen, den Weg runter zum Dorf im Auge zu behalten.«

»Lenne ist die jüngste der Verwaltertöchter?«, fragte er.

Dania nickte.

»Und du glaubst, dass du ihr und ihren Schwestern trauen kannst?«

»Sie hassen Goltar ebenso wie ich.« Sie nahm ihm den leeren Glaskolben aus der Hand und stellte ihn zurück auf den Tisch. »Sie werden uns warnen, sollte sich seine Kutsche nähern.«

»Und was machen wir in der Zwischenzeit?«

»Da du einigermaßen zu Kräften gekommen bist, könntest du mir bei einem Zauber helfen.« Dania wischte eines der von der Decke herabbaumelnden Kräuterbündel beiseite und marschierte zu einer Wandnische. Dort hatte sie Boltans Zauberbuch abgelegt, dass sie in jeder freien Minute der letzten Tage studiert hatte. »Diese Pflanzenformel enthält einige elfische Begriffe, die ich offenbar nicht richtig ausspreche. Ambra ist mir dabei leider keine Hilfe.«

»Gern, aber …« Boltan fasste an die Prothese, als wolle er den Sitz der Gurte prüfen. »Wo wir schon einmal hier auf der Burg sind: Wäre das nicht *die* Gelegenheit, uns die Geheimnisse deines

Lehrmeisters anzueigenen? Mal ehrlich, beim nächsten Mal wäre ich es gern, der diese Flammenwalze auf ihn spricht.«

Dania ließ das Buch sinken. »Ich befürchte, das Gewölbe hier und der verborgene Eiskeller da hinten« – sie deutete hinüber zu der magisch getarnten Luke am Boden neben dem Ofen – »ist alles, was es hier an Geheimnissen gibt. Wann immer das fette Schwein fort war, habe ich die Zeit dazu genutzt, um mich auf der Burg umzusehen.«

»Und?«

»Nichts. Abgesehen vielleicht von den Zauberergewändern, die ich in einer Kleiderkammer oben im Haupthaus gefunden habe. Den Maßen nach können sie unmöglich Goltar gehören.« Dania schnaubte abfällig. »Über sie habe ich überhaupt erst herausgefunden, dass der Kerl selbst bloß ein Zauberlehrling war. Davon abgesehen ist die Burg leer. Keine arkanen Schriften. Keine Artefakte. Nur dieses Labor, einige alchimistische Rezepte – und natürlich das kostbare Drachenei unter uns.«

Auf Boltans Gesicht zeichnete sich Enttäuschung ab.

Ambra kramte Pergament und Schreibzeug hervor. *Unglaubwürdig.*

Dania verzog verärgert das Gesicht. »Mädchen, ich habe hier zweieinhalb Jahre gelebt. Wenn ich sage, hier ist sonst nichts, dann ist hier auch nichts.«

Hast du richtig gesucht?, kritzelte Ambra weiter. *Goltars Angriff auf Boltan zeigt, dass er dazugelernt hat. Wie?*

»Vielleicht, indem ihm die anderen auf die Sprünge geholfen haben?«, antwortete die Schwarzhaarige schnippisch. »Vielleicht war seine eigene Ausbildung auch besser, als die, die er mir hat zukommen lassen.«

»Ambra hat recht«, wandte Boltan grübelnd ein und setzte sich nun wieder. »Hundertfünfzig Jahre … Überlege dir einmal, wie viele Generationen das sind. In all der Zeit soll das hier unten alles sein, was dein Lehrmeister an Wissen zusammengetragen hat? Wenn ich da an Walmar den Weisen denke, ist das wirklich kaum vorstellbar.« Er humpelte auf seinem Holzbein zu den Bodenplatten neben dem Ofen, die auf magische Weise das Versteck des

Dracheneis versiegelten. »Was, wenn es von diesen Vorrichtungen noch mehr auf der Burg gibt?«

»Das stammt nicht von Goltar«, meinte Dania geringschätzig. »Das Ei da unten muss schließlich über vierhundert Jahre alt sein.«

»Ich spreche ja auch nicht unbedingt von dem Ei. Was, wenn der Zauberer, dem er einst diente, hier noch mehr zurückgelassen hat?«

Ambra schrieb wieder etwas auf das Pergament und hielt es Dania hin. *Zeig mir die alten Gewänder.*

»Was willst du mit den Klamotten?«

Ambra tippte nachdrücklich auf die geschriebene Zeile.

Dania seufzte – dann fügte sie sich. Sie verließen die unterirdischen Gewölbe und gelangten über den Zugang am Torhaus zurück auf den von Mauern umgrenzten Innenhof der kleinen Burg. Ambra empfand es dort als gleißend hell und schirmte ihre empfindlichen Augen gegen das Sonnenlicht ab. Boltan blickte sehnsüchtig Richtung Burgküche, denn es lockte bereits der Duft von Pasteten und gebratenem Fleisch. Ambra nutzte den Moment, um sich trotz der unangenehmen Lichtverhältnisse umzusehen. Das von Efeu umrankte Torhaus war verschlossen und sie konnte oben auf dem schmalen Glockenturm eine kurze Bewegung ausmachen. Vermutlich die älteste Tochter der Verwalterfamilie, die dort Wache hielt. Abgesehen von ihr und einigen Hühnern, die zwischen den Rillen des Kopfsteinplasters nach Körnern pickten, lag der Burghof verlassen vor ihnen.

Ambra ließ ihren Blick weiter über Haupt- und Nebengebäude, den großen Bergfried und den Stall schweifen. Dann, endlich, entdeckte sie ihre Familie.

Die kleine Gruppe stand dicht aneinandergedrängt und im Sonnenlicht selbst für sie kaum sichtbar im Schatten des Pferdestalls. Alle vier starrten mit hohlem Blick zu ihnen herüber.

Das ging nun schon seit ihrer Flucht so. Und auch das war ungewöhnlich. Üblicherweise zeigten sich die Geister nur bei besonderen Umständen, oder wenn Ambra sie rief. Dass sie nun schon so lange dicht bei ihr blieben, musste einen Grund haben.

Dania schaute argwöhnisch. »Suchst du etwa nach deinen seltsamen Freunden?«

Ambra nickte, dann folgte sie Dania und Boltan in Richtung Haupthaus.

»Was sind das für Freunde?«, fragte Boltan. Jeder Schritt seines Holzbeins hallte klackend von den Mauern wider.

»Wie schon gesagt: Verrät sie nicht«, antwortete Dania.

Kaum, dass sie das große Gebäude erreicht hatten, führte Goltars einstige Adeptin sie über eine Treppe ins erste Obergeschoss und einen kahlen Flur entlang, von dem mehrere niedrige Holztüren abzweigten. Vor der letzten blieb Dania stehen und zog sie auf. »Hier. Das ist die alte Stoffkammer, von der ich sprach. Ich hoffe, die alten Gewänder hängen da hinten noch.«

Ambra fühlte die neugierigen Blicke ihrer Begleiter in ihrem Rücken, als sie den ebenso dunklen wie muffigen Raum betrat. Sie kämpfte sich an Bergen von alten Decken, Tüchern und mottenzerfressenen Vorhängen vorbei und fand, warum sie hergekommen war.

Ganz hinten an der Wand, an simplen Nägeln, hingen zwei alte Gewänder aus robuster roter Wolle, die mit gelben Drachenmotiven und prachtvollen goldgewirkten Kordeln verziert waren.

Ambra nahm eines der Gewänder an sich und schlüpfte zurück auf den Gang. Ihre Familie war bereits da.

»Jetzt bin ich gespannt«, meinte Dania.

Ambra legte die Kleidung auf dem Boden ab, trat zurück und wartete. Denn ebenso, wie ihre stummen Begleiter sie zu Orten führen konnten, die Ambra zuvor schon einmal besucht hatte, konnten die vier die Lebenskraft von Toten an deren einstigen Besitztümern erspüren – vorausgesetzt, das betreffende Objekt hatte sich später nicht länger im Besitz eines anderen Menschen befunden. Auch Ambra selbst verstand sich auf diese Kunst, doch die Geister vermochten überdies, mittels dieser Methode andere persönliche Gegenstände des Toten aufzuspüren, sollten sich solche Besitztümer in der Nähe befinden. Und genau darauf hoffte sie.

Diesmal war es ihre Schwester, die mit eingesunkenem Blick durch den Flur auf sie zuschwebte, den Stoff berührte, um sogleich beim Zugang zum Treppenhaus zu erscheinen, wo sie auf sie wartete.

»Was war das?« Boltan berührte schaudernd seinen linken Arm und damit jene Stelle, an der ihn ihre Schwester kurz berührt hatte.

Ambra sah ihn erstaunt an. Nicht einmal Rasgath Tiefwasser vermochte die Präsenz ihrer stillen Begleiter zu spüren. Sie verschob die Grübelei auf später und drängte sich an ihm und Dania vorbei, folgte dem Schemen aus dem Gang hinaus und dann über weitere Treppenstufen hinauf ins oberste Stockwerk des Hauptgebäudes.

Sie erreichten ein aufgeräumtes Schlafgemach mit großem Baldachinbett und wuchtigem Kamin, das über Truhen, Kommoden und sogar eine Nische für einen großen Waschzuber verfügte.

Ihre Familie stand reglos ganz hinten neben dem Bett und ihre tote Schwester deutete starr auf einen großen Wandspiegel, dessen Bronzerahmen prachtvoll mit mythischen Kreaturen wie Drachen, Einhörnern und Greifen verziert war.

Ambra nahm ihren Pergamentbogen zur Hand. *Der Spiegel.*

»Der hier?« Dania blickte den prachtvollen Wandschmuck ungläubig an. »Ich habe schon so oft davor gestanden, aber nie etwas bemerkt.«

Sofort begann sie Spiegelfläche und Rahmen abzusuchen.

Boltan stand noch immer am Eingang.

»Ambra«, flüsterte er. »Verrätst du mir, wer deine Freunde sind?«

Sie sah mit schräg gelegten Kopf zu ihm auf, überlegte, dann schrieb sie.

Seelen.

Boltan sah sich beunruhigt um. »Sind sie noch hier?«

Sie deutete stumm hinüber zum Bett, wo die vier Gestalten standen.

»Meine Güte.« Boltan berührte beunruhigt seinen Arm. »Dann war das eben ... wirklich?«

Amba nickte.

»Was hast du bitte bei diesem Rasgath Tiefwasser gelernt?«

Wenig, was ich nicht schon vorher wusste.

»Ihr seid Geisterbeschwörer? Habe ich recht? Nekromanten?«

Der Tod ist nicht schlimm. Ich war selbst schon einmal tot.

»Du warst schon einmal …?« Boltan betrachtete sie eine Weile, während Dania den Spiegelrahmen absuchte.

»Wenn dich der Tod nicht schreckt«, wisperte er, »warum hast du dich unserer Flucht überhaupt angeschlossen?«

Weil die Toten das von mir verlangen, kritzelte sie.

»Warum?«

Sie zuckte mit den Schultern.

Boltan rang sichtlich mit sich und flüsterte noch leiser. »Kannst du … Kontakt zu meinen Eltern aufnehmen?«

Ambra schüttelte bedauernd den Kopf – diesmal tatsächlich aus einer Empfindung heraus. Und auch das war … ungewöhnlich.

Irgendetwas war an Boltan, das sie nicht verstand und sie irritierte.

»Verdammt!«, fluchte Dania. »Wenn das hier tatsächlich ein Zugang sein soll, dann ist er magischer Natur. Zumindest finde ich keinen Riegel oder so etwas. Obwohl …« Sie grinste breit. Kurzerhand ergriff sie einen Stuhl und schleuderte ihn mit Schwung gegen die Spiegelfläche.

Es klirrte laut und der Spiegel zerplatzte in Hunderte scharfkantige Splitter.

Überrascht traten Ambra und Boltan vor, denn durch den Bronzerahmen hindurch konnten sie jetzt auf ein getäfeltes Studierzimmer schauen. Der verborgene Raum besaß zwei Fenster und war mit hohen Bücherregalen, einer Vitrine, einem großen Wandteppich mit Drachenmotiv und einem Lesepult ausgestattet.

»Ich fasse es nicht! Ambra hatte recht.« Dania nahm den Schürhaken vom Kamin, räumte mit diesem einige gefährlich aus dem Rahmen hervorstehende Scherben aus dem Weg und stieg durch den Durchlass hinüber in das Nachbarzimmer. Ambra und Boltan folgten ihr und sahen sich gespannt um.

Die Luft roch zwar nach alten Büchern und Pergamenten, doch die Regale waren auffallend mager mit Schriften bestückt. Sie blickten auf ein gutes Dutzend Folianten und vielleicht die doppelte Anzahl an eingerollten Schriftrollen. Rasgath Tiefwassers Bibliothek war sicher fünfzig Mal umfangreicher. Und Ambra vermutete, dass sie bei Weitem nicht jedes seiner bibliophilen Domizile kannte.

Dania ließ den Schürhaken fallen, stürzte vor und suchte die Regale nach Büchern ab, die sie lesen konnte. Endlich fand sie eines. Ein dickes, in Schweinsleder eingefasstes Werk. Sie schlug es auf, betrachtete die Seiten stirnrunzelnd und blätterte es rasch durch.

»Das gibt es doch nicht«, sprach sie verärgert.

»Was?« Boltan trat neben sie.

»Viele Seiten sind herausgerissen, andere komplett mit Tinte geschwärzt«, murrte sie. »Allein hier … das ist eine alchimistische Rezeptur, die wohl Tumore bekämpft. Und hier, das ist ein Mittel gegen … Brandwunden.« Sie schenkte Boltan einen scheelen Blick. »Das meiste aber wurde unleserlich gemacht.«

Ambra und Boltan suchten ebenfalls Schriften aus dem Bestand heraus. Viele von ihnen waren in elfischer Sprache verfasst, und auch bei ihnen waren Seiten unvollständig, andere geschwärzt. Ebenso verhielt es sich bei den eingerollten Pergamenten.

»Meine Güte, das hier ist eine Zauberformel, die es einem gestattet, auf Wasser wie auf Erde zu gehen«, sagte Boltan. »Nur fehlen ein paar Seiten. Und bei dieser hier geht es darum, wie man unter Wasser atmen kann. Leider auch unvollständig. Das ganze Buch scheint sich um Zauberei zu drehen, die irgendwie mit Wasser zu tun hat. Nur hat es jemand gezielt unbrauchbar gemacht.«

Er griff sich eine zweite, dritte und vierte Schrift.

»Überall das gleiche«, schimpfte er. »Aber hier, immerhin: Das ist der Zauber für eine Lichtkugel. Interessant, so lässt man die Sphären also davonschweben …« Er blätterte weiter. »Und diese Formel hier dreht sich darum, wie man aus dem Nichts ein Feuer entzündet. Die hier, wie man magisch Klingen schärft. Und die hier … kenne ich sogar. Sie lässt den Anwender erkennen, ob ein Objekt verzaubert ist. Durchaus nützlich, aber nicht gerade das, was ich mir unter höherer Magie vorstelle.«

»Ich verstehe das nicht«, klagte Dania. »Hatte der Fettsack Angst, dass ich den Raum finde und deswegen alles unbrauchbar gemacht, was irgendwie … echte Macht verspricht?«

Ambra sah sich noch einmal um, dann griff sie zu Pergament und Feder. *Vielleicht war das nicht Goltar.*

»Aber das hier gehört ihm doch alles«, erwiderte Dania.

»Heute, ja.« Boltan hielt sich am Regal fest, um sein halbes Bein zu entlasten. »Ursprünglich scheint das alles aber Goltars Lehrmeister gehört zu haben.«

»Du meinst, er hat die Schriften geschwärzt? Um … Goltars Neugier zuvorzukommen?«

»Nein«, brummte er nachdenklich, »ich meine, die anderen fünf Zauberer könnten dafür verantwortlich sein.«

»Wieso?«

»Wir wissen, dass die miteinander rivalisieren«, erklärte Boltan seinen Standpunkt. »Als Goltars Lehrherr umkam, sind die hier vermutlich eingefallen wie ein Schwarm Moskitos und haben sich alles unter die Nägel gerissen, was irgendwie wertvoll war.«

»Aber das erklärt die geschwärzten und herausgerissenen Seiten nicht.«

»Ich schätze, sie haben damals bloß das zurückgelassen, was sie Goltar gerade so an Macht zugestanden.« Boltan deutete resigniert auf das Buch mit den alchimistischen Formeln. »Und das scheint das Gebiet der Heilmagie gewesen zu sein.«

In Danias dunkel geschminkten Augen blitzte es auf. »Na gut, selbst wenn es so ist: Du bist der lebende Beweis dafür, dass der Kerl es in den letzten hundertfünfzig Jahren doch irgendwie geschafft hat, sich weiteres Wissen anzueignen. Ich spreche von dem schrecklichen Feuerzauber, mit dem er Tandurin getötet und dich verstümmelt hat.«

Mehr geheime Refugien?, schrieb Ambra. *Würde ich haben, wenn meine Konkurrenten Bescheid wissen.*

»Ja, vielleicht.« Boltan wirkte entschlossen. »Nur nützt es

nichts, sich zu ärgern. Es mag zwar nicht viel sein, was wir hier an zusätzlichem Wissen gewinnen können, aber wir werden trotzdem alles mitnehmen, was irgendwie nützlich erscheint. Aber« – er hob mahnend einen Finger – »die eigentliche Frage ist doch, warum die anderen fünf Goltar damals überhaupt am Leben ließen, wenn sie ihre Zöglinge sonst dazu benutzen, ihr eigenes Leben zu verlängern? Dafür muss es einen Grund geben.«

Ambra sah ihren Begleiter grübelnd an.

Dania warf die Pergamentrolle in ihrer Hand zurück ins Regal und trat gereizt an die Vitrine heran. Darin lagen lediglich zwei Gegenstände: eine wertvolle Halskette, bestehend aus hölzernen Perlen, in die kleine Zaubersigillen eingeritzt waren, sowie eine silberne Brosche samt drachenbeinerner Schmuckintarsie, die einen Elfen bei der Jagd zeigte. Sie öffnete die Vitrine und griff sich die Kette.

»Besser, du bist vorsichtig mit diesen Sachen«, mahnte Boltan.

»Ich dachte, wir waren schon so weit, dass hier nur unnützer Tand liegt«, meinte Dania trotzig. Sie legte sich die Kette um und sah ihre Begleiter prüfend an. »Und?«

Der Kette schien über eine gewisse Zauberkraft zu verfügen. Danias Lippen wirkten jetzt voller. Ebenso ihre Haare. Auch erschienen ihre Augen weniger eingesunken und ihre Wangen hatten mehr Farbe.

»Also, wenn du mich fragst, wirkst du jetzt irgendwie hübscher als zuvor«, meinte Boltan und korrigierte sich sofort. »Also, nicht, dass du nicht vorher auch gut ausgesehen hättest. Also, sehr gut, sogar. Aber –«

»Schon gut«, unterbrach ihn Dania und steckte sich auch die Brosche an. »Und jetzt?«

Ambra und Boltan wechselten einen kurzen Blick; sie konnten keine sichtbare Veränderung feststellen.

»Nein, nichts Auffälliges«, sagte Boltan. »Aber vielleicht ist die Brosche auch gar nicht verzaubert?«

»Egal. Das ist immerhin Drachenbein«, meinte Dania. »Schon deswegen behalte ich sie.«

Boltan humpelte auf seinem Holzbein an das Pult heran und

betrachtete das Buch, das obenauf lag. »In dem hier hat er zuletzt gelesen«, merkte er an. »Allerdings ist es auf Elfisch verfasst. Und auch hier sind viele Seiten geschwärzt. Aber nicht alle.« Vorsichtig blätterte er durch die Seiten.

»Irgendwelche Zauber?«, wollte Dania wissen.

»Nein, sein Inhalt dreht sich um …« Boltan runzelte befremdet die Stirn. »Es geht hier um einen bestimmten Aspekt der Zauberei. Er nennt sich Blutmagie.«

Ambra trat interessiert vor und blickte auf die Seiten. Diese Spielart der Zauberei war ihr durch Rasgath Tiefwasser bekannt, der viel Zeit damit zubrachte, nicht bloß die Magie der Elfen und Menschen, sondern auch jene ihrer alten Feinde zu studieren.

Sie griff zu Pergament und Schreibfeder. *Drachenmagie.*

»Drachenmagie?« Boltan wirkte überrascht. »Unterschied sich die Magie der Feuerechsen denn sehr von der unseren?«

Für große Zauber opferten sie Menschen.

»Du meinst, die Drachen haben ihre Sklaven geopfert, um zu zaubern?« Auch Dania war irritiert. »Wie soll so etwas Schreckliches der Magie förderlich gewesen sein?«

Ambra hob die Schulter und kritzelte auf das Pergament. *Tiefwasser verriet es nicht. Viele seiner Beschwörungen benötigen ebenfalls Blut.*

»Du sprichst von Geisterbeschwörungen und all diesem unheimlichen Zeug?«, hakte Boltan nach.

Ambra nickte, und unvermittelt kam ihr ein Gedanke – und sie fragte sich, warum sie nicht bereits zuvor darauf gekommen war …

Boltan ballte eine Hand zur Faust. »Wer sollte auch sonst eine derart finsteren Sache ausgebrütet haben, wenn nicht die Drachen! Die Elfen haben sich mit so etwas ganz bestimmt nicht beschäftigt.« Tief atmete er ein. »Gut, legen wir das Buch zu den anderen Sachen, die wir mitnehmen.«

Er hob es an, und zu Ambras Überraschung kam darunter ein vergilbtes Stück Pergament zum Vorschein, das mit Falzstellen und Knicken übersät war. Darauf befanden sich runde und quadratische Markierungen, die teils direkt nebeneinanderlagen, teils mit Linien verbunden waren. Der Plan eines Höhlensystems? Vielleicht die Elfengewölbe beim Drachenthron?

Es war Boltan, der das Rätsel löste, da er am Rande des Plans winzige Eintragungen fand. »Meine Güte, das ist eine Karte von Sil'Bariath.«

»Das soll die alte Elfenstadt in den Fackelbergen sein?«, merkte Dania skeptisch an.

»Nein, ich spreche von Sil'Bariath heute!«, fuhr Boltan aufgeregt fort und wandte sich Ambra zu. »Du warst es doch, die uns gesagt hat, dass sich die Gaale durch die Ruinen der Elfenstadt graben, um für die Zauberer alte Elfenschätze aufzustöbern.« Er wartete ihre Reaktion nicht ab. »Das hier ist offenbar ein Plan der Gänge und Gewölbe, die sie unter dem Geröll freigelegt haben.«

»Sieh an.« Dania blickte ihm über die Schulter. »Packen wir die Karte auch ein. Vielleicht finden wir ja irgendwann mal die Zeit und können uns in der Schlucht selbst nach alten Elfenschätzen umsehen. Sobald wir die Magier aus dem Weg geräumt haben.«

Boltan schob die Karte gerade zwischen die Seiten des Buches, als Ambra noch etwas anderes auffiel. Energisch berührte sie Boltan und Dania am Arm und deutete auf den Wandteppich. Er zeigte einen roten Drachen mit schwanenförmigem Hals und abgespreizten Schwingen – und war in der Mitte leicht ausgebeult. Gerade so, dass es nur auffiel, wenn man nahe davor stand.

Mit Dania trat sie an den Wandteppich heran und gemeinsam zogen sie ihn beiseite. Dahinter kam eine weitere Tür zum Vorschein. Sie ähnelte dem niedrigen Portal unten in den Kellergewölben. Jene, über die man das alchimistische Labor erreichte. Auch sie war mit drei Eisenbändern gesichert, auf denen neben verschnörkelten Zauberrunen grässliche, mit Zähnen und langen Zungen versehene Dämonenfratzen prangten. Jedes der Bänder war mit einem dicken Schloss versehen – und anders als im Kellergewölbe war das Metall frei von allem Rost.

»Sieh einmal an«, kommentierte Boltan den Fund. »Wollen wir deine drei Schlüssel aus dem Keller ausprobieren?«

»Ich weiß nicht so recht«, zweifelte Dania. »Andere Tür, andere Schlüssel. Goltar hat mich damals vor den Schutzrunen gewarnt –

und diese hier erwecken nicht den Eindruck, als wären sie erloschen.«

In diesem Moment schlug am Burgtor die Glocke an. Zwei Schläge. Dann kurze Stille. Dann wieder zwei Schläge.

Dania stürzte zum Fenster.

»Goltar?«, fragte Boltan besorgt.

»Nein, das Signal warnt uns vor etwas Schlimmerem«, antwortete Dania. »Einem der anderen Zauberer.«

»Da kommt eine Frau den Burgberg hoch!«, haspelte Lenne aufgeregt. Sie lief Dania und ihren Gefährten aus Richtung des Glockenturms entgegen, kaum dass sie den Burghof erreicht hatten. »Wir wissen nicht, woher sie so plötzlich aufgetaucht ist, aber sie trägt einen Stab bei sich. Und sie steht gleich vor dem Burgtor!«

»Gibt es noch einen anderen Weg raus aus der Burg?«, fragte Boltan alarmiert.

Im Arm trug er alles an Büchern und Schriften, was er im verborgenen Zimmer auf die Schnelle hatte zusammenraffen können. »Eine Ausfallpforte? Irgendwas?«

»Nein, junger Herr.«

Auch Dania schüttelte den Kopf. »Hier gibt es nur dieses Tor.«

Ambra bekritzelte ihr Pergament: *Kampf?*

»Nein. Ohne die anderen sind wir vermutlich chancenlos – auch wenn wir die Überraschung auf unserer Seite haben.« Dania biss sich auf die Lippen. »Lenne, wie sieht die Zauberin aus?«

Das Mädchen drehte sich halb zu ihrer älteren Schwester um, die den Glockenturm längst verlassen hatte und sich am Tor bereithielt.

»Sie ist älter«, meinte das Mädchen aufgeregt. »Und sie geht leicht gekrümmt.«

»Also diese Valeska!«, ächzte Boltan. »Na gut. Lasst uns im Torhaus ein Versteck suchen und hinter ihrem Rücken abhauen, sobald sie tut, warum auch immer sie hier ist.«

»Nein, wartet!«, entgegnete Dania. »Ich will wissen, was das Weibsstück hier will. So eine Gelegenheit, sie auszuhorchen, erhalten wir vielleicht nie wieder.«

»Was?« Boltan starrte sie an, als habe sie den Verstand verloren. »Wie willst du das anstellen?«

»Ganz einfach: Ich werde mich für Goltar ausgeben, sie ausquetschen – und dann aus dem Weg räumen.«

»Bist du völlig übergeschnappt?!«

»Haut ab, wenn ihr Angst habt«, sprach Dania kühl. »Aber wir können uns nicht ewig vor ihnen verstecken. Außerdem habe ich einen Plan. Ihr müsst mir bloß vertrauen.«

Boltan wollte abermals Widerworte geben, doch Ambra packte ihn am Arm und hob mahnend einen Finger. Dania grinste. Man konnte von der kahlköpfigen Kleinen denken, was man wollte, sie war zumindest pragmatisch.

Am Tor donnerten Schläge.

Ambra und Boltan wollten sich bereits in Richtung Stall absetzen, doch Dania hielt sie auf. »Nein, rüber in den Rittersaal mit euch. Ich versuche, sie dorthin zu lotsen. Versteckt euch im Nebenraum und haltet euch bereit, falls mein Plan schiefgeht.«

»Was soll das für ein Plan sein?« Aufgeschreckt humpelte Boltan hinter Ambra her, doch Dania verzichtete auf eine Antwort.

Stattdessen wandte sie sich wieder an Lenne. »Sag deiner Familie, dass sie das Essen auftragen soll. Rasch. Und wenn etwas schiefgeht, dann habt ihr von nichts gewusst.«

Sie konzentrierte sich und blinzelte zweimal. Lenne stolperte einige Schritte zurück, als Dania ihr Trugbild wirkte und vor ihren Augen die massige Gestalt Goltars annahm.

Abermals donnerten Schläge ans Tor.

»Öffnet das Tor!«, keifte vor der Burg Mutter Valeska. »Oder ich finde andere Wege, um reinzukommen.«

»Öffnet ihr!« Dania schickte Lenne hinüber zu ihrer Schwester. Hektisch vergewisserte sie sich, dass Boltan und Ambra im nahen Rittersaal verschwunden waren, dann konzentrierte sie sich mit pochendem Herzen auf die bevorstehende Aufgabe.

Unvermittelt kamen ihr Zweifel.

Was wusste sie schon über die Zauberer? Nichts.

Alles, worauf sie ihre Scharade aufbauen konnte, waren lediglich Vermutungen. Und ob ihr heimtückischer kleiner Plan überhaupt funktionieren würde, stand in den Sternen. Doch es war zu spät für eine Umkehr. Sie musste darauf vertrauen, dass es ihr gelang, Valeska möglichst lange hinzuhalten. Ganz so, wie sie es früher bei den unangenehmeren Freiern getan hatte.

Und sie musste versuchen, sich wie Goltar zu benehmen.

Das Burgtor öffnete sich knarrend, und die alte Zauberin betrat den Burghof.

»Das wurde auch höchste Zeit«, hörte sie Valeskas schnarrende Stimme. »Wenn ihr nicht meinen Zorn erleben wollt, dann stellt keine Fragen. Macht mir etwas zu essen und lasst mich ansonsten in Ruhe. Ich habe nicht vor, lange zu bleiben.«

Dania atmete tief ein.

Goltars schwerfälligen Gang nachahmend, betrat auch sie den Innenhof.

Mutter Valeska sah mit ihrem Flickenmantel und dem von Warzen entstellten Gesicht genauso hässlich aus wie bei ihrer letzten Begegnung. Die Alte blieb bei Danias Erscheinen überrascht stehen und glotzte sie an. »Was machst du denn hier?«

Gerade noch rechtzeitig erinnerte sich Dania daran, dass ihr Trugzauber nicht die dunkle Stimme Goltars zu imitieren vermochte. Sie fasste sich daher an den Hals und krächzte mit möglichst tiefer Stimme: »Das gleiche könnte ich dich fragen.«

Lauernd beäugte die Alte sie. »Ich frage dich das nur noch einmal: Was machst du hier?«

Dania beschloss, zum Gegenangriff überzugehen. »Und ich frage dich das auch nur noch einmal«, krächzte sie. »Das hier ist meine Burg. Und ich wüsste nicht, dass ich dich eingeladen hätte.«

»Deine Burg?« Die Alte schaute sie gereizt an. »Du kannst froh sein, dass wir dir den ganzen Plunder damals überlassen haben. Aber gut: Ich bin hier, weil Walmar es angeordnet hat. Und auch dir hat er einen Auftrag erteilt. Also, solltest du nicht längst auf dem Großen Fluss in Richtung Süden unterwegs sein? Beantworte meine Frage!«

Goltar war auf dem Großen Fluss unterwegs? Warum?

»Ich bin hier«, murrte sie, »weil mir Escalia eins mit dem Stab übergebraten hat. Sie hat mich am Hals erwischt und mit meiner

Stimme wird es seitdem nicht besser. Schlucken kann ich auch kaum noch.« Dania rieb sich den Hals. »Der Abstecher war notwendig, um mir etwas Geeignetes zusammenzubrauen. Sonst kann ich bald nicht mehr zaubern.«

»So schlimm?« Valeska verengte misstrauisch die Augen, schnaubte dann schadenfroh. »Und ich dachte, Escalia habe dir bloß eine ordentliche Beule verpasst. Du hast es nicht anders verdient.«

Dania verzog wütend ihr Gesicht. »Ich habe wenigstens etwas getan. Die sechs sind euch entkommen, nicht mir!«

»Du hast nicht irgendetwas getan«, knurrte die Zauberin wütend, »du einfältiger Narr hast einen von ihnen umgebracht! Du bist so dumm wie ein Sack Bohnen. Sei nur froh, dass wir dich brauchen. An Walmars Stelle hätte ich dich auf der Stelle bestraft. Obwohl … das kommt sicher noch. Davon abgesehen«, Valeska senkte lauernd ihre Stimme, »ist es wirklich erstaunlich, wie rasch ein Mann mit deinen begrenzten Fähigkeiten durchs Land zu reisen versteht.«

»Ich habe halt auch meine Möglichkeiten.«

»Offensichtlich.«

»Wollen wir uns jetzt weiterstreiten?«, krächzte Dania etwas selbstsicherer. »Ich weiß, dass ich … vorschnell war. Außerdem war es Escalia, die sie hat entkommen lassen. Hätte sie mich nicht bewusstlos geschlagen, dann –«

»Dein Versagen wird nicht besser, indem du deine Ausflüchte dauernd wiederholst«, unterbrach sie Valeska gereizt – und bestätigte damit Danias Ahnung, wie Goltar nach den Ereignissen am Drachenthron reagiert hatte. »Und jetzt muss ich Theophrastus' Arbeitszimmer einen Besuch abstatten. Danach wissen wir hoffentlich, wo sie sich versteckt halten.«

Valeska musste den Zauberer meinen, der früher hier gelebt hatte. Ihre Ankündigung klang im höchsten Maße alarmierend.

»Dachte ich mir schon«, grunzte Dania.

»Dachtest du also schon?«, echote Valeska spöttisch. »Du weißt gar nichts.« Sie blickte sich unmerklich zur Burgküche um.

Dania stimmte, so weit sie das mit verstellter Stimme vermochte, einen versöhnlicheren Tonfall an. »Entscheide dich, ob du mich weiter verspotten willst, oder ob du mir lieber beim Essen Gesellschaft leistest. Meine Dienerinnen tragen gleich jede Menge auf – und du wirst sicher hungrig sein.«

Sie marschierte hinüber zur Burgküche und klappte mit den Händen. »Wo bleibt das Essen? Wir haben einen hohen Gast. Beeilt euch.«

»Ihr könnt sofort speisen, Herr.« Lenne und ihre Schwestern betraten den Burghof. Mit sich trugen sie große Platten, auf denen gesottene Hühner, dampfende Bratenstücke, Beilagen, eine Suppenterrine, Butter und köstlich duftendes Brot lagen. Die drei eilten unterwürfig an ihnen vorrüber und schleppten die Speisen zum Rittersaal. Wie es Boltans Art war, rieb sich Dania die Hände.

»Fühl dich eingeladen«, krächzte sie zu Valeska und marschierte ebenfalls über den Hof.

Valeska haderte kurz mit sich, schließlich folgte sie ihr.

Dania grinste böse. Bislang entwickelte sich ihr Plan prächtig.

Sie erreichten den Rittersaal und damit den prachtvollsten Ort in der heruntergewirtschafteten Burg. Neben einem hohen Kamin, der nicht nur im Winter Wärme spendete, war er mit Wandteppichen, einer Ritterrüstung, einem langen Speisetisch mit zehn gepolsterten Stühlen, Gemälden, Wand- und Deckenleuchtern sowie gleich zwei Kommoden ausgestattet, auf denen Leuchter, Schüsseln und anderer Zierrat standen.

Die drei Schwestern tischten soeben das Essen auf – und Dania bemerkte, dass der lange Tisch bereits gedeckt war. Und zwar für drei Personen. Sie zischte warnend, und gerade noch rechtzeitig gelang es Lennes ältester Schwester, das dritte Gedeck zu entfernen. Dann betrat auch Valeska den Saal.

Zufrieden betrachtete sie die kredenzten Speisen. »Wenn du dich auf eine Sache verstehst, dann aufs Fressen!«

Sie lachte gehässig und nahm mit knackenden Gliedern an der Stirnseite des Tisches Platz. Dania suchte die Trinkpokale und fand sie auf einer der Kommoden.

»Hier fehlt noch was.« Dania wandte sich mit eindringlichem Blick an Lenne. »Bring uns Wein. Und zwar … *den Guten.*«

Lenne begriff sofort. »Ja, Meister.«

Sie lief zur Küche.

»Ihr anderen könnt gehen.« Lennes Schwestern verließen ebenfalls den Saal, und Dania setzte sich möglichst schwerfällig ans andere Ende des Tisches. Dabei sah sie verstohlen zu der kleinen Tür schräg hinter sich, wo sich Boltan und Ambra versteckt hielten. Sie war nur angelehnt.

Mittlerweile musste sie ihre Stimme kaum noch verstellen, denn ihr Hals war vor lauter Aufregung wie ausgetrocknet. »Bitte, greif zu.«

Valeska lud sich Speisen auf ihren Teller, als gäbe es kein Morgen mehr. »Ich hoffe, deine Medizin schlägt bald an. Du klingst fürchterlich.«

Dania murrte bloß, während sie ihr Gegenüber beobachtete. Wenn Valeska jetzt auch noch das giftige Gesöff trank, das ursprünglich für Goltar vorgesehen war, dann würde sie sich heute selbst vor Freude betrinken.

Auch Dania bediente sich an den Speisen und zwang sich zu essen.

»Was, wenn wir sie nicht finden?«, fragte sie möglichst besorgt

»Darüber denken wir besser nicht nach.« Valeska machte sich gierig über einen Hühnerschlegel her. »Wir haben nur noch ein Einhorn, das wir ersatzhalber auspressen können. Dann sind auch diese Viecher Geschichte. Und es ersetzt auch bloß Escalias Zögling, den du Idiot abgefackelt hast.«

Nur noch ein Einhorn? Dania verschluckte sich fast.

»Entkommt uns auch nur einer der anderen«, fuhr die Alte fort, »dann dürfte es für einige von uns schwer werden, das nächste Intervall zu erleben. Escalia glaubt zwar, Hinweise auf einen weiteren Machtträger zu besitzen, aber du weißt ja selbst, wie schwierig es ist, Begabte ausfindig zu machen. Insbesondere in der kurzen Zeit, die uns bleibt. Nein, wir verwenden unsere Energie lieber darauf, die fünf rasch aufzuspüren. Alruna ist sehr zuversichtlich, dass sie ihr Prinzlein findet. Und auch du hast dich ja ziemlich überzeugt gegeben, deine kleine Hure in Kesselfurt wieder einfangen zu können. Ich hoffe, du hältst dein Versprechen?«

Dania durchfuhr es siedenheiß. Nun begriff sie, warum Goltar auf dem Großen Fluss unterwegs war. Wer dort mit dem Schiff gen Süden fuhr, kam unvermeidlich an der Kataraktstadt vorbei. Und das bedeutete, dass er offenbar von Vala wusste.

Natürlich wusste er von ihr. Was war sie nur für eine Närrin? Sie hatte ihre Schwester ihm gegenüber häufig genug erwähnt.

»Ich mache mich gleich morgen auf den Weg«, sprach Dania heiser.

»Ja, und ich hoffe, du gibst dir Mühe. Denn du solltest wissen, wie viel davon abhängt. Auch für dich selbst.« Valeska warf den abgenagten Hühnerknochen hinter sich und griff nach einem Bratenstück. »Rasgaths ganzes Brimborium, das er kurz nach eurer Abreise inszeniert hat, hat jedenfalls versagt – und das, obwohl seine Beschwörungskunst sonst sehr beeindruckend ist. Er kann weder sein Mädchen noch deine Kleine noch Walmars Zögling aufspüren. Und das ist ziemlich beunruhigend. Angeblich werden die drei durch Kräfte geschützt, die dem Totenreich entstammen. Dafür hat wohl Rasgaths eigene Adeptin gesorgt. Zumindest ist sie die Einzige der drei, die sich mit dieser Form von Magie etwas auskennt.«

Dania musste sich zwingen, nicht zur kleinen Tür zu blicken.

»Er bestreitet es zwar«, sprach die Zauberin weiter, »aber wir anderen sind davon überzeugt, dass er sie zu gut ausgebildet hat.«

»Was ist mit den anderen?«, krächzte Dania, der vor Aufregung allmählich flau im Magen wurde.

»Anscheinend auf den kurzen Wegen unterwegs.« Valeska sah finster drein. »Auch dort hat die Geisterwelt keine Macht. Nur verstehe ich nicht, wie Kyrell das geschafft hat. Gut, sie hat etwas Elfenblut in den Adern, aber das allein kann es unmöglich sein.« Sie langte erneut zu. »Walmar hat Rasgath ausgeschickt, um die Blutgeister freizulassen. Er will sie wie Jagdhunde einsetzen. Eine ziemlich riskante Entscheidung.«

Blutgeister?

»Die Lage ist eben schwierig«, murmelte Dania, um irgendwas zu sagen.

»Du hast ja keine Ahnung«, brauste Valeska auf. »Du hast diese

Kreaturen damals nicht erlebt. Ihre Gier ist fürchterlich! Es hat Jahre gedauert, sie alle einzufangen. Sollte sich Rasgath auch nur einen Fehler erlauben, werden wir den Schritt noch bereuen.«

Dania wusste nicht, wie sie darauf reagieren sollte. Doch sie musste auch nichts sagen, denn endlich öffnete sich die Saaltür und Lenne trat herein. Bei sich trug die jüngste Verwalterstochter drei Weinflaschen – darunter jene, die Dania vor ihrer Abreise präpariert hatte. Lenne stellte sie auf einer Kommode schräg hinter Valeska ab, griff zittrig zu zwei Weinpokalen und füllte diese unauffällig mit unterschiedlichen Flascheninhalten.

»Wie konnte ihnen das überhaupt gelingen?«, stellte Dania hastig eine Frage, um die Aufmerksamkeit auf sich zu ziehen. »Also die Flucht?«

»Tja, das frage ich mich auch. Wir alle fragen uns das.« Valeska nahm Lenne unwirsch den Weinpokal aus der Hand, den diese ihr reichte. Er enthielt den vergifteten Gewürzwein. Auch vor Dania stellte das Mädchen einen gefüllten Pokal ab. Sie war derart aufgeregt, dass sie etwas von dem Wein verschüttete. Herrisch schickte Dania sie aus dem Raum und Valeska wartete ab, bis sie ungestört waren.

»Sie auszubilden«, fuhr die Zauberin grübelnd fort, »ist für den Prozess leider recht hilfreich. Außerdem bringt uns das gute zehn zusätzliche Jahre pro Opfer. Doch nach dem Desaster vor sechzig Jahren haben wir uns ja nicht ohne Grund dafür entschieden, sie nur noch mit dem Notwendigsten vertraut zu machen. Sie waren damals viel zu stark. Und ehrlich gesagt, ist es ein Wunder, dass nicht schon in den Jahrhunderten zuvor etwas Ähnliches passiert ist. Das hätte sich nicht wiederholen dürfen. Doch das hat es. Nur ein Intervall später. Obwohl sie viel schwächer als früher sind.« In Valeskas Augen blitzte es zornig. »Unmöglich ist das ein Zufall. Nicht zweimal so rasch hintereinander.«

»Also wie?«, krächzte Dania, während sie der Alten zuprostete und ihren Trinkpokal ansetzte.

Doch statt zu trinken beugte sich Valeska verschwörerisch vor. »Ich bin davon überzeugt, dass sie Hilfe hatten. Damals ebenso wie heute.«

»Von wem?« Dania starrte sie über den Pokalrand hinweg an und hoffte sehnlichst, dass die Zauberin einige Schluck nahm.

Valeska lehnte sich unheilvoll zurück. »Von einem Drachen!«

Dania prustete vor Schreck den Wein über den halben Tisch. Sie musste zusätzliche Konzentration aufwenden, um ihr Trugbild aufrechtzuerhalten.

»Was?«, hustete sie entsetzt.

»Ich meine das genau so, wie ich es sage.« Valeska stellte den unberührten Pokal ab und fuhr mit dem Zeigefinger erregt über den Rand des Gefäßes. »Wer sollte sonst ein Interesse daran haben, uns aufzuhalten? Erinnerst du dich noch an diesen Kuhtreiber aus Schwalbensee vor einundvierzig Jahren? Der, der behauptete, nachts am Himmel einen großen fliegenden Schatten gesehen zu haben? Was, wenn das gar kein Gipfelalk war? Was, wenn er die fehlende Kuh damals doch nicht heimlich verkauft hat? Das Vieh könnte tatsächlich von einem Drachen gerissen worden sein.«

Dania sah ihr Gegenüber entgeistert an.

»Vor etwa hundertsiebzig Jahren habe ich in den Blauen Zinnen einen Prankenabdruck gefunden, der mich ziemlich beunruhigt hat«, ereiferte sich Valeska weiter. »Du kannst das nicht wissen, denn das war weit vor deiner Zeit. Aber der Abdruck machte auf mich einen ziemlich frischen Eindruck. Aber Walmar und die anderen glaubten mir nicht. Mehr noch: Ich musste mir anhören, dass ich unter Verfolgungswahn leide.« Sie schnaubte geringschätzig. »Und wenn ich damals richtig lag? Was, wenn eines von diesen Biestern den Dritten Drachenkrieg überlebt hat? Ich sage dir, diese feuerspuckenden Bestien existieren noch. Und damals wie heute trachten sie danach, uns auszulöschen! Nur das erklärt all diese Merkwürdigkeiten.«

»Was sagt Walmar dazu?«, grunzte Dania.

»Soll ich mich erneut von ihm verspotten lassen?« Valeska schnaubte abfällig. »Nein, diesmal warte ich, bis ich Beweise habe. Und du wirst mir dabei helfen.«

Leibhaftige Drachen? Dania war angesichts dieser Eröffnung so schockiert, dass sie ihre Bestürzung nicht spielen musste.

»In Ordnung.« Abermals hob sie ihren Pokal.

Und endlich folgte Valeska ihrem Beispiel. Sie prosteten sich verschworen zu und leerten die Becher in einem Zug.

Dania konnte ihr Glück kaum fassen. Die elende Zauberin hatte das Gift tatsächlich geschluckt. Jetzt konnte sie nur darauf hoffen, dass der magisch konzentrierte Sud aus Purpurhäublingen und Drachenei so rasch wirkte wie bei Goltar.

»Also.« Dania atmete tief ein und krächzte weiter. »Was willst du hier?«

»Ich bin hier, um Theophrastus' größten Schatz zu konsultieren. Das Auge!« Dania musste ziemlich irritiert dreinschauen, denn Valeska grinste verschlagen. Sie kramte einen Bund mit drei Schlüsseln unter ihrem Flickenumhang hervor – und rülpste. »Ich bin schon auf deinen Blick gespannt, wenn du siehst, was sich hier noch für Schätze befinden. Seinetwegen haben wir es dir damals zur Auflage machten, hier zu residieren. Mit seiner Hilfe kannst du zu fernen Orten sehen – und eben auch Personen finden.« Kurz hielt sie inne, und rieb sich den Bauch, als wäre ihr leicht unwohl. »Theophrastus hat es einst geschaffen, um die Blutgeister aufzuspüren. Die auf ihm liegenden Zaubergewebe mögen zwar uralt sein, erloschen sind sie noch lange nicht. Zwei, drei Male sollte es uns mit seiner Hilfe also möglich sein, den Aufenthaltsort unserer flüchtigen …«

Valeska verstummte und schaute irritiert an ihrem Gesprächspartner vorbei.

Dania folgte ihrem Blick – und es durchrieselte sie kalt.

Dort neben dem Kamin, unweit der Ritterrüstung, lag der eingerollte Flickenteppich Rasgath Tiefwassers. Da Vicors Frau zwecks Besorgungen fort war, hatten sie nach ihrer Ankunft die drei Schwestern damit beauftragt, ihn in die Burg zu schaffen, um sich sogleich im Kellerlabor an die Arbeit machen zu können.

Und ausgerechnet hier hatten sie ihn abgelegt.

Valeska ruckte herum und glotzte sie ungläubig an. »Woher hast du …?« Unvermittelt verzerrte sich ihr Gesicht vor Wut. »*Du* hast ihnen geholfen!«

Dania riss ihren Gaaldolch hervor, hechtete auf den Tisch und stürmte, Teller und Platten wüst beiseitetretend, auf die Zauberin zu.

Valeska hatte längst den Zauberstab gepackt, formte mit ihrer Linken eine Kralle und keifte eine Verwünschung: »Möge dich die Kerkersieche fällen, Goltar!«

Dania spürte, wie sie ein eiskalter Hauch streifte – und verwehte.

»Falscher Name, Vettel!« Dania ließ ihr Trugbild fallen, rannte die überraschte Zauberin in vollem Lauf um und zielte mit dem scharfen Dolch auf ihre Brust.

Valeska riss kreischend den Stab hoch – und die Klinge traf lediglich ihre Schulter. Dania wollte abermals zustechen, als sie von einer Druckwelle gepackt wurde, die sie anhob und jäh durch die Luft wirbelte.

Mit Kopf und Rücken prallte sie gegen den großen Rundleuchter an der Saaldecke. Er schepperte, dann stürzte sie samt Kerzen und zersplitterten hölzernen Streben zurück in die Tiefe, schlug dort auf einem Stuhl auf, der unter ihrem Gewicht barst, um inmitten der am Boden liegenden Teller, Töpfe und Speisen liegen zu bleiben.

Dania stöhnte. Ihr Körper fühlte sich an, als wäre sie von einem Zuggespann überollt worden. Sie war von blutigen Schrammen übersät und konnte sich vor Schmerzen kaum rühren.

Doch auch Valeska war angeschlagen. Ihre Schulter blutete, sie war jetzt totenblass und sie würgte, als sie sich hochmühte. Ihre Augen wurden glasig.

Das Gift begann zu wirken.

Die Tür zum Nachbarraum polterte und Boltan humpelte an Ambras Seite in den Saal. Unter der Decke sprühte sogleich einer seiner Kugelblitze auf und jagte auf Valeska zu.

Die jaulte auf und schlug den Feuerball im letzten Moment mit ihrem Zauberstab beiseite. Mit lautem Knall explodierte er in einer der Kommoden. Teile einer Schublade sowie Holzfragmete regneten auf sie nieder. Und Valeska wehrte sich. Auch Boltan und Ambra wurden jetzt von einer unsichtbaren Kraft gepackt und hart gegen die hintere Saalwand geschleudert. Dann wirbelte

Valeska zu Dania herum, doch statt zu zaubern, würgte sie und erbrach sich. Ihre Beine knickten ein und sie konnte sich kaum mehr aufrecht halten.

Boltan versuchte aufzustehen, doch glitt er auf seinem Holzbein aus und stürzte der Länge nach neben die bewusstlose Ambra.

Im Blick der Zauberin lag dennoch nackte Panik.

Schwerfällig nestelte sie in einer ihrer Taschen und kramte eine Flasche hervor. Ihre Bewegungen waren lahm und unkoordiniert. Nicht mehr lange, und das Gift würde sie endgültig handlungsunfähig machen.

Und sie waren zu dritt.

Dania wirkte mühevoll einen Zauber gegen ihre Verletzungen und der Schmerz ebbte ab. Rasch erhob sie sich und räumte wütend einen Stuhl beiseite – doch Valeska hatte sich ihr längst zugewandt und formte ihre Rechte zu einer Kralle.

Panisch schleuderte Dania ein zerbrochenes Stuhlbein in Richtung der Alten. Es war schlecht gezielt und sollte sie eher ablenken – als die Brosche mit der drachenbeinernen Jagddarstellung an ihrer Brust silbern aufblitzte.

Ungläubig sah sie dabei zu, wie das Stück Holz in der Luft jäh einen Haken schlug und wie von einem Katapult beschleunigt auf die Zauberin zufegte.

Die sah das Unheil im letzten Augenblick kommen, duckte sich und wurde von dem Prügel dennoch hart an Kopf und Schulter getroffen. Heulend ging sie zu Boden, nahm noch einmal alle Kraft zusammen und zeichnete mit ihrem Stab Kreise in die Luft.

»Diener! Helft!«, röchelte sie halb besinnungslos. »Diener! Helft!«

Erstaunt von dem Effekt, den sie soeben miterlebt hatte, griff Dania nach einem weiteren Wurfgeschoss – als ihr dieses von einer unsichtbaren Kraft entrissen wurde. Rasch sprang sie beiseite, denn unvermittelt rauschte vom Tisch ein Messer auf sie zu. Ihm folgten Teller, mehrere geborstene Holzteile, die Kerzen des Leuchters und dann zwei ganze Stühle. Doch sie selbst war nicht das Ziel der Objekte. Stattdessen vereinten sich all die Gegenstände zwischen ihr und Valeska zu einem machtvollen Wirbel. Immer schneller werdend drehten sich die Dinge in der Luft umeinander, während von allen Seiten weitere Gegenstände in den Wirbel hineinrauschten: Kerzenhalter, Holzfragmente, Pokale, Bleigefäße, Schürhaken. Selbst Löffel. Der halbe Saal schien sich in Bewegung zu setzen, und das gespenstische Geschehen machte es Dania unmöglich, zu der Alten vorzustoßen.

Hinter dem Wirbel stöhnte und brabbelte Valeska vor sich hin. Die wenigen Worte, die Dania verstand, klangen wie Kommandos. Abermals würgte die Zauberin Essen hervor, dann brach sie endgültig zusammen.

Dania beschloss, den magischen Wirbelwind aus Möbelstücken und Trümmerteilen zu umrunden – als sich plötzlich auch die Ritterrüstung bewegte. Quietschend stapfte sie von ihrem Sockel in den Saal hinein und marschierte auf Valeska zu. Die Rüstung packte die Zauberin an ihrem Flickenumhang und schleifte sie samt ihrem Stab auf den Ausgang zu.

Im gleichen Moment setzten sich all die wirbelnden Trümmerteile zu einer bizarren Gestalt zusammen, die gute zweieinhalb Schritt hoch war. Ihr Kopf bestand aus der Suppenschüssel, ihr Leib aus Stuhlbeinen und Sitzkissen. Arme, Beine und selbst Finger wurden geformt von Holzfragmenten, Besteck und Kerzen. Kaum zusammengefügt ließ das unheimliche Zauberwesen ein gefährliches Knarren hören, packte einen alten, über dem Kamin hängenden Schild und riss ihn von der Wand. Sogleich schlug es damit zu.

Dania schrie auf und tauchte im letzten Augenblick unter der improvisierten Waffe hindurch. Das unheimliche Wesen knarrte wütend und drosch mit dem Schild ein weiteres Mal auf sie ein.

Verzweifelt hechtete Dania unter den langen Tisch und hörte es über sich auf der Platte wuchtig dröhnen. Kerzen und Besteckfinger langten unter die Tischfläche und wuchteten die Deckung mühelos beiseite. Der Tisch kippte und rumpelte samt allem, was noch darauf gestanden hatte, schwer zu Boden. Dania schrie, als die unheimliche Kreatur erneut mit dem Schild ausholte.

»Hau ab!«

Es zischte unter der Saaldecke und einer von Boltans Kugelblitzen schlug in die Brust des Wesens ein. Er explodierte und zahlreiche Holz- und Keramikteile flogen Dania um die Ohren.

Knarrend wankte die unheimliche Riesengestalt vor ihr zurück. Dania versuchte auf allen vieren zu entkommen, doch die herausgesprengten Trümmerstücke sausten sogleich zu dem Zauberwesen zurück und setzten sich dort erneut zusammen.

Boltan heulte zornig auf und versuchte es mit zwei weiteren Kugelblitzen.

Abermals rollten Explosionen durch den Rittersaal und die Zauberkreatur wankte. Das Ergebnis blieb das gleiche. Es fügte sich beständig wieder zusammen – bis ihm Ambra entgegentrat.

Die glatzköpfige Mädchen blutete aus einer Stirnwunde und ihre roten Augen schienen zu glühen, als sie gebieterisch die Hand hob.

Und dann sah Dania die Schemen.

Es waren derer vier. Und sie besaßen menschliche Umrisse.

Die Boten aus dem Totenreich umringten den absonderlichen Angreifer und die Luft flirrte, als sie vorstürzten und etwas aus der gestaltgewordenen Zusammenballung von Möbelstücken und Essgeschirr herausrissen, das Dania wie ein Schatten erschien.

Ein leises Wehklagen war zu hören.

Als wären unsichtbare Fäden gekappt worden, stürzten all die durch Zaubermacht zusammengehaltenen Objekte plötzlich zu Boden und der Spuk war vorbei.

Schwer atmend sah sich Dania zu Ambra und Boltan um.

Ohne, dass sie sich hätten absprechen müssen, hetzten sie auf die Ausgangstür des Saals zu, rannten hinaus auf den Burghof, dort an den verschreckten Verwaltertöchtern vorbei und durch das offen stehende Tor ins Freie.

Dania erblicke die Rüstung als Erste. Sie lag quer über dem serpentinenartigen Weg hinunter zu dem Dorf der Leibeigenen Goltars.

Dania und Ambra stürmten den Weg hinunter bis zur Ritterrüstung. Sie lag in mehrere Einzelteile zerfallen vor ihnen. Vor dem rechten Panzerhandschuh lag eine kleine braune Flasche ohne Korken. Unmittelbar neben dem Weg erhoben sich drei uralte Ulmen, deren Blätter im Licht der späten Nachmittagssonne ein eigentümliches Schattenspiel erzeugten. Sie taugten kaum als Deckung. Und auch sonst gab es hier oben keine Verstecke.

Doch Valeska war verschwunden.

Boltan mühte sich auf seinem Holzbein zu ihnen und schwer atmend blieb er neben ihnen stehen. »Ist sie weg?«

Ambra nickte.

»Dann müssen auch wir schleunigst von hier verschwinden.«

»Nicht so schnell«, sprach Dania. »Ich habe sie vergiftet. Während des Essens.«

Ambra sah interessiert zu ihr auf.

»Das Gift war eigentlich für Goltar bestimmt«, beantwortete Dania die stumme Frage. Sie hob die Flasche auf und schnupperte daran. Kräuter.

»Ein Gegenmittel?«, wollte Boltan wissen.

Dania zuckte mit den Schultern und blickte sich argwöhnisch auf dem Burghügel um. Der paranoiden Alten war eine derartige Vorsichtsmaßnahme durchaus zuzutrauen.

»Dann müssen wir erst recht von hier weg«, klagte er.

»Selbst wenn die alte Vettel Vorkehrungen getroffen hat«, meinte Dania, »wird sich erst noch zeigen, ob diese gut genug waren. Und keinesfalls verschwinde ich von hier, bevor ich nicht hinter der Tür mit den drei Schlössern nachgesehen habe.« Sie präsentierte triumphierend Valeskas Schlüsselring. »Oder wollt ihr nicht wissen, was dieser Theophrastus da oben versteckt hat?«

»Meine Güte!« Boltan sah ungläubig den mächtigen runden Glaszylinder an, der sich inmitten des getäfelten Kabinetts hinter der Tür mit den drei verzauberten Schlössern erhob. Das riesige, nach oben hin offene Gefäß wurde rötlich angestrahlt vom Licht der untergehenden Sonne, das durch ein verschmutztes Oberlicht in den Raum sickerte. Der Zylinder selbst ragte bis knapp zur Zimmerdecke auf und war bis auf eine Armlänge unterhalb des runden Deckels mit einer trüben, leicht gelbstichigen Flüssigkeit gefüllt. Sie ähnelte den Präparierflüssigkeiten, die Walmar der Weise in seinem alchimistischen Laboratorium verwendete. An den Seiten des Zylinders waren unzählige verstaubte Glasbehältnisse angebracht, die ihrerseits mit Flüssigkeiten in verschiedenen Farbtönen gefüllt waren, verbunden durch ein bizarr anmutendes Gewirr an Glasröhren, gläsernen Spiralen und Schläuchen – von denen einige in den gewaltigen Zylinder hineinreichten.

Dass hier nicht nur Alchimie, sondern auch Magie am Werke war, war offenkundig. Jedes der Gefäße war mit unbekannten Zaubersigillen ausgestattet, sorgfältig in die Glaskörper eingeätzt. Auch der gewaltige Glaszylinder selbst war unten und oben mit arkanen Symbolen verziert. Der komplette Aufbau ruhte auf einem drachenbeinernen Untersatz mit schweren Goldrädern. Er war ringförmig mit vergoldeten planetaren Symbolen versehen, und Kratzspuren auf dem hölzernen Boden des Kabinetts erweckten den Eindruck, dass sich der drehbare Untersatz beständig neu ausrichtete. Nach den Mondphasen? Dem Sonnenstand? Oder gar nach bestimmten Sternkonstellationen?

Im Moment war es Boltan egal, denn seine ganze Aufmerksamkeit wurde von dem riesigen kugelförmigen Organ in Anspruch genommen, das inmitten der gelblichen Flüssigkeit trieb.

Ein Auge.

So groß wie ein kleines Faß.

Fingerdicke schwarze Adern zogen sich entlang der weißen Außenhaut hin zu einer trüben geschlitzten Pupille, die auf die drei Ankömmlinge gerichtet war.

Wenn Boltan einen Schritt zur Seite trat, konnte er hinten an dem monströsen Augapfel einen ausgefransten Strang erkennen, der Ähnlichkeit mit einer übergroßen Nabelschnur besaß. Dieser Strang hatte einstmals wohl ins Gehirn jener Kreatur geführt, der das Auge gehört hatte.

»Was ist das?«, keuchte Dania neben ihm.

»Das Auge eines Drachen«, antwortete Boltan tonlos. »Präpariert und konserviert für die Ewigkeit.«

Selbst Ambra schien überrascht. Interessiert umrundete sie den mächtigen Zylinder und betrachtete all die gläsernen Röhren, Ausstülpungen und Zaubersigillen. Und immer wieder das riesige Auge selbst.

»Ich hatte nach Valeskas Ankündigung an alles Mögliche gedacht«, ächzte Dania. »Aber nicht an so etwas.«

Boltan tat es Ambra gleich und ging argwöhnisch um den Zylinder herum. »Wer das hier geschaffen hat, muss wahrhaft ein Meister der Zauberkunst gewesen sein.«

Ihm dämmerte einmal mehr, wie wenig er selbst über die arkane Kunst wusste. Wenn ihre Häscher über solche Möglichkeiten verfügten, um sie zu finden, dann würde es sehr schwer werden, ihnen dauerhaft zu entkommen.

»Valeska hat gesagt, man könne mit diesem Ding zu fernen Orten sehen«, sprach Dania beeindruckt.

»Ja, wir haben es gehört«, meinte Boltan. »Die Frage ist: Wie? Denn wenn Valeska eine bestimmte Vorrichtung bei sich hatte, um dieses Auge zu beleben, könnten wir vielleicht das gleiche tun.«

Ambra zog ihre Aufmerksamkeit auf sich, indem sie in die Hände klatschte. Sie deutete auf zwei mit Blattgold überzogene Flächen auf der Ostseite des Zylinders, die auf Hüfthöhe zwischen den gläsernen Anbauten hervorragten. Sie waren am oberen Ende halbkreisförmig mit eingeätzten Zaubersymbolen versehen.

Boltan humpelte neugierig zu den vergoldeten Platten hinüber.

»Streng genommen«, sagte er zu Ambra, »müsste es sich bei dieser Vorrichtung doch um etwas handeln, mit dem du dich auskennst, oder nicht? Denn lebendig wirkt dieses Ding auf mich nicht.«

Ambra starrte das Drachenauge an und verzog zweifelnd ihr Gesicht.

»Können uns deine, äh, Freunde nicht mehr über das Ding verraten?«, fragte er behutsam.

Er hatte nicht vergessen, wer ihnen im Rittersaal gegen Valeskas Zauberkreatur beigestanden hatte. Ein Wesen, das mit Geistermacht heraufbeschworen worden war. Er hatte zwar nur einen flüchtigen Blick auf die vier Schemen erhaschen können, die ihnen im Rittersaal geholfen hatten, aber die Besucher aus dem Totenreich ließen ihn schaudern.

Ambra starrte mit ihren roten Augen an ihm vorbei und schüttelte den Kopf.

Offenbar waren sie noch immer in ihrer Nähe.

Vermutlich direkt hinter ihm.

Boltan zwang sich, sich nicht umzuschauen. Stattdessen räusperte er sich befangen. Andererseits war er froh über den Beistand aus dem Totenreich, denn wenn es Rasgath Tiefwasser nicht gelang, sie mittels seiner nekromantischen Beschwörungen ausfindig zu machen, dann lag das vermutlich nur an der Nähe von Ambras *Freunden*.

»Na gut.« Seufzend fuhr er sich durch sein Haar. »Versuchen wir es auf die altmodische Weise. Probieren wir die Apparatur einfach aus.«

»Bitte beeile dich damit«, sagte Dania, die nun hinter sie trat. »Denn ich kann euch nicht garantieren, dass Valeska das Gift nicht doch irgendwie abschüttelt. Es ist zwar ziemlich stark, aber ich traue der Alten so was zu. Und wir müssen auch noch packen, bevor wir von hier verschwinden.«

»Ich weiß«, meinte Boltan, der sehnlichst darauf hoffte, sich trotz des Chaos unten im Rittersaal noch einmal richtig satt essen zu können. »Also gut. Wenn ich die Symbole auf den Platten richtig deute, dann sind das alles Zeichen, die irgendwie mit Beobachtungen zu tun haben: Achtsamkeit, Suche, der Blick in andere Sphären … die hier kenne ich nicht, die hier auch nicht … und … Moment mal.«

Erst jetzt fiel ihm auf, dass es sich um jeweils fünf Symbole pro Platte handelte.

Wie geschaffen für zehn Finger.

Ohne weiter nachzudenken, legte Boltan seine Hände auf die goldenen Platten und achtete darauf, dass jeder seiner Finger eines der Zaubersymbole berührte. Unvermittelt ging ein sanftes Ziehen von den Symbolen aus, das es ihm unmöglich machte, die Fingerkuppen vom Untergrund zu lösen.

Es blubberte in den vielen Glasgefäßen, die rund um den Zylinder befestigt waren, und schon stiegen die verschiedenfarbigen Flüssigkeiten in den Glasröhren auf. Sie krochen durch Spiralen und Schläuche, vermischten sich in anderen Kolben miteinander und veränderten dort ihre Farbe, bis die Gemische wie schwarze Tinte wirkten. Ein zischendes Geräusch erfüllte das Kabinett und von drei Seiten zugleich spritzten die dunklen Flüssigkeiten in den riesigen Glaszylinder. Wie Rauch wölkten sie durch die Konservierflüssigkeit auf das Drachenauge zu.

Und dieses reagierte.

Blitzartig absorbierte das riesige Auge die Flüssigkeiten.

Dania wich erschrocken zurück, als sich das Drachenauge inmitten des Zylinders drehte und sie geradewegs mit seiner riesigen schwarzen Pupille anstarrte.

Nein, nicht sie … ihn, Boltan.

Jäh weitete sich die gewaltige Pupille und in der tiefen Schwärze des monströsen Augapfels stiegen Bilder auf, die rasch größer und schärfer wurden.

Boltan schluckte.

Denn was sie dort zu sehen bekamen, war … Valeska!

Die alte Zauberin stolperte würgend und mit grünstichigem Gesicht einen lauschigen, von flatternden Schmetterlingen gesäumten Wildpfad entlang. Verzweifelt stützte sie sich dabei auf ihren Zauberstecken, dennoch fiel sie und erbrach sich auf einige bunte Blumen. Ihre Rechte klammerte sich um ein goldenes Blatt.

Ebenso plötzlich, wie ihr Bild aufgestiegen war, trübte es sich in dem Drachenauge wieder. Die Pupille verengte sich und das massige Sehorgan sank wie ermattet einige Handbreit zum Zylinderboden herab.

Endlich ließ auch der unheimliche Sog der Symbole nach und Boltan löste seine Hände von den Goldplatten. Sofort brachte er Abstand zwischen sich und den großen Glaszylinder.

Dania und Ambra wirkten beeindruckt. Und doch schlich sich leichter Ärger auf das Gesicht seiner schwarzhaarigen Begleiterin.

»War es nötig, dass du den ersten Blick durch das Auge ausgerechnet für Valeska verschwendest?«

»Was?«

»Sieh doch.« Sie deutete zu den Kolben und Röhren, die seitlich an dem Zylinder angebracht waren. Der vormalige Inhalt der Flüssigkeitsbehälter hatte sich jeweils um ein gutes Drittel reduziert.

»Keine Ahnung, was das für ein Zeug ist«, schimpfte sie, »aber offenbar verhält es sich so, wie Valeska es angekündigt hat: Wir können das Drachenauge vermutlich nur noch ein- oder zweimal benutzen. Dann sind die Behälter leer.«

Boltan schaute die Glasgefäße missmutig an. »Tut mir leid. Aber … ich habe an Valeska denken müssen, weil du mich eben noch auf sie hingewiesen hast.«

»Ach, jetzt bin ich schuld?«

Ambra klatschte ungehalten in die Hände und schrieb etwas auf ihr Pergament.

Streitet nicht. Das konnte niemand voraussehen. Lasst uns überlegen.

»Ambra hat recht«, meinte Boltan. »Immerhin wissen wir jetzt, dass Valeska noch eine Weile mit sich selbst beschäftigt ist – wo auch immer sie sich gerade befindet. Aber ich würde gern erfahren, wo Kyrell und Geron stecken.« Er blickte seine Begleiterinnen beschwörend an. »Wenn wir die beiden je wiederfinden wollen, müssen wir herausfinden, wo sie sich gerade aufhalten.«

Dania beäugte noch einmal die Behälter und stieß einen gequälten Laut aus. »Gut, meinetwegen. Darum kommen wir vermutlich nicht herum.«

»Ich beschränke mich auf Kyrell«, erklärte Boltan angespannt. »Nicht, dass die beiden getrennt sind und das Auge Schwierigkeiten bekommt, dem Wunsch Folge zu leisten.«

»Schon klar«, meinte sie spöttisch.

Boltan wurde rot. »Nein, äh, ehrlich. Valeska sprach doch davon, dass sie auf irgendwelchen Wegen wandle, die …«

Seine beiden Begleiterinnen warfen ihm ungeduldige Blicke zu und so stoppte Boltan seinen Redefluss und konzentrierte sich auf die hübsche Adeptin. Er legte seine Hände auf die Goldplatten und das Spektakel wiederholte sich. Abermals brodelten die Flüssigkeiten, stiegen in den Röhren auf, mischten sich und ergossen sich wie schwarze Tinte in den Zylinder. Und erneut erwachte das gewaltige Auge zu unheimlichem Leben, die geschlitzte Pupille weitete sich und diesmal stiegen aus der Schwärze des Augapfels andere Bilder auf.

Boltan blickte auf eine enge Gasse zwischen den Fronten hoher Häuser. Das rote Licht der Abendsonne reichte kaum aus, um sie auszuleuchten. Dennoch konnte er Kyrell sehen. Und Geron. Die beiden rannten, als würde ihr Leben davon abhängen. Hinter ihnen hetzte eine ganze Schar Bewaffneter mit Hellebarden und Schwertern her. Die beiden stürmten auf einen Platz, auf dem ein marmorner Brunnen samt der Statue eines elfischen Flötenspielers stand. Kyrell wollte soeben an dem Brunnen vorbeilaufen, als sich nicht nur ihr Gesichtsausdruck, sondern auch jener Gerons verzerrte. Denn auf dem Platz unmittelbar vor ihnen wölkte nachtschwarze Dunkelheit heran. Die beiden wandten sich panisch um – und die Dunkelheit überrollte sie wie eine Staublawine.

Die Pupille trübte sich und das Auge wirkte wieder wie tot.

Boltan löste seine Hände von den Goldplatten und eine Weile lang war das Kabinett nur von ihren Atemgeräuschen erfüllt.

»Sie haben sie«, ächzte er.

»Hat einer von euch erkannt, wo das war?«, wollte Dania wissen.

»Ich denke … in Waldaleth.« Boltan schaute das Drachenauge niedergeschlagen an. »Meines Wissens nach stehen nur dort Elfenskulpturen auf öffentlichen Plätzen.«

»Und jetzt?«

Ambra kritzelte etwas auf ihr Pergament. *Ein Blick bleibt uns noch.*

»Schert dich das Schicksal der beiden nicht?«, fuhr Boltan sie an.

Ambra ließ sich nicht beirren. *Wenn du sie retten willst, reiß dich zusammen.*

Dania schnaubte abfällig.

»Na gut«, meinte Boltan gereizt. »Dann lasst uns überprüfen, ob Valeska mit ihrem Verdacht recht hatte. Lasst uns überprüfen, ob wirklich etwas an der Sache mit dem Drachen dran ist. Falls einer von ihnen tatsächlich überlebt hat, müsste das Auge ihn finden können. Das würde alles verändern. Das würde die Geschichte der Jungen Königreiche komplett umschreiben.«

»Und dann?«, fragte Dania unheilvoll. »Eventuell sehen wir einen Drachen. Irgendwo in seinem Hort. Was sollen wir mit dieser Erkenntnis anfangen?«

»Dann ... wissen wir, ob es sie wirklich gibt.«

»Ja, und?« Dania ließ nicht locker. »Selbst wenn uns das Auge Valeskas Verdacht bestätigt, was bringt uns das? Ich sage es dir: Nichts, was uns bei unserer Flucht oder bei unserem Kampf gegen die Zauberer weiterhilft.«

»Aber ... ein Drache! Begreifst du nicht, welche Gefahr von ihnen ausgeht!«, hob Boltan an. »Wenn sie noch da sind, dann müssen wir die Menschen vor ihnen warnen.«

»Und dich damit zur Zielscheibe für die Zauberer machen?«

Boltan sah Dania hilflos an und ließ die Schultern sinken. »Na gut, und wonach sollen wir dann Ausschau halten? Nach Walmar, wie er ein Einhorn schlachtet? Oder nach deinem Lehrmeister?«

»Nein, ich ahne, wohin Goltar unterwegs ist«, antwortete Dania düster.

»Wonach schauen wir also?«

Ambra hielt das Pergament hoch. *Rasgath. Blutgeister.*

Dania schüttelte entschieden den Kopf. »Das bringt uns nichts. Wir sind doch schon gewarnt. Nein« – sie sah sie beschwörend an – »bitte lasst mich mit dem Auge nach jemand anderem suchen.«

»Nach wem?«

»Nach meiner Zwilligsschwester.«

»Du hast eine Zwillingsschwester?«, fragte Boltan erstaunt. »Und ... wie soll uns das weiterbringen?«

»Ich muss sie finden, bevor Goltar sie findet.« Dania berührte fast verzweifelt die Drachenbeinbrosche mit der elfischen Jagddarstellung an ihrer Brust. »Ich hab Vala vor etwa drei Jahren in Kesselfurt zurücklassen müssen, und der Mistkerl weiß, wie sehr wir miteinander verbunden sind.« In Danias Blick zeichnete sich Kummer ab. »Vala ist alles, was ich an Familie habe. Wenn er sie vor mir findet, dann hat er mich in der Hand. Ich könnte nichts tun, was ihr schadet.«

Ambra schrieb etwas. *Unvernünftig. Rasgath!!!*

»Du weißt doch, dass deine Schwester in Kesselfurt ist«, sagte Boltan verwundert.

»Aber ich weiß nicht, wo«, gab Dania zurück. »Sie war schwer krank und unsere Besitzer haben sie damals auf die Straße geworfen.«

»Drei Jahre und schwer krank? Woher willst du wissen, ob sie überhaupt noch lebt? … Tut mir leid«, sagte er sofort. »Aber du weißt, was ich meine.«

»Ich spüre, dass sie noch lebt.« Dania fasste sich mit feierlichem Ernst an die Brust. »Ich weiß es einfach. Aber Kesselfurt ist groß. Ich habe keine Ahnung, wie ich sie dort ohne einen Hinweis aufspüren soll.«

Ambra tippte nachdrücklich auf ihre Worte und so lag es an Boltan, zu entscheiden.

»Tut mir leid, Ambra«, seufzte er schließlich. »Aber du weißt, dass ich Dania etwas schuldig bin. Ich finde, sie hat das verdient.«

Unter Ambras ungehaltenem Blick trat er beiseite.

»Danke.« Dania stellte sich vor die beiden Goldplatten und legte ihre Hände darauf. Wieder begannen die Behältnisse am Zylinder zu gluckern und das befremdliche Spektakel wiederholte sich. Kaum wölkten die tintenähnlichen Zauberelixiere in den Zylinder, erwachte das Drachenauge abermals. Seine riesige Pupille fixierte diesmal Dania, weitete sich, und aus der Schwärze stiegen zunehmend klarer werdende Bilder einer abgemagerten und zerlumpten Frau auf, die weit über vierzig sein musste. Ihre Züge waren eingefallen, ihr langes, einstmals schwarzes Haar stumpf und ihr leerer Blick von Alkohol oder Drogen gezeichnet. Um ihren linken Fuß lag die Schelle einer eiserne Kette, mit der sie an den Boden gefesselt war.

Sie hockte in der Ecke eines trostlos eingerichteten Raums, der nur mit einer alten Matratze bestückt war. Auf dieser lag eine hübsche und elegante adlige Dame in teuren Kleidern, zwischen deren gespreizten Schenkeln sich ein dunkelhaariger Kerl mit Fransenbart und halb heruntergelassener Hose zu schaffen machte.

Boltans Mund klappte vor Bestürzung und Verlegenheit gleichermaßen auf – als das Bild der Adligen plötzlich flackerte und der Kerl auf ihr irritiert innehielt.

Wütend sah er auf, rief etwas und durch einen fleckigen Vorhang trat ein grob aussehender Mann mit Vollbart und schwarzer Augenklappe, der kurz zur Matratze und dann zu der verhärmten Gestalt in der Ecke blickte. Er schrie etwas, verpasste der Abgemagerten eine schallende Ohrfeige und die Frau stürzte mit blutender Lippe zu Boden.

Verängstigt sah sie auf …

… und das Bild im Drachenauge verblasste.

Boltan sah schockiert zu Ambra, die die schreckliche Szene ohne erkennbare Gefühlsregung verfolgt hatte.

Dania hingegen stand starr vor dem Zylinder und ihre Lippen bebten. Vor Wut oder vor Kummer, vermochte Boltan nicht zu sagen. Vielleicht beides.

Tränen sah er nicht.

»Die … äh, zerlumpte Frau war deine Zwillingsschwester?«, krächzte er.

Dania nickte.

»Sie sieht dir gar nicht ähnlich.« Boltan wusste selbst, dass er taktlos klang. Aber er war so aufgewühlt, dass die Worte weiter aus ihm heraussprudelten. »Ich meine, du bist vermutlich, äh, Mitte oder Anfang zwanzig, aber… sie sieht fast so aus, als könne sie deine Mutter sein. Und … da war Zauberei am Werk, oder?«

»Wir beide sind siebzehn«, antwortete Dania tonlos.

»Ihr beide seid … siebzehn?« Boltan riss die Augen auf. »In Ordnung. Also … siebzehn. Deine Schwester wirkt dennoch … hm … älter. Und das war Zauberei! Also, diese vornehme Frau auf der Matratze. Die war auf keinen Fall echt.«

Dania sah ihn düster an. »Vala konnte solche Blendwerke schon heraufbeschwören, bevor ich es vermochte.« Sie schürzte die Lippen. »Ich kann bloß selbst meine Gestalt verändern. Sie aber kann Trugbilder erzeugen, die sich wie echt anfühlen. Unsere Besitzer haben sie damals auf die Straße geworfen, weil sie dachten, ihre Krankheit sei ansteckend. Aber vermutlich ist sie das gar nicht. Oder es ist ihnen egal.«

»Sie ist krank? Was genau hat sie?«

»Ich weiß es nicht. Aber die Sieche ist der Grund, warum sie aussieht, wie sie aussieht. Ich hatte all die Jahre gehofft, sie mit meiner Magie retten zu können.«

»Sie war gefesselt«, stellte Boltan fest.

»Ja, sie hat jetzt offenbar einen anderen Besitzer.« Dania presste verbittert die Lippen aufeinander. »Kein Wunder: Sie kann den Freiern vorgaukeln, was auch immer sie haben wollen.«

Boltan runzelte die Stirn. »Dann ist auch deine Schwester eine Talentierte! Ebenso wie wir anderen. Wieso hat Goltar sie nicht ebenfalls hierhergebracht?«

Dania zuckte mit den Schultern. Sie lehnte sich schwer gegen die rückwärtige Wand des Kabinetts, sank in die Hocke und umschloss finster dreinblickend ihre Beine. Sie wirkte so verletzlich wie nie zuvor.

»Als er mich fand, war sie schon fort«, sprach sie leise. »Und ihre Krankheit vermochte auch er nicht zu heilen. Vielleicht hatte er sogar Angst vor ihr? Ich weiß es nicht. Ich weiß nur, dass ich sie da rausholen muss.«

»Dann weißt du, wo sie jetzt ist?«

»Nein. Aber ich kenne den Mann, der sie geschlagen hat.« In Danias dunklen Augen glomm die Wut. »Er arbeitet für einen Mann namens Tolgar Nevarek. Das Oberhaupt einer der herrschenden Vagantenfamilien in Kesselfurt – und einer der skrupellosesten Männer der Stadt.«

Königliches Blut

»Waldaleth!«, sprach Geron stolz, als er Marmorfell am Rande der bewaldeten Anhöhe zügelte. »Älteste und schönste Metropole in den Jungen Königreichen.«

Die Vormittagssonne lachte am Himmel und beleuchtete das kupfergrüne Dächermeer seiner Heimatstadt, aus dem hohe, schlanke Türme und das elfische Aquädukt mit seinen schwungvollen Brückenbögen hervorstachen, dessen markante Wasserleitung weit nach Westen führte. Auf den Wehrtürmen, die sich in regelmäßigen Abständen an den mächtigen Außenmauern erhoben, flatterten grün-gelbe Banner und selbst der hohe Bibliotheksturm der Gelehrtenschule war mit Fahnen geschmückt. Am prächtigsten erstrahlte die Weiße Burg seiner Familie, die mit ihren verspielten Türmen, Zinnen und Erkern majestätisch auf einem Hügel über der Stadt thronte. Auch dort wehten Fahnen im Wind.

Statt die Straßen zu benutzen, vor allem aber, um Zeit zu sparen, hatten sie sich Waldaleth durch den alten königlichen Forst genähert, der im Nordosten der Stadt lag. Dank der Jagden, die dort stattfanden, kannte sich Geron in dem Gehölz einigermaßen gut aus. Und da der alte Forst nur von der königlichen Familie, ihren Gästen und deren Gefolge betreten werden durfte, mussten sie nicht befürchten, entdeckt zu werden. Dabei war es ihm inzwischen egal, ob sie jemand sah, denn das hier war seine Heimat. Noch heute würden sie den Schutz seines Vater genießen.

Kyrell, die hinter ihm auf Marmorfell saß, blickte neugierig über seine Schulter.

»Eine schöne Stadt«, meinte sie anerkennend. »Offenbar feiert ihr gerade ein Fest?«

Tatsächlich erstreckte sich vor den Mauern eine große Zeltstadt, in der sich die Gauklerwagen des fahrenden Volkes wie bunte Flecken abhoben. Wagen und Zelte bildeten Gassen und kleinere Plätze, auf denen ausgelassenes Treiben herrschte. Den Blickfang bildete die lange Tjostbahn unweit der Stadtmauer, an deren Flanke eine große Tribüne aufgebaut worden war. Publikum war dort noch nicht zu sehen, stattdessen legten Arbeiter letzte Hand an.

Auch auf der breiten, gepflasterten Straße, die an der Zeltstadt vorbei und auf das mit weißem Marmor verkleidete Haupttor zuführte, ging es hoch her. Das Stadttor stand weit offen und Reisende aus aller Herren Länder strömten in die Stadt. Darunter Adlige mit edlen Rössern und vornehmen Kutschen, wandernde Scholaren und eine Vielzahl an Bauern und Händlern mit ihren Karren, Eseln und Handwagen.

Hin und wieder hielten die Torwachen einen der Wagen auf und durchsuchten ihn, doch der Strom an Menschen, die in die Stadt wollten, riss nicht ab.

»Das fünfzigste Kronjubiläum meines Vaters, König Almerdin«, erklärte Geron. »Ich hatte gedacht, dass wir es verpassen würden.«

Aus der Ferne ertönten Fanfarenklänge und jenseits eines Hügels erschien ein langer Tross aus Rittern und ihren Bediensteten, der rücksichtslos die anderen Reisenden auf der großen Straße beiseitedrängte. Die rot-weißen Banner, die einige Bewaffnete vorweg trugen, identifizierte Geron sofort.

»König Sirin und sein Gefolge. Er herrscht über das Nachbarreich Schwalbensee. Die Situation zwischen unseren Königreichen ist seit einiger Zeit etwas angespannt.«

»Und dann kommt er zum Kronjubiläum deines Vaters?«, fragte Kyrell.

»Die Konflikte gehören hoffentlich bald der Vergangenheit an.

Vater hat seinem ältesten Sohn die Hand meiner Schwester versprochen.«

»Du hast eine Schwester?«

»Ihr Name ist Shira.« Geron deutete zu einem schwarzhaarigen Ritter vorn im Tross. »Und ich glaube, das da an der Spitze ist Sirins ältester Sohn: Harald von Schwalbensee.«

Aus der Ferne waren kaum Einzelheiten zu erkennen, doch Sirins Sohn ritt einen stattlichen braunen Wallach und überragte daher seine Begleiter. Geron vermutete, dass es sich bei ihnen um Haralds Brüder handelte. Plötzlich scherte er aus, hielt auf einen der vielen Bettler zu, die die Straße säumten, und trat ihm mitten ins Gesicht. Die Gestalt stürzte in den Staub der Straße.

»Eine politische Entscheidung«, murmelte Geron düster.

Abermals schmetterten Fanfaren. Diesmal vonseiten der Stadt.

Als habe man das königliche Gefolge erwartet, kam am großen Stadttor Bewegung auf. Die Torwachen dort machten Platz, kurz darauf marschierten Bewaffnete in gelb-grünen Wappenröcken durch den Torbogen, denen Ritter in blinkenden Harnischen folgten, die sich diszipliniert vor der Mauer aufbauten.

Ein Empfangskomittee.

Jetzt entdeckte Geron auch seinen Vater und er lächelte.

König Almerdin trug wie immer zu feierlichen Anlässen sein königliches Zeremonialgewand aus grün-braunem Elfendamast und natürlich ritt er seinen Gästen auf einem der weißen Eoberi-Rösser entgegen. An seiner Seite ritt Shira, die Geron leicht an ihrem lockigen Haar erkannte. Sie hatte ihren Kopf stolz erhoben und auch sie saß auf einer der weißen Stuten. Flankiert wurden beide von zahlreichen Würdenträgern – als eine Frau durch das Tor trat, die er angesichts ihrer schwungvoll nach oben gebogenen ledernen Gelehrtenhaube, dem langen Stab sowie der blauen Magierrobe ebenfalls sofort erkannte.

Herzogin Alruna von Greifenfels.

»Das kann doch nicht wahr sein!«, brauste Geron zornig auf. »Diese Schlange muss gewusst haben, dass ich herkomme. Aber das ist mir egal – das hier ist meine Familie. Meine Stadt. Und ich werde sie jetzt vor allen bloßstellen!«

Er wollte Marmorfell anspornen, als ihn Kyrell zurückhielt. »Nicht! Bist du wahnsinnig? Sie darf nicht wissen, dass wir hier sind!«

»Was soll sie denn vor all den Zeugen machen? Uns umbringen?«

»Sie ist eine Zauberin, Geron.« Kyrell fasste sanft nach seiner Schulter. »Ich weiß nicht, wozu sie fähig ist. Aber diese Frau hat nicht ohne Grund vierhundert Jahre überlebt. Sie wird vorbereitet sein. Was auch immer das einschließt. Wenn du jetzt überstürzt reagierst, spielst du ihr damit bloß in die Hände.«

»Was soll ich denn sonst tun?«, fragte er bitter.

»Wir müssen herausfinden, was sie plant«, meinte Kyrell entschieden. »Deine Lehrmeisterin ist nicht ohne Grund hier. Wenn du deinen Vater vor ihr warnen willst, dann musst du das heimlich machen. Ohne dass sie davon erfährt. Nur dann hat er … haben wir eine Chance, sie zu überrumpeln.«

Geron presste zornig die Lippen aufeinander, doch je länger er über Kyrells Worte nachdachte, desto mehr wurde ihm bewusst, dass sie recht hatte. »Dafür müsste es uns gelingen, heimlich in die Weiße Burg zu gelangen.« Er überlegte. »Nur weiß ich nicht, wie wir das schaffen sollen.«

Unten, vor dem Stadttor, trafen die beiden königlichen Gesellschaften aufeinander. Unter den neugierigen Blicken einer Menschenmasse traten sich König Sirin und sein Vater gegenüber und begrüßten sich. König Sirin war ein auffällig kleiner, dicker Mann und selbst hoch zu Ross wirkte er wie eine Kugel.

Sein Vater machte eine einladende Geste und die beiden Könige ritten gemeinsam durch das Tor ins Stadtinnere. Ihnen folgten Shira und Sirins ältester Sohn, dann der Rest ihrer beider Gefolge. Darunter auch Alruna von Greifenfels.

»Hast du jemanden in Waldaleth, dem du vertrauen kannst?«

Geron schnaubte verächtlich. »Ich bin in der Weißen Burg aufgewachsen. In der Stadt selbst war ich bloß ein Dutzend Mal. Meist zu festlichen Anlässen. Und die letzten Jahre habe ich vollständig auf dem Besitz der Herzogin zugebracht. Ich kenne dort niemanden.«

»Das finde ich traurig. Das ist immerhin die Stadt, über die du einmal herrschen sollst.«

Kyrells Worte ärgerten ihn.

»Ich wurde in mein Leben hineingeboren«, antwortete er leicht gereizt. »Ich habe es mir nicht ausgesucht.«

»Tut mir leid, ich war ungerecht.« Kyrell ließ seine Schulter los, und sofort vermisste er ihre Berührung. Hätte ein anderer als sie diese Bemerkung gemacht, hätte er auf die Worte vermutlich deutlich unbeherrschter reagiert. Doch im Augenblick empfand er bloß Scham.

»Wenigstens«, sagte Kyrell, »bedeutet das auch, dass dich in der Stadt niemand so schnell erkennen wird.«

Geron brütetet düster vor sich hin.

»Und auch sonst gilt es, kein Aufsehen zu erregen«, fuhr sie fort. »Und das heißt, dass wir zunächst einmal Marmorfell loswerden müssen. Denn mit einer Eoberi-Stute im Schlepptau ist es unmöglich, unbemerkt zu bleiben.«

»Du willst also, dass ich wie ein gemeiner Dieb in meine eigene Stadt einfalle?«

»Wie wäre es«, sagte seine Begleiterin, »wenn du uns als normale Besucher betrachtest? Im Zweifel ist das sogar von Vorteil, denn als Thronerbe Waldaleths könntest du dich nirgendwo ungesehen bewegen. Hast du nicht davon gesprochen, dass es hier irgendwo im Forst eine Jagdhütte gibt?«

»Ja.«

»Gut, lass uns dort Marmorfell unterstellen. Dann sehen wir weiter.«

Geron atmete schwer ein und aus, dann wendete er das Ross und sie ritten zurück in den Wald.

Ein Schritt, der ihm mehr als schwer fiel.

Eine halbe Stunde später hatten sie die verschwiegen gelegene königliche Jagdhütte erreicht. Dabei handelte es sich um keine einfache Hütte, sondern um eine Ansammlung schmucker Gebäude, bestehend aus Pavillons, überdachten Feuerstellen, Stallungen und einer Art Wirtshaus, die sich umgeben von Mischwald auf einer Lichtung erstreckte. Der Komplex war groß genug, um einer vornehmen Jagdgesellschaft samt Gefolge Platz zu bieten, und musste vor größeren Jagden stets aufwändig von der Dienerschaft hergerichtet werden.

Angesichts der feierlichen Geschehnisse in Waldaleth lag das Gelände wie erwartet verwaist vor ihnen.

Nachdem sie sich vergewissert hatten, dass nirgendwo eine Wache postiert war, stellten sie Marmorfell in einem der Ställe unter und versorgten die Stute mit ausreichend Futter und Wasser. Anschließend stemmte Geron gewaltsam die Tür des Hauptgebäudes auf und sie betraten einen großen Schankraum, der für fast hundert Gäste ausgelegt und mit zahllosen präparierten Tieren und Geweihen geschmückt war. Darunter Fasane, Luchse, Wölfe und Hirsche. In einer Ecke stand überdies ein ausgewachsener Bär.

Sie durchsuchten die Räumlichkeiten, sie wirkten wie leergefegt. Kein Wunder, denn vor den Jagden wurde sogar das vornehme Tafelgeschirr eigens hierhergeschafft. Immerhin fand Geron einige abgetragene Kleidungsstücke und Umhänge, die es ihnen gestatteten, sich unauffälliger durch die Stadt zu bewegen. Kyrell durchsuchte derweil Schubladen und Schränke.

»Schade«, meinte sie enttäuscht, »ich hatte gehofft, hier etwas von Wert zu finden. Vielleicht einige silberne Besteckstücke. Hier finden sich aber gerade mal hölzerne Krüge und die tragen alle euer Königswappen. Die zu versetzen wäre vermutlich etwas auffällig. Doch ohne Geld kommen wir in der Stadt nicht weit.«

»Wenn es bloß das ist.« Geron schlitzte mit Ceredril vorsichtig den Saum seiner Jacke auf und förderte drei Goldmünzen zu Tage. »Alruna von Greifenfels wollte zwar nicht, dass ich Vermögenswerte mit mir führe, aber auf einen Notgroschen habe ich nicht verzichtet.«

»Ein Notgroschen also?« Kyrell hob angesichts der wertvollen Münzen amüsiert eine Augenbraue. »Gut, damit sollten wir eine Weile auskommen. Die Frage lautet, was wir jetzt genau tun.«

Geron ließ sich auf einem Stuhl nieder. »Wir müssen meinen Vater nicht bloß vor der Herzogin warnen, wir benötigen von ihm auch den Schlüssel für das Königliche Archiv in der Bibliothek, wenn wir dort mehr über dieses Helgrinshall herausfinden wollen.«

»Was schlägst du also vor?«

Geron sah eine Weile zu einem der Fenster. »Ohne Hilfe schaffen wir es nicht in die Burg. Sie ist viel zu gut bewacht. Andererseits … Wenn es uns gelingt, Shira zu kontaktieren, würde sie uns sicher helfen.«

»Auch sie dürfte sehr eingespannt sein.«

Geron lächelte müde. »Du kennst sie nicht. Außerdem mag sie Harald von Schwalbensee nicht sonderlich. Ich wette mit dir, dass sie jede Gelegenheit nutzt, um dem Trubel zu entgehen. Und ich ahne auch, wohin sie sich zurückziehen wird. Nämlich in den großen Schlosspark. Dort gibt es eine Ecke, wo wir früher als Kinder gern gespielt haben, und wo sie eigentlich immer anzutreffen ist, wenn sie allein sein will.«

Kyrell setzte sich. »Auch der Park dürfte derzeit gut bewacht sein.«

»Nicht bloß derzeit. Der ist immer gut bewacht.« Allmählich reifte in ihm ein Plan. »Aber vielleicht gelingt es uns, mit Winald Kontakt aufzunehmen. Er ist der oberste Palastgärtner und er hat früher hin und wieder auf uns aufgepasst. Ich denke, er könnte uns bei unserer heimlichen Unternehmung helfen.«

»Sind eure Gärtner angesichts der vielen Gäste nicht ebenfalls beschäftigt?«

»Werden wir sehen. Ich erinnere mich, dass er uns mal erzählt hat, dass er und die anderen Arbeiter gern in einer Schenke einkehren, die sich *Elfenwald* nennt. Wir müssten herausfinden, wo sich diese befindet.«

»Und dann?«

»Er kennt mich. Ich könnte behaupten, ich wolle meine Familie mit meinem Besuch überraschen, und zu diesem Zweck möge er uns heimlich in den Park bringen.« Geron zwinkerte. »Warum sollte er mir diesen Wunsch abschlagen?«

Kyrell erhob keine Einwände. Sie aßen die letzten Beeren, stillten ihren Durst mit Brunnenwasser und marschierten anschließend durch den Forst zurück in Richtung Straße, wo sie sich unauffällig zwischen die anderen Reisenden mischten, deren Ziel das große marmorverkleidete Stadttor Waldaleths war.

Gemeinsam mit Menschen aller Gesellschaftsschichten und mit dem Ziel, zunächst einen Geldwechsler aufzusuchen, erreichten sie das Stadtinnere, und erstmals erlebte Geron Waldaleth aus der Perspektive eines gewöhnlichen Reisenden.

Sie gingen die imposante und von hohen Ahornbäumen gesäumte Königsallee entlang, wichen Kutschen, Reitern und entgegenkommenden Dienstboten aus und passierten feudale Bürgerhäuser, deren weiß gestrichene Fassaden mit hohen Fenstern, schlanken Säulen und elegant geschwungenen Balkonen verziert waren. Kyrell geriet ins Staunen, als sie von der Allee abzweigten und den ersten der vielen öffentlichen Plätze erreichten, auf denen sich die beeindruckenden marmornen Standbilder von Elfen und Heroen erhoben. Die Wirtsstuben an den großen Straßen der Stadt waren überfüllt, und auch die Stände der Handwerker mit den bunten Markisen waren gut besucht. Allerorten scharten sich Menschen um Bänkelsänger und Possenreißer in bunter Kleidung.

Es herrschte ein ausgelassenes und unbeschwertes Treiben, insbesondere unter den Angereisten. Anders kannte es Geron aus der Weißen Burg nicht, denn dort war jedes Fest und jeder offizielle Anlass ein Grund zur Freude. Doch auffallend viele Einheimische gingen trotz des Kronjubiläums vollkommen gleichgültig ihren täglichen Besorgungen nach. Einige von ihnen waren vom Trubel auf den Straßen sogar alles andere als angetan – und Geron fragte sich unwillkürlich, ob die Freude, die ihre Diener auf der Burg stets gezeigt hatten, in manchen Fällen nicht bloß aufgesetzt gewesen war.

Immerhin fiel er im bunten Treiben der Stadt nicht mehr auf als andere Besucher von außerhalb; weit mehr Aufsehen erregte Kyrell, der die Männer nachsahen, wann immer sie an ihnen vorübereilte. Und das waren Blicke, die Geron ärgerten.

Wie wenig er Waldaleth kannte, zeigte sich, als er sich auf der Suche nach dem einzigen Geldwechsler Waldaleths, der sein Geschäft nicht prominent an der Königsallee ausübte, im Straßengewirr verirrte. Auf diese Weise gelangten sie in verfallene Stadtteile, die Geron nur vom Hörensagen kannte. Die engen Gassen waren mit stinkenden Abfällen bedeckt, Huren und zwielichtige Gestalten buhlten um ihre Aufmerksamkeit. Selbst hier, auf den heruntergekommenen Plätzen dieser Viertel, waren alte Standbilder zu finden, doch war ihre einstige Schönheit dank Wetterunbilden und Vandalismus längst verblasst. Auf Geron wirkten sie wie düstere Propheten des Verfalls und des Todes.

Beide waren erleichtert, als sie ohne größere Belästigungen aus dem Straßenlabyrinth herausfanden und endlich ihr Ziel erreichten. Die Stube des gesuchten Geldwechslers lag unmittelbar unter den Säulenbögen des mächtigen Aquädukts, und der Alte versuchte Gerons Unerfahrenheit beim Umtausch einer ihrer Goldmünzen sogleich zu seinem Vorteil zu nutzen.

Kyrell übernahm daraufhin die Verhandlung, und sie verhandelte hart, bis sie schließlich genug Münzen aus Silber und Kupfer zusammen hatten, mit denen auch die kleinen Händler der Stadt etwas anfangen konnten. Kyrell vertrieb die Bettler, die sie vor der Geldwechselstube umlagerten, und von denen es in der Stadt ebenfalls mehr gab, als Geron geahnt hatte. Dann begaben sie sich so lange über Umwege zu einem der Märkte Waldaleths, bis sie sich sicher waren, dass sie angesichts des eingewechselten Vermögens nicht von Dieben oder Halsabschneidern verfolgt wurden.

Geron kam sich angesichts ihres souveränen Umgangs mit der Situation naiv und töricht vor. Nicht einmal die harte Lehrzeit bei Alruna von Greifenfels hatte ihn hinreichend auf das gewöhnliche Leben vorbereitet. Ein Gefühl, an dem auch das köstlich duftende Gebäck nichts änderte, das sie sich von dem eingewechselten Geld kauften.

Beim Essen fiel ihm in der Menschenmenge eine Stadtwache auf, die sich in Begleitung zweier Kameraden vermeintlich nach Dieben und Störenfrieden umsah. Der Mann war in den gelbgrünen Wappenrock Waldaleths gehüllt, trug einen Kesselhelm und war wie seine Begleiter mit Knüppel und Hellebarde bewaffnet.

Geron erkannte ihn.

»Kyrell«, zischte er warnend und berührte sie am Arm. »Kapuze hoch! Der Kerl da hinten stammt nicht von hier. Die Wache stammt aus Greifenfels. Ich habe ihn mehrfach auf der Burg der Herzogin gesehen.«

Zu seiner Verwunderung stand Kyrell starr und abwesend neben ihm, sah zu den Dachtraufen der umliegenden Häuser auf und wirkte, als käme sie gerade eben erst wieder zu sich.

»Auch die Tauben dort oben auf den Dächern sind irgendwie merkwürdig«, wisperte sie beunruhigt. »Sie bewegen sich überhaupt nicht. Und ich schaffe es nicht, ihren Geist zu übernehmen – fast so, als sei er schon besetzt.«

Sie verhüllten sich rasch und verließen den Markt eilig über eine Straße, die geradewegs zur Stadttherme führte, um dort so schnell wie möglich in eine kopfsteingepflasterte Gasse abzubiegen, deren Geschäfte von Instrumentenbauern dominiert wurden. Vornehme Bürger und Besucher kamen ihnen entgegen, und auch Geron fiel bei einem unauffälligen Blick hinauf zu den Dachsimsen auf, wie reglos die Tauben dort oben wirkten. Der Blick der Vögel war eigentümlich starr nach unten gerichtet, als hielten sie in den Gassen Ausschau.

Hier war eindeutig Zauberei am Werk!

Geron und Kyrell versuchten, sich nichts anmerken zu lassen und schlenderten weiterhin verhüllt und möglichst unaufgeregt an den Geschäften vorbei. Still fragte sich Geron, ob die Vorsicht, die sie bislang hatten walten lassen, ausreichend gewesen war, um seiner einstigen Lehrmeisterin zu entgehen. Denn dass die Herzogin ein Netz aus verzauberten Spähern und gedungenen Häschern in der Stadt ausgeworfen hatte, daran bestand für ihn kein Zweifel mehr.

Sie querten verschattete Durchgänge und Hinterhöfe und erst, als sie sich einigermaßen sicher wähnten, wagten sie es, einen Passanten nach dem Standort des *Elfenwaldes* zu fragen.

Wenig überraschend fanden sie das Wirtshaus eine halbe Stunde entfernt nahe dem königlichen Park. Ein altes Gebäude im Fachwerkstil, das sich dicht an die hohe Mauer der Grünanlage schmiegte und allein von den Kronen mächtiger alter Kastanien auf der Parkseite überragt wurde. Zwei Pferde standen vor dem Eingang und die gelblichen Butzenscheiben im Erdgeschoss machten einen einladenden Eindruck.

Sie betraten die Schankstube, wo sie ein großzügiger und rustikal eingerichteter Raum mit runden Tischen und getäfelten Wänden erwartete, der mit Gemälden der Weißen Burg und Bildern lauschiger Ecken im nahen Park geschmückt war. Da die Mittagszeit noch eine gute Stunde auf sich warten ließ, war die Gästezahl überschaubar. An einem der Tische saßen drei betuchte Wirtshausbesucher, die von außerhalb zu stammen schienen.

Geron schritt geradewegs auf den Wirt des Etablissements zu, ein Mann mit Halbglatze und ausladendem Schnurrbart, der mit Würde ein Bäuchlein vor sich hertrug. Er war gerade dabei, ein Bier zu zapfen.

»Einen schönen Tag, guter Mann.« Geron lächelte freundlich.

Der Wirt wandte sich ihm zu und beäugte auch Kyrell mit Wohlgefallen. »Herrschaften, was kann ich für Euch tun?«

»Wir hätten gern ein Zimmer für eine Nacht«, antwortete Geron, den die Aussicht auf ein Bad und ein richtiges Bett lockte. »Und Eure Speisekarte würden wir ebenfalls gern einsehen.«

»Nichts lieber als das.« Der Wirt nahm einen Schlüssel vom Brett und reichte ihn Kyrell galant. »Das Akazienzimmer mit Blick auf die Straße. Und unsere Speisen seht Ihr dort.« Er deutete zu einer beschrifteten Schiefertafel. »Ihr kommt von weit her?«

»Aus Adlerstedt«, antwortete Kyrell.

»Ah, das ist in der Tat eine weite Reise. Aber das Kronjubiläum und unsere schöne Stadt sind das durchaus wert.«

»Ja, die werden wir uns sicher ebenfalls ansehen«, antwortete Geron ausweichend, denn ihm kam eine Idee. »Eigentlich sind wir hier, um mit dem obersten Palastgärtner zu sprechen. Winald ist sein Name, wenn wir recht informiert sind. Und wir hörten, dass er hier gelegentlich einkehrt.«

»Kann schon sein.« Neugierig musterte der Wirt sie. »Darf ich fragen, was Ihr von ihm wollt?«

»Der Graf von Adlerstedt würde gern einige seltene Pflanzen für seinen Garten erwerben«, antwortete Geron etwas leiser. »Regenbogentulpen, Elfenschuhe, Harasim-Rosen und wenn es geht noch einige andere Kostbarkeiten mehr.«

»Winald ist im Augenblick ganz gut eingespannt«, antwortete der Wirt. »Keine Ahnung, ob er es dieser Tage überhaupt herschafft. Am besten ist es wohl, wenn Ihr bei der Burg selbst vorstellig werdet und dort nach ihm fragt. So halten es andere Gärtner meines Wissens nach auch.«

»Wissen wir«, erklärte Geron. »Nur möchte Seine Erlaucht unbedingt vermeiden, wie ein gewöhnlicher Bittsteller zu erscheinen. Und er ist an den ganz besonderen Exponaten interessiert, wenn Ihr versteht. Es soll Euer Schaden daher nicht sein, wenn Ihr Eure Beziehungen spielen lasst, um uns einen direkten, mehr privaten Kontakt zum obersten Palastgärtner zu ermöglichen.« Er kramte eine Silbermünze hervor und schob sie über den Tresen.

Überrascht hob der Wirt eine Augenbraue, blickte verstohlen zu den übrigen Gästen und ließ die Münze verschwinden.

»Nun, Eure Geschäfte gehen mich nichts an. Aber wie der Zufall so will, sind Winald und ich gut befreundet«, brummte er. »Wenn Ihr ein oder zwei Stunden warten könnt, will ich gern mein Glück für Euch versuchen.«

Geron nickte, und sie bestellten Wildschweinragout, bevor der Wirt sie hinauf zu ihrem Quartier führte. Ein großes Doppelzimmer, das die versprochene gute Aussicht hatte, mit einem Baldachinbett, das milde von der Sonne beschienen wurde, die schräg durch das Fenster in den Raum fiel.

Kyrell ließ ihr weniges Gepäck fallen, setzte sich auf das Bett und ließ sich mit ausgebreiteten Armen in die Kissen zurücksinken.

»Ich wusste gar nicht, dass Geschäfte um Samen und Blumenzwiebeln so konspirativ abgewickelt werden?«, meinte sie, kaum dass sie allein waren.

»Tja, zu irgendetwas muss mein königliches Geblüt ja mal von Nutzen sein«, flachste Geron, während er ans Fenster trat und die Straße vor dem Wirtshaus beäugte. »Viele Adlige in den Jungen Königreichen wetteifern regelrecht darum, den königlichen Park von Waldaleth nachzuahmen. Die Weitergabe und Ausfuhr bestimmter Pflanzen ist jedoch per königlichem Dekret verboten. Speziell jene seltenen Kostbarkeiten, die die Elfen damals aus ihrer fernen Heimat weit im Westen mitgebracht haben. Trotzdem finden einige der Pflanzen immer wieder den Weg in fremde Gärten. Ich bin mir daher sicher, dass Winald der Sache nachgehen wird.«

»Wenn er sich nicht selbst mit dem gelegentlichen Verkauf eurer königlichen Gewächse bereichert.«

»Ich will es nicht hoffen.«

Kyrell stützte sich mit den Ellenbogen auf die Matratze, strich sich das lange blonde Haar hinter die Ohren und betrachtete ihn amüsiert. »Pflanzen. Die gehören niemandem. Was habt ihr dagegen, dass sich andere ebenfalls an ihrer Schönheit erfreuen wollen?«

»Na ja, das sind immerhin alles Gewächse, die … den königlichen Park einzigartig machen«, antwortete Geron hilflos. »Das ist Tradition.«

»Tradition also? Interessant.« Lächelnd erhob sie sich, schüttete Wasser aus einem Krug in eine bereitstehende Waschschüssel und zog ihr Reisegewand aus, um sich zu waschen.

Geron beobachtete heimlich ihre Spiegelung in den Butzenscheiben.

Er sah nicht zum ersten Mal, dass sie sich etwas freimachte, um sich zu waschen. Die zurückliegenden Tage ihrer Flucht hatten ihnen kaum Gelegenheiten für Privatsphäre geboten, daher waren sie sich zwangsläufig in vielerlei Hinsicht nähergekommen, als es üblich war oder seiner Erziehung entsprach. Und doch hatte er jeden dieser kleinen Momente genossen. Nur hier, mitten in der Stadt, in diesem Zimmer mit dem Bett, kam es ihm plötzlich unschicklich vor.

»Ich denke, ich lasse dich besser allein und warte unten auf dich.«

Kyrell blickte über ihre nackte Schulter, und Geron verließ fluchtartig den Raum. In der Wirtsstube angelangt, orderte er ein separates Speisezimmer, ließ sich dorthin einen Wein bringen und versuchte in der Abgeschiedenheit seine Gedanken zu ordnen.

Schon länger wusste er, wer diese durcheinanderbrachte.

Er hatte sich immer gefragt, ob es je eine Frau geben würde, für die er mehr empfinden könnte als bloß ein kurzes Strohfeuer. Sowohl auf der Weißen Burg als auch auf dem Anwesen der Herzogin war es ihm stets leichtgefallen, Dienerinnen und junge Edelfrauen für sich einzunehmen. Dazu trug seine vornehme Herkunft bei. Er hatte diesen Vorzug billigend in Kauf genommen, wenn sich ihm dadurch die Gelegenheit zu einem amourösen Stelldichein bot.

Doch Kyrell war anders als jede andere Frau, die er kannte.

Nicht bloß verdammt hübsch. Sondern auch frei. Unabhängig. Klug. Und in so vielen Dingen versierter als er.

Von Titeln und anderen Oberflächlichkeiten ließ sie sich nicht beeindrucken. Dummerweise *war* er der Thronerbe Waldaleths. Und zum ersten Mal erschien ihm das wie ein Fluch. Seine künftige Gemahlin würde dem Hochadel entstammen, keinesfalls würde sie eine Bürgerliche sein. In dieser Hinsicht war er ebenso unfrei wie seine Schwester.

Es war also besser, wenn er sich auf die vor ihnen liegenden Aufgaben konzentrierte. Geron seufzte schwer.

Die Tür zum Raum öffnete sich und Kyrell trat ein. Sie hatte die blonden Haare auf verspielte Weise hochgesteckt und ihre Kleidung ausgebürstet. Sogar ihre blauen Augen schienen irgendwie heller zu leuchten als sonst. »Ah, hier bist du.«

Geron zwang sich zu einem unverbindlichen Lächeln, doch in Wahrheit schmerzte ihn ihr Anblick fast körperlich.

Unmittelbar hinter ihr trat der Wirt samt der georderten Speisen ein. Er versicherte, eine Botschaft in den Park entsandt zu haben, und sie nahmen die erste vernünftige Mahlzeit seit vielen Tagen zu sich.

»Du willst nicht drüben auf den Gärtner warten?«, fragte ihn Kyrell während des Essens.

»Nein, ich denke, es ist besser, hier mit ihm zu sprechen«, antwortete Geron, der wieder argwöhnend durch das Fenster auf die

Straße schielte. »Ich möchte vermeiden, dass Wiland unbedacht reagiert, wenn er mich sieht.«

Kurz darauf klappte drüben in der Schankstube die Tür, und er vernahm eine bekannte Stimme.

»Das ist er!« Angespannt richtete er sich auf und Kyrell erhob sich von ihrem Platz, um in den Hintergrund zu treten.

Die Tür öffnete sich und der Wirt betrat in Begleitung Wilands das Zimmer. Der oberste Palastgärtner war ein schlanker Mann Mitte sechzig mit krausen braunen Haaren, Backenbart, leicht geröteten Wangen und vornehmer, doch praktischer Arbeitskleidung, über die er im Park gern einen Kittel trug. Seine dunklen Augen hefteten sich misstrauisch auf Geron – und weiteten sich überrascht, als er begriff, wer vor ihm saß.

»Danke, lasst uns bitte allein!« Geron schickte den Wirt aus dem Zimmer.

Der oberste Palastgärtner stand noch einen Moment starr da, dann verneigte er sich tief. »Königliche Hoheit! Ich hatte ja keine Ahnung, dass –«

»Pssst!« Geron legte verschwörerisch den Finger auf die Lippen, deutete zur Tür und bat den Mann Platz zu nehmen.

Wiland musterte kurz Kyrell und setzte sich zögernd. »Ich dachte, Ihr befändet Euch auf Eurer Zaubererwalz oder wie sich das in Magierkreisen nennt. Zumindest wurde mir gesagt, dass –«

»Ja und nein«, unterbrach ihn Geron freundlich. »Tatsächlich dürfte ich gar nicht hier sein. Nur wo Regeln, da natürlich auch Ausnahmen.« Er zwinkerte. »Ich kann das Kronjubiläum meines Vaters unmöglich ignorieren. Oder würdet Ihr Euren Vater zu solch einem festlichen Anlass allein lassen?«

»Nein, vermutlich nicht«, sagte der Mann.

»Seht Ihr, deswegen wende ich mich an Euch. Meine Familie hat schon immer große Stücke auf Euch gehalten.«

»Danke«, murmelte der Gärtner geschmeichelt.

»Bevor ich weiterziehe, möchte ich meinem Vater einen privaten Besuch abstatten. Unbemerkt natürlich. Das betrifft vor allem meine einstige Lehrmeisterin Herzogin Alruna von Greifenfels. Sie ist da sehr … traditionell.«

»Ich verstehe.« Der Mann nickte. »Meine Lippen bleiben versiegelt.«

»Sehr schön. Ich möchte Euch auch nicht weiter in Verlegenheit bringen, nur möchte ich Euch bitten, mich und meine Begleiterin unbemerkt von den Wachen und der sonstigen Dienerschaft in den Park zu bringen.«

»Verstehe, Ihr wollt unauffällig in die Burg gelangen. Nur wird das nicht so einfach sein, denn die Weiße Burg wurde in den letzten Tagen mit zusätzlichen Wachen gesichert.«

»Warum?« Geron warf Kyrell einen knappen Blick zu.

»Der Grund ist mir nicht bekannt«, antwortete Wiland. »Vermutlich geht es um die Sicherheit der königlichen Gesandtschaft aus Schwalbensee. Die erfordert natürlich spezielle Maßnahmen.«

»Natürlich«, murmelte Geron nachdenklich. »Aber *Ihr* habt Zutritt zur Burg?«

»Selbstverständlich.«

»Dann müsstet Ihr bloß meiner Schwester eine Botschaft überbringen. Sie wird uns im Park schon finden und alles Weitere in die Wege leiten.«

Grüblerisch rieb sich Wiland über den Backenbart. »Ja, ich schätze, das kann ich tun.«

»Perfekt, dann wartet einen Moment.«

Geron eilte zu dem Wirt, um sich von diesem Pergament, Feder, Tinte und Siegelwachs bringen zu lassen, überlegte kurz und schrieb Shira unter Kyrells und Wilands aufmerksamen Blicken eine Nachricht. Anschließend versiegelte er die Botschaft, indem er den Knauf Ceredrils in das Siegelwachs drückte und geheimnisvoll einige Elfenworte murmelte, die in arkaner Hinsicht wenig Sinn ergaben. Der oberste Palastgärtner sah ihm dennoch beeindruckt dabei zu und nahm das Schreiben unterwürfig entgegen.

»Ich verlasse mich auf Eure Verschwiegenheit!«, ermahnte Geron ihn. »Und es versteht sich von selbst, dass eine gewisse Eile vonnöten ist.«

»Verlasst Euch auf mich, Königliche Hoheit. Es wird geschehen, wie Ihr es wünscht.«

»Und du bist dir sicher, dass sie kommt?«

Kyrell stand neben Geron im Zentrum eines großen und sorgsam gepflegten künstlichen Irrgartens aus Buschwerk und betrachtete skeptisch die hölzerne Puppe, die mitten auf dem kreisrunden Platz aufgebaut war. Es handelte sich dabei um einen Haukerl, wie ihn üblicherweise Ritter und andere Kriegsleute benutzten, um ihre Schlagkraft mit Schwertern und anderen Waffen zu trainieren. Diese Puppe war ganz besonders übel zugerichtet. Tiefe Kerben zerfurchten ihr Äußeres, der rechte Arm war fast abgeschlagen und der Boden mit Holzsplittern übersät.

Kyrell musterte die Puppe befremdet. Laut Gerons Aussage war dafür kein Mann verantwortlich, sondern dessen Schwester Shira, die den verschwiegenen Ort zum Kampftraining nutzte. Sie musste sich in den zurückliegenden Wochen mit großer Inbrunst an der Puppe abgearbeitet haben.

»Wenn sie die Botschaft erhalten hat, dann wird sie kommen.« Geron warf seine lockigen Haare zurück. »Verlass dich darauf. Dieses Heckenlabyrinth war für uns immer so etwas wie ein magischer Ort.«

»Ich hoffe es.« Kyrell hielt am blauen Nachmittagshimmel argwöhnisch nach Tauben Ausschau. Sie fand keine. »Denn ehrlich gesagt fühle ich mich so nah der Weißen Burg etwas unsicher.«

Die stolze Königsfeste lag nur eine knappe halbe Meile östlich von ihnen. Wenn sich Kyrell auf die Zehenspitzen stellte, konnte sie über der Hecke hinweg ihre weißen Zinnen sehen.

Nachdem Wiland sie etwa eine Stunde nach ihrem Treffen im *Elfengarten* abgeholt und sie zu ihrer Tarnung mit Gartenwerkzeugen sowie der einheitlichen grünen Arbeitskleidung der Parkhelfer ausgestattet hatte, war es ihnen unter seiner Führung problemlos möglich gewesen, an den Wachen vorbei hinter die Umfassungsmauer zu gelangen. Der königliche Park war eindrucksvoll. Er umrahmte den Burghügel wie ein riesiger grüner See. Unter anderen Umständen hätte Kyrell sich hier gern umgesehen und all die Eindrücke genossen, denn ganz so, wie Geron angedeutet hatte, schien es kaum eine Pflanze auf der Welt zu geben, die hier nicht wuchs.

Neben uralten Bäumen, deren Kronen die verschlungenen Wege wie große Laubengänge überspannten, bot er allerorten aufsehenerregende Sehenswürdigkeiten. Darunter Blumenbeete, deren Blütenbestände nach Art von Mosaiken zu wunderschönen abstrakten Formen zusammengesetzt waren, kunstvoll beschnittene Büsche, die grünen Standbildern gleich Hunde, Pferde und andere Tiere nachbildeten, sowie lauschige und von hohen Bäumen umgebene Wasserflächen, deren Uferzonen verschiedenen Seenlandschaften nachempfunden waren. Weiß lackierte Boote luden dort zu Ausfahrten ein. Es gab spezielle Häuser mit gewaltigen Butzenglasfronten anstelle von Dachschrägen, von denen Geron behauptete, dass dort Pflanzen gediehen, die sonst bloß in den warmen Ländern südlich der Wogensee zu finden waren. Hinzu kamen all die betäubenden Gerüche, die von Tulpenfeldern und Blumenbeeten aufstiegen. Reichlich Vögel gab es hier – Fasane, Finken, Goldhähnchen, Reiher, Spatzen – und Kyrell zuckte jedesmal zusammen, wann immer sie einen entdeckte.

Sie hatte auf dem Herweg mit ihrem Geist nach ihnen getastet, doch die Tiere schienen unbeeinflusst zu sein. Ihre Unruhe blieb dennoch.

Auch Geron lief angespannt auf und ab, murmelte: »Shira, wo bleibst du nur?«

Ganz so, als hätten seine Worte Einfluss auf ihr Schicksal, waren jenseits der grünen Heckenwände plötzlich Geräusche zu hören.

Schritte auf Kies.

Da nur ein Weg ins Zentrum des Irrgartens hineinführte, hob Kyrell abwehrbereit den Rechen – als im grünen Zugang unvermittelt eine junge Frau erschien, die Geron wie aus dem Gesicht geschnitten war. Auch sie besaß ein hübsches, aber auffallend blasses Gesicht mit energischem Kinn, gerader Nase und dunklen, wachen Augen. Ihr schwarzes langes Haar fiel ihr bis auf die Schultern und wurde von zwei schmalen, verdrehten Zöpfen im Nacken zusammengehalten.

Bekleidet war die Prinzessin Waldaleths mit einem teuren lindgrünen Kleid mit Perlenstickereien, das sie über den Knien gerafft hatte. Sie wirkte, als habe sie soeben einen Tanzsaal verlassen, um sich im nahen Park die Füße zu vertreten.

Nur das Schwert, dass sie in ihrer Rechten hielt, passte nicht dazu.

»Geron! Du bist es tatsächlich?«

Ihr Bruder lächelte. »Ich hatte eigentlich gehofft, dass deine Begrüßung etwas freudiger ausfallen würde. Immerhin, meine Nachricht hat dich erreicht.«

Er trat vor und umarmte sie. Eine Geste, die seine Schwester zurückhaltend erwiderte. Unbeirrt umklammerte sie die Waffe.

»Ja, sie hat mich erreicht«, meinte Shira zögernd. »Es war nicht einfach, sich aus dem Schloss zu entfernen. Wer ist deine Begleiterin?«

»Mein Name ist Kyrell, Königliche Hoheit.« Kyrell machte einen Knicks. »Ich befinde mich ebenso wie Euer Bruder auf der Flucht.«

Shira sah sich misstrauisch um, als befürchtete sie, verfolgt zu werden. »Offenbar ist euch nicht klar, in welche Gefahr ihr euch begebt, indem ihr hierherkommt?« Sie senkte endlich die Klinge und sah ihren Bruder an. »Die Herzogin hat uns schreckliche Dinge über dich erzählt. Sie berichtete, dass du bei einer der Prüfungen den Verstand verloren hättest, auf sie und andere Zauberer losgegangen seist und dabei einen der Magier getötet hast.«

»Ich soll … was?!« Geron trat vor Wut einen Schritt zurück.

»Vater war außer sich vor Kummer«, fuhr Shira fort. »Und das ist nicht alles: Die Herzogin wird nicht müde zu behaupten, du würdest in deinem Wahnsinn vielleicht herkommen, um auch uns zu schaden.«

»Alruna von Greifenfels lügt!«, brauste Geron auf. »Das widerliche Miststück ist eine elende Intrigantin. Es war genau anders herum. Sie und die anderen Magier haben versucht, *uns* umzubringen. Die Zauberer haben uns Adepten nur deswegen im Fackelgebirge zusammengetrieben, um uns auf magische Weise auszuquetschen und sich so weitere Lebenszeit anzueignen. Die ganze Zauberweihe war bloß Theater. Sie bringen ihre Adepten regelmäßig um, um sich so ihre Unsterblichkeit zu sichern.«

»Du weißt, wie verrückt sich das anhört?«

»Ich bin nicht verrückt«, fauchte Geron. »Hast du dich nie gefragt, wie es Alruna von Gratenfels geschafft hat, so alt zu werden? Warum die Zauberer überhaupt alle so alt werden? Dass wir es unbeschadet bis hierhergeschafft haben, grenzt an ein Wunder.«

»Und ihr beide seid die Einzigen, die entkommen sind?«

»Wir waren ursprünglich zu sechst«, antwortete Kyrell. »Einer von uns starb bei der Flucht, die anderen haben wir aus den Augen verloren.«

Shira wischte sich eine dunkle Haarsträhne aus dem Gesicht und ihr Blick irrlichterte in Richtung Burg.

»Vater«, sagte sie zu ihrem Bruder, »wurde durch die Nachricht völlig aus der Bahn geworfen. Er hält sich nur mühsam aufrecht. Gerade jetzt, da Sirin und seine Säufersöhne in Waldaleth eingetroffen sind. Gestern erst hat er vor Gram sein halbes Arbeitszimmer zertrümmert. Und heute morgen hat er einen der Diener wegen einer Nichtigkeit auspeitschen lassen.«

Kyrell sah den tiefen Kummer in Gerons Augen.

»Wem hat sie diese Lüge noch alles aufgetischt?«, wollte er wissen.

»Bisher nur einem kleinen Kreis: Vater, mir und dem Haushofmeister. Und natürlich dem Hauptmann der Burgwache. Die Männer wurden einstweilen zum Stillschweigen verdonnert, aber ich schätze, dass die Nachricht von deinem Irrsinn längst die Runde macht. Überall wurden die Wachen verstärkt. Die Herzogin hat sogar eigene Leute aus Greifenfels mitgebracht.«

»Ja, wissen wir«, sagte Geron erzürnt. »Umso wichtiger ist es, dass du rasch ein Treffen mit Vater vermittelst. Außerdem musst du ihn vor der Herzogin warnen. Dieser Schlange gehört der Kopf abgeschlagen.«

Shira verzog unglücklich das Gesicht. »Geron, sie ist eine Zauberin.«

Geron deutete auf Kyrell. »Auch wir verstehen uns auf die Magie. Gemeinsam finden wir einen Weg, sie zu stoppen.«

»Dir ist klar, dass sie genau das angekündigt hat?«

»Was?«

»Dass du herkommen würdest, um uns gegen sie aufzubringen?«

Geron trat an seine Schwester heran und diesmal nahm er ihr Gesicht in die Hände.

»Sieh mich an, Shira«, erklärte er ruhig. »Blick auf den Grund meiner Seele, wie nur du das kannst. Und dann sag mir, ob ich noch immer ich bin.«

Shira wich zurück und doch konnte sie sich ihrem Bruder nicht entziehen. Im nächsten Moment entglitten ihr die beherrschten Züge. Plötzlich bebten ihre Lippen und Tränen liefen über ihre Wangen. Sie ließ das Schwert fallen und umarmte ihn fast verzweifelt.

»Ich weiß, dass du nicht verrückt bist, Geron«, schluchzte sie. »Ich wusste es schon, als ich euch eben hier sah. Und doch hättest du nicht herkommen dürfen. Indem ihr euch hierhergewagt habt, habt ihr euch in Lebensgefahr begeben.«

Geron umfasste ihre Schultern. »Was hätte ich denn sonst tun sollen? Hier lebt meine Familie. Und hier ist meine Heimat.«

»Hier ist bald gar nichts mehr wie früher!« Shira löste sich von ihm und wischte sich die Feuchtigkeit aus dem Gesicht. »Vater hat für morgen früh große Neuigkeiten für das Königreich verkündet. Große Neuigkeiten für uns – aber auch für Schwalbensee. Und du weißt, was das bedeutet.«

»Deine und Haralds Verlobung?«

»Richtig!« Shira schnaubte verbittert. »Ich habe ihn nicht davon abbringen können.«

»Es tut mir leid.« Geron fuhr sich hilflos durch sein Haar. »Aber ich weiß nicht, was ich im Augenblick dagegen tun soll.«

»Nein, natürlich nicht«, entfuhr es ihr böse. »Aber wenn du ehrlich zu dir bist, war dir das ja auch schon bei unserer letzten Begegnung egal.«

»Shira, du tust mir unrecht. Ich wollte mit ihm sprechen.«

»Ach ja?« Shira lachte freudlos und ihr Blick wirkte plötzlich leer. »Aber jetzt ist das eh alles egal. Du musst weg von hier, so lange du das noch kannst. Wie ich schon sagte: Vater ist umgeben von Wachen. Und auch die Herzogin ist ständig um ihn.«

»Meine Güte, du wirst es doch wohl irgendwie schaffen, ihn zu einem Vieraugengespräch wegzulocken. Niemand ist so beschäftigt, dass …« Unvermittelt hielt er inne und sah seine Schwester starr an. »Es sei denn, du willst mir gar nicht helfen?«

»Was glaubst du wohl, warum ich mich hergeschlichen habe?«, schrie sie ihn an, schluckte, sah sich um und senkte ihre Stimme. »So lange ich das noch tun kann, will ich nichts anderes.« Abermals füllten sich ihre Augen mit Tränen. »Aber warum willst du nicht einsehen, mit welcher Macht ihr euch anlegt? Wenn das alles stimmt, was ihr gesagt habt, dann seid ihr bloß hier, weil ihr Glück hattet. Alruna von Greifenfels weilt jetzt schon seit drei Tagen in der Stadt und tut seitdem alles, um uns vor dir… *zu schützen*. Sie wird wissen, was du planst. Und selbst ich weiß nicht, welchen Einfluss sie mittlerweile auf Vater ausübt. Er ist seit ihrer Ankunft … verändert. Ich erkenne ihn kaum wieder. Ich darf … nein, ich werde nicht zulassen, dass du ihr in deinem verdammten Stolz direkt in die Fänge gehst – und mir mit dir das Letzte im Leben genommen wird, was mir noch lieb und teuer ist.«

»Stolz?«, fragte Geron bestürzt. »Hierbei geht es doch nicht um meinen Stolz.«

»Doch, genau darum geht es. Er lässt dich blind und uneinsichtig selbst für die größten Gefahren werden. Das war schon immer so.« Sie kramte in ihrem Kleid und drückte ihm einen Schlüssel mit kompliziertem Zackenbart in die Hand. »Hier, der Schlüssel, den du wolltest. Schleicht euch in die Bibliothek und findet, was auch immer ihr im Königlichen Archiv zu finden erhofft. Und dann verschwindet aus Waldaleth. Noch heute. Hast du verstanden? Flieht! Es ist mir gleich, wohin. Hauptsache du bist weg, bevor … etwas Schlimmes geschieht.«

»Das kann doch nicht dein Ernst sein?« Geron nahm den Schlüssel entgegen. »Ich kann nicht weg. Und das weißt du.«

»Aber du musst weg!« Shira wirkte verzweifelt. Dann sah sie auf und unvermittelt keimte Hoffnung in ihrem Blick. »Würdet ihr mich … vielleicht mitnehmen?«

»Was?«

»Es ist mir egal, wohin ihr flieht. Aber ich könnte euch begleiten.«

»Du glaubst wirklich, Flucht sei die Lösung?«, fragte Geron. »Wohin denn? Wenn ich Alruna von Greifenfels aufhalten kann, dann allein in Waldaleth.«

Shira sah niedergeschlagen zu Kyrell. »Siehst du das auch so?«

Kyrell räusperte sich. »Die Herzogin ist nur eine von sechs Zauberern, die hinter uns her sind, Königliche Hoheit«, sprach sie. »Und im Augenblick sind sie vermutlich über alle Jungen Königreiche verstreut. Das wird nicht ewig so bleiben. Es ist vermutlich nur eine Frage der Zeit, wann sie uns aufspüren. Ich befürchte daher, Euer Bruder hat recht. Wenn wir einen unserer Häscher aus dem Spiel nehmen wollen, dann gelingt uns das nur hier, solange er allein ist.«

Shira betrachtete sie müde. Schließlich nickte sie. Kyrell sah eine tiefe Zerrissenheit in ihrer Seele. Nein, vielmehr fühlte sie, das tief in der Brust der jungen Frau ein Schmerz wütete, den sie nicht so recht zu fassen vermochte.

»Es ist mir egal, was ihr glaubt, tun zu müssen, denn ganz offensichtlich wollt ihr es nicht begreifen«, sagte Shira mit düsterer Entschlossenheit. »Vater ist nicht mehr der Alte. Auch wenn du das nicht wahrhaben willst. Du wirst das also mir überlassen. Denn wenn du dich zu ihm begibst, wird das dein Untergang sein. Euer beider Untergang … und es reicht, wenn einer von uns ins Unglück gestürzt wird.« Sie drehte sich mit geröteten Augen zu Kyrell um. »Wenn dir irgendetwas an meinem Bruder liegt, dann sorge dafür, dass ihr Waldaleth so rasch wie möglich verlasst. Denn mein Entschluss steht fest: Ich werde Vater informieren. Aber ich werde euch nicht dabei helfen, in euer Verderben zu rennen.«

Die Philosophenschule mit dem hohen Bibliotheksturm machte ihrem Namen als Platz der Gelehrsamkeit alle Ehre. Vor Kyrell und Geron spannte sich ein erhabener Komplex mit marmorverkleideten Gebäuden, lichten Säulengängen und einem begrünten Innenhof auf, zu dem man nur gelangte, wenn man eine halbmondförmige Treppe hinaufstieg, auf der ihnen Scholaren und Schriftgelehrte entgegenkamen.

Der Komplex war auf einem Hügel im Innern des Stadtgebietes errichtet worden, sodass sich die Schule eindrucksvoll über die umgebenden Gebäude des Viertels erhob. Dieses bestand ausschließlich aus ruhigen Wohnhäusern, damit die Philosophenschule vom üblichen Trubel in der Stadt weitgehend verschont blieb. Die Dächer der weiß gestrichenen Säle und Lehrbauten waren wie viele andere Gebäude der Stadt mit grünen Kupferplatten gedeckt, und in der Mitte plätscherte im Säulenhof ein beeindruckender marmorner Springbrunnen mit der Skulptur einer streng dreinschauenden elfischen Lehrerin, der vier elfische Schüler mit ergebenem Gesichtsausdruck lauschten.

Den eigentlichen Blickfang bot der mächtige weiße Bibliotheksturm, der sich seitlich des Komplexes über viele Stockwerke in den Himmel schraubte. Auch seine Dachschrägen waren mit grünstichigen Kupferschindeln bedeckt, auf denen grün-gelbe Banner im Wind wehten, die weithin von den Festtagen kündeten.

Kyrell und Geron hatten sich die Kapuzen demutsvoll ins Gesicht gezogen und ähnelten so den Scholaren, die die Schule bevölkerten. Man sah sie in kleinen Gruppen nahe des imposanten Brunnens sowie in Gängen stehen, wo sie leise miteinander diskutierten.

Sie hatten den Plan gefasst, sich wieder als Abgesandte des Grafen von Adlerstedt auszugeben, die auf der Suche nach botanischen Erkenntnissen waren.

Gerons Gedanken hingen jedoch bei dem in jeder Hinsicht unerwarteten Zusammentreffen mit seiner Schwester. Seit sie den königlichen Park verlassen hatten, brütete er düster vor sich hin, und Kyrell sah ihm die Ratlosigkeit und die tiefe Bestürzung an.

»Geron!« Kyrell hielt ihren Begleiter auf, als sie sich anschickten, die Stufen hinauf zum Bibliotheksturm zu erklimmen. »Bevor wir da reingehen, müssen wir über deine Schwester reden.«

»Was gibt es da noch zu bereden?« Wütend schüttelte er ihre Hand ab. »Das alles kommt mir vor wie ein böser Traum. Ich begreife Shira einfach nicht. Glaubt sie denn ernsthaft, ich würde einfach meine Hände in den Schoß legen und dabei zusehen, wie Alruna von Greifenfels triumphiert?«

»Und wenn du das tatsächlich Shira überlässt?«

»Kyrell, wenn hier jemand die Herzogin unterschätzt, dann ist das meine Schwester. Und wenn sie allen Ernstes glaubt, sie könne Alruna von Greifenfels allein die Stirn bieten, dann ist sie diejenige, die wahnsinnig ist.«

»Ich denke, sie steht wegen ihrer Verlobung neben sich.« Kyrell hatte über Shira nachgedacht und hoffte dennoch, dass sie falsch lag. »Du hast doch gehört, wie sie von diesem Harald von Schwalbensee spricht. Wenn der Kerl so widerlich ist, wie er sich heute auf der Anreise aufgeführt hat, dann begreife ich, wovor sie sich ängstigt.«

»Das soll ihr Verhalten erklären?« Geron sah sie irritiert an. »Nein. Unmöglich. Du kennst Shira nicht. Sie ist der sturste Mensch, den ich kenne. Die gibt sich nicht einfach auf.«

»Und was, wenn sie eine Verzweiflungstat plant?«

Er sah sie fragend an.

»Wieso«, fuhr sie behutsam fort, »sprach sie vorhin von ›So lange sie das noch tun könne‹? Und warum hat sie uns so verzweifelt darum gebeten, sie mitzunehmen?« Kyrell nahm seine Hand. »Da war ein Ausdruck in ihren Augen, den ich schon einmal gesehen habe. Bei der Tochter eines Barons in Adlerstedt, die einem Adligen versprochen wurde, der viermal so alt war wie sie. Das Mädchen hat sich unmittelbar vor der Hochzeit die Adern aufgeschnitten.«

Geron sah sie entsetzt an. »Du meinst ... sie will sich etwas antun?«

»Nein ... jedenfalls nicht so.« Kyrell suchte nach den richtigen Worten. »Aber ich erkenne die tiefe Verzweiflung eines Menschen, wenn er vor mir steht. Und deine Schwester ist verzweifelt. So viel ist sicher. Und sie hat Angst um dich. Was, wenn sie denkt, ihr Leben liege eh hinter ihr? Vielleicht plant sie insgeheim, etwas gegen Alruna zu unternehmen, von dem sie weiß, dass das ihr Leben kosten kann?«

»Das ist nicht dein Ernst?« Geron klappte der Mund auf.

»Zumindest scheint sie davon überzeugt zu sein, dass *dein* Vorhaben aussichtslos ist.« Kyrell strich sich eine blonde Strähne unter ihre Kapuze. »Und vielleicht ist es das auch, wenn es stimmt, was sie angedeutet hat. Alruna von Greifenfels könnte deinen Vater tatsächlich magisch beeinflusst haben. Doch deine Lehrmeisterin ist ganz auf dich fixiert. Auf Shira wird sie wahrscheinlich weniger achten.«

Geron sah sie nachdenklich an.

»Hinzu kommt, dass sich Shira vermutlich auch um Waldaleth sorgt«, fuhr Kyrell fort. »Denn auch dir sollte klar sein, welche Folgen es hat, wenn dich Alruna erwischt und umbringt. In diesem Fall wäre dieser Harald von Schwalbensee dank seiner Heirat mit deiner Schwester bald Herrscher über Waldaleth.«

»Bis die Kinder der beiden volljährig sind.« Geron blickte unheilvoll hinüber zu dem Marmorbrunnen.

»Ich befürchte, du hättest ihre Bitte, auf deinen Vater einzuwirken, ernster nehmen müssen.«

»Ich war jahrelang fort«, begehrte Geron auf. »Ich habe von alledem erst unmittelbar vor meiner Abreise zum Drachenthron erfahren. Dass ich nicht dazu kam, meinen Vater umzustimmen, lag allein an der Eile unseres Aufbruchs.«

»Hättest du ihn denn umgestimmt?«

»Ja, ich hätte es versucht.«

»Und was hättest du getan, wenn es dir nicht gelungen wäre?«

»Ich weiß es nicht.« Geron musterte sie ernst. »Aber ich kann dir auch nicht sagen, was du gern hören möchtest. Shiras und meine Herkunft mag uns manche Privilegien einräumen. Aber wir sind nicht frei in unseren Entscheidungen. Auch Könige und Fürsten sind bloß Menschen. Manche von ihnen sind raffgierig und machtbesessen, andere schlicht dumm und eitel. Oft muss nicht einmal beides zusammenkommen, um einen Krieg auszulösen. Und dann sterben Menschen. Und zwar jene Menschen, die unsereins anvertraut sind. Der Friede zwischen den Reichen lässt sich dauerhaft nur mittels Verträgen aufrechterhalten. Und zu den mächtigsten Verträgen zwischen zwei Reichen gehört nun einmal die Heiratspolitik. Denkst du, ich bin davon ausgenommen?« Geron lachte hart. »Glaubst du, *ich* bin glücklich darüber, irgendwann mit einer Frau vermählt zu werden, mit der mich höchstens Respekt verbindet? Und das auch nur, wenn es gut läuft? Ich hasse den Gedanken an diesen Tag. Viel mehr, als dir bewusst ist. Und doch kann ich dir nicht sagen, was du gern hören würdest. Denn bei alledem geht es um etwas Höheres. Etwas, vor dem Shira und ich zurücktreten müssen. Und das weiß sie ebenfalls! Wir sind beide in diesem Wissen erzogen worden.« Tief atmete er ein. »Sollten deine Befürchtungen jedoch zutreffen, und Shira plant tatsächlich etwas Dummes, dann ist das erst Recht ein Grund, ihr irgendwie zuvorzukommen. Auch wenn ich im Moment nicht weiß, wie.« Er legte seine Stirn in Falten. »Und das Schlimmste ist, dass ich allmählich denke, dass das alles vielleicht gar kein Zufall ist.«

»Was alles?«, fragte Kyrell.

»Ich muss gerade an das denken, was uns Boltan über seinen Meister erzählt hat«, sagte Geron nachdenklich. »Dass dieser Walmar mit seiner Magie Kontrolle über die wichtigsten Entscheidungsträger im Süden ausübt. Vielleicht betrachten die Zauberer einen jeden von uns bloß als Figuren eines Schachspiels?«

»Was hat das mit deiner Schwester zu tun?«

Geron grübelte eine Weile. »Vielleicht steckt hinter alledem ein größerer Plan? Wenn es tatsächlich wichtige Repräsentanten sind, auf die Walmar Einfluss zu nehmen versucht, dann will er damit etwas Bestimmtes erreichen. Und da kommt für mich eigentlich nur eine Sache in Betracht, nämlich die Kontrolle über die südlichen Stadtstaaten. Was, wenn die anderen Magier ebenso denken und handeln wie er?«

Kyrell dämmerte allmählich, was er meinte. »Du sprichst von politischen Ambitionen von Alruna von Greifenfels?«

»Nicht nur von ihr. Auch von den anderen.« Er verengte die Augen. »Jeder einzelne der sechs Magier scheint allein auf seinen oder ihren Vorteil bedacht. Wenn an der Vermutung etwas dran ist, dass die sechs Macht über die Jungen Königreiche zu gewinnen hoffen, dann gehört Waldaleth unzweifelhaft zur Einflusszone von Alruna von Greifenfels. In diesem Fall könnte auch das Nachbarkönigreich Schwalbensee für sie interessant sein. König Sirin gilt als unbeherrscht und leicht reizbar. Und sein ältester Sohn ist offenbar vom gleichen Schlag. Beide dürften leicht zu manipulieren sein. Vielleicht war es Alruna, die Vater die Sache mit der Verlobung eingeflüstert hat? Sie durfte schließlich davon ausgehen, dass ich nicht mehr lange leben würde. Als Beraterin von Shira von Waldaleth und Harald von Schwalbensee könnte sie ihren Einfluss auf beide Königreiche ausweiten. Sie muss lediglich etwas abwarten. Und dass sie über genug Lebenszeit verfügt, wissen wir beide ja nur zu gut.«

»Aber warum?«

Geron schnaubte unheilvoll. »Vielleicht, weil sich die Magier still und leise auf einen Krieg vorbereiten?«

»Einen Krieg?« Kyrell blickte ihn befremdet an. »Gegen wen denn?«

»Im Zweifel vielleicht gegeneinander?«, sagte Geron. »Ich weiß es nicht. Vielleicht warten sie bloß darauf, dass sich einer von ihnen eine Blöße gibt, um dann zuzuschlagen.«

»Und wie passt das zu der Sache mit uns?«

»Keine Ahnung. Vielleicht geht es dabei auch um etwas ganz anderes. Ich verstehe es selbst noch nicht.« Er betrachtete sie gefasst. »Aber eines nach dem anderen. Jetzt lass uns erst einmal da rauf.« Geron schlug das lange Haar zurück und eilte voraus in den hohen Bibliotheksturm.

Es dauerte nicht lange und sie standen einem der Bibliothekare gegenüber. Diesmal hielt sich Geron zurück und Kyrell übernahm es, ihr Gesuch vorzutragen. Sie mussten mehrere Silberstücke berappen, dann führte sie ein junger Schriftgelehrter eine Wendeltreppe mit ausgetretenen Stufen mehrere Stockwerke im Turm hinauf und hinein in einen ovalen, nach altem Pergament und Papier duftenden Raum, dessen Wände bis unter die Decke und auf zwei durch eine umlaufende Galerie getrennten Höhenebenen mit Regalen und Nischen ausgestattet waren. Dicht an dicht ruhten dort Aberhunderte Bücher und Schriftrollen.

Kyrell klappte der Mund auf, denn sie hatte nicht geahnt, dass über Pflanzen und Gartenbaukunst derart viele Werke verfasst worden waren. Besonders wertvolle Folianten waren in gläsernen Vitrinen in der Saalmitte ausgestellt, und der junge Bibliothekar wies sie darauf hin, dass diese Werke nur unter Aufsicht eingesehen werden durften. Ihnen wurde ein eigener Leseraum mit schlankem Turmfenster zugewiesen, in dem Schreibzeug bereit lag, um dort Abschriften zu tätigen.

Hier waren sie allein. Sie ließen sich gleich mehrere Werke kommen und warteten ab, bis der junge Mann den Saal verlassen hatte.

Dann schlüpften sie hinaus, lauschten, und eilten die Wendeltreppe weiter hinauf. Nur einmal kam ihnen ein Mann mit runder Gelehrtenbrille entgegen, der freundlich nickte.

Geron machte vor einer gedrungenen Tür halt, die zu einem Saal führte, der ziemlich weit oben im Turm lag.

»Die historische Abteilung«, wisperte er.

Er öffnete die Pforte vorsichtig, und sie blickten in einen weiteren Bibliothekssaal, der nach dem Vorbild der anderen Räume eingerichtet und über und über mit Büchern und Pergamentrollen gefüllt war. Im Unterschied zu den anderen Abteilungen erhob sich mitten im Raum eine Wendeltreppe, die durch die Saaldecke hinaufführte. Eine Frau in hellblauer Robe und ein Scholar waren hier in Schriften vertieft, während ein Bibliothekar – auffallend um Stille bemüht – einen Stapel Bücher zu einer Tür am anderen Ende des Saals trug.

Kyrell und Geron warteten ab, bis er in dem angrenzenden Raum verschwunden war, dann eilten sie leise die zentrale Treppe nach oben. Wenig überraschend erreichten sie so noch einen Saal, der ganz ähnlich beschaffen war wie jener unter ihnen. Auch hier waren die Wände dicht an dicht mit Büchern gefüllt, und die Treppe führte noch weiter nach oben.

»Die historische Abteilung ist neben der Medizinischen die größte von allen«, wisperte Geron. »Sie erstreckt sich über noch zwei Säle über uns. Der Zugang zum Königlichen Archiv befindet sich jedoch dort.« Er deutete hinauf zu der umlaufenden Galerie. Umrahmt von Bücherregalen war dort eine niedrige Tür in die Wand eingelassen.

Gemeinsam eilten sie zu dem Rundgang hinauf und Kyrell sah, dass es sich bei der Tür um eine kleine Pforte aus dickem Eichenholz handelte, die mit einem wuchtigen Schloss aus Eisen versehen war. Geron spähte noch einmal nach unten, dann schob er den Schlüssel hinein.

Mit einem leisen Rumpeln öffnete er die Tür, und sie schlüpften in einen dämmrigen, nach Staub und Pergament riechenden, hohen halbmondförmigen Raum, dessen Wände über und über von Regalen gesäumt wurden.

Auch das Königliche Archiv verfügte über mehrere Etagen, zu denen Rollleitern hinaufführten. Nur dass die unzähligen ledernen Mappen, Schriftrollen und Bücher, die hier verwahrt wurden, konfus und ohne jede sichtbare Ordnung auf- und nebeneinandergestapelt waren.

»Du meine Güte«, klagte Kyrell. »Gibt es hier überhaupt ein System, das es einem ermöglicht, etwas zu finden?«

»Na ja.« Geron zog die Tür rasch hinter sich zu und sah sich zweifelnd um. »Hier werden all die geheimen Depeschen, privaten Korrespondenzen und Berichte gelagert, die sich im Laufe der Jahrhunderte angesammelt haben. Und wie ich schon sagte, haben hier nur der oberste Bibliothekar und der König selbst Zutritt. Mein Vater hat mich nur zweimal hierher mitgenommen, und wenn ich ehrlich bin, habe ich mich für das Königliche Archiv bislang auch nicht groß interessiert. Vielleicht abgesehen von den Schlachtenberichten da oben.« Er wies müde lächelnd auf ein Regal zwei Etagen über ihnen. »Damals habe ich gelernt, dass die offizielle Geschichtsschreibung und das, was sich damals wirklich abgespielt hat, erheblich auseinanderklaffen.«

»Siehst du hier irgendwo ein Register?«, fragte Kyrell ohne viel Hoffnung.

Geron zuckte mit den Schultern. »Ich kann dir nur sagen, dass die Dokumente immer älter werden, je weiter du nach oben kletterst.«

»Dann lass uns keine Zeit verlieren.« Kyrell nickte sich selbst bekräftigend zu und trat neben Geron vor die Regale, um sich einen Überblick zu verschaffen. Wahllos kramte sie einige Schriftrollen hervor und rollte sie auf. Es handelte sich um private Korrespondenzen von Gerons königlichen Vorfahren. Schilderungen von Reisen und Turnieren, Krankheitsberichte, aber auch Korrespondenzen mit anderen gekrönten und ungekrönten Häuptern. Kyrell kletterte auf eine der Leitern und erreichte eine Regalreihe mit ledernen Mappen und zusammengerollten Leinwänden, die Zeugnis gaben, dass sich einige von Gerons Vorfahren als Maler versucht hatten. Sie schmunzelte unwillkürlich, denn nicht jede ihrer Hinterlassenschaften zeugte von künstlerischem Talent. Vielmehr fragte sie sich, ob die ambitionierten Werke hier nicht gezielt vor den Augen Dritter verborgen worden waren, um den guten Ruf der Königsfamilie zu wahren.

Neben Zeichnungen und zusammengerollten Ölbildern fand sie auch selbst komponiertes Liedgut. Gerührt war sie, als sie zwischen Notenzetteln einen ganzen Stapel Liebesbriefe entdeckte, die einer von Gerons Vorfahren namens Heldin mit seiner Gemahlin Spela ausgetauscht hatte. Das alles lag zwar schon 300 Jahre zurück, aber sie lieferten Zeugnis davon, dass nicht jede Ehe im Hause Waldaleth unglücklich gewesen war.

Geron war gleich einige Etagen weiter nach oben gestiegen und sichtete die dortigen Schriftstücke. Seinem Gesichtsausdruck nach waren diese ebenfalls nicht sehr ergiebig.

»Und?«, rief sie leise.

»Das alles sind Gerichtsakten, die auf gewisse Weise meine Familie betreffen«, antwortete er seufzend.

»Ich dachte, ihr steht über dem Gesetz?«

»Nur Despoten stehen über dem Gesetz«, antwortete er ernst. »Doch manchmal kommen eben Dinge ans Licht, bei denen es besser ist, wenn sie die Öffentlichkeit nicht erfährt.«

Kyrells Blick fiel auf eine Wandnische unten im Archiv, die sie bisher übersehen hatten, da sie zum Eingangsportal hin von einem Tisch mit Büchern verdeckt wurde. Dort thronte, auf einem marmornen Sockel, die Büste eines Mannes mit dürrem Haupthaar und geschlossenen Augen, die wie eine Totenmaske wirkte.

Neugierig kletterte sie nach unten, schob den Büchertisch beiseite und betrachtete die Büste interessiert. Die Plastik zeigte einen Mann um die sechzig. Selbst die Falten in seinem Gesicht waren kunstvoll herausmodelliert. Einer der Könige Waldaleths? Die Plakette am Sockel präsentierte keinen Namen, sondern einen elfischen Schriftzug:

Was du nicht weißt, das berührt dich nicht.
Drum mehre dein Wissen und berühre mich.

Kyrell hob eine Braue, berührte die Büste an der Wange – und schreckte mit einem Satz zurück, da der Kopf unvermittelt seine Augen aufschlug und sie mit marmornem Blick ansah.

»Es tut mir leid«, sprach er mit dünner Stimme. »Aber ich bin lediglich befugt, dem König oder der Königin Waldaleths Auskunft zu erteilen.«

Der Marmorkopf schloss die Augen wieder.

»Geron!«, haspelte Kyrell und deutete aufgeregt auf die Büste. »Der Kopf ist magisch. Er spricht!«

Geron klemmte sich die Mappe, in der er eben noch konzentriert geblättert hatte, unter den Arm, und kraxelte so schnell es ging über eine der Leitern herab.

»Da, sieh!« Kyrell trat noch einmal an die Büste heran und berührte sie.

Abermals schlug der Kopf die Augen auf.

»Es tut mir leid«, wiederholte er stoisch. »Aber ich bin lediglich befugt, dem König oder der Königin Waldaleths Auskunft zu erteilen.«

Die Büste schloss die Augen.

»Sieh einmal an!«, meinte Geron fasziniert. »Davon hat mir mein Vater nie erzählt.«

»Versuch du es!«, forderte ihn Kyrell auf.

»Ich bin bloß Mitglied der königlichen Familie«, sagte Geron zweifelnd.

»Versuche es trotzdem!«

Geron hob zögernd die Hand und berührte den Kopf.

Abermals schlug die Büste ihre Augen auf. »Es tut mir leid«, sprach sie. »Aber …« Die Stimme hielt inne und musterte Geron eine Weile lang. »Majestät, was kann ich für Euch tun?«

»Die korrekte Anrede lautet Königliche Hoheit!«, korrigierte Geron den Kopf. »Für den Anfang könntest du mir erklären, wer du bist?«

»Nichts lieber als das, Majestät«, sagte die Büste ungerührt. »Ich bin eine Plastik, geformt vom Hohen Bibliothekar Aldareth im Jahre 474 nach Gründung Waldaleths, gestaltet nach seinem Ebenbild und geschaffen, um Euer Wissen zu mehren, sofern meine Wissensarchive es mir gestatten.«

»474 nach Gründung Waldaleths?«, meinte Geron leise zu Kyrell. »Das war zwischen dem Zweiten und dem Dritten Drachenkrieg. Verdammt lange her.«

»Dieser Aldareth war der Magier, von dem du gesprochen hast?«, fragte Kyrell. »Der, dem die Bibliothek einst unterstand?«

»Offensichtlich.« Geron wandte sich an den Kopf. »Ich habe doch recht, dass du einst ein Magier warst?«

»Wenn Ihr von meinem Schöpfer sprecht, liegt Ihr richtig, Majestät«, antwortete der Kopf bereitwillig. »Aldareth war Mitglied des Ordens der Stäbe und Zeit seines Lebens an der Mehrung des arkanen sowie des profanen Wissens interessiert.«

»Na gut.« Geron warf Kyrell einen knappen Blick zu. »Dann sei so gut, und verrate mir alles, was du über Helgrinshall weißt.«

»Majestät«, antwortete die Büste, »ich versuche mich gern an einer Antwort, die Euch hoffentlich zufriedenstellt, zugleich aber auch die Geheimnisse des Ordens der Stäbe wahrt.«

»Ich bitte darum.«

»Helgrinshall ist die Ordenszitadelle der Zauberer.« Die Büste Aldareths lächelte versonnen. »Euer Vorfahre, König Kervan von Waldaleth, hat mit erheblichen finanziellen Mitteln dazu beigetragen, diesen Rückzugsort des Wissens und der magischen Forschungen zu schaffen. Benannt wurde die Zitadelle nach Helgrin, dem ersten der menschlichen Magier und Zauberschüler der angesehenen Elfengelehrten Lyriella. Ohne diese Stätte der gelehrsamen Zusammenkunft wäre die menschliche Zauberei sicher nicht auf ihrem heutigen Stand.«

»Und wo befindet sich dieses Helgrinshall?«

»An einem verborgenen Ort in den Schattenbergen, Majestät. Ihr erreicht es, wenn Ihr vom Kuranpass aus dem Pfad der Fürsten folgt. Doch ist die Zitadelle auf magische Weise verhüllt, sodass weder die Drachen noch ihre Diener sie finden können. Ihr gelangt nur zu ihr, wenn Euch ein Zauberer begleitet, der Euch mit seinem Stab den Weg weist.«

»Und was, wenn einem all das nicht zur Verfügung steht?«

»Ich bedaure«, sprach der Marmorkopf. »Ein Zauberer. Und ein Stab. Ohne sie bleibt Euch Helgrinshall verwehrt.«

»Frag ihn, was es mit Valeskas Bemerkung auf sich hat, dass Tod und Schatten auf der Zitadelle lasten«, flüsterte Kyrell.

Geron tat es und die Büste des einstigen Zauberers hob pikiert eine seiner marmornen Augenbrauen. »Ihr sprecht von einer Art Fluch? Auf Helgrinshall? Ich bedaure, das zu hören. Zur Zeit meines Schöpfers war Helgrinshall eine lichte Stätte des Wissens.«

»Tja, anscheinend kann man nicht alles haben«, sagte Geron. »Wie viele Magier lebten dort?«

»Zur Zeit meines Schöpfers waren wir inklusive der Adepten fünfzig Zauberer.«

»Fünfzig?« Kyrell sah Geron überrascht an.

»So viele?«, sprach Geron zum Kopf. »Heute gibt es offenbar nur noch sechs.«

»Nein, nicht ›so viele‹«, kommentierte die Büste den Ausruf. »Eher: so *wenige*. Gerade ausreichend, um den Drachen zu trotzen. Dass es in Eurer Gegenwart nur noch sechs sind, liegt vermutlich an den speziellen Opfern die das arkane Talent den Zauberern abverlangt.«

Geron runzelte die Stirn. »Welche Opfer?«

»Ich bedauere, Majestät, aber das sind Ordensgeheimnisse, über die ich nicht befugt bin, zu sprechen.«

»Frag ihn, was er über die Zauberer weiß«, sagte Kyrell. »Also die fünf Älteren.«

»Gute Idee.« Geron grinste. »Was weißt du über die Zauberer Alruna von Greifenfels, Walmar den Weisen, Mutter Valeska, Escalia Rotdrud und Rasgath Tiefwasser?«

»Eine interessante Frage, nach der ich tief in meinen Archiven Ausschau halten muss.« Die marmornen Augen der Büste bewegten sich in verschiedene Richtungen, dann richteten sie sich wieder auf Geron. »Mir sind nur drei dieser Namen geläufig: Walmar, Alruna und Rasgath. Zur Zeit, da meine Wissensarchive gefüllt wurden, sind sie noch Adepten. Walmar entstammt dem Süden und wird sich möglicherweise zu einem versierten Wettermagier entwickeln. Alruna ist die Tochter ärmlicher Bauern mit großem Interesse an der Kampfmagie, und Rasgath wird sich gemäß der Spezialisierung seines Lehrmeisters vermutlich der Erforschung der Drachenmagie widmen. Mehr darf ich Euch aus Respekt vor dem Orden nicht über sie sagen. Aber ich gestehe, ich weiß auch nicht viel mehr über sie.«

Kyrell seufzte. »Schade, ich hatte mir mehr erhofft.«

»Immerhin weiß ich jetzt, welchen Verhältnissen Alruna tatsächlich entstammt«, schnaubte Geron verärgert. »Wahrscheinlich hat sie sich das Herzogtum irgendwann mit einer List unter den Nagel gerissen!«

Er überlegte eine Weile, wandte sich dann an Kyrell. »Weißt du noch irgendwelche guten Fragen? Ich bin gerade wie blockiert.«

»Frag ihn nach den Elfen.«

»Natürlich!« Geron berührte erneut die Büste. »Warum sind die Elfen am Ende des Zweiten Drachenkrieges geflohen?«

Der Kopf legte seine marmorne Stirn in Falten. »Das ist ohne Zweifel die häufigste Frage, die mir die Majestäten Waldaleths bislang gestellt haben. Die Antwort lautet: Selbst wir Magier wissen es nicht. Aber wir sind uns sicher, dass jenes Ereignis, das als *Verrat der Elfen* oder schlicht als ihr *Exodus* bezeichnet wird, nur bedingt mit der Vernichtung Sil'Bariaths in Zusammenhang steht. Viele Elfen konnten damals aus der strahlenden Stadt entkommen. *Juniper der Schatten*, der als einer der Weisesten unseres Ordens gilt, vermutete daher, dass Drachenkönig Yolsulgur noch etwas anderes plante. Etwas, das die Ausrottung des Elfenvolkes bewirkt hätte, wäre es dazu gekommen. Die Elfen sind auch nicht von einem Tag auf den anderen verschwunden. Es liegen Berichte vor, dass noch Jahrzehnte später hin und wieder

Späher des Alten Volkes in den Jungen Königreichen gesehen wurden. Es gibt sogar Gerüchte, wonach Helgrinshall in den Jahren nach dem dramatischen Geschehen noch zweimal Besuch von den Elfen erhielt. Welchem Zweck diese Besuche dienten, weiß ich nicht. Das war lange vor Aldareths Zeit.«

Kyrell und Geron sahen sich verblüfft an.

»Na gut«, sagte Geron. »Vielleicht weißt du dann ja auch noch etwas anderes: Ist dir bekannt, ob die Elfen so etwas wie einen goldenen Baum erschaffen haben? Ich spreche von einem Kunstwerk, das wirklich vollständig aus Gold gefertigt ist. Bis in die Blattspitzen hinein!«

»Ihr sprecht vom *Ahrvarien*«, erklärte der Marmorkopf.

Kyrell, die mit keiner Antwort auf die Frage gerechnet hatte, stieß einen überraschten Laut aus. »Das war wirklich ein ganzer Baum? Wofür, bei allen Schicksalsmächten, haben die Elfen einen solchen Schatz erschaffen?«

»Es tut mir leid«, sagte die Büste leicht pikiert. »Aber ich bin lediglich befugt, dem König oder der Königin Waldaleths Auskunft zu erteilen.«

»Bitte, beantworte die Frage«, bat Geron.

»Es tut mir leid, Majestät«, antwortete der Kopf. »Aber Eure Frage zu beantworten, würde bedeuten, Euch geheime Arkana zu enthüllen, die nur für Angehörige des Ordens bestimmt sind. Doch fühlt Euch getröstet, denn die Mutmaßungen des Ordens den Ahrvarien betreffend sind in höchstem Maße spekulativ – wenngleich in ihren Schlussfolgerungen auch überaus aufregend.«

Geron schnaubte enttäuscht. »Wieso nennst du mir überhaupt den Namen dieses Goldbaums, wenn du eigentlich nicht darüber sprechen darfst?«

»Weil Ihr den Namen dieses in jedweder Hinsicht einzigartigen Kunstwerks in alten Dokumenten eh finden würdet. Unter seinen goldenen Zweigen wurde dem ersten König Waldaleths das Königsheil erteilt.«

»Das Königsheil?«

»Ihr solltet besser als ich wissen, wovon ich spreche, Majestät:

Es verknüpft das Wohl Eurer Blutlinie auf magische Weise mit dem Schicksal des Alten Volkes. Einige von uns sind deshalb davon überzeugt, dass es der königlichen Linie Waldaleths obliegt, die Elfen eines Tages in die Jungen Königreiche zurückzuführen.«

Kyrell sah das tiefe Erstaunen in Gerons Blick.

»Nein, davon ahnte ich bislang nichts«, krächzte er. »Mehr weißt du darüber nicht?«

»Nein, Majestät. Denn das sind Eure Geheimnisse.«

Geron dachte eine Weile nach und stellte abermals eine Frage. »Angenommen, der König Waldaleths wird magisch beeinflusst. Wie lässt sich ein solcher Zauber brechen?«

»Ihr macht Euch Sorgen, beherrscht zu werden?« Der Marmorkopf verzog amüsiert die Lippen. »Nun, entweder, Ihr wendet Euch an einen anderen Zauberer – oder Ihr vertraut auf die Kraft der magischen Krönungsinsignien, die die Elfen Eurer Familie einst schenkten.«

»Erkläre mir das.«

»Wenn sie Euch zu Eurer Zeit nicht gestohlen wurden, Majestät, solltet Ihr vier Geschenke der Elfen Euer Eigen nennen: *Thomorn*, den vergoldeten Brustharnisch. Wer ihn trägt, bleibt unberührt von Kampfzauberei. Das Schwert *Kaya'thar* und den Langdolch *Ceredril*, die beide geschaffen wurden, um Drachen zu widerstehen, sowie den *Larnywn*, den königlichen Stirnreif. Er verhindert und bricht jede Art magischer Beeinflussung. Ihr solltet Euch also nicht sorgen.«

Geron richtete sich auf. »Aldareth, ich werde dich später sicher noch einmal befragen. Bis auf Weiteres darfst du dich wieder schlafen legen.«

»Wir werden sehen, Majestät«, sagte die Büste kryptisch und schloss die Augen.

»Das war alles … ziemlich überraschend«, meinte Kyrell. »Wusstest du das?«

»Ja und nein.« Geron berührte nachdenklich den Knauf Ceredrils. »Dass diese Klinge Teil eines großen Ganzen ist, wusste ich natürlich. Nicht aber, welche Macht auf den übrigen Bestandteilen des elfischen Rüstzeugs liegt.«

»Was jetzt?«

»Ganz einfach.« Gerons Augen blitzten vor Tatendrang. »Ich werde der Weißen Burg noch heute einen heimlichen Besuch abstatten. Denn jetzt weiß ich, was ich zu tun habe.«

»Du willst … wie willst du das ohne Shiras Hilfe anstellen?«

Er hob die Dokumentenmappe, die er aus dem Regal weiter oben gekramt hatte. »Das hier ist mir bei den Gerichtsakten entgegengerutscht.« Er schlug die Mappe auf und präsentierte ihr einige ausgeblichene und offiziell gesiegelte Dokumente. »Der Prozess, der hier dokumentiert ist, richtete sich gegen einen Bürgerlichen, der letzten Endes mit Exil bestraft wurde – und das, obwohl ihm Veruntreuung königlicher Mittel vorgeworfen wurde.« Er schnaubte spöttisch. »Damals kam heraus, dass meine Urgroßmutter Theskalia eine heimliche Liebschaft mit dem Mann hatte. Die Sache drohte, sich zu einer überaus peinlichen Affäre auszuwachsen, weshalb das alles möglichst rasch und ohne größeren Ansehensverlust für meine Familie unter den Teppich gekehrt wurde.« Er präsentierte ihr einen der beschrifteten Bögen. »Es kam jedoch noch etwas anderes ans Tageslicht: Um ihren Liebhaber heimlich zu sehen, hat sie einen Geheimgang benutzt. Einen Fluchttunnel, der von der Weißen Burg bis runter zum königlichen Forst führt. Der Teil außerhalb der Stadtmauer scheint schon damals eingestürzt gewesen zu sein, aber offenbar existieren Schächte, die rauf in das Stadtgebiet führen. Jener, den Theskalia benutzt hat, endete unter dem Brunnhaus auf dem Heroldsplatz. Der Zugang des Tunnels in der Weißen Burg liegt hingegen … im Thronsaal!« Geron lächelte grimmig. »Ich werde das Brunnhaus so lange absuchen, bis ich den Einstieg in den Tunnel gefunden habe. Danach werde ich mich zu meinen Vater begeben, ihn nötigenfalls zwingen, den verdammtem Stirnreif aufzusetzen, und dieser intriganten Zauberin einen Strich durch die Rechnung machen!«

»Es ist hoffnungslos«, hallte Gerons Stimme von den Wänden, und er gab es auf, die Mauern weiter nach Hohlräumen abzuklopfen. »Das Gebäude ist viel massiver, als ich dachte. So finden wir nie heraus, wo sich der Einstieg in den Fluchttunnel befindet.«

»Wenn er überhaupt noch existiert«, rief Kyrell gegen das allgegenwärtige Glucksen und Plätschern um sie herum an. »Vergiss nicht, dass deine Vorfahren den Zugang damals auch zugemauert haben könnten. Vielleicht erschien es ihnen zu riskant, den Einstieg hier zu belassen, nachdem der Tunnel bei dem damaligen Prozess Thema geworden war?«

Geron grummelte missmutig.

Das Brunnhaus war ein prachtvoller, achteckiger Bau mit grünem Spitzdach aus Kupferschindeln, der außen und innen mit hübschen blau-weißen Malereien und plastischen Ornamenten verziert war, die Schilf, Seerosen, Bachstelzen und Reiher zeigten. Elfische Bildhauer hatten die Motive einst gestaltet, und bis heute schmückte das Gebäude die Westseite des Heroldsplatzes, auf dem der wöchentliche Pferdemarkt stattfand. Das Gebäude fungierte als eine Art Verteilerstation für das Wasser, das dem hiesigen Stadtteil vom Aquädukt aus zugeführt wurde. Dicke, steinerne Leitungen und Abflüsse leiteten es von hier aus weiter zu öffentlichen Gebäuden sowie den Viehtränken auf dem Platz selbst.

Auch heute war der Heroldsplatz mit Pferdehändlern, Bauern und Adligen gefüllt, die in der späten Nachmittagsstunde kräftig um die angebotenen Tiere feilschten. Geron und Kyrell hatten es daher erst nach einigen vergeblichen Anläufen geschafft, unbemerkt in den säulengeschmückten Rundgang des Brunnhauses vorzudringen. Nach wie vor befürchteten sie, von Stadtwachen oder verzauberten Tauben bemerkt zu werden, die auch diesen Platz bevölkerten.

Nach diesem ersten Erfolg galt es, in die zentrale Kammer des Brunnhauses zu gelangen, dorthin, wo all die Wasserleitungen zusammenliefen. Das Haupthaus war zwar mit einer massiven Holztür gesichert, zu der vermutlich nur die Brunnenmeister der Stadt und gegebenenfalls die Stadtwache einen Schlüssel besaßen, doch sie hatten Glück gehabt: Das Schloss war bereits geknackt worden. Die Eindringlinge vor ihnen hatten die große Kammer mit den Wasserleitungen zur Lagerung von Kisten mit Weinflaschen, kostbaren Stoffen und versilbertem Tafelgeschirr genutzt. Offenbar diente das Brunnhaus seit einiger Zeit als Versteck für eine Diebesbande.

Geron kümmerte das Diebesgut nicht. Darum sollten sich später die Stadtwachen kümmern. Er hatte sofort damit begonnen, die Wände nach dem verborgenen Einstieg in die Unterwelt abzuklopfen. Bisher vergeblich.

»Du kennt nicht zufällig einen Zauber, der uns hilft?«, fragte er niedergeschlagen.

Kyrell schüttelte den Kopf. »Mutter Valeska hat mir so etwas nie beigebracht. Und du?«

»Würde ich fragen, wenn dem so wäre?« Geron klang resigniert. »Ich hab dir doch erzählt, wie sehr mich Alruna von Greifenfels an der kurzen Leine geführt hat. Ich kenne allenfalls einige Formeln, die bei den alchimistischen Arbeiten in ihrem Anwesen … Moment!« Geron legte den Kopf schief und musterte noch einmal die Wände. Sie waren mit marmornen Platten ausgekleidet, die praktisch fugenlos aufeinandersaßen. »Allerdings hat sie mir einen Zauber beigebracht, der es ermöglicht, verborgene Risse in Glaskolben und Tonschalen aufzuspüren. Das ist speziell bei Arbeiten mit Brennern hilfreich, um zu verhindern, dass die Gerätschaften wegen Materialermüdung platzen. Und … vielleicht funktioniert das auch hier? Denn wenn der Einstieg existiert, müssten sich die verborgenen Fugen des Zugangs unter dem Zauber ebenfalls zeigen.«

»Versuche es!« Kyrell nickte ihm aufgeregt zu und so legte Geron zwei Fingerspitzen gegen die Stirn, sprach die Formel und blinzelte dreimal.

Schon versank sein Sichtfeld in trübem Grau. Allein die Kratzer und Risse auf den Marmorwänden um ihn herum leuchteten in schwachem Rot. Und von denen hatten sich im Laufe der Jahrhunderte eine Menge angesammelt. Die Wände waren übersät von spinnwebartigen Mustern aus intensiv und weniger intensiv strahlenden roten Linien. Geron ging sie ab, schließlich fiel sein Blick auf den Boden, der noch übler zugerichtet war. Nur einen halben Schritt neben einer der dicken steinernen Wasserleitungen zeichnete sich in leuchtendem Rot ein markanter quadratischer Umriss ab.

»Da!« Er löste den Zauber auf und wies aufgeregt auf die Stelle am Boden.

Kyrell ließ eine Lichtkugel aufleuchten. Beide sahen sie jetzt, dass sie in dem Zwielicht die Fugen einer quadratischen Bodenplatte übersehen hatten, die vermutlich wie eine Luke funktionierte.

»Gut gemacht«, lobte Kyrell. »Jetzt müssen wir bloß noch herausfinden, wie sie geöffnet wird.«

Geron versuchte sich abermals an dem Zauber und entdeckte so einen auffallend kreisförmigen Umriss zwischen den Malereien an der nahen Wand. Er drückte kraftvoll dagegen und mit einem schabenden Geräusch versank der Stein in der Wand. Unter ihnen rumpelte und ratterte es leise, die Bodenplatte klappte weg und ihnen offenbarte sich ein Schacht mit Sprossen, der gute drei Schritt in die Tiefe führte.

»Wir haben es!«, rief Geron.

Von unten schallte ihnen ein leises Fiepen entgegen, das selbst die glucksenden und sprudelnden Geräusche um sie herum übertönte. Der Schacht endete über einem querlaufenden Gang, in dem mehrere schwarze Nager wuselten, von denen einige mit ihren dunklen Knopfaufen dem Licht entgegenstierten.

»Ratten! Genau das, was ich mir gewünscht habe.« Tief atmete er ein. »Egal, sie werden mich nicht aufhalten.«

»Uns!«, widersprach Kyrell.

Geron sah seine hübsche Begleiterin entschlossen an. »Nein, Kyrell. Es ist besser, wenn ich mich allein auf den Weg in die Weiße Burg mache.«

»Spinnst du?«, brauste sie auf. »Denkst du, ich lasse dich jetzt alleine? Vergiss das.«

»Du warst es doch, die mich vorhin ermahnt hat, Shiras Warnungen ernst zu nehmen«, erwiderte Geron. »Wir beide wissen nicht, welche Vorsichtsmaßnahmen Alruna auf der Weißen Burg ergriffen hat. Ich kann nicht zulassen, dass ich dich durch mein

Handeln ebenfalls in Gefahr bringe. Sollte mir etwas zustoßen, dann möchte ich, dass du Shiras Rat folgst und aus Waldaleth verschwindest.«

»Und dann?«

»Sollte ich scheitern, dann versuche, die anderen zu finden. Vielleicht hast du mit ihnen zusammen mehr Erfolg.«

»Was glaubst du, wie weit ich ohne deine Hilfe komme?«, fragte sie erbost. »Ich kann ja nicht einmal mehr nach Adlerstedt zurück. Mutter Valeska wird dort garantiert Ausschau nach mir halten. Und dein Vorschlag, mich in den Jungen Königreichen allein auf die Suche nach drei Flüchtenden zu machen, die ebenfalls alles tun werden, um unauffällig zu bleiben, ist Irrsinn. Wo soll ich Boltan, Dania und Ambra denn anfangen zu suchen?«

Geron suchte nach besseren Argumenten. Tatsächlich würde er nicht mehr froh werden, wenn Kyrell aufgrund seiner Entscheidungen etwas passierte. Sie bedeutete ihm längst viel mehr, als es vermutlich gut für ihn war.

»Ich will einfach nicht, dass dir etwas passiert!« Er sah sie niedergeschlagen an und blickte rasch wieder in den Schacht. »Mein ganzer Plan baut darauf, dass es mir gelingt, unter vier Augen mit meinem Vater zu sprechen und dafür zu sorgen, dass er den Stirnreif aufsetzt. Aber was, wenn Alruna auch dafür Vorkehrungen getroffen hat? So lange, wie sie in Waldaleth bereits ihr Unwesen treibt, muss sie doch um die Kraft des Reifs wissen. Vielleicht hat sie ein Duplikat angefertigt? Vielleicht hat sie sonst irgendetwas getan, um seine magische Kraft einzuschränken. Kurzum, mein Plan ist in höchstem Maße riskant. Sollte ich scheitern, dann scheitern wir beide. Und doch werde ich es wagen. Ich – aber eben nicht du.«

»Wir haben es zusammen bis hierher geschafft«, sagte sie versöhnlich. »Wir werden den Weg also auch gemeinsam zuende gehen. Keinesfalls lasse ich dich jetzt alleine. Allerdings hast du in einer Sache recht, denn es ist tatsächlich sinnvoll, wenn ich als eine Art Nachhut zurückbleibe.«

»Sehr gut!«, meinte Geron erleichtert.

»Trotzdem werde ich dich begleiten.« Sie hob mahnend einen Finger. »Denn was bringt es mir, wenn ich hier zurückbleibe, aber nicht weiß, was dort oben vor sich geht? Ich werde meinen Geist in eine der Ratten da unten versenken und dir auf diese Weise folgen.«

Geron hob überrascht eine Augenbraue. Der Vorschlag klang akzeptabel. »Hat dir schon mal jemand gesagt, dass du ganz schön dickköpfig bist?«

»Irgendjemand muss ja auf dich aufpassen.« Kyrell lächelte und wischte sich das helle lange Haar aus dem Gesicht. »Wir werden uns in der Zeit nicht unterhalten können. Ich verstehe dich zwar, aber der Tierkörper erlaubt es mir nicht, dir zu antworten.«

»Du kannst ja versuchen zu piepsen, wenn du auf dich aufmerksam machen willst«, flachste er.

Kyrell griff den Vorschlag mit großem Ernst auf. »In Ordnung. Einmal heißt Ja. Zweimal Nein.«

Geron nickte und stieg in den Schacht.

»Und sei vorsichtig!«, rief Kyrell ihm nach. »Wenn dir irgendetwas komisch vorkommt, dann verschwinde lieber. Ehre und Stolz sind keine guten Ratgeber.«

»Du weißt, dass du gerade wie meine Schwester klingst?«

»Damit hatte sie ja auch durchaus recht.«

Er lächelte unglücklich und kletterte nach unten in den querverlaufenden Tunnel. Dort roch es nach abgestandener Feuchtigkeit, Schimmel und fauligem Erdreich. Die Ratten waren bei seinem Eintreffen allesamt verschwunden – bis auf eine, die sich auf ihre Hinterbeine aufgerichtet hatte und ihn erwartungsvoll ansah.

»Hat dir schon mal jemand gesagt, dass du ganz schön haarig bist?«, witzelte er und senkte die Hand, sodass Kyrell in der Tiergestalt auf seine Schulter klettern konnte. Oben angelangt kratzte sie ihn am Ohrläppchen und Geron musste wider Willen grinsen.

Er beschwor eine Lichtkugel herauf und orientierte sich.

Der geheime Tunnel war relativ niedrig und zwang ihn, den Kopf einzuziehen. Rundum war er mit rotem Mauerwerk verstärkt worden, doch hatte die Last des darüberliegenden Erdreichs dafür gesorgt, dass sich die Gangdecke an manchen Stellen absenkte.

Er wandte sich nach links, jener Richtung zu, in der die Weiße Burg lag, und eilte los. Schon bald kam er an Stellen vorbei, wo Ziegel aus Decke und Wänden herausgebrochen waren, denen Geröll und Erdreich gefolgt waren. Vorsichtig kletterte er über die Hindernisse hinweg. An anderen Stellen musste er mit Ceredril Wurzelwerk zerkleinern, das sich hartnäckig seinen Weg in den Tunnel gebahnt hatte.

Die Ratte auf seiner Schulter fiepte.

»Ich sehe es.« Rechterhand führte ein Schacht nach oben. »Aber eigentlich kann es dort unmöglich bereits zur Burg hinaufgehen.«

Er haderte kurz mit sich, dann folgte er seiner Neugier und kletterte die Sprossen hinauf. Sie waren verrostet und endeten unter einer steinernen Platte. Er lauschte und als er nichts hörte, stemmte er sie mit der Schulter nach oben. Es schabte steinern, dann schlug ihm eine trockene, nach Holz und Wein duftende Luft entgegen. Sein Zauberlicht offenbarte ein Gewölbe mit wuchtigen Weinfässern, aus dem eine angelehnte Tür hinausführte.

»Sieht aus wie der Keller eines Gasthauses«, murmelte er.

Geron schob die Platte zurück an ihren Platz und kraxelte wieder nach unten. Dann kämpfte er sich erneut den engen Tunnel entlang. Abermals passierten sie einen Schacht hinauf in das Stadtgebiet, der jedoch auf halben Weg mit dicken Steinblöcken verschüttet war. Weiter ging es – und langsam führte der Tunnel nach oben. Geron spürte eine gewisse Aufregung, denn das konnte nur bedeuten, dass sie den Burgberg erreicht hatten.

Mit neuem Elan wischte er Spinnenweben und Wurzelwerk beiseite, überwand Gerölleinbrüche, bis er unvermittelt auf mit Mäuse- und Rattenkot verschmutzte Treppenstufen stieß, die schräg nach oben führten. Er folgte ihnen und gelangte so zu einem waagerecht verlaufenden Tunnelabschnitt, der von einer rostigen Gittertür mit großem Schloss versperrt wurde.

»Das hat uns gerade noch gefehlt!«

Verärgert trat er vor die Tür – und stellte erleichtert fest, dass sie nur angelehnt war. Eine Nachlässigkeit, denn das Hindernis war ohne Zweifel deswegen in den Tunnel eingesetzt worden, um jene, die aus der Burg in Sicherheit flüchteten, vor Verfolgern zu schützen. Einige Schritte dahinter beschrieb der Gang einen Knick und endete vor einem hölzernen Wandabschnitt, der mit Querstreben, Zahnrädern und einem seitlich in die Wand eingelassenem Hebel ausgestattet war.

Sie hatten die Geheimtür in den Thronsaal erreicht.

»Wir sind da!« Geron ließ Kyrell in Rattengestalt zu Boden gleiten und legte sein Ohr gegen das Holz.

Auf der anderen Seite herrschte Stille, was ihn nicht wunderte. Der Thronsaal wurde nur zu bestimmten Anlässen genutzt: wenn sein Vater Bittsteller empfing, Rat sprach oder Dekrete erließ. Derzeit sah das Festtagsprogramm vermutlich Bankette und andere Vergnügungen vor, zu denen geeignetere Säle im Schloss genutzt wurden. Die restliche Zeit nutzte sein Vater sicher, um sich in seinen Wohnräumen auszuruhen. Und eben die musste Geron erreichen, denn dort wurde auch der königliche Stirnreif verwahrt.

Sein Plan, die Privaträume seines Vaters unbemerkt zu erreichen, sah einen Umweg über die Quartiere der Leibdiener vor. Dort würde er sich umziehen, um verkleidet zum König zu kommen. Er musste dann bloß noch einen Weg finden, an der Leibgarde vorbeizugelangen.

Geron nickte der Ratte neben ihm entschlossen zu und betätigte vorsichtig den Hebel an der Wand. Es klackte dumpf, die Zahnräder und hölzernen Querleisten vor ihm bewegten sich, und die verborgene Tür klappte eine Handbreit auf.

Geron trat vor und lauschte abermals. Noch immer herrschte auf der anderen Seite Stille. Durch den Spalt erkannte er, wo der Fluchttunnel seinen Anfang nahm: in der Wand schräg hinter dem schlanken Thron.

Jenseits des Herrschersitzes erstreckte sich der leere Thronsaal, dessen vertrauter Anblick Gerons Herz höher schlagen ließ. Die Abendsonne fiel schräg durch die bunten Glasfenster und erfüllte die große, von marmornen Säulen getragene Halle mit warmen Licht. Selbst das gewaltige und von aufgespannten Seilen getragene Skelett des Drachen Reißzahns unter der Saaldecke wirkte heute weniger bedrohlich.

Mutiger drückte Geron die Geheimtür auf und schlüpfte so weit in den Saal, dass er hinüber zur großen Doppeltür spähen konnte, durch die üblicherweise Bittsteller, Kuriere und Gesandte den Saal betraten. Keine Wachen. Die befanden sich vermutlich jenseits des Portals, würden ihn aber vielleicht hören, wenn er nicht leise genug war. Interessanter waren jedoch die Türen rechter- und linkerhand des Throns, über die die königliche Familie den Thronsaal üblicherweise betrat. Über sie würde er die Privaträume seiner Familie erreichen.

Geron gab sich einen Ruck und schlich hinter dem Thron auf die Tür rechterhand zu. Sie führte über ein Beratungszimmer direkt hinauf zu den Gemächern seines Vaters. Verärgert stellte er fest, dass sie abgeschlossen war.

Geron wandte sich um und wollte die Tür auf der gegenüberliegenden Saalseite probieren – als er erschrocken innehielt. Denn anders, als er angenommen hatte, war er nicht allein im Saal.

Jemand saß auf dem Thron.

Still. Reglos.

Er hatte die Person vom Geheimgang aus nicht sehen können, da sie von der hohen Thronlehne verdeckt wurde. Sie war bekleidet mit einem Gewand aus gelb-braun gemusterten Elfendamast und ihr silbergraues Haar wurde von einem goldenen, mit funkelnden Smaragden geschmückten Reif zusammengehalten.

»Vater?«

Geron trat ebenso verwirrt wie überrascht vor den Thron und verharrte abrupt.

Vor ihm saß König Almerdin.

Und er sah seinen Sohn anklagend aus leblosen Augen an.

Sein Kopf war leicht zur Seite gesunken und auf Höhe des Herzens war das königliche Zeremonialgewand über und über mit Blut besudelt. Jemand musste ihm eine Klinge in die Brust getrieben haben.

»Vater!« Geron stürzte vor, griff nach Almerdins Wange und sorgte so dafür, das der leblose Leib seines Vaters zur Seite kippte und in entwürdigender Position über der Thronlehne hängen blieb.

»Nein! Vater. Bitte, das darf nicht sein.« Gerons Augen füllten sich mit Tränen, und er versuchte verzweifelt, den Körper des Toten wiederaufzurichten.

Er war noch warm.

Der Mord konnte nur wenige Stunden zurückliegen. Und endlich begriff er, warum die Büste ihn mit Majestät angesprochen hatte. Denn er war jetzt der legitime Thronfolger.

Geron mühte sich noch damit ab, nach Lebenszeichen zu spüren – als er hinter sich im Thronsaal leises Gelächter vernahm. Erschrocken wirbelte er herum, riss Ceredril aus der Waffenscheide und spürte viel zu spät, dass die Klinge vibrierte.

Hinter einer der Säulen trat Alruna von Greifenfels hervor.

Den Festtagen angemessen trug sie ein blaues Kleid, das ähnlich wie ihre Magierrobe mit goldenen Greifenmotiven verziert war. Man hätte sie in dem ungewohnten Aufzug für eine vornehme, wenn auch exzentrische Adlige halten können, wären da nicht die lederne Gelehrtenhaube über dem alterslosen Gesicht und der Zauberstab mit der goldenen Kugel gewesen, die ihre wahre Funktion verrieten.

»Geron von Waldaleth!« Die Magierin betrachtete ihn amüsiert. »Ich hatte schon befürchtet, du würdest am Ende doch noch kneifen. Ja, ich habe mir fast Sorgen gemacht, dass all meine kleinen Vorbereitungen am Ende vielleicht zu auffällig gewesen sein könnten: das Bündel mit dem Prozessbericht im Königlichen Archiv, um dich auf den Fluchttunnel aufmerksam zu machen, die Tür zum Brunnhaus und auch das Gitter im Tunnel, das ich eigens für dich aufgeschlossen habe, damit du am Ende nicht noch scheiterst. Denn wie man solche Hindernisse mittels Zauberei öffnet, habe ich dir ja bedauerlicherweise nie beigebracht.«

»Falsche Schlange!«

»Du weißt gar nicht, wie wahr du sprichst.« Ein spöttisches Lächeln kräuselte ihre Lippen. »Und doch bist du all meinen ausgelegten Ködern gefolgt.«

Geron zitterte vor Trauer, Wut und Entsetzen.

Hilflos irrlichterte sein Blick am Leichnam seines Vaters vorbei zur offen stehenden Geheimtür hinter dem Thron. Die Zauberin würde niemals zulassen, dass er diese erreichte.

»Warum mein Vater?«, sprach er voller Hass. »Ist es, weil Ihr Euren Einfluss schon jetzt auf zwei Königreiche ausdehnen wollt? Habt Ihr ihn umgebracht, weil Ihr so schneller Einfluss auf Shira und Harald von Schwalbensee nehmen könnt, sobald Ihr mich aus dem Weg geräumt habt?«

»Aber nicht doch.« Alruna von Greifenfels schnippte mit den Fingern und plötzlich war die Schneide Ceredrils über und über mit Blut benetzt. »Nicht ich, sondern du warst es, der deinen Vater umgebracht hat.«

Schockiert blickte Geron von der Klinge zu der Herzwunde seines Vaters.

»Und da alle wissen, dass du in den Fackelbergen deinen Verstand verloren hast, wird das niemand hinterfragen.« Die Zauberin lächelte kalt. »Wenn du nur wüsstest, wie viele Wachen in der Burg aufgestellt sind, die nur darauf warten, dich aufzuhalten. Aber, dass du auf solch heimtückische Weise in die Burg eindringen würdest, um deinen Vater ausgerechnet mit seinem wertvollsten Geschenk zu töten – damit konnte natürlich niemand rechnen.«

Geron versuchte verzweifelt, die Schneide Ceredrils an seinem Gewand abzuwischen, doch das Blut blieb haften. Eine Illusion.

»Und doch bin ich erstaunt, dass der verzogene Königssohn, den ich all die Jahre ertragen musste, plötzlich in politischen Dimensionen zu denken beginnt.« Alruna von Greifenfels legte interessiert den Kopf schief. »Nun befürchte ich, dass dich die wahren Hintergründe, die den Tod deines Vaters notwendig machten, noch mehr in Verzweiflung stürzen. Denn nicht ich habe Almerdin die Sache mit der Verlobung ins Ohr gesetzt, das war Escalia.« In ihre Züge schlich sich ein empörter Zug. »Das intrigante Weib berät die Könige Schwalbensees schon lange. Und ebenso lange versucht sie, mir Waldaleth abspenstig zu machen. Sie war es, die König Sirin den Floh mit der Verlobung zwischen euren Familien ins Ohr gesetzt hat. Sirin musste deinen Vater nur noch davon überzeugen, dass eine solche Verbindung am besten für beide Reiche ist. Dein Vater konnte ja nicht ahnen, dass du als Thronfolger schon bald … ausfallen würdest und Harald von Schwalbensee dann mithilfe deiner Schwester auch die Herrschaft über Waldaleth zufällt. Begreifst du jetzt, dass ich daran wirklich keinerlei Anteil hatte?« Die Zauberin verzog geringschätzig ihre Lippen. »Umso gelegener kam mir die Verzweiflung deiner Schwester. Du hast ja keine Ahnung, wie sehr sie die Aussicht hasst, die Kinder eines Dummkopfs wie Harald von Schwalbensee austragen zu müssen. Ich bedaure wirklich, dir das sagen zu müssen, Geron, aber nicht ich war es, die den Tod deines Vaters ausgeheckt hat – das war sie!«

»Shira?« Geron wankte ungläubig einige Schritte zurück und stieß gegen den Leichnam seines Vaters. »Ihr lügt! So, wie Ihr meine Familie in all der Zeit angelogen habt.«

»Bedaure, und das, obwohl mir Lügen in der Regel leicht über die Lippen kommen«, antwortete die Zauberin schamlos. »Die königliche Gesandtschaft Schwalbensees befand sich bereits auf der Anreise, als ich hier eintraf und deine Familie über das Unglück in den Fackelbergen informierte. Dein Vater hätte sein Versprechen aber nicht mehr rückgängig machen können, ohne König Sirin und seinen Sohn zu brüskieren und so einen Krieg zu riskieren. Deine Schwester hat daher mich um Hilfe gebeten. Ich musste ihre Gedanken lediglich etwas in die richtige Richtung lenken, aber das war nicht allzu schwer.«

In Geron loderte die Mordlust. Doch gegen Alruna von Greifenfels hatte er nicht den Hauch einer Chance. Warum nur versuchte sie ihm all diese Lügen aufzutischen?

Das mit Shira konnte nicht wahr sein!

Es durfte nicht wahr sein!

»Ich glaube Euch nicht!«, zischte er verbittert.

»Tatsächlich? Wie rührend.« Die Herzogin seufzte theatralisch. »Fast so rührend wie der Versuch deiner Schwester vorhin im Park, dich vor den Folgen ihrer Entscheidung zu bewahren. Oder hast du etwa geglaubt, dass mir eure Ankunft in Waldaleth entgangen ist? Nicht doch.« Sie hob einen Finger und gab schnalzende Laute von sich, als wolle sie einen dummen Schüler ermahnen. »Dass du und Valeskas Adeptin ausgerechnet jetzt, einen Tag vor der großen Verkündigung deines Vaters, hier aufschlagt, muss sie zutiefst bestürzt haben. Denn natürlich war es notwendig, Almerdin noch heute aus dem Weg zu räumen, und sicher wäre es Shira lieber gewesen, wenn du von seinem Ableben irgendwo in der Ferne erfahren hättest. Vor allem, als sie begriff, dass du gar nicht verrückt bist. Doch zu diesem Zeitpunkt war sie schon längst an mich gebunden, denn wir haben unseren kleinen Pakt natürlich mit Schwurtinte besiegelt.«

Geron erwiderte nichts, sah sich verstohlen nach einem Ausweg um.

»Ja, das alles ist zutiefst tragisch. Denn soweit ich das niederträchtige kleine Biest einzuschätzen imstande bin, liebt sie dich wirklich.«

Geron schrie wütend auf und stürmte auf Alruna zu. Die hob majestätisch eine Hand – und als würden plötzlich von allen Seiten Bleigewichte an seinen Gliedmaßen hängen, erstarrte er mitten in der Bewegung. Ceredril vibrierte stärker und Geron bemerkte, dass es Alruna Anstrengungen kostete, den Zauber aufrechtzuerhalten. Die Zauberin musterte die Klinge ungehalten und schien überrascht zu sein.

Doch sie senkte ihre Hand nicht und hielt Geron gefangen.

»Ich glaube Euch nicht«, presste er hervor, während er erfolglos versuchte, sich zu bewegen.

»Glaube, was du glauben willst.« Alruna von Greifenfels versuchte, das Zaubergewebe, das ihn an seinem Platz hielt, etwas zu verändern, doch Ceredril vibrierte noch stärker und sie schien gegen ein starkes Hindernis anarbeiten zu müssen. Verärgert schüttelte sie den Kopf. »Diese Elfenklinge ist mächtiger, als ich dachte. Egal. In wenigen Augenblicken wirst du dich selbst davon überzeugen können, von welchem Schlag deine Schwester tatsächlich ist. Doch zuvor wirst du mir verraten, wo sich deine Begleiterin befindet, diese Kyrell.«

Geron spuckte zu Boden. »Ich werde Euch niemals helfen, sie zu finden.«

»Du weißt ja gar nicht, an welcher Oberfläche du kratzt. Tatsächlich habt ihr Ereignisse in Gang gesetzt, die das Antlitz der Jungen Königreiche für immer verändern werden.« Alruna trat einen Schritt vor. »Aber das muss dich nicht mehr kümmern. Also noch einmal: Wo ist das Mädchen?«

Geron schnaubte höhnisch. »Sucht sie doch.«

»Nun, ich kann es mir auch so denken.« Seine ehemalige Lehrmeisterin musterte ihn eingehend. »Wenn sie nicht hier ist, dann ist sie vermutlich im Brunnhaus zurückgeblieben, um dir Rückendeckung zu geben. Meine Leute werden sie dort aufgreifen. Jetzt wollen wir jedoch sicherstellen, dass die Wache den heimtückischen Mörder König Almerdins stellt. Und keine Bange« – sie grinste boshaft – »ich sorge schon bald für deine Flucht. Und dann werde ich euch eurer eigentlichen Verwendung zukommen lassen. Und ihr werdet am Ende überrascht sein, wie diese in Wahrheit aussieht. Alle werden das.«

Sie klopfte mit ihrem Zauberstab dreimal auf den Hallenboden, und im Schloss dröhnten plötzlich Signalhörner. Zwei kurze Stöße, drei lange.

Das Signal für einen Zwischenfall im Thronsaal.

Geron versuchte fieberhaft, sich gegen den Zauber zur Wehr zu setzen, der ihn festhielt, doch seine Kraft reichte nicht aus.

Das große Doppelportal an Ende des Saals wurde aufgerissen und fünf mit Hellebarden bewaffnete Burgwachen stürmten in den Raum. Schockiert schauten die Soldaten zu König Almerdins Leichnam, dann auf Geron und die blutige Klinge in seiner Hand.

»Passt auf, Männer!« Alruna von Greifenfels taumelte theatralisch zurück, als habe sie einen erschöpfenden Kampf hinter sich und deutete mit dem Zauberstab auf ihn. »Geron von Waldaleth ist vollkommen wahnsinnig. Und ich weiß nicht, wie lange ich ihn noch halten kann.«

Eine weitere Gestalt tauchte hinter den Wachen auf: Shira!

Seine Schwester trat zwischen die Männer, die unschlüssig verharrten, und betrachtete ihn kühl.

In Geron zerbrach etwas, denn er sah es in ihrem Blick, in dem sich Trauer, Trotz und Aufbegehren die Waage hielten: Shira war tatsächlich in das Mordkomplott gegen seinen Vater verstrickt.

»Ich hatte dich gewarnt«, hallte Shiras zornige Stimme durch den Saal. Sie hob ihr Schwert und deutete mit der Klinge auf ihn. »Ergreift den Königsmörder und legt ihn in Ketten!«

Die Wachen stürmten vor, und Alruna von Greifenfels grinste schadenfroh – als sie plötzlich zusammenschreckte und einen spitzen Schmerzensschrei ausstieß. Unter ihrem Rock fiepte es, und als würde sie einen ungelenken Tanz aufführen, sprang sie hastig zur Seite und schlug auf den Stoff ihres Kleides ein.

Geron brüllte angestrengt auf, Ceredril vibrierte, und mit einem singenden Laut zerplatzte der auf ihm liegende Zauberbann. Sofort hetzte er zu einer der Drehkurbeln an den Wänden nahe des Throns und hackte mit Ceredril auf das dicke Tau ein, das von dort hinauf zur Saaldecke führte. Mit einem peitschenden Laut platzte es entzwei, an der Saaldecke rumpelte es, und der komplette vordere Teil des Drachenskeletts schwang polternd in die Tiefe.

Die Burgwachen schrien überrascht auf, versuchten noch zur Seite zu springen und wurden unter dem Gewicht des monströsen Drachenkopfs, den Rippenknochen und der rechten vorderen Klaue begraben.

Alruna von Greifenfels hatte inzwischen die Ratte gepackt und verbrannte den schrill fiependen Tierkörper mittels einer grellen Stichflame zu Asche. Kyrell!

Geron konnte nur hoffen, dass ihr Geist keinen Schaden genommen hatte, und stürmte zurück in Richtung Geheimgang.

Zwei der Männer rappelten sich auf und auch seine Schwester hetzte mit einem erbosten Aufschrei in Richtung Thron. »Lasst ihn nicht entkommen!«

Von jenseits des Doppelportals nahten weitere Wachen und noch immer ertönten überall im Schloss die Signalhörner.

Geron hatte den Geheimgang fast erreicht, als Alruna von Greifenfels ihren Zauberstab zornig nach vorn streckte. Panisch warf er sich hinter dem Thronsessel auf den Boden. Einen Augenblick später explodierte der Stuhl unter dem Ansturm arkaner Macht, und Holzsplitter und Teile der gepolsterten Lehne flogen ihm um die Ohren, während der Leichnam seines Vaters gegen die hintere Wand geschleudert wurde, wo er mit schmauchender Kleidung und verrenkten Gliedmaßen liegen blieb.

Obwohl in Geron alles nach Rache schrie, ignorierte er den schrecklichen Anblick, krabbelte auf allen vieren auf den Geheimgang zu, zog sich hinein und verschloss die Tür mittels des Hebels, gerade als seine Verfolger heran waren. Die Spitzen von Hellebarden brachen durch das Holz, und er vernahm aus dem Thronsaal gedämpft die schrille Stimme seiner einstigen Lehrmeisterin.

Lange würde die Holzwand seine Verfolger nicht aufhalten. Und er musste schleunigst zu Kyrell.

Rasch beschwor er ein Zauberlicht herauf, während die Wachen hinter ihm mit ihren Waffen auf die Geheimtür einhackten. Er stolperte um die Gangecke und blieb hinter dem eisernen Gitter stehen. Einen Schlüssel für die Tür besaß er nicht, aber etwas Besseres. Geron stemmte die Gittertür hinter sich zu, umfasste Schloss und eiserne Streben und ließ das Metall mit seiner Zaubermacht aufglühen.

Unter Mühen schaffte er es, sich selbst vor der heraufbeschworenen Hitze zu schützen. Er ließ von seinem Vorhaben erst ab, als er sicher war, dass die magische Glut Schloss und umgebendes Metall so weit miteinander verschmolzen hatte, dass die Gittertür dem Ansturm eine Weile standhalten würde.

Im selben Moment krachte es hinter der Gangbiegung, und die ersten Wachen krochen in den Fluchttunnel.

Geron ließ das Zauberlicht erlöschen, wirbelte herum und stolperte so lange in die Dunkelheit, bis er die Treppenstufen nach unten erreichte. Erst dort machte er wieder Licht und floh in die Tiefe. Irgendwo hinter ihm dröhnte Metall gegen Metall.

Weiter ging es durch den Tunnel, den Burgberg hinab, bis er unterhalb der Stadt angekommen war. Hinter ihm erschallten Kommandos und Rufe – und vor sich sah er plötzlich Lichtschein. Alarmiert hielt er inne, dann erkannte er, dass es sich um keine Fackel handelte.

Das war ein Zauberlicht! Und die Person, die es dort hinten im Tunnel entzündet hatte war keine andere als Kyrell!

»Geron! Allen Schicksalsmächten sei Dank!« Seine Begleiterin lief ihm entgegen und umarmte ihn erleichtert. »Ich hatte schon Angst, dass du es nicht schaffst.«

»Ja, aber sie kommen«, keuchte er atemlos.

»Im Brunnhaus sind sie auch schon«, sagte Kyrell. »Die Wachen auf dem Heroldsplatz haben offenbar bloß auf das Signal zum Zuschlagen gewartet. Zum Glück war ich gewarnt, doch weiß ich nicht, wie lange sie brauchen, bis sie auch dort durchbrechen. Wir nehmen den anderen Ausgang.«

Hastig zog sie ihn mit sich zurück zu jenem Schacht, der in den unbekannten Weinkeller hinaufführte. Sie kletterten so schnell es ging nach oben, liefen an den riesigen Weinfässern vorbei zur Gewölbetür und erreichten über weitere Stiegen einen schweren Vorhang, hinter dem sich ein lang gezogener Tresen befand. Gelächter und Rufe schallten ihnen entgegen und es roch nach Wein, Bier und Fleischgerichten.

Jenseits des Tresens erstreckte sich eine gemütliche Schankstube, die mit Dutzenden Gästen gefüllt war.

»Woher, in des Königs Namen …?« Entgeistert sah er eine Schankmaid an, die hinter dem Tresen stand und soeben einen angetrunkenen Gast bediente.

Kurzerhand zog Kyrell Geron an der Maid vorbei in den Schankraum und von dort auf die Wirtshaustür zu. Sie erreichten einen kopfsteingepflasterten Platz mit vornehmen Häusern, der rot vom Abendlicht beschienen wurde. Auch hier, unmittelbar vor dem Wirtshaus, waren Tische und Bänke gruppiert, an denen Gäste saßen. Deren Aufmerksamkeit galt jedoch nicht ihnen, sondern den Alarmhörnern, die überall im Stadtgebiet ertönten.

Gemeinsam verließen sie den Vorplatz, als eine Gruppe Soldaten in gelb-grünen Wappenröcken auf den Platz stürmte. Einer von ihnen, ein grobknochiger Kerl mit verschlagenem Blick, deutete mit seiner Hellebarde auf sie. »Da sind die Königsmörder!«

Natürlich, die Herzogin kannte den Fluchttunnel.

Geron schubste einen der Gäste beiseite und stürmte auf die

nächstgelegene Gasse zu. Eine der Wachen stieß nun ebenfalls in ein Signalhorn und die Bewaffneten stürmten brüllend hinter ihnen her. Sie rannten an verschreckten Passanten vorbei und Kyrell kippte hinter ihnen eine Regentonne um. Doch die Soldaten kamen immer näher.

Mit gesteigertem Lauftempo erreichten sie einen weiteren Platz, auf dem ein marmorner Brunnen samt der Statue eines elfischen Flötenspielers stand. Sie wollten gerade an dem Brunnen vorbeilaufen – als sich auf dem Platz innerhalb eines Lidschlags eine rabenschwarze, bis zu den Dachtraufen reichende Wand aufbaute, die wie eine gewaltige Staublawine auf sie zuwölkte.

Die Herzogin!

Hinter ihnen gellten die verschreckten Rufe der Soldaten und sie versuchten, einen Ausweg zu finden, doch es war zu spät. Geron schaffte es noch Kyrell an die Hand zu nehmen, dann wurde es stockfinster um sie herum. »Wir müssen …«

»Pssst!«, ertönte eine Flüsterstimme. Unvermittelt spürte er eine Hand an seiner Schulter, die ihn und Kyrell erst gegen eine Hauswand und dann weiter auf einen Hinterhof zog. Geron war viel zu verblüfft, um Gegenwehr zu leisten.

»Und, habt ihr mich schon vermisst, Goldjunge?«, wisperte die Stimme neben ihnen. »Man kann euch wirklich nicht allein lassen.«

Geron starrte ungläubig in die Dunkelheit. Denn jetzt begriff er, wer ihnen geholfen hatte.

Tandurin.

Die Greisenmaid

Hinter den Wänden der Bordwand gluckste es und die Luft im Stauraum des alten Lastkahns roch verbraucht, nach Männerschweiß, Teer und altem Tauwerk.

Ambra kümmerte das nicht. Sie hockte nachdenklich hinter einigen Fässern, die sie von den vielen Hängematten im Bauch des Schiffes abschirmten, ignorierte die Schnarchlaute der Matrosen und betrachtete im schalen Schein eines Talglichts Rasgath Tiefwassers Flickenteppich, den sie vor sich auf auf etwa zwei Schrittlängen Breite ausgerollt hatte.

Seit ihrer Flucht aus dem Grauwald hatte sie kaum Gelegenheit gehabt, sich eingehender mit dem fliegenden, doch derzeit nutzlosen Teppich aus Greifenüberresten zu beschäftigen. Dania hatte zwar bei ihrem Aufbruch von Goltars Rittergut vorgeschlagen, ihn irgendwo im Grauwald zu verstecken, doch Ambra spürte, dass der Flickenteppich zu wertvoll war, um ihn zurückzulassen. Vorausgesetzt, sie fand endlich heraus, wie ihr einstiger Lehrmeister es geschafft hatte, die ihm innewohnende Macht heraufzubeschwören.

Fünf Tage hatten sie dank der zusätzlichen Schlepperei benötigt, um zum Großen Fluss zurückzukehren. Und einen weiteren Tag, um dort einige von Goltars Wertgegenständen in klingende Münze zu verwandeln. Geld, das es ihnen ermöglicht hatte, bei den Flussschiffern nach einer Reisemöglichkeit gen Süden, Richtung Kesselfurt, Ausschau zu halten. Und zwar ohne dass Dania den Männern ihre speziellen Dienste anbieten musste.

Die Zauberin Valeska blieb in all der Zeit verschwunden. Dania und Boltan gaben sich bereits der Hoffnung hin, dass das Gift sie vielleicht doch zur Strecke gebracht hatte. Ambra glaubte nicht so recht daran. Der Tod war ein trügerischer Geselle. Es hieß zwar, dass er unbestechlich sei und unter Guten und Bösen gleichermaßen Ernte hielt, doch wenn man näher hinsah, dann waren es oftmals die Skrupellosen, die ihm immer wieder ein Schnippchen zu schlagen vermochten.

Mittlerweile befanden sie sich seit vier Tagen auf dem Wasser, und die verruchte Stadt am großen Wasserfall lag nur noch eine halbe Tagesreise von ihnen entfernt. Dennoch – oder gerade deswegen – hatte der Kapitän ihres Flussseglers am späten Nachmittag bei einem Ort namens Schwarzthurm Anker werfen und seine Männer all jene Waren ausladen lassen, die nicht für die Städte des Südens bestimmt waren. Aus gutem Grund, wie Ambra annahm. Ganz offensichtlich wollte er so den verbrecherischen Clans aus dem Weg gehen, die die alte Kataraktstadt unter sich aufgeteilt hatten.

Es gab zwar einen Patriarch, der nominell über die Stadt herrschte, doch in Wahrheit befanden sich die einzelnen Stadtviertel mehr oder minder fest in der Hand diverser Clans und Banden, die sich immer wieder blutige Fehden um die Macht in der Stadt lieferten. Kesselfurt war einzigartig in den Jungen Königreichen. Nach allem, was Ambra wusste, erstreckte sich das heutige Stadtgebiet auf einem dicht bebauten Felsbuckel inmitten des Großen Flusses, der seinerseits dicht an der großen Abbruchkante lag. Unmittelbar dahinter fiel das Wasser des breiten Stroms fast vierzig Schritt in die Tiefe ab, wo es sich sammelte, um weiter in Richtung Süden zu strömen. Der große Katarakt teilte den Fluss in eine Nord- und eine Südhälfte, und wer auf dem Großen Fluss Handel treiben wollte, war auf die mächtigen Lastenzüge der Stadt angewiesen.

Die eigentliche Besonderheit Kesselfurts lag jedoch jenseits der Abbruchkante, hinter den Wassermassen, die dort in die Tiefe stürzten. Während des Ersten Drachenkrieges hatten die Vorfahren der heutigen Bewohner damit begonnen, die Felswand hinter dem Katarakt auszuhöhlen. In großen natürlichen Felsspalten und auf künstlich geschaffenen Felsterrassen war so in unzähligen Generationen ein sicheres Refugium gegen die Drachen entstanden. Heute war das ewig dunkle und ewig feuchte *Alt-Kesselfurt*, wie dieser Teil der Metropole genannt wurde, nur ein Stadtteil von mehreren, seinen besonderen Status hatte er dennoch nicht eingebüßt. Er war zwar mittels eines Tunnels mit der eng bebauten Oberstadt verbunden, doch lebten in der »Stadt hinter dem Schleier« heutzutage nur jene lichtscheuen Gestalten, denen nichts anderes übrig blieb. All der Abschaum, der selbst in der an Verbrechen reichen Oberstadt Kesselfurts nicht geduldet wurde. Und das wollte etwas heißen.

Diesem Teil der Stadt würden Ambra und ihre Mitstreiter schon bald einen Besuch abstatten, wenn sie Danias Schwester Vala finden wollten, denn Dania zufolge gingen ihr Besitzer, der gefürchtete Clanführer Tolgar Nevarek, und seine Bande ausgerechnet dort ihren Geschäften nach.

Umso wichtiger war es für Ambra, das Geheimnis des Greifenteppichs zu lösen. Ganz sicher würde es nicht leicht werden, aus Kesselfurt herauszukommen, sollten sie dort Ärger bekommen.

Und sie würden Ärger bekommen.

Ambra betrachtete eingehend den ausgefransten Rand des Teppichs, das längst verblasste Greifenmotiv auf dem Gewebe, das aus Leichenhaaren gewobene Garn, die Zaubersymbole, die zusammengenähten Stücke aus gegerbter Greifenhaut und die harten Federkiele, die sich zwischen den Flicken und Streifen abzeichneten. Die machtvolle Präsenz, die in dem toten Gewebe schlummerte, konnte sie fast körperlich spüren. Wie ein unter Druck geratener Wasserkessel, der auf einem offenen Feuer kochte. Wütend. Aufbegehrend.

Und doch unerreichbar.

Ambra blickte kurz zum Bugbereich des Stauraums. Der Kapitän und seine Mannschaft hatten dort einen ganzen Berg Felle gelagert, die für Siebenbrücken bestimmt waren. Kaum sichtbar zeichneten sich vier geisterhafte Gestalten vor den aufgetürmten Fellbündeln ab, wachten über Ambra. Ihren blassen, hohlwangigen Gesichtern war keine Regung zu entnehmen, die ihr dabei half, das Rätsel zu lösen.

Vielleicht war sie der Lösung schon näher, als sie dachte? Nach allem, was sie aus alten Legenden wusste, galten Greifen als unnachgiebige Herrscher der Lüfte. Allein Drachen und Gipfelalken besaßen die Macht und Stärke, ihnen ihre Reviere streitig zu machen. Den Elfen war es damals zwar angeblich gelungen, sich die Greifen mit Zaubermacht gefügig zu machen, doch es gab auch Erzählungen darüber, dass sie die wilde Natur dieser Wesen nie wirklich hatten bändigen können. Greifen waren Raubtiere, denen es nach Blut und Beute gelüstete.

In Ambra keimte schon seit einigen Tagen ein Verdacht, wie sie sich die in den Teppich eingewobene Greifenseele gefügig machen könnte. Genau genommen, seit sie die Unterlagen in Goltars geheimen Studierzimmer gefunden hatten. Sie kramte daher nach der spitzen Nadel, die sie dem Segelmacher des Lastkahns am Nachmittag entwendet hatte, und stach sich in eine Fingerkuppe. Sie musste ihre dürren Finger etwas quetschen, bis sich über der Einstichstelle ein größerer Blutstropfen bildete.

Der Tropfen fiel auf den Flickenteppich, und sie spürte sogleich das gierige, fast lustvolle Aufbegehren jener Präsenz, die in dem Gewebe eingekerkert war. Das Blut färbte den Flickenteppich rot – und verblasste rasch.

Es verhielt sich ebenso, wie bei den letzten Malen, da sie auf diese Weise versucht hatte, die eingeschlossene Greifenseele für sich zu gewinnen. Sie hatte jedes einzelne der Zaubersymbole mit ihrem Blut benetzt und war sogar dazu übergegangen, das verblasste Greifenmaul zu beträufeln. Doch obwohl der Geist des Greifen auf sie reagierte, verweigerte er ihr seine Macht.

Ambra wusste, dass sie auf der richtigen Fährte war, doch schien ihr irgendetwas zu entgehen.

Sie wollte sich gerade vorbeugen, um das Greifenmotiv mit dem versickerten Blutstropfen genauer zu studieren, als sie bemerkte, dass die Geister ihrer Familie plötzlich dicht um sie herum standen. Warnend starrten die Schemen sie aus tiefschwarzen Augen an – als sie hinter sich im Dunkeln Geräusche vernahm. Bevor sie handeln konnte, spürte sie die scharfe Klinge eines Messer an ihrer Kehle.

»Ksch, schön still, Mädchen.« Eine grobe Hand packte sie am Unterkiefer und zog ihren Oberkörper mit Gewalt gegen ein Knie, die Klinge blieb an ihrer Kehle. Ein bärtiges Gesicht beugte sich von hinten über sie. Einer der Matrosen. Der Atem des Mannes stank nach Alkohol. »Andererseits … du kannst ja eh nicht sprechen.« Der Matrose lachte leise, dann wurde seine Flüsterstimme schärfer. »Das hier ist doch deine Freundin, oder?«

Die Hand mit dem Messer zog sich kurz zurück, ohne dass sich der kräftige Griff um Ambras Unterkiefer lockerte. Hinter ihr raschelte es und die Hand mit dem Messer hielt ihr ein zerknittertes Flugblatt vor die Augen, auf dem deutlich sichtbar Danias Abbild prangte.

Ambra war klar, dass ihr der Mann Angst einjagen wollte, doch sie konnte keine Furcht empfinden. Stattdessen ärgerte sie sich darüber, so unaufmerksam gewesen zu sein, dass er sie derart hatte überrumpeln können. Sie betrachtete den abgerissenen Aushang. Dabei handelte es sich um einen Fahndungsaufruf aus Kesselfurt. Die schwarz-weiße Zeichnung hatte Danias Aussehen im Detail eingefangen, während der Text darunter darüber aufklärte, dass ihre Gefährtin in Kesselfurt wegen Mordes gesucht werde. Ambra und Boltan wurden namentlich als Komplizen genannt, und die Beschreibungen geizten nicht mit körperlichen Attributen, anhand derer sie leicht zu identifizieren waren.

»Hing oben vor der Hafenkneipe«, wisperte die Stimme triumphierend. Ambra spürte, wie der Matrose argwöhnend zu seinen schlafenden Kameraden spähte. »Ich gestehe, dass ich zu gern wüsste, wen genau ihr auf dem Gewissen habt, dass der Patriarch Kesselfurts höchstpersönlich fünfzig Goldmünzen auf eure Ergreifung aussetzt. Leider will er euch lebend, was die Sache etwas verzwickter macht. Aber Kesselfurt ist nicht mehr weit entfernt und ihr könnt mir ja noch unterwegs Auskunft geben. Wir werden nämlich noch heute Nacht den Landweg nehmen.«

Hinter Ambras Stirn arbeitete es fieberhaft, während der Matrose sie unsanft auf die Beine zog. Jetzt rächte es sich, dass sie sich, ohne den anderen Bescheid gegeben zu haben, zum Flickenteppich geschlichen hatte.

»Ach ja«, fuhr ihr Häscher gefährlich leise fort. »Falls du glaubst, deine beiden Spießgesellen könnten dir helfen, vergiss es. Dem Krüppel habe ich schon eins übergezogen, der liegt bereits gut verschnürt oben an Deck. Wenn du also Schmerzen vermeiden willst, dann kommst du jetzt leise mit hoch, damit ich auch dich hübsch verpacken kann. Danach helft ihr mir, die kleine Schlampe zu finden, der ihr das alles verdankt.«

Boltan hatte es tatsächlich vorgezogen, oben an Deck zu schlafen. Allerdings sollte sich Dania ebenfalls hier unten aufhalten. Wovon also sprach der Kerl?

Der Mann riss ihr die Arme auf den Rücken, band ihr die Handgelenke mit einer dicken Schnur zusammen und zerrte sie mit sich – als aus dem Dunkeln eine blitzende Klinge vorschnellte, die ihn mitleidlos in den Hals stach.

Danias Gaaldolch.

Dunkles Blut sprudelte über die Brust des Mannes. Undefinierbare Laute von sich gebend, griff sich der Matrose an die Kehle, während Dania ins Licht trat.

»Dachtest du, ich habe nicht bemerkt, was du oben getrieben hast?«, zischte sie.

Sie musterte den Mann kalt, dann zog sie die Klinge mit einem Ruck aus der Wunde, nur, um zwei weitere Male auf ihn einzustechen. Einmal in den Bauch, einmal ins Herz. Ungerührt und präzise. Bei keinem der Stiche wich sie dem entsetzten Blick des Mannes aus.

Tot sank der Flussschiffer neben ihnen zusammen.

»Alles in Ordnung?«, flüsterte Dania, während sie Ambra von den Stricken befreite.

Ambra ging kurz in sich, dann zuckte sie gleichgültig mit den Schultern.

Sie verspürte ein leises Bedauern darüber, dass sie ihrem Häscher im Moment seines Todes nicht selbst hatte in die Augen blicken können.

Ambra deutete zum Oberdeck.

»Ich war schon oben«, flüsterte Dania. Sie wischte den Dolch an der Kleidung des Toten ab und spähte kurz an den Fässern vorbei zu den Hängematten. Niemand schien das Drama bemerkt zu haben. »Boltan ist bewusstlos. Er wird mit Kopfschmerzen erwachen, aber sonst geht es ihm gut. Wir müssen jetzt rasch von hier verschwinden. Also, pack deinen Teppich ein, und dann …«

Irritiert sah sie den Toten an und jetzt bemerkte auch Ambra, dass all das Blut, das aus den Wunden des Matrosen austrat, nicht etwa in den Boden sickerte, sondern in Richtung Teppich strömte.

Ambra begriff, was sie falsch gemacht hatte.

Sie hatte nicht etwa die falschen Stellen des Teppichs mit Blut benetzt, es hatte schlicht an der richtigen Menge gemangelt. Die Seele des toten Greifs forderte ein Opfer!

Sofort baute sie sich neben dem Toten auf und versuchte ihn auf den Flickenteppich zu wuchten. Doch der Mann war zu schwer.

Hektisch forderte sie Dania auf, ihr zu helfen. Ihre schwarzhaarige Begleiterin schien zunächst nicht so recht zu verstehen, was Ambra beabsichtigte, doch sie begriff, als sie die Leiche endlich quer über das Gewebe gerollt hatten. All das Blut, das aus den Wunden des Matrosen strömte, wurde von dem Teppich regelrecht aufgesogen.

Zugleich spürte Ambra im Gewebe Bewegung. Die Stoffbahn wellte sich und beulte sich an den von Blut besudelten Stellen aus.

Der Greif erwachte.

Und er trank.

Ambra nahm Dania energisch die Klinge ab, erweiterte die Halswunde des Toten, indem sie dem Mann einmal quer die Kehle aufschnitt, dann riss sie die Ärmel seines Hemdes auf und schlitzte ihm auch die Adern an den Unterarmen der ganzen Länge nach auf. Anschließend ergriff sie die leblosen Arme und wrang sie aus. Und jeder Schwall Blut, der auf den Teppich strömte, stärkte die Seele des Greifen ein Stück mehr.

Jäh vernahm Ambra ein sphärenhaftes Brüllen.

Plötzlich entfaltete sich das Flickengewebe, der ausgeblutete Körper des Matrosen rollte zur Seite, und der Teppich schwebte eine Handbreit über dem Boden des Frachtraums.

Jenseits der aufgestapelten Fässer waren Laute zu vernehmen. Ein Schmatzen und dann ein ungehaltenes Grunzen.

Ambra und Dania hielten inne.

Die Geräusche verstummten und schon bald war wieder leises Schnarchen zu hören. Beide entspannten sich und betrachteten zufrieden den schwebenden Teppich.

Dania nahm Ambra die Gaalklinge aus der Hand, wischte sie abermals sauber und steckte sie weg. Dann griff sie nach dem Flugblatt, das vor den Fässern in einer Blutpfütze lag, und betrachtete es verärgert.

»Goltar!«, zischte sie zornig. »Dann befindet er sich offenbar schon in Kesselfurt. Dass er Kontakte zum Patriarchen selbst hat, war mir nicht bewusst. Egal. Immerhin sind wir jetzt gewarnt. Bist du noch dabei?«

Ambra nickte gleichmütig.

»Gut.« Dania atmete tief ein, betrachtete sie von oben bis unten und fuhr im Flüsterton fort. »Dann besorge dir etwas Neues zum Anziehen, bevor wir abhauen. Du siehst aus, als kämst du aus dem Schlachthaus. Ich gehe inzwischen rauf zu Boltan und mach ihn reisefertig.«

Dania wollte bereits gehen, doch Ambra hielt sie zurück. Sie tauchte ihre Finger kurzerhand in eine der Wunden des Matrosen und schrieb mit dem warmen Blut Buchstaben auf einen Fassdeckel. Dann hob sie das Tranlicht an, sodass Dania die Worte entziffern konnte.

Sag ihm nichts. Er wird es nicht verstehen.

Ihre Begleiterin nickte. »Ich weiß.«

»Dann wusste Alruna von Greifenfels, dass ihr euch nach Waldaleth durchschlagen würdet?«, hakte Tandurin verwundert nach. »Aber das würde bedeuten, dass sie uns bei unserer Flucht belauscht hat.«

»Ich weiß es nicht«, antwortete Geron niedergeschlagen. »Andererseits, es war vermutlich viel zu leicht zu erraten, wohin ich mich wenden würde.«

Tandurin, Geron und Kyrell saßen rund um ein knisterndes Lagerfeuer, dessen Flammen die verschwiegen gelegene Waldlichtung in rötlichen Schein tauchten. Zwischen den Bäumen zeichneten sich die Wagen des fahrenden Volkes ab, und selbst zu dieser späten Stunde tauchten auf der Lichtung gelegentlich weitere versprengte Gefährte auf. Die Männer und Frauen aus Tandurins Sippe saßen in kleinen Gruppen um eigene Feuerstellen, bereiteten Essen zu oder kümmerten sich um ihre Zugpferde. Ab und an warfen sie ihnen verstohlene Blicke zu, denn natürlich hatte sich längst herumgesprochen, welch prominenten Flüchtling sie mit Geron in ihrer Mitte beherbergten.

Rechterhand waren Schritte zu hören und sein Onkel Darion trat aus dem Dunkeln. Er war ein Mann mit wippendem, schwarzen Schnauzbart und er trug die derbe Handwerkerkleidung eines Kesselflickers. Ebenso wie bei Tandurin waren in seine Haare bunte Stoffstreifen eingeflochten. Nur, dass sich Darions Haar allmählich zu lichten begann.

»Königliche Hoheit. Adeptin.« Geschickt balancierte er drei hölzerne Suppenschüsseln, die mit wohlriechender Graupensuppe gefüllt waren, und stellte sie vor ihnen ab. Anschließend verteilte er Holzlöffel. »Wenn Ihr noch mehr wünscht, gebt einfach meinem Neffen Bescheid. Es ist noch reichlich da.«

Tandurins adliger Gefährte sah mit geröteten Augen auf. »Ich verspreche, ich werde Eure Gastfreundschaft nicht über Gebühr strapazieren.«

»Macht Euch darüber keine Gedanken«, brummte der Kesselflicker und zwirbelte kurz den Schnurrbart. »Mein Neffe hat sich für Euch verbürgt. Und König Almerdin hat unser Volk stets gerecht behandelt. Ihr seid also willkommen.« Er räusperte sich. »Mir bleibt nur, Euch unser Beileid aussprechen. Lasst uns wissen, wie wir unseren Teil dazu beitragen können, Eure Unschuld zu beweisen.«

»Habt Dank«, sagte Kyrell.

Sie saß neben Geron und legte eine Hand mitfühlend auf den Arm des Prinzen.

Geron reagierte kaum.

Darion ging zurück zu den anderen.

Natürlich wusste Tandurin nur zu gut, dass er die Sippe mit Gerons und Kyrells Anwesenheit in Gefahr brachte. Doch hier hatten sie nichts zu befürchten. Verschwiegenheit und eiserner Zusammenhalt waren der Kitt, der das fahrende Volk gerade in Notzeiten zusammenhielt.

Seine Leute hatten wie immer außerhalb der Stadt ihr Lager aufgeschlagen gehabt, was ihre vorzeitige Abreise überhaupt erst ermöglicht hatte. Denn kaum, dass die Alarmhörner in Waldaleth ertönt waren, hatten die Soldaten die Stadttore verriegelt, um dem vermeintlichen Königsmörder jeden Fluchtweg abzuschneiden. Und vermutlich suchten die Bewaffneten auch jetzt noch die Straßen und Gassen Waldaleths nach den beiden ab. Dass ihnen trotz aller Widrigkeiten die Flucht gelungen war, verdankten sie weniger ihren Zauberkräften als einem niedrigen Abwasserkanal, der im Osten Waldaleths unter der Stadtmauer hindurchführte.

Dennoch mussten sie damit rechnen, dass die Soldaten mit dem ersten Tageslicht auch die Umgebung der Stadt durchkämmten. Die Nacht würde kurz werden, denn bis dahin musste die Sippe auch dieses Lager hier geräumt haben und weitergezogen sein. Selbst ohne einen mutmaßlichen Königsmörder in ihren Reihen legte es niemand aus dem fahrenden Volk darauf an, in Konflikt mit den Mächtigen zu geraten.

»Falls ich das noch nicht erwähnt haben sollte«, hob Tandurin an, kaum dass sein Onkel außer Hörweite war, »auch mir tut der Tod deines Vaters leid. Sehr. Nicht nur für euer Königreich. Für dich.«

Geron nickte niedergeschlagen und kämpfte mit den Tränen.

»Es ist nicht bloß der Tod meines Vaters, der schmerzt«, sprach sein Gegenüber heiser. »Nicht einmal, dass mich jetzt jeder für seinen Mörder hält. Es ist dieser unglaubliche Verrat. Dass Alruna von Greifenfels alles tun würde, um meiner habhaft zu werden, das wusste ich. Aber dass meine eigene Schwester zu einer derartigen Tat fähig sein könnte, das …« Er verstummte und starrte in die Flammen.

»Immerhin, du bist nicht allein«, versuchte ihn Kyrell etwas aufzubauen. Sie strich sich das blonde Haar zurück und sah Tandurin an. »Und jetzt verrate uns endlich, wie du es geschafft hast, den Zwischenfall am Drachenthron zu überleben. Wir dachten, du seist in dem Feuer verbrannt! Oder, dass du bei dem Sturz über die Felskante zu Tode gekommen wärst. Stattdessen hast du es bis hierher geschafft, und das auch noch rechtzeitig, um uns beizustehen.«

Tandurin kramte das schwere goldene Amulett hervor, das er damals in Silbersteig an sich genommen hatte. »Das hier hat mir das Leben gerettet.« Er hielt das ovale Schmuckstück so ins Licht, dass seine Begleiter die Zaubersymbole auf dem Metall erkennen konnten. »Nach allem, was ich weiß, gehörte es dem Drachentöter Radulf aus den blauen Zinnen.«

»Jener Recke, der einst den Drachen Wyrfeuer erledigte?«, fragte sie ungläubig.

»Genau der«, bestätigte Tandurin. »Ihm gehörte auch das Horn, mit dem Escalia Rotdrud den Gipfelalk rief. Sie zwang mich einige Wochen vor unserem Zusammentreffen, das Horn aus einer Schatzkammer im Rathaus von Silbersteig zu stehlen. Von dem Ding hier wusste sie nichts. Ich habe das Amulett daher für mich behalten.« Er lächelte schmal. »Nur hatte ich nicht den leisesten Schimmer, was für ein Zauber auf ihm liegt. Na ja … bis Danias fetter Lehrmeister diese Feuerwalze heraufbeschwor. Ich dachte selbst, mein letztes Stündlein hätte geschlagen, aber die Flammen versengten nicht einmal meine Kleidung. Und auch ich selbst blieb von dem Feuer gänzlich unberührt.«

»Aber ja.« Kyrell beäugte das Amulett fasziniert. »Im Kampf gegen einen Drachen ist ein Schutz gegen Feuer sinnvoll.«

»Das erklärt noch nicht, wie du es geschafft hast, hier rechtzeitig aufzutauchen«, wandte Geron ein.

»Ich bin mit meiner Geschichte ja auch noch nicht am Ende, Goldjunge.« Tandurin steckte das Amulett wieder weg. »Ich bin zwar abgestürzt, konnte mich jedoch an einem Felsvorsprung unter dem Plateau festhalten. Ich hab mir dabei fast die Arme ausgekugelt«, fügte er hinzu. »Und natürlich habe ich versucht, zu euch hochzukommen. Man sieht es mir vielleicht nicht an, aber ich bin ein durchaus guter Kletterer. Leider war der Kampf vorbei, als ich es fast geschafft hatte. Die elenden Zauberer haben daraufhin nach mir Ausschau gehalten, aber wie ihr wisst, beherrsche auch ich einige Tricks. Sie haben mich für tot gehalten, und ich musste dann bloß noch abwarten, bis sich die Lage oben etwas beruhigte. Was nicht schwer war, weil die Magier sofort damit begannen, nach euch zu suchen.«

»Weißt du etwas von den anderen?«, wollte Kyrell wissen.

»Nein, keine Ahnung.« Tandurin zuckte mit den Schultern. »Aber ich glaube, die drei konnten entkommen. Escalia wurde von diesem Walmar ausgeschickt, um auf dem Luftweg nach ihnen zu suchen. Einige Stunden später kam sie mit leeren Händen zurück. In der Zwischenzeit haben sich die übrigen Zauberer den fetten Goltar vorgeknöpft. Sie waren ziemlich verärgert, denn offenbar brauchen sie uns unbedingt lebend. Mehr war leider nicht zu erfahren. Jedenfalls musste ich bis zum Morgengrauen in der Felswand ausharren, bis endlich alle ihrer Wege gegangen waren. Tja … und die größte Überraschung war dann, als ich in dem Wäldchen weiter unten vor dem Drachenthron ein Eoberi-Ross antraf.«

»Abendrot?«, fragte Geron verwundert.

»Heißt die Stute so?«

»Allerdings«, antwortete sein Schicksalsgefährte. »Mich wundert, dass Alruna von Greifenfels die Stute zurückgelassen hat. Wie hat sie es ohne sie geschafft, so schnell nach Waldaleth zu gelangen?«

»Sie ist eine Zauberin«, wandte Kyrell ein, die sich über ihre Suppe hermachte. »Sie wird andere Wege kennen.«

»Dennoch merkwürdig. Denn auf dem Hinweg zum Drachenthron haben wir Waldaleth eigens wegen der Rösser einen Besuch abgestattet.«

»Für mich war das Elfenpferd jedenfalls ein Glücksfall«, meinte Tandurin. »Dein Plan bestand ja darin, dass du uns nach Waldaleth bringen wolltest, also habe ich mich daran gehalten. Ohne das Tier wäre es mir nie möglich gewesen, so schnell herzukommen.«

»Wann genau bist du hier eingetroffen?«, wollte Kyrell wissen.

»Gestern. Und ich war ziemlich überrascht, hier auf meinen Onkel und seine Sippe zu stoßen, denn von den Feierlichkeiten in Waldaleths wusste ich nichts. Mein Volk lässt sich solch eine Gelegenheit, Geschäfte zu machen, natürlich nicht entgehen.«

»Und wo ist Abendrot jetzt?«, hakte Geron nach.

»Ich hab die Stute nach meiner Ankunft freigelassen. Schließlich wollte ich nicht auf den letzten Schritten noch als Pferdedieb verhaftet werden.«

Kyrell wandte sich an Geron. »Ich wette, das Pferd wurde gefunden und in die Stadt gebracht. Vielleicht war die Herzogin deswegen so gut auf dich vorbereitet?«

»Nicht unbedingt«, meinte der Prinz nachdenklich. »Eoberi-Stuten sind dafür bekannt, dass sie auch alleine heimfinden.«

»Sollte es so sein, dann tut mir das leid«, erklärte Tandurin.

»Dir muss gar nichts leid tun. Im Gegenteil.« Geron atmete tief ein und der Kummer in seinem Blick wich stiller Wut. »Ohne dich wären wir jetzt tot, im Kerker oder schlicht in den Fängen von Alruna von Greifenfels. Es nützt nichts, zurückzusehen. Ich muss nach vorn schauen. Auch wenn ich nicht weiß, wo ich überhaupt beginnen soll.« Er stöhnte. »Kyrell hat dir von unserem Vorhaben schon erzählt?«

»Die Sache mit der alten Magierzitadelle? Dieses Helgrinshall? Ja.«

»Und jetzt kommt noch die Rückgewinnung Waldaleths hinzu. Meine Schwester und dieses Miststück von Herzogin haben nicht nur den Tod meines Vaters zu verantworten, sie haben mir auch meinen Anspruch auf das Königreich genommen. So lange ich als wahnsinniger Königsmörder gelte, so lange kommt nur Shira als Thronerbin infrage.«

Tandurin und Kyrell wechselten kurze Blicke, keiner von ihnen sagte etwas.

Geron musterte ihn ernst. »Und jetzt verrate uns, wie du uns überhaupt gefunden hast. Waldaleth ist groß. Dass du uns ausgerechnet zu dem Zeitpunkt aufgespürt hast, als wir deine Hilfe am bittersten nötig hatten, ist doch unmöglich ein Zufall?«

»Nein, war es nicht«, erklärte Tandurin. »Mit alledem ist ein Geheimnis verbunden, von dem niemand außerhalb meines Volkes weiß.«

Geron und Kyrell sahen ihn gleichermaßen erstaunt an.

»Welches Geheimnis?«, fragte Kyrell.

»Ihr werdet es erfahren – aber erst, wenn du, Goldjunge, etwas isst. Denn es nützt uns nichts, wenn du uns irgendwann vor Schwäche umkippst.« Mit Nachdruck deutete Tandurin auf die unberührte Schüssel, die vor Geron stand.

Der Prinz griff widerwillig nach der Suppe und löffelte sie tapfer bis zum Grund aus. Er hatte also doch Hunger.

Geron hatte die Schüssel gerade wieder auf den Boden gestellt, als hinter ihnen auf der Lichtung Aufregung spürbar wurde. Unter den Bäumen näherte sich ein wuchtiger, am Kutschbock mit zwei Laternen beleuchteter Kastenwagen mit halbrundem Dach und großen Rädern, der von vier Kaltblütern gezogen wurde. Unter den vorstehenden Dachschrägen waren Aufhängungen für Werkzeuge und Blumentöpfe angebracht, die leise klapperten. Und wie die anderen Wagen, die zwischen den Bäumen standen, war auch er an den Seiten mit Fenstern versehen, deren Läden jedoch geschlossen waren.

Das eigentliche Aufsehen erregten die beiden Personen auf dem Kutschbock. Die Zügel hielt ein Mann Mitte vierzig in dunkler Handwerkertracht, in dessen rotes, schulterlanges Haar wie bei allen Männern aus Tandurins Volk bunte Zöpfe eingeflochten waren. Neben ihm saß eine altersgebeugte Frau mit weinroter Weste, buntem Rock und langen ergrauten Haaren über schweren, goldenen Ohrringen, die sie im Nacken zu einem kunstvollen und bis zu den Schulterblättern reichenden Geflecht zusammengebunden hatte. Ihr faltiges Gesicht strahlte eine tiefe Würde aus und mit wachen Augen überblickte sie die Lichtung, auf der ihr und ihrem Begleiter zahlreiche Personen entgegeneilten.

Auch Tandurin erhob sich, Geron und Kyrell folgten seinem Beispiel.

»Sind die beiden so etwas wie Anführer eures Volkes?« Kyrell trat neugierig neben ihn und sah dabei zu, wie immer mehr Sippenmitglieder zu dem Kastenwagen strömten, um die Neuankömmlinge zu begrüßen. Vor allem die Grauhaarige wurde geehrt.

Zwei junge Männer halfen ihr vorsichtig vom Kutschbock, und sofort bildeten die anderen eine lange Schlange, um ihr die Hände und die Wangen zu küssen.

Auch ihr Begleiter wurde mit rituellen Umarmungen begrüßt, dann half ihm eine Gruppe Männer dabei, die Pferde abzuschirren und den Wagen an der Deichsel zu einem Standplatz unter einer mächtigen Eiche zu ziehen.

»Wer sind die alte Frau und ihr Sohn?«, wollte nun auch Geron wissen.

»Das ist die *Babajuschka*«, antwortete Tandurin knapp. »Und Jovar ist nicht ihr Sohn, das ist ihr Mann. Sie beide sind euretwegen hier.«

Kyrell und Geron blickten sich verwundert an.

Vor dem Eingang des Wagens errichteten die Männer aus Stangen und breiten Stoffbahnen ein Vorzelt, und Frauen eilten mit Fackeln, Teppichen, Kissen und Speisen herbei.

»Baba…juschka?«, rätselte Kyrell. »Wenn ich mich nicht irre, bedeuten die beiden Worte zusammengesetzt … Greisenmaid.«

Tandurin sah sie überrscht an. »Du kennst unsere alte Sprache?«

»Nein, nicht wirklich.« Sie winkte ab. »Aber in meiner Zeit mit Mutt… mit Valeska habe ich einiges aufgeschnappt.«

Die Babajuschka unterhielt sich jetzt mit seinem Onkel Darion und sah zu ihnen herüber.

Tandurin straffte sich. Er spürte ihren Blick, als stünde sie direkt vor ihnen.

Sein Onkel nickte und eilte zu ihnen herüber, während die Babajuschka die Speisen im nunmehr gemütlich eingerichteten Vorzelt ignorierte und sich von ihrem Mann durch die hintere Tür in den Wagen hinein helfen ließ.

»Die Babajuschka will euch sehen«, sagte Darion.

Tandurin gab seinen Begleitern einen Wink, ihm zu folgen.

»Und du willst uns nicht verraten, mit wem wir es zu tun bekommen?«, wisperte Geron, während er ihm unter den aufmerksamen Blicken aller Umstehenden zum Kastenwagen führte.

»Sie wird es euch selbst erklären«, sagte Tandurin leise. »Nur so viel: Erweist ihr Respekt. Mein Volk hat zwar schon lange keine Könige mehr, aber die Babajuschka kommt dieser Position sehr nahe. Sie ist so etwas wie eine weise Frau. Und noch viel mehr …«

Als sie das gemütlich eingerichtete Vorzelt erreichten, wurden sie auf der Treppe hinauf zum Wagen von Jovar, dem Gatten der Babajuschka, begrüßt.

»Königliche Hoheit! Adeptin! Tandurin!« Der Rothaarige nickte ihnen freundlich, aber ernst zu und musterte sie alle drei von oben bis unten. »Übt bitte etwas Nachsicht mit Lathinka«, sprach er besorgt. »Wir haben eine anstrengende Anreise hinter uns, da wir einige Berittene umfahren mussten, die auf den Straßen nach euch gesucht haben.«

»Selbstverständlich.« Tandurin umschloss seine Hände und nickte demütig.

Jovar gab den Weg frei und sie betraten das Innere des Wagens. Die Tür schloss sich hinter ihnen, und wie bereits am gestrigen Abend, als Tandurin zum ersten Mal vor die Babajuschka hatte treten dürfen, fühlte er einen feierlichen Ernst, der ihm sonst fremd war.

Dabei machten die Babajuschka und ihr Mann kaum Aufhebens um die besondere Bedeutung, die ihnen zufiel. Der Wagen war eingerichtet wie viele Wagen des fahrenden Volkes. Hinten trennte ein schwerer brauner Vorhang die Schlafstatt vom Wohnraum, welcher mit weichen Teppichen, weinroten Sitzkissen und ausklappbaren Regalen und Schränken ausgestattet war. Dort ruhte gut sichtbar aufwändig bemaltes Tafelgeschirr, Holzpuppen, Vasen und andere persönliche Besitztümer. Die Besonderheit im Wagen war ein kniehoher, runder und glatt polierter Tisch aus wertvollem Nakri-Nussbaumholz, der mitten im Raum stand. Unmittelbar darüber baumelte ein sechsarmiger Leuchter aus Gusseisen von der Wagendecke, dessen dicke rote Kerzen die Babajuschka soeben mit einem brennenden Stäbchen entzündete.

Unaufgeregt wandte sich die weise Frau zu ihnen um und betrachtete sie aufmerksam. Sie besaß tiefgrüne Augen und aus der Nähe sah man, dass sie einst rote Haare gehabt hatte. Auch ihre Kleider waren nicht anders als jene, die die übrigen Frauen ihres Volkes trugen. Ein liebenswürdiges Lächeln kräuselte ihr faltiges Gesicht.

»Wollte Jovar wieder verhindern, dass ich meiner Aufgabe nachkomme?«, fragte sie mit amüsierter, leicht gebrechlicher Stimme.

»Jovar wollte für Euch nur das Beste, Babajuschka«, versicherte Tandurin eilig. »Und wenn die Anreise wirklich so beschwerlich war, dann –«

»Nein, nein.« Die Babajuschka winkte ab, blies die Flamme am Stäbchen aus und legte es auf einen bereitliegenden Teller. Die Luft im Wagen roch jetzt würzig nach Rauch.

»Du bist also die Schöne«, sprach sie Kyrell an. »Und du bist es wirklich. Hübsch wie eine Elfe.«

»Danke.« Kyrell wurde rot, knickste leicht und sah skeptisch zu Tandurin.

Der verdrehte leicht die Augen. »Das hat sie nicht von mir«, wisperte er.

»Und du bist somit der König«, fuhr die Babajuschka an Geron gewandt fort.

»Ihr erweist mir zu viel der Ehre, ehrwürdige Babajuschka.« Geron verneigte sich so tief, das ihm das schulterlange Haar weit ins Gesicht fiel. »Ich wurde nicht gekrönt. Derzeit bin ich bloß ein Prinz ohne Land. Und leider auch ohne Ehre.«

»Oh, ich spreche zwar von euch beiden«, sagte die weise Frau mit dünner Stimme, »und doch wieder nicht. Ich gebe nur wieder, was mir die Karten sagen.«

Tandurin spürte Kyrells und Gerons verwunderte Blicke auf sich, doch er sagte nichts.

»Bitte, setzt euch.« Die Babajuschka wandte sich um und bot ihnen Plätze vor dem runden Tisch an. Sie selbst trat hinter ihn, und Tandurin beeilte sich, ihr ein hohes Sitzkissen zu bringen. Anschließend half er ihr, sich darauf niederzulassen, bevor auch er an dem Tisch Platz nahm.

Die Babajuschka öffnete neben sich die Schublade einer kunstvoll mit Blumendekor verzierten Kommode und entnahm dieser ein schwarzes Kästchen, in dessen Deckel eine silberne Brosche eingelassen war. Das Schmuckstück war nach Art einer Seerose gestaltet, auf deren Blütenblättern feine Gravuren prangten. Zaubersymbole.

Tandurin sah an den überraschten Reaktionen seiner Begleiter, dass auch Geron und Kyrell dieses Detail bemerkten.

»Ich habe euch nicht ohne Grund rufen lassen. Ebenso, wie ich nicht ohne Grund nach Waldaleth gekommen bin.« Die Babajuschka öffnete das Kästchen und entnahm ihm einen dicken Kartenstapel, den sie fächerförmig vor ihnen ausbreitete. Auf den ersten Blick hätte man die Karten für Spielkarten halten können, doch anders als auf einem gewöhnlichen Blatt prangten auf ihnen farbenfrohe Abbildungen von Tieren und mythischen Wesen, Elfen vor Landschaften, Arbeitsgeräten, Bäumen, Stäben, Schwertern und anderes mehr. »Ihr seid hier, weil ich spüre, dass ihr des Rates bedürft. Ich werde euch daher einen Ausblick auf euer Schicksal gewähren, wenn dies euer Wunsch ist.«

»Und das ermöglichen diese Karten?«, fragte Kyrell und betrachtete das Kästchen. »Sind sie magisch?«

»Wer weiß?« Die Babajuschka lächelte hintergründig. »Zumindest benötigt man für ihren Gebrauch eine Gabe, die der euren nicht unähnlich ist.«

»Dann seid Ihr eine Zauberin?«

»Nein, das bin ich bedauerlicherweise nicht«, sagte die Babajuschka. »Besäße ich eine richtige Ausbildung in der Zauberei, dann wäre der Preis, den ich für mein Wirken zu entrichten habe, vermutlich nicht so hoch.« Wehmütig sah sie Kyrell in die Augen. »Für wie alt hältst du mich, Mädchen?«

Überrumpelt warf Kyrell Tandurin einen Seitenblick zu.

»Nun …« Sie räusperte sich. »Ihr seid vermutlich um die sechzig. Vielleicht älter …«

»Ich bin letzte Woche neununddreißig Jahre alt geworden.«

Weder Kyrell noch Geron vermochten ihr tiefes Erstaunen zu verbergen.

Die Babajuschka nahm die Karten auf und mischte sie, ohne den Blick von ihnen abzuwenden. »Es sind genau neunundneunzig Karten und bei rechtem Gebrauch vermögen sie Einblicke in kommende Geschehnisse zu gewähren. Das tun sie schon seit sechshundert Jahren. Denn so lange ist es her, dass sie meinem Volk anvertraut wurden. Und ich bin ihre Hüterin. Doch den Karten ihre Macht zu entlocken, fordert ein Opfer. Ihr Gebrauch zehrt an der Lebenskraft. Auch mich hat es viele Jahre gekostet. Keine von uns Hüterinnen hat die Aussicht auf ein langes Leben.«

»Das heißt … Ihr altert mit jedem Mal, da Ihr sie benutzt?«, sprach Kyrell mit offener Bestürzung. Tandurin sah ihr an, dass sie begriff, was es mit dem Ehrentitel ihrer Gastgeberin auf sich hatte. Greisenmaid.

»Und doch ist eine jede von uns Hüterinnen bereit, dieses Opfer zu erbringen«, sagte die Babajuschka. »Denn die Macht der Karten beschützt und leitet unser Volk seit vielen Generationen.«

»Wer war es, der Euch diesen Schatz anvertraut hat?«, fragte Geron.

»Die Karten wurden einst von der blinden Elfenseherin Nalani gefertigt«, verkündete die Babajuschka freimütig, und diesmal merkte auch Tandurin auf.

Dass die Babajuschka die Fähigkeit besaß, in die Zukunft zu blicken, wusste er. Auch, welches Opfer sie dafür erbrachte. Doch es war nicht bekannt, woher die Karten stammten. Ihre seltsame Auskunftsfreude war zutiefst beunruhigend. Insbesondere, da sie Fremde ins Vertrauen zog.

»Nalani galt unter den ihren als verrückt«, fuhr die Babajuschka fort, »denn häufig sprach sie wirr und viele ihrer Prophezeiungen ergaben keinen Sinn. Zunächst … Und doch hatten jene Elfen, die am Ende des Zweiten Drachenkrieges vor über sechshundert Jahren der Vernichtung Sil'Bariaths entgingen, ihre Rettung den Warnungen Nalanis zu verdanken. Doch ihr selbst war kein Glück beschieden. Sie entging zwar dem Himmelsfeuer, doch es heißt, dass sie bei ihrer Flucht von den Gaalen erschlagen wurde.« Sie senkte kurz den Blick. »Aber auch das muss Nalani vorhergesehen haben. Denn zuvor kam die blinde Elfenseherin zu unserem Volk, das damals noch in den Fackelbergen lebte, um es vor der drohenden Katastrophe zu warnen. Damals vertraute sie diese Karten der ersten Babajuschka an. Und bis heute haben sie nichts von ihrer Kraft eingebüßt.«

Geron lehnte sich leicht zu Tandurin. »Dann hast du uns auf diese Weise aufgespürt?«

Tandurin räusperte sich befangen. Man unterbrach die Babajuschka nicht so häufig, wie Geron und Kyrell es taten. Doch die Seherin nickte ihm wohlwollend zu und so antwortete er.

»Ja. Ich habe mir gestern schon von der Babajuschka die Karten legen lassen. Als ich nach meiner Ankunft in Waldaleth erfuhr, dass sie ebenfalls zu den Feierlichkeiten angereist war, wusste ich, dass das kein Zufall war.« Verlegen sah Tandurin die Kartenlegerin an. »Es ist überhaupt nie ein Zufall, wenn die Babajuschka einen mit ihrer Anwesenheit beehrt. Die Karten rieten mir, auf der Suche nach euch die Schenken der Stadt im Auge zu behalten. Genau genommen ein Wirtshaus, das mit einem Hirsch in Verbindung steht. Der *Goldene Hirsch* – das Gasthaus, aus dem ihr gestern herausgestürmt seid – war das Einzige, das dieser Beschreibung entsprach. Ich hab das Etablissement daher den ganzen Tag lang von einem der umliegenden Dächer aus beobachtet. Den Rest kennt ihr.«

»Wusstet Ihr, dass mein Vater ermordet werden würde?«, fragte Geron die Babajuschka geradeheraus.

»Ich wusste lediglich, dass sich in Waldaleth etwas ereignen würde, das die Macht besitzt, nicht nur das Schicksal meines Volkes sondern auch das Antlitz der Jungen Königreiche für immer zum Guten oder zum Schlechten zu verändern«, antwortete die Seherin ruhig. »Genau genommen erwarten wir Hüterinnen dieses Ereignis seit vielen hundert Jahren.«

»Wie meint Ihr das?«, fragte Kyrell verwirrt.

»Eine Frage beschäftigt mein Volk bereits seit seiner Flucht aus den Fackelbergen«, sprach die Babajuschka feierlich. »Nämlich, wann die lange Reise endet. Wann es wieder eine Heimat findet.«

Die Seherin schlug die Augen nieder und schlagartig verstummten die Außengeräusche. Die Kerzen über ihnen flackerten, und im Raum wurde es um einiges kühler.

»Und die Karten antworten auf diese Frage seit Jahrhunderten auf stets die gleiche Weise.« Die Babajuschka öffnete ihre Augen und sie sahen jetzt auf das Weiß ihrer Augäpfel. Ein unheimlicher Anblick, der den Eindruck erweckte, als würde sie in jenseitige Sphären schauen.

Blind zog sie aus dem Stapel drei Karten, die sie nebeneinander auf den Tisch legte und deren Abbildungen eine Sanduhr, sechs Stäbe und einen Karren zeigten.

»Die Zeitenwende wird von sechs Zauberern eingeleitet«, flüsterte sie. »Sie werden dafür sorgen, dass unsere lange Fahrt ein Ende findet. Ob zum Guten oder zum Bösen, darüber schweigen sich die Karten aus. Nur eines ist gewiss …« Sie legte eine weitere Karte hinzu, die einen weißen und einen schwarzen Ritter im Kampf zeigte. »Es wird ein Krieg heraufziehen. Und er wird unser aller Schicksal entscheiden.«

Tandurin, Kyrell und Geron warfen sich beunruhigte Blicke zu.

Die Babajuschka fuhr mit ihrer Hand über den Kartenstapel und fächerte ihn auf. »Auch darüber, wer diese Zauberer sind, geben die Karten stets dieselbe Auskunft.«

Sie zog abermals blind Karten. Sechs an der Zahl, die sie mit der Rückseite nach oben unter die ersten vier Karten legte und dann eine nach der anderen aufdeckte.

Eine Krone, gebettet auf einem Kissen aus Samt.

Eine nackte Elfe, die sich an einer Quelle kämmte.

Ein Gaukler, der vor dem Vollmond mit goldenen Münzen jonglierte.

Ein leichtes Mädchen, vor der Kulisse eines Badehauses.

Ein bärtiger Mann mit Gelehrtenbrille und Pergamentrolle.

Ein Totenschädel auf einem Schlachtfeld.

»Der König. Die Schöne. Der Dieb. Die Hure. Der Weise und … der Tod.« Die Babajuschka blinzelte und sah sie nun wieder mit ihren grünen Augen an. Sofort wurde es im Wagen etwas heller und wärmer, und von jenseits der Wände schallten gedämpfte Stimmen zu ihnen. »Als Tandurin mir von euch und eurem Schicksal am Drachenthron berichtete, wusste ich, dass ihr Adepten die prophezeiten sechs Zauberer seid. Euer Schicksal ist auch unser Schicksal. Und aus diesem Grund offenbare ich mich euch.«

»Meine Güte!« Kyrell starrte die Karten an. »Aber das erklärt noch nicht, warum ihr nach Waldaleth gereist seid. Von Tandurin und den Ereignissen am Drachenthron konntet ihr doch nichts wissen, oder doch?«

»Ja und nein.« Die Babajuschka lächelte traurig. »Ich wusste lediglich, dass die Zeitenwende mit einem anderen Ereignis verknüpft sein würde, das die Karten ebenfalls prophezeiten. Nämlich sobald unser Volk einen zweiten Magier hervorbrächte. Bislang gab es erst einen aus unserem Volk, dem das Schicksal ein Leben als Zauberer zuteil werden ließ. Doch das ist über vierhundert Jahre her. Er lebte am Ende des Dritten Drachenkrieges. Als ich vor einigen Jahren erfuhr, dass Tandurin zum Adepten erwählt wurde, wusste ich somit, dass die prophezeite Zeitenwende unmittelbar bevorsteht. Und ich wusste auch, dass sich unser beider Wege einst in der Stadt der Elfen kreuzen würden.«

Diesmal durchsuchte sie den Kartenstapel offen und Tandurin blickte auf die Abbildung einer lichten Baumstadt, durch deren Blätterdach schräg das Licht der Sonne fiel.

»Einst stand diese Karte für Sil'Bariath. Doch seit seiner Zerstörung assoziieren wir Hüterinnen dieses Motiv mit Waldaleth. Die erste Stadt der Menschen – erbaut mithilfe der Elfen. Ich bereise das Königreich schon seit Jahren und warte darauf, dass sich hier das Schicksal erfüllt.« Die Babajuschka schob die Karten auf dem Tisch zusammen und mischte sie zurück in den Stapel. »Und jetzt stellt eure Fragen, denn das ist der Grund, warum ihr hier seid.«

Tandurin und seine Schicksalsgefährten sahen sich unschlüssig an.

»Wie viele Fragen dürfen wir stellen?«, wollte er wissen.

»Jeder eine. Hadert nicht lange, sondern lasst eure Seelen frei sprechen.«

Der Prinz warf einen beschämten Blick in die Runde. »Es tut mir leid, ich weiß, dass wir andere Probleme haben, aber ich muss es einfach wissen: Wird es mir gelingen, das Königreich wieder zurückzugewinnen?«

Die Babajuschka fächerte die Karten vor sich auf und schloss die Lider. Sogleich sank das Kerzenlicht über ihnen zusammen und die Geräusche von der Lichtung verstummten. Als sie die Augen aufschlug, war abermals nur das Weiß ihrer Augäpfel zu sehen.

Sie zog fünf Karten. Die Krone auf Samt legte sie in die Mitte, die vier anderen Karten gruppierte sie in Kreuzform drumherum: Einen elfischer Heiler, der sich über einen Verletzten beugte. Ein knieender Elf vor stürmischer Nacht, dessen Mund zu einem lautlosen Schrei aufgerissen war. Ein Karren auf einem steinigen Pfad. Eine Wegkreuzung samt Baum, an dem ein Gehenkter baumelte.

»Das Königsheil«, flüsterte die Babajuschka mit rauchiger Stimme, »ist eine Gnade, die sich nur jenem offenbart, der Gnade kennt. Um deine Bestimmung zu finden und dein Reich zu heilen, ist dir eine qualvolle Reise auferlegt, die dich zu einem unumkehrbaren Wendepunkt führt. Finde dich selbst, dann findest du den Weg, der das Königtum zu neuer Größe führt.«

Geron runzelte die Stirn.

Bevor sein Gefährte die Babajuschka erneut mit einer unbedachten Frage unterbrechen konnte, beugte sich Tandurin selbst vor. »Mich interessiert nur eines«, sprach er düster: »Wie können wir unsere Gegner besiegen?«

Die Seherin nahm die ausliegenden Karten auf dem Tisch mit einer spielerischen Bewegung auf und schob sie zurück in den Stapel, den sie mit leichter Hand und ohne die Mimik zu verändern mischte. Abermals legte sie fünf Karten in Kreuzform aus.

In der Mitte lag die Karte mit den sechs Stäben. Drumherum das Motiv eines Drachen mit ausgebreiteten Schwingen, der Totenschädel auf dem Schlachtfeld, eine Elfe mit einem Säugling im Arm sowie eine Waage, deren Schalen mit Getreide und Münzen gefüllt waren.

»Um zu obsiegen müsst ihr erkennen, wer euer Gegner ist«, wisperte die Babajuschka entrückt. »Er verbirgt sich hinter dem Schleier des Todes. Um ihn zu bezwingen, müsst ihr Leben und Tod durchdringen und die Kräfte der Welt ins Gleichgewicht führen.«

Tandurin hob überrascht eine Augenbraue. Die Antwort, die er gestern erhalten hatte, war ihm eindeutiger erschienen. Diese hier hingegen ... Zweifelnd sah er zu Kyrell.

Die Falknertochter atmete tief ein. »Ich möchte wissen, wie wir nach Helgrinshall gelangen, in die einstige Zitadelle der Magier.«

Abermals mischte die Babajuschka die Karten und abermals legte sie fünf von ihnen aus. Eine Burg mit wehenden Bannern in der Mitte. Drumherum ein prächtiges Stadttor mit Reisenden, ein Wasserfall vor waldiger Kulisse, ein Stab sowie ein elfisches Grabgelege auf einem Baum. Doch diesmal zögerte sie und legte zwei weitere Karten daneben, bevor sie ihre Weissagung erteilte: Abermals der Totenschädel auf dem Schlachtfeld. Außerdem einen sterbenden Elf, über dessen Liegestatt seine Seele aufstieg.

»Sucht die Stadt am großen Wasserfall auf. Findet das Grab des Zauberers und ihr findet den Schlüssel, der euch den Weg in die Heimstadt der Zauberer weist. Doch seid gewarnt: Über allem liegt ein unheilvoller Schatten. Eine Gier, die aus dem Totenreich nach den Lebenden greift.«

»Kesselfurt?« fragte Kyrell zögernd.

»Gibt es eine andere Stadt, auf die die Beschreibung des Wasserfalls zutrifft?« Tandurin verzog grimmig die Lippen. »Wenn es so ist, dann weiß ich sogar, welches Grab damit gemeint sein könnte.«

Kyrell und Geron warfen ihm interessierte Blicke zu, als die Babajuschka ihre Aufmerksamkeit wieder auf sich lenkte.

»Eure Entscheidung, euer Weg!« Noch immer starrte sie mit ihren weißen Augen ins Leere. »Lasst mich euch nun das Schicksal verkünden, das euch sechs schon seit Jahrhunderten vorherbestimmt ist.«

Sie hob ihre greise Hand, und wie von Geisterhand bewegt, wirbelten all die vielen Schicksalskarten plötzlich über der Tischfläche auf. Die Hand der Babajuschka ruckte mehrfach vor und sie ergriff blind einige Karten aus dem flatternden Wirbel. Abermals erhob sie ihre Stimme und diesmal rieselte es Tandurin kalt den Rücken herunter:

»Einer wird fallen, einer wird sterben,
einer versucht, ein andrer verderben.
Einem obliegt es, die Macht zu wecken.
Einer findet Gnade im nahenden Schrecken.«

Am Katarakt

Der große Katarakt begrüßte sie mit donnerndem Getöse.

Kyrell, die neben Tandurins Onkel Darion auf dem Kutschbock des Kastenwagens saß, richtete sich unwillkürlich auf, als sie die Kuppe des Hügels erreichten und sie über die Zugpferde hinweg erstmals einen Blick auf den Großen Fluss erhaschen konnte. Die vielen Reisen mit Mutter Valeska hatten sie schon früher zu den Ufern des breiten Stroms geführt. Doch noch nie zuvor hatte Kyrell den gewaltigen Wasserfall mit eigenen Augen gesehen, der den Fluss entzweischnitt und in einen Ober- und einen Unterlauf teilte. Der Anblick war schlicht atemraubend. Zugleich wehte ihnen der Wind einen leichten Sprühregen entgegen, der sie frösteln ließ.

Der Große Fluss war an dieser Stelle sicher eine Meile breit und die schäumenden Wasser stürzten vor ihnen über eine gewaltige, halbmondförmige Abbruchkante vierzig oder fünfzig Schritt in die Tiefe. Sie näherten sich dem spektakulären Naturphänomen auf einer Straße, die längs der gewaltigen Erdverwerfung führte, über die das Wasser abfiel. Dieser Bruch fraß sich durch das Land, um es nördlich und südlich des Katarakts über weite Strecken in eine Hoch- und eine Tiefebene zu teilen.

Rechts der Straße fielen die Wände steil ab und Kyrell schwindelte es, wenn sie auf die tiefliegende, von Wäldern bedeckte Hügellandschaft blickte, die sich dort unten bis zum Horizont aufspannte. Allein das viele Wasser ließ sich von dem Hindernis nicht aufhalten. Beginnend bei einem großen, von Häusern, Speichern und Hafenanlagen umgebenen See, der von dem Katarakt gespeist wurde, schlängelte sich der breite Strom weiter in Richtung Süden, bis er irgendwann die Küsten der Jungen Königreiche erreichte. Kyrell machte eine Vielzahl an Lastkähnen aus, die die verklappten Waren bis zu den reichen Stadtstaaten an der Küste transportierten. Zugleich entdeckte sie in der Tiefe Schiffe, die mithilfe von Treidelpfaden zu den Hafenanlagen am See gezogen wurden, um dort neue Waren aufzunehmen.

Noch spektakulärer mutete der Anblick Kesselfurts an. Die Metropole trug den Namen *Kataraktstadt* nicht ohne Grund. Sie thronte über dem Wasserfall, unmittelbar an der Abbruchkante, auf einem felsigen Eiland, das sich wie der Rücken einer gigantischen Schildkröte aus dem Fluss erhob. Da das tosende Wasser keine Erweiterung der Stadtfläche in die Breite zuließ, hatten die Baumeister Kesselfurts irgendwann damit begonnen, die trostlos grauen und durchweg steinernen Gebäude der Insel in die Höhe zu ziehen.

Wie viele Stockwerke mochten dort aufgetürmt sein? Neun? Zehn? Kyrell schüttelte ungläubig den Kopf. Der Felssockel war so dicht bebaut wie vermutlich keine zweite Stadt in den Jungen Königreichen. Angesichts all der Turmbauten ähnelte die Stadt aus der Ferne einer schroffen Ansammlung hoch aufragender Klippen. Ein Eindruck, zu dem das gelegentliche Grün beitrug, das vereinzelt über den flachen Dächern der himmelstrebenden Türme aufragte. Befanden sich dort oben Gärten?

Und doch gab es eine Anlage, die die übrige Stadt nicht nur an Höhe, sondern auch angesichts ihrer exponierten Lage in den Schatten stellte. Es handelte sich um eine schlanke, mehrstufige und von Zinnen umgebene Festung, die sich unmittelbar über dem tosenden Wasserfall wie der geschwungene Bug eines Schiffes erhob.

Die auffällige Burg ragte etwas über die Abbruchkante des gewaltigen Katarakts hinaus und wirkte dadurch ebenso unwirklich wie die lange Brückenkonstruktion, die sich vom Stadtgebiet Kesselfurts aus über den Fluss spannte. Die Brücke ruhte auf mächtigen Pfeilern aus dunklem Granit, und das reißende Wasser brach sich an ihnen mit schäumenden Wirbeln und Wellen, bevor es weiterströmte, um nur siebenhundert oder achthundert Schritte weiter über die Kante lotrecht in die Tiefe zu stürzen.

Kyrell ahnte, dass es sich bei den grauen, huschenden Flecken, die sich gelegentlich am Himmel über der tosenden Flut zeigten, um Gischtsegler handelte. Eine Vogelart, die laut ihrem Vater nur hier am Großen Fluss und an einigen Stellen in den Gebirgen vorkam. Angeblich brüteten sie ausschließlich in kleinen Höhlen hinter Wasserfällen und waren in der Lage, im Sturzflug durch die Wasservorhänge zu stoßen.

»Wir sind da!« Darion stoppte den Wagen und klopfte energisch gegen die Holzwand hinter ihnen. Kyrell hörte trotz des allgegenwärtigen Rauschens des Wasserfalls, wie sich hinten am Wagen die Tür öffnete. Kurz darauf standen Tandurin und Geron neben dem Kutschbock und starrten ebenso wie sie selbst Stadt und Wasserfall beeindruckt an.

»Und du bist dir mit dem toten Zauberer sicher?«, fragte Geron skeptisch. »Die Stadt erweckt nicht gerade den Eindruck, als böte sie Platz für ein Grabmal.«

Seit sie mit der Babajuschka gesprochen hatten, waren elf Tage vergangen. Die Reise hatte sie einmal quer durch das Königreich Waldaleth und benachbarte Herzogtümer geführt. Nur einmal, ganz zu Beginn, waren sie Soldaten begegnet. Doch da Geron von Tandurins Onkel mit der praktischen ledernen Reisekleidung des fahrenden Volkes ausgestattet worden war, hatten sie die Begegnung ohne Schwierigkeiten überstanden. Geron sah in seinem neuen Aufzug überhaupt gut aus. Die schwarz gefärbte Jacke der Fahrenden betonte seine breiten Schultern, und die bunten Zöpfe, die Tandurin nach Art der Seinen in die schulterlangen Haare des Prinzen geflochten hatte, verliehen ihm etwas Verwegenes.

Kyrell trug über ihrer Kleidung bunte Röcke, und mit den schweren hölzernen Ohrringen, die ihr Darions Tante Cira im Lager geschenkt hatte, ähnelte auch sie einem Mitglied des fahrenden Volkes. Allein ihre blonden Haare blieben für eine Fahrende ungewöhnlich.

Geron schien die Verwandlung schlecht anzunehmen. Er war

in den zurückliegenden Tagen auffällig still gewesen, und das bekümmerte Kyrell mehr, als sie sich zunächst eingestehen wollte. Und sie wusste nicht, wie sie ihm in seiner Trauer und der Wut angesichts des beispiellosen Verrats seitens seiner Schwester und der Herzogin helfen sollte. Geron hatte alles verloren, was ihn einst ausgemacht hatte. Dass er sich dennoch so schnell in sein neues, ihm aufgezwungenes Leben fügte, nötigte ihr Respekt ab.

»Doch, Goldjunge, das Grabmal existiert.« Tandurin deutete voraus zu der Flussfestung. »Unglücklicherweise befindet es sich dort oben in der Burg des Patriarchen der Stadt.«

Kyrell musterte ihn. Sie hatten so lange geglaubt, dass Tandurin tot sei, dass es ihr noch immer seltsam vorkam, den schlanken Adepten wie selbstverständlich an ihrer Seite zu haben. Seine Art war unkompliziert. Und trotz all der zurückliegenden Gefahren, ja, trotz der besorgniserregenden Prophezeiung der Babajuschka, schien er das Leben so zu nehmen, wie es kam. Das alles hatte eine Leichtigkeit, die guttat. Nicht nur ihr, auch Geron.

Trotz ihrer Standesunterschiede verstanden sich die beiden bestens. Wenn sie nicht gerade fuhren oder sich Geron absetzte, um für sich zu sein, brachte er Tandurin und Kyrell mit langen Stöcken das Kämpfen bei, während Tandurin sie bislang erfolglos darin zu unterweisen versuchte, wie sich Illusionen heraufbeschwören ließen. Kyrell indes revanchierte sich, indem sie ihren Begleitern zeigte, wie sich Tiere mittels eines magischen Rufs anlocken ließen. Tatsächlich hatte es Tandurin vorgestern erstmals geschafft, eine Krähe herbeizurufen und ihr einige einfache Kommados zu geben. Geron hingegen hatte es lediglich fertiggebracht, einen Mückenschwarm anzulocken, der sie derart hartnäckig traktiert hatte, dass sie ihr Lager fluchtartig verlassen mussten.

Immerhin, nach dem Desaster hatte er zum ersten Mal wieder gelacht. Sie alle hatten gelacht, und das war mehr, als jeder von ihnen im Augenblick erhoffen durfte.

Anschließend hatte sich auch Tandurin ein Stück weit geöffnet und ihnen offenbart, dass auch er seit langer Zeit einen großen Verlust spürte. Sein Vater war ebenfalls gestorben. Und vor sieben Jahren hatte er überdies seinen Bruder Thyrik verloren.

Kyrell und Geron hatten erfahren, dass Tandurin auf ein Leben als Schausteller und Artist zurückblickte, bevor er Adept geworden war. Seine Mutter hatte einige Jahre nach dem Tod seines Vaters einen Akrobaten aus dem fahrenden Volk geheiratet, der ihn und Thyrik mit harter Hand ausgebildet hatte. Der Stiefvater war insgeheim einer gewinnbringenderen Nebenbeschäftigung nachgegangen: der Fassadenkletterei in den großen Städten. Es hatte nicht lange gedauert, bis er auch Tandurin und Thyrik zu seinen Einbrüchen mitgenommen hatte. Bei einem dieser Diebstähle hatte Tandurins Bruder den Halt verloren und sich das Genick gebrochen. Tandurin lastete seinem Stiefvater den Tod seines Bruders bis heute an, denn der Mann hatte sich nach dem Unfall einfach mit der Beute aus dem Staub gemacht.

Tandurin selbst war damals nicht ungeschoren davongekommen. Man hatte ihn ergriffen und in einen Kerker geworfen. Eine Haft, aus der ihn erst Magistra Escalia Rotdrud befreit hatte.

In einer stillen Minute hatte Kyrell Darion gefragt, wie Tandurins Mutter auf die Sache reagiert hatte. Die Antwort war wenig aufbauend gewesen. Darion war der Bruder von Tandurins leiblichem Vater, und er beschrieb seine Schwägerin als kalt und hartherzig. Offenbar hatte sie sich stets mehr um ihre Kinder aus zweiter Ehe gekümmert als um die Söhne seines Bruders. Darion schien sich Tandurin daher verpflichtet zu fühlen. Vielleicht auch deswegen, weil ihm und seiner Frau Cira eigene Kinder stets verwehrt geblieben waren.

»Das Grab befindet sich dort oben in dieser Festung?« Geron seufzte. »Warum kann nicht einmal etwas leicht sein? Und ich frage mich immer noch, was das für ein Schlüssel sein könnte, um dieses Helgrinshall zu erreichen?«

»Na ja.« Tandurin schob sich die langen, bunten Zöpfe aus dem Gesicht. »Wenn dieser Marmorkopf im Königlichen Archiv, von dem ihr berichtet habt, die Wahrheit sagte, dann sollten wir ihn vielleicht wörtlich nehmen. Euren Worten nach sprach er von einem Zauberer. Und einem Stab. Zauberer sind wir selbst«, meinte er kühn. »Was uns fehlt, ist ein richtiger Zauberstab. Und die meisten Bestattungsbräuche in den Jungen Königreichen sehen vor, dass die Toten samt ihrer wertvollsten Habe begraben werden. Warum sollte es bei ihm anders gewesen sein, wenn zu seinen Ehren schon ein Monument errichtet wurde?«

»Du hast uns noch immer nicht verraten, warum du überhaupt so gut über diesen Magier Bescheid weißt«, meinte Kyrell.

»Weil er einer von uns war«, erklärte Darion. »Ein Mann des fahrenden Volkes. Seine Name war Cyrnachon.«

»Dann war dieser ... Cyrnachon der erste Zauberer eures Volkes, von dem die Babajuschka sprach?«, fragte Geron erstaunt.

»Ja, war er«, antwortete Tandurin und überkreuzte die Arme vor der Brust. »Er siedelte sich nach dem Dritten Drachenkrieg in Kesselfurt an.«

»Und er half den Bürgern damals beim Aufbau der Stadt«, ergänzte Darion. Tandurins Onkel deutete zu dem donnernden Wasserfall. »Bis dahin hatten sich die hiesigen Bewohner aus Furcht vor den Drachen hinter der Wand aus Wasser verschanzt. Ihr wisst ja, dass sich in der Felswand hinter dem Wasserfall gewissermaßen ein eigenes Stadtviertel befindet. Der Felssockel oben am Rande des Bruches, auf dem das heutige Kesselfurt steht, war bis dahin weitgehend kahl und unbewohnt. Und das lag nicht nur an der Angst vor den Drachen, sondern schlicht daran, dass er angesichts der reißenden Fluten kaum zu erreichen war. Doch das änderte sich nach der Auslöschung der Drachen. Cyrnachon wird nicht nur die Errichtung der Festungsanlage Kesselfurts zugeschrieben, er war es auch, der mit seiner Zauberei dabei half, die mächtigen Brücken zu errichten, die den Fluss diesseits und jenseits der Stadt überspannen. Ihr seht ja, wie reißend der Strom an dieser Stelle ist. Ohne Zauberei wäre ein solches Wunderwerk der Baukunst vermutlich unmöglich gewesen.«

»Ja, es gibt Legenden darüber«, meinte Geron nachdenklich. »Nur heißt es bei den Gelehrten in Waldaleth auch, dass sich dieser Magier mit dem Orden der Stäbe zerstritt. In den Dokumenten wird von ihm ein Bild als unberechenbarer Vagant gezeichnet. Ein fähiger Zauberer, aber ebenso intrigant wie listenreich. Er hat die Herrschaft über Kesselfurt damals angeblich mit Gewalt an sich gerissen.«

»Und wenn das so nicht stimmt?«, fragte Tandurin spöttisch. »Inzwischen wissen wir ja, welches Geheimnis unsere Lehrmeister hüten. Im Gegensatz zu ihnen hat er in den zurückliegenden Jahrhunderten ganz offensichtlich nicht dabei mitgemacht, Adepten die Lebenskraft zu entreißen. Tatsächlich hat er den Dritten Drachenkrieg nur um siebzehn Jahre überlebt. Und es gibt sogar Berichte, nach denen er mit mindestens einem der damaligen Zauberer einen erbitterten Kampf um Kesselfurt austrug. Und den hat er für sich entschieden.«

»Er war also recht mächtig«, murmelte Kyrell. Sie strich sich das blonde Haar aus der Stirn und betrachtete die Stadt auf der Felsinsel mit neuem Interesse. »Dennoch traue ich Zauberern nicht mehr. Nicht einmal diesem Cyrnachon. Denn wenn ich mir die Geschichten so anhöre, dann passt sein Verhalten recht gut in das Bild, das man sonst von den Kesselfurtern zeichnet. Überall in den Jungen Königreichen heißt es, die Stadt wäre ein Hort des Verbrechens und des Lasters. Außerdem würden bei den Kesselfurtern die Klingen ebenso locker sitzen wie ihre Zungen.«

»Zumindest kontrollieren sie ziemlich rabiat den Handel über den Fluss«, merkte Geron an. »Und zwar bis gute einhundert Meilen flussauf- und flussabwärts. Wer es wagt, andernorts einen Fährverkehr über den Strom einzurichten, der bekommt es über kurz oder lang mit Flusspiraten zu tun. Oder Söldnern, die die Kesselfurter anheuern. Der Patriarch sorgt so dafür, dass praktisch alle Waren, die von West nach Ost und umgekehrt transportiert werden, die Brücken der Stadt passieren müssen. Und die Zölle sind verdammt hoch. Ganz zu schweigen vom Handel auf dem Fluss selbst. Wer den Katarakt überwinden will, schafft das nicht ohne die Lastenaufzüge der Kesselfurter.«

»Und doch solltest du wissen, dass seine Macht nicht vergleichbar mit der eines Königs ist, Goldjunge«, erwiderte Tandurin. »Der Patriarch kontrolliert zwar die Brücken über die Stadt, aber die Lastenaufzüge unterstehen anderen Familien. Die Clans haben alle wesentlichen Machtbereiche unter sich aufgeteilt. Der Patriarch ist bloß der Anführer der derzeit mächtigsten Gruppe. Und der Posten wechselt eh alle zehn bis fünfzehn Jahre in blutigen Scharmützeln.« Tandurin trat an die Felskante heran, unter der der vom Katarakt gespeiste See lag, und nickte in Richtung des mächtigen Wasserfalls. »Das liegt zum einen an Alt-Kesselfurt, jenseits des fallenden Wassers. Dieser Teil der Stadt ist von oben nur über einen großen Aufgang zu erreichen, den die Kesselfurter einst quer durch den Fels des Bruchs getrieben haben. Was da unten geschieht, darauf hat der Patriarch keinerlei Einfluss. Und man sagt, dass dort mit Dingen Geschäfte gemacht werden, die alles übersteigen, was wir uns vorstellen können. Hinzu kommt, dass in der ausgehöhlten Steilwand hinter dem Katarakt Schmuggelpfade und Tunnel verborgen sind, die sich entlang des ganzen Flusses spannen. Ein Teil des Handels entgeht ihm also. Außerdem rivalisieren gleich sechs Clans um die Macht in der Stadt, ohne deren Zustimmung er nicht herrschen kann. Sie finanzieren sich durch Schmuggel, Flusspiraterie und jede Art von Verbrechen: Drogenhandel, Prostitution, Entführungen und sogar Sklaverei. Den Patriarch zeichnet vor allem die Fähigkeit aus, alle seine Rivalen in Schach zu halten und im Zweifel gegeneinander auszuspielen. Und das schaffst du nur, indem du sie am Reichtum teilhaben lässt.«

»Wie dem auch sei: Wie schaffen wir es in diese Burganlage hinein?«, wollte Kyrell wissen. »Das klingt für mich so, als wäre sie beständig wie zu Kriegszeiten gesichert.«

»Ist sie auch«, sagte Tandurin. »Aber wie ich eingestehen muss, lebt auch unser Volk nicht allein von legalen Aktivitäten. Wir besitzen Kontakte zu einem dieser Clans.« Auffordend sah Tandurin seinen Onkel an.

»Der Zauberer, dessen Grab ihr sucht«, erklärte Darion, »hat damals nur deswegen über das neu errichtete Kesselfurt herrschen können, weil er seine Sippe in die Stadt holte. Er hat versucht, eine neue Heimat für sie zu schaffen. Und bis heute sind sie die Einzigen unseres Volkes, die sesshaft geworden sind. Nach Cyrnachons Tod ist ihr Einfluss in Kesselfurt leider geschwunden. Ihr Oberhaupt ist heute ein Mann namens Datakar Askerios, und noch immer gibt es Bande zwischen seiner Familie und den übrigen unserer Sippen.«

»Verstehe ich das richtig?«, fragte Geron hoffnungsvoll. »Ihr besitzt direkte Kontakte zu einem der Oberhäupter der sechs Clans?«

»So ist es«, antwortete Darion. »Wir transportieren hin und wieder gewisse Waren für ihn durchs Land. Doch ich versichere euch, dass seine Geschäfte im Vergleich zu jenen der anderen Clans harmlos sind. Datakar kümmert sich vorrangig um die Versorgung Kesselfurts mit Nahrungsmitteln. Außerdem hat er sich auf den Handel mit Waffen spezialisiert.« Er räusperte sich. »Davon ab hält er sich aus dem Machtgerangel der Stadt weitgehend heraus. Deswegen vertraut ihm der jetzige Patriarch einigermaßen. Ich werde euch einen Kontakt zu ihm vermitteln und meine Hoffnung ist es, dass er es irgendwie schafft, euch unter einem Vorwand in die Festung zu schmuggeln. Dort seid ihr dann jedoch auf euch selbst gestellt. Dann könnt ihr zeigen, ob ihr das Zeug zu richtigen Zauberern habt.«

Kyrell und ihre Schicksalsgefährten warfen sich gequälte Blicke zu und machten sich zur Weiterfahrt bereit. Darion schnalzte mit der Zunge, trieb die Pferde an und sie fuhren entlang des Klippmassivs auf der Straße, die irgendwann einen scharfen Bogen nach links beschrieb. Eine gute halbe Stunde lang fuhren sie durch schwergängiges und von Sträuchern, Felsen und einzelnen Bäumen beherrschtes Gelände auf die westlich gelegene Uferseite des Großen Flusses zu.

Die Straße wurde irgendwann besser, dann – endlich – fuhren sie am Ufer des reißenden Stroms entlang auf ein kleines Dorf zu, das unmittelbar vor der Zufahrt auf die beeindruckende Brücke hinüber nach Kesselfurt lag.

Die Ansiedlung war strategisch günstig an einer Wegkreuzung erbaut worden, denn dort mündeten zwei weitere, aus Norden und Westen kommende, Handelsstraßen ein. Diese waren deutlich besser befahren als der Weg, auf dem sie anruckelten. Kyrell sah Händler mit Plan- und Bierwagen, die sich ein Stelldichein mit vornehmen Reitern samt ihrer Eskorten, mit Händlern und Bauern auf ihren Eselskarren, mit Reisenden zu Fuß, Söldnern und sogar Scholaren gaben. Letzte waren offenbar auf den Weg nach Waldaleth oder kamen von dort. Entsprechend bestand die Ansiedlung vor der Brücke vor allem aus Schenken, Herbergen und Schmiedestellen, über denen Rauch auftstieg. Als sie die betriebsame Ortschaft erreichten und sich in den Strom der Reisenden einreihten, die auf die lange Bücke zuhielten, entdeckte Kyrell auch jede Menge Bewaffneter. Raue Kerle in auffallend bunten Kleidungen, die aus Kesselfurt stammten und die Brücke bewachten. Einige von ihnen pfiffen ihr hinterher und warfen ihr anzügliche Blicke zu.

Kyrell wickelte die bunte Stola, die sie von Darions Frau zum Abschied erhalten hatte, enger um sich und versuchte, ihre Blicke zu ignorieren.

Darion blieb die Ruhe selbst. Er wartete, bis die Zöllner auch zu ihm kamen, und nach einem kurzen Gespräch mit einem Kerl mit schwarzer Augenklappe und Säbel wechselte ein Geldbeutel den Besitzer. Ohne den Wagen zu durchsuchen, winkte der Mann sie durch, und sie hielten auf die Brücke nach Kesselfurt zu.

Das beeindruckende Konstrukt besaß zwölf steinerne Bögen, die ihrerseits auf mächtigen Granitpfeilern ruhten. Das viele Wasser brach sich an ihnen in großen Wellen, doch ihr Rauschen ging nahezu unter im Dröhnen des Kataraktes. Schnurgerade spannte sich die Brücke hinüber zum Stadtgebiet und immerzu rollten ihnen Fuhrkarren mit Fässern, Kisten und Stoffballen entgegen, deren Ladungen vermutlich von den Schiffen unterhalb des Kataraktes stammten und mit den Lastenaufzügen nach oben geschafft worden waren. Vermutlich wurden sie so weiter nach Norden gebracht, zu einer Stelle, an der der Fluss wieder schiffbar wurde. Auch auf der anderen Seite des Stadtgebietes gab es eine Brücke diesen Ausmaßes.

Nicht zum ersten Mal fiel Kyrell auf, dass die eigentümliche Flussmetropole vor ihnen über keine Mauern verfügte. Sie brauchte keine. Das reißende Wasser verhinderte, dass ein Angreifer überhaupt zu der Stadtinsel gelangte. Die Brücke selbst war mittig durch eine große hölzerne Zugbrücke gesichert, die sich auf einer Länge von über einem Dutzend Schritt hochklappen ließ. Und am jenseitigen Ende der Brücke sorgten zwei massive Wachtürme dafür, dass ein Angreifer, der die Zugbrücke überwunden hatte, spätestens dort aufgehalten werden konnte.

Darion passierte die Wachtürme in dem übrigen Strom der Reisenden, und sofort tauchten sie ein in eine ebenso enge wie düstere Straßenschlucht, die gerade so breit war, dass zwei Kutschen aneinander vorbeifahren konnten, ohne dass sich ihre Radachsen berührten. Sie war verdreckt und soeben wirbelte ein entgegenkommender Bierwagen einen ausgemergelten Hundekadaver auf und schleuderte ihn gegen eine Hauswand.

Kyrell schlug nach einer dunklen Stechfliege, die sich auf ihre Hand gesetzt hatte, und wandte den Blick ab. Sie betrachtete die imposanten Haustitanen links und rechts des Straßenzugs. Ihre trostlosen grauen Fassaden schimmerten feucht, und ganz so, wie sie vermutet hatte, ragten sie bis zu zehn Stockwerke in die Höhe auf. Überall dort oben stachen Ladebäume von Hebebühnen und Kränen in die Gassen.

Sie kamen an schmalen Plätzen vorbei, auf denen sich Marktstände vor weiteren Turmbauten duckten und Marktschreier lauthals um Aufmerksamkeit buhlten. Dazwischen klafften gelegentlich Einbrüche mit engen Treppenaufgängen, deren ausgetretene und verdreckte Stufen steil in die Höhe führten. Nur einmal konnte Kyrell einen Blick auf einen lichtlosen Hinterhof erhaschen, auf dem Kinder spielten.

Die meisten Reisenden vor und hinter ihnen schienen bestrebt zu sein, Kesselfurt rasch zu durchqueren. Doch scherten Einzelne ab und an aus und tauchten in schmale Gassen ein, die die Durchfahrtsstraße kreuzten. Ihr Ziel waren die Treppen nach oben.

Das Leben Kesselfurts spielte sich nicht nur hier unten, in den ewigfeuchten Straßenschluchten ab. Immer wieder fuhren sie unter Brückenbögen hindurch, die sich hoch über ihren Köpfen von Häuserzeile zu Häuserzeile spannten. Dies waren keine schlichten Verbindungen innerhalb der Nachbarschaft – diese Brücken mündeten in Torbögen, die wie große Schlünde in den Hausfassaden klafften. Dem Strom der Passanten und Hundekarren dort oben nach zu schließen, verfügte Kesselfurt über ein zweites

Wegenetz, das die Viertel der Stadt viele Stockwerke über ihren Häuptern miteinander verband.

Jene, die in dieser seltsamen Stadt zu Wohlstand gelangt waren, bevorzugten eindeutig die höheren Etagen der himmelstrebenden Gebäude. Die Fenster weit über ihnen waren nicht bloß größer, sie waren auch allesamt vergittert und größtenteils mit Butzenscheiben und vornehmen Vorhängen und Fensterläden ausgestattet.

Zwischen all dem Lärm der Straßen drang das ewige Rauschen des nahen Kataraktes an ihre Ohren und erinnerte sie beständig daran, dass Kesselfurt unmittelbar an dem gewaltigen Wasserfall lag.

Abermals schlug Kyrell nach einer dieser unangenehmen dunklen Stechfliegen, von denen es hier ziemlich viele zu geben schien. Über einer Pfütze konnte sie sogar einen kleinen Schwarm ausmachen. Jetzt begriff sie, warum viele Frauen der Stadt über ihrer bunten Kleidung dünne Gesichtsschleier angelegt hatten.

Darion deutete mit einem knappen Nicken voraus, denn sie erreichten einen ungewöhnlich großen und auffallend prächtigen Platz, den gar das Sonnenlicht erreichte. Die umgebenden Gebäude waren nur wenige Stockwerke hoch und das komplette Areal war von Arkaden umringt. Unter dem Gebälk der Säulengänge hatten sich Schenken, Mietställe, Handwerker und Händler mit ihren schmalen Ladenzeilen eingerichtet. Vom Platz aus hatte man einen guten Blick auf die Festung des Patriarchen im Süden.

Dass der Platz von zentraler Bedeutung war, war an der großen Ansammlung geschäftiger Menschen zu ersehen, die ihn bevölkerten. Ebenso wie die Bewaffneten westseits der Brücke waren sie in auffallend bunte Tücher und Stoffe gekleidet. Die farbenfrohe Kleidung schien neben den Waffen, die jeder von ihnen gut sichtbar trug, das markanteste Merkmal der hiesigen Bevölkerung zu sein. Kyrell wunderte es nicht, denn ihr erschien die Stadt mit ihren engen Straßenschluchten inzwischen so trostlos wie kaum eine zweite. Und doch waren hier nicht nur Clanmitglieder anzutreffen, die ganz eindeutig ihre Reviere bewachten, sondern auch eine Vielzahl ganz gewöhnlicher Händler mit ihren Bauchläden und Karren. Darunter Besenbinder, Brot- und Fischverkäufer, Hutmacher, Lastenträger mit ihren Körben, aber auch Frauen mit ihren Kindern. Sie kündeten davon, dass es selbst in dieser verruchten Stadt ein normales Leben gab, und Kyrell nahm sich vor, sich ebenfalls einen dieser dünnen Schleier gegen die Fliegen zuzulegen, sollte sie länger hier bleiben.

Auf der Nordseite des Platzes gab es einen großen Durchbruch im Boden, der U-förmig von einer hüfthohen Steinmauer umfasst wurde. Eine Gruppe Söldner lungerte dort herum und behielt eine Rampe mit nebenliegenden Treppenstufen im Auge, die dort in die Tiefe führte. Ausgemergelte Lastenträger mit schweren Körben und kräftige Sänftenträger traten dort ins Freie und trugen ihre Fracht rasch über den Platz hinweg zu benachbarten Gassen, meist gefolgt von einer Gruppe Bewaffneter. Andere Träger marschierten dort in die Tiefe, ebenso einige Männern in vornehmer Kleidung, die offenbar nicht aus Kesselfurt stammten.

»Dort geht es hinab nach Alt-Kesselfurt«, brummte Darion, der ihren Blick bemerkt hatte. »Aber glaub mir, das ist kein Ort, an dem ein hübsches Mädchen wie du sich aufhalten sollte.«

Darion scherte mit dem Kastenwagen aus und rollte langsam am Rande der Säulengänge entlang auf die Toreinfahrt eines Mietstalls zu. Abermals bezahlte er einen Bewaffneten, dann fuhren sie auf einen lang gestreckten Innenhof, auf dem es nach fauligem Stroh und Pferdemist stank. Die Hufe ihrer Zugtiere hallten klappernd von den hohen Hauswänden wider, und Kyrells Blick fiel auf zwei überdachte Unterstände, in denen mehrere Reit- und Zugpferde untergebracht waren. Am hinteren Ende des Hofs standen zwei Fuhrwagen.

Darion hämmerte gegen die Holzwand hinter ihnen, und als Kyrell vom Kutschbock abstieg, kamen ihr Geron und Tandurin entgegen.

»Interessante Stadt, dieses Kesselfurt«, merkte Geron skeptisch an und schlug nach einer Stechfliege in seinem Nacken. Er sah zum Himmel empor, der sich jenseits der hohen Hauswände als blaues Rechteck abzeichnete.

Tandurin schloss zu seinem Onkel auf, der mit einem herbeieilenden Pferdeknecht verhandelte. Die drei wurden sich recht schnell einig, und geführt von Darion marschierten die drei Adepten über eine hölzerne Außentreppe, die halb verborgen hinter einem der Unterstände aufragte, hinauf zu einem breiten, etwa zwei Schritt hohen Durchgang, der quer durch eines der umliegenden Gebäude führte. Der Gang hatte eine tonnenförmige Decke, machte nach wenigen Schritten einen Knick und führte am hinteren Ende wieder ins Freie. Der Menschentraube nach, die Kyrell dort sah, führte er geradewegs zurück zum großen Marktplatz. Ihr Ziel war jedoch eine Tür weiter rechts im Durchgang, über der das gusseiserne Schild einer Schenke baumelte: ein streunender Hund, der aus einem Bierkrug trank.

Darion öffnete sie, und ihnen schlug lautes Gelächter und verbrauchte Luft entgegen, die nach Bier, Schweiß und Pilzsuppe stank. Vor ihnen lag ein verwinkelter Schankraum mit mehreren Fenstern hinaus zum Arkadengang des Marktplatzes, dessen rechte Front von einem langen Tresen eingenommen wurde. Dort, aber auch an einfachen Biertischen, standen und saßen zwei Dutzend Händler, Pferdeknechte und Kesselfurter Bürger, die sich an Bier, Wein und Speisen gütlich taten. Die einzigen Frauen dieses Etablissements waren zwei Schankmädchen in den farbenfrohen Kleidern der Kesselfurter, die stoisch die Anzüglichkeiten einiger Männer ertrugen und unentwegt Bierkrüge und Essen durch den Raum schleppten.

Unzählige Augenpaare richteten sich auf die Eintretenden. Die meisten der Männer verzogen ihre Mienen abfällig, als sie erkannten, dass sie es mit Angehörigen des fahrenden Volkes zu tun hatten. Darion schob sich unbeeindruckt vor und besetzte den einzigen freien Tisch im Raum. Er stand unmittelbar an einem Fenster, über das man durch den Säulengang auf den großen Platz schauen konnte. Kyrell setzte sich direkt ans Fenster, denn ihr wurde unter der Aufmerksamkeit, die ihr einige der Männer zukommen ließen, zunehmend unwohl.

Geron und Tandurin setzten sich zu ihr, während Tandurins Onkel zum Tresen eilte und kurz mit dem Wirt sprach, einem

Mann mit roten Wangen und kötergrauen Haaren. Gleich darauf kam er zurück.

»Ich muss euch kurz allein lassen«, raunte er gegen den Lärm im Schankraum an. »Unser Kontaktmann ist offenbar drüben, in einem der Badehäuser.« Er strich sich über den ausladenden Schnauzbart und nickte in Richtung Marktplatz. »Aber ich habe euch etwas zu Essen bestellt. Baut keinen Mist, bis ich wieder da bin. Ich beeile mich.«

Er sah Tandurin mahnend an und verschwand aus der Schankraumtür. Kyrell spähte durch das Fenster und verfolgte Darion mit Blicken, bis er draußen auf dem Platz im Menschengetümmel verschwand.

»Klasse, und was machen wir jetzt?«, fragte Geron missmutig.

»Hab Geduld.« Tandurin lehnte sich zurück. »Wir machen jetzt genau das, was Darion vorgeschlagen hat. Wir stärken uns jetzt erst einmal und dann …«

In diesem Moment traten zwei Männer an ihren Tisch, bei denen es sich augenscheinlich um Fuhrknechte handelte. Ob sie aus Kesselfurt stammten, vermochte Kyrell nicht zu sagen, denn anhand ihrer Kleidung waren sie nicht eindeutig zuzuordnen. Doch sie waren angetrunken und ihre Blicke wirkten verschlagen. Einer von ihnen setzte sich plump neben Tandurin, der andere baute sich neben Geron auf.

»Na, ihr Hübschen«, sprach der Kerl neben Tandurin. »Offenbar kommt ihr von weit her.«

»Wer will das wissen?«, fragte Geron lauernd.

»Ist doch egal.« Der Mann leckte sich über die Lippen, während er Kyrell von oben bis unten betrachtete. »Mein Freund und ich haben uns gedacht, dass ihr vielleicht etwas verdienen wollt. Ihr müsst uns bloß sagen, wie viel es kostet, wenn wir mit eurer Kleinen da mal kurz auf der Latrine verschwinden?«

Kyrell nestelte nach dem goldenen Ahornblatt in ihrer Rocktasche und verengte zornig die Augen. Wenn sie einer der beiden auch nur anrührte, würde sie seine Kleidung in Flammen aufgehen lassen.

»Sie ist nicht zu haben«, zischte Geron, bevor sie selbst etwas sagen konnte. »Also, verpisst euch.«

»Wir könnten euch Jungs auch einfach eins in die Fresse hauen und uns die Kleine dann so vornehmen«, grunzte der Mann unbeeindruckt. »Würde hier niemanden jucken.«

»Wartet, wartet.« Tandurin lächelte eisig. »Lasst uns doch erst einmal sehen, wie viel Geld ihr überhaupt bei euch habt.« Er zückte einen Geldbeutel und kippte ihn aus. Auf den Tisch kullerte ein gutes Dutzend Silber- und Kupfermünzen. Er seufzte theatralisch. »Ich befürchte, das ist etwas armselig. Da, nehmt ...« Er wischte mit der Hand einmal über den Tisch und all die Münzen flogen klimpernd in den Schankraum. Die Umstehenden starrten die Szene an, dann stürzten sie sich auf die Münzen.

Der Mann neben Tandurin fasste sich überrumpelt an den leeren Gürtel. »Du verdammter Hurensohn, das war mein Geldbeutel!« Wütend versuchte er, Tandurin zu fassen zu kriegen, doch der hatte bloß darauf gewartet.

Bevor ihn der Kerl packen konnte, rammte er dessen Arm auf die Tischplatte und hämmerte ihm ein scharfes Messer mit so großer Kraft durch die Handfläche, dass die Klinge im Holz stecken blieb. Schmerzerfüllt heulte sein Gegner auf.

Auch Geron war aufgesprungen und plötzlich stank es nach verschmortem Fleisch. Kyrell sah, wie einer der Ringe an den Fingern des Mannes neben ihm hell und sengend aufglühte, dann hatte ihn Geron auch schon zu Fall gebracht und hielt ihm Ceredril an den Hals.

In der Schankstube verstummten alle Geräusche, nur das Wimmern der beiden Fuhrknechte war noch zu hören.

»Will hier sonst noch jemand Ärger?«, fragte Geron lauernd.

Er ließ den Fuhrknecht los, der mit Panik im Blick den wieder erkalteten Ring zu lösen versuchte. Er riss sich bei dem Versuch blutiges Fleisch vom Finger. Tandurin zog mit einem Ruck sein Messer aus dem Tisch und stieß den Mann neben sich in den Raum. Der hielt sich fassungslos die blutende Hand, taumelte zurück, dann stolperten er und sein Kumpel mit fahrigem Blick zur Schankraumtür und verschwanden.

Noch immer war es in der Schankstube so still, dass Kyrell glaubte, trotz der massiven Steinwände das Rauschen des Kataraktes vernehmen zu können. Dann wandten sich die Umstehenden wieder ihren Krügen zu, und ganz so, als sei nichts geschehen, war der Raum erneut von Gelächter und Gesprächen erfüllt.

»Alles in Ordnung?« Geron steckte die Klinge weg und berührte sie mitfühlend am Arm, während Tandurin die Schankstube im Blick behielt.

»Ich hätte mir schon selbst zu helfen gewusst«, fauchte Kyrell. Gereizt schüttelte sie seine Hand ab. Tatsächlich fühlte sie eine tiefe Erleichterung, dass sie bei diesem Zwischenfall nicht allein gewesen war, doch hatte ihr Stolz einen empfindlichen Dämpfer erhalten. Sie ärgerte sich, dass nicht sie selbst es gewesen war, die den Fuhrknechten eine Lektion erteilt hatte.

Sie überprüfte mit einem Blick aus dem Fenster, ob die beiden auch wirklich verschwanden – als sie eine Person entdeckte, die sie zu kennen glaubte. »Meine Güte, da draußen ist …« Rasch bemerkte sie ihren Irrtum.

»*Was* ist da draußen?«, fragte Geron besorgt und spähte ebenfalls durch das Fenster.

»Tut mir leid.« Kyrell schüttelte verwirrt den Kopf. »Anscheinend … Ich glaubte einen Moment lang, ich hätte da draußen Boltan gesehen. Der Pagenschnitt und die graue Kaufmannsjacke … Ich dachte wirklich, das sei er.«

Tandurin, der irgendein ausgerolltes Blatt in Händen hielt, sah überrascht auf und warf nun ebenfalls einen Blick auf den großen Platz. »Du bist dir sicher, dass du dich geirrt hast?«

»Ja, sagte ich doch.« Kyrell rückte ihre Stola zurecht. »Wer auch immer das da draußen war, er war versehrt. Er hatte ein Holzbein.«

Tandurin schaute misstrauisch auf den Platz.

»Was?« Geron sah ihn fragend an.

»Ein merkwürdiger Zufall«, murmelte Tandurin. »Denn seht mal, was unser Freund von eben noch bei sich trug.« Er entfaltete den Bogen, den er eben betrachtet hatte, und breitete ihn auf dem Tisch aus. Es handelte sich um ein Flugblatt, auf dem ein ihnen nur zu gut bekanntes Konterfei prangte.

»Ist das nicht Dania?«, entfuhr es Kyrell.

»Dann sind wir schon zwei, die das glauben«, antwortete Tandurin und blickte sich verstohlen im Raum um. »Der Patriarch selbst hat fünfzig Goldmünzen auf ihre Ergreifung ausgesetzt. Angeblich wegen eines Mordes. Und er sucht nicht nur nach ihr, sondern offenbar auch nach Boltan und Ambra.«

»Hier? In Kesselfurt?«, fragte Geron verwundert. »Was haben die drei mit dem Patriarch zu schaffen?«

Kyrell schaute auf den bevölkerten Marktplatz und nun kamen ihr doch Zweifel.

»Keine Ahnung.« Tandurin beugte sich verschwörerisch vor. »Aber vielleicht gehen die Zauberer davon aus, dass die drei hier über den Großen Fluss setzen? Denk daran: Du hast damals vorgeschlagen, dass wir uns nach Waldaleth durchschlagen. Vielleicht versuchen die drei, euch zu finden? Ebenso, wie ich es versucht habe.«

»Die drei sind doch mit Tiefwassers fliegenden Teppich geflohen«, merkte Geron an. »Das würde bedeuten, sie besitzen ihn nicht mehr.«

»Ihnen mag zwischenzeitlich alles mögliche widerfahren sein«, erwiderte Tandurin. »Viel schlimmer ist doch, dass das bedeutet, dass die Zauberer von unserem Plan wissen. Woher?«

»Keine Ahnung.« Geron überlegte. »Auch Alruna von Greifenfels scheint es vorausgesehen zu haben.«

»Besser, wir nehmen es einfach so, wie es ist«, unterbrach Kyrell die beiden. »Das Ganze hat immerhin ein gute, aber auch ein schlechte Seite.«

»Was bitte soll daran Gutes sein?«, fragte Geron sie.

»Wir wissen jetzt, das die drei noch leben und in Freiheit sind«, antwortete Kyrell. »Nur hat der Patriarch garantiert nicht aus eigenem Antrieb gehandelt. Wenn die drei hier nicht tatsächlich einen Mord begangen haben, dann hat ihn jemand zu dieser Suchaktion angestiftet. Das sollte uns Sorgen machen, denn das deutet darauf hin, dass sich derzeit einer der Zauberer in Kesselfurt aufhält. Und ich ahne auch, welcher.«

Boltan humpelte hinter Dania durch die engen Straßenzüge Kesselfurts, schlug gereizt nach einer der vielen schwarzen Stechfliegen, die hier in den Gassen herumschwirrten und sah beeindruckt zu den turmhohen Gebäuden um sie herum auf. Die Stadt war wie keine zweite in den Jungen Königreichen, und das lag nicht nur an der exponierten Lage direkt am großen Katarakt. Denn es gab auch keine zweite, bei der sich der Wohlstand bestimmter Bevölkerungsgruppen darin zeigte, dass die Reichen nicht etwa eigene Stadtviertel für sich beanspruchten, sondern innerhalb der Häuserblöcke immer weiter nach oben zogen. Dem Sonnenlicht entgegen.

Bereits bei ihrer nächtlichen Anreise auf dem Flickenteppich, den Ambra irgendwie wieder zum Fliegen gebracht hatte, hatten sie erkennen können, dass die Flachdächer der hohen Wohnbauten stolzen Burgzinnen ähnelten, mit denen sich die Bewohner von den Nachbarn abgrenzten. Von diesen waren viele zu üppigen Dachgärten umfunktioniert worden. Darüberhinaus verfügte die dichtbebaute Metropole weder über Bäume noch sonstige Grünflächen.

Unmittelbar nach ihrer Ankunft auf dem fliegenden Teppich kurz vor Sonnenaufgang hatten sie sich Einlass in eines der hochliegenden Domizile verschafft und sich dort einige Stunden ausgeruht. Der Besitzer war augenscheinlich verreist. Vermutlich ein reicher Söldner, denn die Räume bargen eine Sammlung wertvoller Waffen aus allen Teilen der Jungen Königreiche. Der Aufstieg dorthin war mühsam, man gelangte praktisch nur über das Dach in das noble Quartier – und dazu musste man schon fliegen können.

Boltan und Dania hatten sich hinunter in das enge Gassengewirr der Stadt begeben und Ambra schweren Herzens zurückgelassen. Ein Grund dafür war, dass sie den fliegenden Teppich nicht unbewacht lassen wollten. Ein anderer war die Befürchtung, dass Ambra angesichts ihres befremdlichen Aussehens in Kesselfurt auffallen würde. Aus irgendeinem Grund hatte sie ihre nützliche Kutte kurz vor ihrer Flucht vom Schiff gegen Kleidung eingetauscht, die sie den Matrosen gestohlen hatte. Boltan war fest entschlossen, ihr in Kesselfurt zumindest eine Gugel zu besorgen, damit sie mit ihrem kahlen Kopf und den roten Augen nicht so rasch Aufsehen erregte.

Davon ab, war es vermutlich klug, wenn ihnen jemanden im Stadtgebiet Rückendeckung gab. Boltan hatte mit Ambra vereinbart, einen Kugelblitz gen Himmel zu schicken, sollten sie Hilfe benötigen. Leider war ihm erst später eingefallen, dass dieses Signal tagsüber völlig sinnlos war.

Um hinunter in die Straßenschluchten zu gelangen hatten Dania und Boltan zunächst ein hoch liegendes Wegenetz aus Brücken und Haustunneln benutzt, das sich quer durch die hohen Gebäude der Stadt zog. Es gab innerhalb der Wohnblöcke sogar hölzerne und von Eseln angetriebene Aufzüge, doch deren Benutzung kostete Geld.

In den tiefliegenden Häuserschluchten hausten jene, die nicht so viel Glück wie die Bewohner weiter oben hatten: Tagelöhner, Lastenträger, Abdecker, Bettler, Straßenkehrer und andere zwielichtige Gestalten, die sie misstrauisch beäugten, wann immer sie an ihnen vorbeikamen. Bei alledem war die große Anzahl Bewaffneter auffällig, die in Torbögen und Aufgängen herumlungerten und offensichtlich ihre Reviere im Auge behielten.

Dania, die wie selbstverständlich das Kommando übernommen hatte, hatte ihnen schon bei ihrer Anreise erklärt, dass die Söldner allesamt Banden angehörten, die ihrerseits für die rivalisierenden Clans der Stadt arbeiteten. Ihre Präsenz sorgte für einen trügerischen Frieden in der Stadt, doch Boltan ahnte: Nur ein unbeabsichtigter Fehltritt, und dieser Friede mochte in blutige Konflikte umschlagen.

Immerhin schien man Boltan und Dania für unbedarfte Reisende zu halten. Und wenn die Clans der Stadt eines noch weniger schätzten als einen Übergriff auf ihre Territorien, dann, dass jemand ihre Geschäfte mit den Auswärtigen störte. Die ganze Stadt lebte schließlich vom Handel.

Boltan klammerte sich an den Gedanken, dass, so lange sie nicht unabsichtigt in jene Stadtviertel stolperten, in denen sie nichts zu suchen hatten, man sie hoffentlich in Ruhe lassen würde.

Dania aber plante, ihn auf der Suche nach ihrer Schwester in das verdorbene Alt-Kesselfurt jenseits des Kataraktes zu führen. Und dort regierte ihrer Aussage nach allein das Laster und die Verzweiflung.

Außerdem mussten sie davon ausgehen, dass sich irgendwo im Stadtgebiet Danias einstiger Lehrmeister Goltar herumtrieb. Wer sonst hätte eine so detaillierte Zeichnung von ihr in Auftrag geben können? Boltan stimmte es unglücklich, dass er sich – anders als seine Begleiterinnen – letzte Nacht auf dem Schiffsdeck so einfach hatte von diesem Matrosen überrumpeln lassen. Andererseits hatten sie es dem Zwischenfall zu verdanken, rechtzeitig auf das ausgelobte Kopfgeld aufmerksam geworden zu sein. Inzwischen waren sie im Stadtgebiet über drei weitere dieser Flugblätter gestolpert. Sie hingen vor Schenken und an Straßenkreuzungen. Und sie stellten klar, wie ernst Goltars Absicht war, sie aufzuspüren.

Dania hatte mittels eines heraufbeschworenen Trugbildes die äußere Gestalt eines kräftigen Adligen angenommen, dem sie unterwegs begegnet waren. Und auch was Boltan anging, traf die Beschreibung auf dem Flugblatt in einem wesentlichen Detail nicht mehr zu: Niemand suchte nach einem Krüppel.

Dennoch machte sich Boltan Sorgen.

»Dania!« Er beschleunigte seinen Schritt, als sich in der Straßenschlucht vor ihnen ein großer Platz mit umlaufenden Säulengängen und auffallend vielen Menschen ankündigte. »Ich hoffe, du hast dir das alles gut überlegt. Wenn Goltar hier so intensiv nach dir suchen lässt, dann kennt er dich vermutlich besser, als du glaubst.«

»Das sagtest du bereits«, presste sie hervor. Seine Gefährtin gab sich zwar selbstsicher, aber auch sie blickte sich trotz ihrer verwandelten Gestalt immer wieder misstrauisch um.

»Das heißt aber auch, dass sich Goltar womöglich deine Schwester Vala geschnappt hat«, fuhr er fort, während er auf seinem Holzbein mit ihr Schritt zu halten versuchte. »Dieser Tolgar Nevarek besitzt sie vielleicht gar nicht mehr.«

Dania blieb kurz stehen und musterte ihn verärgert, während

sie eine der vielen Stechfliegen verjagte. »Denkst du, über all das habe ich mir keine Gedanken gemacht? Ich habe nicht vor, blindlings in Nevareks Versteck zu stolpern. Das ginge auch gar nicht. Der Mann ist der Anführer einer der beiden Clans, die über Alt-Kesselfurt herrschen. Ihm gehören da unten zahlreiche Bordelle und Drogenhöhlen. Niemand weiß genau, wie er aussieht, und er wechselt angeblich ständig seinen Aufenthaltsort, um sich vor den Nachstellungen der anderen Clanführer zu schützen. Im Übrigen« – sie schaute verschlagen – »gehe auch ich davon aus, dass Goltar meine Schwester als Köder benutzt. Also werde ich versuchen, ihn auszutricksen.«

»Und wie willst du das anstellen?«

Dania zog ihn unter einen Torbogen und für einen Moment streifte sie das Trugbild ab. »Da sich Vala offensichtlich in Nevareks Händen befindet, gehe ich davon aus, dass er mit Goltar zusammenarbeitet. Finden wir also Goltar, finden wir auch Nevarek – oder umgekehrt. Und damit den Ort, wo sie Vala verstecken. Nur wird es vermutlich leichter sein, Goltar aufzuspüren als den Clanführer.«

»Und wie?«

»Der Schlüssel ist mein Gesicht auf dem Aushang«, erklärte Dania ernst. »Das ist eine Tuschezeichnung – und zwar eine verdammt gute. Überlege dir mal, wie viele Flugblätter hier im Stadtgebiet und offenbar auch darüber hinaus hängen. Das müssen Aberdutzende sein!«

»Na ja, Goltar hat dafür wohl eine ganze Schar Schreiber beauftragt.«

»Zeig mir auch nur einen Schreiber, der so gute Porträtzeichnungen anfertigen kann«, widersprach sie ihm. »Und dann auch noch in solcher Masse. Und in dieser Qualität.«

»Vielleicht war da Zauberei im Spiel?«, mutmaßte Boltan.

»Goltar?« Dania spuckte abfällig auf die Straße. »Er mag einige Tricks mehr auf Lager haben als selbst ich dachte, aber das traue ich ihm nicht zu. Nein, wenn du mich fragst, dann wurden all diese Flugblätter von einem Maler angefertigt. Und hier in Kesselfurt gibt es meines Wissens nach nur einen Mann, der über genügend Talent verfügt, so viele Flugblätter in solcher Qualität und in so kurzer Zeit anzufertigen. Der Kerl nennt sich Giorcelli und stammt aus Toresund, tief im Süden der Jungen Königreiche.«

Boltan runzelte die Stirn. »Ich weiß. Das ist die zweitgrößte Stadt unten am Meer.«

»Schön für dich. Ich will hoffen, dass Giorcelli nicht typisch für die Einwohner der Hafenstadt ist. Der Kerl ist nämlich mindestens so skrupellos wie wahnsinnig. Es heißt, er musste aus seiner Heimat fliehen, weil er dabei erwischt wurde, wie er versuchte, Bilder mit dem Blut von toten Mädchen zu malen.«

Entsetzt sah Boltan sie an.

»Er ist längst unten in Alt-Kesselfurt gestrandet«, fuhr sie fort, »wo er sich dem Drogenrausch hingibt – wenn er nicht gerade an seinen *Kunstwerken* sitzt.« Dania unterstrich den Begriff mit einem gerüttelt Maß an Abscheu. »Lebensechte Bilder und Skulpturen für eine ganz besondere Klientel. Bilder von Vergewaltigungen. Lebensechte Skulpturen von Gefolterten. Die Dinge, die er schafft, sind so widerwärtig, wie du es dir nicht einmal in deinen schlimmsten Albträumen ausmalen kannst. Ich hab einige davon gesehen.«

Boltan schluckte. »Das heißt, du willst diesen Giorcelli aufspüren, damit er uns verrät, wo sich Goltar aufhält?«

Dania betrachtete ihn auf eine Weise, die Boltan irgendwie missfiel.

»Na gut.« Er räusperte sich. »Ich hoffe, dass du weißt, was du tust.«

»Und ich hoffe, dass du das Richtige tust, wenn es hart auf hart kommt«, sagte sie, beschwor wieder ihr Trugbild herauf, und gemeinsam marschierten sie die Straßenschlucht hinunter bis zu dem überraschend großen Marktplatz der Stadt. Hier war das Dröhnen des nahen Wasserfalls deutlicher zu hören.

Der quadratische Platz war vor allem von Kesselfurtern in ihren farbenfrohen Aufzügen bevölkert: Händler, Handwerker, Bauern aus dem Umland und sonstiges Volk. Lautstark gingen sie sowohl auf dem Platz als auch unter den umlaufenden Säulengängen ihren Geschäften nach. Die Kesselfurter galten als laut und ungehobelt, was man den allgemeinen Zuständen in der Kataraktstadt zuschrieb. Doch allmählich beschlich Boltan der Verdacht, dass den hiesigen Bewohnern nichts anderes übrig blieb, als die Stimme zu erheben, wenn sie sich gegen das ewige Brausen des Wasserfalls Gehör verschaffen wollten.

Der Platz war architektonisch so ausgerichtet, dass er einen guten Blick auf die Burg des Patriarchen über dem Katarakt ermöglichte: eine mehrstufige Feste mit Wehrmauern, die ebenfalls über einen üppigen Dachgarten verfügte. Weiter hinten auf dem Platz waren zahllose Fuhrkarren zu erkennen, die Kesselfurt von Ost nach West und umgekehrt querten. Offenbar verlief dort jene Hauptstraße, die die beiden Brücken über den Großen Fluss verband.

Boltan hatte plötzlich den Eindruck, beobachtet zu werden, doch bevor er dem nachgehen konnte, zog ihn seine ungeduldige Begleiterin weiter durch die Menschenmenge auf einen U-förmigen, von einer Steinmauer umfassten Durchbruch auf der Mitte des Platzes zu, der von einem halben Dutzend Bewaffneten umringt war: der Einstieg des breiten Schachts, über den es hinab nach Alt-Kesselfurt ging.

Eine Rampe samt Treppenstufen führte dort in die Tiefe, auf der sich Lastenträger, Bewaffnete und Auswärtige ein Stelldichein gaben, von denen kaum einer ohne Leibwächter war. Einige von ihnen benutzten für den Ab- und Aufweg Sänften, deren Träger neben dem Durchbruch auf Kundschaft warteten.

Boltan, dessen Beinstumpf allmählich schmerzte, warf ihnen einen sehnsüchtigen Blick zu, doch natürlich war diese Transportmöglichkeit viel zu auffällig. Er humpelte daher hinter Dania her und versuchte das Misstrauen in den Gesichtern der Bewaffneten vor dem Einstieg zu ignorieren. Selbst wenn sie Ausschau nach ihnen hielten, suchten sie in der Menge offenbar bloß nach Danias Gesicht. Diese drückte einem der Männer in ihrer Truggestalt selbstbewusst einige Münzen in die Hand. Natürlich erkannte sie niemand.

Sie wurden durchgewunken und zusammen mit Trägern, die vornehmlich große Holzstapel, Ballen mit Kleidung und Nahrungsmittel in die Tiefe schleppten, ging es die steile Rampe hinab, und schon nach kurzer Zeit wurde es düster um sie herum.

Der Schacht besaß die Neigung eines steilen Berghangs und war – trotz dass er in Schwerstarbeit aus dem massiven Felsgestein getrieben worden war – erstaunlich hoch und breit. Treppenstufen existieren nur nahe der Schachtwände, die in unregelmäßigen Abständen Aussparungen für Tranlichter aufwiesen. Die Mitte war eben und ermöglichte so die Bewegung kleinerer Karren durch den Tunnel. Derzeit kamen ihnen jedoch nur schnaufende Lastenträger, vornehm gekleidete Auswärtige und einmal zwei Sänftenträger entgegen, die eine verschleierte Sänfte nach oben beförderten. Begleitet wurde ihr Kunde von grimmig dreinschauenden Leibwächtern, die den Eindruck erweckten, dass ihnen ein Menschenleben nur wenig wert war.

Boltan humpelte auf seinem Holzbein von Stufe zu Stufe und versuchte die Blicke der Entgegenkommenden auszublenden, die zwischen verschämt, misstrauisch und seltsam durchtrieben schwankten. Irgendwann bemerkte er, dass der Stollen für seine Länge erstaunlich gut durchlüftet war. Beständig wehte ein leichter Luftstrom von oben nach unten. Blasebälge hatte er oben auf dem Platz indes keine bemerkt.

Das Rätsel löste sich, als nach einer guten Viertelstunde anstrengenden Wegmarsches ein zunehmend lauter werdendes Rauschen an ihre Ohren drang. Der Tunnel machte unvermittelt eine Biege und überraschend tat sich der untere Ausgang vor ihnen auf.

Boltan stolperte mit Dania ins Freie – und ihm blieb vor Staunen der Mund offen stehen. Nur dreißig bis vierzig Schritt vor ihnen – und das auf einer Breite von sicher achzig Schritt –, donnerte mit lautem Getöse die ewig währende Wasserwand des großen Kataraktes in die Tiefe. Der Tunnel hinauf in die Oberstadt endete an einer knapp zehn Schritt langen Felszunge, die in eine gigantische, einstmals vermutlich natürliche und nach vorn offene Höhle hineinstach, die im Laufe der Jahrhunderte immer weiter vertieft und verbreitert worden war. Das Plateau befand sich dicht unter der mächtigen und von glitzernden Rinnsalen bedeckten Höhlendecke, und Boltan konnte von hier aus auf ein Dächermeer von Hunderten niedriger Häuser und ärmlicher Unterkünfte hinabsehen, die sich beginnend von der rückwärtigen Höhlenwand und auf mindestens vier künstlich geschaffenen Terrassen eng an eng bis zur schäumenden Wasserwand drängten. Zwischen den Bauten verliefen schmale Gassen und Treppen, die sich serpentinenartig durch den unwirklichen Ort zogen, und unter der Höhlendecke sauste ein kleiner Schwarm schiefergrauer Vögel mit hellen, falkenartigen Köpfen entlang, von denen sich soeben einer todesmutig in den herabstürzenden Wasservorhang stürzte und dort verschwand.

Unwillkürlich knöpfte sich Boltan seine Jacke zu, denn der mächtige Wasserschleier vor ihnen ließ nicht nur kaum Tageslicht durch, die Luft in der seltsamen Höhlenstadt war auch klamm. Und zwar so klamm, dass er hier unten keine von diesen unangenehmen Stechfliegen erblickte, die ganz Kesselfurt bevölkerten – was das einzig Gute an den Temperaturen war.

Beständig rissen die Wassermassen des Kataraktes etwas Luft mit sich. Boltan erkannte dies an den Rauchfahnen der unzähligen Feuerstellen in der Höhlenstadt, die dicht über den Hausdächern in Richtung Wasserfall wehten. Ein Effekt, der auch ihn frösteln ließ.

»Und wohin jetzt?«, rief er gegen das laute Tosen an, während Besucher und Lastenträger gleichermaßen an ihnen vorbeidrängten, um nach oben oder unten zu gelangen.

Dania zog ihn mit sich zu einer von vier steilen und geländerlosen Treppen, vor denen gelangweilte Wächter standen und die hinab in das ewigfeuchte Gassengewirr der Höhlenstadt führten. Boltan musste aufpassen, dass er mit seinem Holzbein auf den rutschigen Stufen nicht ausglitt, und angesichts zweier entgegenkommender Lastenträger war er froh, dass ihn Dania stützte. Die Männer machten einen verhärmten Eindruck, und erstmals konnte er einen Blick auf die Waren erhaschen, die sie in die Oberstadt schleppten.

Die Körbe waren voll mit Pilzen, wie er sie noch nie gesehen hatte. Ihre flachen Fruchtkörper waren dunkelrot und sie besaßen gelbliche Lamellen.

Dania bemerkte seinen skeptischen Blick.

»Scharlachröhrlinge«, rief sie gegen das immerwährende Dröhnen des Wasserfalls an. »Die Rauschpilzhändler in ganz Kesselfurt verarbeiten sie zu Drogen, die sie überall in den Jungen Königreichen verkaufen. Die Clans hier unten verdienen viel Geld mit ihrer Zucht.« Sie schürzte verächtlich die Lippen. »Hier unten gibt es überhaupt nur wenig, was sich zu Geld machen lässt: Rausch- und Speisepilze, Glücksspiel, Prostitution und natürlich der Schmuggel mit Waren, die vom Patriarch unbemerkt unterhalb des Wasserfalls über den Großen Fluss transportiert werden.«

»Bitte, der Herr. Eine kleine Gabe!«

Sie hatten eine der engen Gassen erreicht und wurden unvermittelt von klapperdürren Bettlern umlagert, die aus Ecken und Nischen krochen und ihnen klagend die Hände entgegenstreckten. Ihre Haut war von Krätze entstellt und manche von ihnen wiesen Verstümmelungen auf. Boltan wollte bereits zu der Geldkatze unter seiner Jacke greifen, doch Dania hinderte ihn daran.

»Lass das!«, zischte sie mahnend. »Du tust dir damit keinen Gefallen. Sie müssen das Geld den Clans abgeben. Und wenn die hier erst mal wissen, wo du deine Münzen versteckt hast, dann findet sich weiter hinten in den Gassen immer jemand, der dir den Rest mit Gewalt abnimmt.«

Boltan humpelte an Danias Seite in die Düsternis und blickte mitleidig zu den Bettlern zurück. »Was passiert mit ihnen, wenn sie nichts erhalten?«, rief er gegen das Tosen an.

»Wer ohne Nutzen ist, endet im Wasserfall«, erklärte Dania.

Er musste sie derart schockiert angesehen haben, dass sie kurz stehen blieb. »Du kannst ihnen meinetwegen etwas geben, wenn wir wieder nach oben steigen. Aber niemals bei der Ankunft. Hier unten zeigst du deinen Reichtum überhaupt nie öffentlich, hast du verstanden?«

Boltan nickte beklommen, humpelte hinter Dania durch die engen Gassen und versuchte, die düstere Stimmung, die über der

Höhlenstadt lag, nicht zu sehr an sich herankommen zu lassen. Sie wurde mit jedem Schritt erdrückender.

Hatte er die Gassen in der Oberstadt Kesselfurts bereits als eng empfunden, waren sie hier nun zu schmalen Durchgängen zusammengeschrumpft, die es gerade mal ermöglichten, dass sich zwei Personen gedrängt aneinander vorbeibewegen konnten. Die Häuser und Unterkünfte waren niedrig und bestanden aus ärmlichen Baumaterialien sowie dem Gestein, das die Bewohner aus den Felswänden geschlagen hatten. Einige von ihnen wirkten planlos hochgezogen, andere schienen seit vielen Jahrhunderten bewohnt zu sein. Dicht an dicht drängten sie sich zusammen, und obwohl es hier unten kein Wetter gab, besaßen die Bauten allesamt Schindeldächer. Immerzu regneten Wassertropfen von der mächtigen Felsdecke über ihnen auf Hauszeilen und Straßen herab. An einigen Stellen plätscherte sogar ein dünner, aber beständiger Wasserstrom in die Tiefe, der prasselnd in steinernen Bassins auftraf und über Rinnen in die Tiefe abfloss.

Am Schlimmsten war der Anblick der Menschen, die an diesem trostlosen Ort hausten. Nie zuvor hatte Boltan so viel Freudlosigkeit und Elend gesehen. Wer es sich leisten konnte, war in dicke Kleidungsstücke eingemummelt. Andere drängten sich auf den wenigen freien Plätzen um brennende Holzscheite, wenn sie nicht berauscht von Pilzen in Hauseingängen und auf Treppen lagen. Und immer wieder kamen sie an Unterkünften vorbei, aus denen das Husten und Keuchen von Kindern und Erwachsenen gleichermaßen drang. Boltan fragte sich, wie viele der Alt-Kesselfurter in dieser feuchtklammen Umgebung an Krankheiten litten.

Zunehmend entsetzt humpelte er an Danias Seite. »Warum leben die Menschen hier unten?«

»Weil sie nicht anders können«, antwortete seine Begleiterin. »Der Stollen nach oben wird von den Clans kontrolliert. Nur wer eine Arbeit als Träger ergattert, als Kämpfer anheuert oder für die Clans als Steiger Waren über die Felswand hinter dem Wasserfall transportiert, hat die Aussicht, hin und wieder das Tageslicht zu sehen. Niemand hier unten ist frei. Alle sind Sklaven. Draußen spricht niemand darüber. Der Großteil arbeitet in der Pilzzucht, landet in der Prostitution oder in den Arenen, wo die Reichen ihr Geld auf ihr Kampfgeschick setzen. Die Vergnügungssüchtigen aus allen Teilen der Jungen Königreiche finden hier unten die Erfüllung von Lastern, für die sie andernorts hingerichtet würden. Die einzige Bedingung ist, dass sie genug Gold und Silber mitbringen. Dafür verkaufen hier viele sogar ihre Kinder.« Sie musterte ihn prüfend. »Der kümmerliche Rest schlägt sich als Führer für die Auswärtigen durch, versucht sich im Diebeshandwerk oder ergibt sich dem Rausch.«

Dania deutete eine der steilen Treppen hinab, auf einen schmalen Platz zwischen engen Häuserzeilen, auf dem ähnlich wie in der Oberstadt fliegende Händler auf Kundschaft hofften. Sie verhökerten Lumpen und andere Gebrauchtwaren. Die meisten drängten sich um einen Karren, an dem Bewaffnete dampfende Suppe austeilten. »Wenn du dich fragst, wie der Rest durchkommt: Die Clans versorgen sie. Mit Nahrung, Kleidung, Brennholz, Drogen und vielem anderen mehr, was sie von oben beschaffen. Dafür verlangen sie nur eines: Treue! Denn alle paar Jahre kommt es hier unten zu brutalen Kämpfen um die Vorherrschaft. Früher hatten hier drei Clans das Sagen. Inzwischen sind es nur noch zwei. Außerdem gibt es Gerüchte um weitere Tunnel und verborgene Lastenaufzüge, die in die Oberstadt führen. Die Clans oben müssen also jederzeit befürchten, dass die Hand Alt-Kesselfurts auch nach ihnen greift. Doch in der Regel arrangieren sich die Mächtigen. Dafür ist der Handel mit den Drogen zu lukrativ. Die Alt-Kesselfurter sind die Einzigen, die es geschafft haben, Scharlachröhrlinge zu kultivieren.«

»Wie hast du das hier unten bloß überlebt?«

»Weil mich die Männer wollten, seit ich ein junges Mädchen war. Und weil Vala und ich über die Gabe verfügten.« Dania stieß eine dürre Gestalt zur Seite, die ihnen mit bittend erhobenen Händen in den Weg trat. »Aber auch, weil ich in dem Jahr, bevor mich Goltar fand, exklusiver Besitz eines reichen Oberstädters war. Das Leben bei ihm war in jeder Hinsicht besser als das, was ich hier unten erlebt habe. Er hat mir sogar das Lesen beigebracht. Zumindest, bis er das Interesse an mir verlor.«

Boltan hörte ihr erschüttert zu und stolperte hinter ihr her in einen Bezirk, der der ganzen Länge nach von roten Laternen erleuchtet wurde. Der Straßenzug wurde breiter, und links und rechts säumten ihn Schankstuben, Spielhöhlen und Bordelle, die anders als die sonstigen Behausungen hier unten richtigen Häusern glichen. Trotz des lärmenden Wasserfalls vernahmen sie aus den Gebäuden Musik und raues Gelächter, während sich auf der Straße halb bekleidete Frauen, blutjunge Mädchen und halbwüchsige Jungen drängten, die grell geschminkt waren und deren Kleidung wenig bis nichts verhüllte. Sie buhlten um die Aufmerksamkeit der reichen Besucher, die aus der Oberstadt oder von weither angereist waren. Boltan vernahm den vertrauten Dialekt Siebenbrückens, den schleppenden Tonfall der Toresunder und entdeckte sogar einen Mann von gänzlich dunkler Hautfarbe, der offenbar von jenseits der Wogensee stammte. Nur wenige der Vergnügungssüchtigen waren ohne Leibwächter gekommen, und unter den Augen bewaffneter Aufpasser betatschten sie die Frauen und Jungen und prüften die Festigkeit ihres Fleisches, so wie Marktgänger andernorts Früchte nach faulen Stellen absuchten.

Auch Dania und Boltan wurden von Strichjungen und Dirnen angesprochen, doch Dania wimmelte sie ab. Boltan rieselte es angesichts der leeren Blicke, mit denen die Armutsgestalten sie ansahen, kalt den Rücken herunter. Das Ausmaß an Leid, dem sie hier gegenüberstanden, war kaum zu ertragen.

Erschöpft hielt er bei nächstbester Gelegenheit inne und lehnte sich gegen einen Torbogen, der auf einen verschatteten Hinterhof führte. Aus diesem schallte ihm trotz des ewigen Brausens des Wasserfalls gedämpfter Kampfeslärm und lautes Gejohle entgegen, das seinerseits aus einem breiten Felsdurchgang drang, der tiefer hinab in den Untergrund führte. Den Geräuschen nach befand sich dort unten eine große Höhle, in der ein blutiger Schaukampf stattfand. Boltan entdeckte erst jetzt den wohlhabenden Oberstädter, der keine drei Schritte entfernt mit heruntergelassener Hose zwischen zwei Tonnen lehnte, und sich von einem Mädchen bedienen ließ, das sicher zwei bis drei Jahre jünger war als Ambra.

Dania zog ihn zurück auf die Straße, da bereits zwei Aufpasser auf ihn aufmerksam geworden waren.

»Reiß dich zusammen!«, fauchte sie.

Boltan nickte nur, humpelte weiter und versuchte seinen Blick vor all der Not zu verschließen. Es gelang ihm nicht.

Dania hielt erst inne, als sie vor einem langen Gebäude standen, durch dessen Fenster sie einen mit Decken und großen Kissen gepolsterten Raum einsehen konnten. Überall im Raum verteilt lagen wohlhabend gekleidete Männer und Frauen, denen spärlich bekleidete Mädchen und Jungen Schalen mit verschrumpelten Pilzen reichten. Einige der Berauschten lachten unkontrolliert, andere fuchtelten wirr in der Luft herum.

Dania machte Boltan auf ein von einer hohen Umfassungsmauer umgebenes zweistöckiges Gebäude schräg gegenüber aufmerksam. Es war nach Art eines riesigen Heuschobers gestaltet, Torzugang und Außenfassade wurden von roten gusseisernen Laternen beleuchtet. Tatsächlich deutete die Tiefe des Gebäudes darauf hin, dass sie es nur mit einem halbes Haus zu tun hatten, denn der rot beleuchtete Bau war unmittelbar vor einer Felswand errichtet worden, in die vermutlich weitere Hohlräume geschlagen worden waren. Soeben traf ein auffallend kleiner Mann samt Leibwächter ein, der sich verstohlen umschaute. Er drückte den beiden Wächtern am Eingang zum Hof einen Geldbeutel in die Hand und wurde sogleich zum Hauptgebäude geführt.

»Noch ein Bordell?«, fragte Boltan angewidert.

»Das ist der *Rote Stall*«, erklärte Dania mit eisigem Blick. »Das Bordell gehört wie viele in diesem Bezirk Tolgar Nevarek. Giorcelli ist hier gewissermaßen Dauergast. Der Kerl lebt, schläft, arbeitet und vergnügt sich dort. Nur kommt man da ohne spezielle Vermittlung nicht rein.«

»Und was machen wir jetzt?«

»Ganz einfach.« Dania atmete tief ein, blinzelte und wechselte in die Gestalt eines muskulösen Mannes mit dichtem Bart und Augenklappe. Boltan war so überrascht, dass er unwillkürlich einen Schritt zurückwich – bis er das neue Trugbild erkannte. Dania hatte die Gestalt jenes Bewaffneten angenommen, den sie im magischen Drachenauge erblick hatten.

»Du willst so in dieses Bordell?«

»Sicher.« Dania schnaubte wütend. »Ich sagte doch, dass ich den Mann kenne, der Vala geschlagen hat. Er steht ziemlich weit oben in Nevareks Bande, kontrolliert die Drogenhöhlen und Bordelle für ihn und treibt ausstehende Schulden ein. Und der *Rote Stall* gehört Nevarek.«

»Was, wenn der Kerl gerade da drinnen ist?«, fragte Boltan verzagt. »Oder gar … Goltar selbst?«

»Nein. Goltar wird in der Oberstadt sein Domizil aufgeschlagen haben. Und der hier« – Dania sah an sich herab – »kann derzeit überall sein. Vertraue mir – ich habe einen Plan!«

Boltan stöhnte. »Wie ich schon sagte, ich hoffe, du weißt, was du tust.«

»Nun, das liegt diesmal ganz bei dir«, erwiderte Dania. »Hier komme ich kaum damit durch, wenn ich meine Stimme verstelle. Du wirst daher für mich sprechen und dich als wichtigen Geschäftspartner Nevareks ausgeben, der lediglich von mir begleitet wird.«

»Ein Geschäftspartner? Ich?«

»Du wirst das schon schaffen.« Dania berührte ihn forsch am Arm. »Und noch etwas: Da drinnen werden Dinge angeboten, die jemand wie du dir kaum vorstellen kannst. Ich sage es daher nur einmal: Reiß dich zusammen, bis wir auf Giorcelli treffen!«

Boltan sah seine verwandelte Begleiterin unbehaglich an und nickte.

Dania zog ihn mit sich über den Straßenzug, bis sie vor dem Tor zum Vorhof des *Roten Stalls* standen. Sofort traten ihnen zwei Bewaffnete entgegen, wollten sie aufhalten – als sie Dania in ihrer Truggestalt ausmachten.

»Yugor!?« Unruhig warfen sich die Männer Blicke zu. »Ist irgendwas? Drinnen läuft gerade die Auktion.«

Boltan gab sich einen Ruck. »Ha, da komme ich ja gerade rechtzeitig. Darf ich mich vorstellen: Rinak von Drachenbeingrund. Yugor … war so freundlich, mich zu diesem erlauchten Etablissement zu führen, um hier einen Abschluss zu feiern.« Er lachte eine Spur zu schrill.

»Eigentlich ist gerade geschlossene Gesellschaft …« Die beiden Wächter musterten Boltan vom Scheitel bis zur Prothese, dann beäugten sie wieder Dania, die die beiden finster ansah. »Aber für Euch machen wir natürlich eine Ausnahme. Man hat Euch sicher unterrichtet, wie das hier läuft: Ihr erhaltet erst Zutritt, wenn Ihr zuvor die exklusive Hausgebühr bezahlt.«

»Selbstverständlich.« Boltan zückte seine Geldkatze, die seit dem Verkauf von Goltars Silbergeschirr gut gefüllt war. »Das wären?«

Der Mann warf Dania in ihrer Truggestalt noch einmal einen kurzen Blick zu.

»Ein Goldstück«, grunzte er. »Um die Verluste unseres Hauses zu decken, wenn Ihr fertig seid … Jede weitere Dienstleistung kostet extra. Die Zuchtmeisterin wird Euch über die Preise aufklären.«

»Ein Goldstück?« Boltan sah sein Gegenüber ungläubig an, doch schnell riss er sich zusammen. »Natürlich … äh, ich bin schon sehr neugierig.«

Er leerte seine halbe Börse, dann bedeutete der Zweite ihnen, ihm zu folgen, und sie gelangten über den Innenhof und durch das Hauptportal in einen großen Vorraum, dessen Wände luxuriös mit roten Tüchern abgehängt waren. Eine geschwungene Holztreppe führte nach oben in den ersten Stock und in den Raumecken thronten die marmornen Skulpturen gefesselter Elfenmädchen in unterwürfiger Haltung. Gleich drei Türen zweigten von der Eingangshalle ab, und Boltan vernahm aus dem Obergeschoss gedämpfte Schreie.

Ihr Begleiter ignorierte die befremdlichen Laute und führte sie geradewegs zu einer Doppeltür linkerhand, vor der ein weiterer kräftiger Wächter stand. Der Mann wirkte ebenfalls überrascht, als er Dania in ihrer Truggestalt sah. Respektvoll nickte er ihr zu – und öffnete die Doppeltür kommentarlos.

Bevor Boltan sichs versah, stolperte er in einen halbdunklen Saal, der an luxuriöser Ausstattung nichts vermissen ließ: holzgetäfelte Wände, schwere Wandvorhänge und riesige Gemälde von nackten Frauen, Mädchen und Männern, die sich in lasziven Posen auf Kissen und Betten räkelten. Allerorten waren runde Tische und Polsterstühle gruppiert, an denen wohlhabende Besucher samt ihrer Begleiter mit Weinpokalen saßen und erwartungsvoll zu einer mit hohen Kandelabern ausgeleuchtete Theaterbühne blickten.

Boltan ächzte, denn dort wurde soeben ein schlankes Mädchen mit langen dunklen Haaren ins Licht gezerrt. Ihre zwei Wächter rissen ihr das verschmutzte Kleid auf, sodass ihre Brüste zum Vorschein kamen. Die Unglückliche mochte höchstens dreizehn oder vierzehn Jahre alt sein und ließ die unsafte Behandlung lethargisch über sich ergehen. Ihr Blick wirkte glasig, als stünde sie unter Drogen.

»Eine jener seltenen Blumen der Gassen Alt-Kesselfurts«, rief ein glatzköpfiger Ausrufer auf der Bühne, der nun ebenfalls ins Licht trat. Der Mann grinste verschlagen, während er das Mädchen dazu brachte, sich einmal im Kreis zu drehen. »Zwölf unschuldige Lenze, und ich versichere, dieses Stück Fleisch ist ohne Makel. Keine Krankheiten und auch ihre Jungfräulichkeit ist garantiert. Fragt sich, wer bereit ist, diese Blume als Erster zu pflücken. Wir steigen ein mit einem Gebot von vier Silber.«

Boltan starrte das bemitleidenswerte Mädchen hilflos an und spürte, wie ihm vor Entsetzen der kalte Schweiß ausbrach. Rasch trieb das gute Dutzend Bieter im Raum den Preis für sie in die Höhe, bis er bei fast zwei Goldmünzen lag. Der Zuschlag ging an den kleinwüchsigen Kerl, dessen Ankunft er vorhin beobachtet hatte.

Boltan spürte einen heftigen Tritt an seinem intakten Bein und sah blass zu Dania auf. Sie beugte sich vor und zischte. »Wie lange willst du hier noch herumstehen? Deswegen sind wir nicht hier.«

Boltan nickte hilflos, sah sich zitternd zu ihrem Führer um, der noch immer hinter ihnen stand, und bemühte sich verzweifelt darum, die Fassung zu wahren.

»Guter Mann«, krächzte er. »Das hier ist schön und gut, aber … wenn ihr mich bitte zunächst mit Meister Giorcelli bekannt machen könntet? Ich bin am Erwerb eines seiner Kunstwerke interessiert.«

»Ihr seid wegen des Malers hier?« Der Mann hob überrascht eine Augenbraue, blickte zu Dania und zuckte gleichmütig mit den Schultern. »Sagt das doch gleich.«

Er führte sie aus dem Saal, zurück in die Vorhalle mit der Treppe. Dort wies er sie an, zu warten, während er die Stufen hinaufeilte, den beständigen Klagelauten entgegen.

Boltan versuchte sich zu beruhigen, während der andere Wächter vor der Saaltür sie misstrauisch beäugte. Das Mädchen auf der Bühne ging ihm nicht aus dem Kopf. Vermutlich war sie nicht die Einzige, die im Nachbarraum versteigert wurde.

Unvermittelt kam ihr Führer in Begleitung einer Mittvierzigerin mit hochgesteckter Turmfrisur zurück. Ihren drallen Leib hatte sie in ein enganliegendes Lederkleid gezwängt, das ebenso schwarz wie ihre Haare war. Bei alledem wirkte sie wie ein bizarres Kunstwerk, denn ihre Haut war an allen frei liegenden Stellen weiß geschminkt, wogegen sich ihre vollen roten Lippen umso deutlicher abhoben. Am meisten irritierte Boltan jedoch die Art und Weise, wie die Frau ihn und Dania fixierte. Ihr Blick war kalt und mitleidlos. Dennoch verzog sie ihre roten Lippen zu einem unverbindlichen Lächeln, als sie vermeintlich Nevareks rechte Hand entdeckte.

»Yugor«, begrüßte sie Dania mit rauchiger Stimme. »Ich bin überrascht, dich schon wiederzusehen. Hat man dir die Einnahmen nicht bereits heute Vormittag übergeben?«

»Er ist meinetwegen hier«, ging Boltan dazwischen und konzentrierte sich mit aller Macht auf die vor ihnen liegende Aufgabe. »Darf ich mich vorstellen« – trotz seines Holzbeins verbeugte er sich geckenhaft – »Rinak von Drachenbeingrund. Mein guter Freund hier hat mir von dieser Einrichtung erzählt und ich musste sie natürlich unbedingt kennenlernen.«

»Ach, hat er das?« Skeptisch musterte die Frau ihn. Dann wandte sie sich wieder Dania zu. »Und Euer Freund ist auch ein Freund von … *ihm?*«

Sie musste Nevarek meinen. Boltan sah, wie Dania auf komplizenhafte Weise die Augen verdrehte. Dann hustete sie, als habe sie sich verschluckt, und krächzte mit tiefer Stimme: »Ja. Erfüllt ihm seine Wünsche.«

Die Geschminkte warf Dania einen befremdeten Blick zu, und so beeilte sich Boltan, ihre Aufmerksamkeit auf sich zu lenken. »Ihr seid demzufolge die, äh, Zuchtmeisterin?«

Die Frau lächelte kalt. »Und ich werde mich gern um Euch kümmern. Ich hörte, dass die Jungfrauen, die gerade versteigert werden, offenbar nicht Euer Interesse wecken. Vielleicht seid Ihr am Pfad der Schmerzen interessiert – seien es nun die Euren oder die der anderen. In diesem Fall begleitet mich gern nach oben. Für den Anfang dürft ihr gern erst einmal nur zuschauen: Gerade habe ich zwei neue Mädchen hereinbekommen. Und wenn Ihr das nicht selbst erledigen möchtet, lasse ich sie gern für Euch von einem unserer Bullen zureiten.«

Boltan rieselte es kalt den Rücken herunter. »Wenn ich ehrlich bin«, krächzte er wie mechanisch, »würde ich zunächst gern mit Meister Giorcelli sprechen. Ich … bin vorrangig an seinen, äh, Arbeiten interessiert.«

»Sieh an. Dergestalt sind also Eure Neigungen?«

Boltan hatte keine Ahnung, wovon die Frau sprach, und beschloss daher einfach zu lächeln. Es zerfaserte.

»Nun, nicht so schüchtern, Herr von Drachenbeingrund.« Die Zuchtmeisterin beäugte ihn wie eine Schlange. »Eigentlich ist Giorcelli derzeit beschäftigt, aber angesichts eines solch prominenten Gastes« – ihr Blick ruckte wieder hoch zu Dania – »mache ich gern eine Ausnahme und lasse Euch zu ihm bringen. Vielleicht weckt der Besuch bei ihm Euren Appetit auf mehr? In diesem Fall lasst meinen Mitarbeiter wissen, wonach es Euch gelüstet. Es gibt hier wirklich keinen Wunsch, den wir Euch nicht erfüllen können. Keinen einzigen.« Sie unterstrich die letzte Aussage, indem sie eine bedeutungsvolle Pause einlegte. »Vorausgesetzt, natürlich, Ihr verfügt über das nötige Kleingeld.«

»Daran soll es nicht mangeln«, sagte Boltan heiser.

»In diesem Fall …« Sie nickte dem Bewaffneten zu, der sie in das Gebäude begleitet hatte, und machte eine einladende Geste in Richtung hinterer Raumtür. Dann wandte sie sich wieder Dania zu. »Wir kümmern uns um deinen Gast.«

»Aber nicht doch.« Boltan lachte etwas zu schrill und klopfte Dania kumpelhaft gegen den Arm. »Yugor ist natürlich eingeladen. Ich benötige schließlich jemanden, der mir bei der Auswahl hilft.«

Dania brummte etwas Unverständliches und begleitete Boltan und seinen Führer. Die bizzare Frau blieb hinter ihnen zurück.

Sie gelangten in einen Korridor, der rechterhand in einen Raum mündete, in dem sich zwei weitere Bewaffnete mit einem Würfelspiel die Zeit vertrieben.

Boltan hatte für sie kaum Blicke übrig, denn noch immer weilten seine Gedanken bei dem armen Mädchen drüben im Saal. Warum hatte er nicht selbst für sie geboten? Dann hätte er sie mitnehmen und später freilassen können. Andererseits ... zwei weitere Goldmünzen hätte er niemals zusammenbekommen.

Aber irgendwas musste er für das arme Ding doch tun. Nur was?

Verzweifelt humpelte er durch einen schweren Vorhang, hinein in einen geräumigen Felsgang, der der Länge nach mit einem dunklen Läufer ausgelegt war. Zahlreiche schwere Holztüren zweigten rechts und links von ihm ab. Und wie fast alle Räumlichkeiten des Gebäudes war auch dieser Gang von roten Öllaternen ausgeleuchtet.

Boltan schreckte aus seinen Gedanken, denn kaum, dass sie den Korridor betreten hatten, hallten ihnen von jenseits der Türen gedämpfte Schmerzensschreie, Stöhnlaute und ein beständiges Wimmern entgegen. Welche Szenen sich hinter den Türen abspielten, begriff Boltan erst, als er eine bemerkte, die halb offen stand. Entsetzt starrte er durch den Spalt hindurch auf ein verliesartiges Gewölbe, das mit zahllosen Folterinstrumenten ausgestattet war, darunter eine Streckbank sowie ein Holzstuhl mit Lederschlaufen und eisernen Beinschienen, die sich mittels einer Winde zusammenquetschen ließen. An der Rückwand hingen ein gutes Dutzend Zangen und andere Marterinstrumente – und soeben war eine verhärmte Frau dabei, Blut vom Boden zu wischen. Ihre Haare und ihre Haut waren aschgrau, und sie bemerkte Boltan nicht, während sie den Raum säuberte und für den nächsten Kunden fertig machte.

Hinter einer anderen Tür war verzweifeltes Flehen zu hören. Es erstickte im rythmischen Klatschen einer Peitsche.

Boltans Kopf brauste und er stolperte nur noch von reiner Willenskraft getrieben voran.

Das alles war ein Albtraum.

Der ganze Ort war ein wahr gewordener Albtraum.

Ohne es so recht zu bemerken, kollidierte er mit ihrem Führer, der um eine Ecke des Korridors gebogen war und dort einen schweren roten Vorhang beiseitezog. Er gab den Blick auf eine kleine, fast natürlich anmutende Höhle frei, deren Wände, Nischen und Simse über und über mit hell brennenden Kerzen erfüllt waren. Die Luft hier unten war überraschend gut, was auf verborgene Lüftungsschächte hinwies. Die übrigen Felswände waren mit roten Vorhängen bedeckt, bequeme Sitzmöbel sowie größere und kleinere Truhen standen herum. Neben einer Kommode prangte ein gut gefülltes Weinregal, und Boltan entdeckte gleich drei nicht einsehbare Staffeleien sowie zahlreiche Leinwände, die mit der Bildfläche gegen die Wände lehnten.

Dies war so was wie ein Atelier.

Nur dass es hier neben Farben auch nach Schweiß und nassem Hund stank.

Ein zerwühltes Baldachinbett am Ende des Gewölbes bestätigte, dass der Raum nicht nur zum Arbeiten, sondern auch als Schlafquartier diente. Am Fußende des Bettes erhob sich ein großer Käfig, in dem eine große Siebenbrückener Dogge lag. Der gefährlich aussehende Wachhund sprang hechelnd auf, als er sie bemerkte.

Hinten im Gewölbe plätscherte es und der Bewohner dieses Ortes trat hinter einer Felsnische hervor: ein hagerer Mann Ende dreißig, mit eingefettetem und streng nach hinten gekämmten dunklem Haar, das ihm zusammen mit seinem fliehenden Kinn und der langen Nase ein frettchenhaftes Äußeres verlieh.

Dass es sich bei ihm um den Maler Giorcelli handelte, erkannte

Boltan daran, dass sich der Mann zwei Pinsel zwischen die Zähne geklemmt hatte. Offenbar hatte er gerade uriniert, denn der Kerl nestelte schamlos an der Frontklappe seiner Lederhose. Sein Oberkörper war in ein weißes, von Farbklecksern bespritztes und nur nachlässig geschnürtes Hemd gehüllt, das einen Blick auf seine Brustbehaarung ermöglichte. Er hielt in seinem Tun inne, nahm die zwei Pinsel aus dem Mund und schaute sie fragend an.

»Besuch? Was verschafft mir die Ehre?« Sein Blick fiel auf Dania in ihrer Truggestalt. Dann musterte er Boltan und sein Holzbein. »Sieh an: Ihr seid ein Bekannter Tolgar Nevareks persönlich? Nun gut …« Er schnürte sich die Hose zu, bückte sich und hob einen Pisspott aus Keramik ins Licht. Kurz schwenkte er seinen Inhalt und schnüffelte daran. Zufrieden lächelnd kam er mit dem Pott zu ihnen herüber und drückte ihn wie selbstverständlich ihrem Führer in die Hand.

»Mach das weg und bring mir einen neuen. Und bei der Gelegenheit hol mir auch gleich die Kleine. Denn ich wäre jetzt so weit.«

Ihr Führer grunzte unwillig und verschwand mit dem Pott hinter dem Vorhang.

»Die Herren haben doch nichts dagegen, wenn ich arbeite, während wir uns unterhalten?« Er zwinkerte gut gelaunt. »Oder seid Ihr gar hier, um mit eigenen Augen Zeuge zu werden, wie außergewöhnliche Kunst entsteht?«

»Lasst Euch bitte nicht abhalten. Ich hätte bloß einige Fragen.« Boltan, der im Raum weitere Abartigkeiten erwartet hatte, räusperte sich befangen. Dann warf er Dania einen raschen Blick zu, die stumm dastand und Giorcelli düster beäugte. Er setzte wieder sein maskenhaftes Lächeln auf.

»Wenn ich mich zunächst vorstellen dürfte«, begann er erneut seine Scharade. »Meine Name ist Rinak von Drachenbeingrund und …«

Boltan war bei seiner Vorstellung vorgetreten und konnte so einen Blick auf eine der Staffeleien erhaschen. Sein maskenhaftes Lächeln entgleiste, denn vor ihm auf der Leinwand prangte das fast fertige Ölgemälde eines nackten, blutüberströmten blonden

Mädchens mit schmerzverzerrtem Gesicht. Es lag vor waldiger Kulisse bäuchlings über einem Felsen und ihr Rücken war regelrecht zerfetzt von blutigen Striemen. Jede der Wunden war von Giorcelli so kunstvoll in Szene gesetzt worden, dass Boltan glaubte, die Hautlappen erkennen zu können, die dem Mädchen vom Rücken hingen.

Giorcelli bemerkte seinen Blick, interpretierte ihn jedoch falsch, denn er lächelte geschmeichelt. »Ich sehe, Ihr seid beeindruckt.«

»Ihr habt ... ein Auge fürs Detail«, brach es stockend aus Boltan hervor.

»Sicher habe ich das. Insbesondere ein gutes Erinnerungsvermögen.« Er legte die Pinsel neben eine Farbpalette und trat neben ihn. Dabei schlug er die Linke vor die Brust und stützte sein Kinn nachdenklich auf die Rechte. »Der Wald war bei alledem das Schwierigste, denn ich habe hier unten schon seit Jahren keinen Baum mehr gesehen.« Er seufzte theatralisch. »Die Natur einzufangen ist ja so schwer. Der Rest ist ja gewissermaßen bloß abmalen, aber auch dazu bedarf es natürlich eines gewissen Talents.«

Abmalen? Boltan taumelte einen Schritt zurück, während Giorcelli zu der zweiten Staffelei schritt und sie so drehte, dass er auch das dortige Ölgemälde betrachten konnte. Es zeigte das gleiche oder zumindest ein ähnlich aussehendes Mädchen, diesmal auf einer mondbeschienenen Lichtung. Ihr Körper blutete ebenfalls aus zahlosen Wunden, und ihr geschundener Leib baumelte an einem Gespinst aus unzähligen Seilen, die straff unter einem Gestell herabhingen. Boltan trat irritiert vor, weil er zunächst nicht begriff, was es mit den vielen kleinen Höcker auf ihrem Körper auf sich hatte – dann kamen ihm die Tränen. Man hatte das Mädchen nicht einfach festgebunden und dann hochgezogen – die Seile endeten an metallenen Haken, die ihr unter die Haut getrieben worden waren.

»Habt ihr sie ebenfalls ... abgemalt?«, brach es stockend aus ihm heraus.

»Abmalen, abmalen ...« Giorcelli winkte affektiert ab. »Warum habe ich den Begriff überhaupt ins Spiel gebracht? Es ist doch so, Herr von Drachenbeingrund: Kunst hat seine Grenzen. Speziell den intimen Augenblick des Schmerzes vermag man nicht durch reine Phantasie einzufangen. Was glaubt Ihr, warum Euch das Bild so zu Tränen rührt? Ich sage es Euch: Weil dies mehr als nur ein Abbild ist. Es ist in Öl verewigtes Leid.« Er nahm einen Weinpokal von der Kommode, trank genüsslich einen Schluck. »Übrigens eine Auftragsarbeit für einen Kunstliebhaber aus Waldaleth. All diese Werke werden am Ende zu einem Triptychon zusammengefügt. Das dreigeteilte Gemälde folgt dem Thema *Demut, Schmerz und bestialische Lust*. Und ich gestehe, ich werde mich damit vermutlich selbst übertreffen. Nur schade, dass es in einem verschwiegenen Kabinett landen wird, wo es nicht die Aufmerksamkeit finden wird, die es verdient.« Er deutete mit dem Kelch auf ihn. »Aber deswegen seid Ihr vermutlich nicht hier. Womit also kann ich Euch dienen, dass Nevarek seinen besten Mann ausschickt, um Euch zu mir zu führen?«

Boltan verlor jede Zurückhaltung. »Ich will wissen, wo der Zauberer ist, für den Ihr die vielen Aushänge oben in der Stadt angefertigt habt.«

»Ihr seid gar nicht meinetwegen gekommen, sondern weil Ihr Meister Goltar sucht?« Missgestimmt wich Giorcelli vor Boltan zurück und betrachtete ihn noch einmal von oben bis unten. »Ihr seid doch hoffentlich nicht einer dieser Kranken, die ihm ihr letztes Hemd für ihre Heilung geben? Irgendetwas Ansteckendes, wohlmöglich?«

Boltan starrte auf die Gemälde und spürte, wie der Schmerz, den er bei dem Anblick der Gefolterten empfand, allmählich in ein anderes Gefühl umschlug: eisige Wut. »Nein, *ich* bin nicht krank.«

»Nun, ich glaube Euch mal. Einen Moment lang dachte ich wirklich, Tolgar Nevarek hätte einen Siechenden zu mir geschickt.« Erleichtert seufzte Giorcelli. »Und das, da ich abseits meiner Arbeit stets auf meine Hygiene achte. Also nichts für ungut.« Zu Boltans Befremden schob er mit dem Fuß einen niedrigen, kaum kniehohen Holzbock in die Raummitte, dessen Stützen mit Lederschlaufen versehen waren. »Nur bedauere ich:

Meister Goltar hat *mich* aufgesucht, nicht ich ihn. Er mag zwar in der Zauberei bewandert sein wie kein Zweiter, aber in der Kunst ist es eben so, dass der Schüler den Meister aufsucht, nicht umgekehrt.« Er sah seinen Besucher an. »Ihr seid sicher, dass Ihr nicht eines meiner Kunstwerke erwerben wollt?«

»Also ist er noch hier in der Stadt?«, hakte Boltan nach, ohne auf die Frage einzugehen.

»Ja, davon ist wohl auszugehen.« Giorcelli wirkte zunehmend gelangweilt. »Er hat die vielen Flugblätter ja nicht umsonst von mir anfertigen lassen.« Er ergriff zwei der Kandelaber und verrückte sie so, dass der Bock gut ausgeleuchtet wurde. »War es das dann? Denn wie schon gesagt: Ich bin am Arbeiten. Und das ist eine Arbeit, die ich auch für Euch nicht unterbrechen kann.«

»Ich muss ihn unbedingt finden.« Boltan ließ nicht locker. »Irgendeinen Hinweis, wo man ihn finden kann, muss er Euch doch gegeben haben.«

Giorcelli sah ihn befremdet an. »Warum kommt Ihr damit überhaupt zu mir? Jemand wie Ihr, der so hoch in der Gunst Nevareks steht, dass er ihn sogar zu mir führen lässt, sollte doch wissen, dass Meister Goltar üblicherweise bei Nevarek selbst unterkommt, wenn er in der Stadt weilt.« Er blickte irritiert zu Dania, die ihn lauernd beäugte. »Wenn also nicht einmal er selbst weiß, wo Goltar steckt, dann kann ich Euch vermutlich ebenfalls nicht weiterhelfen.« Er kratzte sich am Nacken und betrachtete dann seine Fingernägel. »Warum probiert Ihr es nicht beim Patriarchen, solltet Ihr dort vorgelassen werden? Immerhin hat er das viele Gold für die Ergreifung dieses Mädchens und ihrer Spießgesellen ausgelobt.«

Boltan sah finster Dania an, denn dieser Gedanke war ihm ebenfalls schon gekommen.

»Andererseits …« Giorcelli seufzte. »Nun ja. Gerüchteweise hält der Patriarch von Meister Goltar nicht allzuviel. In Dingen der Magie setzt er offenbar eher auf die Unterstützung anderer arkaner Meister. Und dieser Tage scheint er ja auf Goltar nicht unbedingt angewiesen zu sein.«

»Wovon sprecht Ihr bitte?«, fragte Boltan argwöhnend.

Giorcelli schien mit seinem befremdlichen Arrangement in der Raummitte zufrieden zu sein, denn er stiefelte hinüber zu einigen Tiegeln, um dort Farbe anzurühren.

»Alles nur Gerüchte.« Er zuckte gleichmütig mit den Schultern. »Wer weiß schon, was davon stimmt? Angeblich hat der Patriarch seit Kurzem hohen Besuch – was unser gemeinsamer Freund eigentlich ebenfalls wissen sollte. Nur meiden die gekrönten Häupter der Nachbarreiche den Patriarchen wie Katzen das Wasser. Um wen mag es sich bei dem hohen Besuch also handeln?« Er zwinkerte verschwörerisch. »Wenn Ihr mich fragt, vermutlich ein Zauberer. Nur vermutlich eben nicht Meister Goltar.«

In Kesselfurt hielt sich ein weiterer Zauberer auf? Boltan und Dania wechselten alarmiert Blicke.

In diesem Moment wurde der Vorhang beiseitegeschoben und der Bewaffnete von eben betrat das Gewölbe. Mit sich zog er ein verstörtes blondes Mädchen von fünfzehn oder sechzehn Jahren, die jenem auf den Gemälden verblüffend ähnelte. Nur waren ihre Haare kürzer. Sie trug ein verschmutztes Kleid, zitterte am ganzen Leib und starrte die Männer im Raum panisch an.

Giorcelli betrachtete sie abschätzend und nickte. »Ja, die sollte gehen. Binde sie fest.«

»Bitte nicht!«, wimmerte das Mädchen hoffnunglos.

Der Bewaffnete grunzte lediglich, drängte die Verzweifelte zum Bock und drückte sie bäuchlings darauf nieder, während er mit den Schlaufen ihre Arme und Beine an den Stützen fesselte. Dann entblößte er ihr Hinterteil.

»Was … habt ihr vor?«, entfuhr es Boltan, dem Entsetzliches dämmerte.

»Habt Ihr bereits vergessen?« Giorcelli krempelte die Ärmelaufschläge hoch, öffnete den Hundekäfig und zog die hechelnde Dogge in den Raum. »Das dritte Gemälde steht noch aus. Sein Titel: bestialische Lust! Hastor ist auf so etwas trainiert. Und Ihr dürft mir gern zur Hand gehen, wenn –«

Der Kugelblitz explodierte auf der Brust des Malers und schleuderte den Schreienden in hohem Bogen bis zum Baldachinbett, dessen Rahmen unter dem heftigen Aufprall wegbrach. Jetzt erst wurde Boltan bewusst, was er getan hatte. Er atmete stoßweise und starrte die Hand an, die er zur Beschwörung hochgerissen hatte.

Doch nicht Entsetzen erfüllte ihn, sondern eine dunkle, tiefe Befriedigung.

Und Hass.

Und dieser Hass verlangte nach mehr.

Der Maler mühte sich wimmernd hoch, riss sich verzweifelt das schmauchende Hemd vom Körper und enthüllte schwerste Verletzungen, die den halben Oberkörper entstellten. »Was … ?«

»Du verrohtes Dreckschwein!«

Ohne nachzudenken feuerte Boltan einen weiteren Kugelblitz ab. Dann noch einen. Und noch einen.

Der Erste erwischte den Bewaffneten neben dem Bock, der längst hochgeruckt war und ungläubig gaffte. Auch er wurde von der Detonation einmal quer durch den Raum geschleudert, krachte gegen eine der Staffeleien, die unter ihm zu Bruch ging, und blieb bewusstlos liegen. Der zweite Blitz fegte die knurrende Dogge von den Beinen und tötete sie. Der dritte jagte dicht neben Giorcelli, der sich hastig zur Seite warf, ins Baldachinbett. Der Maler wurde von der Druckwelle erneut gegen eine der Felswände geschleudert, während rauchende und brennende Trümmerstücke auf ihn herabregneten. Er krümmte sich unter Schmerzen und in seinen Augen stand das blanke Entsetzen.

Boltan hatte längst einen Zustand erreicht, in dem es ihm egal war, wie all das hier endete.

Keine Spielchen mehr.

Er würde jetzt in diesem Rattenloch aufräumen.

Er befreite das tränenüberströmte Mädchen von seinen Fesseln und sah nur am Rande, dass Dania ihre Truggestalt abgelegt hatte. Sie stand ein Stück vor ihm und bespritzte Giorcelli, Leinwände und Möbel mit dem Öl einer Laterne, die sie irgendwo in dem Loch aufgetrieben hatte.

»Du … bist das Mädchen, das Goltar sucht!«, kreischte Giorcelli in jähem Erkennen.

Stöhnend versuchte er hochzukommen, doch Dania trat ihm

mit voller Wucht ins Gesicht, und benommen stürzte er zurück. Sie zerrte ihn durch den Raum, wuchtete ihn anstelle des befreiten Mädchens auf den Bock und fesselte ihn.

Dann stieß sie einen der Kandelaber um und fegte mit einer beiläufigen Bewegung einige Kerzen von Simsen und Nischen. Sofort fanden die Flammen Nahrung. Sie fraßen sich durch den Raum, und mit einem puffenden Geräusch entzündeten sich Vorhänge, Leinwände und Giorcelli.

Der Mann kam zu sich und schrie wie am Spieß, während die Flammen über sein Fleisch leckten. Im hilflosen Versuch, sich von den Fesseln zu lösen, stürzte er samt dem Bock um und kam dennoch nicht hoch. Immer mehr ähnelte er einer zuckenden, lebenden Fackel, während die Flammen an den Raumwänden emporzüngelten.

Boltan wandte sich mitleidlos von dem schreienden Maler ab, zog das fassungslose Mädchen mit sich in den Korridor und ließ Dania tun, was sie für richtig hielt.

Er dachte nur daran, was er jetzt tun würde.

Tür für Tür schritt er die Verliese ab und räumte Kraft seiner Zauberei unter den dortigen Kunden auf. Mörder. Vergewaltiger. Folterer.

Keiner würde am Leben bleiben.

Einige ihrer Opfer konnte er retten, für andere war es längst zu spät.

Jeder Tote und jede Verletzte, die er entdeckte, entfachte seine Wut nur noch mehr, und fast war er froh, als ihm endlich Bewaffnete entgegenstürmten. Sie waren für all das Leid hier verantwortlich.

Auch sie würden jetzt den Preis für ihre Taten bezahlen.

Boltan brüllte wie im Wahn, feuerte einen Kugelblitz nach dem anderen ab, und dumpf rollten die Explosionen der magischen Entladungen durch den Korridor, mit denen er seine Gegner aus dem Weg räumte. Dann, endlich, stolperte er auf seinem Holzbein in den Vorraum des Bordells. Längst hatte er sich einige Öllaternen von den Wänden geschnappt, schleuderte sie voller Hass gegen die Vorhänge und ließ auch sie in Flammen aufgehen.

Dann entdeckte er die Zuchtmeisterin auf der Treppe. Ihr weiß gepudertes Gesicht blickte ebenso arrogant wie ungläubig auf ihn herab, nur um sich eine Explosion später in eine zerfetzte Fratze blutigen Fleisches zu verwandeln.

Boltan stürmte weiter in den Theatersaal, humpelte hinauf in den ersten Stock und durchkämmte die dortigen Zimmer. Und wo er war, hinterließ er eine Spur aus Tod, Flammen und Verwüstung. Er kam erst zur Besinnung, als er endlich gefunden hatte, was er suchte: den kleinen Mann, der für zwei Goldstücke das junge Mädchen ersteigert hatte.

Der Fremde stand halb entkleidet in einem der oberen Räume, neben einem Bett, auf das er die Kleine mit Stricken gebunden hatte, und schreckte zu ihm herum, als er das Zimmer betrat. Hektisch nestelte er an seiner Hose, die er – angesichts der Geräusche im Haus – soeben notdürftig schloss.

Boltan trat ihm mit wutverzerrtem Gesicht gegenüber und hob drohend die Hand. Sie ähnelte einer Kralle. »Warum tust du das dem Mädchen an?«

Er wollte eine Erklärung.

Er wollte begreifen.

Der Mann leckte sich fahrig über die Lippen, schaute hilfesuchend zur Tür, hinter der weitere Schreie und aufgeschreckte Rufe ertönten. Dann zuckte er hilflos mit den Schultern und fing plötzlich an zu wimmern. »Ich schwöre Euch, ich tue es nie wieder.«

Boltan ließ die Hand kraftlos sinken. Ebenso wie dem hilflosen Mädchen, das an das Bett gefesselt war, kamen ihm die Tränen. Müde stolperte er zu ihr hinüber und band sie los, als hinter ihm das dumpfe Geräusch eines fallenden Körpers ertönte.

Boltan drehte sich erschöpft um und sah Dania, die mit dem gekrümmten Gaaldolch in der Hand dastand. Sie hatte dem Kerl kurzerhand die Kehle aufgeschlitzt.

»Er hat gelogen«, sagte sie. »Sie lügen alle. Und jetzt sieh zu, dass wir hier rauskommen. Denn wir sind noch lange nicht fertig.«

Gemeinsam mit dem befreiten Mädchen hasteten sie an brennenden Wandbehängen und Möbeln hinunter in den Vorraum, um dort zusammen mit befreiten Sklaven und einigen wenigen Freiern aus dem Gebäude zu eilen. Boltan verhüllte sie kurz mit seinem Schattenzauber und so schafften sie es ungesehen bis auf die Straße, die bereits von Schaulustigen überfüllt war. Hastig tauchten sie in das Treiben der Neugierigen ein, während der *Rote Stall* hinter ihnen ein Raub der Flammen wurde.

Boltans Kopf rauschte. Dann begriff er, dass die Laute von dem tosenden Wasserfall herrührten.

Er spürte keine Genugtuung. Stattdessen fühlte er sich, als habe er etwas unwiderruflich verloren. Als sei er merklich gealtert. Das junge Mädchen, das er befreit hatte, hatte sich längst von ihm losgemacht und war verschwunden. Stattdessen war es Dania, die ihn stützte und in einen Hauseingang zog. Dort rutschte Boltan erschöpft auf eine Stufe und kämpfte mit den Tränen.

»Es tut mir leid«, schluchzte er, während er zu verstehen versuchte, was eben geschehen war. Er hatte getötet. Er hatte so viele Menschen umgebracht wie manche Söldner in ihrem ganzen Leben nicht. »Aber ich konnte nicht anders. Ich musste das tun. Ich musste einfach. Damit habe ich deinen ganzen Plan ruiniert.«

Dania blickte zu der Menschenmenge, die vor dem brennenden Bordell stand.

»Nein, hast du nicht«, antwortete sie ruhig. »Ich wusste, wie du reagieren würdest. Jetzt ist Nevarek gezwungen, jemanden herzuschicken. Und dieser jemand wird uns zu seinem Versteck führen. Wo auch immer sich das befindet.«

»Du wusstest, was ich tun würde?« Boltan sah ungläubig auf.

Dania lächelte eisig und in ihrem Blick lag stiller Triumph. »*Du* warst der Plan.«

Geron marschierte über eine der Brücken, die sich hoch über den dunklen Häuserschluchten Kesselfurts aufspannten, bis er bemerkte, dass Kyrell hinter ihm stehen blieb. Seine hübsche Begleiterin reckte den Kopf in die Höhe, schloss kurz die Augen und nutzte den Moment, um ihr Gesicht von der wärmenden Nachmittagssonne bescheinen zu lassen.

»Komm, wir müssen weiter«, forderte er sie sanft auf.

Er verstand sie gut. Endlich befanden sie sich wieder an einem Ort, der so hoch gelegen war, dass ihn die Sonnenstrahlen erreichten. Ein Glück, das nicht jedem Bewohner der Stadt beschieden war. Um das zu erkennen, musste er nur über das niedrige Brückengeländer hinweg in die düstere Tiefe blicken, wo gerade ein dick gegen die Kälte und die vielen Stechfliegen eingemummelter Hausierer mit seinem Hundekarren Bürsten und Besen feilbot. Armutsgestalten wie er lebten vermutlich die meiste Zeit über im Dunkeln.

Tandurin, der im Torbogen vor ihnen stand, wandte sich zu ihnen um. »Wo bleibt ihr?«

Gemeinsam mit seinem Onkel Darion und einem ihnen unbekannten Kesselfurter führte er sie seit fast einer halben Stunde über Treppen, Brücken und quer durch die Häuser immer höher in die Oberstadt Kesselfurts. Ein Begriff, den man wörtlich nehmen durfte, da es beständig Stockwerk um Stockwerk weiter nach oben ging. Clanführer Datakar Askerios, der den Nachfahren des fahrenden Volkes in der Stadt vorstand, bewohnte wie alle reichen Kesselfurter ein Domizil, das sich dicht unter dem offenen Himmel befand.

Endlich schienen sie den hoch liegenden Aufenthaltsort erreicht zu haben. Der Unbekannte lotste sie nun in ebenso enge wie verwinkelte Treppenaufgänge, die durch schmale, von Hauswänden umfasste Schächte führten, und deren schwere Gittertüren, die sich ab und an vor ihnen auftaten, an Schleusen gemahnten. Geron ahnte, wozu das Gängegewirr diente. Es war dafür gemacht, etwaige Angreifer so gut es ging aufzuhalten und im Zweifel wohl auch in die Irre zu führen. Immer häufiger begegneten sie nun Männern und Frauen, die allesamt mit ungewöhnlich guten Waffen ausgestattet waren: Dolche, Säbel und Spieße.

Ihr unbekannter Führer verabschiedete sich von Darion und Tandurin, und ihre kleine Gruppe wurden von einem rothaarigen Mann in Empfang genommen, dessen kantiges Gesicht wie aus Stein gemeißelt wirkte. Er musterte sie mit hartem Blick, schien

Darion und Tandurin aber zu kennen, denn er verzichtete darauf, sie zu entwaffnen, sondern nickte ihnen kurz zu und führte sie über eine letzte Holztreppe hinauf zu einem Durchlass, deren Tür er für sie öffnete.

Unvermittelt traten sie ins Freie, und Geron kniff leicht geblendet die Augen zusammen. Vor ihnen lag ein breiter Dachgarten, der milde vom Schein der Nachmittagssonne beleuchtet wurde. Der beständige Wind, der hier oben wehte, trug einen schweren Duft nach Rosen heran, die in bunten Blumenbeeten um sie herum wuchsen, und nahe der brusthohen Zinnen, die das Flachdach wie eine Wehr umgaben, waren in großen Töpfen lange Reihen junger Apfelbäume gepflanzt. Dazwischen ragten hölzerne Schuppen und mindestens ein weiterer Treppenzugang auf. Hier oben war das Rauschen des nahen Kataraktes deutlich zu hören.

Ebenso wie seine drei Begleiter trat Geron fasziniert vor und erhaschte einen Blick auf die Welt jenseits der Zinnen. Da war zum einen die hohe Burganlage des Patriarchen im Süden, dessen Hauptturm wie ein mahnender Finger aus der breiten Wand grauen Dunstes hervorstach, die über dem Wasserfall lag; zum anderen der Große Fluss nördlich der Stadtinsel, der sich als breites blaues Band durch eine hügelige Landschaft schlängelte. Die vielen begrünten Hausdächer ringsherum erweckten den Anschein, als würde Kesselfurt zur Gänze aus schwebenden Gärten bestehen.

Den Blickfang hier oben bildete jedoch ein schlanker, von fünf Säulen gestützter und leicht erhabener Pavillon, der von wildem Efeu umrankt wurde. Dort, auf einem gepolsterten Stuhl, saß leicht vornübergebeugt ein vermutlich vierzigjähriger Mann mit rotem, zurückgekämmten Haar, das ihm als dicker Zopf über die Schulter hing. Er besaß eine auffallende Hakennase, trug ein weißes Hemd unter einer schwarzen, mit schimmerndem Atlas durchsetzten Jacke – und schien seiner laut erhobenen Stimme nach verärgert zu sein.

Hinter dem Pavillon saß eine hübsche rothaarige Frau Ende zwanzig, die ungerührt des Disputs mit einem etwa dreijährigen Jungen in einem Sandkasten spielte, außerdem drei Wachen, die nahe des Pavillons und der Zinnen postiert waren. Alle trugen sie Schwerter und Dolche, und einer hielt eine schwere Armbrust im Arm.

Der Ärger des Mannes im Pavillon, bei dem es sich zweifellos um den Clanführer Datakar Askerios handelte, ergoss sich auf einen jungen Mann, der eine Stufe unter ihm stand und missmutig das Haupt gebeugt hielt. Mit seiner bunten Kleidung unterschied sich der Jüngere nicht sehr von den übrigen Kesselfurtern, nur, dass er um den Kopf ein schwarzes Tuch gewickelt hatte. Der prachtvolle Säbel in seinem Wehrgehänge verriet, dass er eine höhere Funktion als die übrigen Männer auf dem Dach bekleidete.

»… und jetzt höre ich, dass du nicht mal in der Lage bist, einen einfachen Straßenzug zu bewachen?«, dröhnte ihnen die Stimme des Clanführers entgegen. »Verflucht, haben du und deine Freunde gesoffen, während diese Lumpen die Taverne geplündert haben? Glaubst du, das bleibt von den übrigen Clans unbemerkt? Du hast unsere ganze Sippe in Verruf gebracht. Heute ist es bloß eine Taverne, morgen nehmen sie uns die ganze Straße ab!«

»Onkel, das war nicht meine Schuld«, wand sich der Jüngere. »Ich hatte zwei Männer abgestellt, die –«

»Erspare mir deine dämlichen Ausreden!« Askerios erhob sich aufgebracht. »Ich hatte *dir* den Auftrag erteilt, nicht irgendwelchen deiner verlausten Handlanger. Sieh zu, dass du herausfindest, wer das war. Und dann …«

Datakar Askerios' Blick streifte Darion und Tandurin. Dann Kyrell und Geron. Wie ausgewechselt grinste er.

»Darion!«, rief er deutlich milder gestimmt. »Und wen haben wir denn da: Tandurin! Warum hat mir niemand gesagt, dass ihr beiden Schlitzohren in der Stadt weilt?« Er schob den jungen Mann vor sich grob beiseite. Dann begrüßte er Darion mit ausdauerndem Schulterklopfen.

»Schön dich zu sehen!«, sagte Darion mit zitterndem Schnurbart. »Übrigens stehe ich kurz davor, dir meinen Wagen zu überlassen, wenn du mir nur ein Tiegelchen dieser Paste gegen die verdammten Fliegen bei euch besorgst.«

»Wie wäre es, wenn du einfach hier oben bleibst? Die zwicken nämlich vor allem jene, die sich unten herumtreiben.« Datakar lachte und umfasste nun Tandurins Arme mit festem Griff. »Sieh an. Bist groß geworden, Junge. Wie lange ist das jetzt her, dass du zuletzt in der Stadt warst?«

»Sieben Jahre«, antwortete Tandurin. »Einen Monat, bevor Thyrik umkam.«

»Ja, die Sache mit deinem Bruder ist auch mir nahegegangen. Der Junge hatte Talent.« Datakar klang bekümmert. »Kein Wunder, dass sich dein Stiefvater seitdem nicht mehr nach Kesselfurt traut. Der weiß vermutlich, was ich mit ihm anstellen würde. Habe gehört, die Ratte hat sich nach dem Sturz aus dem Staub gemacht und dich im Verlies schmoren lassen?«

»Ja, so in etwa war es.«

»Wo warst du nur all die Jahre? Du weißt doch, für einen Kerl wie dich gäbe es hier jede Menge gut bezahlte Arbeit. Denn glaub mir, manchmal wünschte ich, ich hätte einen Neffen von deinem Format.« Er drehte sich angewidert zu dem jungen Mann hinter ihm um. »Und nicht so einen elenden Wichtigtuer, der bloß zwei Sachen kann: saufen und sich mit meinem Geld vor den Huren der Stadt aufspielen. Hätte ich meiner Schwester nicht am Totenbett versprochen, mich um ihn zu kümmern, dann hätte ich diese Missgeburt schon lange über den Katarakt gehen lassen!«

»Ich habe mich einige Jahre als Artist versucht«, antwortete Tandurin unverbindlich.

Datakar grinste. »Na, ich hoffe doch, du hast das Klettern nicht verlernt?«

»Verlernt ein Fisch das Schwimmen?« Tandurin reichte Datakars Neffen die Hand. »Ich glaube, wir beide haben uns schon einmal getroffen? Euer Onkel sagte es bereits: Ich bin Tandurin.«

Der Angesprochene ähnelte Datakar durchaus. Auch er besaß eine auffallende Hakennase. An seinem Kinn wuchs weicher Flaum, der vermuten ließ, dass er weit jünger war, als er sich gab.

»Ich bin Jarre.« Datakars Neffe ignorierte Tandurins ausgestreckte Rechte geflissentlich. »Und ich wüsste, wenn wir beide uns schon einmal begegnet wären. Ich erinnere mich überhaupt an jedes Landei, dem ich schon einmal begegnet bin.«

»Ist das so?« Tandurin zog die Hand zurück, lächelte unterkühlt und wandte sich von ihm ab, denn Datakar Askerios baute sich nun vor Kyrell und Geron auf.

»Und jetzt sagt schon, wen ihr mitgebracht habt.« Der Clanführer betrachtete Kyrell. »Denn es kommt nicht häufig vor, dass ich so hübschen Besuch erhalte. Leider bin ich schon verheiratet.« Schalkhaft hob er einen Zeigefinger. »Aber nicht, dass das an die Ohren meiner Frau gelangt.« Er lachte dröhnend und drehte sich dabei kurz zu der Frau hinter dem Pavillon um, die argwöhnisch aufsah. Askerios warf ihr einen Handkuss zu.

»Ihr schmeichelt mir«, erwiderte Kyrell.

Datakar musterte nun Geron vom Kopf bis zu den Händen. »Und hier haben wir noch jemanden, der zwar die Kleidung des fahrenden Volkes trägt, aber ganz sicher nicht zu ihm gehört. Und zwar jemanden, der offenbar noch nie im Leben hart gearbeitet hat.«

»*Mir* schmeichelt Ihr jedenfalls nicht«, meinte Geron ungerührt. »Schade. Dabei hatte ich gehofft, ich könne ebenfalls durch mein gutes Aussehen glänzen.«

Datakar sah ihn lauernd an, dann lachte er. »Immerhin, Junge, dein Humor gefällt mir!« Er führte Darion zum Pavillon. »Und jetzt, mein Bester, sag mir, warum du und deine Begleiter hier seid. Ihr seid doch aus Waldaleth angereist?«

»Ja, gewisse Geschehnisse dort machten eine vorzeitige Abreise unumgänglich.«

»Ich hörte davon.« Datakar setzte sich und winkte einen Wachmann heran, der einen Stuhl für Darion bringen sollte. »König Almerdin wurde abgestochen. Angeblich von seinem eigenen Sohn.«

Geron und Kyrell wechselten einen unbehaglichen Blick.

»Du weißt davon?« Irritiert fuhr sich Darion über den Schnurrbart. »Eigentlich dachte ich –«

»Was glaubst du, wie meine Geschäfte funktionieren? Indem ich den ganzen Tag in der Sonne sitze?« Der Clanführer wischte beiläufig den langen Zopf beiseite. »Nein, ich unterhalte natürlich überall in den Nachbarreichen berittene Boten. Jeder hier in Kesselfurt ist längst über die Geschehnisse in Waldaleth informiert. Auf den flüchtigen Königsspross wurden angeblich fünfhundert Goldmünzen ausgesetzt.«

»Ein solches Vermögen?« Darion sah ihn ungläubig an.

»Ja, man könnte sich an ihm eine goldene Nase verdienen.« Datakar griff zu einem Weinpokal und trank einen Schluck.

»Wenn man uns das Geld überhaupt aushändigen würde.« Darion räusperte sich. »Du weißt ja, wie unsereins üblicherweise behandelt wird.«

»Ja, weiß ich«, knurrte Datakar und stellte den Pokal zurück.

»Das heißt, ihr habt uns diesmal keine Waffen aus Waldalether Stahl mitbringen können«, mischte sich Datakars Neffe in die Unterhaltung ein. »Derzeit kann man mit ihnen Preise erzielen, die selbst die Gewinne der Pilze um ein Vielfaches übersteigen.«

Datakar sah missmutig zu ihm auf, sagte jedoch nichts. Geron kniff leicht verärgert die Augen zusammen. Tandurins Sippe schmuggelte also Waffen aus kostbarem Waldalether Stahl aus der Königsstadt? Darauf standen hohe Strafen. Wenn er davon nur zwei Wochen früher erfahren hätte, dann …

Der mahnende Blick Kyrells traf ihn und er atmete tief durch. Es wurde allmählich Zeit, dass er sich damit abfand, ein Geächteter zu sein.

Darion schaute flüchtig zu Geron und räusperte sich. »Nein, diesmal war das leider nicht möglich. Wie ich schon sagte, wir mussten leider überstürzt aufbrechen. Stattdessen –«

»Und was ist das da!« Jarre deutete auf den Griff Ceredrils, der unter Gerons Jacke hervorragte. Rasch überwand Datakars Neffe die wenigen Schritte zwischen ihnen und wollte bereits nach der Waffe greifen, doch Geron stoppte ihn mit raschem Griff.

»Fass sie auch nur einmal an«, zischte er warnend, »und ich schneide dir deine diebischen Finger mit der Klinge ab!«

In den Augen seines Gegenübers loderte Zorn. »Du Kretin wagst es, mir zu drohen? Hast du vergessen, wem du gegenüberstehst?«

Einen kurzen Moment lang spannten sich die Wachen, doch Datakar gemahnte sie mit einer beiläufigen Bewegung zur Ruhe. »Was wird das, Jarre? Willst du Ärger mit unseren Gästen anzetteln?«

Der Neffe starrte noch immer gierig Ceredril an – als sich plötzlich Erkennen in seinen Blick mischte. »Meine Güte, das ist eine Elfenklinge!«

Abermals versuchte er, nach der Waffe zu greifen – als Gerons Faust in seinem Gesicht explodierte. Jarre stolperte mit blutig geschlagener Lippe zurück und sah ihn hasserfüllt an. Blindwütig griff er nach seinem Säbel.

»Genug!«

Wütend sprang der Clanführer auf, marschierte zu seinem Neffen, packte ihn am Kragen und schleifte ihn zu dem zweiten Ausgang nach unten.

»Was glaubst du, wer *du* bist?«, fauchte er ihn an. »Ich entscheide. Und jetzt zisch ab zu deinen Freunden und bringt mir das Geld zurück, das uns gestohlen wurde. Ansonsten werf ich dich eigenhändig in den Großen Fluss. Hast du mich verstanden?«

Er stieß seinen Neffen in den Zugang und wartete, bis dieser in der Tiefe verschwunden war. Dann atmete er tief ein und drehte sich langsam zu Geron um. »Und was Euch betrifft, Königliche Hoheit, solltet Ihr besser lernen, Euer aufbrausendes Temperament unter Kontrolle zu bekommen. Andernfalls kommt Ihr nicht weit.« Seelenruhig schritt er zurück zum Pavillon.

Die drei Wächter auf dem Dach musterten Geron mit neuem Interesse.

»Ihr wisst, wer ich bin?«, fragte dieser bestürzt.

Datakar setzte sich und deutete gelassen auf Ceredril. »Es gibt nur wenige, die echte Elfenklingen ihr Eigen nennen. Außerdem bin ich etwas in der Welt herumgekommen.« Er lehnte sich zurück. »So war ich zum Beispiel vor acht Jahren beim Großen Turnier in Goldheim. Geschäftlich … Und da wart auch Ihr zusammen mit Eurem Vater zu Gast, wie Ihr Euch vielleicht erinnert. Ihr seid in der Zwischenzeit zwar zu einem Mann herangewachsen, aber ich habe Euch sogleich wiedererkannt.« Er grinste. »In

Wahrheit dämmerte mir, wer Ihr seid, als ich überlegte, wer um alles in der Welt an solch eine Klinge herankommt, wie Ihr sie offen tragt. Ihr solltet sie künftig besser verstecken.«

»Datakar«, hob Darion zerknirscht an. »Ich hatte nicht vor, dich zu –«

»Lass gut sein.« Der Clanführer winkte ab.

»Ich weiß nicht, wie ich Euch danken soll«, meinte Geron geradeheraus. »Jeder andere hätte die fünfhundert Goldmünzen ohne zu zögern eingestrichen. Doch ich schwöre: Ich habe mit dem Tod meines Vaters nichts zu tun.«

»Prinz.« Abschätzig verzog der Clanführer die Lippen. »Es ist mir vollkommen egal, was in Waldaleth geschehen ist. Ich müsste lügen, wenn ich behauptete, dass mir der Tod Eures Vaters sonderlich nahegeht. Er hat uns Kesselfurter behandelt wie alle anderen Herrscher auch: nämlich mit Nichtachtung. Aber da Ihr Euch in Darions Begleitung befindet, und ich der Lektion, die Ihr meinem törichten Neffen erteilt habt, durchaus etwas abgewinnen kann, schätze ich, dass Ihr ein Mann von Ehre seid. Jemand, der im Zweifel zu seinem Wort steht. Und ganz offensichtlich seid Ihr gekommen, weil Ihr etwas von mir wollt.« Er beugte sich vor und bleckte die Zähne. »Und was auch immer es ist, Ihr werdet dafür einen Preis bezahlen.«

»Na gut.« Geron trat vor den Pavillon und blickte Datakar in die Augen. »Was wollt Ihr?«

»Ich denke langfristig.« Der Mann schaute ihn durchtrieben an. »Was ist schon ein lausiges Kopfgeld, wenn ich über Euch an Waldalether Stahl herankomme?«

»Ihr wollt zu dem kleinen Kreis Auserwählter gehören, die offiziell von uns mit Waffen beliefert werden? Ein Vorrecht, das bislang nur Adligen gewährt wird.«

»Nein.« Datakar Askerios' Grinsen wurde breit. »Ich will in das Geheimnis seiner Verhüttung eingeweiht werden.«

Geron lachte, doch die Miene seines Gegenübers verzog sich nicht.

»Ihr wisst, dass im Augenblick meine Schwester über Waldaleth herrscht?«

Der Clanführer zuckte ungerührt mit den Schultern. »Ich bin Spieler. Was habe ich zu verlieren? Und machen wir uns nichts vor« – seelenruhig griff er zu seinem Trinkpokal – »es wird doch wohl einen Grund haben, warum Ihr in Begleitung Darions und Tandurins hier seid. Ich frage nicht einmal nach den Umständen, die Euch zusammengeführt haben, aber ich gehe jede Wette ein, dass das irgendwie mit Eurem Versuch zusammenhängt, den Thron Waldaleths wiederzuerlangen. Habe ich recht?« Datakar nahm einen Schluck.

Geron blickte zur Festung des Patriarchen hinüber, während seine Gedanken rotierten. Der Mann nutzte schamlos seine Notlage aus und erpresste ihn. Dabei wusste er natürlich, dass der Handel mit Waldalether Stahl maßgeblich zum Wohlstand des Königreiches beitrug. Geron fragte sich, was er für ein Herrscher war, wenn er sich darauf einließ. Ein Konkurrent würde nicht nur die Preise verderben, er würde auch dafür sorgen, dass Nachbarreiche wie Schwalbensee mittelfristig deutlich gefährlicher werden würden. Andererseits waren in den letzten Jahrhunderten viele Klingen seiner Heimat in Umlauf gelangt. So viele, dass selbst schlichte Söldner heutzutage Waffen aus dem harten Stahl ihr Eigen nannten. Und er war kein Herrscher mehr. Das hier war vielleicht seine einzige Hoffnung, um den Thron wiederzugewinnen.

»Na gut, offenbar bleibt mir nichts anderes übrig.« Geron sah den Clanführer zerknirscht an. »Bei der Ehre des Königsheils, ich werde Eurem Wunsch nachkommen, sollte es mir je gelingen, den Thron zurückzuerlangen.«

Datakar Askerios klatschte sich lachend auf die Schenkel. »Na, das ist doch mal ein Wort.« Sein Blick wurde gefährlich. »Aber ich warne Euch: Solltet Ihr wortbrüchig werden, dann werdet Ihr selbst auf der Weißen Burg keine Nacht mehr ruhig schlafen können.«

Die beiden schlugen ein, dann lehnte sich der Clanführer zurück. »Also, was ist es, das Ihr von mir wollt?«

Kyrell trat vor. »Wir müssen unerkannt in die Festung des Patriarchen gelangen.«

»Sieh an!« Datakar musterte sie aufmerksam. »An diesen Ort gelangt man offiziell nur über das Haupttor der Feste. Es gibt zwar angeblich einen Fluchttunnel, aber wo der liegt, das ist ein Geheimnis, das bislang noch jeder Patriarch mit ins Grab genommen hat.«

»Jeder weiß, dass Ihr über einen guten Draht zum Patriarchen verfügt«, mischte sich Tandurin ein. »Vereinbart ein Treffen, nehmt uns als Begleitung mit, und wir erledigen den Rest. Unauffällig natürlich.«

Datakar betrachtete ihn, Kyrell und Geron aufmerksam. »Sind es Zaubererangelegenheiten, die Euch dorthin führen?«

»Zaubererangelegenheiten?«, haspelte Kyrell.

»Mädchen, halte mich nicht für dumm!« Datakar sah sie lauernd an. »Jeder weiß, dass unser Prinz hier als Zauberlehrling am Hof der Herzogin von Greifenfels war. Glaubst du, ein Thronfolger mit magischen Fähigkeiten würde bei den Nachbarreichen keinen Argwohn erregen? Und ich weiß auch schon lange, dass Tandurin in den letzten Jahren mitnichten als Artist, sondern ebenfalls als Zauberlehrling unterwegs war. Ich muss also nur eins und eins zusammenzählen, um zu vermuten, dass auch du eine Zauberin bist.«

Geron schwor sich, diesen Mann niemals wieder zu unterschätzen.

»Und was, wenn dem so ist?«, wollte er wissen.

»Nun, ganz einfach: Egal, was dort eure Absichten sind, vermutlich wäre es für euch nützlich zu wissen, dass der Patriarch gerüchteweise einem Zauberer Quartier gewährt.«

»Goltar!«, presste Geron zerknirscht hervor.

»Wer auch immer das ist.« Datakar beugte sich verschwörerisch vor. »Letzte Nacht sind wohl weitere Zauberer in der Stadt eingetroffen. Einer meiner Männer hat am Himmel über den Dächern etwas gesehen, das er für ein fliegendes Gefährt hielt.«

»Was für ein Objekt war das bitte?«, fragte Tandurin aufgeschreckt.

»Keine Ahnung. Flach, aber groß genug, dass darauf mehrere Personen Platz hatten.«

»Meine Güte, dann hast du vorhin vielleicht doch Boltan gesehen?«, wandte sich Geron erstaunt an Kyrell. »Und das bedeutet, dass die anderen ebenfalls hier sind.«

»Hat dieser Aufmarsch von euch Zauberern irgendetwas mit den Viehverstümmelungen drüben auf der anderen Uferseite zu tun?«, fragte Datakar.

»Was für Viehverstümmelungen?« Tandurin sah ihn beunruhigt an.

»Die Viehtreiber, die ich beschäftige, haben in den letzten zwei Wochen drei ausgewachsene Rinder unter geheimnisvollen Umständen verloren. Und zwar durch irgendetwas, das die Herden nächtens in alle Richtungen versprengt hat.« Düster sah der Clanführer jeden einzelnen von ihnen an. »Ich hab die Sache von meinen Männern untersuchen lassen. Doch alles, was sie von den verschwundenen Viechern gefunden haben, war ein Kopf. Wenn ich es nicht besser wüsste, würde ich sagen, er wurde glatt abgebissen …«

Geron und seine Gefährten warfen sich befremdete Blicke zu. »Keine Ahnung, was es damit auf sich hat«, antwortete er. »Aber wir werden der Sache nachgehen.«

»Tut das.« Datakar fasste entschlossen an seinen Zopf. »Ich für meinen Teil werde noch heute Abend einen Boten ausschicken und ein Treffen mit dem Patriarchen vereinbaren. Es gibt da tatsächlich noch eine Sache, über die ich mit ihm verhandeln muss. Und bei der Gelegenheit sollte es ein Leichtes sein, Euch als meine Beglei–«

Hinter ihnen klappte die Tür des Aufgangs, über die sie auf den Dachgarten gelangt waren, und ein älterer Mann verbeugte sich atemlos. »Datakar, beunruhigende Nachrichten!«

»Was ist, Elger?« Der Clanführer richtete sich alarmiert auf.

»Gerade kommt die Meldung herein, dass unten in Alt-Kesselfurt der *Rote Stall* abgefackelt wurde. Mitten in Nevareks Territorium. Das kann nur bedeuten, dass sich mindestens zwei Clans gegen ihn verbündet haben, denn niemand nimmt es mit ihm alleine auf.«

»Scheiße. Das läuft auf einen Krieg hinaus.« Datakar stieß einen sehr unflätigen Fluch aus, erhob sich und blickte seine Besucher an. »Tut mir leid, aber das mit dem Treffen beim Patriarchen wird kaum möglich sein. Jetzt wird jeder Clan in der Stadt seine Reviere dichtmachen – wenn hier nicht sowieso das völlige Chaos ausbricht.«

»Darion« – Tandurin drehte sich alarmiert zu seinem Onkel um – »du musst so schnell wie möglich die Stadt verlassen.«

»In Ordnung.« Darion fuhr sich beunruhigt über den Schnurrbart. »Aber was macht ihr?«

Geron sah, wie Tandurin unglücklich zur Burg des Patriarchen aufblickte. »Ich denke, uns bleibt wohl nichts anderes übrig, als etwas gänzlich anderes zu wagen.« Er wandte sich an Datakar. »Kommt Ihr an eine Kletterausrüstung heran, wie sie die Steiger Alt-Kesselfurts benutzen?«

Dania saß im Schneidersitz auf dem fliegenden Teppich, hielt sich an einer Schlaufe fest, die aus dem Flickengewirr hervorragte, und beäugte Ambra dabei, wie diese die nächtliche Finsternis nutzte, um das magisches Gefährt ungesehen über Brücken hinweg und an Lastkähnen vorbei durch die düsteren Straßenschluchten Kesselfurts zu steuern.

Schwarz und bedrohlich glitten die hohen Hausfassaden an ihnen vorbei, und hin und wieder wogten kleinere Wellen durch das löchrige Gewebe – Bewegungen, die Dania das Gefühl gaben, auf einer sanften Dünung zu reiten. Allein Boltan hockte unwürdig auf allen vieren zwischen ihnen, krallte sich verzeifelt in den Löchern des Teppichs fest und schlug gelegentlich nach einer der herumsirrenden Stechfliegen, während er ängstlich voraus in die Dunkelheit starrte. Wie schon bei ihrer Anreise hatte er große Angst davor, den Halt zu verlieren und in die Tiefe zu stürzen.

Seine ungewohnte Schweigsamkeit in den letzten Stunden hatte natürlich andere Gründe. Noch immer verzieh er ihr die Art und Weise nicht, wie sie ihn für ihre Pläne eingespannt hatte.

Er würde darüber hinwegkommen.

Zumindest hoffte Dania das, denn anders als nahezu alle Männer, die sie bislang kennengelernt hatte, verhielt sich Boltan auf eine fast verzweifelte Weise kindisch. Die wahre Natur des Menschen aber war roh. Und verschlagen. Und rein auf den eigenen Vorteil bedacht. Heute hatte es Boltan auf die harte Tour gelernt, wie die Welt funktionierte. Er sollte ihr dankbar sein. Ganz davon abgesehen, dass er bei ihrem Vorhaben nie freiwillig mitgemacht hätte. Doch es bedurfte eben eines Blutbades, um Nevarek aus seiner Deckung zu locken. Anders ging es nicht. Und Dania erfüllte das Geschehene mit freudiger Erregung. Jeder einzelne der Männer, die da unten verreckt waren, stand für eines der Schweine, die sie und Vala geschändet hatten. Und jeder von ihnen hatte den Tod mehr als verdient.

Bislang war Danias Plan wie am Schnürchen verlaufen. Nur eine knappe Stunde nach Ausbruch des Brandes im *Roten Stall*, und genau so, wie sie es vorhergesehen hatte, war die rechte Hand Nevareks im Rotlichtviertel aufgetaucht: der echte Yugor!

Sie waren dem brutalen Mann quer durch die Höhlenstadt und dann über den Durchbruch hinauf in die Oberstadt gefolgt. Yugor war vorsichtig gewesen und hatte Haken durch die Stadt geschlagen, doch am Ende hatte er sie zu einem himmelwärts strebenden und gut bewachten Bau im Nordteil der Stadt geführt, in dessen oberste Stockwerke man nur mittels eines Lastenaufzugs gelangte.

Dania war klar gewesen, dass sie Nevareks Versteck gefunden hatten. Sie waren daraufhin zu Ambra zurückgekehrt und hatten ungeduldig den Einbruch der Dunkelheit abgewartet, um sich bei der nächsten Möglichkeit Zutritt zu verschaffen.

Das Glück war ihnen hold, denn kurz nach Sonnenuntergang waren schwere Wolken über Kesselfurt aufgezogen, die nur ab und an aufrissen und etwas Mondlicht hindurchließen.

Sie rauschten abermals über einen der Kranbalken hinweg, die aus den Gebäudefassaden hervorstachen, und Dania reckte sich, da sich ihr Ziel vor ihnen abzeichnete. »Dorthin, Ambra!«

Je näher sie dem verschatteten Dachgarten kamen, desto stärker wurde das Kribbeln unter ihrer Haut. Die Verbindung zwischen ihr und Vala war schon immer stark gewesen. Sie fühlte, nein, sie *wusste*, dass ihre Schwester in diesem Gebäude gefangen gehalten wurde.

Doch statt auf das Hausdach zuzufliegen, ließ Ambra den Flickenteppich jäh in die Tiefe der Häuserschlucht absacken, beschrieb einen heftigen Rechtsschwenk und stoppte den fliegenden Untersatz erst hinter einem ausladenden Balkon. Boltan schlug sich rasch die Hand vor den Mund und würgte, was trotz des ewigen Rauschens des Wassers zu hören war.

Ambra deutete stumm zu der Wehrmauer empor, mit der das Hausdach umgeben war. Dania begriff. Dort oben, schwach beschienen vom Mondlicht, stand ein Bewaffneter, der das umliegende Dächermeer der Stadt im Blick behielt. Und der Mann erweckte nicht den Eindruck, als wolle er seinen Platz demnächst räumen.

»Und, Dania?«, ätzte Boltan, der ebenfalls zum Dach aufsah. »Soll ich ihn wieder für dich umbringen? Könnte bloß ein bisschen auffällig werden.«

Ambra machte im Dunkeln Zeichen, die sie nicht zu deuten wusste.

Dania schnaubte. »Wir brauchen ihn lebend. Schaut lieber, ob ihr da oben noch weitere Wachen entdeckt.«

»Stimmt«, giftete Boltan weiter. »Ein Toter allein reicht ja nicht. Am besten der dicke Krüppel fackelt für dich gleich das ganze Haus ab. Ach nein, das könnte ja deine Schwester gefährden …«

Ambra stieß Boltan heftig vor die Brust und hob mahnend einen Finger. Abermals gestikulierte sie und Dania verstand. »Ich glaube, sie bittet dich darum, dass du für ein bisschen mehr Dunkelheit sorgst«, erklärte sie, nicht gewillt, sich provozieren zu lassen. »Und keine Bange, diesmal musst du dir deine Hände nicht schmutzig machen.«

Boltan sah sie böse an, fügte sich aber. Schlagartig wurde es finster um sie herum.

»Ist es möglich, dass du die Schatten so formst, dass wir noch etwas sehen?«, fragte Dania.

»Ich bin nicht Walmar«, kam es gereizt zurück.

Dennoch lichtete sich ihr Sichtfeld etwas.

Ambra glitt mit dem fliegenden Teppich allmählich an der Hausfassade empor, und Dania nestelte an dem Waffengürtel, den sie aus der Wohnung des Söldners entwendet hatte. Er war mit drei Messern und zwei leicht gebogenen Wurfhölzern bestückt. Nicht, dass sie damit umgehen konnte, doch das musste sie auch gar nicht.

Sie wartete ab, bis sie so hoch aufgestiegen waren, dass sie den Garten auf dem Hausdach trotz der Dunkelheit überblicken konnten. Er machte einen verwilderten Eindruck. Zwischen den Sträuchern und Beeten erhoben sich Schuppen und überdachte Holzbauten. Bewegungen waren dort oben nicht zu sehen.

»Flieg etwas näher ran!«, wisperte sie und griff nach einem der Wurfhölzer.

Ambra tat es, Boltan murrte. »Was hast du vor?«

Sie umwickelte das Wurfholz mit Stoff und berührte mit der Linken die silberne Brosche samt der drachenbeinernen Schmuckintarsie, die den Elfenjäger zeigte.

»Erinnerst du dich noch an die Brosche, die in Goltars Vitrine lag?«, flüsterte sie. »Ich zeige euch jetzt, was sie kann.«

Weit holte sie aus, konzentrierte sich auf den Wächter und schleuderte ihm das Wurfholz entgegen. Die Waffe wirbelte durch die Nacht, die Brosche blitzte unmerklich auf, dann schlug das Holz unvermittelt einen Haken und jagte schräg von unten auf ihr Opfer zu.

Wie vom Blitz gefällt brach der Wächter hinter den Zinnen zusammen.

»Meine Güte!«

Dania genoss Boltans bewundernden Ausruf.

Ambra rauschte mit dem Flickenteppich auf das Dach des Gebäudes und landete unweit jener Stelle, an der sie den Mann zuletzt gesehen hatten.

Sein Körper lag hinter einer Dornenhecke. Hastig kam Dania auf die Beine, eilte zu ihm hinüber und betastete Kopf und Hals. Der Fremde hatte eine dicke Beule, doch auch einen Pulsschlag.

»Sieht so aus, als könne er uns noch Auskunft geben«, sagte sie, während sie das umwickelte Wurfholz wieder einsteckte.

Boltan mühte sich ebenfalls vom Teppich und sah sich suchend auf dem Dach um. »Nur sollten wir ihn vorher irgendwie fesseln.«

»Lass mich etwas probieren ...« Dania hatte in jeder freien Minute der zurückliegenden Wochen Boltans Zauberbuch studiert. Dabei hatte es ihr speziell ein Zauber angetan, mit dem sich Pflanzen in ihrem Wuchs manipulieren ließen. Sie hoffte, so die Potenz gewisser Heil- und Zauberkräuter zu verstärken und Vala besser helfen zu können. Doch den weitschweifigen Beschreibungen der Zauberformel nach ermöglichte die Magie noch weit mehr.

Sie rief sich die komplizierten Zauberworte ins Gedächtnis, wirkte das magische Gewebe und konzentrierte sich auf die Hecke neben dem Bewusstlosen. Der Busch zitterte und seine Blätter raschelten, als würde sich in seinem Innern ein Wiesel verstecken.

»Was wird das?«, zischte Boltan. Ambra legte den Kopf schräg und beäugte sie.

»Lass mich!« Dania wirkte den Zauber abermals und diesmal fügte sich ihr die Magie.

Auf ganzer Buschbreite schraubten sich plötzlich Dutzende Dornenranken wie dünne Tentakel in die Luft, tasteten zittrig durch die Luft, stießen dann nach unten, wurden immer länger und umwickelten den Mann wie Taue.

Dania ließ erst ab von ihrem Tun, als sie den Eindruck hatte, dass der Kerl fest verschnürt war. Sollte er versuchen, sich zu befreien, würden ihm die Dornen tief ins Fleisch stechen. Sie lächelte böse. Eigentlich könnte sie die Dornenschlingen auch jetzt fester zuziehen. Bei dem Gedanken spürte sie ein Hochgefühl, wie sie es bei dem Gemetzel im *Roten Stall* empfunden hatte. Sie entwickelte sich allmählich wirklich zu einer Zauberin.

»Offenbar habe ich die Wirkung der Formel unterschätzt!« Boltan trat neben sie und betrachtete ihr Werk. »Ich hätte nicht gedacht, dass schnelles Wachstum auch das ermöglicht.«

Ambra klappte zweimal leicht in die Hände und warf ihnen einen ungeduldigen Blick aus ihren roten Augen zu.

Dania bückte sich, wirkte einen Heilzauber und sorgte so dafür, dass die Beule des Mannes abschwoll. Dann schlug sie ihm leicht ins Gesicht.

Stöhnend kam der Kerl zu Bewusstsein. Er öffnete die Augen, sah sie ungläubig an und versuchte sich sofort zu befreien. Der Versuch endete in Schmerzenslauten.

Bevor er schreien konnte, setzte sie ihm die Gaalklinge an den Hals.

»Kscht!«, zischte sie. »Wie viele Wachen sind hier oben?«

Der Mann sah sie verstockt an und so ritzte sie ihm den Hals, bis Blut perlte.

»Fünf!«, keuchte er. »Aber ganz unten im Gebäude sind noch einmal mindestens fünfzehn.«

»Ist Tolgar Nevarek ebenfalls hier?«

Der Gefesselte nickte zögernd.

»Hat er von irgendjemandem Besuch?« Dania ritzte ihn abermals.

»Nein«, keuchte der Fremde. »Das hier ist sein geheimes Versteck. Nevarek empfängt hier nie Besuch. Er ist überhaupt nicht häufig in der Stadt … Er will, glaube ich, nicht riskieren, dass ihn jemand sieht. Er hält da unten bloß eine Hure gefangen.«

»Sagst du uns auch die Wahrheit?«, fragte sie lauernd. »Nur Nevarek und fünf Bewaffnete?«

»Ja, ich schwöre!«

Ambra trat neben ihn, umfasste das Kinn des Mannes und blickte ihm in die Augen. Dann ließ sie ihn los und nickte.

»Also sagt er die Wahrheit. Die erste gute Nachricht heute.« Boltan stöhnte gequält. »Solange wir uns nicht auch noch mit Goltar anlegen müssen, haben wir wenigstens eine Chance. Frag ihn, wo deine Schwester gefangen gehalten wird. Und dann lass uns die Sache endlich hinter uns bringen.«

»Du hörst es! Also antworte«, zischte Dania.

Ihr Gefangener beschrieb ihnen den Weg zu dem Raum, in dem Vala eingekerkert war, beginnend bei einem Aufgang hinter einem der Schuppen auf dem Dachgarten. »Aber ihr werdet für euer Eindringen den Preis bezahlen, den ihr verdient«, höhnte ihr Gefangener. »Nevarek hat Tricks auf La–«

Dania hielt ihm den Mund zu – und schlitzte ihm kalt lächelnd die Kehle auf. Dunkles Blut quoll ihr entgegen.

»Wa… nicht!« Boltan fiel ihr entsetzt in den Arm.

Zu spät.

»Hast du es immer noch nicht begriffen?«, herrschte sie ihn hasserfüllt an. »Keiner von ihnen verdient es zu leben. Kein Einziger!«

Boltan schaute sie fassungslos an. »Was, bei allen Schicksalsmächten ist los mit dir?« Ungeachtet der Klinge, die sie in Händen hielt, stieß er sie vor die Brust. »Merkst du nicht, dass du dich mit ihnen gemein machst?«

»Du hast keine Ahnung, was Vala und ich erlitten haben. Du weißt nicht, was Schmerz ist!«

»Weiß ich nicht?« Seine Stimme bebte vor Wut. »Du warst es doch, die mir bei vollem Bewusstsein ein Bein abgesäbelt hat! Also erzähle mir nicht, dass ich nicht wüsste, was Schmerz ist. In Wahrheit bist du kein Stück besser als die Männer, die wir heute abgeschlachtet haben. Du bist blind vor Rachegedanken. Dir ist doch scheißegal, wen du umbringst. Hauptsache, er ist männlich! Inzwischen bereue ich es, dass ich dafür war, dich in das Drachenauge blicken zu lassen. Und deine arme Schwester … die tut mir inzwischen nur noch leid. Wenn sie wüsste, was aus dir geworden ist, dann –«

»Wage es nicht, über uns zu urteilen!«

»Was?« Boltan breitete die Arme aus und trat dicht vor sie. »Stichst du mich dann auch ab? Komm schon. Ich bin ebenfalls ein Mann! Macht doch keinen Unterschied.«

»Du bist kein Mann«, höhnte Dania. »Du bist nur eine dicke Jungfrau, die nicht weiß, was sie mit ihrem Schwanz anfangen soll. Aber sobald du das weißt, wirst auch du wie alle anderen. Einen Krüppel will niemand haben. Und dann wirst auch du dir mit Gewalt nehmen, was du willst. Und dann komme ich vielleicht tatsächlich zu dir, um dir noch etwas anderes abzuschneiden. Denn jetzt habe ich die Macht! Jetzt bin ich am Zug! Ich!«

Boltan sah sie getroffen an. »Du bist so armselig wie dein Lehrmeister Goltar. Ihr beide passt zueinander.«

Zitternd kämpfte Dania gegen den Impuls an, ihm die Gaalklinge in die Brust zu rammen. Doch sie konnte es nicht.

Sie brauchte ihn.

Boltan wandte sich müde von ihr ab und humpelte auf den Dachzugang zu. »Und jetzt lass uns deine Schwester da rausholen. Danach trennen sich unsere Wege. Lieber krepiere ich, als so zu werden wie du.«

Dania sah ihm böse nach und maß Ambra mit knappem Blick. Die hatte den Disput wie so oft reglos verfolgt.

»Siehst du das ebenso?«, blaffte sie sie an.

Ambra antwortete nicht.

»Natürlich.« Abfällig verzog Dania die Mundwinkel. »Halte dich hier für unseren Abflug bereit.« Sie nickte in Richtung des Toten, um dessen Halswunde sich allmählich eine große Blutlache ausbreitete. »In der Zwischenzeit kannst du ja deinen Teppich füttern …«

Wütend eilte sie hinter Boltan her, der den Türriegel geöffnet hatte. Er wirkte sein Schattengewebe, hüllte sie beide damit ein, dann schlichen sie in die Tiefe.

So, wie die Wache beschrieben hatte, erreichten sie einen prachtvoll ausgestatteten Korridor, der mit Ölgemälden halb bekleideter Elfenmädchen behängt war. Von den goldenen Öllampen brannte nur eine und gleich drei Türen zweigten von ihm ab.

Plötzlich waren Schritte zu hören und hinter einer Gangbiegung tauchte ein Bewaffneter auf. Bevor er auch nur einen Laut von sich geben konnte, brachte ihn Dania mit einem ihrer Wurfdolche zum Schweigen. Röchelnd ging der Mann zu Boden. Sie hasteten über ihn hinweg und zogen vorsichtig die Tür zu einem zentral liegenden Kaminraum auf. Der große Raum erstickte förmlich in Luxusgütern, war jedoch auffallend geschmacklos ausgestattet. Sie blickten auf kostbare Teppiche, teure Vasen, Statuetten und reich verzierte Möbel, darunter eine protzige Kommode, zwei Lehnstühle aus edlen Hölzern und vieles mehr. Die Kunstgegenstände, die sie hier fanden, ließen vermuten, dass die sexuellen Phantasien Nevareks vorrangig um Frauen des verschwundenen Elfenvolkes kreisten.

Dania und Boltan schlichen rasch zu einer gegenüberliegenden Tür, lauschten und schlüpften in einen Korridor, der ähnlich ausgestattet wie der erste war. Das Zimmer, in dem Vala angeblich eingesperrt war, lag nur zwei Schritte vor ihnen.

Aufgeregt drängte sich Dania an Boltan vorbei und untersuchte die Tür. Sie bestand aus solider Eiche und war mit einem schweren Schloss versehen. Vorsichtig betätigte sie den Griff, doch die Tür war abgeschlossen. Sie unterdrückte einen Fluch und spähte durch das Schlüsselloch. Der Raum dahinter war komplett in Dunkelheit gehüllt. Sie glaubte, ein gedämpftes Stöhnen zu hören.

Sie wandte sich um zu Boltan, doch der war trotz seines Holzbeins weitergeschlichen, leisem Gelächter entgegen, das aus einer halb offenstehenden Tür am Ende des Flurs drang. Dania zückte ihr Gaalmesser und schob sich an seine Seite.

»Die Tür ist abgeschlossen«, wisperte sie.

»Ja, weiß ich. Aber wir bekommen sie vermutlich damit auf.«

Er deutete durch den Türschlitz und Dania sah, dass im Raum dahinter vier Bewaffnete um einen Tisch saßen und Karten spielten. Hinter ihnen, an der Wand, hing ein Schlüsselbund.

»Mach den Raum einfach dunkel und überlass den Rest mir«, zischte Dania entschlossen.

»Nein. Wir werden es diesmal auf meine Art machen«, entgegnete Boltan ernst. »Ich war in den letzten Tagen nämlich ebenfalls nicht untätig.«

Er hob die Hand, konzentrierte sich und murmelte leise Worte. Unvermittelt bewegte sich der Schlüsselbund. Wie an unsichtbaren Fäden hängend schwebte er lautlos vom Haken und sank allmählich gen Boden, bis er eine Handbreit über ihm stoppte. Dann glitt er hinter den Rücken der Fremden auf den Türspalt zu, und Boltan ergriff den Ring vorsichtig, darum bemüht, das Metall nicht zum Klirren zu bringen.

Dania schürzte anerkennend die Lippen.

Rasch schlichen sie zurück zu dem verschlossenen Zimmer. Aufgeregt nahm Dania den Schlüsselbund und während Boltan den Korridor im Auge behielt, versuchte sie sich am Schloss. Bereits der zweite Schlüsel passte.

Der Riegel schnappte – und einen kurzen Moment lang warteten sie ab, ob das Geräusch gehört worden war. Doch die Wachen am Ende des Flur hatten nichts mitbekommen, denn sie schwatzten und lachten noch immer.

Sie drückte die Tür auf und ihr strömte eine Luft entgegen, die leicht nach Schweiß und kaltem Essen roch. Im Zwielicht vor ihr war kaum etwas zu erkennen, bis Boltan für Licht sorgte. Und dann sah sie Vala.

Ihre Schwester hockte gefesselt, geknebelt und mit einer Augenbinde versehen auf einem Stuhl mitten im Raum. Dania kamen die Tränen. Valas Anblick war aus der Nähe noch viel schlimmer, als sie es nach dem Blick durch das Drachenauge vermutet hatte. Sie war deutlich unterernährt, und sie trug ein frisches Kleid ähnlich dem ihren. Mit den eingefallenen Zügen und dem stumpfen langen Haar erinnerte sie Dania an ihre drogenkranke Mutter. Ihre Schwester schien um so viele Jahre gealtert.

Vala bemerkte ihr Eintreffen, denn ihr Kopf, der schlaff auf ihrer Brust hing, ruckte hoch und sie versuchte trotz der Binde zu erkennen, wer da zu ihr kam.

»Vala!« Dania stürzte lautlos vor, berührte sie liebevoll an der Wange und riss ihr die Binde von den Augen.

Ungläubig schaute ihre Schwester sie an und ihr kamen die Tränen. Tränen des Schmerzes und der Verzweiflung. Dennoch lag darin etwas Wildes, Aufbegehrendes. Sie versuchte verzweifelt zu sprechen, doch der Knebel hinderte sie. Boltan trat sichtlich bestürzt neben sie und leuchtete ihr, während Dania ihre Schwester vom Knebel befreite.

»Hau ab, Dania!«, krächzte Vala heiser. »Das ist eine Falle!«

Warnend sah Vala an ihr vorbei zur Zimmerdecke auf und Dania und Boltan folgten ihrem Blick. Über ihnen an die Decke war ein großer Kreis mit arkanen Symbolen gezeichnet worden. Boltan humpelte sofort zurück zu der offen stehenden Tür, doch er kam nicht weit. Kurz bevor er sie erreichte, prallte er gegen ein unsichtbares Hindernis.

»Bitte nicht!« Verzweifelt warf er sich vor, doch sein Gebaren erweckte den Eindruck, als würde er gegen eine massive Wand aus transparentem Bergkristall anrennen.

Hinter Vala fiel eine Art Stöpsel aus der Wand.

Ein Guckloch.

»Boltan!« Danias Warnung kam zu spät, denn von der anderen Wandseite ertönte gehässiges Gelächter. Und sie kannte die Stimme.

Im nächsten Augenblick wurden sie von einer unsichtbaren Kraft gepackt, die ihnen die Arme auf den Rücken zwang und sie zu Boden schleuderten. Boltan versuchte sich noch an einem Zauber, doch auch er taumelte und schlug von unsichtbaren Kräften gefesselt neben ihr zu Boden.

Dann rumpelte es und eine verborgene Raumtür öffnete sich, durch die eine ihr nur zu gut bekannte massige Gestalt trat.

»Da sind ja unsere Ausreißer!« Goltar lachte dröhnend und jetzt waren auch im Korridor Laufgeräusche zu hören. Dann standen die vier Wächter aus dem Nachbarraum in der Tür. Sie hielten Waffen in den Händen und beäugten sie lauernd. »Ich dachte bereits, ich hätte es euch zu schwer gemacht.«

»Ihr?« Dania sah hasserfüllt zu Goltar auf.

»Natürlich ich.« Goltar lachte noch immer und seine ausladende Wampe zitterte dabei. »Was glaubst du, wer Tolgar Nevarek in Wahrheit ist? *Tolgar* … du verstehst?« Er zwinkerte anzüglich. »Du hättest nur ein bisschen die Buchstaben verschieben müssen, um von selbst darauf kommen zu können.« Sein Lachen verebbte, während er einen seiner dicken Finger hob und mit ihm eine Zaubergeste beschrieb. Der arkane Zwingkreis an der Decke verblasste.

Ungehalten nickte er den Bewaffneten zu. »Was steht ihr noch herum? Einpacken und zum Abtransport fertig machen.«

Sofort stürzten die Männer vor, knebelten Dania und Boltan und fesselten sie mit richtigen Seilen.

»Mal sehen, was Walmar sagt, wenn er sieht, dass ich seinen Lehrling eingefangen habe. Aber ihr wart zu dritt. Na, ich werde schon noch herausfinden, wo ihr Tiefwassers rotäugige Kröte gelassen habt.« Ächzend, aber voller Genugtuung ließ sich Goltar neben Dania nieder und tätschelte ihren Hintern. »Und glaube mir, bevor ich euch eurer endgültigen Verwendung zukommen lasse, werden wir beide auch noch unseren Spaß haben. Wie in den guten alten Zeiten …«

Tandurin schlug einen der beiden langen Felspickel ins Gestein und zog sich mühevoll an der mächtigen Steilwand empor, auf der die Festung des Patriarchen thronte. Der Fels war klamm und feucht, immerzu rüttelte der Wind an seinem Körper und er wagte es kaum, in die Tiefe zu blicken, da sich gute dreißig Schritt unter ihm die Naturgewalt des Kataraktes austobte. Dort, an der mächtigen Bruchkante, die sich quer durch das Land zog, donnerte das viele Wasser des Großen Flusses mit lautem Getöse noch einmal dreißig oder vierzig Schritt weiter in die Tiefe. Und im Mondlicht, das hin und wieder durch die Wolkendecke stach, wirkte das schäumende Inferno unter ihm wie ein wirbelndes, nimmersattes Ungeheuer, dass sich nur deswegen vor der Stadtinsel auf die Lauer gelegt hatte, um ihn beim ersten Fehler zu verschlingen.

Seine Kräfte ließen allmählich nach. Das hier war ohne Zweifel der gefährlichste Klettergang seines Lebens. Er hing bereits seit einer guten Stunde in der Wand unter der Burganlage, und der Aufweg war schwer und mühevoll und mit nichts vergleichbar, was er zuvor bestiegen hatte. Er war zwar mit Seilen, Gurten, Handschuhen und echten Steigeisen ausgerüstet, doch war er diese Art des Kletterns wenig gewöhnt. Die schwere Ausrüstung zerrte an seinem Körper und das Spiel des Seils, mit dem er sich versuchte abzusichern, war ungewohnt. Selbst den Kletterhaken, die er in regelmäßigen Abständen in die Wand schlug, traute er nicht. Das Granitgestein war so hart und unnachgiebig, als *wolle* es ihn abwerfen.

Zudem hatte er nicht mit der Kälte gerechnet, die seinen sehnigen Körper auszehrte. Und immerzu trug der Wind nasskalte Gischt zu ihm empor, die seine Kleidung längst durchfeuchtet hatte. Seine Muskulatur zitterte vor Erschöpfung, und tief in sich spürte er eine Müdigkeit, die ihn lockte und umgarnte und von der er wusste, dass sie ihm den Tod bescheren würde, sollte er ihr nachgeben.

Dass er ihr bislang widerstanden hatte, lag daran, dass hin und wieder einer der schiefergrauen Vögel, die hier am Wasserfall lebten, vom Nachthimmel zu ihm herabstieß. Ein Gischtsegler, hatte ihm Kyrell erklärt.

Der helle Kopf erinnerte an einen Falken und er war auch fast so groß. Kyrell hatte ihren Geist in das Geschöpf versenkt und begleitete ihn auf diese Weise. Und auch Geron wartete nicht weit von ihm entfernt.

Der Goldjunge bewachte seinerseits Kyrell, die sich in einem Versteck schräg unter ihm am Uferrand der Stadtinsel in Trance versetzt hatte. Ihrer beider Beistand war durchaus tröstlich, nur half er Tandurin kaum weiter. Denn auch sie könnten nichts für ihn tun, sollte er jetzt abstürzen.

Der Gischtsegler stieß abermals einen spitzen Raubvogelschrei aus, der im beständigen Tosen des Kataraktes fast unterging, und Tandurin sah erschöpft auf.

»Was?«, keuchte er.

Er blinzelte sich die Feuchtigkeit aus den Augen und sah, wie Kyrell in dem Vogelleib in die Höhe jagte. Über ihm am Himmel brach der Mond kurz durch die Wolken, und endlich begriff er, dass er sich bereits viel weiter nach oben vorgearbeitet hatte, als er angesichts der Dunkelheit geahnt hatte. Keine drei bis vier Schritt über ihm ragte die zinnenbewehrte Umfassungsmauer der mittleren Festungsebene auf.

Sollte er es tatsächlich geschafft haben?

Tief atmete er ein, suchte im Zwielicht nach Vorsprüngen und Felsnasen und rammte den Felspickel abermals ins Gestein. Mit schmerzenden Muskeln zog er sich empor und hämmerte sogleich den zweiten Pickel in die Wand. Stück für Stück ging es nach oben. Dann, endlich, hatte er das Mauerwerk erreicht.

Er verkürzte das Seil, doch längst fehlte ihm die Kraft, um sich abermals mit einem Kletterhaken abzusichern. Stattdessen griff er nach dem Wurfhaken an seinem Tragegeschirr, rollte ihn aus und versuchte, ihn nach oben über die Zinnen zu schleudern.

Der Versuch misslang jämmerlich. Er brachte den Haken kaum einen Schritt über seinen Kopf, dann stürzte das Eisen in die Tiefe und erwischte ihn dabei fast am Kopf.

Tandurin spürte Panik in sich aufsteigen.

Sein ausgekühlter Körper spielte kaum noch mit. Ausgerechnet auf den letzten Schritten verließ ihn die Kraft. Er wollte den Wurfhaken soeben nach oben ziehen, als der Gischtsegler neben ihm in die Tiefe sauste und sich mit seinen Krallen den Haken schnappte. Der Vogel ließ abermals einen spitzen Schrei hören, dann flatterte er mit der schweren Last mühevoll in die Höhe. Erschöpft sah Tandurin Kyrell dabei zu, wie diese ihren Vogelkörper strapazierte und erst innehielt, als sie das dreifach gebogene Eisen über die Zinnen geschleppt hatte.

Tandurin zog am Seil und spürte, wie sich der Haken über ihm verkantete. Mit klammen Fingern verknotete er es am Tragegeschirr, dann ging er in sich, mobilisierte seine letzten Kraftreserven, und in einer schier übermenschlichen Anstrengung zog er sich Stück für Stück am Seil in die Höhe, während unter ihm der gewaltige Katarakt donnerte und lärmte. Ächzend mühte er sich über eine der Schießscharten hinweg und stürzte auf der anderen Seiten schwer in den dunklen Wehrgang.

Keuchend blieb Tandurin liegen, während über ihm, auf einer Zinne, der Gischtsegler landelte und sich das Gefieder putzte.

»Danke!«, stöhnte er erleichtert.

Dann, nach einer Zeit, die ihm selbst endlos erschien, fand er die Kraft, um sich hochzumühen. Jeder Muskel seines Leibes schmerzte und er spürte, *wie* sehr er sich bei dem Aufstieg zur Burg verausgabt hatte. Ihn schwindelte, als er auf die Beine kam. Und seine eigentliche Aufgabe stand ihm erst noch bevor. Ihrem Plan gemäß musste er sich jetzt zum Grabmal der Zauberers Cyrnachon durchschlagen, dort eindringen und den verdammten Zauberstab des Stadtgründers entwenden. Wie genau er das bewerkstelligen sollte, war ihm schleierhaft, denn er trug lediglich ein Brecheisen als Hilfsmittel bei sich.

Kyrell hatte die Festung in ihrer Vogelgestalt zuvor abgesucht. Ihrer Aussage nach befand sich das Grabmal auf der obersten

Plattform der Burg. Es handelte sich dabei um eine marmorne Gruft, einem kleinen Häuschen nicht unähnlich. Das Gruftgebäude war seinerseits von einem stattlichen Dachgarten umgeben, von dem aus man tagsüber einen prächtigen Ausblick auf das übrige Kesselfurt hatte. Doch diese Ebene erreichte man ausschließlich über den Hauptturm der Wehranlage, der schräg über ihm in den Nachthimmel stach. Tandurin vermutete, dass dort der Patriarch und seine Familie lebten. Er musste also vorsichtig sein.

Er warf sein Klettergeschirr ab, verstaute es so gut es ging im Schatten der Wehrmauer und stolperte frierend den Wehrgang entlang, bis er auf eine von Mauern gesäumte Wehrplattform stieß. Von hier aus hatte er einen guten Blick auf die unteren beiden Mauerringe der Festung samt den von Fackeln beleuchteten Burghöfen und den angrenzenden Nutzbauten. Dort unten lag auch das Tor, über das man ins Stadtgebiet gelangte. Die mächtigen Häuser dort ragten bis zu jener Höhenebene auf, die er jetzt erreicht hatte. Tandurin nahm eine Pforte hinter ihm in Augenschein, über die man ins Innere der Festung gelangte. Sie war nur leicht angelehnt und ein schmaler Lichtschein drang nach draußen. Ein Hinweis darauf, dass sie von Wachen genutzt wurde, die hier auf den Außengängen patrouillierten.

Besser, er verschwand von hier.

Da jenseits der Pforte keine Geräusche zu hören waren, schlüpfte er durch die Tür ins Innere der Festungsanlage und fand sich in einer Ausrüstungskammer wieder, die schal von einem Tranlicht beleuchtet wurde. Er blickte auf Speere, Helme, Umhänge und einen Ständer mit Säbeln. Kyrell drang in ihrer Vogelgestalt ebenfalls in den Raum ein und ließ sich auf einem Gestell mit wattierten Waffenröcken nieder.

Tandurin überprüfte die weiteren Ausgänge. Über eine hölzerne Wendeltreppe gelangte man von der Turmkammer aus nach unten in ein Gewölbe, in dem drei Bewaffnete über dampfenden Suppenschüsseln saßen und sich unterhielten. Sofort knurrte ihm der Magen und so zog er sich in den Raum zurück und nutzte die Gunst des Augenblicks, um sich dort mit trockener Kleidung auszustatten.

Allmählich wurde ihm etwas wärmer.

Kyrell breitete ihre Flügel aus, glitt vom Ständer und setzte sich in ihrer Vogelgestalt auf seine Schulter. Tandurin lächelte sparsam. »Gewöhne dich besser nicht daran, dass ich dich ständig durch die Gegend schleppe.«

Er eilte wieder zur Wendeltreppe und schlich auf dieser diesmal weiter nach oben. Die Stufen endeten an einer Pforte, die ihrerseits in einen längeren Korridor mündete, von dem einige Türen abzweigten. Tandurin probierte die Zugänge der Reihe nach aus und spähte in dunkle Räume, bei denen es sich den edlen Wandbehängen und Möbeln nach um vornehm eigerichtete Besprechungszimmer und Aufenthaltsräume der Patriarchenfamilie handelte. Weiter ging es über verwinkelte, von Fackeln und Öllampen beleuchtete Treppen hinauf und einmal wurde er fast von zwei gut gerüsteten Wachen erwischt, die unvermittelt hinter einer Gangbiegung auftauchten. Sofort zog sich Tandurin in einen Erker zurück, drückte sich an die Wand und wirkte den Tarnzauber, der ihn auf chamäleonartige Weise mit dem Hintergrund verschmelzen ließ.

Die beiden marschierten an ihm und dem Vogel vorüber, ohne sie zu bemerken.

Wie nah sie dem privaten Bereich des Patriarchen gekommen waren, wurde offensichtlich, als sie in ein verlassenes Zimmer mit herumliegendem hölzernem Spielzeug eindrangen. Tandurin verspeiste dankbar einen der Äpfel, die hier in einer Schale zu finden waren, dann ging er weiter auf die Suche nach Treppenaufgängen, von denen sie sich erhofften, dass sie sie zu dem Dachgarten führten. Immer wieder mussten sie sich mittels seiner Zauberei an Wächtern vorbeischleichen.

Sie hatten soeben einen geräumigen und mit Öllampen ausgeleuchteten Korridor erreicht, an dessen Ende sich der Zugang zu einem schlanken Turm samt Wendeltreppe nach oben abzeichnete, als Tandurin aus einer Tür linkerhand erregte Stimmen vernahm. Er schaute kurz zu Kyrell, dann siegte die Neugier. Er drückte das Ohr gegen die Tür und versuchte sich am Knauf.

Die Tür ließ sich lautlos einen Spaltbreit aufziehen und gestattete ihm so den Blick auf eine hölzerne Treppe unmittelbar dahinter, die hinab in ein rundes und recht hohes Kaminzimmer führte. In dem Kamin brannte ein wärmendes Feuer und die Wände wurden von Gemälden arrogant dreinschauender Männer vor der Kulisse Kesselfurts gesäumt. Auch die übrige Einrichtung wirkte vornehm: weiche Felle, prachtvoll verzierte Truhen und Regale mit Büchern und Pergamentrollen.

Der Blickfang war ein pompöser Schreibtisch, hinter dem mit aufgestützten Fäusten ein kräftiger, mit Schwertgehänge bewaffneter Mann um die fünfzig stand, der überaus gefährlich wirkte. Mit seinem blonden Bürstenschnitt ähnelte er den Söldnern im Land, ein Eindruck, zu dem die wulstige Narbe über seinem zerschlitzten linken Auge beitrug, die sein Gesicht vom Stirnansatz bis hinunter zur Wange verunstaltete. Sein kantiges Kinn samt der Wangenpartie war sorgfältig geschabt und die teure, goldene Kette um seinen Hals und die mit Fellbesatz ausgestattete Brokatjacke stellten klar, dass sie hier auf niemand Geringeren als den Patriarchen persönlich gestoßen waren.

»… aber wenn ich auf eine Sache ungehalten reagiere«, dröhnte seine unheilvolle Bassstimme zu ihnen empor, »dann, wenn mir ein Zauberer in *meiner* Stadt droht!«

Tandurin versteifte sich.

Verflucht! Hatte der Kerl etwa gerade Besuch von Goltar?

»Aber nicht doch, Patriarch. Niemand droht Euch.«

Der Klang der rauchigen Stimme, die dem Mann antwortete, ließ Tandurin zusammenfahren. Auch der Vogel auf seiner Schulter bewegte sich unruhig. Jenseits der Treppe trat eine schöne Frau mit langem schwarzem Haar und grünem Reisegewand ins Kaminlicht, die nicht nur ein ihm bekanntes geschwungenes Horn aus Drachenbein bei sich trug, sondern auch einen ihm nur zu vertrauten langen Zauberstab aus dunklem Ebenholz: seine frühere Lehrmeisterin Magistra Escalia Rotdrud!

»Dass ich weiß, wo sich Euer ältester Sohn aufhält«, fuhr die schöne Zauberin leutselig fort, »war lediglich als Erinnerung zu verstehen, dass unsereins immer und ständig über alles informiert ist.«

»Arrogante Schlange!« Respektlos richtete sich der Patriarch auf, funkelte die Zauberin mit seinem intakten Auge böse an und hob die Rechte, dessen Ringfinger von einem protzigen Goldring geziert wurde. »Ich weiß genau, wie Eure Worte zu verstehen sind. Denn *mir* persönlich könnt Ihr ja nichts antun. Der Ring unseres Stadtgründers würde jeden Eurer tückischen Zauber auf Euch zurückwerfen.«

Tandurin, der es noch nie zuvor erlebt hatte, dass jemand – allzumal ein Nichtmagier – auf diese Weise mit der Magistra sprach, sah den Ring fasziniert an.

»Lasst mich *Euch* also daran erinnern, wie ich üblicherweise mit Geschmeiß verfahre«, fuhr der Patrirch mit dröhnender Stimme fort. »Solltet Ihr je versuchen, meiner Familie etwas anzutun … Sollte ich auch nur den Verdacht hegen, dass Ihr etwas mit einem solchen Versuch zu schaffen habt, dann könnte es passieren, dass eine Liste von all den Besitztümern in den Jungen Königreichen, die Ihr in den zurückliegenden Jahrhunderten unter eigenem und falschem Namen zusammengerafft habt, Männer erreicht, die mir verbunden sind. Männer, die auch einer Magierin ohne mit der Wimper zu zucken einen Bolzen durchs Herz schießen würden. Oder Euch den hübschen Hals aufschlitzen. Oder Euch vergiften, vierteilen oder erdrosseln. Und zwar genau dann, wenn Ihr nicht damit rechnet.«

Magistra Rothud hob ihr Haupt und trat lauernd an den Tisch heran. »Denkt Ihr allen Ernstes, Ihr wärt in der Position, *mir* zu drohen?«

Der Patriarch bleckte wölfisch die Zähne und sein intaktes Auge ließ nicht den leisesten Anschein von Furcht erkennen. »Aber nicht doch, Magistra. Wie Ihr selbst schon sagtet: Das war ebenfalls bloß eine … *Erinnerung*. Und zwar daran, dass sich jemand wie Ihr, die sich schon seit Jahrhunderten so verzweifelt an ihr armseliges Leben klammert, vermutlich nur vor einer Sache fürchtet: Nämlich davor, dass ihr all ihre sorgsam ausgeklügelten Überlebenspläne eines Tages durch einen schlichten *Unfall* zunichte gemacht werden könnten.«

Eine Weile lang war nur das Knistern im Kamin und das gedämpfte Rauschen des Kataraktes zu hören.

»Besser also«, grollte der Patriarch, »Ihr besinnt Euch darauf, dass ich meinen Titel nicht bloß dem Schoß irgendeiner blaublütigen Hure verdanke, sondern dem Umstand, alles aus dem Weg geräumt zu haben, was mir auf dem Weg zur Macht im Wege stand.«

»Ich weiß sehr gut, wem ich in den letzten Jahren meine Gunst geschenkt habe«, erwiderte die Zauberin beherrscht. »Ich war es schließlich, die Euch damals zu Eurer Position hier in der Stadt verholfen hat.«

»Wofür Ihr das Artefakt des Reiher-Clans erhalten habt«, blaffte der Patriarch. »Wir sind also quitt.«

»Wir beide sind noch lange nicht quitt«, zischte die Zauberin. »Und jetzt verschwendet nicht weiter meine Zeit und sagt mir endlich, was so wichtig ist, dass Ihr den Kristall bemüht habt, um nach mir zu schicken, statt Euch an Goltar zu wenden. Der Orden hat derzeit andere Probleme, wie Ihr inzwischen wissen solltet: Wir müssen unsere diebischen Zöglinge einfangen. Und uns stehen dafür nur noch wenige Tage zur Verfügung, weil sonst ein Unglück fürchterlichen Ausmaßes geschieht.«

Tandurin warf dem Vogel auf seiner Schulter einen irritierten Seitenblick zu. Auch Kyrell schien angespannt zu lauschen.

»Ja, Goltar hat mir von dem Diebstahl berichtet.« Der Patriarch leckte sich über die Lippen. »Meine Männer helfen ihm ja gerade dabei, Eure missratenen Zauberlehrlinge wieder einzufangen. Nur will sich bei der Suche offenbar nicht der rechte Erfolg einstellen. Die drei sind entweder gar nicht hier – oder sie wissen sich gekonnt zu verstecken. Die Dirne, die Goltar unterrichtet hat, kennt sich immerhin in der Stadt aus.« Er beugte sich vor. »Was aber, wenn ich Euch einen anderen der Novizen ausliefern könnte? Denn Eure Suche scheint ja wirklich dringlich zu sein.«

Magistra Rotdruds Kopf ruckte hoch. »Von wem sprecht Ihr?«

Der Patriarch grinste breit. »Ich helfe Euch, dafür helft Ihr mir.«

Die Magierin umklammerte den Zauberstab, dass ihre Handknöchel weiß hervortraten. »Was verlangt Ihr?«, fragte sie beherrscht. »Vorausgesetzt, Ihr könnt dem Orden tatsächlich helfen.«

Der Patrirach erhob sich von seinem Stuhl und trat an ein Regal heran, in dem er eine Pergamentrolle und ein Tintenfässchen samt Feder verwahrte. »Eure Gegenleistung wird darin bestehen, dass Ihr mir dabei helft, meine Rivalen in Kesselfurt aus dem Weg zu räumen. Und zwar endgültig.« Er breitete die Pergamentrolle aus, beschwerte die Ecken mit Steinen und stellte das Tintenfässchen daneben. »Und Ihr werdet mir nicht bloß einfach Euer Versprechen geben, denn darauf pfeife ich. Ihr werdet unseren Handel mit Schwurtinte unterzeichnen. Ihr wisst, welche Folgen es hat, wenn sich eine Vertragspartei nicht an die damit eingegangene Absprache hält.«

»Ihr besitzt *Schwurtinte*?« Escalia Rotdrud musterte das Tintenfässchen ebenso verwundert wie verärgert.

Der Patriarch grinste. »Eine Hinterlassenschaft des Zauberers Cyrnachon, möge er in Frieden ruhen. Viel ist bedauerlicherweise nicht mehr von ihr übrig, aber sie hat mir und meinen Vorgängern sehr dabei geholfen, dieses komplizierte Amt auszuüben.« Er hielt ihr die Schreibfeder hin. »Ich habe den Vertragstext bereits aufgesetzt und unterzeichnet. Alles, was noch fehlt, ist Eure Unterschrift.«

Magistra Rotdrud nahm den Bogen auf und las den Text. »Ihr wollt, das ich die Anführer aller anderen Clans beseitige?«

Der Patriarch sah sie mit seinem intakten Auge lauernd an.

»Das muss ich erst mit dem Orden besprechen.«

»Einen Scheiß müsst Ihr, denn ich kenne die wahren Gründe, warum Ihr mich hinhaltet!«, fauchte ihr Gegenüber gereizt. »Ich weiß schon lange, dass hinter Tolgar Nevarek niemand Geringeres als Euer fetter Kollege Goltar steckt. Der Mistkerl wagt es, mir mit der Rechten die Hand zu reichen, während er in der Linken längst den Dolch gezückt hält, den er mir in den Rücken stoßen will. Es reicht mir, dass ich mich bereits auf Euch eingelassen habe. Und Ihr werdet das Problem für mich lösen. Denn einen weiteren Zauberer, der sich hier in meiner Stadt breitmacht – und das sogar als Clanchef – dulde ich nicht. Der Kerl will die Burg.

Das ist offensichtlich. Er will sie schon lange. Doch heute ist er zu weit gegangen. Unten in Alt-Kesselfurt ist eines seiner Bordelle in Flammen aufgegangen – vermutlich von ihm selbst abgefackelt, um einen Krieg in der Stadt auszulösen.«

»Und Ihr wisst tatsächlich um den Aufenthaltsort eines unserer Lehrlinge?«, wollte Tandurins ehemalige Lehrmeisterin ruhig wissen.

»Hätte ich sonst den verdammten Vertrag aufgesetzt?«

»Nun, dann lasst mich eines richtigstellen.« Escalia Rotdrud rollte den Vertrag zusammen und deute mit ihm leichthin auf die Ringhand ihres Gegenübers. »Cyrnachons Ring mag Euch vielleicht vor Zauberei schützen, die *unmittelbar* auf Euch einwirkt – er wirkt aber nicht gegen Effekte, die sich durch den Gebrauch der arkanen Kraft einstellen. Zum Beispiel« – sie verlor nun jede Contenance und ihre Stimme troff vor aufgestauter Wut – »wenn ich *das hier* mit Euren Besitztümern mache!«

Ihr Zauberstab ruckte vor und jäh zog sich die schwere Goldkette des Patriarchen um dessen Hals zusammen. Der Mann starrte sie überrumpelt an, würgte, griff hektisch nach den goldenen Kettengliedern und versuchte vergeblich, sich von dem Schmuckstück zu befreien.

»Und jetzt merkt Euch Folgendes.« Die Zauberin trat zornig neben ihn, während der Mann hilflos gurgelte, den Stuhl hinter sich umwarf und dabei zu Boden ging. »Das hier ist *meine* Stadt. Ihr herrscht hier nur, weil ich es Euch gestatte. Weil Ihr nützlich seid. Und Ihr seid doch nützlich, oder?«

Das Gesicht des Patriarchen lief blau an und sein intaktes Auge wölbte sich unnatürlich hervor, während er mit seinen Fingern panisch an der Kette nestelte, deren Glieder seinen Hals immer enger abwürgten. Angsterfüllt nickte er.

Sie ließ von ihrem Zauber ab und japsend schöpfte der Patriarch Atem. Konsterniert sah er zu ihr auf, während er keuchte und seine Lungen mit kostbarer Luft füllte.

»Sehr gut.« Magistra Escalia Rotdrud nickte überheblich. »Denn ich habe nicht vor, zuzulassen, dass dieser dicke Tor nach *meiner* Stadt greift. Bei der jetzigen Sache werden wir ihn aber dennoch unterstützen.« Sie warf einen letzten Blick auf das Pergament und warf es abfällig zurück ins Regal. »Und jetzt raus damit: Ihr habt einen der Gesuchten?«

Der Patriarch kam mühsam auf die Beine, rieb sich den Hals und schaute die Zauberin mit einer Mischung aus Hass und hündischer Ergebenheit an.

»Nein«, krächzte er und richtete schwer atmend den umgefallenen Stuhl auf. »Aber draußen wartet jemand, der ihn Euch liefern kann.« Er zögerte und als die Zauberin nickte, schlug er einen kleinen Gong an.

Unterhalb der Treppe öffnete sich eine Tür, und ein junger Mann betrat das Zimmer. Die dunkelbraune Kleidung, das schwarze Kopftuch und der Säbel in seinem Wehrgehänge – Tandurin musste sich anstrengen, keinen wütenden Laut von sich zu geben. Im Kaminzimmer stand Jarre.

Der Neffe von Datakar Askerios verbeugte sich beim Anblick von Patriarch und Magierin tief. »Exzellenz. Wohlgeborene Dame.«

»Ja, ja, schon gut.« Ungehalten forderte ihn der Patriarch auf, geradezustehen. »Los, Junge, berichte meiner Besucherin, was du mir vorhin erzählt hast.«

Jarre räusperte sich. »Mein Onkel ist Datakar Askerios. Der Anführer eines der sechs Clans in dieser Stadt. Heute haben wir Besuch von entfernten Verwandten erhalten, Angehörige des fahrenden Volkes, die den Umsturz in Waldaleth miterlebt haben. Ihr wisst sicher, was dort vorgefallen ist?«

»Ja, ich hörte davon.« Magistra Escalia Rotdrud sah ihn an und Tandurin konnte direkt auf ihr altersloses und von schwarzen Haaren umrahmtes Gesicht blicken. Ihre hochmütigen grünen Augen funkelten argwöhnend. »König Almerdin wurde umgebracht.«

»Angeblich von seinem Sohn«, sagte Jarre der Zauberin beifallheischend. »Auf den Königsmörder sind fünfhundert Goldmünzen ausgesetzt. Und ich bin mir sicher, dass er derzeit zusammen mit unserem Besuch bei meinem Onkel ist. Hier in Kesselfurt.«

Erregt trat die Zauberin vor. »Du bist dir sicher?«

Jarre lächelte triumphierend. »Ja, meine Dame. Er trägt zwar die Kleidung des fahrenden Volkes, ist aber keiner von ihnen. Vor allem führt er eine echte Elfenklinge mit sich. Einen schweren Dolch, wie ich ihn noch nie zuvor gesehen habe und wie ihn meines Wissens nach nur gekrönte Häupter besitzen. Ich bin überzeugt, bei ihm handelt es sich in Wahrheit um Geron von Waldaleth.« Jarre sah zum Patriarchen. »Ich hätte mir das Kopfgeld natürlich selbst verdienen können, Exzellenz. Dennoch bin ich lieber zu Euch gekommen, denn ich denke, Euch ist der Prinz viel dienlicher. Wenn Ihr ihn an Waldaleth ausliefert, dann könntet Ihr damit Vorteile für Kesselfurt herausschlagen, die viel mehr wert sind.«

»Tu nicht so, als wäre das der alleinige Grund«, knurrte der Patriarch.

»Nun« – Jarre hob kühn sein Haupt – »alles, worum ich Euch bitte, ist, dass Ihr mir helft, meinen Onkel aus dem Weg zu räumen, sodass ich endlich Clanführer werden kann. Ich würde Euch auch stets treu dienen.«

Tandurin presste zornig die Lippen aufeinander. Er hätte diese verräterische Ratte am liebsten mit einem Tritt in den Katarakt befördert. Auch Kyrell spreizte in ihrer Vogelgestalt erregt das Gefieder.

Die Zauberin beugte sich vor. »Und der Prinz ist mit Angehörigen des fahrenden Volkes bei deinem Onkel eingetroffen?«

»Allerdings.« Jarre fuhr sich wichtigtuerisch über den Flaum am Kinn. »Und zwar nicht allein, sondern mit einer blonden Begleiterin, die zwar ebenfalls die Kleidung der Fahrenden trägt, aber ebenso wie er keinesfalls den Sippen entstammt.«

Die Zauberin verengte die Augen. »Wie lautet ihr Name?«

»Weiß ich nicht. Aber so, wie sie spricht, stammt sie vermutlich aus dem Osten.« Jarre schniefte. »Wenn Ihr wissen wollt, wer sie ist, dann fragt einfach die Fahrenden, die sie zu uns geführt haben. Darion und sein Neffe Tandurin wissen garantiert –«

»Tandurin?!«, zischte Magistra Escalia Rotdrud erstaunt. »Du willst mir weismachen, dass er noch lebt?«

Jarre sah sie verwirrt an.

Tandurin, der der Katastrophe mit zunehmenden Entsetzen lauschte, wollte sich vorsichtshalber zurückziehen – als es an der Tür unten, die er nicht einsehen konnte, klopfte und die Stimme einer Wache erklang.

»Herr! Der ehrwürdige Magier Goltar wünscht Euch zu sehen.«

»Beiseite«, dröhnte eine Tandurin wohlbekannte Stimme, und im nächsten Moment tauchte im Kaminzimmer Danias einstiger Lehrmeister auf. Der feiste Zauberer wischte sich mit einem Lappen über die erhitzte Stirn – und blickte verblüfft Magistra Rotdrud an. »Was suchst du denn hier?«

»Ich bin aus dem gleichen Grund wie …« Sie verstummte und riss überrascht die Augen auf.

Tandurin, der geglaubt hatte, dass sich die Lage nicht schlimmer entwickeln könnte, sah mit Schrecken, dass Goltar nicht allein gekommen war. Hinter ihm drängten sich zwei Bewaffnete in der typisch bunten Kleidung der Kesselfurter in das Zimmer, die drei gefesselte und geknebelte Personen mit sich führten und auf die Knie zwangen. Tandurins Herz hämmerte wie verrückt und auch der Gischtsegler auf seiner Schulter wippte alarmiert auf und ab, denn sie erkannten Boltan und Dania. Bei ihnen war eine ihnen unbekannte ausgemergelte Frau.

Alle drei hatten sich offenbar ihrem Schicksal ergeben, denn sie ließen niedergeschlagen die Köpfe hängen. Boltan war tatsächlich versehrt.

»Du hast es geschafft, zwei von ihnen einzufangen?«, fragte die Magistra ungläubig.

Sie trat vor und hob der Reihe nach die Kinne ihrer Gefangenen an.

»Natürlich, hast du daran etwa gezweifelt?«, röhrte Goltar selbstzufrieden.

»Wer ist die hier?« Die Zauberin blieb vor der Gefangenen stehen, die auch Tandurin und Kyrell unbekannt war.

»Ihr Name ist Vala«, antwortete der dicke Zauberer. »Die Schwester meiner Kleinen. Ebenfalls eine Begabte, aber wie du siehst, ein unzulänglicher Ersatz. Ich dachte mir, ich nehme sie trotzdem mit. Besser als nichts.«

»Wo ist Rasgaths Adeptin?«

»Entwischt.« Goltar stützte sich schwitzend auf seinen Stecken. »Aber sie dürfte nicht weit gekommen sein. Und jetzt sag schon: Was suchst du hier?«

»Wie ich schon sagte«, antwortete die Zauberin, »bin ich aus ähnlichen Gründen hier wie du. Nur bin ich Alrunas und Valeskas Adepten auf der Spur. Und jetzt auch Tandurin.« Die Magistra verzog wütend das Gesicht. »Denn wie ich soeben erfahren habe, hat mein hinterhältiger Schüler seinen Tod bloß vorgetäuscht. Die drei sind ebenfalls hier in Kesselfurt.«

Boltans und Danias Köpfe ruckten unmerklich hoch.

Goltar grunzte nachdenklich. »Was suchen die alle hier?«

»Sie wollten in die Festung des Patriarchen«, erwiderte Jarre ungefragt. Wichtigtuerisch verschränkte er die Arme vor der Brust.

»Warum das?«, wollte Magistra Rotdrud wissen.

»Ich hab nicht alles verstehen können«, ereiferte sich Askerios' verräterischer Neffe. »Aber sie wollten sich von meinem Onkel heimlich auf die Feste schmuggeln lassen.« Er wandte sich dem Patriarchen zu. »Datakar wollte dafür eine Unterredung bei Euch als Vorwand nutzen. Nur hat sich das mit dem Angriff auf Nevareks Bordell zerschlagen. Schätze, er sucht jetzt eine neue Gelegenheit.«

»Das war kein Angriff.« Goltar deutete missbilligend auf Boltan und Dania. »Das ging auf die Kappe dieser beiden.«

»Egal.« Hinter der Stirn der Zauberin arbeitete es und Tandurin erkannte in ihrer Mimik ihre übliche Tücke. »Noch heute Nacht werden wir die unsägliche Sache beenden. Und wir werden von jetzt an nichts mehr dem Zufall überlassen.« Auch sie wandte sich jetzt dem Patriarchen zu, der unbehaglich dreinsah. »Patriarch, Ihr werdet Datakar Askerios entgegenkommen. Ihr werdet ihm über seinen Neffen eine Nachricht zukommen lassen, in der Ihr ihn angesichts des Vorfalls in Alt-Kesselfurt zu einer Unterredung in die Festung bittet«

»Verstehe.« Der Patriarch verzog das Gesicht. »Ihr hofft, dass er die drei bei dieser Gelegenheit mitbringt?«

»Natürlich. Er wird uns die flüchtigen Adepten gewissermaßen auf dem Silbertablett servieren. Und wenn sie erst hier sind, werden wir uns ihrer annehmen. Was Ihr dann mit dem Clanführer tut, überlasse ich Euch.«

»Ich helfe Euch dabei.« Goltar grinste verschlagen.

»Nein«, widersprach Magistra Rotdrud entschieden. »Du wirst unsere Gefangenen in den Kerker bringen und dich danach auf die Suche nach dieser Ambra machen.«

»Verdammt, was soll das?«, empörte sich der Dicke. »Ich war es immerhin –«

»Der sie hat entwischen lassen!«, fuhr ihm die Zauberin über den Mund. »Und wenn du schon dabei bist, dann fackel die Kleine nicht gleich wieder ab.«

Goltar schnaubte vor Wut und hob drohend den Stab. »Solltest du es wagen, dich vor Walmar mit meinen Lorbeeren zu schmücken, dann wirst du mich kennenlernen, Escalia Rotdrud!«

»Ach ja?« Die schöne Zauberin lächelte herablassend. »Keine Bange, dein Anteil an unserem heutigen Erfolg wird gewürdigt werden. Denn ich werde sogleich zu den Geisterfelsen fliegen und die anderen informieren. Ich werde zurück sein, wenn unsere Falle zuschnappt. Und jetzt Ausführung!«

Scharf sah sie Goltar und den Patriarchen an.

Ersterer löste sich unwillig und marschierte samt seiner Begleiter und den gefangenen Adepten aus dem Raum. Der Patriarch griff sich eine neue Pergamentrolle, kritzelte missmutig eine Notiz darauf, siegelte sie mit seinem goldenen Ring und reichte das Schreiben Jarre, der schadenfroh grinste. »Ab mit dir!«

Jarre verbeugte sich und verließ den Raum ebenfalls.

»Und jetzt?«, wollte er von der Zauberin wissen.

»Bereitet Eure Männer darauf vor, diesen Datakar Askerios gebührend in Empfang zu nehmen, sobald er hier eintrifft.«

»Und was ist mit Euren Adepten, sollten die tatsächlich versuchen, sich mit ihm auf der Festung einzuschleichen?«

»Um die werde ich mich kümmern. Bis die hier eintreffen, bin ich lange zurück.«

Gemeinsam verließen auch sie das Zimmer und Stille kehrte ein.

Tandurin stand konsterniert hinter der oberen Tür und dachte verzweifelt darüber nach, was jetzt zu tun war. Kyrell flatterte aufgeregt mit ihren Flügeln und machte Anstalten, entweder loszufliegen oder kurzerhand ihren Geist aus dem Tierkörper zu lösen, als er sie zurückhielt.

»Warte!«, wisperte er. »Ich habe eine Idee!«

Ohne weiter zu überlegen zog er die Tür ganz auf, huschte die Treppe nach unten in das leere Kaminzimmer und schnappte sich aus dem Regal die Schriftrolle mit dem Text aus Schwurtinte. Dann nahm er Federkiel und Tinte zur Hand und signierte den Text breit grinsend.

Mit der Rolle in der Hand, schlich er geschwind wieder die Treppe hinauf.

Auf dem Treppengeländer wartete der Gischtsegler auf ihn.

»Keine Bange«, flüsterte er. »Weder habe ich mit dieser Schwurtinte noch mit meinem Namen unterzeichnet – sondern mit jenem von Magistra Escalia Rotdrud. Ihre Schrift kennt ja außer mir kaum jemand.« Er grinste hinterhältig. »Jetzt müssen wir uns beeilen. Ich ahne, wohin der fette Magier Boltan, Dania und ihre Schwester bringt – und ich versuche, sie da rauszuholen. Du hingegen fliegst mit diesem Schriftstück runter zu Geron. Und dann machen wir Folgendes …«

Feuer und Wasser

Kyrell stand gemeinsam mit einem halben Dutzend bewaffneter Männern, die Datakar Askerios zu ihrem Schutz abkommandiert hatte, im Schatten einer Hauswand und beäugte im Mondlicht die vornehme, zweispännige Kutsche samt dem kleinen Trupp Bewaffneter, die sich über den Vorplatz der hoch aufragenden Festung auf das Torhaus zubewegte.

Wegen der schlechten Sichtverhältnisse war die Abordnung nur schemenhaft zu erkennen, doch sie bestand, abgesehen von Datakar Askerios und seinem Neffen Jarre, aus dem Kutscher sowie acht Mann Leibgarde. Vier Bewaffnete vor, vier hinter der Kutsche. Weniger wäre nicht angemessen gewesen, mehr wäre aufgefallen. Und im Augenblick wollten sie alles andere als auffallen.

Vom Gelingen ihres Vorhabens, dem Geron begeistert zugestimmt hatte, hing nicht nur ab, ob sie es schafften, in das hochgelegene Grabmal einzudringen, sondern auch, ob sie es anschließend fertigbrachten, ungesehen aus der Festung wieder herauszugelangen.

Die über dreihundert Bewaffneten ringsum in den Gassen wussten von ihren wahren Absichten nichts. Sie warteten vielmehr auf das Kommando zum Losschlagen, um den Patriarchen der Stadt zu entmachten.

Ganz so, wie von Tandurin vorgeschlagen, waren Kyrell und Geron vor etwa zweieinhalb Stunden mit dem geraubten Dokument einmal quer durch die Stadt gestürmt, um es Datakar Askerios zu überbringen. Der Clanführer der Fahrenden hatte einen

Tobsuchtsanfall bekommen, als er so von der Allianz zwischen Patriarch und Magistra Escalia Rotdrud erfuhr, und als sein verräterischer Neffe wenig später im Familienversteck aufschlug, hatte ihn sein zorniger Onkel auf eine Weise empfangen, die einer bitteren Lektion in Schmerz glich.

Dass Datakar ihn nicht einfach erschlagen hatte, lag schlicht daran, dass sie und Geron dazwischengegangen waren. Sie brauchten den Verräter, der jetzt die letzte Chance erhielt, sein armseliges Leben zu retten.

Anschließend hatten sich die Ereignisse verselbstständigt. Mit dem Dokument als Beweisstück war es Datakar innerhalb kürzester Zeit gelungen, die Anführer gleich zweier weiterer Clans in Kesselfurt davon zu überzeugen, dass sie den Patriarchen noch diese Nacht loswerden mussten, wenn sie nicht schon bald in die Hände dieser widerlichen Hexe fallen wollten.

Sorge bereitete den Clanführern, dass Tandurins vormalige Lehrmeisterin schneller zurück sein könnte als erhofft. Geron hatte die Männer daher schamlos belogen und sich, Kyrell und Tandurin, der hoffentlich noch immer unentdeckt in der Festung weilte, ebenfalls als fähige Zauberer ausgegeben. Dass auch Goltar irgendwo im Stadtgebiet lauerte, hatte er den Männern vorsichtshalber ganz verschwiegen.

Das war nicht das Einzige, das Kyrell Kopfschmerzen bereitete. Streng genommen spielten sie die Clans zu ihrem eigenen Vorteil gegeneinander aus. Dass es tatsächlich dem Plan des Patriarchen entsprach, die Anführer aller übrigen Clans mittels Zauberei ausschalten zu lassen, war dabei kaum noch von Belang.

Die Kämpfe sollten die Männer des Patriarchen in den unteren Festungsring locken und die höher liegenden Festungsabschnitte verwaist zurücklassen. Dann wollte Tandurin Boltan, Dania und deren Schwester befreien, weil er befürchtete, dass es ihrer gebündelten Zauberfähigkeiten bedurfte, um an den Stab des Zauberers Cyrnachon zu gelangen.

Kyrell war unwohl. Ihr improvisierter Plan war an so vielen Stellen fehleranfällig, dass es einem Wunder gleichkäme, wenn er funktionierte.

»Seid Ihr so weit, Magistra?«, riss sie einer der Bewaffneten aus den Gedanken. »Sie sind da.«

Kyrell nickte stumm, spähte besorgt zu dem Trupp mit der Kutsche hinüber, und hoffte, dass Geron auf sich aufpasste. Er befand sich unter den acht Kämpfern, die den Clanführer begleiteten.

Datakars kleiner Trupp hatte inzwischen den äußeren Rand des Burggrabens erreicht, der die vordere Mauerfront auf ganzer Breite umgab. Diese war das größte Hindernis beim Vorstoß in den Festungsring. Die Baumeister hatten den felsigen Untergrund vor der Mauer einst zu einem drei Schritt breiten und ebenso tiefen halbmondförmigen Graben ausgeschachtet, der seitdem von Flusswasser durchflutet wurde. Der einzige Weg in die hohe Festung führte durch ein Torhaus, das seinerseits mit Zugbrücke und Fallgatter gesichert war.

Schafften sie es nicht, dieses Hindernis zu überwinden, dann würde ihre Revolte schneller scheitern, als sie den gefälschten Vertrag verbrennen konnten.

Zwei mit Fackeln ausgerüstete Wachen des Patriarchen traten jetzt an die Kutsche heran. Das zweispännige Gefährt wirkte mit seinem dunklen Holz zwar elegant, war aber ebenso rustikal gebaut wie die Wagen der anderen Fahrenden: Große Räder, ein kastenförmiger Aufbau – doch Datakars Kutsche hatte Türen zu den Seiten und der Wagen war mit zwei seitlich hängenden Großschilden verziert, auf denen das Sippenwappen prangte: ein stilisierter Kastenwagen unter einem Drachen.

Eine Erinnerung an das Schickal von Tandurins Volk.

Was die Wachen sagten, war nicht zu verstehen. Plangemäß würden Datakar und sein Neffe den Männern jetzt das Einladungsschreiben des Patriarchen überreichen. Hoffentlich bemerkten die Wächter nicht die Verstärkungen, mit denen die Schreiner des Clans die Kutsche in nur einer Stunde Bauzeit ausgestattet hatten.

Zu Kyrells Erleichterung schwenkten die beiden ihre Fackeln und kurz darauf war das Rasseln von Kettengliedern zu hören. Stück für Stück senkte sich die Zugbrücke über den Wassergraben, und quietschend und ruckelnd wurde auch das Fallgatter im Torhaus in die Höhe gezogen. Kutsche und Leibgarde setzten ihre Weg über die Zugbrücke fort.

Jetzt lag es an ihr.

Kyrell drehte sich zur verschatteten Häuserschlucht hinter sich um und musterte den Ochsen, der von zwei Treibern bewacht wurde. Normalerweise trieb das Tier einen der Aufzüge hinunter zum See unterhalb des Kataraktes an. Jetzt war an seinem Tragegeschirr ein mächtiger, über vier Schritt langer Stamm befestigt, den es so rasch wie möglich zur Zugbrücke zu schaffen galt.

Kyrell berührte das goldene Ahornblatt in ihrer Rocktasche, schloss die Augen, tastete mit ihrem Geist nach dem Ochsen …

… und spürte unvermittelt die bebende Kraft, die den Tierkörper erfüllte. Schnaubend hob sie den hörnerbewehrten Schädel, dann stemmte sie sich in das Zuggeschirr. Der lange Stamm, der hinter ihr über das Pflaster schleifte, war schwer. Doch in einem Winkel des tierischen Bewusstseins fand sie eine Erinnerung an viel schwerere Lasten, die dieser Ochse bewältigt hatte. Und so zog sie. Mit aller Kraft, die das Rind aufbrachte, stürmte sie auf den Platz vor der Burg. Dort gewann sie rasch an Geschwindigkeit. Ihre Hufe hämmerten über den felsigen Untergrund und sie blökte vor Anstrengung, während sie beständig auf die Zugbrücke zuhielt. Hinter ihr polterte der schwere Holzstamm über das Gestein und die Geräusche ihres Ansturms übertönten selbst das ewige Lärmen des Kataraktes.

Die beiden Wächter vor der Zugbrücke drehten sich überrascht um, glotzten den auf sie zustürmenden Ochsen ungläubig an und begriffen nur langsam, dass etwas nicht stimmte. Einer von ihnen blies in ein Signalhorn, der andere wuchtete todesmutig einen Speer nach vorn.

Kyrell blökte kampfeslustig, spürte einen scharfen Schmerz an ihrer vorderen rechten Flanke, dann rammte sie den Speerträger mit Ochsengewalt aus dem Weg. Der Mann schrie gellend, als sie mit ihren Hufen über ihn hinwegtrampelte und den langen Stamm auf die Zugbrücke zog.

Die hinter der Kutsche hermarschierenden Leibgardisten hatten sich längst rechts und links des Tors vor ihr in Sicherheit gebracht, während die Kutsche nun mitten im Torhaus hielt.

Gedämpft drangen die Geräusche weiterer Signalhörner an ihre Ochsenohren, dann hielt sie mitten im Lauf inne, wartete, bis Askerios' Männer den Stamm vom Zuggeschirr befreit hatten und mühte sich mit ihrem Tierkörper herum, um den Vieren mit ihren Hörnern dabei zu helfen, den Stamm unterhalb der Ketten quer über der Brücke zu platzieren.

Sie schafften es, denn kaum dass die Wächter über ihnen im Torhaus auf die Gefahr aufmerksam geworden waren, spannten sich die Kettenglieder und die Zugbrücke wurde knarrend eingezogen.

Auch die drei Clans reagierten. Jenseits des Platzes ertönte lautes Gejohle und Kyrell sah, als sie ihren Ochsenschädel hob, dass aus Straßen und Gassen Scharen von Kämpfern mit blitzenden Waffen über den Platz herbeistürmten.

Die Zugbrücke hob sich weiter und mit ihr rollte der Stamm zurück, der sich jetzt beidseitig zwischen Außenmauer und Brückenklappe verkantete. Er knirschte – und die Brücke hing auf halben Wege fest.

In diesem Moment war ein metallisches Rattern über ihr zu hören. Kyrell versuchte noch aufzublicken, als ein brachialer Schmerz durch ihren Ochsenkörper zuckte, sie zu Boden warf …

… und Kyrell mit einem Schrei in ihrem eigenen Körper erwachen ließ.

»Zauberin, alles in Ordnung?«, fragte einer der Männer neben ihr besorgt.

»Ja.« Kyrell ächzte unter dem Nachhall furchtbarer Kreuzschmerzen und wandte sich leicht schwankend dem kriegerischen Geschehen vor der Festung zu. Der Platz war überfüllt mit Bewaffneten und die vielen Angreifer rückten der schief aufragenden Zugbrücke mit langen Leitern und Wurfseilen zu Leibe. Die Ersten von ihnen überwanden so das Hindernis, um anschließend weiter durch das Tor in den ersten Festungsring vorzustoßen.

Inzwischen war auch auf den Mauern hektische Bewegung auszumachen. Und noch immer gellten in der Festung des Patriarchen die Alarmhörner.

Pfeile und erste Armbrustbolzen flogen hüben wie drüben.

»Folgt mir!« Auch sie rannte jetzt mit ihren Leuten auf die Zugbrücke zu und hoffte sehnlichst, dass Geron Erfolg hatte.

Gemeinsam mit drei von Datakars Männern marschierte Geron vor der Kutsche her über die Brücke. Er war in die bunte Tracht der Kesselfurter gehüllt, was einen Lederpanzer und sogar ein Schwert aus echtem Waldalether Stahl einschloss. Datakar hatte für seine Sturmspitze an nichts gespart, und Geron hoffte inständig, dass er zwischen den übrigen Bewaffneten nicht auffiel.

Auf dem mit Fackeln beleuchteten Innenhof des äußeren Festungsrings, der bei ihrem Marsch durch das Torhaus ins Blickfeld rückte, waren bereits sechs Bewaffnete samt ihrem Wachhabenden zu sehen. Das Begrüßungskommando des Patriarchen. Geron ahnte, dass die Mauern rings des Innenhofes mit weiteren Bewaffneten besetzt waren. So würde er es jedenfalls handhaben, wenn er plante, die Neuankömmlinge im Handstreich festzunehmen. Und natürlich bestand das Risiko, dass irgendwo im Verborgenen einer der Zauberer auf sie lauerte. Obwohl sich die Clanführer bewundernswert schnell auf ein gemeinsames Vorgehen geeinigt hatten, konnten sie nicht garantieren, dass all die Improvisationen ausreichten, um ihren einstigen Lehrmeistern zuvorzukommen.

Hinter ihm schnaubten die beiden Kutschpferde und sie hatten das Torhaus halb durchquert, als auf dem Vorplatz zur Feste plötzlich das Blöken des Ochsen zu hören war: Kyrell!

Sie warteten ab, bis die Kutsche direkt unter dem hochgezogenen Fallgatter angelangt war, dann stürmten er und die anderen drei Wächter zurück und packten die beiden Großschilde, die seitlich an der Kutsche hingen. Im gleichen Moment gingen die Türen der Kutsche auf und Datakar und Jarre stürmten ins Freie.

Ebenso wie der Kutscher, der jetzt vom Bock sprang, hielt Datakar eine schwere Armbrust in der Hand. Er brüllte einige Kommandos und zwei der Männer aus Gerons Begleitung griffen unter die Kutsche, um Bögen und Pfeilköcher hervorzuziehen.

Kyrell in ihrer Ochsengestalt hatte die Zugbrücke überwunden und in der Burg dröhnten jetzt die Alarmhörner. Die sechs Bewaffneten jenseits des Torhauses zogen wütend ihre Schwerter und unter lauten Kampfesrufen stürmten sie vor.

Auch Datakar brüllte. »Schießt!«

Neben Geron schnappten und sirrten Armbrüste und Bögen und keines der Geschosse verfehlte auf die nahe Distanz. Gleich vier der Angreifer gingen zu Boden, darunter der Kommandierende, dem Datakar einen Bolzen in die Brust jagte. Die beiden verbliebenen Angreifer prallten gegen die Großschilde, die Geron und sein Waffengefährte zum Schutz der Schützen erhoben hatten. Dann klirrte Stahl auf Stahl. Geron ließ die Waffe seines Gegners am Schild abgleiten, dann trieb er seinem Kontrahenten die scharfe Klinge in den Hals. Blut sprudelte und der Mann kippte röchelnd um.

Wieder röhrte der Ochse und die Männer hinter der Kutsche riefen sich angestrengt Kommandos zu, während sie den langen Stamm auf der Brückenklappe in die neue Position quer unter die Ketten hievten.

Sie waren kaum damit fertig, als auch schon das mechanischen Rattern der Zugbrückenmechanik zu hören war. Auf dem Innenhof vor ihnen brach Hektik aus – als es über ihnen im steinernen Durchgang laut rasselte und wie erwartet das Fallgatter in die Tiefe sauste.

Krachend traf das gitterförmige, mit Metallbeschlägen verstärkte Hindernis auf die Kutsche. Die Räder des Gefährts splitterten und die angeschirrten Pferde wieherten panisch. Die Kabine wurde von den schweren Metallspitzen halb durchschlagen, doch die massiven Verstärkungen, mit denen Datakars Leute das Gefährt ausgestattet hatten, hielten weitgehend. Die Kutsche war nun halb zertrümmert, doch sie stoppte das Fallgatter. Ein ausgewachsener Mann konnte darunter hindurchkriechen.

Leider hatte es den Ochsen erwischt. Das muskulöse Tier lag aufgespießt und halb zerquetscht unter der schweren Sicherung und brüllte seinen Schmerz heraus. Geron hoffte, dass Kyrells Geist keinen Schaden genommen hatte.

Ihre Nachhut robbte nun ebenfalls zu ihnen nach vorn durch. Geron wollte dem anderen Schildträger zu Hilfe eilen, doch der räumte seinen Gegner mit einer Axt aus dem Weg. Vor ihnen im Hof formierten sich weitere Kämpfer, die unter anderem Armbrüste und Bögen in den Händen hielten.

»Hinter die Schilde, rasch!«, brüllte der Clanführer, der ebenso wie sein Kutscher dabei war, die Armbrust neu zu spannen. »Und du, Zauberer, mach was!«

Wie alle anderen duckte sich Geron hinten die eisenbeschlagenen Schilde, da hämmerten auch schon die Pfeile und Bolzen ihrer Gegner gegen die Deckungen. Einer von Datakars Männern kippte getroffen zu Boden, die Übrigen erwiderten den Beschuss. Längst schallte auch das Gebrüll ihrer Verbündeten auf dem großen Platz zu ihnen, die mit Leitern und Wurfhaken versuchten, die halb hochgeklappte Zugbrücke zu überwinden.

Geron sprang kurzentschlossen auf und kappte mit zwei wuchtigen Hieben das Geschirr der Kutschpferde, die daraufhin panisch auf den Innenhof der Burg sprengten und die Schützen vor ihnen auseinanderjagten. Von den Mauern des Innenhofes hallten Kommandos, was wohl bedeutete, dass dort weitere Schützen lauerten, die nur auf ein Ziel warteten.

Geron konzentrierte sich auf den Zauber, den Kyrell ihnen bei ihrer Anreise beigebracht hatte, wisperte die elfische Formel und spürte sofort, dass er immer noch nicht die Macht besaß, höher entwickelte Tiere zu kontrollieren. Doch für das, was er vorhatte, reichte es allemal. Sein Ruf wurde wie damals im Wald gehört.

Während zwei Männer neben ihm getroffen zu Boden sanken, erfasste sein Geist den Schwarm, der sich in den Häuserschluchten und über den Dächern der hohen Häuser sammelte und nun auf die Burg des Patriarchen zuwogte. Er glaubte sogar, das allgegenwärtige Summen und Sirren zu vernehmen, mit dem er nahte. Noch einer der Männer ging zu Boden. Inzwischen verschanzten sich Datakars Männer sogar hinter den Toten im Durchgang, um sich vor den gegnerischen Bolzen und Pfeilen zu schützen.

»Beeilt Euch, Prinz!«, dröhnte die alarmierte Stimme Datakars – dann hatte der Schwarm die Festung erreicht. Gleich einem schwarzen Schleier senkten sich Tausende Stechfliegen über den Innenhof, und Geron lenkte die vielen Insekten mit einer wischenden Bewegung hinauf zu den Mauern und hinüber zu den Verschanzungen, auf und hinter denen sich immer mehr Wachen des Patriarchen einfanden.

Der feindliche Bolzenhagel verebbte fast schlagartig und er sah, wie ihre Gegner verzweifelt um sich schlugen. Datakar wartete ruhig ab, bis es einem weiteren Dutzend Kämpfer gelungen war, unter dem Fallgatter hindurchzukriechen, dann gab er den Befehl zum Angriff.

»Netze auf! Die Männer mit dem Öl nach vorn!« Er deutete zu einem Karren mit Stroh, der nahe der Stallungen stand. Dass er noch nicht abgeladen war, wussten sie von Jarre, der den Burghof erst wenige Stunden zuvor durchquert hatte. »Steckt das Ding in Brand! Und du« – er packte seinen Neffen, der sich verängstigt neben ihnen duckte – »bist ganz vorn mit dabei!«

Geron spürte kein Mitleid mit dem Verräter. Die Nacht würde zeigen, ob er seinen Verrat überlebte. Vor ihrem Aufbruch hatten sie Jarre gezwungen, Gerons vornehme Waldalether Kleidung anzuziehen. Wenn einer der Zauberer auf sie lauerte, dann würde er oder sie Jarre hoffentlich für den Adepten halten.

Die Männer um ihn herum streiften sich Schutznetze über ihre Köpfe, antworteten mit lauten Ho!-Rufen, dann stürmten sie auf den Burghof und schwärmten aus. Geron schloss sich ihnen samt des Großschildes an und sorgte mit seiner Zaubermacht dafür, dass die Stechfliegen die Verteidiger peinigten. Nur vereinzelt sausten Pfeile und Bolzen auf sie nieder. Die Clankämpfer erwiderten den Beschuss, und Geron lenkte die Fliegenschwärme gezielt zu den standhaften Schützen auf den Wehrgängen, die kreischend auseinanderfuhren.

Ihr Ziel war eine weitere Torzufahrt, die hinauf auf die mittlere Festungsebene führte. Eigentlich hatte Tandurin dafür sorgen wollen, dass sie offen stand – doch Geron sah entsetzt, dass auch sie durch ein heruntergelassenes Fallgatter versperrt war. Wenn es den Leuten des Patriarchen gelang, sich hinter der mittleren Festungsmauer zu verschanzen, saßen sie hier fest.

Wo war Tandurin?

Einer der Bewaffneten vor ihm wurde von einem Bolzen niedergestreckt und Geron ließ den Schild fallen, schnappte sich stattdessen die Ölblase, die der Mann bei sich getragen hatte, warf sie ins Stroh und zerschlitzte sie mit seinem Schwert. Anschließend steckte er den Karren mit dem Feuerzauber in Brand, den ihm Kyrell beigebracht hatte. Sofort schlugen auf dem Wagen hohe, stark rußende Flammen empor. Der Rauch trug hoffentlich dazu bei, sie vor den gegnerischen Schützen abzuschirmen. Auch einer der Ställe im Hof brannte inzwischen, und tatsächlich gelang es der zunehmend größer werdenden Schar an Verbündeten, die durch das Torhaus stürmte, den Widerstand im ersten Befestigungsring rasch niederzukämpfen. Allein auf den Treppen zu den Umfassungsmauern wurde noch Mann gegen Mann gekämpft, denn die überrumpelten Wachen des Patriarchen versuchten sich jetzt auf die Wehre zurückzuziehen. Inzwischen waren Rammen und weitere Schilde eingetroffen, mit denen die Kämpfer der drei Clans plangemäß das vordere Torhaus und die Wehrgänge stürmten.

Und doch hatte ihr überraschender Angriff längst an Schwung verloren. Über ihnen, am zweiten Tor und auf den Wehren der mittleren Festungsebene, trafen immer mehr Kämpfer ein, die sich formierten und erbitterten Widerstand leisteten. Und erst allmählich gelangten große Sturmleitern zu ihnen, ohne die es unmöglich war, den mittleren Festungsring einzunehmen.

Von Tandurins Eingreifen war immer noch nichts zu spüren.

Geron lenkte die Fliegenschwärme mal hierhin, mal dorthin und hielt sich nahe des brennenden Karrens verborgen, von wo aus er angespannt nach Kyrell Ausschau hielt. Die Clanführer hatten vereinbart, auch ihr möglichst rasch den Weg in die Festung zu ebnen. Stattdessen sah er bloß weitere Kämpfer in den Innenhof strömen.

Dann, endlich, entdeckte er sie.

Kyrell wurde von einem Mann begleitet, die sich dicht bei ihr hielt – und der in diesem Moment von einem verirrten Armbrustbolzen von den Beinen gefegt wurde. Geron griff alarmiert nach dem abgelegten Großschild, hob ihn über den Kopf und rannte quer durch das kriegerische Treiben zurück zum umkämpften Torhaus, hinter dessen Schießscharten gelegentlich Bewegungen zu sehen waren. Datakars Männer bearbeiteten eine der Pforten zum Torhaus mit Rammen, doch das Hindernis erwies sich als massiver als gedacht. Das Torhaus hätte ebenfalls längst besetzt sein müssen.

Dann erreichte er Kyrell und schützte sie mit dem Schild. Sie sah ihn aufgeschreckt an und in ihren blauen Augen stand überdeutlich das Entsetzen, das sie angesichts der vielen Toten im Burghof empfand.

Endlich krachte es auf Datakars Seite und siegesfreudiges Gejohle brandete auf. Den Verbündeten war es offenbar endlich gelungen, in das Torhaus über ihnen einzudringen.

Geron zog Kyrell in Deckung – als er Jarre erblickte, der im Getümmel versuchte, sich zu verstecken. Datakars Neffe wollte soeben auf eine steinerne Backstube zulaufen, als ihn unsichtbare Kräfte brüsk von den Beinen rissen und er wie gefesselt auf den Untergrund stürzte.

Im nächsten Augenblick loderte es oben auf dem Wehrgang der zweiten Festungsebene grell auf und wie damals am Drachenthron rollte eine Wand aus Feuer über den Innenhof. Gellende Schmerzensschreie hallten an ihre Ohren und gleich sieben oder acht Clankämpfer auf einmal taumelten als lebende Fackeln durch die Feuersbrunst, bevor sie sterbend zusammenbrachen.

»O nein, Goltar!« Kyrell deutete hinauf zu einer Stelle zwischen den Zinnen der mittleren Festungsebene, wo jetzt die massige Gestalt von Danias früherem Lehrmeister zu sehen war. Der fette Zauberer sah wutentbrannt auf die zunehmend größer werdende Zahl der Angreifer herab, und spätestens jetzt war klar, dass er sich nicht an den Auftrag von Magistra Rotdrud gehalten hatte.

Immerhin, er hatte sie beide noch nicht entdeckt und er schlug auch nicht auf der Seite des Stadtgebietes zu, um den dortigen Nachschub an Männern und Material zu stören, wie Geron insgeheim befüchtet hatte.

Zornig biss er die Zähne zusammen, konzentrierte sich abermals auf die vielen beißfreudigen Stechfliegen, die noch immer überall auf und über dem Hof summten, und hetzte den neu formierten Schwarm dem fetten Zauberer entgegen. Dem blieb in seiner Verzweiflung nichts anderes übrig ließ, als sein Zauberfeuer gen Himmel zu richten, um sich so der vielen Insekten zu erwehren.

»Zauberer, was ist mit Euren Versprechungen?«, fauchte eine gereizte Bassstimme hinter ihm.

Aus dem Dunkeln des Tordurchgangs trat der Führer einer der beiden anderen Clans samt zweier muskulöser Begleiter. Trotz der Helme, die die drei trugen, waren deutlich die spiralförmigen Gesichtstätowierungen zu erkennen, mit denen sich der Clan schmückte. »Hattet Ihr nicht versprochen, dass auch das zweite Tor offen steht? Und jetzt das!«

In diesem Augenblick war ein lauter Donnerschlag zu hören und oben, auf einem der Wehrgänge, der an einem schlanken Turm der mittleren Festungsmauer endete, wurde feiner Rauch im Feuerschein sichtbar. Etwas hatte dort oben eine Pforte aus dem Weg gesprengt. Geron ahnte, wer dafür verantwortlich war.

»Schickt lieber Eure Männer da rauf!«, herrschte er den Mann an. »Ich sagte doch, dass wir nicht allein sind.«

Boltans Hand- und Fußketten klirrten, als er sich mühsam auf der Unterlage aus fauligem Stroh aufrichtete. Durch das Fenstergitter der Verliestür fiel schwacher Lichtschein, in dem er die zusammengekauerten Körper Danias und Valas sah. Unterhalten konnten sie sich nicht, denn um sie am Zaubern zu hindern, hatte Goltar nicht nur ihre Hände auf den Rücken gefesselt, sondern sie zusätzlich mit festen Knebeln versehen. Doch auch ohne dieses Ding hätte Boltan nicht gewusst, wie er sich aus seiner verzweifelten Lage hätte befreien sollen.

Und die Lage war verzweifelt. Wenn nicht sogar aussichtslos.

Ihre einzige Hoffnung war Ambra. Doch hatte er Ambra streng genommen noch nie zaubern sehen – eine jähe Erkenntnis, die Boltan einen Moment lang innehalten ließ.

Warum kam ihm dieser Gedanke erst jetzt in den Sinn?

Sie hatte den Teppich zum Fliegen gebracht – aber sonst?

Konnte sie vielleicht gar nicht zaubern?

Boltan stöhnte innerlich.

Wenn es stimmte, was sie oben im Zimmer des Patriarchen gehört hatten, würden sie nicht lange allein bleiben. Waren die anderen tatsächlich auch in Kesselfurt? Und würden auch sie blindlings in die Fallen ihrer Häscher stolpern?

Tatsächlich schien schon jetzt oben in der Festung Ungewöhnliches vor sich zu gehen. Aus dem Gang vor dem Verlies schallten aufgeregte Rufe und einige Wachen waren nach oben gerannt. Das war seltsam, denn Goltar hatte gleich vier Wachen befohlen, nicht von ihrer Seite zu weichen.

Wenn überhaupt, dann gab es nur diese eine Gelegenheit zur Flucht. Boltan schloss die Augen und konzentrierte sich auf den Schwebezauber, um den Knebel irgendwie vom Mund zu lösen. Erfolglos. Ohne die entsprechende Formel und Gestik entfaltete der Zauber keine Wirkung.

Boltan versuchte es noch einmal – als der schwere Riegel vor der Verliestür beiseitegezogen und die Tür geöffnet wurde.

Holten die Zauberer sie bereits ab?

Im Eingang zum Verlies erschien eine schlanke dunkle Gestalt mit Schwertgürtel, über deren linker Handfläche eine Lichtkugel schwebte.

»Man kann euch wirklich nicht allein lassen«, ertönte eine vertraute Stimme.

Danias Kopf ruckte überrascht hoch.

Ungläubig beäugte Boltan den Schemen.

Tandurin!?

Die Gestalt eilte die wenigen Stufen zu ihnen nach unten, dann war das leise Klingeln eines Schlüsselbundes zu hören.

»Ich komm gleich zu euch«, wandte sich der Eindringling leise an die Schwestern. »Ich fang nur eben mit Boltan an. Denn von dem weiß ich, dass er einige Tricks draufhat, sollte ich Unterstützung benötigen.«

Ganz ohne Zweifel, das *war* Tandurin!

»Du bist ganz schön abgemagert«, stellte der Zauberdieb besorgt fest, während er ihn erst von den Handfesseln und dann von der Kette um seinen intakten Fuß befreite. »Und was zum Henker ist mit deinem Bein passiert?«

Boltan zerrte sich erleichtert den verdammten Knebel aus dem Mund.

»Erklär uns lieber, was *du* hier machst« Boltan lachte ungläubig, während sein Freund auch Dania und Vala von ihren Ketten befreite.

»Frag mich lieber, warum ich *erst jetzt* hier bin«, gab Tandurin zerknirscht zurück. »Ich wollte euch schon viel früher hier rausholen. Aber ich hatte vollkommen unterschätzt, wie viele Wachen der Patriarch für den Plan, uns gefangen zu nehmen, aufgestellt hat. Weder habe ich es ins zweite Torhaus geschafft, noch zu euch ins Verlies. Goltar hatte hier unten einfach zu viele Wachen postiert. Und er selbst war ebenfalls noch eine Weile vor Ort, um irgendein Buch zu studieren.«

Boltan warf Dania einen missmutigen Blick zu. Hatte sie das kostbare Zauberbuch mit hierher genommen, statt es wie ihre anderen Schätze bei Ambra zu lassen?

»Egal«, fuhr Tandurin fort, »drei der Männer sind jetzt oben und helfen bei der Verteidigung der Burg. Und den vierten auszuschalten war dann nicht mehr schwer.«

»Warte, warte«, stoppte Boltan ihn. »Wovon redest du? Und sag uns endlich, wie es kommt, dass du überhaupt noch lebst. Wir dachten, du bist tot. Verbrannt in Goltars Zauberfeuer. Wie gefährlich das war, weiß ich besser als jeder andere hier, denn der Flammenwalze habe ich es zu verdanken, dass ich jetzt ein Krüppel bin.«

»Tut mir leid zu hören«, meinte sein Gegenüber, während die Ketten der Schwestern fielen. »Ich hatte mehr oder minder Glück. Ich erkläre es euch später. Jetzt müssen wir erst einmal raus hier, denn Geron und Kyrell sind ebenfalls nicht weit. Sie führen den Angriff oben gewissermaßen an.«

»Ihr seid tatsächlich alle hier?«, meldete sich Dania zu Wort, kaum dass sie sich von ihrem Knebel befreit hatte. Auch sie starrte Tandurin ungläubig an, dann half sie ihrer Schwester beim Aufstehen. »Und von was für einem Angriff sprichst du?«

»Die Burg des Patriarchen wird gerade von drei Clans angegriffen«, erklärte Tandurin in aller Eile. »Sie dürften den äußeren Festungsring bereits genommen haben, hängen dort jetzt aber vermutlich fest. Wir müssen daher rasch rauf und ihnen helfen, bevor meine Lehrmeisterin nach Kesselfurt zurückkehrt. Denn die ist irgendwohin unterwegs, um auch die anderen Zauberer zu informieren. Den Rest erzähle ich euch später.«

»Wenn die Burg angegriffen wird«, meldete sich erstmals Vala zu Wort. »Wie kommen wir dann von hier fort?«

Tandurin warf Boltan einen kurzen Blick zu, und der ahnte, was dem Zauberdieb durch den Kopf ging. Valas dünner Stimme war zwar die Erschöpfung anzumerken, doch sie ähnelte täuschend der von Dania. Doch die Frau wirkte mit ihrem dünnen graustichigen Haar und dem eingefallenen Gesicht so unendlich viel elender und ausgezehrter als ihre Schwester. Wie eine verlebte, ältere Version Danias.

»Tut mir leid.« Tandurin hob die Hände. »Bevor wir abhauen, müssen wir leider erst noch ganz nach oben in die Festung.«

»Wie bitte?« Dania bedachte ihn mit einem missbilligenden Blick. »Da sitzen wir erst recht in der Falle.«

»Das wird sich zeigen. Aber wir müssen ein altes Grabmal aufbrechen, um uns den Zauberstab eines alten Magiers zu beschaffen. Es ist überaus wichtig.«

»Ich hoffe es«, murrte sie.

Tandurin schlüpfte zur offenen Verliestür und spähte in den dahinterliegenden Gang. »Und jetzt sollten wir uns beeilen. Wir müssen auch Geron und Kyrell finden.« Fragend sah er sie an. »Wo ist eigentlich die kleine Ambra?«

»Keine Ahnung«, antwortete Boltan. »Sie konnte vermutlich rechtzeitig auf dem fliegenden Teppich fliehen. Aber wir hatten am Nachmittag ein Signal vereinbart, damit sie uns im Stadtgebiet findet.«

»Ein Signal?« Tandurin lachte trocken. »Glaube mir, wenn sie nicht mitbekommt, was oben in der Festung gerade vor sich geht, dann müsste sie auch noch blind und taub sein.«

Sie wollten ihm gerade nach draußen folgen, doch Tandurin hielt sie noch einmal auf. »Noch etwas: Wenn wir da oben Erfolg haben wollen, müssen wir unsere Zauberkräfte vereinen.« Er wandte sich an Boltan. »Ich hoffe, du verstehst dich noch auf deine Kugelblitze und auch darauf, uns in die Schatten zu hüllen? Denn ich kann mich nur selbst tarnen.«

»Ich kann inzwischen sogar noch ein bisschen mehr«, sagte Boltan grimmig, streckte eine Hand aus und hob mit seinen Zauberkräften die Fußketten hinter ihnen am Boden an. Klirrend ließ er sie wieder fallen.

»Nicht schlecht.« Tandurin wandte sich Dania zu. »Und du kannst hoffentlich noch immer deine Gestalt verändern, wie du es am Drachenthron demonstriert hast?«

Dania schürzte grimmig die Lippen. »Ja, kann ich. Aber Vala kann noch mehr. Sie kann lebende Illusionen erzeugen, die wie echt wirken.«

»Ernsthaft?« Tandurin musterte Vala interessiert. »Ich verstehe mich ebenfalls auf Trugbilder, aber die sind stets statisch.«

Die verhärme junge Frau schaute überrumpelt in die Runde. »Ich … ja, aber … sie vermögen immer nur eine Person zu täuschen. Jeder andere durchschaut sie sofort.«

»Egal, das ist trotzdem unglaublich.«

»Nur … bin ich völlig ausgelaugt. Ich habe schon seit Tagen kaum etwas zu essen bekommen. Ich … ich weiß nicht, ob ich euch helfen kann.«

»Hier.« Tandurin nestelte unter seiner Kleidung und reichte Danias Schwester einen langen Streifen Trockenfleisch, den diese gierig entgegennahm. »Halte dich einfach an Dania und uns – und improvisiere.«

Boltan humpelte hinter Tandurin her und sie gelangten über einen von Fackeln beleuchteten Gang mit Zellentüren hinein in einen karg ausgestatteten Aufenthaltsraum der Wächter, in dem ein Bewaffneter gefesselt und geknebelt unter einem Tisch lag. Tandurin hatte ihn offenbar bewusstlos geschlagen.

Dania stürmte sofort zu ihm und durchsuchte ihn.

»Suchst du was?«, fragte Tandurin.

»Goltar hat mir meinen Dolch, eine verzauberte Perlenkette und ein Zauberbuch abgenommen«, zischte sie erbost. »Aber dieses Schwein hier hat seine Finger ebenfalls nicht bei sich behalten können und leider auch die Brosche aus Goltars Studierzimmer gefunden. Sie besteht aus Silber samt drachenbeinerner Schmuckintarsie, die einen Elfen bei der Jagd zeigt.«

»Die hier?« Tandurin nestelte erneut in seinen Taschen und präsentierte ihr die Brosche grinsend. »Der Kerl trug sie tatsächlich bei sich.«

»Gib her!« Dania riss ihm das Schmuckstück aus der Hand.

»Holla!« Er musterte sie befremdet. »Offenbar hat sie es in sich?«

»Hat sie«, antwortete Boltan an Danias statt. »Du triffst mit ihrer Hilfe alles, auf das du zielst.«

»Ist das so?« Tandurin griff zu seinem Waffengehänge und reichte Dania eine handliche Axt. »Dann wirf beim nächsten Mal die hier. Und ihr anderen solltet es mir nachtun und euch ebenfalls irgendwo eine Waffe schnappen.« Er zog das Schwert an seiner Seite. »Denn da oben ist es heftig.«

Sie folgten ihm über Stufen hinauf. Vala kaute noch immer an dem Stück Fleisch. Boltan konzentrierte sich ganz auf die lauter werdenden Geräusche, die gedämpft an ihre Ohren drangen. Kampfeslärm.

Anscheinend waren sie recht nahe am Schlachtgeschehen.

Die Männer des Patriarchen hatten Goltar und seine Gefangenen vor wenigen Stunden in einen Turm des mittleren Festungsrings geführt, der nahe am Tor zur Vorburg lag. Wenn die Rebellen tatsächlich in den äußeren Festungsring eingefallen waren, dann fanden die Kämpfe direkt über ihnen statt.

»Hast du einen Plan?«, fragte er, als Tandurin an einer Tür lauschte.

»Na ja.« Der Zauberdieb sah ihn skeptisch an. »Das Problem ist das zweite Torhaus. Ich hatte ursprünglich gehofft, den Mechanismus für das Fallgatter sabotieren zu können, nur war es zu gut bewacht. Es gibt aber noch eine andere Möglichkeit, um den Clans den Weg in den zweiten Festungsring zu ebnen.« Er deutete hinauf zur Decke. »Der Turm über uns grenzt unmittelbar an eine der Außenmauern. Ich habe ihn bereits ausgekundschaftet. Drei Stockwerke über uns ist eine Pforte raus zu einem der Wehrgänge vorne. Aber die ist verschlossen, verdammt massiv und wird gut verteidigt. Der ganze Turm ist voll mit Bewaffneten.«

Boltan stöhnte. »Du willst also, dass wir uns nach oben durchkämpfen?«

Tandurin sah auch Dania und Vala auffordernd an. »Eine andere Lösung fällt mir nicht ein.«

Dania hob böse lächelnd die Axt. »Wir sind dabei.«

»Gut, dann versuchen wir es zunächst mit Heimlichkeit.« Tandurin griff zur Klinke. »Was mich selbst betrifft, habe ich zwar meine Möglichkeiten, aber jetzt sind wir zu viert. Boltan könnte die Schatten um uns herum zusammenziehen. Anschließend versuchen wir uns möglichst unbemerkt über die Turmtreppe nach oben vorzuarbeiten. Dann sehen wir weiter.«

Er nickte auffordernd und Boltan hüllte sie in Dunkelheit, sodass nur sie noch etwas sehen konnten. Dann öffnete sein Begleiter die Tür zum unteren Turmgeschoss.

Sofort brandeten ihnen Kommandos und Schreie entgegen.

Hier unten führte eine Tür auf den Innenhof der mittleren Festungsebene, durch die beständig Bewaffnete ein und aus hasteten. Ihr Ziel war eine Wendeltreppe linkerhand und sie schleppten Bögen, Armbrüste und Pfeilköcher mit sich.

Boltan seufzte schwer. »Zurück!«

Er schob sich an Tandurins Seite, dann entzündete er an der Raumdecke einen seiner Kugelblitze. Das funkensprühende Geschoss raste zwischen die Beine zweier Waffenträger und explodierte mit lautem Knall. Die Männer wurden schreiend gegen die Turmwand geschleudert, wo sie mit schmauchender Kleidung liegen blieben.

Die Druckwelle fegte leider auch die Adepten von den Füßen.

Boltan schlug schmerzhaft gegen die Wand neben der Treppe nach unten und verlor für einen Augenblick seine Konzentration. Die Schatten, die er um sie gewoben hatte, zerfielen, und ein dritter Bewaffneter, der angesichts des Donnerschlags erschrocken in der Außentür zum Hof stehen geblieben war, wurde auf sie aufmerksam. »Alarm!«

»Scheiße!« Tandurin stürmte mit dem Schwert in der Hand vor und versuchte den Kerl mit zwei raschen Hieben auf den Innenhof zurückzudrängen. Sein Ziel war es offenbar, die Pforte nach draußen zu verschließen. Doch ihr Gegner überwand seine Überraschung schneller als gedacht, ließ die Pfeilköcher fallen, wich den Schlägen gewandt aus und zog einen Säbel, mit dem er Tandurin nun seinerseits bedrängte. Und er war deutlich geübter im Kampf.

Tandurin wich überrumpelt zurück, dann wurde ihm die Klinge aus der Hand geschlagen, und der Mann holte gerade zum tödlichen Streich aus, als neben Boltan etwas durch die Luft wirbelte. Danias Wurfaxt traf den Mann in die Brust und röchelnd ging er zu Boden.

Boltan humpelte an Valas Seite zur Außentür und gemeinsam hämmerten sie sie zu, bevor weitere Bewaffnete hereinkommen konnten. Er hob den schweren Türriegel mit seinen Zauberkräften an und ließ ihn einrasten.

Dania zerrte die Wurfaxt aus der Brust ihres Gegners und auch Tandurin hatte sein Schwert längst aufgehoben.

»An deiner Zauberei müssen wir noch etwas arbeiten«, herrschte er Boltan gereizt an. »Versuch uns beim nächsten Mal nicht gleich mit in die Luft zu jagen.«

Hinter der Pforte nach draußen zum Innenhof war wüstes Poltern zu hören, doch die Tür würde eine Weile halten.

Rasch folgten sie Tandurin die Wendeltreppe hinauf und bereits im ersten Stockwerk wurde klar, wie richtig dieser mit seiner Warnung gelegen hatte. Denn je weiter sie nach oben gelangten, desto mehr Bewaffnete begegneten ihnen.

Boltan räumte sie mit seinen Kugelblitzen beiseite, wobei er diesmal sehr viel vorsichtiger vorging. Den verbliebenen Gegnern gaben Dania und Tandurin mit ihren Waffen den Rest. Und wieder spürte Boltan die dunkle Lust, mit der ihre Begleiterin tötete.

Endlich erreichten sie die Turmebene, von der Tandurin gesprochen hatte. Gleich drei Schützen waren hier damit beschäftigt, mit Armbrüsten und Bögen durch Schießscharten nach draußen in die Nacht zu feuern. Boltan räumte auch sie aus dem Weg – als durch eine der Schießscharten greller, flackernder Lichtschein in den Raum stach. Ihm folgten laute Schmerzensschreie unten vor dem Turm.

»Verdammt!«, fluchte Dania, die durch die Schießscharte spähte. »Da draußen ist Goltar!«

Rasch waren Boltan und Vala an ihrer Seite. Der Turm ragte ein Stück auf den umkämpften, von Rauch erfüllten Burghof des äußeren Festungsbereichs hinaus, sodass sie von hier aus auch auf die mit Dutzenden Kämpfern besetzte Wehrmauer des inneren Festungsrings sehen konnten. Und tatsächlich, hinter den Zinnen, keine fünfzehn Schritt von ihnen entfernt, inmitten der Schützen und Steinewerfer, stand der dicke Zauberer mit seinem Stab und lachte hämisch. Die Männer an seiner Seite johlten begeistert.

Boltan blickte nach unten zu den vielen Angreifern des erstürmten Burghofs und entdeckte inmitten der Rauchschwaden einige lichterloh brennende Gestalten, die soeben zusammenbrachen. Zornig wollte er dem Magier einen Kugelblitz entgegenjagen, doch Tandurin fiel ihm alarmiert in den Arm.

»Nein, du darfst ihn nicht auf uns aufmerksam machen.«

Boltan fügte sich verärgert. Zu gern hätte er Danias einstigem Lehrmeister den Verlust seines Beins heimgezahlt – als er erstaunt mitansah, wie sich unvermittelt ein riesiger Schwarm aus schwarzen Stechfliegen auf den fetten Magier stürzte. Die Kämpfer um ihn herum fuhren aufgeschreckt auseinander, während Goltar laut schreiend um sich schlug. Erbost richtete er sein Zauberfeuer an den Nachthimmel, um sich so der vielen Insekten zu erwehren.

»Wenn das das Werk Gerons oder Kyrells ist, dann will ich diesen Zauber lernen«, zischte Dania voller Genugtuung.

Tandurin ermahnte sie, leise zu sein, und deutete auf die Wendeltreppe, die weiter nach oben führte. »Über uns sind noch mehr Kämpfer, mit denen wir fertigwerden müssen.«

Er packte Boltan am Arm und führte ihn zu einer schmalen, eisenverstärkten Pforte in der Turmwand hinter ihnen, gegen die es gelegentlich von außen rummste. »Das ist die Pforte hinaus auf die vordere Wehr, von der ich sprach. Sieh zu, dass du die aufbekommst.« Er winkte Dania und Vala zu. »Schaffen wir es, die Männer über uns ohne Boltans Hilfe auszuschalten? Denn die offen stehende Pforte nutzt wenig, so lange die Schützen oben den Mauerabschnitt unter Beschuss nehmen können.«

»Überlass das mir!« Danias dunkle Augen funkelten heimtückisch, dann nahm sie vor ihren Augen die Gestalt von einem der Toten im Raum an, packte dessen Säbel und marschierte ohne zu Zögern die Treppe hinauf. Vala folgte ihr vorsichtig.

»Sie wirkt fast so, als würde ihr das Schlachten Spaß machen«, meinte Tandurin irritiert.

»Oh ja, macht es.« Boltan schnaubte. »Sie hat sich, seit wir hier sind, nicht unbedingt zum Vorteil entwickelt.« Er schob Tandurin beiseite und beschwor unmittelbar vor der verschlossenen Pforte einen Kugelblitz herauf. Er ließ ihn mit lautem Knall explodieren und das Eisen wurde durchgeschüttelt. Es bedurfte dreier weiterer Anläufe, um den Zugang auf diese Weise aufzusprengen.

Die Tür flog auf und sie konnten durch die Öffnung sehen, dass aus den oberen Turmgeschossen keine Pfeile mehr auf den Wehrgang herabregneten.

»Auf dich ist Verlass, mein Freund!« Tandurin rannte zum aufgesprengten Zugang, um die angreifenden Clans mit einer hell strahlenden Lichtkugel auf den Durchlass aufmerksam zu machen. Anschließend lief er zurück in die Raummitte, hob die Hände und versiegelte den Treppenaufgang nach oben mit der Illusion einer Zwischendecke.

»Warum machst du das?«, wollte Boltan wissen.

Tandurin führte ihn hinüber zu einer Schießscharte, über

die man in Richtung Süden, zur höchstgelegenen Festungsebene blicken konnte. Rechts erstreckte sich eine von Fachwerk überdachte Außenmauer samt Wehrgang, links sahen sie auf den von Fackeln beleuchteten mittleren Innenhof mit all den Nutz- und Wohnbauten, zwischen denen unzählige Kämpfer herumliefen. Hof und Wehre endeten an der gewaltigen Felsmauer der dritten und höchstgelegenen Festungsebene, die alle übrigen Bauten der Anlage um mindestens drei Schritt überragte. Dort oben befand sich ihr eigentliches Ziel: ein breiter, kantiger Festungsturm unmittelbar über dem Abgrund.

»Sieh dir die überdachte Westmauer an«, erklärte Tandurin. »Ähnlich wie die Außenmauer vorn ist auch sie von diesem Turm aus erreichbar. Und sie führt auf die oberste Festungsebene zu. Ich wette mit dir, dass der Wehrgang auch ganz da hinten über eine Pforte zu erreichen ist. Wenn wir uns beeilen, schaffen wir es vielleicht rüber, bevor diese verschlossen wird.«

»Du willst also über die Mauer in die oberste Festungsebene vordringen?«, wiederholte Boltan lahm.

»Ja, und von dort zum Wohnturm des Patriarchen und dem Dachgarten an der Spitze.« Tandurin wischte sich einen seiner geflochtenen Zöpfe aus der Stirn. »Nur will ich vermeiden, dass Datakar und die anderen den Weg ebenfalls nehmen und so auf uns aufmerksam machen. Goltar soll denken, wir stecken irgendwo unten im Getümmel.«

Die ersten Clankämpfer erreichten die aufgesprengte Turmpforte hinter ihnen. Misstrauisch beäugten die Männer sie und trauten sich erst herein, als sie die toten Schützen im Raum erblickten.

Die Nachricht verbreitete sich rasch. Immer mehr der Angreifer stürmten auf den vorderen Mauerabschnitt, um in den Turm zu gelangen. Boltan und Tandurin lotsten die Kämpfer die Treppe weiter nach unten, und irgendwann drängten drei Männer mit Helmen und auffälligen Gesichtstätowierungen in den Raum, bei denen es sich offenbar um Anführer handelte. Der Mittlere nickte ihnen zufrieden zu, dann rannten sie weiter – als zwei bekannte Gesichter im Durchgang auftauchten: Geron und Kyrell!

Boltan konnte es kaum glauben, die beiden nach all der Zeit wiederzusehen.

»Ich wusste, dass du das warst!« Geron steckte sein Schwert weg, grinste und schlug Boltan kameradschaftlich auf die Schulter. Er musterte sein Holzbein und sein Lächeln schmolz dahin.

Kyrell drängte ihn kurzerhand zur Seite und umarmte Boltan. »Ich bin wirklich froh, dass ihr noch lebt!«

»Ja, geht mir genau so.« Boltan wandte sich verlegen ab, während weitere Bewaffnete durch den Raum hetzten. »Schätze, wir haben uns viel zu erzählen, wenn wir das hier überstehen.«

»Wo sind eigentlich Dania und Vala?« Tandurin blickte misstrauisch nach oben.

Ohne sich um die vielen Kämpfer zu scheren, die den Raum durchquerten, eilte er über die Treppe nach oben und schlüpfte wie ein Geist durch die Zwischenwand.

Geron und Kyrell sahen verblüfft auf.

»Nur ein Trugbild«, erklärte Boltan hastig.

Sie folgten dem Zauberdieb ins obere Turmgeschoss – und der Anblick, der sich ihnen hier bot, war unheilvoll. Vor ihnen auf dem Holzboden lagen drei Schützen mit grässlichen Hals- und Kopfwunden. Einer von ihnen war durch Danias Axt ums Leben gekommen, den anderen beiden hatte sie offenbar von hinten die Kehle durchgeschnitten.

Tandurin stand neben den Schwestern, die durch eine der Maueröffnungen auf das Tor des zweiten Befestigungsrings schauten.

»Ja, zeig es ihm, Vala!«, zischte Dania triumphierend.

»Was macht ihr da?«, fragte Tandurin.

Boltan humpelte ebenso wie Geron und Kyrell über die Toten im Raum hinweg und warf einen Blick durch die Öffnung. Noch immer stand auf der Wehr, keine fünfzehn Schritt entfernt, Goltar. Der fette Magier hielt den Zauberstab schützend über sich, denn er war in einen erbitterten Kampf mit einem Hünen verwickelt, der ihn um gute zwei Köpfe überragte. Immerzu drosch der Fremde mit einer breiten Doppelaxt auf den Zauberer ein.

Doch bei näherem Hinsehen war der Hüne halbtransparent.

Eine Illusion?

Goltar schien das nicht zu erkennen, denn er verteidigte sich mit seinem Zauberstab und wob mit der Rechten Zaubergesten. Wieder und wieder züngelten grelle Flammen aus seinen Händen, doch der Hüne schlug unbeeindruckt weiter auf ihn ein.

»Was soll das werden?«, herrschte Tandurin die Schwestern an.

Boltan sah, dass Vala sehr konzentriert und mit flackernden Augenlidern dastand.

»Na, was schon?«, zischte Dania höhnisch. »Vala besorgt es diesem Schwein!«

Nur schien Goltar allmählich zu dämmern, dass mit seinem Gegner etwas nicht stimmte, denn unvermittelt stieß er seinen Zauberstab vor, brüllte etwas – und schlagartig verblasste die Truggestalt. Vala zuckte zusammen und Boltan musste sie stützen, als sie wieder zu sich kam.

Gehetzt sah sich Goltar um, offenbar nach dem Urheber der Truggestalt Ausschau haltend, dann ruckte sein Kopf zum Turm herum.

Tandurin zog Dania rasch von der Schießscharte weg. »Ich sagte doch, ihr sollt ihn nicht auf uns aufmerksam machen!«

»Und was war mit diesem Insektenschwarm?«, gab Dania ungerührt zurück. »Einen Versuch war es wert.«

»Da draußen ist wirklich Goltar?« Geron hielt den Griff seines kostbaren Dolchs umfasst, wirkte so, als würde er lauschen, dann schüttelte er unmerklich den Kopf. »Seltsam, Ceredril warnt mich überhaupt nicht …«

Dania sah ihn und Kyrell an und lächelte spöttisch. »Hätte nicht gedacht, dass ihr wirklich noch lebt.«

»Tun wir aber«, antwortete Kyrell spröde, die interessiert Vala betrachtete. »Darf ich fragen, wer du bist?«

»Meine Schwester Vala«, antwortete Dania an ihrer statt. »Wir sind nur deshalb in Kesselfurt, um sie zu befreien.«

Kyrell nickte verstehend. »Nun, wir sind hier, weil wir einen Plan verfolgen, um uns magisches Wissen anzueignen. Nur müssen wir dazu rauf auf die oberste Festungsebene, bis zum Dachgarten des Patriarchen.«

»Darum geht es?« Dania steckte die Axt weg und las einen Bogen samt Pfeilköcher auf. »Ihr hofft, in dem Grabmal dort oben Wissen zu finden?«

»Ja, so ungefähr«, antwortete diesmal Geron. »Nur müssen wir jetzt noch einen Weg finden, um unentdeckt da rauf zu kommen.«

»Na, dann wird dich der Mauerabschnitt hinter der Tür dort freuen.« Tandurin deutete auf eine schmale Pforte in der Turmwand hinter dem Treppenabgang. Sie lag auf einer Ebene mit dem überdachten Wehrgang, den er Boltan vorhin gezeigt hatte. »Nur sollten wir diesmal alles vermeiden, was auffällig ist. Kein Licht. Keine Explosionen. Gar nichts – bis wir drüben sind.«

Geron spähte durch eine Schießscharte zum Mauergang. »Ja, das könnte funktionieren.« Er zog Schwert und Elfendolch. »Boltan, verstehst du dich noch auf diese Dunkelheit, die du am Drachenthron gewirkt hast?«

»Offenbar glaubt ihr alle, ich sei mit meiner Verkrüppelung auch senil geworden«, gab Boltan verschnupft zurück. »Natürlich.«

»Gut, dann raus.« Geron drückte die schwere Tür auf und sie stiefelten hinaus in die Nacht, kaum dass Boltan seinen Schattenzauber wirkte.

Unmittelbar vor ihnen erstreckte sich der überdachte Laufgang der Außenmauer und das Rauschen des nahen Kataraktes jenseits der Brustwehr übertönte sogar den Kampfeslärm. Obwohl hier oben beständig ein leichter Wind wehte, schmeckte die Luft nach Rauch und Feuer.

Schräg unter ihnen, jenseits der Hofgebäude, die an der Mauer aufragten, wurde energisch gekämpft, und Boltan glaubte den Patriarchen selbst auszumachen, der soeben mit einigen Speerträgern einen Ausfall auf den Turm anführte.

Auf der Mauerkrone hatte sich ein halbes Dutzend Bogenschützen postiert, die jene Angreifer im Hof unter ihnen unter Beschuss nahmen, die aus dem Turm drängten.

»Lasst mich das machen!«, tönte Danias Stimme aus dem Dunkeln. Sie drängelte sich nach vorn, hob den Bogen und ließ den ersten Pfeil zischen.

Das Geschoss durchschlug den Hals eines Schützen, der auf das Gebäudedach unter ihm stürzte. Sie legte weitere Pfeile auf und schoss wieder. Und wieder. Und wieder.

Und jeder Pfeil war tödlich.

»Meine Güte, ich wusste nicht, dass du so gut …« Geron verstummte, denn der fünfte Pfeil jagte weit über die Köpfe ihrer überraschten Gegner hinweg.

Dania stieß einen Fluch aus. »Verdammt, ich dachte …?«

Offenbar hatte sie die Kraft der Brosche aufgebraucht.

Alarmiert suchten die beiden verbliebenen Bogenschützen nach dem unbekannten Angreifer – und entdeckten Dania, die sich zu weit aus dem Schattenfeld hervorgewagt hatte. Zornig zielten sie auf sie – und Boltan handelte. Unfähig, sich auf zwei komplizierte Zauber zugleich zu konzentrieren, ließ er das Schattengewebe fallen und entriss dem vorderen Schützen die Waffe Kraft seines Willens.

Geron stürmte indes vor. Er rannte auf den Entwaffneten zu und sprang ihm gegen die Brust, bevor er eine andere Waffe ziehen konnte. Dann schleuderte er ihn linkerhand von der Wehrmauer auf eines der Gebäudedächer. Der Zweite visierte ihn an, doch Boltan fegte auch dessen Waffe mit einer wischenden Bewegung beiseite.

Der Pfeil zischte harmlos in die Nacht.

Wütend zog der Mann ein Schwert und stellte sich Geron entgegen.

Stahl klirrte gegen Stahl.

Boltan konnte dem Königssohn nicht helfen, da ihm Geron das Sichtfeld nahm, doch der bedurfte keiner Hilfe. Furios focht er den Mann nieder, sichelte ihm die Beine unter dem Leib weg und setzte ihm das Schwert an der Kehle.

Schon waren sie bei ihm.

»Habt ihr ein Seil, um den Kerl zu fesseln?«, rief Geron angespannt.

»Was hältst du dich damit auf?«, herrschte ihn Dania an. »Stich ihn ab!«

Bevor Boltan widersprechen konnte, trat Tandurin vor und

schlug dem Mann hart gegen den Kopf. Bewusstlos blieb er liegen.

»Können wir diese Farce jetzt beenden?«, sprach er düster. »Los, weiter!«

Gemeinsam hetzten sie hinter ihm her und wie erhofft fanden sie am Ende des überdachten Wehrgangs, inmitten der hohen Mauer, die die dritte Festungsebene umgab, eine schmale Pforte. Zu ihrem Glück stand sie einen Spaltbreit auf.

Unter dem Schutz der magischen Dunkelheit drängten sie in eine steinerne Kammer und fanden dort drei Halbwüchsige vor, die mit Kurbeln Armbrüste aufmunitionierten.

Panisch sahen die drei zu der in den Raum eindringenden Dunkelheit auf.

Geron hinderte Dania daran, einen Pfeil auf sie abzuschießen, sah, kaum dass Boltan das Sichtfeld wieder frei gemacht hatte, die ängstlichen Jungen warnend an und legte einen Finger auf die Lippen. Tandurin ließ derweil vor der Pforte nach draußen eine steinerne Wand hochwachsen. Ein Trugbild. Auch dieses verfehlte seine Wirkung nicht, wie Boltan an dem fassungslosen Gesichtsausdruck der drei Jungen erkannte.

Ohne sie weiter zu beachten, eilten die Adepten aus der Kammer, und Tandurin wiederholte den Zauber am Ausgang. »Hält nur eine halbe Stunde, aber ich denke, das reicht, um sie für eine Weile festzusetzen«, erklärte er leise.

Boltan wechselte einen kurzen Blick mit Kyrell und Vala. Erstere schien für die Lösung ebenso dankbar zu sein wie er selbst. Danias Schwester hingegen schaute misstrauisch zurück.

Sie querten Gänge, Kammern und Treppen, und nur gelegentlich kamen ihnen weitere Bewaffnete entgegen. Sie entdeckten ein großes Gemach, in dem sich dicht gedrängt drei Dutzend Frauen und Kinder aufhielten, doch dank ihrer Zauberei schafften sie es, auf ihrem Weg durch die Festung unbemerkt voranzukommen.

Allmählich schmerzte Boltan das verkrüppelte Bein. Kyrell stützte ihn, wofür er ihr dankbar war, da es über Aufgänge und Wendeltreppen immer weiter nach oben ging.

Als Boltan bereits glaubte, sie hätten sich in dem Festungslabyrinth verlaufen, erreichten sie endlich einen überdachten, sorgfältig gemauerten Treppenaufgang, der wie der übergroße Niedergang eines Schiffes wirkte. Tandurin stieß die Holztür am oberen Ende auf und kühle Nachtluft wehte ihnen entgegen.

Eine Luft, die schwer nach Hyazinthen roch.

Sie hatten die Spitze des großen Festungsturms erreicht.

Die Gefährten stolperten ins Freie, hinaus auf einen beeindruckenden, über fünfzehn Schritt langen Dachgarten, der von einer brusthohen Wehr samt Zinnen umringt war. Über ihnen am Nachthimmel trieben schwere Wolken vorbei, und im fahlen Schein des Mondes, der gelegentlich durch die Wolkendecke stach, konnten sie sorgsam gepflegte Beete, kleinere Bäume und Holzgerüste mit Rankengeflechten, sogar Schaukeln und Bänke erkennen. Über allem dröhnte der Katarakt, der unmittelbar hinter dem Turmsockel in die Tiefe donnerte.

Den Blickfang bot ein imposantes, vollkommen aus Marmor bestehendes kleines Häuschen am südlichen Ende des Dachgartens, dessen Spitzdach an der Vorderfront von vier filigranen Säulen gestützt wurde.

»Da hinten ist das Grabmal!«, rief Kyrell gegen das Tosen des Wasserfalls an.

»Dann lasst uns keine Zeit verlieren. Je schneller wir hier fertig sind, desto besser.« Sie rannten durch den Garten bis zu dem Grabmal.

Das blütenweiße und über die Jahrhunderte überaus gepflegte Grabhaus maß fast drei Schritt in der Höhe. Das Gebäude hatte einen recht schlanken Grundriss und vermutlich war im Inneren gerade ausreichend Platz für einen Sarkophag und wohl auch einige Trauernde. Die marmorne Tür hinter den Säulen besaß weder Schloss noch Griff, sondern war lediglich mit einer grünstichigen Bronzeplatte mit schlichter Inschrift ausgestattet:

Cyrnachon
Bewahrer der Stadt
Im Leben wie im Tod

»Das klingt selbstbewusst«, kommentierte Boltan. »Aber wie kommen wir da rein? Fenster hat dieser Grabbau offenbar nicht.«

Tandurin zog ein langes Brecheisen aus dem Gürtel und setzte es am Türspalt an. Eine Weile mühte er sich ab, doch es gelang ihm lediglich, ein kleines Stück Marmor herauszubrechen.

»Mist!« Er wandte sich Boltan zu. »Mach es wie vorhin.«

Boltans Gefährten traten zurück und er versuchte es mit einem seiner Kugelblitze. Die Explosion bewegte die Steintür kein Stück. Er versuchte es ein weiteres Mal, ebenso erfolglos.

»Tut mir leid«, seufzte er.

Dania trat vor, beäugte den Spalt zwischen Tür und Wand, und schürzte die Lippen. »Lasst es mich auf andere Weise probieren.«

Irritiert sahen ihr Boltan und die anderen dabei zu, wie sie zurück in den Garten lief und kurz darauf mit einer kleinen Efeuranke zurückkam, die sie von einem der Holzgerüste abgerissen hatte. Sie stopfte sie in den Riss, den Tandurin verursacht hatte, legte ihre Hand darüber und konzentrierte sich.

Nur Augenblicke später blähte sich die Ranke auf. Frische Triebe rankten am Türspalt empor, Blätter sprossen und wuchsen in die Höhe, während sich die Ranke wie von Geisterhand bewegt in die Tiefe des Spalts vorarbeitete, in die Breite wuchs, sich allmählich verdickte und die zarten Triebe immer mehr Ästen ähnelten.

Ein lautes Knacken schlug ihnen entgegen und plötzlich bildete sich quer über der Steintür ein scharfer Riss. Die Triebe folgten ihm, quetschten ihn weiter auseinander, bis die marmorne Tür auseinanderbrach und ihnen in zwei Teilen entgegenkippte.

»Meine Güte!« Kyrell trat vor und betrachtete Danias Werk.

Auf Valas hagerem Gesicht stand Stolz auf die Leistung ihrer Schwester.

Im Grabmal war es stickig und es roch nach altem Stein. Auf dem ebenfalls marmornen Sarkophag prangte die gleiche Inschrift wie auf der Tür.

»Helft mir!« Tandurin setzte das Brecheisen am Deckel an und gemeinsam mit Boltan, Geron und Dania gelang es ihm, das schwere Hindernis ein Stück anzuheben. Boltan konzentrierte sich auf seinen Schwebezauber und wuchtete den Deckel endgültig von dem Sarkophag.

Boltan schluckte und starrte fasziniert ins Innere des offenen Grabgeleges. Darin lag ein Skelett, das mit einem vermoderten, einstmals grünem Gewand bekleidet war. Der Unterkiefer des toten Zauberers hatte sich auf groteske Weise vom Schädel gelöst und lag auf Höhe der Halswirbel. Doch die skelettierten Finger hielten über der Brust noch immer einen prachtvollen Gegenstand umschlossen: einen knorrigen, eichernen Zauberstab, der oben in einem henkelförmigen Astloch auslief. Darin steckte – einer handtellergroßen Medaille nicht unähnlich – eine drachenbeinerne Schmuckintarsie. Sie zeigte ein Pentagramm.

Etwas war an dem Stab, das Boltan nachdrücklich anzog.

Den anderen schien es ähnlich zu ergehen, denn Tandurin streckte bereits seine Hand nach ihm aus – als vor dem Grabmal Valas schrille Stimme ertönte: »Dania!«

Aufgeschreckt ruckten sie zum Eingang herum, vor dem Vala wild gestikulierend zum Himmel deutete. In diesem Moment schnitt ein schriller Raubvogelschrei durch die Nacht, der selbst das ewige Rauschen des gewaltigen Wasserfalls übertönte.

»Der Gipfelalk!«, keuchte Kyrell entsetzt.

Dania rannte hinaus zu ihrer Schwester, und auch Kyrell, Geron und Tandurin liefen zum Eingang.

Allein Boltan blieb zurück. Denn vor ihm lag der Stab.

Er spürte, dass es mit ihm etwas Besonders auf sich hatte.

Verlangend griff er nach ihm – und schrie im gleichen Moment auf.

Ein blaues, geisterhaftes Feuer züngelte über das Holz, umwaberte seine Finger und stach, als habe er einen Block Eis berührt. Boltan versuchte seine Hand zurückzuziehen, doch stattdessen krampften sich seine Finger wie von selbst um das Holz. Panisch warf er sich zurück und riss dem Skelett den Zauberstab dabei aus den Händen. Die Kälte verflog, stattdessen waberten die geisterhaften Flammen in Windeseile an seinem Arm empor, erreichten seine Schultern – und plötzlich wurde sein Blickfeld blau und eisig.

Nur beiläufig nahm Boltan wahr, dass vor dem Grabmal Schreie und laute Rufe erklangen.

Eine unsichtbare Macht bemächtigte sich seines Verstandes, als wolle sie seine geheimsten Empfindungen und Gelüste ausforschen. Dann vernahm er eine spöttische Stimme am Rande seines Bewusstseins: *Endlich ... Ein Zauberer. Einer mit Potenzial!*

»Weg, weg, weg!« Boltan kreischte und versuchte verzweifelt den Stab loszuwerden, indem er ihn gegen den Sarkophag schlug. Doch das Artefakt löste sich nicht von seinen Fingern.

Nicht, Junge. Lass mich dich lehren. Lass mich dir helfen – du bedarfst der Hilfe!

Draußen vor dem Grabmal erklangen spitze Schreie, und Boltan hörte jemanden entgeistert nach ihm rufen.

Wehr dich nicht. Öffne dich. Sieh, was du alles haben kannst ...

Boltan ächzte bei dem Versuch, die Stimme in seinem Kopf zurückzudrängen, und spürte jäh, wie sich hinter seiner Stirn ein Fenster zu unbekannten Gefilden öffnete.

Das alles kann dir gehören, lockte die Stimme in seinem Kopf. *Greif einfach zu. Greif einfach zu ...*

Und dann sah er es: all das Wissen und all die Macht.

Der Gipfelalk?!

Das konnte nur bedeuten, dass Magistra Rotdrud nahte.

Alarmiert von Kyrells Worten wirbelte Tandurin zum Eingang herum, während Dania aus Sorge um ihre Schwester an ihnen vorbei nach draußen stürmte. Vala stand keine drei Schritt vom Grabmal entfernt und deutete wild gestikulierend zum Himmel.

Auch Tandurin, Kyrell und Geron eilten nach draußen, doch rasch hielten sie inne. Abermals schnitt ein greller Raubvogelschrei durch die Nacht.

»Schnell, macht euch kampfbereit!«, rief Geron nahe einer der Säulen, als sich das mächtige Flappen von Schwingen über das Rauschen des Wasserfalls legte.

Tandurin riss sein Beuteschwert aus dem Gehänge und wusste zugleich, dass ihnen herkömmliche Waffen gegen seine einstige Lehrmeisterin nichts nützen würden.

Ein mächtiger Schatten mit schiefergrauem Gefieder senkte sich mit wuchtigen Flügelschlägen auf eine der Mauern des Dachgartens, dann legten sich gewaltige Vogelkrallen um die Zinnen.

Panisch sprang Tandurin hinter einen nahen Obstbaum und wirkte seinen Tarnzauber, während der monströse Gipfelalk das Grabmal mit kaltem Raubvogelblick erfasste. Von seinem gefiederten Rücken löste sich ein schlanker Schatten und Magistra Escalia Rotdrud sprang gewandt auf eines der Blumenbeete. Der monströse Vogel breitete wieder die Schwingen aus und glitt hinter der Mauer in die Tiefe.

Verdammt, was sollten sie jetzt bloß tun?

»Boltan, wo bleibst du?« Tandurin sah sich zum Eingang des Grabmals um und bemerkte ein blaues Leuchten, das die Grabkammer erfüllte. Ihr Gefährte stand noch immer neben dem Sarkophag und hämmerte verzweifelt mit dem Zauberstab des Toten auf den Rand des Steinsargs. Geisterhafte Flammen leckten über Stab, Arm und Kopf und Boltan wirkte, als kämpfe er dagegen an, von dem Feuer verbrannt zu werden.

Nicht das auch noch!

War der Zauberstab magisch gesichert?

»Ihr widerspenstigen Bastarde!«, gellte Magistra Rotdruds Stimme über den Dachgarten. »Dachtet ihr wirklich, wir hätten von eurem Treiben nichts mitbekommen?«

Vala, die ebenso wie Dania keine vier Schritt von der Zauberin entfernt stand, heulte wütend auf und Tandurin sah ihr an, dass sie das kostbare Stück Freiheit, das sie errungen hatte, um jeden Preis der Welt verteidigen würde. Schreiend reckte sie ihre Hände der Zauberin entgegen und jäh flackerte neben Magistra Rotdrud die ihnen bekannte, durchscheinende Truggestalt des Hünen mit der großen Doppelaxt auf. Die Gestalt brüllte kampflustig, schwang die große Axt – und löste sich nach einem Fingerschnippen der Magierin in Luft auf.

»Ist das alles?«, höhnte die Zauberin. »Denn jetzt wird aufgeräumt!«

Während Kyrell zurück ins Innere des Grabmals floh, stieß Magistra Rotdrud ihren Zauberstab vor und ähnlich wie damals in der Drachenhöhle jagte ein Wirbel aus Strängen auf Danias verhärmte Schwester zu, wickelten sich als Netz um sie und schleuderte sie zu Boden.

»Und glaube ja nicht, dass ich nicht wüsste, wo *du* bist.« Hohnlachend wirbelte sie ihren Zauberstab auf Tandurin zu.

Überrascht davon, dass sie ihn trotz des Tarnzaubers entdeckt hatte, versuchte er noch hinter eine der Säulen zu springen, doch es war zu spät. Feste Zauberstränge fesselten ihn und auch er schlug dumpf auf den Boden. Tandurin ächzte, konnte sich jedoch nicht befreien.

Im selben Moment erhob sich jenseits der Zinnen eine schwarze Wolke, und bevor sich seine ehemalige Lehrmeisterin der Übrigen annehmen konnte, stürzte sich ein beißfreudiger Schwarm Stechfliegen auf sie. Wütend schlug die Zauberin auf die Fliegen ein, wankte zu einem Efeugerüst zurück und hüllte sich in ein gelbliches Flimmerlicht, das die vielen Stechfliegen dutzendfach zerplatzen ließ. Sie wandte sich ungehalten Geron zu, der längst bei Tandurin war und mit Ceredril an seinen Fessel säbelte, als sie unvermittelt von Ranken gepackt und wieder nach hinten gegen die Holzwand gerissen wurde.

Die Zauberin schrie zornig auf und wehrte sich verzweifelt gegen das Efeu, das sich wie ein albtraumhaftes Monster mit zu vielen Tentakeln gebärdete.

Tandurin befreite sich noch von den Zaubersträngen, als Stichflammen aus den Händen Magistra Rotdruds schossen, die den Efeu verbrannten.

»Elende Hure!« Abermals ruckte der Zauberstab seiner vormaligen Lehrmeisterin vor und diesmal wurde Dania von den Zaubersträngen zu Boden gerissen. Sofort verebbten die Bewegungen in der Efeuwand und die Zauberin wandte sich erbost Geron und Tandurin zu.

»Glaubt ihr wirklich, ihr könntet mich mit euren Lehrlingstricks beeindrucken?« Sie lachte böse. »Lasst mich euch zeigen, dass es auch schmerzhafte Möglichkeiten gibt, euch lebend einzufangen.«

»Wie wäre es, wenn Ihr Euch mit jemandem anlegt, der Euch

gewachsen ist!«, dröhnte eine zornige Stimme über den Dachgarten. »Probiert es mit mir, Magistra Escalia *Hochmut* …«

Tandurin sah überrascht auf, denn vor dem Grabmal stand jetzt Boltan.

Er war kaum wiederzuerkennen. In seinen Augen blitzte ein wütendes Selbstvertrauen, wie es Tandurin von ihm nicht kannte. Und er hielt den Zauberstab Cyrnachons in der Rechten, als gehöre der Stab schon immer zu ihm.

Die Magierin sah ihn ungläubig an, dann verengten sich ihre Augen.

Boltan stieß eine Faust vor und zu Tandurins Überraschung jagte ein grellweißer Lichtbogen auf die Zauberin zu. Die schrie auf, schützte sich reaktionsschnell mit einem grünlich leuchtendem Schild – und schlug zurück. Eislanzen prasselten wie Hagel auf Boltan ein. Aber auch der hatte vor sich einen bläulich leuchtenden Schutzschild aufgebaut. Das scharfkantige Eis zersplitterte daran, und dann folgte Zauber auf Zauber, die den Dachgarten mit Donnern, Fauchen, Bersten und Zischen erfüllten: Flammenbälle, Kugelblitze, Lichtlanzen und wirbelnde Fontänen aus Dreck und Gestein jagten hin und her, wurden zerschlagen, abgewehrt und auf ihre Beschwörer zurückgeworfen.

Die Zauberin wurde von den Beinen gerissen und auch Boltan krachte schwer gegen eine der Säulen, doch keiner der beiden gab nach. Abermals beschworen sie ein Gewitter an Kampfzaubern herauf, die Tandurin zuvor noch nie erblickt hatte: brennende Pfeile und Schwärme aus scharfkantigen Splittern.

»Schnell, befreie Dania!«, rief Tandurin, der seine Lähmung endlich überwand. Während schräg vor ihnen der magische Zweikampf zwischen Boltan und seiner früheren Lehrmeisterin tobte, warf er die letzten Stränge ab und Geron hetzte hinüber zu Dania, um auch sie mit der Elfenklinge freizuschneiden.

Mühsam kam Tandurin auf die Beine – und hörte hinter sich einen schrillen Pfiff. Er wirbelte herum und sah jenseits der Zinnen in seinem Rücken eine bekannte Gestalt: Ambra!

Allen Schicksalsmächten sei dank!

Die kahlköpfige Adeptin winkte ihm hektisch zu und erst jetzt begriff er, dass sie dort draußen nicht etwa frei schwebte, sondern auf dem seltsamen fliegenden Teppich zu ihnen gekommen war.

»Warte!«

Tandurin machte Geron, der eben zu ihm zurückhetzte, auf Ambra aufmerksam – als irgendwo in der Nacht ein markerschütterndes Gebrüll aufhallte.

Es war so laut, dass es sogar das Dröhnen des Kataraktes übertönte.

Der Gipfelalk? Verwirrt schaute sich Tandurin zu den übrigen Zinnen um und sein Blick streifte Geron, der entsetzt seine Klinge Ceredril ansah, die offenbar leicht vibrierte. Dann ruckte der Kopf seines Gefährten zur Wolkendecke empor.

Dort, vor dem Mondlicht, zeichnete sich ein schlanker Schatten mit gewaltigen Schwingen ab, der jäh abkippte und sich zu ihnen in die Tiefe schraubte. Ungläubig riss Tandurin die Augen auf, als Geron auch schon brüllte: *»Draaacheee!«*

Sein warnender Ruf wurde sogar von Boltan und Escalia Rotdrud gehört, denn die beiden hielten abrupt in ihrem Zauberduell inne und starrten ebenfalls zum Nachthimmel.

Es folgte ein lautes Rasseln, plötzlich flackerte es grell und im nächsten Moment schien die Wolkendecke über ihnen in Brand zu stehen. Tandurin packte geistesgegenwärtig das goldene Amulett und riss Geron mit sich zu Boden. Schon schoss ein ein greller Feuerstrahl vom Himmel und der halbe Dachgarten versank in einem Meer aus Flammen.

Tandurin und Geron brüllten angsterfüllt, doch das Amulett versah wie damals am Drachenthron seinen Dienst. Der heiße Drachenodem strich wie eine warme Sommerbrise über sie hinweg, während er alles Übrige in Brand setzte: Bäume, Beete, Lauben und Sitzmöbel.

Um sie herum knisterte und knackte es und die Luft stank nach Rauch und schwefeligen Gasen. Geron hustete und sah ihn ungläubig an.

Tandurin zog ihn mit sich, auf das schützende Grabmal zu. Aus den Augenwinkeln erkannte er, dass auch Dania dem Drachenfeuer entgangen war. Sie hatte sich knapp außerhalb der Reichweite des Feuerhauchs befunden, doch ihre Kleider schmauchten. Furchterfüllt zerrte sie ihre immer noch gefesselte Schwester mit sich auf den schützenden Treppenaufgang zu.

Auch Boltan und Tandurins einstige Lehrmeisterin hatten dem Drachenfeuer getrotzt. Beide waren in schimmernde Glocken aus schützender Magie gehüllt und wichen nebeneinander vor der fürchterlichen Kreatur zurück, die eben ihre langen, dolchartigen Krallen in die gegenüberliegende Wehrmauer schlug.

Tandurin blieb bei dem Anblick des gewaltigen Monstrums fast das Herz stehen.

Der Drache war so groß wie einer der Lastkähne, die den Großen Fluss befuhren. Sein Schuppenkleid, unter denen sich das Spiel dicker Muskelstränge abzeichnete, schillerte in einem glänzenden Rot und die Spannweite seiner ledrigen Schwingen war riesig. Am Rücken des schlanken Drachenleibs zog sich ein gezackter Schuppenkamm bis hinunter zur pfeilförmigen Schwanzspitze, die angriffslustig durch die Luft peitschte. Am fürchterlichsten jedoch war der mächtige Echsenschädel samt der tückischen, gelben Augen, deren geschlitzte Pupillen herrisch auf sie herabstarrten. Er thronte auf einem kräftigen, leicht gebogenen Hals und der gewaltige Schlund mit den langen Reißzähnen stellte klar, dass die Kreatur Beute von mindestens Menschengröße bevorzugte.

»GANZ SO, WIE ES SEIN SOLL«, rasselte die dröhnende Stimme des Drachen über den brennenden Dachgarten. »ALLE ZAUBERER AN EINEM ORT – WIE LANGE HABE ICH AUF EINE SOLCHE GELEGENHEIT GEWARTET?«

Der Drachenkopf ruckte vor und abermals spie er sengendes Feuer.

Magistra Escalia Rotdrud und Boltan brüllten auf und schützten sich wieder mittels Magie. Tandurin und Geron sprangen ins Grabmal, wo sie aufgeschreckt von Kyrell begrüßt wurden.

»Was sollen wir nur tun?«, rief sie verzweifelt. »Haben uns die Magier belogen? Ich dachte, die Drachen seien ausgelöscht. Wo kommt diese Bestie her?«

»Weiß ich nicht, aber Ambra wartet gleich da hinten mit dem

fliegenden Teppich auf uns.« Geron versuchte, sie zu beruhigen, und deutete nach draußen. »Wir müssen es bloß bis zu ihr schaffen.«

»Du glaubst, uns gelingt auf diesem Flickending die Flucht vor einem *Drachen*?« Kyrell schüttelte den Kopf.

Tandurin kam eine Idee.

»Und seit wann kann Boltan derart zaubern?«, fuhr ihre blonde Gefährtin aufgeregt fort. »Und wo sind Dania und ihre Schwester?«

»Haben sich nach hinten zur Treppe zurückgezogen«, antwortete Tandurin.

Er warf wieder einen Blick nach draußen, und sah, dass seine ehemalige Lehrmeisterin und Boltan dem Drachen Seite an Seite entgegentraten und ihm magische Geschosse entgegenschleuderten. Doch die verdammte Kreatur verfügte selbst über Zaubermacht. Sie schützte sich mit einem wabernden Schild aus brennendem Feuer und aus ihren gelb leuchtenden Augen jagten plötzlich grelle Blitze auf die beiden herab.

Hastig zog Tandurin seinen Kopf ein und abermals rollte fürchterliches Drachengebrüll an ihre Ohren. Doch sein Plan stand fest. Er war völlig verrückt, aber er sah keinen anderen Weg.

»Ich habe immerhin noch Ceredril«, rief Geron neben ihm kämpferisch.

»Vergiss es«, herrschte ihn Tandurin an. »Elfenklinge hin oder her, du glaubst doch wohl nicht, dass du mit diesem Zahnstocher gegen einen leibhaftigen Drachen ankommst? Nein, wir werden es anders machen.« Energisch blickte er Kyrell an. »Kannst du noch einmal den Gipfelalk übernehmen?«

Kyrell berührte das goldene Ahornblatt an ihrem Ausschnitt. »Ja. Aber ich kann den Zauber nur dann aktivieren, wenn ich ihn sehe. Danach bin ich in Trance.«

»Dann rufe ich ihn. Dafür muss ich Escalia bloß das verzauberte Signalhorn abnehmen.« Tandurin deutete zu den Zinnen, hinter denen Ambra hoffentlich auf sie wartete. »Du greifst in Alkgestalt den Drachen an und Geron schleppt dich rüber zu Ambra. Ich komme dann nach.«

»Und die anderen?«, fragte Geron.

»Verdammt, ich sagte nicht, dass der Plan perfekt ist!«, zürnte Tandurin. »Im Zweifel improvisieren wir. Nur müssen wir zunächst irgendwie aus dieser Rattenfalle raus.«

Ohne auf die Zustimmung der beiden zu warten, zog er sein goldenes Amulett hervor, packte ein Messer und wirkte den Tarnzauber. Dann schlüpfte er vorsichtig aus dem Grabgebäude und sah, dass im Garten noch immer ein Patt herrschte. Beide Zauberer wirkten leicht angeschlagen, doch sie hielten dem Drachen mit ihrer Magie stand.

Tandurin wartete, bis seine einstige Lehrmeisterin abgelenkt war von der Beschwörung einer glitzernden Eislanze, die sie der Feuerechse entgegenschickte, dann stürmte er los und blieb in ihrem Rücken. Aus dem Schlund des Drachen drang lautes Rasseln und abermals spie er Feuer.

Die Flammenwalze hüllte sie ein, doch auch diesmal fegte der Odem wirkungslos über ihn hinweg. Im nächsten Moment prallte er gegen die schöne Zauberin, warf sie hinterrücks zu Boden und sprang sogleich mit dem Horn in der Hand auf, dessen Trageseil er kurzerhand durchgeschnitten hatte.

Magistra Escalia Rotdrud fuhr überrascht zu ihm herum – ein Fehler, denn sofort schnellte der gewaltige Echsenschädel vor und schlug seine langen Reißzähne in ihren Leib.

Gellend schrie die Zauberin auf. Fleisch riss, Blut spritzte, dann wurde ihr zermalmter Körper von dem Drachen in die Luft gerissen. Noch einmal biss die Kreatur zu. Knochen knackten und ein abgetrenntes Bein stürzte aus dem Maul in die Flammen des Gartens. Den blutigen Rest ihres verstümmelten Leichnams schleuderte der Drache schwungvoll zum Katarakt jenseits der Zinnen.

Tandurin stolperte zurück, dann stieß er voller Panik in das Horn und ein silberheller Klang erfüllte den Dachgarten.

Boltan humpelte indes vor und zog die Aufmerksamkeit des Drachen auf sich, indem er ihm eine hell leuchtende Lichtlanze entgegenschleuderte. Getroffen brüllte der Lindwurm auf – und aus dem Dunkeln jagte der lange Drachenschwanz heran.

Boltan ruckte noch herum, doch der wuchtige Schwanzschlag hob ihn an und prellte ihn bis zur hinteren Brustwehr, wo er bewusstlos liegen blieb.

»JETZT ZU DIR, ZAUBERDIEB!«, rasselte die Stimme des Drachen höhnisch – als über ihnen ein schriller Raubvogelschrei durch die Nacht gellte.

Ein riesiger Schatten stieß vom Himmel herab. Der mächtige Drachenkopf fuhr alarmiert hoch, und doch konnte der Lindwurm nicht verhindern, dass der Gipfelalk seine Krallen in seinen Schuppenleib schlug und dann mit seinem scharfen Schnabel auf ihn einhackte.

Der Drache brüllte zornig auf, und Tandurin duckte sich, um unter den kämpfenden Leibern der beiden Riesenmonster nicht zermalmt zu werden. »Ambra!«

Die kahlköpfige Kleine hatte hinter der gegenüberliegenden Wehr auf sie gewartet, und nun tauchte ihr Kopf jenseits der Zinnen auf, kaum dass sein Ruf erschallt war.

Tandurin wich abermals einem Schwingenschlag des hinter ihm wütenden Drachen aus, rannte verzweifelt zu Boltan, wuchtete den Ohnmächtigen hoch und schaffte ihn mit Mühe und Ambras Hilfe über die Zinnen hinweg auf den fliegenden Teppich. Dabei streifte sein Blick den Treppenaufgang.

Dort stand der fette Zauberer Goltar.

Fassungslos schaute Danias vormaliger Lehrmeister über den brennenden Dachgarten hinweg zu den beiden Monstern, die wüst mit ihren Krallen, Zähnen und Schnäbeln aufeinander losgingen.

Vor dem Zauberer lagen wehrlos Dania und Vala.

Rasch zog Goltar die hilflosen Schwestern tiefer in die Treppenflucht.

Hektisch schwang sich Tandurin über die Zinnen auf den Teppich und sah, wie Geron mit dem schlaffen Körper Kyrells auf dem Rücken auf sie zurannte. Sein Gefährte hatte die Wehr fast erreicht, als er Opfer der tobenden Gewalten hinter ihm wurde. Noch immer hackten, bissen und schlugen die beiden geflügelten Giganten aufeinander ein und zertrümmerten rücksichtslos alles, was ihnen dabei im Weg stand. Der lange Drachenschwanz fegte heran, zerschlug das Dach des Grabmals und erwischte Geron mitten im Lauf.

Wie von einem Katapult getroffen, flogen er und Kyrell in hohem Bogen auf sie zu.

Geron prallte hart gegen die Mauer und Tandurin versuchte noch, nach Kyrell zu greifen, doch ihre blonde Gefährtin segelte wie eine leblose Gliederpuppe an ihm vorbei und über die Zinnen hinweg, um nur einen Schritt von dem fliegenden Teppich entfernt in die Tiefe hinter der Festung zu stürzen.

Dem schäumenden und tosenden Katarakt entgegen.

Geron schrie verzweifelt auf, und Tandurin sah trotz der Dunkelheit Kyrells immer kleiner werdenden Körper fallen, bis dieser in den tosenden Wassermassen verschwand.

Todesboten

Geron saß in der frühen Vormittagssonne, die freundlich auf die Bergwelt herabschien, und starrte mit leerem Blick auf das kleine Lagerfeuer. Sie hatten es nahe dem Eingang zu einer Schlucht am oberen Ende eines Berghangs entzündet, der von Tannen und klobigen Felsen bedeckt war. An einem Stock brutzelte ein abgezogenes Felskaninchen und gedämpft tönten die Stimmen von Tandurin und Boltan an seine Ohren. Die beiden halfen Ambra gerade dabei, den fliegenden Teppich unter einem Haufen Steine zu verstecken.

Fast zwei Tage lang waren sie auf dem Zauberteppich von Kesselfurt weg, am Großen Fluss entlang nach Norden und schließlich gen Osten geflogen. Zunächst etwas ziellos und lediglich darauf bedacht, weder aus der Luft noch vom Boden aus gesehen zu werden, dann gezielt in Richtung Schattenberge mit dem sogenannten Kuranpass, von dem seinerseits der ominöse Pfad der Fürsten abzweigen sollte, wie es ihnen der Marmorkopf im Königlichen Archiv verraten hatte. An seinem Ende lag angeblich das versteckte Helgrinshall, die einstige Zitadelle der Zauberer.

Zumindest hofften sie das.

Niemand von ihnen kannte die unwirtliche Region, zu der sie aufgebrochen waren, sodass sie zweimal eine Zwischenlandung einlegen mussten, um sich bei Bauern und anderem einfachen Landvolk unauffällig nach dem richtigen Weg zu erkundigen. Den Schattenbergen kamen sie so zwar immer näher, doch von der Existenz eines Passes hatten sie erst von Pelzjägern erfahren, die dort ihrer Arbeit nachgingen. Er war in früheren Zeiten genutzt worden, um das einstige Königreich Telavar mit Gütern aus Sil'Bariath zu versorgen. Und dieser Name sagte Geron etwas. Bei Telavar handelte es sich um eines von drei verlorenen Reichen, die die Gaale nach dem Zweiten Drachenkrieg überrannt hatten.

Entsprechend aufmerksam waren sie, als sich vor ihnen am Horizont eine zerklüftete und von Mischwäldern bewachsene Landschaft mit düsteren Schluchten, bizarren Felsformationen und säulenartigen Steinformen auftat. Erst zum Zentrum hin schwangen sich die Felsen zu hohen Gipfeln und Graten auf. Ein Nebenarm des Großen Flusses entsprang in den Schattenbergen, und dessen Wasser hatte sich tief in die westliche Bergkette gegraben und dort breite Schluchten mit Wildwasserabschnitten hinterlassen. Ein Landstrich, der Hirschen aber auch Bären Lebensraum bot. An den Seen, die sie von oben hatten ausmachen können, konnte man Biber beim Bau von Dämmen beobachten.

Sie hatten aus der Luft sogar die Ruinen einer alten Stadt gesichtet. Ob es sich dabei um die verheerte Königsstadt handelte, wussten sie nicht. Falls ja, war die Stadt kleiner gewesen als in den Legenden beschrieben.

Kyrell hätte den spektakulären Anblick sicher zu würdigen gewusst.

Verbittert presste Geron die Lippen aufeinander.

Leider hatte der fliegende Teppich am Morgen überraschend seinen Dienst eingestellt, kaum dass sie den Zugang zu dem verdammten Pass erreicht hatten. Ambra hatte Tandurin in ihrer Zeichensprache den Grund für den Ausfall ihres Zaubergefährts genannt, was den Zauberdieb sichtlich bestürzt hatte. Doch Geron hatte nicht nachgehakt.

Es war ihm egal.

Alles war ihm längst egal.

Die ständige Flucht. Der Tod seines Vaters. Der Verrat seiner Schwester. Selbst der Drache, dessen Erscheinen ihn eigentlich hätte fassungslos machen müssen. Am Ende war alles, was wirklich wichtig gewesen war, alles, was seine Gedanken beherrschte, der schreckliche Tod Kyrells.

Er dachte an ihr Lachen. An ihre lustigen Erzählungen von ihrem Leben in Adlerstedt. Den Tonfall ihrer Stimme, wenn sie ihn wieder mal ermahnte. Ihr hübsches Gesicht, das er so gern betrachtet hatte …

Es erschien ihm vollkommen absurd, ja, schlicht unmöglich, dass sie nach allem, was sie beide überstanden hatten, nicht mehr an seiner Seite war.

Jetzt war sie tot.

Gestorben, weil er nicht in der Lage gewesen war, auf sie aufzupassen.

Die Welt, wie er sie kannte, zerbrach unmittelbar vor seinen Augen – und er konnte nichts dagegen tun.

Boltan humpelte auf seinem Holzbein zum Feuer, stützte sich dabei auf den Zauberstab aus dem Grabmal und brabbelte etwas Unverständliches.

Müde sah Geron auf und musterte ihn misstrauisch. Seit dem Kampf oben auf der Festung des Patriarchen führte ihr Kamerad häufiger Selbstgespräche. Dabei wirkte er wie weggetreten. Sprach man ihn darauf an, dann war er verblüfft, manchmal aber auch verärgert. Jetzt war er wieder in diesem seltsamen Zustand. Selbst seine Lider flatterten leicht. Geistesabwesend schob er das drachenbeinerne Signalhorn beiseite, das Tandurin Magistra Escalia Rotdrud abgenommen hatte, und kramte in dem Rucksack mit den erbeuteten Büchern und Pergamentrollen aus Goltars Domizil, die Boltan und Dania bei Ambra zurückgelassen hatten. Er zog eine Ledermappe mit kreisrunden geometrischen Schaubildern hervor, wie man sie zur magischen Meditation nutzte, und einen kurzen Moment lang war seine Stimme verständlich.

»Nein, so leicht mache ich es euch aber nicht«, murmelte Boltan leise.

Die Zaubermacht, die er im Kampf gegen Tandurins vormalige Lehrmeisterin aber auch gegen den Drachen unter Beweis gestellt hatte, war in jeder Hinsicht erstaunlich gewesen. Doch schien es sich dabei um eine trügerische Macht zu handeln, denn er verfügte über sie nicht mehr, seit er aus der Bewusstlosigkeit erwacht war. Darauf angesprochen gab Boltan freimütig zu, sie aus dem

Stab des toten Zauberers Cyrnachon bezogen zu haben, jedoch erfand er ständig neue Ausreden, wenn sie ihn darum baten, ihnen den Stab auch einmal auszuhändigen. Mal erklärte er, dass nur er zu seinem Träger bestimmt sei, dann wieder, dass er ihn erst erforschen müsse. Was auch immer er damit meinte. Nachts legte er sich sogar auf den Stab, fast so, als befürchte er, dass ihm jemand das Artefakt wegnehmen könnte.

Geron und die übrigen Gefährten akzeptierten sein merkwürdiges Gebaren einstweilen. Denn sie brauchten Boltan und den Stab.

Der richtete sich mithilfe des Stabes auf, humpelte, ohne Geron zu beachten, zum Rand des Plateaus, und ließ sich mühsam auf dem Boden nieder, wo er vor sich eine der Meditationshilfen ausbreitete.

Tandurin und Ambra traten derweil ans Feuer.

Rasgath Tiefwassers einstige Adeptin legte ihren Kopf schräg und musterte ihn eindringlich aus ihren roten Augen, dann schaute sie zu Boltan hinüber. In ihrem Blick las Geron so etwas wie Sorge. Das war ungewöhnlich, denn das zierliche Mädchen wirkte ansonsten so, als wäre es vollkommen gefühllos. Nicht einmal der Verlust Kyrells schien sie zu interessieren, was Geron ihr übel nahm. Zugegeben, sie hatte kaum Zeit mit ihr verbracht, dennoch hätte sie etwas Mitgefühl zeigen können.

Sie setzte sich ihm schräg gegenüber und sah aufmerksam dabei zu, wie Tandurin das gebratene Kaninchen vom Stock nahm, das Fleisch von den Knochen kratzte und es verteilte.

»Ambra und Boltan«, hob sein Gefährte an, »haben mir gerade erzählt, dass diese Valeska offenbar schon lange den Verdacht hegte, dass einer der Drachen noch am Leben ist. Wenn der auch für die Viehverstümmelungen verantwortlich ist, von denen Datakar berichtete, muss sich der Drache schon eine Weile in der Nähe Kesselfurts versteckt haben.«

»Was kümmert uns das jetzt noch?« Müde warf Geron einen Stock in die Flammen. »Alles war eben eine große Lüge. Erst die Sache mit unserer Zauberlehre, jetzt eben auch das mit den Drachen.«

»Weißt du, Goldjunge, ich verstehe ja, dass du trauerst. Das tun wir alle.« Tandurin richtete sich auf und wischte sich ungehalten einen seiner bunt geflochtenen Zöpfe aus dem Gesicht. »Nur wird es allmählich Zeit, dass du wieder zu dir kommst. Kyrell hat das alles immerhin auf sich genommen, um diese verdammte Zitadelle zu finden.«

»Ja, und was hat es ihr gebracht?«, zürnte Geron. »Ich sage es dir: Sie ist elendig krepiert. Und auch Dania und ihre Schwester hat es am Ende erwischt. Das alles war doch bloß der Anfang und am Ende kriegen sie uns alle. Egal, was wir tun, egal, wo wir aufschlagen, die sechs sind uns ständig einen Schritt voraus.«

»Irrtum«, widersprach Tandurin erbost. »Sie sind jetzt nur noch zu fünft!«

»Und *wir* sind nur noch zu viert!« Geron erhob sich wütend. »Die Wahrheit ist doch, dass wir uns die ganze Zeit über von trügerischer Hoffnung leiten lassen. Was erwarten wir denn in dieser verdammten Zitadelle zu finden? Wissen? Macht?« Er lachte hart. »Hast du vergessen, dass dieses Helgrinshall verflucht sein soll? Da trauen sich nicht einmal mehr unsere Lehrmeister rein. Was glaubst du, wie es *uns* da ergehen wird? Wir sind ja nicht einmal fähig, uns einen verdammten Zauberstab zu besorgen, ohne dass uns der Versuch um die Ohren schlägt. Guck dir Boltan doch an. Wirkt der auf dich etwa normal?«

Tandurin sah zu ihm hinüber. »Und was schlägst du stattdessen vor? Klein beizugeben? Sollen wir uns stellen, um uns von den Zauberern freiwillig auf die Schlachtbank führen zu lassen? Ist es das, was uns Seine Königliche Hoheit ohne Land in seiner allumfassenden Weisheit rät?«

»Pass gut auf, was du sagst!«, zischte Geron.

Tandurin schaute unbeeindruckt. »Na gut. Du sprichst von Wahrheit? Ich werde dir sagen, was die Wahrheit ist: Die Wahrheit ist, dass es Kyrells ureigene Idee war, Helgrinshall aufzusuchen. Und die Wahrheit ist auch, dass du ihr Andenken und alles, was sie zu Lebzeiten zu erreichen suchte, jetzt mit Füßen trittst. Wenn du sie ehren willst, dann hilf uns endlich dabei, die Sache zuende zu bringen, statt so jämmerlich in Selbstmitleid zu versinken.«

»Macht es sie denn wieder lebendig?« Geron schossen für einen Moment die Tränen in die Augen und sofort schämte er sich.

»Nein«, entgegnete Tandurin etwas milder. »Aber es gibt ihrem Tod wenigstens einen Sinn.«

Neben ihnen steckte Ambra die Finger in den Mund und machte mit einem lauten Pfiff auf sich aufmerksam. Dann begann sie mit ihrem seltsamen Fingeralphabet. Diesen Femzeichen.

Tandurin sah ihr stirnrunzelnd zu – und plötzlich weiteten sich seine Augen. »Meine Güte, das könnte sogar sein.«

»Was?«, fuhr Geron die beiden an.

Tandurin schluckte. »Ambra meint, dass es eine Chance gibt, dass Kyrell vielleicht noch lebt.«

»Wie bitte?« Geron sah das seltsame Mädchen ungläubig an. »Wie zum Henker, kommst du darauf? Du warst doch dabei, als sie in den Katarakt gestürzt ist.«

Ambra hob mahnend einen Finger, nahm einen Zweig zur Hand und schrieb die erste Zeile jener Prophezeiung auf den Boden, die die Babajuschka ihnen mit auf den Weg gegeben hatte. Sie unterstrich zwei der Wörter:

Einer wird fallen, einer wird sterben …

»Begreifst du jetzt?«, kommentierte Tandurin ihr Tun. »Ambra könnte recht haben: Wenn jede der Prophezeiungen auf einen von uns zutrifft, dann dürfte Kyrell nicht gleichzeitig fallen *und* sterben. Im Gegenteil. Dann ist vermutlich einer von uns anderen vom Tod bedroht – aber eben nicht sie.«

Geron durchströmte plötzlich Hoffnung. »Ihr glaubt, mit *fallen* sei ein echter Fall gemeint? Nicht etwa im übertragenen Sinne?«

»Ich kann es dir nicht sagen, Goldjunge.« Tandurin fuhr sich nachdenklich über das Kinn. »Aber vielleicht beginnen sich die Weissagungen der Babajuschka gerade zu erfüllen. Sie sind vielleicht schwer verständlich, aber sei ehrlich: Ein bisschen Hoffnung könnten wir alle im Augenblick gut gebrauchen.«

Ambra musterte Geron, und seine Mimik verriet ihr, dass ihn ihre Überlegungen ermutigten.

Fast beneidete sie ihn dafür, im Schmerz, aber auch im Glück so tief empfinden zu können. Doch stellte sie wieder einmal fest, dass Gefühle bloß dazu beitrugen, den Blick für das Wesentliche zu trüben.

Vielleicht war sie deswegen Teil dieser eigenartigen Gemeinschaft?

Die Karten lagen nicht nur im übertragenden Sinne auf dem Tisch. Ihr erschien alles seltsam klar. Der Weg, der sich vor ihr abzeichnete. Das Schicksal, das ihr bestimmt war. Nur vermochten die anderen das offenbar nicht zu erkennen.

Allein, es fehlte der Grund für all das.

Sie musste noch verstehen.

Drüben am Rande des Plateaus fuhr Boltan plötzlich hoch und lachte.

Auch die beiden jungen Männer vor ihr sahen befremdet auf.

Boltan mühte sich auf die Füße, sagte leise etwas und marschierte an ihnen vorbei auf den Eingang der Schlucht zu, der sich hinter ihnen in der Bergwelt auftat.

»Boltan?«, rief Tandurin.

Walmars ehemaliger Adept reagierte nicht, sondern hastete gestützt auf den Zauberstab weiter.

»Boltan!« Tandurins Ruf wurde schärfer.

Endlich blieb ihr versehrter Weggefährte stehen und schaute sich verwirrt zu ihnen um. »Ja? Äh … wo bleibt ihr? Ich sagte doch, ich weiß jetzt, auf was wir achten müssen.«

»Nichts hast du uns gesagt«, korrigierte ihn Tandurin. »Du bist einfach losgestürmt.«

»Doch, natürlich hatte ich. Ihr … müsst mir bloß mal zuhören.« Boltans empörter Blick irrlichterte von einem zum anderen.

Argwöhnisch betrachtete Ambra den Stab in seinen Händen.

»Mal ehrlich, Boltan.« Geron trat mit zusammengekniffenen Augen vor. »Seit du diesen Stab bei dir hast, verhältst du dich ziemlich merkwürdig.«

»In Ordnung, dann habe ich halt nichts gesagt«, wiegelte Boltan beleidigt ab. »Aber dann liegt das allein daran, dass ich etwas abgelenkt war. Denn während ihr hier schwatzt, ist es mir gelungen, tief in die Erinnerungen Cyrnachons einzutauchen.«

»Seine *Erinnerungen*?« Geron hob erstaunt eine Braue.

Boltan rollte mit den Augen. »Ich hatte doch erwähnt, dass er sie alle im Stab abgelegt hat. Was glaubt ihr, wie es mir gelang, in Kesselfurt all diese Zauber zu wirken?«

»Und mit wem redest du die ganze Zeit?«, ließ Tandurin nicht locker.

»Reden? Ich? Unsinn!« Boltan leckte sich fahrig über die Lippen. »Ich … versuche mich bloß auf die Erinnerungsfetzen zu konzentrieren. Versteht ihr? Ich versuche sie zu verstehen, zu durchdringen. Nur sind sie so verdammt flüchtig. Aber ich bin auf einem guten Weg.« Er lächelte maskenhaft. »Ihr habt es doch miterlebt. Sollte uns noch einmal einer der Zauberer begegnen, dann sind wir ihm oder ihr nicht schutzlos ausgeliefert. Ich kann uns weiterhin beschützen.«

Tandurin und Geron sahen sich befremdet an.

»Wir machen uns Sorgen um dich«, erklärte Tandurin.

»Vertraut mir. Ich hab das im Griff.« Boltan zwinkerte ihm ermutigend zu. »Und jetzt kommt endlich, denn ich habe Cyrnachons Erinnerungen nach diesem Pfad der Fürsten durchsucht – und bin fündig geworden. Wenn wir dem Pass etwa zwei oder drei Stunden stramm folgen, zweigt er rechts ab. Wir müssen lediglich auf das Krönungszeichen achten. Es ist in die Steinwände gemeißelt.«

Ohne abzuwarten, humpelte er los und Tandurin schnaubte verärgert. »Hatte ich euch schon erzählt, dass der Stab Boltan im Grabhaus mit blauem Feuer bedeckt hat?«

»Tatsächlich?« Geron kniff misstrauisch die Augen zusammen.

»Mit dem Ding stimmt etwas nicht. Lasst uns den Guten bloß im Auge behalten – und ihm den Stab bei Gelegenheit abnehmen.«

»Gib mir ein Zeichen und ich bin dabei!«

Rasch schlangen sie ihr Frühstück hinunter, packten den Rest des Kaninchens ein, löschten das Feuer und nahmen ihre wenigen Sachen auf, wobei sich Tandurin bemühte, das Drachenbeinhorn seiner verstorbenen Lehrmeisterin vorsichtig auf seinem Rücken zu verstauen.

»Könnten wir damit nicht einen Gipfelalk rufen?«, wollte Geron von ihm wissen.

»Ich hoffe es«, antwortete Tandurin. »Nur befindet sich ihr Brutgebiet den Sagen nach in den Blauen Zinnen – nicht hier. Und viele von ihnen wird es wohl tatsächlich nicht mehr geben.«

»Und doch ist es erstaunlich.« Geron schaute das Horn gedankenvoll an. »Erst die Gaale. Dann der Gipfelalk. Nicht zu vergessen der Eichenknecht am Drachenthron. Und ich glaube, ich habe noch gar nicht erzählt, dass die Ritter meines Vaters vor sieben Jahren einen Brückentroll vertreiben mussten, der aus den Bergen herabgestiegen war.«

»Ein Halbriese?«

Auch Ambra blickte den Prinzen interessiert an.

»Ja. Besser also, wir rechnen damit, dass versteckt in den Jungen Königreichen noch so manch andere Geschöpfe aus den alten Sagen überdauert haben.«

Tandurin verzog die Lippen. »Hoffentlich nicht noch weitere Drachen.«

»Und den Teppich wollt ihr wirklich hierlassen?«, fragte Geron mit Blick zu dem Steinaufwurf.

»Wir holen ihn später ab«, antwortete Tandurin mit Blick zu ihr. »Ambra meint, dass er ohne ein Blutopfer nicht fliegt.«

»Er fliegt bloß nach … einem Blutopfer!?«

Ambra spürte Gerons bestürzten Blick auf sich. Um ihn etwas zu beruhigen, versuchte sie es wie bei Boltan und verzog ihre Lippen zu einem erbaulichen Lächeln. Doch sie erreichte damit bloß das Gegenteil. Geron sah sie jetzt noch befremdeter an.

Ambra wollte sich den Rucksack mit den Schriften aus Goltars Studierzimmer aufsetzen, doch Geron nahm ihr die Last kurzerhand ab. Dann marschierten sie hinter Boltan her und es dauerte nicht lange, bis sie ihn eingeholt hatten. Sein Holzbein verhinderte ein schnelles Vorankommen, während sie an den von

Kiefern durchsetzten Steilwänden des Kuranpasses entlangmarschierten.

Es war bereits weit nach Mittag, als Geron, der ein Stück voraus ging, die Hand hob. »Schaut mal!«

Er deutete auf einen brusthohen, von Moos überwucherten Findling am rechten Wegesrand, in dessen Gestein vor langer Zeit eine kunstvolle, handtellergroße gezackte Krone eingemeißelt worden war.

Boltan humpelte aufgeregt zu ihm und sah zur Steilwand rechts von ihnen auf. »Dort oben müsste es irgendwo weitergehen. Seht ihr vielleicht einen Spalt oder ein zweites Zeichen?«

Ambra blickte zur der schroffen Felswand auf und entdeckte eine weitere Krone, etwa fünfzehn Schritt schräg über ihnen. Sie war direkt in die Felswand gemeißelt. Sie klappte mit den Händen, machte ihre Gefährten auf den Fund aufmerksam und gemeinsam begaben sie sich an den Aufstieg.

Es zeigte sich, dass sich dort oben, gut getarnt von einem hohen Fels, ein etwa zwei Schritt breiter Spalt in der Granitwand befand, der tiefer in die Bergwelt hineinführte.

Boltan stolperte mit großem Elan vor und setzte sich gestützt auf den Zauberstab an die Spitze. Sie marschierten durch eine von erdrückend hohen Felsmassiven gesäumte Klamm, in der sie weitere eingemeißelte Kronensymbole fanden. Der Boden war von Geröll bedeckt und jeder ihrer Schritte hallte gespenstisch von den Wänden wider. Der Weg verbreiterte sich langsam und schlängelte sich nach oben, während sich die hohen Felswände um sie herum allmählich weiteten, bis sie unvermittelt in eine trichterförmige Schlucht gelangten, in die die Sonne schräg hineinstach. Der Anblick verursachte bei Ambras Begleitern Laute des Staunens.

Die Schlucht war vielleicht siebzig Schritt lang und zwanzig breit und von zerklüfteten Steilwänden umgeben. Über ihnen, auf verschiedenen Höhenebenen, ragten etwas mehr als ein Dutzend Monumentalbauten auf. Sie ähnelten übergroßen Häuserfronten oder Stadttoren samt Türmen, die wie von Zauberhand in die Felswände gedrückt schienen. Sieben bis acht Schritt ragten Kolossalfassaden auf, die sich eng an den Fels schmiegten und durchweg prächtig mit Darstellungen von Rittern und Soldaten geschmückt waren. Einige der plastisch herausgearbeiteten Abbildungen zeigten alte Schlachten, andere Hochzeiten und es waren sogar Begegnungen mit den Elfen eingemeißelt. Treppenstufen schlängelten sich zu jeder der beeindruckenden Felsbauten empor und sie alle waren bis unter die weit hervorragenden Dachfirste mit Säulen ausgestattet. Manche der mächtigen Pfeiler waren längst zerbrochen und ihre Trümmer lagen am Boden der Schlucht verstreut. Doch die meisten hatten die vielen Jahrhunderte, die über sie hinweggestrichen waren, schadlos überdauert.

»Meine Güte, wo sind wir hier?«, fragte Tandurin erstaunt.

»Man nennt den Weg hierher nicht umsonst Pfad der Fürsten«, antwortete Boltan. »Das sind alles Königsgräber. Hier in dieser Schlucht sind die Herrscher des alten Königreichs Telavar bestattet.«

»Faszinierend.« Geron sah sich beeindruckt in der Schlucht um. »Meine Altvorderen müssen sich mit der großen Königsgruft unter der Weißen Burg zufriedengeben.«

»Vielleicht war das auch die klügere Entscheidung«, gab Tandurin zu bedenken. »Denn die mächtigen Grabmonumente haben nicht verhindern können, dass die Toten allesamt ausgeraubt wurden. Da!«

Er deutete zu den Kolossalbauten auf und jetzt sahen auch die anderen, was Ambra längst bemerkt hatte. Die steinernen Tore der alten Gräber waren schon vor langer Zeit aufgebrochen worden. In manchen der Türen klafften große Löcher, andere sahen aus, als wären sie durch Zaubermacht oder alchimistische Mittel aufgesprengt worden.

»Die eigentliche Frage lautet jedoch«, fuhr Tandurin fort, »wo es hier zu der Zitadelle der Zauberer geht? Hier geht es nirgendwo weiter.«

Boltan räusperte sich verlegen. »Aber das hier ist der Pfad der Fürsten.«

Die drei diskutierten, als es in der Schlucht jäh kälter wurde. Dunkler, so als habe sich vor die Sonne eine Wolke gelegt. Die drei Männer schienen nichts davon zu bemerken. Ambra sah zu den Schluchtwänden auf und entdeckte schräg über sich, auf den Treppenstufen links und rechts von ihnen, vier transparente, ihr nur zu vertraute Gestalten: ihre Familie!

Die Boten aus dem Totenreich blickten starr auf sie herab. Ambra blinzelte, denn zuletzt hatten sich die vier auf Goltars Anwesen so offen bei Sonnenlicht gezeigt. Und kaum sah sie wieder hin, waren alle vier deutlich näher gerückt. Die hohlwangigen Gestalten hielten ihre geisterhaften Hände jetzt vorgestreckt, ihre schwarzen Augen waren weit aufgerissen und synchron öffneten sie ihre Münder. Unvermittelt hallte ein klagender, mehrstimmiger Schrei in einem verborgenen Winkel von Ambras Bewusssein auf – bis die vier von einem Moment zum anderen verblassten, als würde ein heftiger Wind ihre Leiber davonwehen.

So etwas war noch nie zuvor passiert!

Ambra sah sich alarmiert um – und glaubte, vor einem der gewaltigen Grabmäler einen tiefschwarzen Schatten wahrzunehmen, der sich geschwind hinter eine der Säulen zurückzog. Dort oben war die Düsternis besonders stark und diesmal *fühlte* sie etwas. Es war als würden sich unsichtbare Blicke auf sie richten, die sie taxierten und abtasteten. Und mit dieser Empfindung durchrieselte sie eine Kälte, die ihr einen Schauder über den Leib laufen ließ. Ambra betrachtete erstaunt ihre Unterarme, da sich deren feine Härchen aufgerichtet hatten. So etwas war ihr zuletzt als kleines Mädchen passiert.

Aufgeschreckt klappte sie in die Hände, zog Tandurins Aufmerksamkeit auf sich und bediente sich hektisch der Femzeichen.

Gefahr! Hier stimmt etwas nicht.

»Was?« Tandurin sah sich alarmiert um und Ambra deutete hinauf zu der Stelle, an der sie den Schatten erblickt hatte. Doch die Düsternis dort oben schmolz dahin wie Schnee in der Sonne. Unvermittelt wurde es wieder etwas heller und wärmer in der Schlucht.

»Du hast etwas gesehen?« Geron hatte Schwert und Elfenklinge gezückt und auch Boltan hielt sich zum Zaubern bereit.

Ja. Aber ich weiß nicht, was das war. Es war gefährlich. Jetzt ist es weg.

Tandurin übersetzte und sofort breitete sich Unruhe unter ihren Gefährten aus.

»Na gut«, sagte Boltan missmutig. »Ich muss hier wirklich nicht bleiben. Nur, was machen wir jetzt? Ich gebe zu, der Weg endet hier.«

»Vielleicht müssen wir durch eines der Grabmäler hindurch, um die Magierzitadelle zu finden?«, schlug Geron vor.

»Kein schlechter Gedanke. Dann ist das aber nicht irgendein Grab.« Tandurin deutete zum letzten der Grabmäler am Ende der Schlucht, das auffallend schlicht war. Es bestand lediglich aus einem großen steinernen Doppelportal in der Felswand, das von zwei Säulen und einem Spitzdach überragte wurde. »Ist doch seltsam, dass es als Einziges nicht ausgeplündert wurde, oder?«

Rasch marschierten sie zum Ende der Schlucht und stiegen die Treppenstufen hinauf, die sie bis vor das hohe Grabmal führten. Es war tatsächlich als Einziges verschlossen. Geron drückte gegen die steinernen Torflügel, doch wie erwartet rührten sie sich nicht.

»Schätze, du bist dran«, wandte er sich an Boltan.

Der nickte, trat vor und beäugte eine ganze Weile nachdenklich Türen und mächtigen Rundbogen. Schließlich seufzte er. »Ich denke, ich werde noch einmal Cyrnachons Erinnerungen befra–«

»Keinesfalls!«, ermahnte ihn Tandurin ernst. »Ich sage dir: Mit diesem verdammten Stab stimmt etwas nicht. Bedien dich seiner Macht nicht so fahrlässig. Mach das nur, wenn es wirklich nicht anders geht.«

Boltan schnaubte unwirsch. »Na gut. Lasst mich etwas anderes probieren.«

Er hob den Zauberstab und klopfte mit ihm dreimal gegen das Doppelportal.

Das letzte Klopfen war kaum verhallt, als es vor ihnen rumpelte und die beiden Portalbögen ähnlich wie damals am Drachenthron knirschend zurückschwangen.

»Das war alles?« Ungläubig schüttelte Tandurin den Kopf.

Ambras Gefährten entzündeten Zauberlichter, dann drangen sie gemeinsam in die Dunkelheit vor. Hinter dem Portal erstreckte sich kein Gewölbe, sondern ein gut zwanzig Schritt langer Tunnel mit glatten Wänden, an dessen Ende es grau schimmerte. Während sich die hohen Steintüren hinter ihnen schlossen, durchquerten sie ihn vorsichtig und erreichten so eine breite Felsnase, die hinaus in ein fast kreisrundes Tal von sicher einer Meile Durchmesser ragte.

Beeindruckt blieben sie stehen, denn die Talwände wurden von schroffen, hoch aufragenden Zacken, Graten und Kämmen überragt, über denen die Sonne als trübe Funzel leuchtete, denn das komplette Tal war von einem wallenden und undurchdringlichen Dunst erfüllt, dessen Schlieren weit zum Himmel aufragten.

Ein geisterhafter Wind kam plötzlich im Tunnel auf und brachte ihre Kleider zum Flattern. Vor ihnen im Tal wirbelte der Nebel auf und dann beiseite. Wo die grauen Fetzen wichen, enthüllte sich ihnen eine mächtige Brücke mit niedrigem Geländer, die sich schwungvoll zur Mitte des Tals aufspannte. Dort, erbaut auf einem Felssockel, der sich wie ein mächtiger Pfeiler vom Talboden erhob, und beleuchtet vom Sonnenlicht, das zunehmend kräftiger wurde, schälte sich eine hoch aufragende, schlanke Zitadelle mit dunklen Mauern, runden Spitztürmen, Erkern und verschatteten Kuppeldächern aus dem Dunst.

Boltan wandte sich ergriffen zu ihnen um: »Ich schätze, wir haben gefunden, was wir suchten: Helgrinshall!«

Boltan sah beklommen zu den düster vor ihnen empor wachsenden Mauern, Türmen und Erkern Helgrinshalls auf, während er auf den Zauberstab gestützt über die lange Brücke auf das Eingangsportal der Magierzitadelle zuhumpelte. Hin und wieder trieben dünne Nebelfinger über das Geländer, die sich rasch auflösten, während unter ihnen im Tal weiterhin graue Schlieren waberten.

Ambra, Tandurin und Geron blieben ihm dicht auf den Fersen. Ihr Schweigen machte deutlich, dass sie die unheimliche Präsenz, die von dem alten Bauwerk ausging, ebenfalls fühlten.

Irgendetwas stimmte mit der Zitadelle nicht. Das schlanke, himmelwärts strebende Bauwerk hatte etwas Lauerndes an sich. Etwas Bedrohliches. Zwar wurde Helgrinshall vom Licht der Sonne beschienen, die sich als helles Rund über den Talrändern abzeichnete, doch ihr Licht war fahl und blass. Und die Schatten, die die Türme, Erker und Dachvorsprünge der alten Magierfeste warfen, wirkten so, als würden sie sich nur widerwillig vor ihr wegducken. Sie erschienen Boltan wie klebriges Pech, das zäh am Gestein haftete.

Dann, endlich, erreichten sie die Torflügel der Befestigung. Sie lagen in einem der hohen Türme und waren ebenso hoch wie jene, die sie beim falschen Grabmal durchschritten hatten. Sie bestanden aus massivem Eisen, an denen schwere gusseiserne Klopfer befestigt waren.

Boltan stöhnte innerlich, als er vor ihnen stand. War das, was sie vorhatten, klug? Sie wussten doch, dass auf der Zitadelle ein Fluch lag. Und vielleicht brauchten sie das Wissen, das sie sich von hier erhofften, gar nicht mehr, denn inzwischen besaßen sie eine Alternative: Er musste dafür lediglich weiter den Stab erforschen.

Ja, das wäre vernünftig.

»Dann seid ihr damit einverstanden?« Boltan drehte sich zu seinen Begleitern um.

»Womit einverstanden?«, fragte Tandurin misstrauisch.

Boltan sah ihn verwirrt an und schluckte. »Nichts, schon gut. Ich … bin nur etwas aufgeregt.«

Er musste sich besser beherrschen. Die abgelegten Erinnerungen Cyrnachons im Stab führten irgendwie ein Eigenleben und drohten ständig in sein Bewusstsein zu schwappen. Offenbar *wollten* sie benutzt werden. *Wollten* sich seiner bedienen.

»Euch sollte klar sein, dass das, was wir vorhaben, vermutlich keine so gute Idee ist«, fuhr er rasch fort, um seinen Lapsus zu überspielen. »Denn irgendeinen Grund wird es doch wohl haben, warum die sechs die Zitadelle meiden wie die Sumpfsieche.«

»Ja, wird es«, sagte Geron mit fester Stimme. »Aber so lange die Zauberer nicht von uns ablassen und mir der Tod durch Opferung sicher ist, nehme ich lieber ein unbekanntes Risiko in Kauf. Ich habe eh kaum noch etwas zu verlieren. Ich werde jede Chance nutzen, es den fünfen schwerer zu machen.«

»Wir werden vorsichtig zu Werke gehen«, stimmte Tandurin zu. »Ich sehe jedenfalls keine andere Möglichkeit, irgendwie an neues Zauberwissen zu gelangen.«

Ambra legte den Kopf schief und musterte Boltan mit ihren roten Augen eindringlich.

Boltan wich diesem Blick rasch aus, denn er wusste, dass sie schlau war. Vermutlich hatte sie seinen eigentlichen Plan längst durchschaut. Denn als er sich Cyrnachons Erinnerungen in Kesselfurt hingegeben hatte, hatte er nicht nur zaubern können wie ein alter Meister. All die Strukturen der heraufbeschworenen Zaubergewebe lagen offen vor ihm. Er musste jetzt bloß noch einen Weg finden, sie sich einzuprägen. Er war sich sicher, dass er mithilfe des Stabes viele Jahre Lernzeit einfach überspringen konnte, und das ganz ohne Bücherwissen. Doch dafür brauchte er Zeit. Und es war offensichtlich, dass die anderen dafür kein Verständnis aufbrachten. Vielleicht war es sogar so, dass sie ihm die Macht, die ihm der Stab bot, neideten. Ja, vermutlich musste er sogar aufpassen, dass sie ihm den Stab nicht einfach wegnahmen …

Nicht an diesem Ort, denn sie brauchen uns, wisperte es irgendwo am Rande seines Verstandes.

»Na gut.« Räuspernd wandte er sich wieder dem Eingangsportal zu und versuchte es auf die gleiche Weise wie zuvor. Er klopfte mit dem Stab dreimal gegen die Türen. Ein schweres Rumpeln hallte, und unter lautem Quietschen öffneten sich die Torflügel.

»Das war einfach«, wisperte er.

Vorsichtig betraten sie eine ebenso hohe wie runde Eingangshalle, an deren hinterem Ende eine steinerne Treppe emporführte. Durch hohe Turmfenster fiel das Licht der Sonne, doch wirkte der Schattenwurf auch hier fettig und träge. Fast lebendig.

Die Lichtverhältnisse machten es nicht unbedingt nötig, dennoch entzündeten sie unwillkürlich Zauberlichter. Alle, außer Ambra, die überaus argwöhnisch die dunklen Ecken und Winkel dieses Ortes beäugte. Auch Boltan sah sich aufmerksam um, doch die Halle war vollkommen kahl. Außer nacktem Stein gab es hier nichts. Immerhin, neben der Treppe nach oben gingen zwei Türen ab.

Tandurin atmete tief durch, nickte ihnen zu und trat an die Tür heran, die direkt vom Sonnenlicht beschienen wurde. Doch kaum berührte er sie, zerbröselte sie wie Asche. Aufgeschreckt sprang er vor der Staubwolke zurück und begann zu husten. »Verflucht, was ist das denn?«

Geron hielt den Griff seiner Elfenklinge umklammert und trat vorsichtig vor die Überreste der Tür. »Zumindest rührt sich Ceredril nicht. Also droht uns hier keine unmittelbare Gefahr.«

»Was ist mit der Waffe?«, fragte Boltan neugierig.

»Sie vibriert, wenn Gefahr droht. Na ja« – der Königssohn verzog unglücklich das Gesicht – »jedenfalls meistens.«

Sie gingen vorsichtig durch die Türöffnung und gelangten in einen dunklen Korridor, der in einen Raum mündete, in den ebenfalls etwas Tageslicht fiel.

Und diesmal war sich Boltan sicher, dass die Schatten leicht verzögert vor dem Schein ihrer Zauberlichter flohen. Wie Schleier, die vor ihnen fortgezogen wurden. Er glaubte sogar ein leises Knistern zu vernehmen. Ansonsten war es in der Zitadelle totenstill. Auch die anderen stierten den Gang befremdet an, schließlich nahmen sie sich ein Herz und durchquerten ihn zügig.

Rasch schlüpften sie in den Raum am Ende des Korridors und entdeckten erstmals so etwas wie Mobiliar. Reste von Kommoden, Tischen und Regalen. Auch sie wirkten als bestünden sie aus loser Asche, die nur durch eine Laune des Schicksals in Form gehalten wurde, darauf wartend, bei der leisesten Berührung in sich zusammenzufallen. Von einigen Stücken hatten sich bereits ganze Teile gelöst, deren Reste als Staubhaufen neben und unter ihnen lagen. Mitten im Raum lag ein menschliches Skelett, dessen Knochenfinger auf einer langen Aschespur ruhten.

Die Überreste eines Zaberstabes?

Während Boltan, Tandurin und Geron den Toten betroffen ansahen, trat Ambra forsch vor, betrachtete intensiv die dunklen

Ecken des Raums und riss sich ein Stück Stoff aus ihrem Hemd, das sie in die Düsternis warf. Unvermittelt lag wieder dieses leise Knistern in der Luft, und der Fetzen überzog sich plötzlich mit dunklen, winzig kleinen Flecken, die irgendwie zu flattern schienen.

Boltan beugte sich vor und beobachtete ebenso wie Ambra, wie es im Stoff plötzlich aufglühte und sich kleine Brandlöcher auftaten. Entsetzt sprang er zurück. »Motten! Die verdammten Schatten hier sind durchsetzt mit Abertausenden winzig kleiner Motten. Ganze Schwärme sind das!«

Entgeistert sahen sie sich zu den Schatten im Raum um, die nicht nur dem Anschein nach lebendig wirkten – sie waren es!

»Ich fasse es nicht.« Geron wich unwillkürlich in den schmalen Lichtschein zurück, der durch die Fenster fiel. »Und sie scheinen alles zu verbrennen, was sie finden können.«

Tandurin blickte sich zu dem Korridor um, den sie gerade durchquert hatten, und in dem die Dunkelheit besonders lebendig wirkte. »Verdammter Mist, diese schrecklichen Viecher sind wirklich überall, wo es … dunkel ist.«

Ambra schnalzte und Boltan sah, dass sie eine leere Weinflasche in den Händen hielt. Dann deutete sie nacheinander auf eine bronzene Schnalle, einen in einer Ecke stehenden gusseisernen Ständer und einen Tontopf.

Boltan nickte verstehend. »Offenbar verbrennen diese seltsamen schwarzen Motten bloß Sachen, die aus tierischen oder pflanzlichen Stoffen bestehen: Holz. Bücher. Leder. Korken.«

»Ja, und vermutlich auch Fleisch!«, zischte Tandurin mit Blick auf die Knochen.

»Moment!« Geron beugte sich mit seiner magischen Lichtkugel vor und sie konnten nun mitansehen, wie die Schatten im Raum – oder vielmehr die dunklen Schleier aus Aberhunderten winziger Insekten – vor dem Schein zurückwichen. »Sie scheinen das Licht zu fürchten.«

»Dann lasst sie ja nicht ausgehen!«, ermahnte Boltan sie. »Ich frage mich allmählich, ob diese verfluchte Zitadelle überhaupt das Risiko wert ist, uns hier länger herumzutreiben. Mal ganz davon abgesehen, dass in spätestens zwei Stunden die Sonne über dem Talrand untergeht, dürfte hier kein Papier und kein Pergament mehr erhalten sein.«

»Bücher und Pergamentrollen vermutlich nicht«, meinte Tandurin nachdenklich. »Aber vielleicht weitere Zauberartefakte?«

Er bückte sich und nahm dem Skelett einen Ring aus Drachenbein ab, den Boltan übersehen hatte. Er wies kunstvolle Sternengravuren auf. Sein Gefährte zögerte kurz, dann setzte er ihn auf einen Finger, musterte ihn und drehte ihn kurzerhand.

»Holla!« Unvermittelt schwebte er einen Fußbreit über dem Boden. Tandurin balancierte mit ausgebreiteten Armen, dann sank er kontrolliert einen halben Schritt auf und ab – und kam schließlich zurück zum Boden.

»Will auch jemand so ein Ding?« Er grinste breit, trat eine weitere Tür ein, die zu Staub zerrieselte, und hob sein Zauberlicht. Ohne Widerspruch eilten sie voran.

Sie durchmaßen Räume, Korridore und Treppenaufgänge und waren für all jene Orte dankbar, an denen das Sonnenlicht schräg durch die Fenster sickerte. Wo die Dunkelheit am stärksten war, dort wogte und flatterte der lauernde Mottenteppich. Keiner der Räume und Hallen barg noch irgendetwas von Wert. Stattdessen waren die Böden übersät mit Asche- und Staubhaufen.

Sie gelangten so in einen von Aschebergen übersäten Saal mit hohen Säulen, die die ehemals hölzerne Decke stützten. In ihr klafften gewaltige brandige Löcher, durch die man in einen Raum über ihnen blicken konnte. Offenbar ein einstiger Lehrsaal, von dessen Bänken und Pulten nicht viel geblieben war. In der Mitte stand ein Objekt, das dem Mottenfluch standgehalten hatte: eine fast drei Schritt hohe steinerne Stele, in die tief archaische Runen eingekerbt waren, wie sie Boltan nur einmal auf einem Pergament bei Meister Walmar gesehen hatte.

»Was ist das?«, stellte Tandurin die Frage, die auch ihm durch den Kopf ging.

Ambra trat an die Stele heran, drehte sich um und verständigte sich mit ihrer Fingersprache.

»Drachenrunen«, übersetzte Tandurin ehrfurchtsvoll.

»Sieh an«, meinte Geron. »Alruna von Greifenfels besitzt eine ganze Bibliothek mit Schriften in dieser Runensprache. Darunter zahllose alchimistische Rezepte. Sie wollte mir nie verraten, was es mit den Runen auf sich hat. Dabei liegt es nahe, dass die Drachen eine eigene Schrift besaßen. Vielleicht sollten wir uns den Text mal näher ansehen.«

»Wie das?«, fragte Boltan spöttisch. »Abgesehen von dem Vieh in Kesselfurt kenne ich keinen Drachen, der uns bei der Übersetzung helfen könnte.«

Auch Tandurin und Ambra schüttelten die Köpfe.

»Ihr wollt mir weismachen, dass ich tatsächlich einen sinnvollen Zauber beherrsche?«, hob sein Gefährte erstaunt an.

»Du kennst einen Zauber zum Übersetzen von fremden Sprachen?«

»Nur für Texte. Aber ja.« Sein adliger Gefährte betrachtete sie ungläubig. »Wie habt ihr denn sonst all die alchimistischen Schriften von jenseits der Wogensee übersetzt?«

»Gar nicht«, antwortete Boltan zerknirscht. »Ich habe allenfalls welche auf Elfisch vorgesetzt bekommen.«

»Na gut.« Geron hob eine Hand und murmelte eine elfische Zauberformel.

»Offenbar geht es hier um Grundlagen der Magie«, erklärte er. »Nein, Moment, offenbar um *die* Grundlage der Zauberei.«

Plötzlich wurde er blass.

Entsetzt trat er näher an die Stele heran, legte eine Hand auf den alten Stein und ächzte. »Das kann doch nicht wahr sein …«

»Wach auf«, ertönte eine weiche Stimme.

Kyrell schlug die Augen auf und sah durch vom Wind bewegte Zweige zu einem strahlend blauen Himmel empor. Warme, köstlich nach Blüten duftende Frühlingsluft streichelte ihre Wangen und von irgendwoher war das Rauschen eines Wasserfalls zu hören.

Ein Wasserfall? Aufgeschreckt stützte sie sich auf ihre Arme und spürte sofort schmerzhafte Prellungen überall an ihrem Körper – dann setzten die Erinnerungen ein.

Sie war gestürzt. Tief gestürzt. Doch ihre Kleidung war trocken. Neben ihr rauschte es. Als sie an dem knorrigen Stamm der Kastanie vorbeiblickte, unter deren Blätterdach sie lag, entdeckte sie eine gut fünfzehn Schritt hohe Felswand, von deren Spitze aus ein kristallklarer Wasserschleier in die Tiefe stürzte. Sein Wasser speiste einen kleinen See, von dem aus ein Bach plätschernd zwischen Bäumen abfloß.

Das war nicht der Katarakt.

Dieser Wasserfall wirkte licht, heiter und lebenspendend.

Ein bunter Schmetterling flatterte vorbei.

Wo, bei allen Schicksalsmächten, war sie?

Irritiert sah sich Kyrell um und bemerkte, dass sie nicht allein war.

Schräg hinter ihr hockte … ein Elfe!

Kyrell schrak zusammen und starrte die Unbekannte an.

Die Vertreterin des Alten Volkes besaß helles, leicht gelocktes Haar, das ihr bis auf die Schultern fiel und an den Schläfen zu kunstvollen Zöpfen gedreht war. Sie trug lederne, kunstvoll geschnittene Jagdkleidung und in ihren mandelförmigen blauen Augen blitzte ein fast feierlicher Ernst. Die weichen Gesichtszüge der Elfe waren Kyrell seltsam vertraut – fast wie ihre eigenen. Dafür war die Elfe etwas größer als sie, ihre Wangenknochen waren etwas ausgeprägter und ihre Ohrmuscheln liefen deutlich spitzer aus.

»Du musst erschöpft sein«, sagte die Elfe in der Sprache des Alten Volkes. Die Worte klangen aus ihrem Mund sehr viel melodischer, als es Kyrell von Mutter Valeska gelernt hatte. »Wenn du möchtest, kann ich dir etwas zu essen und zu trinken bringen.«

Kyrell richtete ihren verwirrten Blick auf den Wasserfall, dann blinzelte sie und betrachtete die Elfe. »Das ist kein Traum, oder?«

»Nein, ist es nicht.«

»Aber ich müsste tot sein. Ich konnte dabei zusehen, wie mein Körper von der Festung aus in den Katarakt vor Kesselfurt gestürzt ist. Das waren sicher einhundert Schritte!«

»Ich habe von diesem Katarakt noch nie gehört, aber dies hier erklärt, warum ich dich habe finden können.« Die Elfe stand auf, griff in eine ihrer Taschen und reichte ihr das goldene Ahornblatt.

Kyrell nahm es entgegen und erhob sich ebenfalls. Ihr Körper schmerzte. »Wo bin ich? Vor allem … wer bist du? Ihr Elfen seid vor über sechshundert Jahren fortgezogen. Wie kommt es, dass du jetzt hier vor mir stehst?«

Ihr Gegenüber strich sich eine helle Strähne aus dem Gesicht. »Das sind viele Fragen. Doch wir haben nicht viel Zeit. Meine Abwesenheit könnte bemerkt werden.«

Kyrell runzelte die Stirn.

»Mein Name ist Yarvala«, fuhr die Elfe fort. »Und die Umstände, wie ich auf dich aufmerksam wurde, verraten mir, dass wir miteinander verwandt sein könnten. Wie lautet *dein* Name?«

»Kyrell«, antwortete sie erstaunt. »Ich stamme aus Adlerstedt. Einer meiner Vorfahren war tatsächlich ein Elf.«

»Sieh an!« Die Elfe hob eine ihrer fein geschwungenen Augenbrauen. »Dann sind wir beide vermutlich so etwas wie Großcousinen. Mein Onkel Galahain hatte tatsächlich einst eine Menschenfrau geliebt. Auch ihretwegen blieb er in eurer Welt zurück – was erklärt, wie du an sein Blatt gelangt bist.« Hoffnungsvoll sah sie sie an. »Du weißt nicht zufällig, was aus ihm wurde?«

»Ich?« Kyrell schüttelte bedauernd den Kopf. »Das ist zu lange her. Aber wenn du seine Nichte bist, wie alt bist du dann?«

»Zweiundfünfzig, also recht jung.« Yarvala seufzte. »Galahain blieb vor hundertfünfzig Jahren in der alten Welt zurück. Ich kenne ihn leider nur aus Erzählungen.«

»Unmöglich. Die Liaison zwischen deinem Onkel und meiner Ahnin fand irgendwann um die Zeit des Fortzuges deines Volkes statt. Vor weit mehr als einem halben Jahrtausend.«

»Nach eurer Zeitrechnung, Kyrell.« Die Elfe sah zu einem der Zweige über ihnen auf, auf denen sich kurz einer der bunten Falter niederließ, bevor er weiterflog. »Wo ich herstamme, vergeht die Zeit sehr viel langsamer. Das Blatt des Ahrvarien, das Galahain dir und den deinen hinterlassen hat, muss dir in deiner Verzweiflung den Weg hierher geebnet haben. Denn ich konnte dich spüren. Und das nicht zum ersten Mal.« Yarvala betrachtete sie eingehend. »Mitglieder einer Familie sind durch die Blätter des Ahrvarien auf ganz besondere Weise verbunden.«

»Aber wie ist das alles möglich?«

»Du willst wissen, wie du überlebt hast?« Die Elfe lächelte verständnisvoll. »Dort wo sich die Elemente vermischen, tun sich manchmal Wege zwischen den Welten auf. Wasser, Luft, Feuer, Erde – aber auch Licht und Dunkel. Der Katarakt, von dem du sprachst, er weist alle Attribute auf, um diese Bedingungen zu erfüllen. Statt in den Tod zu stürzen, hast du dank deines kostbaren Besitzes hierher gefunden.«

Kyrell betrachtete das goldene Blatt nachdenklich. »So wie bei den kurzen Wegen? Sind das denn hier die kurzen Wege?«

»Die äußeren Bereiche.«

»Dann habt ihr Elfen euch einst auf die Elfenpfade zurückgezogen?«

Die Elfe wiegte ihr Haupt. »Der Ort, an dem mein Volk heute lebt, ist den Pfaden in ihrer Natur zumindest ähnlich – und ihnen zugleich sehr nah. Sonst hätte ich nicht herfinden können.«

»Entschuldige, dass ich dich das frage, aber warum habt ihr die Menschen damals schutzlos zurückgelassen?«

Das Antlitz der Elfe verdüsterte sich. »Das alles geschah auf Geheiß unseres Königs Erlcoron, und diese Entscheidung war schon damals umstritten. Erlcoron hat bei der Vernichtung Sil'Bariaths seine Frau Estrediel verloren und einige von uns glauben, dass er in seinem Schmerz seinen Mut und auch seine Zuversicht verlor. Statt gegen die Drachen zu kämpfen, ordnete er den Rückzug an.« Yarvala presste die Lippen aufeinander. »Die eine Hälfte meines Volkes verehrt ihn als Retter. Die andere missbilligt, dass er, kaum dass wir unsere Zuflucht erreichten, die Wege zurück für immer versiegelte. Wie eine Tür, die man verschließt und dann den Schlüssel fortwirft.«

»Dann gehörst du der zweiten Fraktion an?«, fragte Kyrell interessiert.

»Ja, wie viele der jüngeren Generation. Aber meine Familie gilt eh als rebellisch. Galahain blieb auch deswegen in der alten Welt, weil er Erlcorons Entscheidung nicht akzeptierte. Dabei half er ihm damals sogar, die Zuflucht zu erschaffen, in der wir heute leben. Nur ist dort alles in einem ewigen Herbst erstarrt. Das Leben, das wir dort führen, ist kein wirkliches Leben. Wir leben bloß einen Traum, den unsere Vorfahren erschufen.« Die Elfe beugte sich vor. »Das war auch der Grund, warum ich nach dir gesucht habe. Denn so weit wie du ist seit Langem keiner aus der alten Welt in das Zwischenreich vorgedrungen.«

»Leider muss ich wieder zurück«, sagte Kyrell bedauernd. »Ich habe Freunde zurückgelassen, die dringend meiner Hilfe bedürfen.«

»Wenn das dein Wunsch ist, zeige ich dir den Rückweg. Es gibt viele Pforten, die in die alte Welt führen – nur mir sind sie leider verschlossen. Und doch hatte ich gehofft, dass wir beide mehr Zeit hätten, um uns auszutauschen. Ich möchte so gern wissen, wie es der alten Welt seit unserem Auszug ergangen ist. Wie lebt es sich unter den Drachen? Und vor allem« – sie musterte das goldene Blatt in Kyrells Händen – »warum trägst du das Blatt des Ahrvarien so offen? Hat dich … hat Galahain deine Ahnin nicht vor seinem Gebrauch gewarnt?«

»Doch, schon …« Kyrell runzelte die Stirn. »Doch weshalb? Es scheint meine Kräfte zu verstärken.«

»Natürlich tut es das.« Yarvala sah sie erstaunt an. »Aber du musst doch wissen, dass dir die Drachen so jederzeit das Leben nehmen können.«

»Die Drachen? Die Drachen sind ausgestorben. Ausgelöscht im Dritten Drachenkrieg vor vierhundert Jahren … Nein, entschuldige, sie *galten* als ausgestorben. Offenbar stimmt das nicht.« Kyrell dachte an die jüngsten Geschehnisse zurück. »Unmittelbar vor meinem Sturz in den Katarakt bin ich einem leibhaftigen Exemplar begegnet. Aber glaube mir, all die Jahrhunderte zuvor waren sie fort. Es sei denn« – sie sah sich unwillkürlich um – »sie haben sich in all der Zeit ebenfalls irgendwo hier in dieser seltsamen Realität versteckt gehalten.«

»Ausgeschlossen!«, sagte die Elfe energisch. »*Wir* haben die Pfade einst angelegt. Den Drachen ist es unmöglich, hierher zu gelangen. Nein, jene von uns, die noch eines der Blätter hüten und es wagten, sie anzulegen, konnten die drachische Präsenz in der alten Welt spüren. Noch immer bedienen sie sich der Krone. Vielleicht nicht mehr so häufig, aber sie tun es.«

»Warte, warte.« Kyrell hob zunehmend verwirrt ihre Hände. »Ich glaube, wir fangen noch einmal von vorne an, damit ich verstehe. Diese goldenen Blätter stammen von dem Goldbaum am Drachenthron, richtig?«

»Der Ahrvarien.«

»Ja. Und ihr Elfen habt dieses wundersame Kunstwerk geschaffen. Aber wozu?«

»Das weißt du nicht?« Yarvala wirkte verblüfft. »Hat Galahain denn damals nichts erzählt?«

»Was erzählt?«

»Mein Volk schuf den Ahrvarien, um die Risiken der Zauberei einzuschränken. Seine Blätter sind magisch miteinander verbunden. Jeder Blattträger steht so im Austausch mit allen anderen Blattträgern. Zaubert einer, muss er nicht allein das Opfer erbringen, sondern sie erbringen es alle gemeinsam. Leider sind dem Drachenkönig Yolsulgur nach der Vernichtung Sil'Bariaths fast ein Drittel aller Blätter des Ahrvarien in die Klauen gefallen. Und daraus hat er im Drachenfeuer eine Krone geschmolzen, die so mächtig ist, dass er in der Lage ist, jedem anderen Blattträger auch aus der Ferne seinen Willen aufzuzwingen. Tausende von uns sind auf diese heimtückische Weise ums Leben gekommen. Begreifst du jetzt, welches Risiko du eingehst, wenn du das Blatt offen auf der Haut trägst?«

»Aber … Yolsulgur wurde besiegt!«, sagte Kyrell mit Nachdruck. »Die Zauberer vom Orden der Stäbe haben ihn vor etwas mehr als vierhundert Jahren vernichtet. Wenn diese seltsame Drachenkrone tatsächlich noch existiert, dann befindet sie sich heute in ihrem Besitz, und damit außerhalb der Reichweite der Drachen. Egal, wo sich der Drache verbirgt, der uns in Kesselfurt angegriffen hat. Verstehst du?«

Die Elfe legte ihre Stirn in Falten und dachte nach. »Ja, durchaus. Und dennoch: Mein Volk kann die Präsenz der Drachen bis heute spüren. Sie fürchten sich nicht ohne Grund.«

Kyrell schluckte. »Und der Besitzer der Krone kann mir seinen Willen aufzwingen, wenn ich das Blatt trage?«

»Nein, du hast mich nicht richtig verstanden. Er raubt dir die Kraft!«

»Die Kraft?«

»Weißt du das denn nicht?« Yarvala sah sie ungläubig an. »Die Magie ist nicht irgendeine Macht. Wenn du zauberst …«

»… dann speisen sich diese Zauber aus deiner eigenen Lebenskraft. Man wird von ihnen verzehrt. Oder anderes gesagt: Man wird vom Mal zu Mal älter.« Geron sah seine Gefährten bestürzt an, während er wiedergab, was ihm die Runen auf der Stele verrieten. »So eine Lichtkugel mag vielleicht nur einige Minuten der eigenen Lebenszeit kosten, aber andere Zauber verschlingen Tage, Wochen, Monate. Die mächtigsten Flüche kosten den Anwender sogar Jahre. Begreift ihr? Wann immer wir zaubern, verkürzen wir damit unser Leben.«

»Bei allen Schicksalsmächten.« Tandurin trat entgeistert vor. »Das erklärt den Zustand der Babajuschka. Der Gebrauch der Karten hat sie im Laufe der Jahre schlicht ausgezehrt.«

»Du sprichst von der Wahrsagerin, von der ihr die Prophezeiung habt?«, fragte Boltan neben ihm mit rauer Stimme. Ihn, der keinen Hehl daraus machte, wie gern er die Zauberei meistern wollte, schien die furchtbare Erkenntnis am schwersten zu treffen. »Wusstet ihr«, fuhr er stockend fort, »dass Dania und Vala Zwillingsschwestern sind? Beide sind erst siebzehn.«

»Sie sind Zwillinge?« Erschrocken sah Geron ihn an.

Boltan nickte beklommen. »Vala ist vermutlich gar nicht krank. Also nicht so wie man denken könnte. Sie ist bei dem, was sie tun musste, offenbar körperlich verfallen.«

Geron richtete seinen Blick auf Ambra. Sie hielt wie so oft den kahlen Kopf schräg, stierte die Runenstele mit ihren roten Augen an – und machte ihre Fingerzeichen.

Tandurin schüttelte resigniert den Kopf. »Pragmatisch, wie immer. Sie meint, dass wir unsere Suche fortsetzen sollen, solange draußen die Sonne scheint.«

»Interessiert dich das alles denn gar nicht?«, herrschte Boltan Ambra an. »Das verändert alles!«

Wieder machte sie ihre Fingerzeichen.

»Sie meint, wir würden alle sowieso irgendwann sterben«, seufzte der Zauberdieb. »Und zwar eher früher, wenn wir hier weiter herumstehen. Also, wie sieht es aus?«

Betroffen sahen sie sich an.

»Na gut«, meinte Geron irgendwann. »An unserer derzeitigen Lage ändert diese erschreckende Erkenntnis tatsächlich nichts. Nur sollten wir uns wohl künftig mit der Zauberei zurückhalten.«

»Werden wir sehen.« Boltan schnaubte verstimmt. »Immerhin wissen wir jetzt, dass hinter dem Versuch unserer Lehrmeister, uns anzuzapfen, mehr steckt, als wir bislang wussten. Also, wohin jetzt?«

»Ein Vorschlag«, meinte Tandurin. »Wir teilen uns angesichts der knapper werdenden Zeit auf. Ambra und ich versuchen es über eine der Treppen weiter oben und suchen die dortigen Räume ab. Ihr beide« – er nickte Geron und Boltan zu – »durchstreift die Räumlichkeiten hier unten. In einer Stunde treffen wir uns hier wieder.«

»Meinetwegen«, stöhnte Geron und sah zu dem gewaltigen Loch über ihnen im Saal auf. »Nur passt auf die maroden Zwischendecken auf.«

»Dafür habe ich ja jetzt meinen neuen Ring.« Tandurin hob die Rechte und zwinkerte. »Und du hast Boltan. Der kann dich mit seinem Schwebezauber hoffentlich vor Stürzen bewahren.«

»Aufteilen? Ob das so eine gute Idee ist?« Gequält sah sich Walmars einstiger Adept um und seine Lider flatterten unmerklich. »Ja, das vermutlich auch.«

Das mit seinen Selbstgesprächen behagte Geron ganz und gar nicht. Er betrachtete Boltan skeptisch, schließlich teilten sie sich wie von Tandurin vorgeschlagen auf. Die beiden Männer eilten vorsichtig den Korridor vor dem Lehrsaal hinab, während ihre Gefährten zurückliefen und irgendwann in einem Treppenturm verschwanden.

Abermals durchquerten sie düstere Flure, Räume und Hallen. Darunter einstige Alchimistenküchen, in denen lediglich alte Glaskolben, Kupferrohre und Tonschalen dem tückischen Mottenfraß standgehalten hatten. Zwei weitere Male stießen sie auf menschliche Knochen. Skelette von Halbwüchsigen, vermutlich Adepten wie sie. Als sie einen Kreuzgang betraten, drang aus dessen rechtem Korridor unvermittelt ein unheimliches lang gezogenes Raunen.

Geron und Boltan wichen vor dem Gang sofort zurück. Einen Moment lang schien die Dunkelheit vor ihnen sogar den Schein ihrer Zauberlichter zu schlucken. Die zähen schwarzen Mottenschleier wallten auf und Geron beschlich das unheimliche Gefühl, aus der Finsternis angestarrt zu werden.

Schlagartig war der Spuk jedoch vorbei und sie vernahmen lediglich das ihnen bekannte wenn auch befremdliche Knistern.

»Verflucht, was war das?«, zischte Geron.

»Keine Ahnung.« Boltan hielt ängstlich den Zauberstab erhoben und betrachtete den Korridor argwöhnisch. »Ich … ich könnte Cyrnachons Erinnerungen befragen, um –«

»Nein, das tust du nicht!«, brauste Geron auf. »Nicht, so lange wir nicht wirklich dazu gezwungen sind. Und hör auf, diesen Stab wegen jedem Dreck benutzen zu wollen.«

»Das eben soll *jeder Dreck* sein?«, entgegnete sein Begleiter verstimmt.

Geron ignorierte ihn und starrte Ceredril an. Er hatte die Bedrohung im Gang vor ihnen mit jeder Faser seines Leibes spüren können. Warum reagierte die Elfenklinge nicht darauf? Mal warnte sie ihn vor Gefahren, dann wieder nicht.

»Wir schlagen besser die entgegengesetzte Richtung ein«, flüsterte er und sie marschierten in den Korridor links von ihnen – als hinter einer Gangbiegung plötzlich Lichtschein flackerte. Er fiel aus einem der Räume.

Boltan wirkte verblüfft. »Fackeln? Lass mich vorsichtshalber ein Schattenfeld weben, dann –«

»Bist du wahnsinnig?«, zischte Geron. »Dann fallen diese widerlichen Mottenschwärme über uns her.«

Boltan sah ihn betroffen an.

Sie schlichen weiter und Boltan neben ihm mühte sich, sein Holzbein besonders vorsichtig aufzusetzen. Endlich konnten sie durch den Türspalt blicken – und Geron riss die Augen auf. Vor ihnen lag ein von acht großen knisternden Wandfackeln erleuchteter einstiger Lehrsaal, in dessen Mitte zwischen dem allgegenwärtigen Staub am Boden ein gutes Dutzend Strohmatratzen lagen. Außerdem Rucksäcke, Tornister, ein Stapel Töpfe, die den Raum mit dem Geruch von Pech erfüllten, und zwei gegen die Wand lehnende Speere mit sichelförmigen Klingen, die Geron nur zu bekannt waren.

»Gaale!«, stöhnte er. »Was, zum Henker, machen hier Gaale?«

»Die können nur mithilfe eines der Zauberer in die Zitadelle gelangt sein«, sagte Boltan. »Das alles hier ist sowieso merkwürdig. Hieß es nicht, dass der auf Helgrinshall lastende Fluch so fürchterlich sei, dass sich niemand mehr hertraut?«

»Ja«, antwortete Geron nachdenklich. »Ich wundere mich ebenfalls, wie unbehelligt wir bislang geblieben sind.«

Er schlich in den Raum und entdeckte steinerne Treppenstufen, die in einer Wand hinter einer tragenden Säule in die Tiefe führten. Aus dem Zugang waberte ein kaum merklicher Dunst, als wäre die Luft dort wärmer und feuchter.

Plötzlich begann Ceredril zu vibrieren und Geron zuckte zusammen.

»Was ist?«, wisperte Boltan hinter ihm.

»Die Klinge schlägt an«, flüsterte Geron und deutete alarmiert zu den Stufen. »Aber wenn wir nicht nachsehen, finden wir nie heraus, was die Gaale an diesem Ort treiben.«

Ihre Neugier siegte. Mit äußerster Vorsicht betraten sie die Treppenstiegen, und während sie die Stufen nach unten schlichen, wurde es wärmer und feuchter. Immer mehr Nebelschwaden trieben ihnen entgegen und auch Ceredril vibrierte stärker.

Unvermittelt war neuerlicher Lichtschein auszumachen und laute Geräusche schlugen ihnen entgegen: ein gereiztes Fauchen sowie kehlige Laute, wie sie die Gaale am Drachenthron von sich gegeben hatten.

Sie schlüpften hinaus auf eine steinerne Galerie mit Säulen, von der Treppenstufen hinab in ein höhlenartiges Gewölbe führten. Die Luft hier unten war wie in der Waldalether Therme von trägem warmen Dunst erfüllt und irgendwo vor ihnen fauchte jäh eine hohe Säule aus heißem Wasserdampf in die Höhe, dem flackernder Feuerschein und dann ein bedrohliches Rasseln wie aus mächtigen Kehlen folgte.

Geron und Boltan spähten über die Balustrade – und hielten schockiert inne.

Unter ihnen wälzten sich die Leiber von vier Drachen über den Höhlenboden.

Junge Drachen. Ihre Schuppenkleider waren grün, rot, braun und gelb. Der Kleinste von ihnen war so groß wie ein Schlagbaum und einer der Drachen, ein Exemplar mit grünen Schuppen und tückischen gelben Augen, wirkte fast ausgewachsen.

Zwischen ihnen wuselten die ebenfalls geschuppten Gaale herum, die ihnen große Brocken Fleisches in die Schlünder warfen, das von Rindern, Schafen und Bergziegen stammte, die weiter hinten an eisernen Haken hingen. Vor einer der Höhlenwände, auf eisernen Gestellen, die über dem Dampf natürlicher heißer Quellen aufgebaut waren, ruhten fünf braunstichige Dracheneier unterschiedlicher Größe und Färbung. Auf einer der dicken Kalkschalen wuchs sogar etwas Moos; und das bedeutete, dass die Eier offenbar alt waren. Zwei von ihnen waren aufgebrochen, die anderen wirkten unberührt.

»Oh nein, das kann doch nicht wahr sein«, stöhnte Geron. »Hier züchtet jemand Drachen aus alten Eiern!«

»Ich verständige sofort die anderen.« Boltans Lider flatterten, er legte zwei Finger an die Stirn und die drachenbeinerne Einlegearbeit am Stabende begann bläulich aufzuleuchten.

»Du sollst das verdammte Ding doch nicht –«

Jäh wurde Boltan der Zauberstab aus der Hand gerissen, und von geisterhaften Kräften gepackt wirbelte der Stab durch die Luft in Richtung Treppenaufgang.

Geron fuhr herum und sah, wer ihn auffing: Rasgath Tiefwasser!

Er war ähnlich wie beim Drachenthron mit Hemd und Hose bekleidet, darüber trug er eine lange schwarze Lederjacke.

»Hab ich euch Bastarde!« Ambras früherer Lehrmeister funkelte sie durch seine Rundbrille gefährlich an, und noch bevor sie etwas unternehmen konnten, berührte er mit der Hand, in der er seinen eigenen Stab trug, ein auffälliges, rundes Amulett aus Drachenknochen, kleinen Smaragden und ledernen Streifen vor der Brust.

»Boltan, aufpass–«

Abermals schlug ihnen jenes fürchterliche Raunen entgegen, das sie oben im Korridor vernommen hatten – nur erklang es jetzt direkt neben ihnen in der Felswand. Unvermittelt stülpte sich von dort die Dunkelheit hervor, schwarze Arme griffen mit eiskalten Klauen nach ihnen und schnell wickelten sich geisterhafte, bläulich leuchtende Fasern um ihre Oberkörper, die sie derart fest verzurrten, dass sie ins Stolpern gerieten. Geron wollte schreien, doch schon erstickte eine kalte Finsternis jeden Laut.

Unwirsch trat der Zauberer aus der Treppenflucht, spähte nun ebenfalls in die Tiefe – und zog sich sofort in den Treppenaufgang zurück. Geron fühlte eine bittere Kälte, die ihn und Boltan unsanft anhob und sie hinter dem Zauberer her in den Treppenaufgang stieß. Boltan ächzte und Geron schlug sich auf dem Weg nach oben schmerzhaft das Knie auf.

Eine strahlende Lichtkugel hoch erhoben eilte Tiefwasser mit raumgreifenden Schritten durch die Gaalkammer zurück in den Korridor. Er hielt erst inne, als sie einen der staubbedeckten düsteren Räume der Zitadelle erreicht hatten, in denen er sich offenbar sicher wähnte. Aufgewühlt fuhr er sich über das dünne Haar, das wie Rinnsale an seinem Kopf klebte und schaute seine Gefangenen verstört an.

Die wogenden Schatten, die Geron und Boltan gepackt hielten, schleuderten sie zu Boden, und Geron glaubte jetzt fürchterliche Geister mit nadeldünnen roten Augen zu erkennen, die sich schlagartig in die Wände zurückzogen. Der unwirkliche Schattenknebel vor seinem Mund löste sich mit ihrem Verschwinden auf, doch noch immer schnürten sich die bläulich gleißenden

Seile um ihre Körper. Geron fühlte sich, als habe man ihn durch ein Eisbad gezogen.

Auch Boltan zitterte und stöhnte.

»Sagt mir, was ihr über die Drachen da unten wisst«, befahl Rasgath Tiefwasser mit hoher Fistelstimme.

»N...nichts.« Geron, der kaum fassen konnte, wie leicht sie dem unerwartet aufgetauchten Zauberer in die Fänge geraten waren, bibberte. »Dafür m...muss der D...Drache aus K...Kesselfurt ver...antwortlich s...sein.«

»Wie bitte?« Alarmiert sah ihn Ambras einstiger Lehrmeister an. »In Kesselfurt hat sich ein Drache gezeigt?«

Offenbar war Tiefwasser über die jüngsten Ereignisse in der Kataraktstadt noch nicht informiert.

»Er hat M...Magistra Rotdrud g...gefressen«, presste er hervor.

»Escalia ist tot!?« Tiefwasser klappte der Mund auf, doch rasch fasste er sich. »Was war das für ein Drache? Etwa ein ausgewachsenes Exemplar?«

Geron nickte und spürte ganz allmählich, wie die Wärme in seine Gliedmaßen zurückkehrte.

»Aber das ist unmöglich!« Rasgath Tiefwasser wirkte aufgelöst. »Der verdammte Sphärenriss ist noch geschlossen. Die Zeit läuft erst übermorgen ab.«

Geron und Boltan wechselten ebenso irritierte wie hilflose Blicke. Was für ein Sphärenriss?

»Dann sagt mir, wie ihr es geschafft habt, den Fluch hier so zu manipulieren, dass Yolsulgurs Motten plötzlich vor Licht zurückschrecken.«

Boltan, der sich in den geisterhaften Stricken wand, versuchte mit klappernden Zähnen zu antworten. »W...wir ha...haben gar nichts g...gemacht.«

Rasgath Tiefwasser sah sich aufgewühlt zum Ausgang des Raumes um, dann wandte er sich ihnen wieder zu. Hinter seiner Stirn arbeitete es. »Vermutlich sagt ihr sogar die Wahrheit«, sprach er wie zu sich selbst. »Denn da unten hat jemand ganz offensichtlich alte Dracheneier gesammelt und ausgebrütet. Und das deutet auf langwierige Vorbereitungen hin … Ein leibhaftiger Drache? … Meine Güte.« Er blickte zu einem Raumfenster auf und leckte sich über die spröden Lippen. »Es war immerhin der Drachenkönig, der damals den Todesfluch über die Zitadelle geworfen hat. Wenn tatsächlich einer der Drachen bis heute überlebt hat, könnte es ihm durchaus gelungen sein, den Fluch etwas abzuändern. Vermutlich, um dem verräterischen Gaalgeschmeiß da unten den Zutritt in die Bruthöhle zu ermöglichen.« Der Zauberer fuhr zornig herum. »Ich hätte den anderen nie gestatten dürfen, das Drachengezücht leben zu lassen! Und das alles direkt vor unseren Augen. Was waren wir nur für Narren!«

Unvermittelt starrte er Cyrnachons Stab an, den er noch immer in der Linken hielt – und der jetzt wieder in bläulichem Licht erstrahlte. »Was ist das denn?«, zischte er verblüfft und hielt den Stab etwas auf Distanz. Ungläubig schnaubte er. »Du elender Dilettant glaubst doch wohl nicht, dass du ausgerechnet mich mit einem solch lausigen Trick einwickeln könntest?« Finster zog er ein Tuch aus seiner Jacke, umwickelte den Stab und umfasste ihn über dem Stoff. Der blaue Lichtschein verebbte sofort.

Dann wandte er sich Geron und Boltan zu. »Und jetzt will ich Antworten: Was wolltet ihr hier, wenn ihr gar nicht wusstet, was hier vor sich geht?«

Die beiden Männer schwiegen.

Rasgath Tiefwasser beugte sich lauernd vor. »Ich kann euch beiden schreckliche Dinge zufügen. Zum Beispiel könnte ich« – er betrachtete Boltan – »dir einfach auch noch dein anderes Bein absägen.«

»Wir h…hofften«, wimmerte Gerons Gefährte los, »uns hier nützliches Z…Zauberwissen aneignen z…zu können.«

»Hier? In Helgrinshall?« Rasgath Tiefwasser richtete sich überrascht auf. »Was für eine selten dämliche Idee. Hier hat nichts überdauert. Die Motten haben alles zerfressen. Alles, außer …« Grübelnd nahm er die Brille ab und richtete sich auf. »Nun ja, das eine oder andere dürfte vielleicht doch noch existieren. Die Frage ist bloß, wie lange Helgrinshall noch zugänglich bleibt, jetzt, da sich unser alter Feind gezeigt hat.«

Unwirsch setzte er sich das Brillengestell wieder auf. »Ich muss dringend mit Walmar Kontakt aufnehmen, denn ganz offensichtlich sind mir einige Ereignisse der jüngeren Vergangenheit entgangen.« Er musterte sie scharf. »Ihr seid zu viert hier. Es fehlen der Zögling Escalias, wie auch immer er Goltars Übereifer überlebt hat, und Ambra. Und ich muss schon sagen, dass ich schwer darüber enttäuscht bin, wie mir dieses kleine Miststück all meine Bemühungen dankt. Hatte sie nicht einige schöne zusätzliche Jahre? Also, wo sind die beiden?«

»Wir wissen es nicht«, antwortete Geron.

»Lüg mich nicht an!« Der bebrillte Zauberer machte einen Satz auf ihn zu, packte Geron am Kragen und hinter den runden Brillengläsern blitzte die Wut. »Was glaubst du, von welchen Kräften ich euch herschleifen ließ?« Er fasste nach dem eigentümlichen Amulett aus Knochen, Edelsteinen und Lederstreifen. »Das waren Blutgeister! Die Gier dieser Entitäten auf Leben übertrifft alles, was du dir vorstellen kannst. Wenn ich es zulasse, dann entziehen sie dir deine Kraft, so wie die Fledermäuse auf den Kranichinseln Menschen und Tieren das Blut aussaugen. Du hast keine Ahnung, was es uns damals gekostet hat, diese Kreaturen einzufangen. Euretwegen war ich dazu gezwungen, sie aus ihrem Kerker freizulassen – denn sie finden jeden! Völlig egal, was ihr angestellt habt, um euch vor meinen anderen Spähern zu schützen. Die Bindung dieser Geister hat mich Jahre meines kostbaren Lebens gekostet. Jahre, die ich mir von euch Bastarden zurückholen werde – glaub mir das!« Rasgath Tiefwasser schnaubte ungehalten. »Ich könnte sie nach ihnen ausschicken. Aber da *mir* das Schmerzen bereitet, füge ich lieber *euch* Schmerzen zu, wenn ihr nicht endlich das Maul aufmacht! Also rede, oder du wirst deinen Freund gleich um sein Schicksal beneiden!«

»Wir wollten uns in dem Saal mit der Drachenstele treffen«, haspelte Boltan unvermittelt.

»Boltan!« Geron schrie seinen Gefährten wütend an. »Du elender Mistbock! Glaubst du, er lässt uns am Leben, wenn du ihm die anderen auslieferst?«

»Tut mir leid!« Boltan senkte den Blick.

»Geht doch.« Rasgath Tiefwasser rückte sich zufrieden die Brille zurecht. »Wann?«

»So in einer halben Stunde«, antwortete Boltan gequält.

Geron hätte ihm am liebsten ins Gesicht geschlagen.

»Das gibt uns Zeit für einige Vorbereitungen.« Rasgath Tiefwasser wob einen Zauber und unsichtbare Kräfte stellten beide auf die Füße. Anschließend knebelte er sie mit gewöhnlichen Stoffstreifen – als er auf Ceredril aufmerksam wurde.

»Sieh an, was haben wir denn da?« Er nahm Geron die Waffe kurzerhand ab. »Eine der Elfenklingen der Könige von Waldaleth. Es heißt, sie helfen ihrem Träger dabei, Drachen aufzuspüren, was sich inzwischen ja wieder als durchaus nützlich erweisen könnte.«

Ceredril warnte vor Drachen? Geron glotzte den Zauberer irritiert an.

Der grinste. »Ihr habt doch nichts dagegen, wenn ich sie gewissermaßen als Erstattung meiner Mühen an mich nehme, *Königliche Hoheit*?« Wütend sah Geron dabei zu, wie der Mann die Klinge an seiner Kleidung befestigte. »Also hurtig, Burschen. Wir sollten die anderen einsammeln, bevor es hier noch ungemütlich wird.«

Der Zauberer stieß seine Gefangenen grob aus dem Raum und mit einem wütenden Blick zu Boltan, der niedergeschlagen den Kopf hängen ließ, stolperte Geron vor Tiefwasser her, durch Korridore und verschattete Säle, bis der Zugang zur Stelenhalle vor ihnen auftauchte.

Der Zauberer hielt kurz inne, lauschte, und – da nichts zu hören war – schubste er sie in die große Halle mit der von Drachenrunen übersäten Stele und zwang sie neben dem Eingang zu Boden.

»Sehr gut.« Er zückte ein Stück Kreide, trat zur Mitte des Saals und befreite den Boden dort von Staub. »Rasch noch einige Vorbereitungen, um ihnen einen entsprechenden Empfang zu bereiten, dann …«

Rasgath Tiefwassers Blick fiel auf die gegenüberliegende Saalwand, denn dort stand Ambra. Ihre junge Gefährtin hielt den

Kopf auf ihre übliche Art und Weise leicht schräg und sie starrte den Zauberer aus ihren roten Augen an.

»Sieh an«. Rasgath Tiefwasser lächelte. »Da ist ja die kleine Ausreißerin. Kommst du freiwillig – oder muss ich dich zwingen?«

Hinter der Stele waren nun Geräusche zu hören. Und auch dort trat jetzt Ambra hervor.

Geron schaute die beiden Gestalten verwirrt an.

»Was wird das?« Der Kopf des Zauberers ruckte von einer zu anderen, dann betrachtete er jene Ambra neben der Stele und grinste gehässig. »Du verstehst dich seit neuestem auf Illusionen? Dann achte das nächste Mal darauf, dass sich nicht nur eine von euch bewegt.«

Tiefwassers Magierstab ruckte in Richtung der Stele – als Tandurin unbemerkt aus dem Dunkeln des gewaltigen Loches in der Zwischendecke über ihm herabschwebte und sich aus zwei Schritt Höhe auf ihn fallen ließ. Sein wuchtiger Aufprall riss Tiefwasser von den Beinen, bevor dieser seinen Zauber abschießen konnte. Dann holte Tandurin aus und zog ihm sein schweres Brecheisen über den Schädel.

Es krachte hässlich. Tiefwasser gurgelte noch auf – dann blieb er reglos und mit blutender Kopfwunde liegen.

Tandurin mühte sich hoch, klopfte sich die Hose ab und betrachtete den drachenbeinernen Ring an seiner Hand. »Ich liebe dieses Ding.«

»Verdammt, ich kriege die merkwürdigen Stränge nicht mal mit deiner Elfenklinge auf.«

Während Tandurin mit Ceredril erfolglos an den geisterhaften Verschnürungen säbelte, die ihre Begleiter umwickelt hielten, hockte Ambra neben ihrem ehemaligen Lehrmeister, der bewusstlos und mit schief sitzender Gelehrtenbrille vor ihr lag, und fesselte ihm die Hände auf den Rücken.

»Aber bei den magischen Stricken deiner Lehrmeisterin hat es doch auch funktioniert?«, murrte der gefesselte Königssohn.

»Diese hier sind anderer Natur.«

»Wir könnten Cyrnachons Zauberstab benutzen und ihn um Rat fragen«, schlug Boltan vor. Auch er saß noch immer fest verschnürt im Staub des einstigen Lehrsaals und wartete auf seine Befreiung.

»Ausgerechnet du wagst es, Vorschläge zu machen?« Geron drehte sich angewidert zu ihm um. »Boltan konnte es nämlich gar nicht abwarten, euch alle zu verpfeifen.«

»Aber –«

»Hör auf mit deinem Aber! Einen Verräter wie dich sollten wir am besten hier den Motten überlassen.«

»Hey!«, stoppte ihn Tandurin. »Du hast es Boltan zu verdanken, dass wir jetzt nicht alle unterwegs zum Drachenthron sind.«

»Wovon sprichst du?«

»Als ich unten in dieser Drachenhöhle vorschlug, die anderen zu kontaktieren«, erklärte Boltan gekränkt, »ist mir das mithilfe des Stabes gelungen. Und zwar unmittelbar bevor Tiefwasser ihn mir entrissen hat. Ich hatte mich auf Tandurin konzentriert – und zu meiner eigenen Verwunderung hielt der Zauber an.«

»Ihr beide habt in Kontakt miteinander gestanden?« Geron sah Boltan und Tandurin ungläubig an.

»Ja, geistig!« Tandurin erhob sich und musterte Ceredril enttäuscht. »War ein komisches Gefühl, Boltans Stimme plötzlich in meinem Kopf zu hören. Keine Ahnung, was für ein Zauber das genau war, aber er hat gehalten, bis ihr hier wart. Ambra und ich haben dann den Plan ausgeheckt, Tiefwasser mittels der kleinen Scharade abzulenken, um ihm dann eins überzubraten. Boltan hat bloß gemacht, was ich ihm aufgetragen hatte. Und so, wie es aussieht, war er ziemlich glaubwürdig.«

Über Gerons Gesicht huschte ein verlegener Ausdruck. »Tut mir leid.«

»Schon gut«, brummte Boltan. »Lasst uns lieber über meinen Vorschlag nachdenken, um uns zu befreien. Denn ich muss langsam mal und glaube kaum, dass mir einer von euch dabei zur Hand gehen will.«

Tandurin trat mit skeptischem Blick vor Cyrnachons Zauberstab, der noch immer neben Rasgath Tiefwasser im Staub ruhte.

»Ich traue diesem Ding nicht«, murmelte er. »Aber es sieht ganz so aus, als bliebe uns nichts anderes übrig.«

Er wollte soeben nach ihm greifen, als ihn Ambra stoppte.

Eingehend musterte sie die bläulich wabernden Stränge, in die Geron und Boltan gewickelt waren. Die anderen konnten vermutlich nicht sehen, dass sie von dünnen, leichenblassen und irgendwie rauchigen Schwaden umgeben waren, die wie Spinnweben ins Nichts stachen. Das war kein einfacher Zauber. Das waren Kräfte, die aus dem Totenreich stammten.

Sie suchte im Saal nach ihrer Familie – doch seit dem befremdlichen Zwischenfall in der Schlucht blieb sie verschwunden. Ganz so, als hindere sie etwas daran, herzukommen.

»Was ist?«, wollte Tandurin wissen.

Ambra beäugte die gleißenden Stränge abermals, folgte der Richtung, in die der Dunst ausfranste – und ihr Blick heftete sich wieder auf Rasgath Tiefwasser.

Das Amulett!, formte sie die Worte mit ihren Fingern.

Tandurin trat neben sie, während sie das eigentümliche Gebinde aus Drachengebein, Edelsteinen und mumifizierter Leichenhaut untersuchte, das vor Tiefwassers Brust hing. Bei genauerem Hinsehen umgab der leichenblasse Dunst auch dieses Objekt. Sie spürte, dass von ihm eine starke Kraft ausging, die sie fast erschreckte. Und sie setzte ihr einen gewissen Widerstand entgegen.

Sorgte Rasgath Tiefwasser mit diesem Amulett dafür, dass sie ihre Familie nicht mehr sehen konnte?

Zerstöre es!, forderte sie Tandurin auf.

»Wie du willst.« Tandurin nahm dem Zauberer das Gebinde ab, legte es auf den Boden und hackte zweimal mit der Elfenklinge darauf ein. Zweimal gab es einen reißenden, unangenehmen Laut, als würde Glas geritzt werden, das anschließend zerplatzte. Doch nur sie selbst schien diesen merkwürdigen Ton hören zu können. Sogleich lösten sich die bläulichen Stränge, die Geron und Boltan gefesselt hielten, in Nebel auf.

Erleichtert kamen die beiden auf die Beine – als ein geisterhaftes Raunen von den Wänden des Saals rollte. Das Geräusch war so unheimlich, dass es selbst Ambra ein Gefühl bescherte, das sie eigentlich nicht kannte: Angst!

Tandurin, Geron und Boltan fuhren angesichts der unheimlichen Laute zusammen. Das Raunen verging – und doch hatte Ambra das unangenehme Gefühl, dass sie von irgendwoher beobachtet wurden.

»Verdammt, was war das?«, fragte Geron, der Tandurin rasch Ceredril abnahm.

Ambra lauschte, doch außer dem Knistern, das die schwarzen Mottenschleier in den dunklen Ecken um sie herum erzeugten, war im Saal nichts zu hören. Überall in der Zitadelle herrschte Grabesstille. Andererseits, warum knisterte es in den dunklen Ecken überhaupt? Fast beschlich sie der Eindruck, in den Wänden unter den Mottenschleiern würde sich etwas bewegen …

»Ich weiß jetzt nicht, was mir mehr Angst einjagt«, flüsterte Boltan angespannt. »Das Geräusch eben – oder Ambras Gesichtsausdruck.«

Flugs schnappte er sich Cyrnachons Zauberstab, als Rasgath Tiefwasser aufstöhnte. Seine Augenlider flackerten und sofort setzte sich Geron auf seine Brust, packte ihn am blutenden Ohr und setzte ihm die Spitze der Elfenklinge an die Kehle.

Der Zauberer erwachte. Verwirrt und mit sichtlichen Schmerzen starrte er Geron an.

»Nur ein Zauberversuch«, fauchte der, »und ich schlitze dir deine dürre Kehle auf!«

Rasgath Tiefwasser leckte sich über die spröden Lippen und sah fahrig zu jedem von ihnen auf. Und zum ersten Mal, seit Ambra ihn kannte, fehlte jede Arroganz in seinem Blick. Stattdessen las sie dort tiefe Verunsicherung.

»Du wirst uns jetzt einige Fragen beantworten«, fuhr Geron fort.

»Ja … ja, wie ihr wollt«, keuchte Tiefwasser mit dünner, schmerzerfüllter Fistelstimme. »Ich werde euch alles sagen. Nur solltet ihr wissen, dass die Zauberei nicht das ist, was ihr zu wissen glaubt. Sie …«

»Wir wissen, was es mit ihr auf sich hat«, fauchte Geron. »Es steht drüben auf dieser Drachenstele. Vor allem aber wissen wir, was ihr mit unseren Vorgängern gemacht habt und warum ihr trotz des Umstandes, dass die Zauberei euch eigentlich schon lange ausgebrannt haben sollte, noch immer lebt.«

»Ihr wisst ...?« Tiefwasser schluckte. »Aber ihr müsst mir glauben: Das, was wir tun, tun wir nur, um den Frieden in den Jungen Königreichen zu bewahren. Wir tun das nicht, um uns selbst ... zu bereichern.«

»Ach, tut ihr nicht?« Geron sah ihn zornig an.

»Nein«, keuchte der Zauberer. »Wir machen das, um die Zyklen zu überleben. Um tun zu können, was getan werden muss, bis wir endlich eine andere Lösung finden.«

»Hat das was mit diesem Sphärenriss zu tun, von dem Ihr vorhin spracht?«, wollte Boltan wissen, der ernst neben ihn trat.

»Ja, genau so ist es.« Rasgath Tiefwasser verzog schmerzerfüllt das Gesicht. »Alles, worum es uns geht, ist, Yolsulgurs Rückkehr zu verhindern.«

»Der Drachenkönig?«, fragte Tandurin ungläubig. »Hieß es nicht, er sei tot? Vernichtet im Dritten Drachenkrieg?«

»Ja, aber das war ... eine Täuschung«, keuchte Tiefwasser. »Yolsulgur hat damals, als wir ihn am Drachenthron stellten, eine Pforte ins Totenreich geöffnet. Wir glauben inzwischen, dass er damals versucht hat, einen Weg zu finden, die Magie zu meistern, ohne dafür die eigene Lebenskraft aufzubrauchen. Die Drachen haben schon immer nach Wegen gesucht, um dieses vielleicht größte Kunststück der Zauberei fertigzubringen. Ihre Versuche gipfelten bis dahin in der Blutmagie, für die sie hunderte Sklaven opferten, um mit der verströmenden Lebenskraft Flüche und Zauber zu wirken. Sogar die Elfen sollen vor langer Zeit versucht haben, die Magie auszutricksen. Doch sind sie dabei katastrophal gescheitert. Sie haben bei dem Versuch angeblich ihre alte Heimat zerstört.«

Geron runzelte die Stirn. »Ihr wollt uns weismachen, dass die Elfen deswegen hier bei uns aufgetaucht sind?«

»Ich will dir nichts vormachen, Geron von Waldaleth, ich sage die Wahrheit.«

Die Pforte ins Totenreich, signalisierte Ambra ihrem einstigen Lehrmeister, der die Femzeichen ebenso gut verstand wie Tandurin. *Sag uns mehr darüber.*

Rasgath Tiefwasser ächzte. »Yolsulgur stieß die Pforte ins Totenreich vermutlich auf, um Zugriff auf die legendäre Bibliothek der Toten zu erlangen. Ein Begriff, der erstmals in einigen alten elfischen Dokumenten auftauchte, die Jahre später in unsere Hände fielen. Ich weiß trotz vierhundertjähriger Forschung kaum etwas über dieses Mysterium. Nur, dass dort angeblich das Wissen ruht, wie wir alle die Zauberei meistern können, ohne dass wir Magier uns nach und nach selbst zu Grunde zu richten.« Er lächelte verzerrt in Ambras Richtung. »Ahnst du jetzt, warum ich dich damals als junges Mädchen vor dem Tod bewahrt habe? Nachdem du und deine Familie abgeschlachtet wurden, warst du bereits eine Viertelstunde tot. Eine Viertelstunde! Doch ich habe sofort die Chance erkannt, die sich uns beiden bot. Du bist nicht nur eine Begabte, du bist bis heute die Einzige, deren Seele Diesseits und Jenseits gleichermaßen berührt hat. Wärst du dabei in arkaner Hinsicht nicht so verstümmelt worden, was hätten sich uns beiden dadurch für Möglichkeiten eröffnet?«

»Du widerliches Schwein hast Ambra für eines deiner nekromantischen Experimente missbraucht?«, fragte Boltan schockiert.

Ambra starrte ihren einstigen Lehrmeister nachdenklich an.

»Was heißt hier Experiment?«, entgegnete Tiefwasser. »In der Forschung *müssen* Risiken eingegangen werden. Meine Adeptin ist zwar in vielerlei Hinsicht ein Krüppel wie du, Junge, und doch ist sie etwas Besonderes. Ich hatte gehofft, mit ihrer Hilfe mehr über Yolsulgurs Pläne und Absichten herausfinden. Ich hatte gehofft, sie als Medium, als Brücke ins Totenreich verwenden zu können, wenn die Zeit reif wäre – nur leider hat sich dieser Wunsch nicht erfüllt. Aber ich habe dazugelernt und meine Methoden verfeinert. Denn wenn man den Tod unter kontrollierten Bedingungen einleitet, dann könnte ich beim nächsten Mal –«

»Beim nächsten Mal?«, brüllte ihn Geron erbost an. »Was hältst du Dreckschwein davon, wenn ich dich absteche, damit du dich dort drüben selbst mal umsehen kannst?«

»Nicht!«, gebot ihm Tandurin Einhalt. »Wir brauchen ihn. Noch … Denn das alles erklärt nicht, warum wir uns vor Yolsulgur fürchten sollen. Ist er jetzt tot – oder ist er es nicht?«

»Wir wissen nur, dass er irgendwie noch da ist.« Der Zauberer stöhnte. »Er ist fort, aber seine Präsenz ist gleich einem Schatten, der von hinten auf ein Leinentuch geworfen wird. Bevor wir ihn schlagen konnten, hat er die Pforte ins Totenreich aufgestoßen und sich vor uns gerettet, indem er sich leibhaftig durch sie hindurch gestürzt hat.«

»Leibhaftig?«, fragte Boltan erstaunt.

»Ja, leibhaftig. Mit Fleisch, Schuppen und Blut …«, ächzte Tiefwasser. »Seitdem lauert er jenseits der Pforte darauf, zurückkehren zu können. Zumindest glauben wir das, denn der verdammte Riss hängt seit über vierhundert Jahren zwischen der Welt der Lebenden und der Welt der Toten. Wie eine schwärende, niemals abheilende Wunde.«

Ambra erinnerte sich an den eigentümlichen gezackten und wie eingefroren wirkenden Blitz, den sie damals am Ende der großen Höhle am Drachenthron erblickt hatten. War das diese Pforte?

»Alle sechzig Jahre«, fuhr ihr ehemaliger Lehrmeister fort, »droht diese Wunde aufzureißen. Und alle sechzig Jahre sorgen wir mittels einer erheblichen arkanen Kraftanstrengung dafür, dass sie verschlossen bleibt.«

»Deswegen opfert Ihr Eure Adepten?«, fragte Tandurin gespannt.

»Ja, deswegen.«

»Nur saugt Ihr sie bei der Gelegenheit auch aus, um Euch selbst zu verjüngen«, stellte Geron erbost fest.

»Meine Güte, ja doch«, gab Rasgath Tiefwasser gereizt zurück. »Aber das ist notwendig. Die Hälfte der Lebenskraft unserer Auserwählten wird beim Schließen der Pforte aufgezehrt, die andere Hälfte führen wir uns selbst zu, um auch die nächsten sechzig Jahre zu überdauern. Denn auch wir altern. Wer soll es denn sonst tun?«

»Wie macht Ihr das? Und warum bildet Ihr eigens Lehrlinge

aus, wenn Ihr sie eh zu opfern gedenkt?« Boltan stützte sich grübelnd auf den Zauberstab. »Ihr könntet doch theoretisch jeden nehmen? So wie die Drachen mit ihrer Blutmagie.«

»Unsinn, so einfach ist das nicht«, entgegnete Tiefwasser, der verzweifelt versuchte trotz Gerons Gewicht seine Position etwas erträglicher zu gestalten. »Man braucht schon sehr viele gewöhnliche Sterbliche, um ihnen genug Lebenskraft für magische Zwecke abzupressen. Gewöhnliche Sterbliche ähneln verschrumpelten Früchten, denen nur wenig Saft zu entlocken ist. Nein …« Tiefwassers Fistelstimme klang völlig gefühllos. »Die Methode, derer wir uns bedienen, bedarf Begabter. Und die Begabung zur Zauberei zeigt sich nur bei jenen denkenden Wesen, die über eine besonders hohe Lebenskraft verfügen. Nämlich bei jenen, die von Natur aus das Zeug haben, etwa hundert Jahre und älter zu werden: Ihr, die Elfen, Drachen natürlich, aber auch einige andere Geschöpfe unserer Welt. Will man die Drachenkrone jedoch einsetzen und sie gegen die … Spender richten, müssen diese zuvor gelernt haben, sich für das Gewebe zu öffnen. Bei allen anderen ist ein erheblicher Kraftaufwand vonnöten, der den Nehmenden ebenfalls ein gewisses Maß an magischen Energien abverlangt. Diese Kosten gilt es zu vermeiden, und deswegen bilden wir euch in den Grundlagen der Magie aus.«

Die Drachenkrone?, fragte Ambra mittels ihrer Fingerzeichen.

»Ja, die Drachenkrone«, stöhnte Tiefwasser. »Wir haben sie Yolsulgur abgenommen. Sie steht irgendwie in Wechselwirkung mit den Resten des Goldbaums, den die Elfen bei ihrer feigen Flucht am Drachenthron zurückgelassen haben. Vermutlich haben die Drachen die Krone sogar aus Teilen von ihm gefertigt, als sie Sil'Bariath vor sechshundertzwanzig Jahren eroberten. Die Elfen nannten das Gebilde Ahrvarien – nur haben wir nie herausfinden können, welchem Zweck der Baum genau diente. Wobei … Walmar weiß es vermutlich, nur verrät er es nicht. Einst soll der Ahrvarien über Blätter verfügt haben. Doch diese sind seit der Flucht der Elfen abhanden gekommen. Offensichtlich ist nur, dass die Elfen mit diesem Artefakt ihre Zauberei verstärken konnten.«

»Was hindert Euch Egoisten daran, die Krone zwischendurch nicht immer mal wieder für eigene Belange zu missbrauchen?«, wollte Boltan mit scharfer Stimme wissen.

»Glaubst du wirklich, wir würden einander trauen?« Tiefwasser stieß einen freudlosen Lacher aus. »Nein, sie liegt an einem Ort verborgen, der nur von uns sechs gemeinsam geöffnet werden kann. Und auch der Ritualführer wechselt nach jedem Zyklus. So hat niemand allein auf Yolsulgurs Erbe Zugriff.«

»Wer ist das diesmal?«, fragte Boltan.

»Escalia.«

»Dann habt Ihr jetzt ein Problem, denn Magistra Escalia Rotdrud ist tot.«

Tiefwasser sah ihn nachdenklich an.

»Also gut«, sprach der Königssohn kalt. »Eines nach dem anderen. Ihr werdet uns jetzt den Weg zurück zum Drachenthron weisen und dann erledigen wir das für Euch.«

»Was erledigen?« Verständnislos sah der Zauberer auf.

»*Wir* werden diese Pforte an Eurer statt schließen. Und zwar mit *Eurer* Lebenskraft.«

Rasgath Tiefwasser wurde blass. »Ihr glaubt doch nicht, dass –«

Unvermittelt war das lang gezogene Raunen wieder im Saal zu hören. Es geisterte auf unheimliche Weise durch die Korridore und Räume der einstigen Magierzitadelle und verhallte. Abermals stoben die Motten auf und in den dunklen Nischen knisterte es.

»Ich glaube, wir sollten hier langsam verschwinden.« Tandurin sah zu den schlanken Saalfenstern auf. »Draußen geht die Sonne unter, und zwar viel schneller, als ich dachte.«

Sie hatten mit der Befragung Tiefwassers mehr Zeit verloren als gedacht. Im Saal war es merklich dunkler geworden.

Rasgath Tiefwasser hob alarmiert seinen blutenden Kopf, blickte an sich herab, entdeckte neben sich das zerstörte Amulett.

»Was habt ihr Narren getan!«, schrie er entsetzt. »Seid ihr wahnsinnig! Das Amulett war das Einzige, was uns vor den Blutgeistern geschützt hat! Ich habe über eine Woche benötigt, um es herzustellen. Sobald die Sonne hinter den Talrändern versinkt, kommen sie aus den Schatten und fallen über uns her.«

»Was hat es mit diesen Blutgeistern auf sich?«, herrschte ihn Boltan an. »Auch Eure Kollegin Valeska hat sich vor ihnen gefürchtet.«

»Natürlich hat sie das!«, kreischte der Zauberer. »Sie sind ins Diesseits geschlüpft, als Yolsulgur die Pforte ins Totenreich aufstieß. Alte Elfenseelen … Wir glauben, sie haben irgendetwas mit dem Untergang ihrer einstigen Heimat zu tun. Sie sind mächtig. Und gierig. Und ungebunden. Sie werden über uns herfallen, uns die Lebenskraft aussaugen und wohlmöglich sogar in uns einfahren, wenn wir nicht sofort von hier verschwinden. Wir müssen weg. Rasch!«

»Verfluchter Mist!« Geron sprang auf und zog Tiefwasser grob auf die Beine. »Sagt uns, wohin wir gehen müssen, denn bis raus zur Brücke schaffen wir es vermutlich nicht mehr. Und diese elenden Mottenschwärme lauern hier ebenfalls noch.«

»Das nützt nichts.« Tiefwasser stöhnte und der Blick hinter seiner Brille, die schief auf seiner Nase saß, irrlichterte hin und her. »Sie würden uns nachsetzen und uns jagen.«

»Es muss doch irgendeinen Zauber geben, der sie abwehrt!«, rief Boltan erbost. »Welcher es auch ist, ich finde ihn nötigenfalls mithilfe des Stabes.«

»Nein, kein Zauber. Nur aufwändige Bannformeln und … das Lebensfeuer!« Tiefwasser ruckte zu Ambra herum. »Erinnerst du dich noch an meine Lektionen, um zum Wesenskern deiner Kraft vorzudringen? Die Meditationen? An das Feuer, tief in deiner Brust, das du zu spüren glaubtest?«

Ambra legte den Kopf schief und nickte.

»Dieser Kern«, haspelte er weiter, »das ist in Wahrheit der Urgrund deiner Seele. Deine ungeschlachte ureigene Lebenskraft. Du kannst diesen Kern kraft deines Willens aufbrechen und daraus eine Flamme hervortreten lassen, gegen die nur das Lebensfeuer eines anderen Lebewesens ankommt. Es brennt wie Drachenfeuer. Es speist sich aus der gleichen Quelle, nur vermögen die Drachen diesen Ausbruch zu kontrollieren und abzuschwächen. Aber das ist unsereinem nicht möglich.«

»Ich denke, diese Blutgeister sind hinter unserer Lebenskraft her?«, wandte Tandurin verwirrt ein.

»Ja, aber ein solch mächtiger Ausbruch verletzt sie, wie eine Springflut einen Dürstenden verletzt.« Tiefwasser sah ängstlich zu den Fenstern auf und jeder von ihnen konnte sehen, dass die rötlichen Lichtstreifen, die schräg an die Wände fielen, besorgniserregend weit emporgewandert waren. »Doch wer sein Lebensfeuer freisetzt, bezahlt dies mit einem grausamen Preis.«

Welchem?, signalisierte Ambra ruhig.

»Du verzehrst dich selbst und verlierst schlagartig viele Lebensjahre«, wisperte der Zauberer unheilvoll. »Denn du bist kein Drache. Du kannst diesen Ausbruch nicht kontrollieren. Aber … wenn ihr mich freilasst, dann vermag ich euch vielleicht zu helfen.«

»Versucht es gar nicht erst«, zischte Geron. »Sagt uns lieber, wie wir hier wegkommen. Ohne einen Plan nützt uns dieses Lebensfeuer nämlich nichts. Und ich sehe Euch an, dass Ihr einen Plan habt.«

»Ja.« Fahrig leckte sich Rasgath Tiefwasser über die Lippen. »Wir müssen rüber zur Kammer der Wege. Sie könnte noch existieren, denn dort besteht nichts aus Materialien, die die Motten zerfressen könnten. Sie liegt in einem der Türme auf der anderen Seite der Zitadelle. Mit ihr haben wir damals große Wegstrecken zu ausgewählten magischen Orten in den heutigen Jungen Königreichen zurückgelegt. Und das innerhalb weniger Augenblicke und allein dank Zauberei.«

»Gut, genommen!«, erklärte Tandurin kurz angebunden. »Wie kommen wir da hin?«

»Das ist das Problem«, greinte der Zauberer. »Viele Zwischendecken sind ebenso zerstört wie in diesem Saal. Und der Zugang befindet sich oben. Wir müssen also umständlich über eine der Wehren. Der einzige andere Weg führt quer durch die alte Übungshöhle unter der Zitadelle. Nur haben sich dort ärgerlicherweise die Drachen und Gaale eingenistet. Welchen Weg wir auch wählen, wir werden nicht schnell genug sein, ohne dass uns die Blutgeister abpassen.«

»Gut, dann rauf zu den Wehren!«, forderte Geron.

Ambra sprang vor, hielt ihn energisch auf und bediente sich wieder der Femzeichen, um sich Rasgath mitzuteilen. *Ihr sagtet, der Drachenodem ähnelt dem Lebensfeuer?*

»Ja, schon …« Tiefwasser verstummte, denn er schien zu begreifen. »Aber das hat noch nie jemand ausprobiert.«

»Was?«, herrschte Geron die beiden an.

»Ambra schlägt vor, dass wir den Weg durch die Drachenhöhle nehmen«, erklärte Tandurin sorgenvoll. »Offenbar hofft sie, dass uns die Drachen gegebenenfalls beim Kampf gegen diese Blutgeister unterstützen.«

Geron und Boltan schüttelten synchron die Köpfe.

»Der Vorschlag ist völlig verrückt«, meinte Boltan. »Aber vermutlich ist es egal, ob uns nun die Drachen, die Gaale oder die Blutgeister umbringen.«

Sie stürmten los und zerrten Rasgath Tiefwasser hinter sich her, dem die Hände auf dem Rücken gefesselt waren. Inzwischen fiel kaum noch Tageslicht in die Säle, Flure und Räumlichkeiten Helgrinhalls, und der Schein ihrer Zauberlichter war alles, was die gefräßigen Schleier schwarzer Motten von ihnen fernhielt.

Der Zugang zur Gaalkammer kam gerade in Sicht, als sich die Sonne mit einem letzten roten Aufleuchten hinter den Talrändern verabschiedete und die Zitadelle endgültig in Schatten versank.

Im selben Moment brandete überall um sie herum – aus Wänden, Räumen und Gängen – ein markerschütterndes Heulen auf, und Ambra fühlte mit jeder Faser ihres Leibes das Aufsteigen einer alten und fürchterlichen fremden Präsenz. Ein geisterhafter Sturm wehte durch die Gänge, ergriff ihre Körper und schleuderte sie und ihre Gefährten gegen die Wände. Boltan und Tiefwasser schrieen entsetzt auf und Ambra sah, dass sich hinter ihnen etwas Finsteres nach ihr streckte. Unheimliche Schemen glitten über Decken, Böden und Wände und wirbelten die fettigen Mottenschwärme auf, die wie schwarze Schleier in der Luft hingen. Dann verschmolzen die unheimlichen Präsenzen wieder mit der Finsternis, nur um abermals aus Winkeln und Ecken des Korridors hervorzubrechen.

Ambras bemächtigte sich ein Grausen, wie sie es noch nie gefühlt hatte. Und mit einem Mal wusste sie, was diese Blutgeister taten, sollte es ihnen gelingen, über sie herzufallen. Sie würden ihnen nicht nur die Lebenskraft rauben – sie würden ihre unsterblichen Seelen vernichten.

Umgehend rappelte sie sich auf und rannte mit den anderen auf die Türflucht zu.

Das Heulen steigerte sich zu einem infernalischen Brausen – und unmittelbar vor ihnen glitt jetzt etwas aus der Wand, das ihre Gefährten entsetzt aufschreien ließ. Ambra blickte auf einen bis zur Decke aufragenden Schemen, schwarz und finster, mit vage humanoidem Leib, dessen monströser Schlierenkörper so wirkte, als rüttle ein geisterhafter Wind an ihm. Dort, wo der Kopf des Unwesens war, glotzten große, ovale Löcher auf sie herab, die wie ins Groteske verzerrte Augen wirkten. In ihrem Innern gleißte ein unheilvolles rotes Licht.

Boltan schoss sofort einen Kugelblitz auf das gespenstische Wesen ab, doch der Feuerball jagte durch den Spuk hindurch und explodierte wirkungslos an einer Wand.

Auch hinter ihnen nahten Blutgeister.

Verängstigt rotteten sich ihre Begleiter neben ihr zusammen, blickten zu beiden Seiten des Ganges und reckten hoffnungslos ihre Waffen – als Ambra entschlossen vortrat. Ruhig hob sie eine Hand empor und lauschte tief in sich.

Tief. Tiefer.

Tastete nach jenem hellen Flackern tief in sich, von dem sie nun wusste, was es bedeutete.

Und dann … brach sie es auf.

Ein grässlicher Schmerz schnitt durch ihren Leib und ihre Seele.

Unter gereiztem Heulen jagte der Schemen auf sie zu, als ein grellweiß loderndes Licht aus ihrer Mädchenbrust hervorbrach und wie ein Geysir auf das Monstrum zuschoss.

Flackernd. Ungezügelt. Unkontrolliert.

Der fürchterliche Spuk vor ihr kreischte und jaulte auf, als ihn der gleißende Ausbruch reinster Lebenskraft traf, in seinen finsteren Geisterleib einschlug und ihn zurück zum Ende der Gangwand trieb – und durch diese hindurch.

Ambra keuchte und rang nach Luft und sie fühlte sich, als müsse sie erbrechen. Doch der Ausbruch ihres Innersten wollte nicht enden. Sie taumelte zur Gangwand, stolperte, und wie ein Flammenschwert schnitt die Lichtlanze tiefe dampfende Furchen in den Fels vor ihr. Ohne nachzudenken, drehte sie sich um und sah, wie sich alle schreiend zu Boden warfen. Dann jagte der grelle Strahl über sie hinweg und riss vier weitere Spukgestalten mit tückischen roten Augen aus der Finsternis, die sphärisch aufheulten und zurück in die Wände flüchteten, bevor sich das Licht in ihre Leiber fressen konnte.

Der Ausbruch verebbte endlich und Ambra brach keuchend zusammen.

Ihr Körper prickelte auf ungute Weise, sie fühlte sich leer und erschöpft.

»Ambra!« Boltan war der Erste, der wieder auf den Beinen war und zu ihr humpelte. Er berührte sie und sie sah die Bestürzung auf seinem Gesicht. Auch die anderen drängten sich um sie und ihre Reaktionen waren nicht minder befremdet.

»Ich sagte doch, dass sie altert«, erklärte Tiefwasser unwirsch. »Könnten wir jetzt weiter? Denn sie werden jede Sekunde zurückkommen.«

Ambra fühlte Gerons und Tandurins Hände, die sie anhoben, dann liefen sie in die von Fackeln beleuchtete Aufenthaltskammer der Gaale und auf den Treppenschacht zu, aus dem leichter Dunst wölkte.

Ganz allmählich fand sie die Kraft, um selbst zu laufen. Doch sie fühlte sich verändert.

Abermals war hinter ihnen das grauenerregende Heulen der Blutgeister zu hören. Gereizt. Kampflustig. Betrogen um ihre Beute. Und abermals wehte jener geisterhafte Sturmwind heran, der ihr Nahen ankündigte.

Panisch hetzten die Gefährten mit Tiefwasser die Stufen hinunter, dann hinaus auf die von trägen Nebelschwaden erfüllte Galerie und jetzt sah auch Ambra die vier Jungdrachen, die dort unten von etwa einem Dutzend Gaalen gefüttert und gepflegt wurden. Geron und Tandurin zogen ihre Schwerter und stürmten bereits die Treppe in die Tiefe, als das gespenstische Geheul abermals hinter ihnen durch den Tunnel hallte. Schon brachen aus dem Treppenschacht, dicht unter der Höhlendecke, vier langgezogene dunkle Schemen mit ovalen, düster aufgerissenen Augen- und Mundhöhlen hervor, deren kaum erkennbare Gesichtszüge zu grotesken Schlieren zerliefen.

Längst waren Drachen und Gaale auf sie aufmerksam geworden. Die geschuppten Drachendiener wirbelten alarmiert herum und stierten die Blutgeister ungläubig aus gelben Augen an. Mit einer Mischung aus Wut und Furcht ließen die vier Drachen ihr Gebrüll erklingen, woraufhin die vier furchtbaren Geistergestalten gierig jaulend auf die Höhle herabstießen.

Geron rannte einen der überraschten Gaale um und trieb ihm im Vorbeilaufen sein Schwert in den Brustkorb. Auch ein Zweiter, der ihnen mit einer Art Forke entgegenstürmte, wurde von ihm unterlaufen und mit der Elfenklinge ausgeschaltet.

Dann brach in der Höhle das Chaos aus.

Die meisten Gaale waren unbewaffnet und liefen aufgeregt zu Nischen und Ecken, um ihre Sichelschwerter und -speere zu holen. Auf den ersten von ihnen fuhr sogleich einer der Blutgeister herab. Der Spuk packte die Kreatur, umhüllte sie gleich einem wehendem Mantel und schlug schattenhafte Fänge in ihre Kehle. Der Gaal kreischte auf und sein geschuppter Leib wurde innerhalb von Sekunden grau und stumpf. Dann erlosch das Leben in seinen Augen und er kippte wie eine ausgedörrte Mumie zur Seite.

Andere Gaale versuchten, Geron und Tandurin mit ihren Fütterungswerkzeugen aufzuhalten, doch sie wurden von Boltans Kugelblitzen beiseitegesprengt, während hinter und seitlich von ihnen sengendes Drachenfeuer aufloderte.

Der größte der Jungdrachen, ein grün geschupptes Exemplar

mit elegantem langem Drachenkamm, dessen Leib fast doppelte Bierkutschenlänge erreichte, hatte sich auf seinen Hinterbeinen aufgerichtet und spie einem der Blutgeister zornig seinen Drachenodem entgegen. Die Schattenkreatur jaulte getroffen auf und glitt zurück in die Höhlendecke. Der kleinste der Drachen hingegen, ein Lindwurm mit gelbem Schuppenkleid, hatte weniger Glück. Immerzu stieß er ein klagendes Gebrüll aus und peitschte hilflos mit dem Schwanz, während ihm einer der Blutgeister wie ein überlanger Egel am langen Hals klebte und an ihm seine tödliche Gier stillte.

Auch die anderen Drachen spieen ihr Feuer und die Höhle erbebte unter dem Gebrüll und dem Geheul der ungleichen Bestien, die hier aufeinandertrafen.

Ambra hetzte hinter ihren Gefährten her, die Tiefwasser zu einem dunklen Ausgang am jenseitigen Ende der Höhle folgten. Zwei weitere Male mussten sie mit Schwert und Zauberei Gaale aus dem Weg räumen, dann hatten sie den Durchschlupf erreicht.

Das Schlusslicht bildete Boltan, der den Rückweg mit zwei explodierenden Kugelblitzen sicherte und auf seinem Holzbein keuchend hinter Ambra herstolperte. Treppenstufen kamen in Sicht und schon ging es eine steile steinerne Wendeltreppe hinauf.

Tandurin half Boltan beim Aufstieg, während Ambra von Geron gestützt wurde. Ihr einstiger Lehrmeister legte trotz seiner Fesselung eine bemerkenswerte Ausdauer an den Tag. Bald gelangten sie in das zweite Obergeschoss des Turms, doch die Böden bestanden aus Holz und wirkten trügerisch. So hasteten sie die Stufen weiter hinauf, bis sie eine komplett aus Stein errichtete Kammer an der Spitze des Turms erreichten, deren Holztür wie erwartet zu Staub zerfiel, kaum dass sie dagegentraten.

Dahinter erwartete sie eine fensterlose, kreisrunde Turmkammer, deren Wände und Decke von einer Vielzahl geometrischer Figuren und Zaubersymbole eingenommen wurden, in denen nagelfingergroße grüne, gelbe und rote Edelsteine steckten.

Der Boden hingegen bestand aus dickem Glas oder Kristall, in dem spiralförmig – Adern nicht unähnlich – fingerdicke Röhren verliefen, die mit einer roten Substanz gefüllt waren. Ambra ahnte, dass es sich dabei um Blut handelte.

Altes Drachenblut.

»Meine Güte, wir haben es tatsächlich geschafft!«, brach es aus Boltan heraus, der sich schwer atmend auf seinen Stab stützte – als tief unter ihnen wieder das schaurige Heulen der Blutgeister durch die Zitadelle rollte.

»Verdammt!«, zischte Geron. »Geben die denn gar nicht auf?«

»Nein, sie sind vorrangig hinter *uns* her«, keuchte Tiefwasser. »Diese Kreaturen hassen es, wenn man sie austrickst.«

»Dann los, worauf wartet Ihr?«, fuhr ihn Tandurin verärgert an. »Sagt uns, wie diese seltsame Einrichtung in Betrieb genommen wird.«

»Am besten, ihr löst meine ...«

»Jetzt redet, oder ich steche Euch ab!«, schrie ihn Geron an und hob sein Schwert aus Waldalether Stahl.

»Schon gut, schon gut.« Rasgath Tiefwasser, der es irgendwie fertiggebracht hatte, dass ihm die Brille wieder gerade auf der Nase saß, deutete zu den Wänden mit den eingelassenen geometrischen Symbolen. »Drückt die Rubine dort, dort und dort.« Er wies mit dem Kinn auf die entsprechenden Stellen. »Und dann lasst etwas Kraft in sie fließen.«

Umgehend folgten Geron, Tandurin und Boltan seiner Anweisung, als im Treppenaufgang abermals das gespenstische Geheul zu hören war. Ambra hielt sich bereit, denn es kam näher.

Ihre Gefährten konzentrierten sich, und jäh glühten die Rubine in einem roten Licht auf. Unter ihnen im Kristallboden gluckste es und Ambra konnte nun mitansehen, wie dort die Blutströme in Bewegung gerieten.

Ein leichter kalter Wind drang bereits durch das Treppenhaus in den Raum, als es in der Kammer unvermittelt summte und sich die geometrischen Symbole in den Wänden um sich selbst zu drehen begannen.

Im nächsten Moment flirrte die Luft vor ihren Augen, und aus dem Kristallboden stiegen rötliche Nebelschwaden auf, in denen sich bizarre rote Wirbel drehten. Das Summen verstummte und machte einem lauter werdenden Sphärenrauschen Platz, während sich die Umgebung veränderte, hin zu einem allgegenwärtigen, undurchdringlichen Grau, in dem Ambra nicht einmal mehr ihre Hände erkannte.

Irgendwann verebbte das Rauschen.

Das graue Wabern über ihr verblasste und machte einem funkelnden Sternenhimmel Platz, an dem sie die Sternbilder von Schwert und Drache entdeckte. Dann blies ihr Luft ins Gesicht, die einen würzigen waldigen Geruch mit sich trug. Und endlich konnte sie auch den Rest der Umgebung erkennen, denn sie alle standen inmitten eines Rings aus sieben mächtigen, mehr als drei Schritt hohen Steinstelen, in die bis zur Spitze arkane Zaubersymbole eingeschlagen waren.

Der graue Dunst war kaum vergangen, als all die Glyphen im Sternenlicht silbern aufglühten und sich um sie herum, von den Stelen ausgehend, eine silbrige Lichtkuppel aufbaute, die sie in fahles Licht hüllte.

Tandurin eilte misstrauisch vor, doch als er die silbrige Lichtwand berührte, zuckte er vor ihr zurück, als habe er einen Schlag erhalten. »Was, zum Henker …?«

Rasgath Tiefwassers Schultern bebten. Erst unmerklich, dann immer deutlicher. Dann fiel er mit auf den Rücken gefesselten Händen auf die Knie, hob den Kopf und ihnen dröhnte sein Gelächter entgegen.

»Ich glaube es nicht: Ihr habt tatsächlich blind befolgt, was ich euch aufgetragen habe!« Er bekam sich vor Lachen kaum noch ein.

»Was soll das heißen?«, fuhr ihn Geron erbost an.

Tiefwasser sah ihn schadenfroh an. »Der Stelenkreis ist tatsächlich einst als Endpunkt einer der Wege aus der Kammer errichtet worden – konnte aber wegen des Fluches auf Helgrinshall schon lange nicht mehr zu diesem Zweck benutzt werden. Wir haben die Magie dieses Ortes daher schon vor langer Zeit umgeformt und den Stelenkreis als Gefängnis für widerspenstige Kreaturen zweckentfremdet. Wer hätte denn ahnen können, dass es je noch einmal jemandem gelingen würde, die Kammer zu aktivieren?« Gehässig sah er zu ihnen auf. »Kein Rauskommen möglich, Freunde. Und die anderen dürften längst informiert sein. Jetzt haben wir euch, ihr Bastarde!«

Geron erwachte mit brummendem Schädel, hob mühsam den Kopf und versuchte herauszufinden, wo er sich befand. Seine Sicht war trübe und er musste mehrfach blinzeln, bis er etwas erkannte.

Irgendwo vor ihm befanden sich breite Feuerschalen.

Diese beleuchteten eine große und von hohen Stalaktiten und Stalakmiten erfüllte Höhle, die ihm irgendwie vertraut vorkam. Zunehmend klarte sein Geist auf und er erblickte nun die gewaltigen Basreliefs mit den Felsbildern des Alten Volkes an den Wänden und die dicken, aus purem Gold bestehenden Gebilde, die über ihm in die Luft stachen.

Kahle Ästen und Zweige: der geheimnisvolle Ahrvarien!

Schlagartig wusste er, wo er erwacht war: in jener großen Höhle hinten am Drachenthron, durch die sie damals zum Höhlenausgang geflohen waren. Und das bedeutete, dass ihre Flucht genau dort zu ihrem Ende gekommen war, wo sie einst begonnen hatte.

Geron ächzte wütend.

Er war mit festen Stricken direkt an eine der kühlen metallischen Wurzeln des rätselhaften Ahrvarien gefesselt, der im Licht der Feuerschalen güldene Lichtreflexe an die Höhlenwände warf. Offenbar waren es ihre Häscher leid, kostbare Magie an sie zu verschwenden.

Boltan, Tandurin und Ambra befanden sich neben ihm. Auch sie waren an Stamm und Wurzelwerk des Goldbaums gefesselt und kamen langsam zu sich. Und noch immer verstörte ihn Ambras Anblick, denn sie war nach dem Kampf in Helgrinshall deutlich gealtert. Aus dem jungen Mädchen war schlagartig eine junge Frau von achtzehn oder neunzehn Jahren geworden.

Ein Schatten beugte sich über Geron und ein unangenehmer Geruch nach altem Urin schlug ihm entgegen. Eine Hand packte ihn grob unter dem Kinn und er sah in das runzelige Gesicht dieser Valeska.

»Sie sind wach!«, schnarrte ihre Stimme durch die Höhle. Kyrells alte Lehrmeisterin grinste breit und präsentierte dabei zwei faulige Zahnstümpfe.

Die übrigen Magier traten neben sie: der fettleibige Goltar, der sie triumphierend angrinste, Magistra Alruna von Greifenfels mit ihrer hohen Gelehrtenhaube, die ihn leicht verärgert ansah, und Rasgath Tiefwasser.

Unheilvoll funkelte der Zauberer ihn durch seine verbogene Gelehrtenbrille hindurch an. Von seinem linken Ohr war nur noch ein hässlicher Stumpen übrig. Geron hatte sich an ihm zunächst mit Fäusten und dann mit seiner Elfenklinge abgearbeitet, bevor die anderen Magier sie beim Stelenkreis überwältigt und vermutlich mittels eines schlichten Schlafzaubers ausgeschaltet hatten. Dass Tiefwasser nicht tot war, hatte der Zauberer allein Boltan zu verdanken, der Geron irgendwann von ihm heruntergerissen hatte. Bedauerlicherweise waren all die übrigen Wunden und Schwellungen im Gesicht des Zauberers abgeheilt, während die Knöchel von Gerons rechter Hand noch immer schmerzten.

In sein Gesichtsfeld trat nun auch Walmar der Weise. Mit seinem Zauberstab, dem langen, bis auf die Brust reichenden Bart und der blauen Zauberrobe wirkte er seit ihrer letzten Begegnung unverändert.

»Respekt! Keiner von uns hätte erwartet, dass ihr uns solchen Ärger bereiten könntet.« Nachdenklich wanderte sein Blick von einem zum anderen und blieb schließlich auf Boltan liegen. »Und noch immer wundere ich mich, wie ihr überhaupt von hier entkommen konntet.«

Geron musste sich eingestehen, dass auch ihn manche Details ihrer Flucht vor ein Rätsel stellten. Etwa die Sache mit den Zellentüren. Doch wer auch immer ihnen damals geholfen hatte, der Plan war gescheitert. Und dieser, da war sich Geron fast sicher, hatte nicht vorrangig das Ziel gehabt, ihnen das Leben zu retten. Denn da es den Zauberern offensichtlich nicht möglich war, die Pforte ins Totenreich ohne ihr Opfer zu versiegeln, kreisten die Pläne des Unbekannten wohl genau darum.

Nur ein Drache konnte daran Interesse haben.

»Nun«, fuhr Walmar der Weise mit strengem Blick zu seinen Kollegen fort, »es scheint, als müssten wir unsere Ausbildungspläne abermals überdenken. Ganz offensichtlich konnte hier der eine oder andere der Versuchung nicht widerstehen, seinen Adepten doch mit mehr Kenntnissen auszustatten, als wir vereinbart hatten.«

»Das sagt der Richtige«, knurrte Valeska. »Dein Junge beherrscht sogar Kampfzauber! Erkläre das mal!«

»Könnten wir darüber bitte ein anderes Mal diskutieren?«, ging Rasgath Tiefwasser dazwischen. »Es sollte sich herumgesprochen haben, dass wir im Augenblick andere Probleme haben: Die Drachen sind zurück!«

»Ich habe euch all die Jahre gewarnt!«, zischte Valeska. »Aber nein, ihr musstet mich ja verhöhnen.«

»Und nun ist sogar Escalia tot.« Tiefwasser nahm die Brille ab. »Und das stellt uns vor einige Probleme, für deren Lösung uns nur noch wenige Stunden Zeit bleiben.«

»Wo sind eigentlich die beiden anderen Mädchen?«, fragte Alruna von Greifenfels lauernd.

Goltar, der etwas weiter hinten stand, sah lediglich zu Walmar dem Weisen.

»Nun«, brummte Boltans einstiger Lehrmeister, »dass sich dieser Drache bei Kesselfurt gezeigt hat, war ein Fehler. Denn jetzt wissen wir um seine Existenz. Fast müssen wir unseren widerspenstigen Adepten dankbar dafür sein, dass wir auf diese Gefahr aufmerksam wurden. Wir werden sie jagen und umbringen – und beginnen werden wir bei der Brut in Helgrinshall, sollten uns die Blutgeister nicht die Arbeit abgenommen haben. Auch um sie müssen wir uns kümmern. Doch zunächst gilt es, die Pforte erneut zu versiegeln.«

»Wir sind nur noch zu fünft«, knurrte Rasgath Tiefwasser. »Nach meiner Rechnung fehlt da ein Zauberer, um an die Krone heranzukommen.«

»Irrtum. Wir werden es so handhaben, wie wir es einst bei Theophrastus gemacht haben.« Walmar klatschte dreimal in die Hände.

Aus einem der Höhlenzugänge traten vier Gaale, die von Tiefwasser misstrauisch beäugt wurden. Sie eskortierten Dania und ihre Schwester Vala in die große Tropfsteinhöhle. Die Zauberer raunten beim Erscheinen der beiden.

Walmar lächelte und Geron beschlich ein ungutes Gefühl.

»Darf ich vorstellen«, sagte der bärtige Zauberer fast galant, »Eure neue Kollegin vom Orden der Stäbe: Dania aus Kesselfurt!«

»Ausgerechnet sie!?« Valeska funkelte Walmar zornig an. »Das elende Miststück hat mich fast vergiftet. Das hättest du mit uns absprechen müssen.«

»Bedauerlicherweise blieb dafür keine Zeit. Und eine Entscheidung tat Not, denn wie bereits ausgeführt, galt es, die Position Escalias neu zu besetzen, um die Krone herbeizurufen. Ich habe mich daher eingehender mit der jungen Dame unterhalten und versichere euch, dass sie alle Qualitäten besitzt, die auch die Mitglieder dieses Zirkels auszeichnen – allen voran ein gesunder Pragmatismus.«

Dania und Vala traten vor, die eine selbstbewusst, die andere eingeschüchtert, und Dania sah zu Geron und den übrigen Gefangenen herüber. Ein verächtliches Lächeln kräuselte ihre Lippen.

»Sie wird uns fortan bei unseren Mühen, die Pforte geschlossen zu halten, unterstützen«, fuhr Walmar mit seiner tiefen Bassstimme fort. »Und sie lernt schnell! Alles, was sie verlangt, ist, dass wir ihrer Schwester – eine überaus begabte Wilde! – die verlorene Lebenszeit zurückgeben, die sie in den letzten Jahren gezwungen war, auszugeben. Ein Gefallen, den wir ihr erfüllen können.«

»Verräterin!«, rief Boltan zornig. »Du bist und bleibst eine verdammte Hure, die sich an jeden verkauft, der …« Ihm versagte die Stimme. »Glaub mir, wenn ich hier je rauskomme, dann jage ich dich bis ans Ende der Welt.«

»Kommst du aber nicht.« Dania musterte ihn frostig.

Geron und Tandurin warfen sich fassungslose Blicke zu.

Was Ambra fühlte, blieb rätselhaft. Wenn sie überhaupt etwas fühlte. Sie taxierte die Schwestern gewohnt emotionslos aus ihren roten Augen

»Tja, Junge.« Walmar wandte sich bedauernd seinem einstigen Adepten zu. »Zu gerne hätte ich dir ein solches Angebot unterbreitet, doch bedauerlicherweise verfügst du über eine charakterliche Schwäche, eine nicht gut zu heißende Weichheit des Herzens, die mir das leider unmöglich gemacht hat.« Sein Tonfall wurde schneidend. »Tu mir daher einen Gefallen und bring keine weitere Schande über mich, indem du schreiend stirbst.«

Er wandte sich seinen Kollegen zu. »Es wird Zeit.«

Geron zerrte an seinen Fesseln, doch diese waren straff gespannt und schnitten schmerzhaft in Haut und Gelenke – als ihm in den Sinn kam, sie einfach mit seinem neu erlernten Zauberfeuer zu verbrennen.

Als habe Walmar dies oder ähnliches erwartet, sah er sich noch einmal zu ihnen um. »Oh, bevor wir es vergessen: Knebelt sie! Keine Überraschungen mehr.«

Goltar grinste verschlagen und zückte entsprechende Tücher. Beginnend mit Geron stopfte er sie ihnen in den Mund.

»Wisst ihr, was das Beste ist«, raunte er ihnen zu und deutete auf eine Ecke in der Höhle, wo auf einem Haufen all ihre Wertgegenstände lagen. »Ich darf mir für meinen Erfolg nachher etwas von euren Sachen aussuchen.«

Er erhob sich mühevoll, zwinkerte verschlagen und trat zu den anderen, die sich um eine Stelle in der Höhle versammelten, deren Untergrund auffällig glatt poliert war. Sie befand sich nur knapp zehn Schritt von der bizarren, wie eingefroren wirkenden flirrenden Erscheinung im hinteren Teil der Höhle entfernt, die sich wie ein gezackter Blitz unmittelbar unter einigen Tropfsteinen erhob und das Licht brach wie bei sommerlicher Hitze.

Dieses Flirren hatte im Laufe der letzten Wochen deutlich zugenommen. Es war intensiver geworden – und zugleich kraftloser. Als könne dort jederzeit etwas aufreißen. Geron glaubte zu spüren, wie von der Erscheinung aus eine unheimliche Kälte in die Höhle sickerte. Und allmählich begann sich die Angst vor dem, was ihnen blühte, in sein Herz zu krallen.

Die fünf Zauberer und Dania stimmten einen kehligen Zaubergesang an, der düster von den Felswänden widerhallte. Ergeben lehnte sich Geron zurück – als er plötzlich eine Berührung an seinen Handgelenken spürte.

Eine Bewegung. Fell. Tastende Pfoten. Dann ein … Knabbern an den Stricken.

Überrascht fuhr er hoch und wusste sofort, was das bedeutete: Kyrell!

Sie lebte also tatsächlich noch!

Die Ratte – oder welcher Nager sich hinter Geron auch immer an den Fesseln zu schaffen machte – knabberte emsig weiter, als die Zauberer mit ihrem Gesang endeten.

Unvermittelt knirschte der Boden vor ihnen. Steinerne Platten schoben sich zurück und eine dicke runde Säule schraubte sich vor ihnen aus dem Untergrund, auf der ein Ungetüm von Krone ruhte, die majestätisch im Licht der Flammen funkelte.

Die riesige Kopfzierde bestand aus purem Gold, war fast so groß wie ein Bierfass, und besaß fünf spitze Zacken, von denen jene, die für die Stirnseite des Trägers bestimmt war, auffallend hervorragte. Die Krone war über und über mit Drachenrunen bedeckt und vermutlich so schwer, dass es eines Ochsen bedurfte, um sie anzuheben.

Hinter ihm fielen endlich die Stricke.

»Nun«, dröhnte Walmars Stimme zu ihnen, während er seinen Zauberstab hob, »lasst mich die Krone ergreifen und tun, was getan werden muss.«

»Nein, mir obliegt als Ritualführerin die Ehre, die Krone zu aktivieren!«, widersprach ihm Alruna von Greifenfels.

»Streng genommen wäre diesmal Escalia drangewesen«, schnaubte Rasgath Tiefwasser.

»Und ich folge auf sie«, entgegnete Alruna bestimmt. »Ebenso, wie Valeska vor ihrer Zeit den Platz von Theophrastus einnahm, als dieser Dummkopf sich damals selbst erledigte.«

»Streit können wir im Augenblick nicht gebrauchen.« Walmar sah die beiden missgelaunt an. »Und ich hoffe, dass du bedenkst, dass wir diesmal nicht über sechs, sondern nur über vier Spender verfügen. Verschwende also nichts von ihrer Lebenskraft, damit uns noch genug verbleibt, um selbst die nächsten sechzig Jahre zu überstehen.«

»Wir werden uns dafür eben außer der Reihe noch ein oder zwei andere Opfer gönnen«, antwortete Alruna kühl.

»Du weißt, wie schwer Begabte zu finden sind«, murrte Valeska.

»Nein, sie hat recht.« Tiefwasser nickte zögernd. »Wir fangen die Drachen ein und bedienen uns *ihrer* reichen Lebenskraft.«

Geron streifte unmerklich die Stricke um seine Handgelenke ab, während Alruna sich der Krone zuwandte, sie mit ihren geistigen Kräften vom Platz hob und sie in der Luft schweben ließ.

Jäh kam ihm ein erschreckender Gedanke.

Was, wenn sie alle betrogen wurden?

Ceredril hatte ihn nicht nur in Kesselfurt und in Helgrinshall gewarnt. Ceredril hatte auch angeschlagen, als er zum Drachenthron geritten war. Und später in Waldaleth. Immer in der Nähe einer Person …

»Nicht!«, brüllte er quer durch die Höhle, da es ihm endlich gelang, seinen Arm freizubekommen, und den Knebel zu lösen. »Lasst nicht zu, dass Alruna von Greifenfels irgendetwas mit der Krone Yolsulgurs anstellt, das Ihr anschließend bereut!«

Die Zauberer fuhren erstaunt zu ihm herum und selbst Dania, die etwas seitlich stand, musterte ihn befremdet.

»Der Drache von Kesselfurt hält sich nicht irgendwo in den Gebirgen versteckt«, rief Geron aufgewühlt. »Alruna *ist* der Drache! Sie hat sich all die Jahre über in menschlicher Gestalt Euer Vertrauen erschlichen, so wie es vor vierhundert Jahren auch der Drache Reißzahn tat, als er in die Weiße Burg eindrang. Sie ist es, die Helgrinshall für ihre Zwecke missbraucht! Und sie muss es auch gewesen sein, die uns von hier die Flucht ermöglichte. Ich wette, sie hat Escalia aus dem Weg geräumt, damit sie heute selbst nach der Krone greifen kann! Sie wird es nicht allein dabei bewenden lassen, die Zeit auslaufen zu lassen … sie wird die Pforte aktiv öffnen, anstatt sie zu schließen!«

»Ich stopfe dir dein verleumderisches Maul, Geron von Waldaleth!«, zürnte die Magierin, doch die übrigen Magier blickten sie entsetzt an.

»Wenn Ihr Zweifel habt, dann bedient Euch Ceredrils«, rief Geron. »Die königliche Elfenklinge lässt sich nicht zum Narren halten!«

Walmar hob alarmiert den Stab und musterte die Zauberin misstrauisch. »Unterziehst du dich diesem Test, Alruna?«

Gerons einstige Lehrmeisterin hob hochmütig ihr Haupt, musterte ihre Kollegen der Reihe nach – und griff geschwind nach der Krone.

»Mein Name ist Sraszzz!« In ihren Augen loderten plötzlich Flammen.

Sie ließ ein gewaltiges, raubtierhaftes Gebrüll erklingen, das donnernd von den Felswänden rollte, und jäh spürte Geron, wie kalte Finger aus der goldenen Wurzel in seinen Verstand vordrangen. Schon rollte heißer Drachenodem über die Zauberer hinweg. Geron bäumte sich schreiend auf, während ihm die Lebenskraft mit Macht entrissen wurde. Verzweifelt konzentrierte er sich auf Kyrells Flammenzauber – als sich Alruna von Greifenfels vor ihren Augen in den riesigen rotgeschuppten Drachen zu verwandeln begann, der sie bereits in Kesselfurt angegriffen hatte.

Tandurin schrie ebenso wie Boltan, Ambra und Geron auf, als aus dem Ahrvarien geisterhafte Kräfte nach ihrer Lebenskraft griffen, sie ihnen in einem beständigen Strom herausrissen und in Richtung des flirrenden Risses am hinteren Höhlenende leiteten. Nur am Rande bekam er mit, wie vor ihnen Alruna von Greifenfels innerhalb von Augenblicken zu monströser Größe anschwoll und sich ihre menschliche Gestalt in die eines Drachen verwandelte. Seine Sinne waren auch für die Kampfschreie vernebelt, die sich in das Drachengebrüll mengten, während die Zauberer hektisch flirrende Schutzschilde errichteten – als Gerons Fesseln neben ihm in hellem Feuerschein aufloderten.

Kurz darauf zerbröselten auch um Tandurin herum die Stricke zu Asche, die ihn gefesselt gehalten hatten, und Geron riss ihn vom goldenen Stamm des Ahrvarien fort. Sofort hetzte er weiter zu Boltan und Ambra und ließ auch deren Stricke in Flammen aufgehen.

Der Schmerz in Tandurins Brust verebbte und atemlos blickte er zu dem Kampf vor ihm in der Höhle auf. Immer wieder fuhr Sraszzz' gewaltiger Raubtierschädel auf die Zauberer herab, und aus ihrem Schlund schoss grelles Drachenfeuer, während ihr langer geschuppter Schwanz wild umherpeitschte und zahllose Tropfsteine zertrümmerte, deren steinerne Bruchstücke auf sie niederregneten.

Die Zauberer wehrten sich erbittert. Valeska traktierte den Drachen kreischend mit einer Salve grell leuchtender gelber Lichtkugeln, während Walmar der Weise dunkle Sturmwolken unter der Höhlendecke heraufbeschwor. Krachend brach ein sengender Blitzschlag aus ihnen hervor, der den Drachen schmerzerfüllt aufbrüllen ließ. Allein Goltar hatte dem Angriff wenig entgegenzusetzen. Schreiend und mit brennender Kleidung rollte er sich weiter hinten über den Steinboden, schlug auf die Flammen ein – und heilte sich.

Doch der Drache bekam Verstärkung. Von überall her aus den Gängen und Tunneln tönten jetzt dumpfe Signalhörner und Scharen bewaffneter Gaale fluteten die Höhle, während es die vier Drachendiener, die Dania und Vala hergebracht hatten, unvermittelt mit Valas Illusion des Hünen mit der Axt zu tun bekamen.

Erste Pfeile regneten auf die Gefährten herab und Speere wurden geschleudert.

Auch Boltan kam endlich frei – und irgendwie wirkte er auf Tandurin verändert. Reifer. Als wäre er eben um ein oder zwei Jahre gealtert. War das auch mit ihm geschehen?

Boltan reckte sogleich die Hand nach ihren Habseligkeiten hinten in der Höhle, und inmitten des Chaos wirbelte Cyrnachons Zauberstab auf ihn zu. Er packte ihn, seine Augenlider flatterten und ein wütender Gesichtsausdruck legte sich über seine weichen Züge. Dann wirbelte er zu dem Drachen herum. »Wir müssen sie aufhalten! Gemeinsam!«

»Konzentriere dich auf die Krone!«, brüllte Geron, dem Ambra entgegenfiel, die ebenfalls gealtert war und jetzt wie Anfang zwanzig wirkte.

Vor Boltans Brust bildeten sich rotierende, knirschende Eislanzen, die wie Katapultgeschosse schräg hinauf jagten und ebenso wie ein weiterer Blitz Walmars krachend im Leib des Drachen einschlugen. Eine der Eislanzen flog an einer der mächtigen Schwingen des Drachen vorbei und hämmerte mit einem klirrenden Ton gegen die riesige Drachenkrone, die Sraszzz in ihren Klauen hielt. Das Insignium der Macht wurde ihr aus den Pranken geprellt, stürzte dröhnend und scheppernd zu Boden, kullerte ein gutes Stück weit über den Höhlenboden und begrub mit seinem Gewicht einen Gaal unter sich.

Sraszzz brüllte auf vor Schmerz und Zorn, und trotz der Unterstützung durch die Gaale wurde die Drachin von den Einschlägen der vielen Kampfzauber immer weiter in Richtung Riss zurückgedrängt.

»Wir müssen die Krone erreichen!«, bellte Gerons Stimme.

»Nein, lass sie! Sieh doch«, stieß Tandurin alarmiert hervor, »es ist zu spät!«

Tatsächlich hatte die Lebenskraft, die ihnen Sraszzz entzogen hatte, dem Öffnungsprozess den entscheidenden Impuls gegeben. Die fremdartige Pforte ins Totenreich flackerte und pulsierte nur noch kraftlos – und etwas Dunkles, Monströses reckte sich nun von drüben ins Diesseits. Streckte seine vermoderten Klauen aus und riss den Spalt Stück für Stück weiter auf.

Sphärisches Gebrüll rollte an ihre Ohren.

»Was sollen wir tun?«, rief Geron verzeifelt.

»Fliehen! Und zwar so lange uns das noch möglich ist«, gab Tandurin zurück und sah, wie kleinere Trupps Gaale über die Treppen der Galerie über ihnen in die Höhle huschten, über die sie einst selbst an diesen Ort vorgedrungen waren. »Boltan, da oben!«

Boltan schoss eine letzte Eislanze auf den Drachen ab, wirbelte mit flackerndem Blick herum – und sah die Gefahr in ihrem Rücken nun ebenfalls. Sofort visierte er die Drachendiener auf der Treppe an und jagte zwei Kugelblitze die Stufen hinauf. Sie explodierten und rissen ein Loch in den Strom der Angreifer. Dann handelte Tandurin. Er konzentrierte sich und plötzlich klaffte eine gewaltige Lücke inmitten der Treppe, so als befände sich dort ein leerer Abgrund. Nur eine Illusion, doch sie sorgte dafür, dass die vielen Gaale dort oben kreischend innehielten und der Strom stoppte.

»Zu unseren Sachen!«, rief Geron, der Ambra stützte. »Ich verlasse die Höhle nicht ohne Ceredril!«

Beständig vor Pfeilen in Deckung gehend, die die Gaale von oben auf sie abschossen, hetzten sie von Stalakmit zu Stalakmit, während sich Sraszzz verzweifelt mit grellen Feuerlanzen gegen ihre Peiniger zur Wehr setzte. Ihr rot geschuppter Drachenleib wies bereits zahlreiche klaffende Wunden auf. Nun waren die Zauberer gezwungen, sich auch den Gaalen zuzuwenden, die aus den Tunneln auf sie zuströmten.

Goltar brüllte wie wahnsinnig und überrollte die Angreifer mit einer mächtigen Feuersbrust, die gleich ein ganzes Dutzend von ihnen in Flammen aufgehen und sterbend zusammenbrechen ließ – als ihn ein wuchtiger Schwanzschlag der Drachin in hohem Bogen gegen den Ahrvarien schleuderte. Krachend schlug der fettleibige Magier gegen den Goldbaum und blieb dort benommen liegen.

Rasgath trat an seine Stelle und mit kaltem Blick schlug er einmal seinen Zauberstab auf dem Boden auf. Eine Welle aus Dunkelheit rollte auf die übrigen Gaale zu. Die kreischten panisch auf, doch die Finsternis fegte wie Rauch über sie hinweg, ohne ihnen etwas zuleide zu tun. Stattdessen erklangen zwischen ihnen nun seltsame Stöhn- und Röchellaute, und all jene Drachendiener, denen Goltar mit seiner Feuerwalze das Leben genommen hatte, erhoben sich ruckartig und mit seltsam verrenkten Bewegungen.

Die verbrannten Gestalten wandten zu ihren lebenden Artgenossen um und wankten mit erhobenen Waffen auf sie zu. Sofort brachen Kämpfe zwischen Gaalen und Untoten aus.

Tandurin schleuderte einen herumliegenden Speer und tötete so einen weiteren Gaal, dann hatten sie endlich den Haufen mit ihren Habseligkeiten erreicht. Sofort fischten Geron und er nach ihren Schwertern und dem Waffengehänge mit Ceredril, während Boltan den schweren Rucksack mit den Büchern auflas. Nur der magische Ring aus Drachengebein fand sich nirgends, Tandurin blickte sich wütend zu den vielen Kämpfenden um – und entdeckte inmitten des Getümmels Dania und Vala.

Die verräterischen Hexen hatten das Chaos genutzt, um sich zu der Drachenkrone vorzuarbeiten. Sie berührten die Krone – und Tandurins Blick irrlichterte zum Goldbaum mit Goltar hinüber.

Der fette Magier lag schwer angeschlagen auf dem Wurzelwerk, als sein Gesicht plötzlich aschfahl wurde. Schlagartig schien das Leben aus ihm zu weichen, dann bäumte er sich schreiend auf. Im gleichen Moment erfasste die Schwestern eine wundersame Wandlung. Danias Haut schien sich zu glätten, doch deutlicher war die Veränderung, die Vala erfasste. Innerhalb von Lidschlägen wurde ihr stumpfes, graustichiges Haar schwarz und seidig und sie verjüngte sich derart, dass sie bald wirklich wie ein Ebenbild Danias schien.

Goltar hingegen wälzte sich kreischend und dem äußeren Anschein nach als fast sechzigjähriger Mann von dem Baum fort, mühte sich auf die Beine – und wurde von zwei Gaalpfeilen in Brust und Schritt getroffen. Röchelnd kippte er nach hinten, und Sraszzz', die, getroffen von Walmars und Valeskas magischen Attacken, schwer zur Seite kippte, begrub den fetten Zauberer unter sich.

Da schnitt ein kreischender, sirrender Laut durch die Höhle, der alle Lebenden gleichermaßen aufschreien ließ. Tandurin hielt sich die schmerzenden Ohren und sah aus den Augenwinkeln, dass sich auch seine Gefährten, die Gaale und selbst die Zauberer krümmten. Ein gewaltiger reißender Laut folgte und im nächsten Atemzug war die Höhle von einer purpurn gleißenden, kaltgriffigen Dunkelheit erfüllt, aus der ein monströser schwarzer Drachenleib ins Diesseits brach.

Tandurin ächzte vor Grausen: Yolsulgur!

»ENDLICH!«, rollte eine donnernde Stimme durch die Höhle.

Der Drachenkönig war deutlich größer als Sraszzz. Über seinen Echsenleib zogen sich stumpfe, schwarze Schuppen und sein

Anblick war furchtbar. In dem geschuppten Drachenleib klafften gewaltige Löcher, durch die verrottetes Fleisch, vermoderte Sehnen und blanke Knochen stachen. Seine riesigen schwarzen Schwingen wirkten wie verweste Zerrbilder ihrer selbst und auch der gewaltige Drachenschädel war bis zu den mörderischen Reißzähnen halb skelettiert. Spätestens nach einem Blick in die gleißenden, von Unleben erfüllten Drachenaugen war klar, dass Yolsulgur nichts Lebendiges mehr an sich hatte.

Sogar die ermattete Drachin wirkte bestürzt.

»Weg hier!«, brüllte Tandurin und zog Ambra mit sich, denn sofort tobte die Schlacht in der Höhle weiter. Walmar ließ krachende Blitze auf den Drachenkönig niedergehen, während dieser ihn in ein fauchendes, schwarzes Feuer hüllte, das aus dem fauligen Schlund hervorbrach.

Rasgath tauchte panisch in einen der Schatten ein und auch Valeska versuchte sich abzusetzen, indem sie sich mit aller Zaubermacht einen Weg durch die Gaale hindurch in einen der Seitentunnel zu bahnen versuchte.

Tandurin und die anderen stürmten auf jenen großen und von elfischen Wandfriesen eingefassten Tunnel zu, über den sie bereits vor einigen Wochen den Weg in die Freiheit gefunden hatten, als die Stimme Yolsulgurs abermals von den Wänden rollte.

»NIEMAND ENTZIEHT SICH MIR!«

In der Höhle wurde es finster und vor den Tunnelzugängen ergossen sich schwarze Schleier wie dicke Wände aus Pech. Geron und Boltan prallten dagegen und auch Walmars Widerstand erlahmte – als sich Ambra in Tandurins Armen regte.

Ihre kahlköpfige Gefährtin bäumte sich plötzlich auf, und dann brach jenes grelle weiße Lebensfeuer aus ihrer Brust, das sie schon in Helgrinshall entzündet hatte. Der scharfe Lichtstrahl schoss tief in die Höhle hinein, tauchte die Finsternis in flackernden Schein und schnitt durch das faulige Fleisch des Drachenkönigs wie sengendes Feuer.

Yolsulgur brüllte auf vor Schmerz und Zorn, zog sofort all seine Schattenkräfte zurück und stemmte sich mit seiner dunklen Macht gegen sie. Doch der prasselnde und scharf gebündelte

Lichtausbruch rasierte die Spitze einer seiner Schwingen ab, zerfetzte sein Schuppenkleid, grub tiefe Wunden in seine vermoderte Brust und schnitt durch Knochen und Sehnen – bis das Licht in sich zusammenfiel und Ambra in Tandurins Armen erschlaffte.

Yolsulgur wankte, brach auf seinen Hinterläufen ein und schnaubte – und doch wirkte sein geschundener Drachenleib, als sei er noch lange nicht am Ende.

Tandurin starrte derart gebannt auf das Geschehen, dass er fast nicht bemerkte, dass der Weg hinter ihnen wieder frei war. Er griff im Zwielicht nach Ambra, warf sie sich über die Schultern, dann rannte er zusammen mit den anderen auf die große Tropfsteinhöhle mit dem gewaltigen Portal zu – um im Zugang zu dieser abermals entsetzt stehen zu bleiben. Zwanzig oder dreißig weitere Gaale stürmten von dort auf sie zu.

»Das darf doch nicht wahr sein!«, stöhnte Geron, der sich mit seinen beiden Waffen kampfbereit machte. Auch Boltans Augenlider flackerten und murmelnd hob er den Zauberstab – als über ihnen, auf einer der steinernen Terrassen, ein Zauberlicht aufflammte.

Tandurin fuhr herum.

»Kyrell!« Gerons erleichterter Ruf schallte durch die Höhle.

Tandurin keuchte ungläubig. Und noch während ihre blonde Gefährtin mit einer strahlenden Lichtkugel über der Hand zu ihnen herunter eilte, begann sie … zu singen. Ihr melodischer, fast lockender Gesang hallte vollkommen unwirklich von den Felswänden wider, während die Gaale weiter mit Kriegsgeschrei auf sie zustürmten. Doch auch rechts von ihnen dröhnten jetzt schwere Schritte.

Was zum Henker …?

Aus einem dunklen, hohen Spalt, der kaum sichtbar in der Felswand klaffte, schob sich eine große, baumartige und von Kalkresten überzogene Gestalt mit verdrehten Wurzelbeinen, borkigem Mund, knollförmiger Nase und kampflustig aufgerissenen Astaugen ins Freie.

Der Eichenknecht!

Tandurin hatte dieses Wesen völlig vergessen gehabt.

Die große Baumkreatur stampfte, ohne sie zu beachten, an ihnen vorbei und auf die Gaale zu. Dann räumte er mit seinen langen schweren Astarmen unter den Geschuppten auf. Er zerschlug ihre Schädel, schleuderte sie gegen Wände und Tropfsteine und trieb so eine tiefe Schneise in die Schar der Drachendiener. Die Gefährten hielt nichts mehr. Kaum dass sich Kyrell ihnen angeschlossen hatte, rannten sie hinter dem Eichenknecht her, in dessen Baumleib bald zahllose Pfeile und Äxte steckten. Boltan und Geron sorgten mit Schwert und Zauberei dafür, dass sie auch von den übrigen Gaalen nicht behelligt wurden – als Boltan von einem verirrten Schleuderstein am Kopf getroffen wurde. Stöhnend brach er zusammen und so zog ihn Geron kurzerhand den Rest des Weges hinter sich her. Dann, endlich, stolperten sie durch das riesige Tor hinaus in die Nacht – und ihr Entsetzen hätte nicht größer sein können.

Denn dort, unterhalb des Plateaus vor der Höhle, sahen sie die Fackeln Hunderter weiterer Gaale. Sie alle hatten den Ruf Alrunas oder Yolsulgur vernommen und strömten nun wie Schwärme aus den nahen Wäldern auf den Drachenthron zu.

»Runter!«, kommandierte Kyrell mit fester Stimme. »Geron, du weißt, wohin!«

Sie deutete auf eine Stelle rechts von ihnen, ganz unten am Abhang. Doch auch dort eilten Dutzende Gaale zu ihnen empor.

Der Eichenknecht nahm ihnen die Entscheidung ab, denn trotz der vielen harzenden Wunden, die in seinem Baumleib klafften, marschierte er den Drachendienern entgegen, um auch sie mit wuchtigen Schlägen seiner Astarme beiseitezufegen.

»Bleibt in Kontakt mit mir!« Kyrell zückte ihr goldenes Blatt, während sie an zahlreichen erschlagenen Gaalkörpern vorbeiliefen – als sich vor ihnen im Dunklen unvermittelt ein heller Sil berstreif abzeichnete. Während der Eichenknecht stehen blieb, um ihnen weitere Verfolger vom Leib zu halten, stürmten Geron, der Boltan stützte, und Tandurin mit Ambra auf seinen Schultern dicht an sie gedrängt darauf zu.

»Wir haben es gleich geschafft«, presste Tandurin hervor. »Nur noch wenige Schritte, hörst du, Ambra?«

Der silbrige Lichtstreif erfasste ihn und er sah erstmals Ambras Gesicht auf seiner Schulter. Erschrocken begriff er, was mit ihr geschehen war.

Auf seinen Schultern trug er eine alte Frau.

Der Sturm beginnt

Kyrell blickte mit Tränen in den Augen auf Ambra herab.

Sie hatten ihren schmalen, greisen Körper auf einen Hügel aus weichem Gras gebettet, kaum dass sie über die kurzen Wege einen Weg zurück in die Wirklichkeit gefunden hatten. Der Brustkorb ihrer tapferen Gefährtin hob und senkte sich nur noch unmerklich und sie vernahm das Schluchzen Boltans, der neben ihrem zierlichen Leib hockte und ihre faltige Rechte liebevoll mit beiden Händen umfasst hielt.

»Sieh doch, Ambra«, schniefte er und versuchte sich an einem Lächeln. »Es ist so ein schöner Tag. Da darfst du uns nicht verlassen. Nicht heute.«

Kyrell sah zum Himmel auf und sie gab Boltan recht. Über ihnen strahlte das milde Licht der Vormittagssonne auf sie herab, hinter ihnen brachte ein warmer Wind einige Bäume zum Rauschen und man konnte sogar Vogelgezwitscher hören.

Auch Geron und Tandurin standen blass und reglos da und sahen Ambra kummervoll an. An keinem von ihnen waren die zurückliegenden Geschehnisse spurlos vorbeigegangen. Ihre drei Gefährten wirkten, als seien sie allesamt um ein oder zwei Jahre gealtert. Ihre Züge hatten viel von ihrer jugendlichen Frische verloren und nun standen vor ihr junge Männer, die aussahen, als hätten sie mehr erlebt, als gut für sie war. Am Schlimmsten hatte es jedoch Ambra erwischt. Ihr Gesicht war von Falten und Runzeln überzogen, und die Haut auf ihrem kahlen Kopf wies dunkle Altersflecken wie die einer Achzig- oder Neunzigjährigen auf.

Ambra stöhnte und schlug die Augen auf.

Sie blickte Boltan an – und lächelte. Und diesmal war das kein starres, maskenhaftes Lächeln, diesmal wirkte es echt.

Fast … glücklich.

»Weint nicht«, ertönte plötzlich eine brüchige Stimme. »Das hier … war mir immer bestimmt.«

»Du sprichst?« Ungläubig sah Boltan sie an.

»Mein Leben war nur geliehen«, wisperte sie heiser. »Doch das ist jetzt vorbei. Und dafür … danke ich euch. Denn jetzt weiß ich es …«

»Was?« Über Boltans Gesicht liefen Tränen.

»Ich weiß jetzt … warum.«

Kyrell und ihre Gefährten sahen sie irritiert an, doch Ambra begann unvermittelt zu zittern.

»Boltan …« Ihre dünne Stimme verlor sich.

»Ich bin da.« Boltan beugte sich rasch über sie und lauschte ihr, als sie ihm etwas zuraunte. Starr blickte er sie an, während sich ihr Brustkorb noch einmal hob und sie einen pfeifenden Atemzug ausstieß.

Sie sah noch einmal zu ihnen auf. »Jetzt …«

Und dann starb Ambra.

Mit einem geisterhaften Lächeln auf den Lippen.

Und für einen flüchtigen Moment glaubte Kyrell, hinter ihr vier durchscheinende Gestalten stehen zu sehen. Doch der Augenblick verging und als Kyrell wieder zu Ambra sah, lag sie mit geschlossenen Lidern da.

»Ambra!« Boltan schluchzte verzweifelt und legte weinend seinen Kopf an ihre Greisenstirn.

Kyrell wischte sich Tränen vom Gesicht.

Sie wusste nicht, was Boltan und Ambra alles zusammen erlebt hatten, aber auch Geron und Tandurin schienen das Gefühl zu haben, dass dieser Moment der Trauer Boltan allein gehörte. Geron nickte Kyrell und Tandurin mit geröteten Augen zu, und respektvoll entfernten sie sich von Boltan und Ambra und ließen sich auf einem moosbewachsenen Felsen nieder.

Eine Weile war bloß das Vogelgezwitscher zu hören. Kyrell war dankbar dafür, dass Ambra nicht im Dunklen hatte sterben müssen, sondern an einem Tag, der so war, wie man es sich vom Leben erhoffte.

»Dann sind wir jetzt also nur noch zu viert«, sagte Geron irgendwann mit leiser Stimme.

»Ja. Und alles entwickelt sich offenbar so, wie es die Prophezeiung der Babajuschka verheißen hat.« Tandurin schaute mit leerem Blick zu ihnen auf. »*Um zu obsiegen müsst ihr erkennen, wer euer Gegner ist*«, zitierte er die Greisenmaid. »*Er verbirgt sich hinter dem Schleier des Todes.*« Tief atmete er ein. »Jetzt wissen wir, wer das ist: Yolsulgur.«

»Und mit ihm wird ein neuer Drachenkrieg über den Jungen Königreichen heraufziehen.« Geron seufzte schwer und fuhr sich durch die lockigen Haare. »Und ich kann nicht einmal dem Beispiel meiner Ahnen folgen, um Yolsulgur mit einem Heer entgegenzutreten.«

»Nein«, meinte Kyrell leise. »Doch gibt es andere Kräfte in dieser Welt. Denn ich habe in Kesselfurt nur aus einem Grund überlebt: wegen der Elfen.«

»Die Elfen?« Hoffnungsvoll sah Geron sie an. »Ist das Alte Volk etwa wieder zurück?«

Kyrell schüttelte den Kopf und zog vorsichtig das goldene Blatt aus ihrer Rocktasche. Sie hatte es in Stoff gehüllt und wagte inzwischen nicht mehr, das Metall zu berühren. Nicht jetzt, da sie befürchten musste, dass Yolsulgur die Drachenkrone wieder trug. »Die Elfen sind zerstritten. Und doch glaube ich, dass Dinge ins Rollen gekommen sind, die vieles verändern können. Durch die Elfen war es mir möglich, rechtzeitig am Drachenthron zu erscheinen. Und sie waren es auch, die mich das Lied lehrten, mit dem ich den Eichenknecht wecken konnte.« Sie seufzte. »Nur wird das von nun an viel gefährlicher als bisher. Sehr viel gefährlicher.«

Sie blickten auf, denn Boltan kam auf Cyrnachons Stab gestützt zu ihnen. Seine Wangen schimmerten feucht, doch seine Stirn lag in Falten und er sprach seltsamerweise wie zu sich selbst. Entschlossen und ohne sie anzusehen griff er zum Rucksack.

»Boltan?« Tandurins energischer Ruf riss ihn aus seinen Gedanken und aufgeschreckt sah er sie an.

Stirnrunzelnd betrachtete ihr Gefährte den Rucksack, dann wieder seine Freunde.

»Wir müssen sie beerdigen«, meinte er traurig.

»Natürlich. Und wir werden dir dabei helfen.« Kyrell stand auf und umarmte Boltan liebevoll.

»Und ich verspreche dir«, meinte Geron feierlich, »dass das ein Begräbnis sein wird, das einer Königin würdig wäre. Niemals werde ich vergessen, dass wir ihrem Opfer unsere Leben verdanken.«

Tandurin trat ernst vor. »Ambra hat dir noch irgendetwas gesagt?«

Boltan nickte schwer. »Ja, hat sie. Und deswegen sollten wir uns auch beeilen, denn ich schätze, wir haben noch einiges vor uns.«

»Was hat sie gesagt?«

Boltan lächelte unglücklich. »Sie sagte, ich würde sie wiedersehen. Das hier sei nicht das Ende. Es sei erst der Anfang …«

ENTDECKE
NEUE WELTEN
MIT PIPER FANTASY
Mach mit und gestalte deine eigene Welt!
PIPER
www.piper-fantasy.de